U0528411

拉尔夫·埃利森文学研究

◎ 谭惠娟 著

生活·讀書·新知 三联书店

Chinese Copyright © 2018 by SDX Joint Publishing Company.
All Right Reserved.
本作品中文版权由生活·读书·新知三联书店所有。
未经许可,不得翻印。

图书在版编目(CIP)数据

拉尔夫·埃利森文学研究 / 谭惠娟著.—北京:生活·读书·新知三联书店,2017.6
ISBN 978-7-108-06016-7

Ⅰ.①拉… Ⅱ.①谭… Ⅲ.①埃利森(Ellison, R. 1944-)-文学研究 Ⅳ.①I712.065

中国版本图书馆CIP数据核字(2017)第124194号

策　　划	知行文化
责任编辑	朱利国
装帧设计	陶建胜
责任印制	卢　岳
出版发行	生活·讀書·新知 三联书店 (北京市东城区美术馆东街22号)
网　　址	www.sdxjpc.com
邮　　编	100010
经　　销	新华书店
印　　刷	北京建宏印刷有限公司
版　　次	2018年8月北京第1版 2018年8月北京第1次印刷
开　　本	635毫米×965毫米 1/16 印张 30
字　　数	378千字
定　　价	99.00元

(印装查询:010-64002715; 邮购查询:010-84010542)

目　录

序　言　美国非裔文学研究新范式　1
African American Literature 的意义辨析与译文确定　9

导　言　16
A Study of Ralph Ellison's Literary Writings　48

上篇　创新与超越：拉尔夫·埃利森与美国非裔文学传统

　　第一章　20世纪美国非裔文学的"弑父"及其意义　3
　　第二章　拉尔夫·埃利森与欧文·豪的艺术美学与意识形态之争　36
　　第三章　拉尔夫·埃利森对理查德·赖特文学思想的继承与超越　84
　　第四章　斯芬克斯之谜——拉尔夫·埃利森对人性的剖析　109

中篇　美国文化研究视野下的拉尔夫·埃利森

　　第五章　拉尔夫·埃利森对西方神话仪式中黑白对立的解构　141
　　第六章　拉尔夫·埃利森文学创作中的布鲁斯音乐思想　175
　　第七章　呼应与对话：拉尔夫·埃利森与米哈伊尔·巴赫金　204
　　第八章　"小人物"与拉尔夫·埃利森的文化思想　225
　　第九章　拉尔夫·埃利森第二部小说的难产及其原因　240

下篇　融合与批判：拉尔夫·埃利森与美国主流文学传统

　　第十章　隐藏的姓名和复杂的命运：

　　　　　　拉尔夫·埃利森与拉尔夫·爱默生　257

　　第十一章　结构、思想和文学修辞：

　　　　　　拉尔夫·埃利森与马克·吐温　275

　　第十二章　内在化的种族批评思想：

　　　　　　拉尔夫·埃利森与赫尔曼·梅尔维尔　307

　　第十三章　现代主义视野下的拉尔夫·埃利森与T. S.艾略特　334

　　第十四章　文学艺术与社会现实：埃利森与威廉·福克纳　358

后　记　382

附录1　拉尔夫·埃利森生平大事年表　390

附录2　参考书目　396

序言 美国非裔文学研究新范式

钱冠连

拉尔夫·埃利森的前期代表作《无形人》(*Invisible Man*)中的主人公无名无姓人的人生逻辑是这样的：以"开始事业""远大的希望""老实的黑人"为基点，进而求得白人社会的承认，"使人看见他"(visible man)，也就是在美国这个社会显眼地出场。对于前进路上的一切阻挠，他的态度是：你不让我进场，我就打进场去！与此相反，美国社会的逻辑是：既然是黑人，就必须是"看不见的人"(小说的取名由此而来)。那个不亲不爱的祖国一次一次地"驱逐"他这个子民，拒绝他入场，逼他到地下室去冬眠，成为地下人。有意思的是，退到了地下室，他还是要出场。怎么办呢？用1369个灯泡把地下室照得通亮。这一下我也不是"被显眼"了吗？在白天，在地面上，你不让我入场，那么在夜晚，在地下，我不也是"体体面面"地成了一个"可见人"了吗？是的，这是无以复加的聊以自慰，这是在黑暗中的"出场"。一个文学隐喻，比喻出那个时代的美国社会的两个相反逻辑(黑人说"我打进场去"，白人说"拒绝入场")的尖锐冲突。我曾被作者埃利森高超的情节设计与深刻的思想所触动，以至于以手拍书，表示佩服。这样回忆一下当初阅读埃利森前期小说《无形人》的感动，对理解谭惠娟的研究是有益的，因为在她的研究中，《无形人》是一个重要的观测点，另一个更重要的观测点是《六月庆典》(*Juneteenth*)，其情节更具震撼力。

更为有意思的是,那个写出始终没有出头之日的"无形人"的作家埃利森,自己却成为最重要的非裔美国作家、成就非凡的美国非裔文学评论家、20世纪美国文化的重要开拓者,实实在在地在美国显赫地出场了。造化如此弄人,是悲剧还是喜剧?现实中,真人(埃利森)的显赫,不正是埃利森《六月庆典》中的主人公黑人牧师希克曼的"文化融合"理想不期而遇的体现吗?

同样让人想不到的是,中国一位研究美国非裔文学的女学者兼翻译家,借道埃利森研究,开辟出一条美国非裔文学研究的新路子。

首先,谭惠娟的研究"力求将埃利森的文学创作和文学思想、文化思想,放在美国黑人历史和黑人文学发展、美国主流文学研究,以及文化研究这三种大背景中进行观照"。具体体现为:"将埃利森的生平经历与他的文学创作结合起来","将埃利森从前期到后期的文学创作道路进行完整系统的纵向考察","对埃利森的非小说创作与其小说创作进行对照研究","将埃利森对社会现实问题的思考与他对独特艺术风格的追求结合起来进行探讨","力求揭示埃利森的文学创作与黑人布鲁斯音乐的内在联系",等等。

我试图将谭惠娟的美国非裔文学研究概括为一种"新范式",窃以为,这个新范式可这样表述:从研究方法上来看,外国文学研究应以原语感受(对原来文本的感受)为基础,研究者应该自己翻译经典作品,加上纵横式、跨领域的考察方法;从研究思想上来看,具体到美国非裔文学研究,研究者应该跳出狭隘的种族主义阵营,将对美国黑人文学的研究置于一个更为宽泛的文学语境,这种研究方法,与美国非裔文学研究在美国的黑白分明的状况大相径庭。详细解释如下:

第一,研究者本人深通原语(谭惠娟的案例是英语)。他或她应该自己能翻译出研究对象的主要著作,如谭惠娟自己翻译了埃利森的美国文学经典《六月庆典》及其脍炙人口的短篇小说及大量的其他资料。只翻译不研究的,大有人在,也无可非议。自己不通原语而靠阅读别人翻译的文本来进行研究,在中国是普遍现象。这就有点像雾里看花,隔靴搔痒了。比如说,一个不懂汉语的英美人阅读别人(哪怕是英美人)翻译出来的英文版老子《道德经》,那英语的译本很可能就有许多地方不靠谱(可以理解),根据这不靠谱的译本(我就细读过一位英国人翻译的《道德经》)"研究"出来的老子思想,那就干脆是看不到花,搔不着痒。请问:哪一位中国学者相信不通汉语的英美人通过阅读英译本"研究"出来的老子思想?反过来问,哪一位英美学者相信不通英语的中国人通过阅读汉译本"研究"莎士比亚戏剧?这一问题在我头脑中萦绕了多年。根据海德格尔的观点,不同文化的语言之间是不能相互对话的,他的前提比喻是"语言是存在之居所",然后再比喻为"我们欧洲人与东亚人居住在完全不同的居所里",结论是"一家(欧洲人)与另一家(东亚人)之间的对话近乎不可能"。[1]这也许说得绝对了些,但说语言之隔引起文化之隔,却一点也不绝对,而是共识。隔着原语去研究别国的文学与文化批判等,就是文化大亏损,必须通过原语感受来研究原语的文化和文学。说得明白些,不懂汉语的英美人通过英译本来研究《红楼梦》等中国文学与文化,不懂英语的中国人通过汉译本来研究英美文学,几近荒腔走板。这就是在概括谭惠娟的外国文学研究的新范式时必须强调以原语感受为前提的根本原因。

第二,研究者应该自己动手翻译,翻译的对象应尽量是所在国的

---

[1] Heidegger, M. A., "Dialogue on Language", *On the Way to Language* (trans. by Peter D. Hertz), New York: Harp & Row Publishers, 1982, pp. 1-54.

文学或文化经典（一如谭惠娟译《六月庆典》）。研究者自己动手翻译，那么在研究上又占了优越的解读地位。

第三，纵横式研究。先说"纵"，以谭惠娟为例，她两次到美国收集埃利森的资料，从埃利森幼年到去世，从文学创作到文化批判，从长篇小说到短篇小说，再到书札……。再说"横"，它指的是，谭惠娟不止涉及埃利森一人，还研究了与其有关的两名重要作家（詹姆斯·鲍德温和理查德·赖特），以及埃利森与米哈伊尔·巴赫金的呼应，埃利森与美国主流文学传统融合与批判的关系，埃利森与爱默生之间隐藏的姓名和复杂的命运，埃利森与马克·吐温在作品叙事结构、作家良知和语言风格等方面的关系，现代主义视野下的埃利森与T. S. 艾略特、埃利森与福克纳的对话。让人佩服的是，她的每一个横向比较都不肤浅。这要读多少书，这要多么开阔的眼界，这要花费多少耐心啊。总而言之，纵横式的研究会带来深度与说服力。

第四，跨领域的研究。谭惠娟是怎么跨领域的？文学、文化批判、黑人音乐艺术、历史甚至哲学，都是谭惠娟研究、涉猎或提及的对象。谭惠娟对跨领域的东西都比较熟悉，有的甚至是很精到的把握。比如，她分析布鲁斯音乐对埃利森创作的直接影响那一部分，写得相当精彩：两本"小说中的语言与音乐水乳交融，谐音，词尾重复，首词重复，和谐的对比、对称，创造性意象的黑人语言、双关语等频频使用"等。我们可以这样理解谭惠娟的上述暗示：埃利森笔下的文字（印在纸上的语言）就是对布鲁斯音乐的呼应，或者就是布鲁斯音乐的翻版或者变奏曲！她"首次比较系统深入地由黑人音乐本身切入对埃利森文学的专门探讨"，是合乎逻辑的结果。提及此，我便自然想起另外一位西洋文艺批评家在评价德国的歌剧大家瓦格纳时说过的话："阿波罗（文艺之神）右手持文才，左手持乐才，分赠给世间的文学家兼音乐家。

瓦格纳却兼得了他两手的赠物。"[1]看来，一个文学评论家也应当是"右手持文才，左手持乐才"。谭惠娟横跨这两个领域，理应如此。

其次，谭惠娟的研究将文学评论与文化批判相结合。在谈到美国文化研究时，谭惠娟指出，美国文化具有多元性、复杂性和流动性的特点，美国越来越多的文学评论家逐渐意识到埃利森的文化批判具有前瞻性、准确性与合理性。民族融合在美国已达到了这样的程度：美国纯白种人人口比例逐年下降！埃利森20世纪40年代在他的文化批判论文中提出的"白中有黑，黑中有白"的预见多么准确。说到这里，谭惠娟认为，"从某种程度上说，文化引领者的文化批判，会对一个国家的实质性文化走向起到引领作用"。这段话，意义非同一般。为了领会谭惠娟的深刻用心，这里要稍加展开。

窃以为，鲁迅价值的第一条，是贯穿于他的小说、杂文、散文、书信和演讲中的文化批判精神。第二条是他的以《阿Q正传》为代表的小说所表现的关于艺术与思想的他人难以企及的高度。他对中国民族性的批判、对人性的批判，都是鞭辟入里的。这对于国人深刻认识自己及中国文化，极具震撼力。可惜的是，我们错过了这个文化批判的极好时机，最终没有形成整个国民介入的、持久的文化批判运动与改造，这对中国国民性格的反省与改造是一个重大的损失。如今，在世界范围，环境与气候的恶化得不到有效控制，这固然与某些大国政府首脑不负责任的态度有关，知识分子就脱得了干系吗？他们尽到自己的良心与责任，即进行深刻的、全面的、持久的人的欲望批判了吗？"当欲望不受理性的校正时，即产生过分之罪。"过分可以是罪！"文明兴毁皆因人欲。"[2]换句话说，不控制欲望，会毁掉世界文明。

---

[1] 丰子恺：《我的老师李叔同》，见《李叔同解经》，陕西师范大学出版社，2008年，第9页。
[2] 钱冠连：《文明兴毁皆因人欲》，见《眼光与定力》，复旦大学出版社，2012年，第74页。

再次，谭惠娟的研究将文学阐释与哲学思想相结合：把一切经典文学作品中的人物形象、细节描写与故事情节淘洗过后，其剩余物，便是哲学要思考的东西。这个剩余物是形而上的，是在文学里面看不见的，是不出场的，但它是文学的灵魂。形而上的核心部分就是人性、人的欲望、生命以及痛苦与欢乐。西方哲学史上有三分之一的哲学家谈过人生的痛苦与欢乐。佛理的核心部分之一，也是讨论痛苦与极乐，所谓自度度他，就是借助般若（bō rě，智慧之义）将自己与他人度出苦海到达彼岸（幸福、安宁）。那么，谈痛苦就要追溯到人性、人欲、生命，这就是哲学话题。于是，"你就要请教哲学和他的老兄'宗教'"。[1]文学评论不跨到哲学那里去能行吗？毕竟哲学就是人生观的学问。

反之，哲学思考人性、人的欲望、生命，若是加进了人物形象、细节描写与故事情节之后，哲学的说教隐退，那便是文学。但是，这里并非主张将哲学与文学创作生硬地捏合起来。大概没有一位真正小说大家是先有了对人性、人的欲望、生命的成熟思考之后再去拼凑形而下的东西的。既察看人物形象、细节描写与故事情节，又察看形而上的，是文学评论家，故对文学评论家的要求就会特别严苛些。他或她必须是兼具两种眼光。文学眼光不必说，还必须兼具哲学眼光。文学评论家可以不是哲学家，但要学一点儿哲学，我以为，谭惠娟是具备了这两种能力的，也就是说，她对爱智与思考也不生疏。从一个细小的地方可以看出她顺手捎带出来的哲学眼光。她说："希克曼这个形象的某些特征似乎与汤姆叔叔有某种相通之处，但这绝不是简单的回归，而是在经历了一个类似正、反、合的发展过程后在更高程度上的回归。"罗素在《西方哲学史》中指出："黑格尔的辩证法是由正题、

---

[1] 丰子恺：《我的老师李叔同》，见《李叔同解经》，陕西师范大学出版社，2008年，第11页。

反题与合题（thesis，antithesis and synthesis）组成的。"这对哲学家来说是熟悉的东西，但是，国内的大学外语教师几乎大半辈子都忙于学习外语的形式与结构，而外语的听、说、读、写和翻译技巧的成熟，几乎要等到老，青年时期抽不出时间来接受哲学训练。在谭惠娟这里，情况似乎有所不同，可以看出她在哲学方面的积累，在不经意之间帮助她圆满地说出了希克曼在更高程度上的回归。

复次，谭惠娟的广博帮助她创造出美国非裔文学研究的新范式。在尽情发挥她才情的同时，她不一定意识到自己为中国的美国非裔文学研究开辟了一条新道路。她对埃利森的研究构成了一个比较完整的系统。我以为，她很可能是国内外第一个如此全面地研究这个作家（埃利森）的翻译者兼研究者。谭惠娟对埃利森的研究，应该说，在国内外同类研究成果中处于领先水平；一些具体的研究成果对于美国学界来说，具有"他者"的参考和借鉴意义。

最后，我想借谭惠娟的研究谈谈学者的社会责任感与做人的良知。

我相信谭惠娟力图做一个有社会责任和道德良知的学者。谈及她历时17年的美国黑人文学翻译和研究，她写道："我们加强对美国非裔文学的研究，可以进一步了解美国社会历史和现实的复杂性，以便在与美国进行文化对话中知己知彼，掌握话语权……交流的目的是为了借鉴，从而为构建健康的当代中国民族精神提供思想资源。""为构建健康的当代中国民族精神提供思想资源"，不正与我上面所论及的学者文化批判的责任是一致的吗？在谈及文学中的"弑父"现象时，她感叹道："不薄前人也许很难，但作为一个黑人文学领袖，鲍德温应懂得生命的相依性，懂得人与人之间一种超越世俗名利的精神境界，那是对众生生灵的怜悯之心，是对个人和宇宙、生命和自然、自己和他人之间关系的一种大醒悟。"窃以为，这个"大醒悟"不仅解释了文学中的"弑父"现象，而且也说出了宇宙人生中的大醒悟。

　　谭惠娟教授邀请我写序时，我立刻表示谢绝，给出的理由是："你让我写，会损害你的成果。因为我不是这方面的专家，从未发表过相关的文字，这个圈子内的专家凭什么相信我这个外行的话？"但是，她仍然坚持原意，理由是她的研究特点本来就是跨学科的，她认为由我这个学习语言哲学的人写序，可以点评她对语言的理解是否到位，而对文本即文化符号的解构，又正是美国黑人文学研究的重要特点之一，因为语言和文化是他们获得身份的途径。这不是逼着我也来跨界学习吗？也好。以上所述，如有外行话，也提供了批判的靶子。于是，有了此序。

客座于广西民族大学

African American Literature的意义辨析与译文确定

引言

中国对美国非裔文学的研究始于 1901 年，至今已有百余年历史。无论是从意识形态时期还是从获奖作品时期，无论从批判现实的角度还是从学术研究的角度出发，该领域的研究都为繁荣我国的文化艺术事业做出了巨大贡献。中国的美国非裔文学研究已逐步走向成熟，但笔者经常被问到一个貌似简单、实则不那么容易回答的问题：你从事美国黑人文学研究多年，为什么你的文章和书中就 African American Literature（美国非裔文学）这一定义有多种说法？为什么不能统一一个定义？我们的"中国文学史"怎么没有"华夏文学史"或"汉人文学史"这类的表述？其实这也是包括我和罗良功教授等从事美国非裔文学研究的学者们一直思考的问题。对 African American Literature 意义辨析和译文确定，与整个族裔文学的研究进展，特别是与对美国非裔文学思想内涵的理解不无相关。笔者试着就这个问题做一简单阐释说明。

意义辨析

我们常提到的"美国非裔文学"（African American Literature 或 Afro-American Literature）实际上还有另外两种表述：一是"Black

American Literature",一般翻译为"美国黑人文学";二是"Negro American Literature",一般翻译为"尼格鲁美国文学"。可见这三种表述代表美国非裔学界对不同文学作家和文学批评家细微而不同的思想导向,并且已成为持不同思想倾向者的约定俗成的表达。

1971年,霍顿·米夫林·哈考特教育出版社出版了《尼格鲁美国文学创作——1760年至今》(*Negro American Writing: from 1760 to the Present*),这可能是最早的美国非裔文学史,由亚瑟·戴维斯和桑德斯·雷丁编写,其措辞就是"尼格鲁美国文学"。一些具有非洲文化情结和黑人民族精神、强调美国非裔文化的黑人知识分子,比如,拉尔夫·埃利森和阿尔伯特·默里,一般倾向用"Negro American"(尼格鲁美国人),他们将美国黑人历史上重建时期(1865—1919年)的文学创作定义为"新尼格鲁文艺复兴",这期间的代表性论文有杜波伊斯(Du Bois)的《尼格鲁艺术标准》(*Criteria of Negro Art*)、阿兰·洛克(Alain Lockee)的《新尼格鲁人》(*The New Negro*)和理查德·赖特(Richard Wright)的《尼格鲁文学创作之蓝图》(*Blueprint for Negro Writing*)。

20世纪60年代标志着黑人学术界的一个微妙的矛盾变化,映射出当时社会、经济和政治冲突的内在矛盾,对所有美国黑人的影响……黑人艺术运动以及创新黑人爵士音乐家运动等一起构成了一股黑人社会影响力,引发了赞成反种族歧视运动,促进部分黑人开始融入美国主流社会。1972年,第二部由理查特·巴克斯戴尔和肯内斯·基勒蒙编写的《美国黑人作家全集》(*Black Writers of America: A Comprehensive Anthology*)问世,其书名用词是"黑人"(Black)。"美国黑人文学"是那个年代强调黑人皮肤与黑色之美的黑人知识分子喜欢采用的表达语词,特别是思想激进的黑人知识分子,他们一般不会采用"Negro American"或"African American"。比如,被称为非裔美国作家"女勇士"的玛雅·安吉洛就不喜欢采用"非裔美国人"这个称呼，而是坚持用"黑人"这个称谓。这期间的许多经典论文，比如霍伊特·富勒（1923—1981）的《朝黑人美学迈进》（*Towards Black Aesthetics*），阿迪森·盖尔的《黑色审美》（*Black Aesthetics*），阿米里·巴拉卡（1934— ）的《黑人艺术》（*Black Art*），拉里·尼尔（1937—1981）的《黑色文艺运动》（*Black Art Movement*）等经典论文，均采用"黑人"一词。笔者认为，Black 最好不要笼统地翻译为"非裔"或"尼格鲁"。

四年后，随着全球文化研究热的兴起，美国文化中的多元性和融合性日趋明显。在文学创作领域，文化研究对现代诗歌产生了先锋般影响。于是乎，1976年，第一部最全面从严谨的学术层面梳理美国非裔诗歌的著作便以《鼓音：美国非裔诗歌的使命——美国非裔诗歌史论》（Redmond, Eugene B., *Drumvoices: The Mission of Afro-American Poetry*）为书名出版，其选词是"美国非裔诗歌"。

1988年底，美国城市联盟主席雷门纳·艾德林（Ramona H. Edelin）在芝加哥召开的黑人领导人会议上提出用"非裔美国人"（African American）代替"黑人"，此番言论引起广泛关注。此次大会发言人杰西·杰克逊（Jesse Jackson）指出，有色人、尼格鲁人和黑人（Colored, Negro and Black）都不是合适的称谓。在美国几乎每个族裔的称谓都可以让人们看出它的历史文化渊源，如 Chinese American、Jewish American 和 Arab American 等。因此，采用 African American 作为美国黑人的称谓，能够标示黑人统一的文化根源，增强黑人的文化和身份的认同。African American 力图刻画在背井离乡、颠沛流离的生存状态下，依然恪守自身传统，力图重振民族文化的当代美国黑人新形象。

艾德林的建议在美国非裔文学界得到了普遍响应，以后的美国非裔文学史几乎都采用了 African American：1997 年由美国诺顿出版公司出版的诺顿版《美国非裔文学选集》(*The Norton Anthology of African American Literature*)，由亨利·路易·盖茨教授任总编、1998 年霍顿·米夫林·哈考特教育出版公司出版的 6 卷本 2039 页的河滨版《呼应：美国非裔文学传统》(*Call and Response: The Riverside Anthology of the African American Literary Tradition*)，由帕特里夏·利金斯·希尔任总主编，由梅丽玛·格雷厄姆和杰里·沃德任分册主编，2011 年剑桥大学出版社出版的 1 卷本 806 页的剑桥版《美国非裔文学史》(*The Cambridge History of African American Literature*)。

  从表面上看，从 Black 到 African American 仅仅是称谓的改变，而从深层次上看，这一转变反映的是美国黑人希望人们更多关注他们文化上的特质，而不是他们的长相和肤色等人种特征上的不同。尽管三者之间的界限也并非十分明显，相比之下，在 20 世纪中叶前后，"Black American Literature" 使用频率最高，"Negro American" 使用频率最低。芝加哥会议后，"African American" 的使用率飙升，与 1988 年下半年相比，1989 年上半年 "African American" 在《华盛顿邮报》和《洛杉矶时报》上出现的频率分别提高了 5 倍和 9.6 倍。"Black" 虽然尚未退出历史舞台，但已沾上 "爱撒谎的" "道德低下的" 等贬义成分。尽管如此，"African American" 同样面临着诸多挑战。针对 "African American" 这一称谓的批评多种多样，如 "繁冗累赘" "容易使人忽略黑人贫困的事实" "抹杀了非洲文化的多样性"，等等。

译文确定

  百余年来，"African American Literature" 在中国学界一直按照原

文词序,被翻译为"非裔美国文学",这似乎已经成了一个约定俗成的概念。但随着近年来全球族裔文学的兴起,特别是"美国犹太文学"研究和"美国亚裔文学"研究的兴起,一些学者认为,把"African American Literature"翻译为"美国非裔文学"更符合规范。罗良功认为,"美国非裔文学"既顺应了汉语里表述整体与部分关系的语言习惯,同时也兼顾当前已为中国学界广泛接受的关于美国其他少数族裔文学的表述,如"美国印第安文学""美国犹太文学""美国亚裔文学""美国奇卡诺文学"等;这样,不同族裔文学史的表述方式便达成一致了。

此外,英文"African American Literature"是从非裔美国人的视角来界定本民族文化,表明了命名人对种族问题的高度重视。如果按照字序翻译为"非裔美国文学",我们先强调的是族裔身份,然后才是美国身份,那么读者脑海中想到的可能更多的是与政治层面相关的"非洲""泛非"或"非洲联盟"等概念,甚至会产生"民权运动"和"种族平等"等意象,有一种对种族歧视和种族冲突等问题的联想;而如果我们翻译为"美国非裔文学",从学理上分析,无论是内涵还是外延,都比较站得住脚。从内涵分析,"African American Literature"是美国文学的重要组成部分,纳入一国内,置于文学背景下,"美国非裔文学"这一表述突出的是美国非裔文学整体下的一个分支,其次才是与非洲裔密切相关的语言和文化问题;外延则和"美国印第安文学""美国犹太文学""美国亚裔文学""美国奇卡诺文学"等并列,更能反映出民族的平等性,而不是以种族或族裔之分别作为划分文学问题的标准。这样翻译,既有学理层面上出于严谨的考量,又不乏复杂多变的地缘政治视角下的现实关怀。但是涉及"African American people or writer"这样的个人身份表述,译文则依然保留其原词序,翻译为"非裔美国人"或"非裔美国作家"。

构建美国文学史的过程中,尽管对 Black 或 Negro 一类表述没有限定,但这些表述依然在发挥其批判的生命力。著名非裔美国作家兰斯顿·休斯（Langston Hughes）的《尼格鲁艺术家和山一般的种族歧视》（*The Negro Artist and the Racial Mountain*）中有这么一段话:"Without going outside his race, and even among the better classes with their 'white' culture and conscious American manners, but still Negro enough to be different, there is sufficient material to furnish a black artist with a lifetime of creative work."（译文:"无须跨越本种族,甚至在深受白人的文化洗礼、有着美国生活方式意识,但具有足够的尼格鲁民族文化特征的较高层黑人中,都可以找到具有足够尼格鲁精神的黑人艺术家,他们的与众不同为其终生的创造性工作提供了所需的素材。"）在这短短的一段话中,作者交替使用 Black、Negro 和 American 等表述,几乎每次不同的措辞都包含着作者的不同思想和用意,其中"still Negro enough to be different"这种表述更是耐人寻味。此处 Negro 是一个形容词,意为"具有足够尼格鲁精神"。美国非裔文学既追求艺术美学,强调文化身份,又从未放弃政治批判,这是他们争取自身的合法权益的重要精神力量,也是美国种族问题最终能得以基本解决的原因所在。

结语

奴隶制与黑奴买卖是美国民主进程史上的污点,但正如莫里森在《宠儿》的结尾中不断地喃喃自语:"那不是一个可以重复的故事……"对当代美国黑人来说,那段不堪回首的往事已成过往。当代美国非裔文学的经典作家并没有经历过奴隶制，但他们承受了奴隶制给他们带来的历史创伤，这种伤痛震撼了作家们的神经。正是作家们的使命和信仰造就了兰斯顿·休斯、理查德·赖特、拉尔夫·埃利森、艾丽斯·沃克和托尼·莫里森等伟大作家，美国非裔文学史记载了这段历史。这些故事的撰写者虽然背景不同，但是都具有与美国主流文学完全不同的独特的创作思想和创作立场，因此才有"尼格鲁美国文学""美国黑人文学"和"非裔美国文学"等不同表述。这几种表述的定语是保留"黑人"或"尼格鲁"，是先写"非裔"还是"美国"，其答案不应该是封闭或绝对的。因此，我们翻译时不能一概而论，要根据不同的语境和不同的作家采用相关性最强的选词及译文，也希望我的这一看法会对中国学界如何去规范本研究领域的这一基本概念有所裨益。

导　言

一

拉尔夫·埃利森（Ralph Ellison，1914—1994）是美国20世纪50年代以来最重要的非裔作家，也是成就卓著的美国非裔文学评论家，还是20世纪美国文化研究的重要开拓者。他立足于美国非裔文学传统，具有难能可贵的融合意识，在美国非裔文学创作及文学理论批评的发展中，起着承前启后的重要作用。

1914年3月1日，拉尔夫·埃利森出生于美国西南部俄克拉荷马州首府俄克拉荷马城。父亲刘易斯·埃利森经营过餐馆，曾在古巴和菲律宾参军作战，由于对儿子寄予厚望，所以以19世纪美国著名哲学家和诗人拉尔夫·华尔多·爱默生的名字为儿子命名。可惜的是拉尔夫·埃利森3岁时，他的父亲便去世了。此后，他跟着母亲艾达·米尔萨普·埃利森住在市中心的白人中产阶级居住区。艾达虽然身为女佣，却积极参加社会活动，还常把白人丢弃的一些书籍、唱片带回家，小埃利森不知不觉养成了酷爱读书的习惯和对音乐的特殊爱好，萌生了要将白人世界和黑人世界融为一体的愿望。

埃利森8岁开始学习小号，后来又学了四年的和声学。在道格拉斯中学读书时，他利用课余时间为音乐指挥家路德维格·赫伯斯赖特家修整草坪，以换取学习小号和配乐的机会。中学毕业后，埃利森当了两年的电梯操作工，最终未能挣够念大学的钱，但1933年他获得了塔斯克基黑人学院提供的奖学金，跟随当时著名的黑人指挥与作曲家威廉·道森学习作曲。

大学二年级时，埃利森阅读了一系列文学作品，如陀思妥耶夫斯基的《罪与罚》、哈代的《无名的裘德》、艾米莉·勃朗特的《呼啸山庄》等，使他第一次感受到了严肃小说的力量。然而，最震撼他的心灵、开阔他的视野的是著名诗人T. S. 艾略特的名诗《荒原》。他认为《荒原》的节奏比黑人诗作的节奏更接近爵士乐，其中广泛应用的典故和路易斯·阿姆斯特朗的爵士乐一样，内容复杂，形式多样。从此，他的生活里又增加了小说和诗歌，迷恋音乐的他开始转向文学创作。

1936年，塔斯克基黑人学院提供的奖学金出了问题，埃利森被迫中途辍学，前往纽约谋生，并继续学习音乐和雕塑。纽约的哈莱姆是美国最大的黑人居住区，当时有"黑人民族的首都"之称，一些著名的黑人作家、艺术家都集中在这里。埃利森在这里结识了黑人作家理查德·赖特和黑人诗人兰斯顿·休斯。在理查德·赖特的鼓励下，他开始写书评和短篇小说。他的第一篇书评发表在赖特主编的《新挑战》杂志上。后来他成为《黑人季刊》杂志的编辑，并相继在《黑人季刊》《新群众》《新共和》等杂志发表多篇评论文章和短篇小说。这一期间，受赖特的影响，埃利森与美国共产党接触频繁，后终因受不了美国共产党的纪律对他个性的约束而脱离该组织。

1943—1945年，埃利森在军队服役。1946年，他与范妮·麦康内尔结婚，在此以前，他曾有过一次短暂的婚姻。埃利森与范妮恩爱和睦，有着幸福美满的家庭生活。服役回来后，他获得一项"罗森瓦尔德研究员基金"，这使他有条件专心创作他的第一部长篇小说《无形人》。经过六年多的努力，小说终于在1952年春问世，并立刻轰动美国文坛,在美国文学界乃至美国社会都引起了巨大反响。第二年,《无形人》荣获美国国家图书奖和普利策奖两项大奖。1965年美国《读书周刊》(*Book Weekly*)和1978年《威尔逊季刊》(*Wilson Quarterly*)所进行的民意测验表明,《无形人》是美国"二战"以来最重要、最有影响的小说。迄今为止,这部小说已在美国出版了25次,被翻译成8种语言,成为世界文坛的"现代经典"。埃利森由此成为美国文学史上第一个获得普利策文学奖的美国非裔作家,也是第一个为美国白人文学界认可和接受的黑人作家,并获得众多荣誉。1963年,母校塔斯克基黑人学院授予他荣誉哲学博士学位;1969年,获美国自由勋章;1975年,成为非裔美国人中第一位被美国白人世界接纳的美国艺术与科学院院士。此外,他先后担任过"肯尼迪中心"表演艺术部评审员、《美国学者》杂志编辑、国会图书馆美国文学部荣誉顾问及美国文学艺术学会会员。1994年4月16日,埃利森在纽约哈莱姆去世,享年80岁。

埃利森的文学创作内容深刻,形式多样,包括一部短篇小说集、两部长篇小说、一部与音乐思想相关的文集。值得一提的是,他还撰写了大量文学评论,其思想内容和影响力完全可以与他的小说创作相媲美。

《无形人》是埃利森的代表作,这部小说的故事情节远谈不上引人入胜,但每个故事场景都浓缩了作者对白人至上的教育理念、面具型非裔美国人[1]、美国文化的本质、非裔美国知识分子与兄弟会的关系、黑人激进分子所受的讽刺、美国种族问题的理性思考。

---

[1] 面具型非裔美国人,是指生活阅历丰富、有很高的自我保护能力,可以与白人游刃有余地相处的非裔美国人。

小说的主人公"无形人"出身于一个贫寒的美国南方家庭，从小在黑人学校接受的是白人灌输的权力意志和白人至上观点，以及布克·托·华盛顿的妥协思想和实用主义等理念。从经典片段"混战"（Battle Royal）中，我们可以验证埃利森对这种教育理念的犀利批判。"我"因成绩最优秀被校方邀请发表毕业演说，目睹了"混战"的"我"，不由自主地将"社会责任"失口说成了"社会平等"，"我"公开纠正口误后，拿到了一笔去塔斯克基学院读书的奖学金，由此开始了寻找自己身份的成长过程。

在大学里，"我"因遵守校规和待人谦恭而赢得了校长布莱索博士的好感。一天，学校董事诺顿来校参观，布莱索校长让"我"为校董开车。车子经过黑人社区时，诺顿先生被一座奴隶制时期的小木屋所吸引，坚持要进去看看。小木屋的主人是黑人特鲁布拉德，他本是当地一个小有名气的布鲁斯歌手，后因先后让自己的老婆和女儿怀孕而遭到白人的蔑视，以及黑人的排斥。视自己的女儿为圣洁之象征的诺顿先生不敢相信这是事实，他坚持让"我"带他去见特鲁布拉德。"我"明知不能让白人校董看到黑人社区的落后和愚昧，但习惯于在白人面前百依百顺，只好照做，导致被开除学籍。"我"带着布莱索博士的推荐信去找工作，信中一句"务必让这小黑鬼继续奔波"使"我"屡屡碰壁，直到爱默生先生最后告知实情。"务必让这小黑鬼继续奔波"也出现在祖父临终让"我"读的一封信中，这与布莱索博士为"我"写的推荐信形成对照，强化了"我的祖父"和"布莱索博士"这两个美国非裔文学中的面具型正反面人物所代表的主题。

为了改变自己的逃离方向，"无形人"不得不去油漆厂干活，他通过描述美国"自由牌"油漆的制作过程，巧妙地揭示出一个美国正统历史要拼命掩盖又无法遮人耳目的无所不在的惊人事实，即白人一贯标榜的"纯白种人"实际上早已失去了它的纯洁度。工厂的白色油漆并非由一种纯物质构成，但工厂却打着误导人的纯净标签，这种伪纯净的白色油漆遮盖或掩饰其中的黑色涂料，使之无形化了。

故事到此，叙述的场景由学校和油漆厂转向了美国社会。一个偶然的机会，美国共产党白人组织、兄弟会领导人杰克发现了"我"的演讲才能，聘"我"为兄弟会主要演讲人，并提供生活保障。兄弟会开出的条件是，"我"的言行必须符合组织纲领。尽管"我"的演讲时常会偏离兄弟会的纲领，但"我"学会了戴着面具与兄弟会的白人打交道。转折出现在黑人克利夫顿在大街上被白人警察枪杀后，兄弟会不但漠不关心，甚至为了国际反法西斯斗争的需要放弃了黑人民族，终于促使"我"最后脱离兄弟会，遁入地下室陷入沉思。

《无形人》着力描写个人身份问题，借此反映整个黑人种族的身份问题。埃利森通过描写一个黑人青年所遭受的欺骗、冷遇、打击等不公正对待，来展示大多数现代黑人的共同处境。他平静地陈述着白人世界司空见惯的种族偏见，更让人看到种族主义在美国是如何根深蒂固，严酷的社会现实又是如何使这个无名无姓的黑人青年渐渐抛弃对白人社会的幻想，认识到自己在白人眼里其实是不存在的人，是个无形人。小说《无形人》主人公的名字"无形人"，构成了美国非裔文学传统中的一个核心隐喻——"无形性"。我们可以感受到，埃利森的"无形人"和卡夫卡的《变形人》一样，也向世人提供了一个高度概括的形象符号，虽然人们可以感觉到它的存在，但未必能理解它的意义。在普通黑人甚至大部分黑人知识分子要对现实生活中大量迷乱、无法解释的现象做出深刻理性阐释的年代，埃利森没有采取雄辩式的、以事实为依据的现实主义和自然主义创作手法，而是通过这一形象符号谴责白人对黑人的人性和身份视而不见。我们现在依然可以在不同的社会语境中领会"无形人"的隐喻意义。

《无形人》的成功引起了公众对埃利森小说创作的浓厚兴趣，喜爱《无形人》的美国读者多年来一直在关注他持续已久的"创作中的小说"，耐心地等待着他第二部长篇小说的问世。其实早在1952年，即《无形人》出版前，埃利森就开始了他第二部小说《六月庆典》（*Juneteenth*）[1]的构思。这部小说手稿的部分章节曾刊登在一些文学刊物上。1967年，在这部书即将修订完稿时毁于一场大火。直到1980年，埃利森才向一位朋友透露，他对故事进行了重新构思，并增加了故事的篇幅。埃利森是一个对自己非常苛刻的作家，对第二部小说中的每一个场景，甚至每一个句子，都不断在揣摩和修改，直到1994年4月16日死于癌症前，他终未能完成这部书稿的修订。去世5年后，埃利森前后倾注了40年心血的作品《六月庆典》终于得以与读者见面，为他的创作生涯画上了一个圆满的句号。

《六月庆典》的主人公除了黑人牧师希克曼外，还有一个名叫亚当·桑瑞德的白人，他是一位来自新英格兰州的参议员，在参议院发表演说时被刺伤，生命危在旦夕。令所有自以为了解他的人感到惊讶的是，桑瑞德在临终前请求要见牧师希克曼。牧师被请来了，两人单独交谈。随着尘封在他们记忆深处的往事被一件件唤起，谜团终于揭开。原来这位美国参议员是一个白人妇女和一个身份不明的黑人所生，白人妇女却诬陷说孩子的父亲是希克曼唯一的兄弟巴布。巴布被处以绞刑，希克曼罹病的年迈母亲不久也悲愤地离开了人世。之后这个白人妇女将孩子留给了希克曼，希克曼给他取名"布里斯"（Bliss），意思是"极乐、至福"。布里斯长大后帮助希克曼主持基督复活仪式。

---

[1] 本书中凡引用该书的文字，均以"*JT*"缩写代替。

在一次庆祝 1865 年 6 月 19 日黑人解放这一传统节日的宗教活动中，白人妇女认出了布里斯，并称他就是她丢失了多年的儿子"卡德沃思"（Cudworth，意思是值得反刍），并不顾一切要将他带走。在场的白人都误认为是希克曼强奸过她，纷纷站出来殴打希克曼。在场的黑人大都不相信这是事实，却没有一人敢站出来为他申辩。希克曼的身体恢复后，带布里斯去看电影。在电影院里，布里斯幻想他的白人母亲也是一个白人电影明星，于是逃离了养父希克曼，开始了查找自己身份的旅程。他成功地改名为"桑瑞德"（Sunraider，意思是冲向太阳的人），最后当上了美国参议员，成为一个狂热煽动白人迫害黑人的政治恶魔。在他爬上其政治生涯的顶峰时，他被刺身亡。

在这部小说中，黑人希克曼受到了种族歧视所带来的一系列残酷伤害，但他没有采取暴力的报复手段，因为他坚信仇恨无法消除兄弟被处绞刑及母亲去世给自己带来的悲痛。他用自己的爱心和牺牲精神抚养布里斯，并将布里斯培养成了一名传教天才，希望他成人后能为消除种族仇恨作出努力。他为此结束了自己昔日的快乐生活，成了一个单身汉，将自己的大部分精力赌在这一想法上。布里斯的离去使希克曼备受打击，布里斯长大后不惜背信弃义、恩将仇报，这对他的理想更是一种考验。但希克曼的爱心战胜了理想破灭的痛苦。他不但没有失去信仰，相反还加强了自己的信仰。这个信仰驱使他密切关注这个孩子的事业，特别是当这个孩子成为一个政治家之后。得知布里斯处境危险，他心中的信仰又驱使他来到华盛顿。即使在参议员生命的最后时刻，希克曼仍时刻陪伴着他。

对布里斯来说，他的出走是他悲剧的开始，因为他脱离了权力的真正来源，即脱离了他的社会根基，脱离了养育他的黑人们。他不顾一切地要忘却自己的身份，将自己乔装打扮成一个流动电影制片人，把摄影机当作一种遗忘、否定、歪曲和取笑的摆弄手段，成了骗人的老手；他在白人中探索生活，利用种族偏见的土壤来欺负软弱的黑人，以谋取权力。极具讽刺意味的是，行刺他的正是他的亲生儿子，是他与一个黑－白－红混色姑娘之间那段短暂的、刻骨铭心的热恋的结果。

　　与《无形人》等作品相比，在《六月庆典》中，埃利森表达的希望黑人与白人相互理解、融为一体的愿望更强烈了。他有意设置了黑白混血儿布里斯（桑瑞德）这样一个人物，作为黑人与白人融为一体的象征。"布里斯"这个名字也一语双关，既指他将辅助希克曼主持基督复活仪式，也意味着黑人和白人融为一体后将达到真正的极乐、至福境界。布里斯的背叛意味着埃利森希图通过希克曼表达的良好愿望落空，表明埃利森对黑人与白人要真正实现融合的无比艰难具有清醒的认识。埃利森通过希克曼这个人物，质问为什么被黑人悉心养大的白人孩子长大后会与之反目成仇，为什么黑人一开始就注定是输家，而最后设置布里斯（桑瑞德）忏悔的情节，则表明埃利森对黑人与白人的最后和解仍抱有一丝期盼。在希克曼身上，我们看到了一个与过去文学作品中完全不同的黑人形象。即便与《无形人》及埃利森短篇小说中的黑人形象相比，希克曼这个形象也是卓尔不群的：前者与美国社会格格不入，生活在地下室等非公开的地方，饱受折磨和欺凌，并努力想要得到社会和白人的认可；希克曼则充满了英雄气概，作为一个父亲、一个牧师、一个美国公民、一个有公职的人，他不再是社会底层，不再受20世纪社会反常现象的困扰。希克曼有坚定的美国信仰，有宽容的胸襟，与参议员的玩世不恭和背信弃义形成鲜明的对照。他不仅朴实正直，还忍辱负重、百折不挠，在他的身上，我们仿佛可以看到马丁·路德·金的影子。

《六月庆典》迟迟不能问世，固然与埃利森本人的创作态度极为认真有关，同时也与他第一部长篇小说获得巨大成功带来的沉重压力有关。他不想重复自己，更不想写一些粗制滥造的东西毁坏自己的名声，希望在思想上有新的建树，在艺术上有新的突破。综观《六月庆典》，处处都显示出作者在艺术技巧上刻意出新的痕迹，几乎到了"语不惊人死不休"的地步。小说以布里斯（桑瑞德）临死前的感觉和回忆为主线，因此全书的整体框架是意识流的。桑瑞德参议员和希克曼牧师、小布里斯和希克曼教父的一问一答，以倒叙的方式在医院里缓缓展开，将布里斯的记忆与希克曼独特的叙述相对照，断片式地拼接连缀起逝去的一切。细节描写细腻，情节进展缓慢又富于跳跃性和随意性，甚至可以说颠三倒四。布里斯奇异的成长和"成功"过程的碎片分散于每个梦境，各自独立又前后呼应，暗合了主人公布里斯破碎而充满变异的一生。埃利森用时空交错、视角切换、意识流的手法来描写参议员紊乱的思维：他时而回忆起自己童年的难忘经历，时而回忆自己当上参议员后的无数次政治辩论，同时又不断感受到自己那被子弹打得散了架的身体在疼痛，肉体的痛苦与心灵的创伤相交织。小说中大量采用独白的方式来捕捉两个主要人物内心的痛苦回忆，以及那东一鳞西一爪的思绪，内心世界成了故事的真正情节。通过对人物灵魂深处的心声描写，小说揭示了社会及人性的丑陋，表达了作者的愿望。

美国学界对埃利森的短篇小说创作研究一直有所忽略，这可能主要有两个原因。第一，这些短篇小说基本上都是他的早期创作，其中最有名的《在异乡》《宾戈游戏之王》《飞行家和其他故事》等都创作于1944年，即着手创作《无形人》的前一年。而且，它们主要发表在相对不那么有名，或是后来已经停办的刊物上。第二，由于种种原因，这些故事一直未能整理成一本集子出版，直到埃利森去世两年后，美国兰登书屋才将之合集成《飞行家和其他故事》(Flying Home and Other Stories)出版。

《飞行家和其他故事》收录了埃利森 1937—1954 年间创作的 13 个短篇故事，包括发表时间较早的《下午》(1940)、《图森先生》(1941)和《如果我有翅膀》(1943)。在这三个故事及发表于《无形人》出版之后的《两个行割礼的印第安人》(1956)中，埃利森塑造了巴斯特和赖利两个黑人少年的形象——他们在俄克拉荷马州的探险经历，是作者根据西南部的美国黑人民间传说写成的。巴斯特和赖利渴望自由、敢于冒险、机智幽默，很容易使人联想到马克·吐温笔下的哈克贝利·费恩和汤姆·索耶。《在异乡》《飞行家和其他故事》《宾戈游戏之王》三部作品都发表于 1944 年，其中《宾戈游戏之王》和《飞行家和其他故事》位居"二战"以来最佳短篇小说行列，被收入几乎所有已出版的美国短篇小说选集，也是《飞行家和其他故事》这本集子中的上乘之作。

埃利森的艺术成就并不限于小说创作。1964 年，他出版了论文集《阴影与行动》(Shadow and Act)，这部论文集收录了他 1942—1964 年的论文、演讲及访谈录，奠定了埃利森作为文学批评家的地位。1986 年，他出版了第二部论文集《走向领地》(Going to the Territory)，收录了他 1964—1985 年的论文、演讲及访谈，论文集探讨了文学、音乐、美国黑人社会问题等，笔调优美，字里行间无不透露出作者的理性、乐观、睿智和对社会的关注。1995 年，美国现代图书馆将这两本论文集整理成《拉尔夫·埃利森论文集》(Collected Essays of Ralph Ellison)重新出版，增收了埃利森后期的散文及访谈，由著名美国作家索·贝娄作序。在收录的 60 多篇论文中，埃利森探讨了美国文学和文化、黑人民间艺术家和音乐家、美国历史与美国种族等问题。这些论文在当代美国黑人文学批评理论研究成果中的引用率很高，其中《这个世界和这个大罐》(The World and Jug)、《隐含的姓名和复杂的命运》(Hidden Name and Complex Fate)、《理查德·赖特的布鲁斯》(Richard Wright's Blues)、《回忆理查德·赖特》(Remembering Richard Wright)、《改变玩笑，放开枷锁》(Change the Joke and Slip the Yoke)、《没有黑人美国将会怎样》(What America Would Be Like Without Blacks)、《20 世纪小说与黑人人性的面具》(Twentieth Century Fiction and the Black Mask of Humanity)、《社会、道德和小说》(Society, Moraltiy and the Novel)和《文学观》(Perspective of Literature)等文，是这部集子中的上乘之作。在这部近百万字的论文集中，有约 30 万字在向读者解释《无形人》的语言及思想内涵，在为埃利森的文学"弑父"辩解。可以说，不仔细领会埃利森的文学批评思想，就很难真正理解他的小说《无形人》和《六月庆典》。

2000 年，美国现代图书馆出版了《神交十二：拉尔夫·埃利森与阿尔伯特·默里书札选》(Trading Twelves: the Selected Letters of Ralph Ellison and Albert Murray)。英文书名中的"Trading Twelves"一语双关，既指一种十二弦爵士乐乐器，又暗示了埃利森与默里之间十余年的友谊与默契。两位爵士乐爱好者通过书信往来，就共同的爱好和关心的音乐、文学，特别是美国文化等，毫无保留地表达自己的看法，如同两人在饶有兴趣地对奏一曲曲旋律优美、内涵丰富的爵士乐。1999 年，约翰·弗·卡拉汉将埃利森生前写给好友的关于美国文化的书信编辑整理成《美国文化的整体性：摘自拉尔夫·埃利森的书信》(American Culture Is of a Whole: From the Letters of Ralph Ellison)出版。2001 年，长期研究埃利森的学者罗伯特·奥米利（Robert O'Meally）将埃利森所有与音乐相关的文字进行整理，包括他生前没有发表的一些论文，以《与音乐共生：拉尔夫·埃利森的爵士乐创作》（*Living with Music: Ralph Ellison's Jazz Writings*）为名出版。这些编辑出版工作无疑是对埃利森文学创作的极大肯定，也为人们研究埃利森提供了便利条件。

埃利森的文学贡献，可以从人物塑造、创作手法、文学批评思想等方面加以分析。如果我们将埃利森的《无形人》《六月庆典》和斯托夫人的《汤姆叔叔的小屋》、理查德·赖特的《土生子》等比较，可以清晰地看到美国黑人文学及其中黑人形象演变的轨迹：汤姆叔叔是淳朴善良的黑人，《土生子》中的别格是愤怒暴戾的黑人，"无形人"是飘忽不定的黑人，希克曼则是宽宏大量、充满博爱精神的黑人；汤姆叔叔处于白人需要低头才能看到的下层，别格则与白人两相对立、不共戴天，"无形人"处于被人忽视的边缘，希克曼处于保护者、被依赖者的中心位置。《汤姆叔叔的小屋》试图唤起白人对黑人的同情和怜悯，《土生子》倡导黑人对白人的反抗与报复，《无形人》和《六月庆典》则呼唤黑人与白人的相互理解和融为一体。希克曼这个形象在某些方面与汤姆叔叔有相通之处，但这绝不是简单的回归，而是在经历了一个类似正、反、合的发展过程后一种更高程度的回归。毫无疑问，《无形人》和《六月庆典》在探讨美国黑人的社会地位及消除种族冲突的出路方面，上升到了一个新的理性高度。这两部小说不仅受到绝大多数美国黑人的欢迎，也为许多美国白人所接受，是与它们内含的这种理性精神分不开的。

埃利森的叙述特点和艺术风格也引起了人们的广泛注意，评论界对其文学作品和文化思想给予了高度的评价。美国文学评论人士认为："如果将《无形人》比作一部美国的《青年艺术家的肖像》，《六月庆典》

则是一部美国的《尤利西斯》。"[1]在美国著名历史学家乔治·布朗·廷德尔撰写的高品质学术著作《美国历史叙事》(1988)中，仅有两部黑人文学作品的出版被列入所附的"美国历史大事年表"，即理查德·赖特《土生子》和拉尔夫·埃利森《无形人》的出版。[2] T. S. 艾略特甚至将《无形人》与在普遍意义上探索人类生存状况的世界文学经典相提并论："当我们读陀思妥耶夫斯基的小说，或者看契诃夫的戏剧时，我们首先会被俄国人奇怪的举止所吸引，然后我们会意识到，这只是他们表达我们共同的思想与情感的一种方式。要一个作家的思想做到既有本国特色，又有普遍意义，这并不难；但我怀疑，诗人或小说家是否可以做到既有普遍意义又不带本国特色？谁的作品比《奥德赛》更有希腊特色，比《浮士德》更有德国特色，比《堂吉诃德》更有西班牙特色，比《哈克贝利·费恩历险记》更有美国特色，或者说比《无形人》中那无名无姓的主人公更有非裔美国人特色？然而，这些人物都是人类神话中无处不在的原型。"[3]美国某些新保守主义和文化保守主义者甚至认为："诺贝尔文学奖应该颁发给拉尔夫·埃利森，而不是托尼·莫里森。"[4]

埃利森还是美国文化研究的开拓者之一。他的研究视角十分独特，主要从神话和仪式、音乐和血缘着手解剖美国文化，其对美国文化的

---

[1] Judy Lightfoot, "Ellison's Second Act, Visible at last", *Seatle Weekly*, 2000(5).

[2] George Brown Tindall, *America: A Narrative History*, New York: W.W. Norton & Company, 1988, pp. A52-A53.

[3] 转引自 Bernard W. Bell, *The Contemporary African American Novel*, Amherst and Boston: University of Massachusetts Press, 2004, p. i。

[4] Richard H. King, "The Uncreated Conscience of My Race / The Uncreated Features of His Face: The Strange Career of Ralph Ellison", *Journal of American Studies*, 2000(34), New York: Cambridge University Press, p. 305.

犀利剖析在他的小说和非小说作品中均有体现。他在文字中体现出的对美国文化的解构和融合观，与罗兰·巴尔特、雅克·德里达、霍米·巴巴和诺思罗普·弗莱的文化研究思想有许多不谋而合之处，完全可以称得上美国黑人文化研究的集大成者。他超前的融合文化思想，与哈莱姆文艺复兴时期的代表人物阿兰·洛克的多元文化思想一脉相承，又对托尼·莫里森、伊斯米尔·里德和亨利·路易·盖茨等一大批当代著名黑人作家和批评家产生了深远影响。

长期以来，美国年复一年地发表"国别人权报告"，对其他国家的人权状况指指点点，丑化他国形象，妄图进行干涉，却对自身存在的严重人权问题置若罔闻，这充分暴露了美国在人权问题上的双重标准和虚伪本质。事实上，美国是当今世界唯一的有两百余年种族歧视和种族压迫历史的发达国家。我们知道，在美国，关于黑人是否也和白人一样具有正常人性的争论从18世纪美国奴隶制时期就开始了，一直延续至今。在美国，尽管奴隶制与《吉姆·克劳法》都已经成为历史，但其阴影却依然笼罩着美国黑人群体，与之相伴的是贫穷、犯罪、教育水平低下等各种社会问题。1966年，《新闻周刊》曾采访了800名美国青少年，当问及他们心目中的英雄，以及如何看待自己的未来，对世界政治及美国种族问题的看法，有44%的青少年认为种族问题是他们所面临的严重的社会问题。时隔50年，《新闻周刊》于2016年5月27日又一次对全美2057名年龄在13—17岁的青少年进行了新一轮在线调查，让人惊讶的是，有82%的青少年认为种族歧视是他们面临的重要社会问题。除了贫困、失业和缺少教育机会外，种族歧视在美国还有其他新的表现。

数百年来，美国黑人知识分子采用种种不同的方式为黑人的人性进行辩护，但主流人群对此始终抱着视而不见、充耳不闻的态度。美国第一代黑人领袖弗雷德里克·道格拉斯（Frederick Douglass，1817—1895）曾在罗切斯特市召开的一次反奴隶制大会上义正辞严地指出："对黑人民族来说，7月4日的国庆是一个骗局：你们白人鼓吹的自由是一种不神圣的自由；你们白人鼓吹民族伟大是膨胀的虚荣；你们白人的欢庆之声空虚残忍；你们白人对暴君的谴责厚颜无耻；你们白人叫嚷的自由和平等是空洞的嘲弄；你们白人的祈祷、赞美诗、布道和感恩，还有气氛庄严的宗教游行，对黑人民族来说，只不过是夸大其词、欺诈蒙骗、不虔诚和虚伪，像一层微薄的面纱掩盖着种种罪行，使这个国家因这些野蛮行径而蒙受耻辱。此时此刻，在这个地球上，没有一个国家像合众国的人民那样，犯下如此令人震惊而血腥的罪行。"[1]

大凡对美国历史和当今美国社会有全面而深入研究的学者，都明白道格拉斯的控诉，绝非言过其实的激愤之词，这些控诉至今仍有时效。2014年8月9日，美国密苏里州的一个白人警察在圣路易斯市弗格森镇开枪打死了18岁的黑人青年迈克尔·布朗，引发了当地民众的大规模抗议，随后演变成大规模的暴力事件。2015年4月12日，巴尔的摩黑人青年费雷迪·格雷受到警察查问，后被逮捕并于19日在当地一家医院死亡，其原因是脊椎严重受伤。格雷的死亡也引发了巴尔的摩市民的大规模抗议。4月27日，抗议演变成了骚乱，并迅速蔓延到华盛顿、纽约等大城市，示威者与警方发生严重冲突。这两起悲剧性事件在美国乃至全世界都引起了强烈反响，种族歧视自然而然成了

---

[1] Frederick Douglass, "What to the Slave Is the Fourth of July？" in Henry Louis Gates, Jr. and Nellie Y. Makay, eds., *The Norton Anthology of African American Literature*, New York: W.W. Norton & Company, 1997, p. 324.

这两起事件的焦点。

　　随着近代以来中美文化交流的增加，在特定的历史文化语境下，中国学者对美国黑人的悲惨遭遇及美国黑人文学一直比较关注。当时的很多学者，主要是译者和编者，视黑人为弱小种族，将其划入受同情、受支持的行列，为其勾勒出一个受难的形象，目的是希望通过自己的译作来唤醒国民的民族意识和爱国热情。其中影响力最大的译著要数《汤姆叔叔的小屋》，因为深受帝国主义侵略和压迫的中华民族的命运和处境，与小说中的"黑奴"不无相似。改革开放后，国内学术界对美国黑人的历史及美国黑人文学的译介和研究取得了新的成绩，但还不够深入和系统。美国黑人历史研究学者王恩铭就认为："对美国黑人政治思想的研究，国内学术界关注不多，相关的研究成果也相当阙如。"[1]

　　事实上，美国非裔文学是一个值得中国学术界多关注的研究领域。埃利森在美国非裔文学乃至整个美国文学中都占有重要地位，而且其小说与非小说创作都与美国社会的发展进程密切相关。研究埃利森是了解美国黑人文学的一个最佳视角，而了解美国黑人文学又是观察美国社会、研究美国历史和现状的一个重要切入点。在美国以民主、自由、平等为旗号广泛干预世界事务的今天，研究埃利森及美国黑人文学尤其具有重要的学术价值和现实意义，可以帮助我们更深刻地了解美国黑人争取平等权利的历程，进而更深刻地了解真实的美国社会、美国历史和美国民主。

---

[1] 王恩铭:《前言》，见《美国黑人领袖及其政治思想研究》，上海外语教育出版社，2006年。

二

到目前为止,对拉尔夫·埃利森的研究集中在美国。受美国20世纪50年代以来社会历史和文化思潮的制约,特别是受美国黑人民权运动发展的影响,美国学术界对埃利森的研究,以及整个美国社会对埃利森的评价有一个变化过程。尽管《无形人》一问世就得到白人主流文学界前所未有的认可,但埃利森注重文艺美学与文化融合的创作思想,与美国黑人文学界当时盛行的以理查德·赖特为代表的自然主义抗议小说创作原则背道而驰。他与同时代的著名黑人爵士音乐家路易斯·阿姆斯特朗一道,被黑人激进分子称为"汤姆叔叔"。1965年,美国对38位黑人作家做了一次民意调查,结果超过半数的作家依然认为理查德·赖特才是美国有史以来最重要的黑人作家。20世纪60年代以后,美国社会一片混乱,政治暗杀不时发生。面对各种种族暴力和流血事件,埃利森公开发表文章,阐述自己的美国文化融合观:"美国的不同思想并没有真正混合,因为白人在抵制这种似乎对他们的身份构成威胁的同化力量……多元文化和大众文化、不同思想和不同生活方式的融合使大部分美国人被不知不觉地感染了美国黑人文化。"[1]这样的观点根本无法得到罗伯特·奥米利(Robert G. O'Meally)等大批年轻黑人知识分子的认同。

但拉尔夫·埃利森关于黑人文化与美国文化的一系列思考,他的文化融合思想和多元文化思想,在相当长时期里一直没有得到人们的充分理解和重视。1991年,美国斯坦福大学雪莱(Shelley)教授在采

---

[1] Ralph Ellison, "What America Would Be Like Without Blacks", 1970, in *The Collected Essays of Ralph Ellison*, edited and with an Introduction by John F. Callahan, preface by Saul Bellow, New York: Random House, 1995, p. 580.

访埃利森时能感觉到，埃利森对于自己的文化思想在美国主流文化研究界的影响力不够而感到很遗憾。

从20世纪70年代开始，文化研究在美国悄然兴起。针对美国文化的多元性、复杂性和流动性，文化融合已成了大家心照不宣和不得不接受的现实。以白人一贯标榜的"纯白种人"为例，1790年，只有2%的白人带有某种程度的黑人血统；而到1970年，这一比例上升到23.9%，美国的黑白混血儿已达到6400万人。有研究数据显示，当时约72%的美国黑人具有某种程度的白人血统，美国人的皮肤越来越多呈现出混杂色。2000年的人口普查显示，美国纯白种人的数量已不到总人口的一半。越来越多的美国文学评论家开始意识到，埃利森在其小说创作和非小说创作中表达出的文化思想具有前瞻性、正确性与合理性，他们也愈加佩服埃利森在黑白完全对立的20世纪40年代提出"白中有黑，黑中有白"的观点，随后美国便出现了一股埃利森研究热。

美国出版了以下具有代表意义的研究成果：约翰·赫西（John Hersey）编写的《拉尔夫·埃利森：评论文集》（*Ralph Ellison: A Collection of Critical Essays*，1974）、罗伯特·奥米利撰写的《拉尔夫·埃利森的创作技巧》（*The Craft of Ralph Ellison*，1980）、凯里·马克威利（Kerry McSweeney）撰写的《无形人：种族与身份》（*Invisible Man: Race and Identity*，1988）、苏珊·帕尔和潘秋·赛文利（Susan Resnick Paarl and Pancho Savory）编写的《拉尔夫·埃利森的〈无形人〉课题教学法》（*Approaches to Teaching Ellison's Invisible Man*，1989）、马克·巴斯比（Mark Busby）的《拉尔夫·埃利森》（*Ralph Ellison*，1991）等。尤其值得注意的是，仅1988—1989年这一阶段，美国就有5部研究埃利森的专著问世。这些研究成果主要从文本入手，对《无形人》和埃利森早期的部分短篇作品进行了多视角的阐释，旨在更多地发现和肯定埃利森对美国黑人文学发展的积极作用和重要意义。

在不断探讨和挖掘埃利森文学创作思想的同时，越来越多的学者认为：埃利森不仅是一个伟大作家，还是一个不可小觑的文学评论家及美国文化研究的开拓者；他的文化思想不仅体现在他早期的短篇小说及长篇小说《无形人》中，还体现在他大量的文学评论和访谈录中。

20世纪90年代初，美国大学的许多学者开始从更为开放的、多元化的视角来看待美国的种族问题，他们重读埃利森的《无形人》和长久以来未加理睬的埃利森早期评论文——《改变玩笑，放开枷锁》，意识到了埃利森文学思想的深刻性和先见性。此后，美国学术界出版了近百部研究美国白人与黑人之间实质关系的专著，这些专著以美国历史的渊源、美国文学经典的形成及发展为切入点，极具说服力地展示了美国文化的多元性和美国白人至上思想的实质所在。其中亨利·路易·盖茨（Henry Louis Gates）的《黑人文学与文学理论》（*Black Literature and Literary Theory*，1984）和《表意的猴子：美国非裔文学批评理论》（*The Signifying Monkey: A Theory of Afro-American Literary Criticism*，1987）、托尼·莫里森（Toni Morrison）的《在黑暗中摸索：白人性与文学想象》（*Playing in the Dark: Whiteness and the Literary Imagination*，1992）、美国得克萨斯州大学英语系教授雪莉·费希尔·费什（Shelly Fisher Fish）的《哈克是黑人吗？——马克·吐温和非裔美国人的声音》（*Is Huck Black? Mark Twain and African American Voice*，1993）、埃里克·桑德奎斯特（Eric J. Sundquist）的《唤醒众多民族——美国文学形成中的种族问题》（*To Wake the Nations: Race in the Making of American Literature*，1993）以及瓦莱丽·巴布（Valerie Babb）的《白人性的显现——美国文学和美国文化中的白人性内涵》（*Whiteness Visible: The Meaning of Whiteness in American Literature and Culture*，1998）、肯尼斯·W. 沃伦（Kenneth W.

Warren)的《如此漆黑，如此忧郁：拉尔夫·埃利森及批评时分》(*So Black and Blue: Ralph Ellison and the Occasion of Criticism*, 2003)等专著是这些研究成果中的佼佼者，埃利森的文化批评思想则是上述作者们必引的观点。

这段时期美国文学界对埃利森文学创作的极大关注和肯定，自然意味着对理查德·赖特文学创作和文学思想的疏忽甚至否定，这样一个转变过程必然会引起长期推崇赖特的学者们的注意。法国巴黎大学非裔研究中心教授米歇尔·法布里（Michel Fabre）将他多年对赖特及其作品的研究，融入厚实的赖特传记《理查德·赖特的未尽之途》(*The Unfinished Quest of Richard Wright*, 1993)。他在书中尽量从人物的生平和作品去寻找和发现其文学思想，并且尽力去寻找赖特文学思想与埃利森文学思想的相似之处，但这本传记在美国文学研究界的反响一般。

1994年拉尔夫·埃利森去世后，美国再次掀起一股埃利森研究热。埃利森生前所有的小说创作、非小说创作及与友人的书信都得到了重新整理和出版。此时，美国学术界对拉尔夫·埃利森的研究已经开始由文本阐释和文学批评向文化批评和专题研究转向，其中最有代表性的三部著作是杰里·沃茨（Jerry G. Watts）的《英雄主义和黑人知识分子：拉尔夫·埃利森、政治与非裔美国知识分子的生活》(*Heroism and Black Intellectuals: Ralph Ellison, Politics and African American Intellectual Life*)、赫拉斯·波特（Horace A. Porter）的《爵士乐的故乡：拉尔夫·埃利森在美国》(*Jazz country: Ralph Ellison in America*)和劳伦斯·杰克逊（Lawrence Jackson）的《拉尔夫·埃利森：天才的出现》(*Ralph Ellison: The Emergency of Genius*)。杰里·沃茨在书中以埃利森为中心人物，探讨20世纪上半叶美国黑人知识分子如何在一个白人主宰的世界里力求获得社会身份、地位以及艺术上的成功。赫拉斯·波特集中探讨了美国黑人音乐与埃利森文学创作之间的关系。劳伦斯·杰克逊的《拉尔夫·埃利森——天才的出现》尽管姗姗来迟（比首部理查德·赖特的传记晚了34年，比首部詹姆斯·鲍德温的传记[1]晚了8年），但这部传记具有非同寻常的意义。它首次详尽地披露了埃利森早年的生活经历对他早中期文学创作的影响，还以独特的视角探讨了拉尔夫·埃利森对当代美国黑人作家的影响。更重要的是，劳伦斯·杰克逊结合大量文本准确分析了埃利森作为文学天才的非同寻常的文学想象力和创造力。这本书唯一的不足，是没能完整地研究埃利森的整个生平及其文学创作生涯，对作家后期生活经历和文学创作几乎没有提及，因此显得有点头重脚轻。

2007年，美国斯坦福大学著名学者阿诺德·拉姆帕萨德（Arnold Rampersad）出版了埃利森的第二部传记《拉尔夫·埃利森传》（*Ralph Ellison : A Biography*），弥补了劳伦斯·杰克逊传记中的不足，对埃利森的生平和文学创作给予了完整的介绍。此书荣获2007年美国全国图书奖非小说作品奖。拉姆帕萨德教授撰写这本书还有一个重要意义，即作者20世纪长期从事左翼诗人兼作家兰斯顿·休斯和理查德·赖特的研究，他的研究转向表明美国黑人文学研究界正以一种更为包容、理解甚至是赞赏的态度来看待埃利森本人及其文学思想。美中不足的是，读者依然能感觉到拉姆帕萨德教授在看待某些文学问题时的过激态度。2010年，约翰·弗·卡拉汉的学生亚当·布拉德利（Adam Bradley）编辑整理了《拉尔夫·埃利森研究进展：从〈无形人〉到〈枪杀前三天〉》（*Ralph Ellison in Progress: From "Invisible Man" to "Three Days*

---

[1] David Adams Leeming, *James Baldwin: A Biography*, New York : Knopf, 1994.

Before the Shooting"），试图揭开美国文学批评界的一个谜：埃利森用 7 年时间完成了《无形人》，却耗费了 40 余年时间来创作《六月庆典》，生前也未能出版。

研究美国文学的中国学者很早就开始关注对拉尔夫·埃利森作品的译介情况。怡微和蔓紫是中国翻译界最早对埃利森感兴趣的译者，1982 年 4 月，她们在《当代外国文学》发表了埃利森的《无形人》前 13 章的译文，后面还附有这部小说其余部分的故事和后记梗概。1998 年，原杭州大学外语系主任任绍曾教授等人将《无形人》翻译成中文，由译林出版社出版，著名学者王家湘先生为该书撰写了前言《论〈无形人〉》，首次对该作品做了较全面的介绍。

中国学术界对埃利森的研究大致划分为两个阶段：第一阶段为 1982—2000 年。这一阶段的研究主要围绕埃利森其人其作、创作背景、创作思想、风格与技巧，以及他与黑人文学传统的关系等，论文数量不多，研究视角也比较单一。具代表性的论文有：梁羽的《〈看不见的人〉浅析》(《当代外国文学》1982 年第 4 期，是中国最早研究埃利森的论文。《看不见的人》即《无形人》，是中国学界对埃利森这部名著的不同译名，下文不一一注明。本研究采用《无形人》译名）王立礼的《美国作家拉尔夫·埃利森与〈看不见的人〉》(《外国文学》1993 年第 1 期）、张秀明的《论〈看不见的人〉的象征手法》(《外国文学研究》1998 年第 2 期）、王逢振的《〈看不见的人〉仍令人震撼》(《外国文学研究》1999 年第 3 期）。此外，陈剑锋的《看不见的人唱布鲁斯》(《外国文学研究》1991 年第 2 期）简要分析了《看不见的人》中的布鲁斯音乐，认为埃利森的布鲁斯音乐是一种把黑人与他们丰富的传统文化结合在一起的艺术，主人公通过布鲁斯音乐接受了自己的种族文化，了解了自我，也了解了种族的苦难。魏玉杰等人的《美国著名黑人作家埃利森逝世》(《外国文学动态》1994年第4期)报道了埃利森辞世的消息，追述了埃利森的生平、创作、文学成就以及他与妻子的日常生活。冯亦代的《埃利森生前作品的出版》(《读书》1997年10月)简单介绍了埃利森的生平及其在美国文坛的崇高地位，概述了《飞行家和其他故事》中5个故事的主要内容，并对此书的前言略加评价；唐晓忠的《文化冲突中寻求真正的存在——拉尔夫·埃利森〈看不见的人〉创作简论》(《南京师范大学学报（社会科学版）》1999年第3期)从分析黑白两种文化的对立，以及两者之间错综复杂的关系着手，引用萨特的存在主义理论，结合埃利森的艺术手段，分析主人公如何在黑白两种文化冲突中失去自我，形成虚无的存在，以及怎样找到真正的存在。在吴富恒和王誉公主编的《美国作家论》（山东教育出版社，1999年）中，李习俭撰写的《拉尔夫·埃利森》一章对埃利森的生平、《无形人》的故事情节和艺术特色做了介绍，并且首次提到了埃利森的非小说创作——《阴影与行动》和《走向领地》两部论文集。

第二阶段为2001—2010年。这一阶段埃利森研究在国内明显升温，尤其是后五年，研究不断拓宽、加深，论文数量明显增多，内容触及埃利森的种族观、文化观，以及他对人性的洞察等方面。其中值得关注的论文有：许海燕的《黑人·人·个性和自我本质的失落——评埃利森的小说〈看不见的人〉》(《当代外国文学》2001年第4期)、秦苏钰的《种族意识与文化认同——从〈喧哗与骚动〉和〈看不见的人〉中的黑人教堂布道谈起》(《英美文学研究论丛》上海外语教育出版社，2008)。这些论文主要从艺术手法和黑人音乐、宗教等文化视角探讨了埃利森的代表作《无形人》。

此外，许海燕的另一篇论文《西方现代文化思潮与二十世纪美国黑人小说》(《当代外国文学》2002年第3期)就弗洛伊德的精神分析学说、存在主义哲学和女性主义思潮对20世纪美国黑人小说的影响做了初步的探讨,分析了埃利森的《看不见的人》所受到的存在主义哲学的影响;王军的《论小说〈看不见的人〉中的伪装与反伪装》(《同济大学学报(社会科学版)》2001年第4期)指出埃利森在小说中极力描绘了社会现实的混乱和伪装,在语言上也相应运用了精湛的伪装技巧,使其作品在内容与形式、主题与表现手段上都和谐地统一了起来,从而超越了社会和种族层面而获得了普遍性意义;卢珊的《多元文化社会中身份的重建——从巴赫金的复调理论看〈看不见的人〉中的身份问题》(《俄罗斯文艺》2002年第5期)认为,作为一种具有普遍意义的批评理论,巴赫金理论对文学研究的意义应该适用于包括美国文学在内的所有文学文本的分析;王玉括的《美国非裔文学中的地理空间及其文化表征》(《外国文学评论》2009年第2期)认为,地理空间在美国非裔文学中具有强烈的种族意识形态特征,分析了弗雷德里克·道格拉斯的《弗雷德里克·道格拉斯:一个黑人奴隶的自述》、拉尔夫·埃利森的《看不见的人》和托尼·莫里森的《所罗门之歌》这三个不同历史时期的代表性黑人文本,指出了地理空间在美国非裔文学中的隐喻作用及文化表征。

张学祥从不同视角撰写了数篇埃利森研究论文,包括《拉尔夫·埃利森的"慎独"与"少产"》(《电影文学》2009年第6期)和《拉尔夫·埃利森的"无为"之道》(《长春大学学报》2008年第2期),后者将埃利森的创作与中国儒家和道家文化进行横向比较,给人耳目一新之感。

这些研究成果还只是对埃利森文学创作的零星探讨,未能从横向和纵向上对埃利森的文学创作进行系统、完整和深入的研究，研究重点也基本上集中于《无形人》。总体来说，中国学界对埃利森的研究还存在较多不足。第一个表现是掌握的资料不够完备，如国内学者一直把《无形人》当作埃利森唯一的长篇小说。埃利森的第二部长篇小说《六月庆典》直到 2003 年 11 月才由笔者首次译为中文，由译林出版社出版。他的短篇代表作《宾戈游戏之王》和《广场上的宴会》，也在此前后才由笔者首次翻译成中文，分别发表在《外国文学》（2004 年第 6 期）和《当代外国文学》（2006 年第 4 期）上。至于《拉尔夫·埃利森论文集》中除《阴影与行动》和《走向领地》所收论文之外的文章，以及他的《飞行家和其他故事》《与音乐共生：拉尔夫·埃利森的爵士乐创作》《美国文化的整体性：摘自拉尔夫·埃利森的书信》《神交十二：拉尔夫·埃利森与阿尔伯特·默里书札选》等作品，国内研究者尚未涉及。美国学者研究埃利森的一系列成果，国内学者也很少参考引用，所掌握的资料严重不足，无疑限制了国内学术界关于埃利森研究的水平。第二个表现是研究的深度和广度不足：基本上是孤立地就《无形人》论《无形人》，未能结合《六月庆典》及一系列短篇小说和大量的文学评论文章，对其创作道路进行完整而系统的考察；未能将埃利森与他同时代的另外两位著名黑人作家理查德·赖特和詹姆斯·鲍德温进行比较，并将他放在美国黑人文学发展史的总体背景中进行研究；未能将埃利森的文学创作置于美国主流文学的大背景下进行研究；未能结合埃利森关于美国文化的评论，系统地研究他的文化思想，并对他解构美国文化、倡导多元文化和文化融合的思想及其重要价值作出阐释。弥补上述缺陷，正是本书的努力目标。

三

1999年，我受译林出版社委托，翻译拉尔夫·埃利森刚刚问世的遗作《六月庆典》，由此开始了对埃利森为期17年的翻译和研究。整个研究过程可分三个阶段：

1999—2003年为翻译解读与资料搜集阶段。这一阶段十分注重翻译与研究相结合。翻译是对原著认真解读、细心领会的过程。2001年8月至2002年8月，笔者作为教育部公派留学人员，前往美国加州大学尔湾分校学习，其间翻译了拉尔夫·埃利森的《六月庆典》和他有代表性的部分短篇小说，如《广场上的宴会》《飞行家和其他故事》。为了准确了解埃利森在美国黑人文学中的地位和作用，笔者还翻译了与之同时代的著名黑人作家詹姆斯·鲍德温的短篇小说《生命的较量》（《外国文学》2007年第3期），认真研读了埃利森的文学前辈理查德·赖特的《大小子离家》《土生子》《黑小子》，以及赖特的俳句及《黑色权力》等后期作品，同时阅读了埃利森之后的重要现代主义和后现代主义作家的作品，如詹姆斯·鲍德温的《向苍天呼吁》、艾丽斯·沃克的《紫色》、莫里森的《宠儿》《最蓝的眼睛》和《爵士乐》等。与此同时，笔者还利用在美国学习的机会尽力搜集资料和相关研究成果，了解美国埃利森研究动态，为进一步深入研究做好准备。

2003—2007年为全面研究阶段。在搜集埃利森的作品及相关研究资料的基础上，笔者既以时间为线索进行纵向考察，又对各种现象进行横向比较，采取文本分析和理论概括相结合的方式，对埃利森进行多维度的系统考察，并试图参与国际拉尔夫·埃利森研究领域的对话。为了全面领会埃利森的文学思想，笔者阅读并翻译了大量非裔美国作家的评论文,因为优秀的美国非裔文学家往往也是卓有建树的文学批评家。

2007—2012年为深入研究阶段。从2007年开始,笔者将对美国非裔文学的翻译和研究引入本科生和研究生课堂,组织研究生阅读美国非裔文学作品、翻译美国非裔文学经典论文。2008年,笔者有幸获得全国哲学社会科学规划办基金项目,于是再次拓宽埃利森文学研究范围,希望能全方位地研究埃利森的文学创作和思想。2010年,为了更好完成这一课题,笔者又一次出国,师从美国哈佛大学杜波伊斯中心主任、美国著名非裔文学理论家盖茨教授,以了解埃利森研究在美国的最新成果和动态。

在研究埃利森的过程中,笔者有幸多次与埃利森的文学财产执行人约翰·弗·卡拉汉教授、美国加州大学尔湾分校英语系迈克克拉克(Michael Clark,笔者在美国访学时的导师)教授和西蒙(Simon)教授、加州大学河边分校历史系的斯特林·斯塔基(Sterling Stuckey)教授、美国迪拉德大学杰出教授杰里·W.沃德(Jerry W. Ward)、美国堪萨斯大学玛丽艾玛·格雷厄姆(Maryemma Graham)教授等进行交流,他们也多次将自己的研究成果邮寄给我。得益于他们的帮助,我的研究思路得到不断拓展和更新,研究成果也更为系统和深入。

本书是这一课题的阶段性成果,拟在美国非裔文学传统、美国主流文学传统和美国文化研究视野中观照埃利森的文学思想及文化思想,并把埃利森的小说创作与非小说创作结合起来研究,旨在以其文学批评理论来反观其文学创作。概括地说,本书主要注意了埃利森研究的六个重要问题。

第一,本书力求将埃利森的文学创作和文学/文化思想放在美国黑人历史、美国黑人文学史、美国主流文学研究和美国文化研究的大背景中进行研究。美国黑人文学主要经历了蓄奴制时期的"汤姆叔叔文学"（Uncle Tom Literature）阶段的现实主义文学、哈莱姆文艺复兴后期的"赖特派"（Wright School）的自然主义文学或抗议小说、哈莱姆文艺复兴之后"埃利森式的风格"（Ellisonian Style）[1]的以《无形人》为代表的现代主义和以《六月庆典》为代表的后现代主义文学三个时期。埃利森的文学创作，标志着美国黑人文学思想倾向和艺术风格的重大转变。

第二，本书穿插式地将埃利森的生平与他的文学创作结合起来进行研究。埃利森的家庭、早年生活环境和求学经历在当时的黑人作家中较为特殊，这既与他父母的意愿有关，也与当时特定的社会环境有关。这些因素对他的心理和性格，以及后来的文学创作都产生了重要影响。《无形人》所获得的巨大成功，在根本上改变了他后半生生活的同时，也给他自身的身份确认带来较大困扰。他一方面要肯定黑人的地位和权利，另一方面又要面对黑人落后愚昧的现实；一方面要倡导黑人与白人和睦相处，另一方面又要对白人根深蒂固的种族歧视保持清醒认识。本书在细致梳理埃利森生平的同时，也注意分析他复杂矛盾的内心世界，并探寻他的生活经历和心理冲突在他的文学创作和文学评论中留下的痕迹。

第三，本书力求对埃利森的文学创作道路进行纵向考察，将他的早期短篇小说与中后期的长篇小说创作结合起来进行探讨，力图揭示其创作中一以贯之的创作主题和艺术手法。埃利森早年曾受赖特为代表的黑人自然主义抗议小说的影响，但不久即与之产生分歧。他认为赖特的代表作《土生子》过于意识形态化，他主张黑人文学创作首先

---

[1] 笔者对于"埃利森风格"的理解是，以其音乐般的抒情格调、浓重的修辞色彩和严谨的小说结构为显著特征。

应该提升其艺术性。埃利森与赖特等人在思考解决黑人社会地位问题方面思路不同,甚至有根本分歧。如果说赖特是站在黑人的营垒中,用仇恨的目光审视白人乃至整个社会,那么埃利森则是力求以客观的立场,抱着让黑人和白人融为一体的愿望来观察和思考。他的《无形人》集中表达了这种立场。但他对黑人与白人之间的尖锐矛盾、白人对黑人根深蒂固的歧视、黑人与白人相融合的巨大困难等问题又有清醒认识。在《无形人》之后的一系列短篇小说和评论中,他一直在思考这些问题。然而,问题的复杂性和寻找出路的难度使他焦虑不安,以至于他的第二部长篇小说《六月庆典》长年未能脱稿。在《六月庆典》中,他把黑人与白人的相互理解和平等相处,提到了事关整个美利坚民族生死存亡的高度。埃利森的创作,表面上似乎比较平静,实际上一直在不断探索,且充满矛盾和焦虑。他早期的短篇小说创作为他后来写出《无形人》和《六月庆典》这两部不朽之作做了必要的准备。梳理其创作过程,有助于我们更清晰地认识美国黑人争取平等权利的道路。

第四,本书力求将埃利森的非小说创作与小说创作进行对照研究,因为他的非小说创作与小说创作之间也有一种相互生发的关系。不仔细领会以《拉尔夫·埃利森论文集》为代表的埃利森的非小说创作,就很难真正理解他的文学代表作《无形人》和《六月庆典》。

第五,本书力求将埃利森对社会现实问题的思考与他对独特艺术风格的追求结合起来进行研究。在注重探讨他作品思想内涵的同时,也注意对他作品的艺术风格和文化思想进行分析。埃利森的文学创作勇于突破,敢于创新。正像他在思想倾向上追求黑人与白人融为一体一样,在文学技巧方面他也不满足于仅仅具有黑人文学的特色,而是希望在此基础上,与当代世界文学发展的潮流同步,融入当代世界文学发展的主流。因此,埃利森一方面注意保持黑人文学自身的特色,一方面非常注意借鉴欧美传统文学的艺术经验,特别是注意汲取当代文学的新技巧、新手段。

第六,本书力求多维度、多视角地揭示埃利森的文学创作与黑人布鲁斯音乐的内在联系。由于布鲁斯音乐在黑人文化生活中占有特殊地位,而埃利森早年专门学习过欧洲音乐及黑人音乐,造诣颇深。他创造性地将黑人音乐糅进自己的小说创作。

本书由上篇、中篇和下篇组成,共十四章。

上篇将埃利森置于美国黑人文学传统中进行考察。T. S. 艾略特说:"任何诗人,或任何行业的艺术家的作品,都不可能具备其完整意义。他的重要性、对其作品的鉴赏,也就是对他和已故诗人和艺术家之间关系的鉴赏。你不可能单独判断一位艺术家的价值;你必须将他与已故的同仁相比较对照。我认为这不仅仅是一种历史批评原理,还是一种美学批评原理。"[1]本篇除将埃利森与赖特、鲍德温这两位著名作家的文学思想进行比较外,还将这三位文学家的批评思想,与美国非裔文学传统中的另外两位重要思想家阿兰·洛克和杜波伊斯,进行追根溯源的比较分析。上篇由一至四章组成:第一章将埃利森文学现象的出现放在美国黑人文学发展的历史链中进行考察,第二章重点围绕犹太籍美国左翼文学评论家欧文·豪与埃利森关于意识形态与艺术美学上的争论展开,第三章主要探讨埃利森的文学创作、文学评论和文化评论中的现代主义、后现代主义倾向的渊源,第四章集中讨论埃利森对人性的剖析。

中篇着力探讨埃利森的文化思想。埃利森不仅属于美国黑人文学,

---

[1] T. S. Eliot, "Tradition and Individual Talents", in *Selected Essay by T. S. Eliot*, London: Faber and Faber Limited, 1932, p. 15.

更是美国文学的巨匠。他对美国文学的贡献在于，他以一个边缘人的身份，从美国黑人音乐着手，从一个独特视角来透视和解构了美国历史、文化及文学传统。

中篇包括五至九章：第五章运用德里达的"白色的神话"和罗兰·巴特尔的"解神化"理论，探讨埃利森对西方神话仪式中黑白对立的解构，揭示埃利森文化思想和文学叙述手法的独创性与超前性。第六章专门探讨了布鲁斯音乐与埃利森的文学创作之间有一种水乳交融的关系。布鲁斯音乐是爵士乐的雏形，作为一种音乐形式，它在美国的诞生和发展反映了黑人在美国坎坷不平的生活经历。第七章结合俄罗斯文学批评家米哈伊尔·巴赫金的对话理论，深入探讨美国黑人音乐传统中的呼应模式及爵士乐对文学创作的启发和影响。第八章阐释埃利森的文化思想，以论证埃利森作为一个文化批评家的开拓性贡献。第九章结合美国文学评论界对这个问题的种种推测和分析，从"艺术美学观与社会现实的矛盾""相同宿命与共同困惑"和"文学理想的破灭"三方面探讨了埃利森第二部小说《六月庆典》难产的客观原因。

下篇将埃利森置于美国主流文学传统中进行考察。埃利森作为一个黑人作家，在创作思想、叙述技巧和语言风格等方面与爱默生、T.S.艾略特、马克·吐温、福克纳等美国白人主流文学家之间存在诸多的内在联系。第十至十四章构成了本书的下篇。第十章从命名与美国的文化传统、文学内涵和文化身份三个方面，来比较美国19世纪思想家拉尔夫·沃尔多·爱默生与美国20世纪黑人作家拉尔夫·沃尔多·埃利森之间的命名和思想渊源。第十一章从"逃逸"的叙述结构、法律与良知、文学思想和修辞艺术语言等方面探讨了马克·吐温对埃利森的文学创作的影响。第十二章以内在化的种族批判思想为切入点，分析和比较了梅尔维尔的创作特点和埃利森对梅尔维尔文本思想的破译。第十三章从"埃塞俄比亚之风"、文学艺术和文学传统历史等方面探讨了 T. S. 艾略特和埃利森的现代主义文学观,旨在证明他们的现代主义思想丰富了主流现代主义创作,从某种程度上反映了现代主义文学创作的真谛,值得学界的重视和世人的反思。第十四章通过分析作家的文学理想与现实生活之间的距离,客观分析了黑人批评家埃利森对白人作家福克纳的肯定与否定。

A Study of Ralph Ellison's Literary Writings

Ralph Ellison(1914 -1994), the most important American black writer since 1950s, is also an outstanding literary critic, and one of the most significant pioneers of American cultural studies. He made a milestone contribution both to African American literature and American literature, and acted in full sense as a successor and a forerunner in the history of African American critical theory and literary writing. He demonstrated in his literary works a foreseeing cultural vision, obviously inheriting from Alain Lockee, a key figure in the Harlem Renaissance, continuing to exert a profound and far-reaching impact on such famous African American writers and critics as Toni Morrison, Ishmael Reed, and Henry Louis Gates. He captured the wide attention of world literature as a modern writer by deviating from Richard Wright's naturalistic protest and social realistic fiction and was lionized for his *Invisible Man*, while it should be further noted that Ellison's milestone contribution to African American literature is never enough stressed, since his literary mind and literary criticism are sharp and foreseeing echoes to his era and to American history. So this book consists of three major sections with 14 chapters all together, trying to examine Ellison's literary works in the contexts of African American literary development,cultural studies, and American mainstream literature, towards a comprehensive engagement of Ralph Ellison literary works and cultural studies.

The book begins with a prolegomenon, which introduces the background, object, significance, and method or originality of research, followed by Part One consisting of four chapters in which Ralph Ellison is primarily approached in the changing historical milieu of African American tradition.

In chapter 1, I take the success and failure of Richard Wright's naturalistic protest novel as a point of departure, going ahead with a discussion of James Baldwin's literary patricide and his moral flaw, to examine why Wright's protégé, James Baldwin, an American black ephebe, advanced an unrelenting criticism of naturalism of Richard Wright, the precursor in African American literary circle. Baldwin's action, which might be interpreted as the literary patricide described in Harold Bloom's *The Anxiety of Influence*, was rather triggered by the upcoming turn of African-American writing from protest school to modernism triumphantly achieved by Ralph Ellison, than motivated by the patricide complex in his life experience. Though Baldwin took the initiative in depicting black humanity, advocating black culture, uplifting black literature and exploring racial discrimination and conflict, trying to transcend Richard's protest writing, his writing principles revealed certain inconsistencies and dilemma. Baldwin's personal and literary patricides brought about internecine both to Wright and himself, while as an indispensable tache in the African- American literature progress, its positive significance must never be overlooked, but it is Ralph Ellison's *Invisbile Man* which brought about a new direction to the development of African American literature.

Chapter 2 dwells on the literary dispute between Irving Howe and Ralph Ellison on ideology and artistic aesthetics. Irving Howe's essay "Black Boys and Native Sons" takes James Baldwin as the main target, who just kept silent, while Ralph Ellison as the secondary target, who gave prompt responses with his marvelous and masterful essays "The World and the Jug," and "Hidden Name and Complex Fate," elaborating with refreshing insight on such crucial issues as the field of influence for a black writer, the social and art obligation of a black writer, and the new directions in black literary writing. The author tries to justify Ellison's view by a detailed analysis of Ralph Ellison's early short fiction, and to demonstrate the significance of Ralph Ellison's literary patricide to the new development trend in African American literature, which also illustrates why Ellison turns out to be the winner, and Irving Howe, the loser of this literary debate. The internal law for the development of African American literature is also a factor not to be ignored.

Chapter 3 is devoted first to an elaboration of the relevance and difference of Richard Wright's naturalistic protest fiction from the American mainstream naturalistic writing represented by Theodore Dreiser, with an objective analysis of Richard Wight's literary talents and literary contribution to African American literature; and then, the writer moves on to discuss Ralph Ellison's transcendence of Richard Wright by his stepping around and by traces of modernism and post-modernism in his literary writing, literary criticism and cultural review.

Chapter 4 centers on Ralph Ellison's anatomy of humanity. The debate whether the black man possesses human nature or not started from the slavery time in the 18th century in America till the present time. The white man's dehumanization of the black man to get a sense of superiority gives rise to various social conflicts and uprisings. The black intellectuals have been consistently battling for their humanity ever since. Ralph Ellison nimbly defends the blacks' humanity with his outstanding cultural vision, and his witty use of metaphors in language. He outdid the traditional literature focusing on moralistic propaganda by Mrs. Stowe, and the naturalistic protest fiction centering on hard-boiled remonstration and violence by Richard Wright, firstly by speaking highly of the 19th century classic works by such white writers as Melville, Faulkner and Mark Twain, who showed humanistic spirit affirming the blacks' humanity, and secondly by making use of the highly symbolic and subversive language both to represent negro's humanity and whites' inhumanity, and more importantly by probing into the universal human nature by alluding to the Riddle of the Sphinx, which demonstrates, in a broad sense, the author's humanistic concern for the living dilemma of the contemporary people and also his advocatory tendency to revive the humanistic spirit of some 19th century writers.

Part Two consists of chapters 5 to 9, in which Ralph Ellison is discussed in the context of are in American culture and its acculturation.

In Chapter 5, traits of post-modernism and cultural studies in Ralph Ellison's texts are discussed at length with the help of Jacques Derrida's "White Myth" and Roland Barthes' "Demystification" in order to touch upon two core ideas : One is Ralph Ellison's anatomy of black/ white binary opposition in Western myth and rites, and the other is ancestral presence in Ellison's writing, so as to bring to light his literary originality and foreknowledge.

Invisibility, as a central metaphor in *Invisible Man*, is a stimulation Ellison got from his deep brooding of Negro culture and its value, and also marks a shift from Richard Wright's naturalistic protest fiction to modern aesthetic novels and to post-modern novels with subversive features. The new direction is signified by Ellison's deconstruction of binary opposition in Europe and social rituals in Deep South of America. Ralph Ellison's continuing belief in American amalgamation when "ethnic integrity" overshadowed the "melting pot" as a cultural touchstone, and his rediscovery and reinterpretation of myth and ritual significantly represent his cultural vision in his literary writing, and also a persuasiverectification from the prevailing writing in sociological perspective, while ancestral presence in his writing conduces to the American racists' reexamining American identity and American culture,which helps to decode the genuine significance of the meaning of "invisibility".

The primary focus of the sixth chapter is the use of blues in Ralph Ellison fiction. Blues is the primitive form of jazz, and it witnesses the jagged grain of the blacks' experience in the United States, and so it is spiritually interwoven with Ralph Ellison's literary writing. People in adversity may transform the transcendental ambience which classic blues songs and blues singers deliverinto the fabric of their optimistic existence. Ralph Ellison is the first to realize the literary potential of blues and theorized its expressiveness and life philosophy with eloquent and indelible concision, and to transform it into an act of literature with such originality that he made a tremendous success in the history of African American literature. Ellison's achievement lies in his bringing a shift from naturalistic tendency of protest literary writing to a new modernist style, focusing on American culture. This chapter contains a probing discussion of how Ralph Ellison derived his philosophical and expressionistic inspiration from the blues and how Ellison juxtaposes individual disaster with blues code, so as to reveal Ellison's multiple modes of profound thinking and speaking concerning racial problems.

It is elaborated in Chapter Seven that Ralph Ellison, an African American writer, and Mikhail Bakhtin, a Russian literary critic, are famous thinkers dwelling on the social peripheries, and their marginalized identity propagated their own literary intellectual. Ellison, with his professional training in music, successfully reframed into his literary narrative the call-and-response in black music tradition, which embodied a rich sense of history and culture, while Bakhtin realized in Dostoyevsky's literary works the great potential of fashioning polyphony into his literary criticism and proposed dialogism highly influential in human science. The paper argues that rimland identity may breed original intellectual theory, with the fabric of the music as its catalyst. It will be seen that Ellison's use of call-and-response tradition and Bakhtin's dialogism are similar in many respects, although there is evidence to show their significant discrepancies, since they were brought about in quite different cultures as a way life and an ethos bearing profound literary values. Ellison as a pioneering cultural critic has received far too little elucidation in the scholarship, the present work aims at re-forming Ralph Ellison's intellectual portals, in order to bring out Ellison literary innovation and uniqueness through theoretical literary analysis, and to expand, deepen, and enrich Ellison study in China with some new insights.

More attention is called in Chapter 8 to the fact that Ralph Ellison is the most profound cultural critic in the 1960's when he was widely acknowledged as a celebrated African American writer and literary critic. Ellison's lifetime in-depth reflection on American culture found vigorous expression in his numerous critical essays. Ellison's cultural integration is largely based on his reinterpretation of the black culture, music in particular, and insightful analysis of intrinsic performance and embodiment of the black music, which, in Ellison's view, reveals the interrelatedness between the literary aesthetics and the cultural integration on one hand, and deconstructs the binary oppositions between the American black and white on the other hand. By an illuminating interpretation of the Little Man he proposes a kind of bottom-up cultural pluralism , through which the essence of American culture is eloquently unmasked. As a pioneering cultural critic in America, Ellison was unanimously recognized as the first writer who successfully interweaves his idea of cultural integration into literary writings which proves to be his unique contribution to American Culture of democracy and diversities. Ralph Ellison is considered an authoritarian scholar on American culture in African American literary circle and his pioneering cultural criticism should receive more elucidation in the scholarship.

Chapter 9 seeks to examine why Ralph Ellison failed to complete his second novel. In the Annual Conference of American literature of 1997, Eric Newhall read an article entitled: "Ideology and Creativity: Why Ralph Ellison Failed to Complete his Second Novel ? " which arbitrarily attributes Ellison's posthumous second novel *Juneteenth* to his individual heroism. I try to join the discussion by contending that antinomy of artistic aesthetics and social realism, that same destiny and that same dilemma, and disillusionment of literary ideals might be the reasons for Ellison's final decision.

The Third Part includes Chapter 10 to 14, offering a lengthy discussion of Ralph Ellison in the mainstream American literature tradition.

The first focus of this Part is the significance of the naming act and its intellectual heritage between Ralph Waldo Emerson and Ralph Waldo Ellison, and this subject has always been enigmatic in the scholarship, thus also entailing intense research interest in China. For American writers, naming is a cultural act to enrich the mind of fictional characters, while for black peopleit is more an act to search for human identity and individual recognition. This paper tries to highlight both its literary consciousness and cultural identity by an interpretation of Ellison's name and some other writers' act of naming. Ralph Ellison's positive and negative criticism of naming act can be illustrated through a comparison of Emerson's seminal essay "Self-reliance" with several essays by Ellison, in which he holds that names are not qualities, nor are words actions. Ellison's different view on the relationship between the naming act and human fate would certainly have impact on his American cultural deconstruction and his literary integration.

It will be seen in Chapter 11 that the interwoven literary connection between Ralph Ellison and Mark Twain is discussed by taking "Flight", a particular literary theme by the Stephen Crane during the American Civil War, as a point of departure to analyzed the literary theme, thought and language of the two writers. The transformation brought by the American Civil War to government, economy and society would definitely challenged the foundation of the individual identity and therefore would bring change to the class distinction and social hierarchies in the American South. It was this fluidity that forced the southern Americans to focus their concern on the changeable social status and its consequences, while the problem of how to re-summon up the courage to face personal identity and human weakness in Reconstruction became an important issue in the daily life along the Mississippi river, Western and the Southern United States. But this period of American history is not much put into the American literary fiction, since it is such a puzzling dilemma to the American writers living in a country with its own national identity still unsettled , as to how to define the American blacks, and how to comment on the Civil War ? How to represent the contradictions and conflicts between the black and the white , and how to express their political positions ? But Mark Twain, who regarded writing as a highly moral task of obligation, indirectly wrote down this phase of history by means of a certain unconventional narrative structure and an implicit anti-racism literary criticism and some dexterous rhetoric devices discovered and inherited by keen Ralph Ellison who enriched his own literary creativity and connotations. As for Ralph Ellison, Mark Twain, who criticized the American history comprehensively and compromised on it in a harmonious way, is a truly artist as well as an example for American writers. With his sagacious perception, Ellison discovered and inherited this narrative and rhetorical method bravely so as to enrich his own literary creations and ideological connotations.

Chapter 12 is an engagement of the internalized criticism of racism by Herman Melville and Ralph Ellison.Herman Melville is one of Ralph Ellison's white precursors, though Ellison never clearly elaborates on how Herman Melville influenced hisliterary career.Melville's prophetic criticism of the American racial problem makes him not only a naturalist but also a protomodernist. By paradoxical strategies in *Moby Dick*, and *Benito Cereno*, Melville subtly subvert the binaries between the invisible and the visible, the good and the evil, (the dominant and the submissive,) order and disorder, intelligence and blindness, civilization and *barbarism* etc. In *Benito Cereno* Melville fictionalized a mutiny in the American slavery history and subverted the ostensive relationship between the black and the white by highlighting not only their differences, but also their sameness. As a writer of modernism and postmodernism, Ellison decrypts what Melville encrypts in his texts concerning racial criticism by signifying/playing variations of such literary themes as invisibility which is a big metaphor for search of identity for African American people, blackness and whiteness which focuses on deconstructing American culture. As an essayist, his Ellisonian lyricism demonstrates some different guises of black modernisms: since racial problem is their focus of concern, there is some internal literary inheritance between the two writers.

In Chapter 13, I try to show how T. S. Eliot, a representative figure in Euro-American modernist movement, influenced Ralph Ellison, a key writer in Afro-American modernism, from the perspective of tradition, history, and artistic elements. As a preeminent figure in British Modernism, T. S. Eliot concentrates on European wars crisis and moderncollapse of morality from the late nineteenth century to the early twentieth century. Ralph Ellison, a modernist pioneer in African American literature, strives for the identity and equality of the blacks and for literary integration into the white mainstream. Both as modernist writers, Eliot and Ellison share commonalities as well as differences. While they witnessed and were influenced by different literary traditions, they also showed concerned for the "other", with "Ethiopia airs" as their literary inspiration. Motivated by their strong sense professional mission as writers, they focused their interest on human fate and world Order, hoping to challenge the existing social systems and soften this world of violence and chaos by means of their modernist artistic writing, which keep some distance with historical reality, demonstrating certain feature which transcends the mainstream modernism, which in turn is enriched by the two writers' modernist perspectives which to some degree reflects the true motivation of the conscientious modernist writers and so deserves more attention from the scholarship and more reflection from the world.

Chapter 14 documents that Ralph Ellison, the leading African American writer, modestly regards William Faulkner, the Southern literary giant, as one of his literary ancestors, despite the fact that they are contemporaries. The varied literary techniques, especially the multi-voice narrative, and the Southern Complex in Faulkner's novels cast great influence on Ellison, who paid due homage to Faulkner's literary rendering of black life. However, Faulkner's ambiguity in his treatment of Southern racism labeled him as an anti-racist by Southern whites who resented his apparent sympathy with black people in his novels, and as a racist by black critics who were offended by his conservatism and resistance to comprehensive integration in the South which were manifest in his public statements and letters. The discrepancies between Ellison and Faulkner lie well in their own racial identity, which dictates that the black Ellison wrote in an endeavor to eliminate racism in America while the white Faulkner wrote to discover the real process and source of the collapse of the American South by a full and truthful exhibition of the Southern life, constitute the literary exchange between the two who actually share the same belief in the duty of writers, and highlight the righteousness and fairness in Ellison's stand as a black writer.

上篇　创新与超越：
拉尔夫·埃利森与美国非裔文学传统

　　还有另一种美国传统，它教人们改变种族之间的挑衅，学会控制或抑制痛苦。这种传统讨厌用自己的痛苦去换得好处和同情，认为这是一种伤风败俗的做法；这种传统产生的初衷并非希望否定生存的艰苦，而是像那些处于最佳生存状况的人们那样看待生活。一个人要有坚韧的性格，艺术家也不可缺少这种性格。也许，黑人如果想成为一个艺术家，他更需要拥有这种素质，无一例外。社会生存给黑人作家的作品以怎样的压力，取决于这些作家在多大程度上将自己的生活经历转换成了艺术。

——拉尔夫·埃利森

第一章　20世纪美国非裔文学的"弑父"及其意义

引　言

　　哈罗德·布鲁姆1973年出版的《影响的焦虑》(*The Anxiety of Influence*)被称为一本"震撼了所有人神经"的书，它道出了一个惊人的事实：文学创作是一个相互影响的领域，没有一个作家或诗人可以完全摆脱前辈对自己的影响。布鲁姆的这套"弑父"式的修正主义批评理论，别出心裁地将弗洛伊德"弑父娶母"的俄狄浦斯情结运用于文学批评中。他认为，文学领域的影响者和被影响者之间的关系，有点像父亲与儿子。前辈的传统如同权威的父亲，它给新人带来了巨大的阴影和焦虑。后者唯一可采取的策略就是对前人的成果进行某种"修正"或创造性的"误读"，以"弑父"的手段来消除自己的焦虑或否认前辈对自己的影响。布鲁姆致力于文学影响的历时性研究，他肯定文学的影响史为一段"富有成效的诗歌影响史，也就是西方文艺复兴以来的诗歌传统，是一段焦虑和自我拯救式模仿的历史，是一段歪曲的历史，是一段非正当的随心所欲的修正历史，没有这段历史，现代诗歌就不可能存在"。[1]布鲁姆进一步论证："当莎士比亚摆脱了自己的主要前辈和竞争者克里斯托弗·马洛的风格，自己也获得了某种胜

---

[1] Harold Bloom, *The Anxiety of Influence*, London: Oxford University Press,1973, p. 30.

利……他创造出具有鲜明个性的丰富的人物形象。这是诗的影响迄今取得的最伟大胜利。"[1]《影响的焦虑》让我们看到，从克里斯托弗·马洛和莎士比亚，到济慈和丁尼生，再到柯勒律治和王尔德，一代又一代的新人在与传统或经典的激烈"弑父"的搏斗中脱颖而出。20 世纪 40 年代末，美国非裔文学界也出现了一次带有悲剧色彩的"弑父"行为，主角是黑人文学新人詹姆斯·鲍德温和拉尔夫·埃利森与他们文学创作的引路人、当时美国黑人文学的领袖人物理查德·赖特。

第一节 理查德·赖特与自然主义抗议文学的胜利

理查德·赖特对美国非裔文学的发展做出了里程碑式的贡献。1924 年，年仅 16 岁的赖特开始发表文学作品[2]，他早期作品主要包括短篇小说《迷信》(*Superstition*, 1931)、《大小子离家》(*Big Boy Leaves Home*, 1936) 和诗歌《我和世界之间》(*Between the World and Me*, 1935) 等。《我和世界之间》和《大小子离家》是赖特根据小时候目睹黑人被处私刑的经历写成的，这些作品很快确立了赖特在美国黑人文学界的新星地位。

1932 年，赖特加入芝加哥约翰·里德俱乐部 (The Chicago John Reed Club)，并成为美国共产党重点栽培的尼格鲁知识分子。1936 年，他从芝加哥来到纽约，肩负着两个职责：一是编辑《新挑战》(*New Challenge*)，二是协助《工人日报》(*Workers' Daily*) 的出版发行。这两个刊物和《新大众》(*New Masses*) 一样，都是美国共产党主办的左翼

---

[1] Harold Bloom, *The Anxiety of Influence*, London: Oxford University Press, 1973, p. 40.

[2] 据理查德·赖特在其自传《黑小子》中所述，1924 年，他在当地的一家报纸上发表了处女作 *The Voodoo of Hell's Half Acre*。

刊物。据《赖特传记》的撰写人康斯坦丝·韦布（Constance Webb）记载，赖特当时有几本书稿正在创作之中，不管走到哪里，他都随身携带着这些书稿，以便随时就书稿的思想内容和同仁展开讨论，他身边的人都称他为"大人物"或"芝加哥来的大作家"。[1]

当时的赖特年轻有为，在哈莱姆已经是美国共产党和黑人知识分子最看好的文学新星。受马克思主义思想和社会主义世界观的影响，赖特认为自己有责任和义务为所有尼格鲁作家后起之秀设计文学创作的蓝图。1937年，他在《新挑战》发表了他的早期论文《尼格鲁文学创作蓝图》，全面阐述了他对黑人文学创作方向的明确观点，不但要弘扬独立的黑人民族精神，还要宣传共产主义立场。20世纪初，马克思主义思想和社会主义世界观开始在美国传播。马克思主义认为，所有文学都是一种宣传，或者说文学一进入社会领域就成了一种宣传工具。既然是一种宣传工具，它必然直接或间接反映了作者的阶级态度。因此，马克思主义思想当时最能代表普通黑人的心声，为许多黑人知识分子提供了生存和生长的土壤。以理查德·赖特和兰斯顿·休斯为代表的黑人知识分子将马克思主义无产阶级理论和观点，以及世界各国革命斗争的经验和教训运用于黑人民族的具体问题中，并从理论上阐明美国的种族主义和贫穷的根源，使越来越多被压迫和被剥削的工人组成了一条团结战线，着力推翻帝国主义，实现黑人民族的真正解放。受这些新思想运动的启发和影响，美国黑人逐渐明白种族歧视是资本主义、帝国主义所有的产物，要争取自己的权利，改善自己的生存环境，就必须积极参与革命运动。马克思主义思想为美国非裔文学发展提供了理论依据，正如赖特所说："我躺在床上读他们给的杂志，

---

[1] Constance Webb, *Richard Wright: A Biography*, New York: G. P. Putnam's Son, 1968, p. 145.

并惊喜地发现,这个世界还有一个为受压迫和被孤立者寻求生命真谛的组织。"[1]

在《尼格鲁文学创作蓝图》一文中,对美国黑人文学创作的内容与形式,赖特提出了"复杂的简单性"(complex simplicity)概念:"要用简单的方式展示他们的生活,还应该展示他们生活中的所有复杂性、特异性和神奇性,它们如同一道光,给肮脏的生活带来了光明。借用俄罗斯的一个短语表达,就是生活应具有复杂的简单性……艺术家对待生活问题与科学家不同。我的任务不是将现实抽象化,而是提升它的价值。艺术家在通过语言、绘画、石碑或音乐认同自己的情感时,会将自己的感情用一种直接或绝对的形式表现出来。"[2]在这篇文章中,赖特还从历史的角度分析了美国非裔文化被分裂的事实,他提醒所有美国非裔作家:"非洲文化原本是一个繁荣的整体,后被分裂了;美国非裔作家必须在一个陌生的异国环境中,通过长期和复杂的斗争,重新获得这个文化整体。"[3]面对自己的民族文化被主流白人文化所孤立的事实,赖特指出这种孤立状况使一代又一代的文人变得颓废,他号召非裔美国作家团结起来,以马克思主义的进步思想为指导。不难看出,《尼格鲁文学创作蓝图》主张民族斗争和民族独立。赖特认为,以往的尼格鲁人一直受卑微小说、诗歌、戏剧的限制,这类作品像卑躬屈膝的大使一样,在向美国白人行乞。美国白人一向认为黑人奴性十足,可以任意凌辱。以往的黑人作家对此或否认,或辩护。因此,

---

[1] Richard Wright, "I tried to be a Communist", *The Atlantic Monthly*, Vol. 174, No. 2, August, 1944.

[2] Richards Wright, "Blueprint for Negro Writing", in Gates, Henry Louis, Jr. and Nellie Y. Mckay, eds., *The Norton Anthology of African American Literature*, New York: W.W. Norton, 1997, p. 1385.

[3] Richard Wright, "Blueprint for Negro Writing", in Gates, Henry Louis, Jr. and Nellie Y. Mckay, eds., *The Norton Anthology of African American Literature*, p. 1396.

他号召尼格鲁作家接受马克思主义社会现实主义思想，通过反抗和斗争来获得思想和感情上的自由与独立。

与此同时，欧洲的爱尔兰在新芬党的领导下，开展了一场民族自治运动，即爱尔兰文艺复兴。受此影响，美国黑人以哈莱姆为中心，兴起了一个影响深远的文艺复兴运动，即哈莱姆文艺复兴（Harlem Renaissance）。这是一次前所未有的思想解放和启蒙运动，为马克思主义在美国的传播开辟了道路。这场运动否定了过去文学创作中的那种俯首帖耳、逆来顺受的汤姆叔叔形象，要求树立新尼格鲁人形象。1938年，赖特的短篇小说集《汤姆叔叔的儿女》出版，立即成了当时的无产阶级革命文学典范，据说总统夫人埃莉诺·罗斯福读这本小说后激动得流下了眼泪。1940年，赖特的《土生子》出版后同样火热，销量最好的时候一天可出售2000册。这两部作品都顺应了当时"新尼格鲁人运动"的要求，深入剖析了黑人的犯罪活动与美国社会制度之间的内在联系，指出黑人的野蛮凶暴非天性，也非民族特性，而是美国文明的产物。赖特在解释《土生子》主人公别格的性格起源时告诉我们："诞生别格的文明没有精神实质，也没有创造能容纳和承认其忠诚和信念的文化，这使他变得十分敏感，也无依无靠，成为在我们城市街道上游荡的一股自由力量，一股难以控制和无拘无束的冲击式热旋风。"[1]《汤姆叔叔的儿女》和《土生子》的成功使赖特成为美国历史上第一个黑人畅销书作家，也是美国文学史上第一个在白人世界成名的黑人作家。

1945年，赖特的自传体小说《黑小子》第一版问世，更是轰动一时。这部小说讲述了一个从天真无知到经验丰富的美国南部黑人的故事，

---

[1] Bernard W. Bell, *The Afro-American Novel and Its Tradition*, Amherst: The University of Massachusetts Press, 1987, p. 161.

三十多年来,这个故事被认为是对某段时间和某个地点的人,从童年到成年的个案的普遍现实反映和悲剧性见证,其销量甚至超过了《土生子》。艾玛穆·阿米里·巴拉卡(Imamu Amiri Baraka,1934—)认为:"赖特的《黑小子》和《土生子》是描写南方与北方的黑人城市生活和非城市生活的两部最有永久价值的社会批评小说。"[1]一时间,赖特式反映美国黑人困境的抗议小说风靡一时,成了唯一应该效仿的黑人文学范式,赖特也成为美国黑人文学界当之无愧的领袖人物。

赖特的"创作蓝图"顺应当时社会历史发展和黑人文化民族意识觉醒的需要,因此起到了一呼百应的效果。伯纳德·W. 贝尔说:"20世纪40年代,美国黑人文学界共出版了28部小说,其中近一半的小说带有《土生子》的影响痕迹,这标志着自然主义的胜利。"[2]此时赖特年仅39岁,他的成功至少给当时的哈莱姆青年黑人作家树立了一个极有力的榜样,因为他的经历至少验证了一个事实:在一个白人主宰的社会,黑人也是可以通过文学创作获得成功的。赖特成功的意义和贡献远不在于此,他在美国非裔文学发展历史上具有里程碑的意义,对第二次世界大战以后美国黑人文学的发展产生了巨大的影响。西方评论家普遍认为,赖特的《土生子》出版后,美国非裔文学才受到美国文学评论界的重视,才真正在美国文学界占有一席之地。

取得了成功的赖特此时志得意满,以为终于可以享受与白人同等的公民身份和自由了,可现实让他失望了。凭借《土生子》和《黑小子》,赖特在美国黑人文学界获得了巨大成功,但小说中过于血腥的暴力描写和报复情节,传递出了白人和黑人之间不可调和的种族仇恨,使赖

---

[1] 转引自施咸荣:《理查德·赖特》,见吴富恒、王誉公主编《美国作家论》,山东教育出版社,1999年,第715页。

[2] Bernard W. Bell, *The Afro-American Novel and Its Tradition*, 1987, p. 185.

特与白人种族和美国主流文学界越来越疏远。赖特在美国白人主流文学界并没有得到认可,他依然被视为一个黑人作家,而不是一个美国作家,尽管赖特的志向是成为一个世界作家。赖特的家庭生活完全被打乱了,他和他的家人常常受到白人种族主义分子的骚扰,原因是他的小说火药味太浓,且缺乏白人与黑人之间的相互理解和谅解。这些恐吓和骚扰让赖特又想起了他小时候在南方贫穷和苦难的经历,过去的经历如同噩梦缠身,让他无法摆脱。应该说,赖特的小说如同一把双刃剑,在杀伤白人的同时,自己也伤痕累累。赖特对美国彻底失望了,1947年,他携妻女身心疲惫地离开了美国,自我流放到法国。

在法国居住的13年里,赖特出版了《局外人》(1953)、《长梦》(1958)等7本新书,但销量均不太好。移居法国后的文学创作滑坡,对赖特也是一个沉重打击。赖特的后期生活,包括家庭生活和文学生涯都带有悲剧色彩。他的妻子和女儿住在英国,而他却没法获得在英国长期定居的签证,因此只好独自住在法国。他利用自己的国际威望,致力于争取黑人权利的运动,这些虽然巩固了他的西方身份,但却加强了他的种族偏见,也不利于他完善自己的创作艺术。此时的他心情抑郁,文思枯竭,在失却了昔日的光彩后难以以卖文为生。有多种迹象表明,赖特待在法国的时间越长,他对美国的态度就越温和。1951年,他说他待在法国是为了更好地认清自己的国家:"我是一个美国人,生为美国人,死亦美国人。"[1] 1959年,他在接受挪威一家报社采访时说:"我得说,我的祖国的情况正在好转。"就在他去世前,他还对莫里斯·纳杜(Maurice Nadeau)说:"我愿意为我的祖国献身,但

---

[1] 转引自 Robert J. Butler, "Conversations with Richard Wright", *African American Review*, Vol. 29, Issue 1 (Spring, 1995), p. 132.

我绝不会替它撒谎。"[1]在赖特最后的几年里,他的生活非常艰难。在巴黎他也没有一个真正像样的家,面对正在发生变化的美国,他也没法获得一种真实了解。赖特的经历似乎证明了一个颠扑不破的文学常识——一个作家抛弃其文化之根即意味着其创作力和想象力的衰竭。因此,美国文学界不断有人攻击他疏于完善自己的文学创作技巧,其中包括他曾经那么器重并尽力提携过的詹姆斯·鲍德温和拉尔夫·埃利森。

第二节 詹姆斯·鲍德温和拉尔夫·埃利森的文学"弑父"

成名后的赖特身边"总是围着一群崇拜者,其中就包括拉尔夫·埃利森和稍后的詹姆斯·鲍德温"。[2]赖特也很欣赏埃利森和鲍德温的写作才华,经常指点和帮助他们。

从某种意义上来说,赖特对埃利森的帮助,对改变后者的命运产生了影响。1936年7月,埃利森辍学离开塔斯克基学院来到纽约哈莱姆,尽管他常常与理查德·赖特、阿兰·洛克和兰斯顿·休斯等人交往,但他主要时间是用于跟里奇蒙·巴特学习雕塑。赖特后来回忆说:"他当时一心想成为一名雕塑家,还说不清楚他心里到底渴望什么。"[3]1937年,埃利森的母亲去世,他奔丧后回到纽约,身无分文,心情也沮丧到了极点。此时的赖特一边负责《工人日报》哈莱姆分社的编辑工作,一边修改他的《汤姆叔叔的儿女们》,整天忙得焦头烂额。

---

[1] 转引自 Robert J. Butler, "Conversations with Richard Wright", *African American Review*, Vol. 29, Issue 1 (Spring, 1995), p. 134。

[2] Constance Webb, *Richard Wright: A Biography*, New York: G. P. Putnam's Son, 1968, p. 145.

[3] 同上书, p. 147。

他为穷困潦倒的埃利森做了两件事：一是介绍埃利森到纽约城WPA联邦作家工程（Federal Writer's Project）[1]工作，负责编辑黑人在纽约的历史资料，这样，埃利森不但每个月有103美元的生活保障，同时还是赖特的助手，帮赖特搜集资料，这些工作经历让埃利森得到了锻炼；二是让埃利森为沃特斯·爱德华·特平（Waters Edward Turpin）的《低地》写一篇书评，发表在赖特负责编辑的《新挑战》1937年秋季版上，这是埃利森平生发表的第一篇作品，也标志着他由音乐家向作家的正式转向。后来赖特又鼓励他为《新挑战》写短篇小说。埃利森根据1933年搭货车去阿拉巴马塔斯克基学院学音乐的经历，创作了处女作《海米与警察》。[2]接着，埃利森做出了一个重大的决定，放弃一直在追求的雕塑艺术和音乐艺术，放弃返回塔斯克基学院获取学位的计划，留在纽约开始自己的文学创作生涯。据研究埃利森早期生活的学者罗伯特·奥米利所说，埃利森本人都认为这个决定"是将自己的精力下在一个有可能失败的赌注上"。[3]正是因为赖特和埃利森都有对文学的喜爱，他们才经常在一起讨论文学思想；正是得益于赖特的一再鼓励、支持及指点，埃利森才正确地选择了文学创作道路，并由此获得了一种能与种族歧视相抗衡，并实现个人理想的最佳途径。

表面上看，赖特帮助埃利森进入联邦作家工程，只是解决了他的温饱问题，事实上，这段经历对埃利森的文学创作来说难能可贵。这些历史资料为他后来从事《无形人》的创作提供了极为宝贵的原始素材。1938—1942年，埃利森采访了许多黑人长者，听他们讲述黑人的

---

[1] 联邦作家工程实际上是"新政"的一部分，负责为失业的作家、编辑和研究者提供就业机会。
[2] 由于《新挑战》不久倒闭，正在校对中的《海米与警察》没能发表，直到1996年才被收入埃利森的短篇小说集《飞行家和其他故事》中。
[3] Robert G. O'Meally, *The Craft of Ralph Ellison*, Massachusetts: Harvard University Press, 1980, p. 33.

历史。这让他明白,黑人民间艺术是理解非裔美国人生活经历的关键。他同时也意识到,文学创作应该使用习惯用语,而不是带有拼写错误的方言。据马克·巴斯比记载,埃利森从那时起就开始为他的《无形人》搜集一些特定表达方式和意象性语言。比如,1939年,他采访了火车行李搬运工劳埃德·格林,格林说他来纽约25年了,但依然不是纽约人:"我心中有纽约,但纽约没有我。"这段话被移植到《无形人》中的母亲形象玛丽·兰博(Mary Rambo)身上,她提醒主人公:"别让哈莱姆把你给骗了。我心中有纽约,但纽约没有我。明白我的意思吗?不要变得堕落了。"[1] 接受过埃利森采访的还有一位十分重要的人,他就是利昂·格利。格利向他讲述了一个绰号为"可爱的猴子"的黑人故事,此人可以用智慧战胜白人:"可爱的猴子可以使自己隐形。你不相信吗?可爱的猴子会给黑猫开肠破肚,挖出它的心脏,然后爬到树上去咒骂上帝。他无所不能,白人一早醒来会发现他们的东西不见了。他会洗劫商店,洗劫住宅,还会洗劫银行。他是这一带最大胆的狗娘养的黑人。没人可以制服他,因为你看不见他,他是无形的。"[2]《无形人》中还有一些黑人的老话,比如,"假如你的皮肤是黑色的,就往后站;假如你的皮肤是棕色的,就留下;假如你的皮肤是白色的,你就是对的"。黑人自己也开玩笑说,他们的皮肤黑得在黑夜中叫人没法看见……可见《无形人》中的主题、象征和形象是以民间素材为基础。

与对埃利森的帮助相比,赖特对詹姆斯·鲍德温的帮助更显而易见。鲍德温14岁开始在继父的教堂布道,三年后自称"看透了宗教

---

[1] Mark Busby, *Ralph Ellison*, Boston: Twayne Publishers, 1991, p. 13.
[2] 同上书, p. 14。

的虚伪",从此离开教堂,不信宗教。尽管如此,这段经历对他影响很大,他转向文学创作后写的散文就带有布道时的说教口吻和激情。1943年,鲍德温和当时许多具有文学才华的年轻人一样,住进了纽约市格林尼治村。为了生活,他白天打工,晚上从事创作,紧张的节奏使他本来瘦弱的身体和压抑的精神难以支撑。幸运的是,他在这里结识了他中学时的偶像赖特。赖特很欣赏他的写作才华,经常给予他指点和帮助。1944年,赖特向哈伯兄弟公司求情,帮助鲍德温获得了500美元的尤金·萨克斯顿基金,鲍德温由此开始了一系列富有成效的创作:陆续在《党派评论》(*Partisan Review*)、《民族》(*Nation*)、《评议》(*Commentary*)和《新领袖》(*New Leader*)等黑人思想界刊物上发表散文和书评。1948年,鲍德温在纽约已小有名气,自认可以到专为白人开设的饭馆用餐了。在遭到意外拒绝后,他将一大罐水泼到了女服务员身上,差点被白人暴徒抓去处以私刑。一气之下,他步赖特的后尘离开了美国,移居到巴黎和欧洲其他城市,并决心再也不回美国。可欧洲也不是乐园,鲍德温到巴黎不久就到了穷途末路的地步,这时赖特再次伸出援助之手,他才勉强在巴黎居住下来。从某种意义上说,没有赖特的多方提携和帮助,就很难有鲍德温后来的成就。

此后,鲍德温在文学创作上又做了很多努力,先后写了《相见塞纳河:黑皮肤与棕皮肤》《发现做一个美国人意味着什么》等文章,尽管反响平平,但鲍德温对赖特自然主义抗议小说的叛逆思想已通过这些文章展现出来。为了使自己脱颖而出,也为了展示自己对美国黑人文学的重新思考,更为了实现自己的文学理想,鲍德温于1949年1月在法国《零点》(*Zero*)杂志发表了论文《人人的抗议小说》(*Everybody's Protest Novel*)。对斯托夫人《汤姆叔叔的小屋》中在白人面前循规蹈矩的汤姆叔叔,以及赖特《土生子》中以暴力反抗白人的黑人青年别格这两种具有典型意义的黑人文学人物形象发起了猛烈抨击。

鲍德温认为,斯托夫人在《汤姆叔叔的小屋》只是提出了黑奴遭受残暴虐待这个事实,证明了奴隶制是错的,但没有提出解决问题的办法,因此没有意义。斯托夫人留给后人的问题是,为什么黑人还在受同样的限制和压迫。因此,"《汤姆叔叔的小屋》是一本很糟糕的宣传口号式的小说,那自以为公正的伤感情调与'小女人'的性情相吻合。作者不仅要摆出事实的真相,还要找到问题的症结,但这是斯托夫人无能为力的。因此与其说她是一个作家,还不如说她是一个宣传员,她的创作目的只是要证明奴隶制是错的。这样,抗议小说的目的就和那些脸上涂着雪花膏的传教士的目的是一样的,他们去非洲就是为了叫那些裸体土著人穿上衣服,让他们马上投入耶稣那苍白的怀抱,并很快沦为奴隶[1]"。鲍德温还指出,整部小说只有三个黑人人物,其他人物都是白人,属于缺乏个性特征的类型化人物描写。

对《土生子》的抨击,鲍德温更是毫不留情。他将《土生子》的主人公别格比喻为汤姆叔叔的后代:"尽管他们的性格完全不一样,但如果将这两本书放在一起,我们会发现,那个已死去的新英格兰作家是在残忍地说教,另一个现代作家却是在诅咒。在这种教义的诱惑和复仇的烈火中,白人和黑人之间依然会相互仇杀……可见别格的悲剧并不是他饥寒交迫,也不是因为他是一个美国黑人,而是因为他接受的神学拒绝了他的生活,并承认自己低人一等的可能性,因此,他受到了限制。……对托马斯·别格这个人物性格的塑造是失败的,因为他被描绘成一个怪物,失去了人性。恐惧、逃跑和宿命决定了别格的

---

[1] James Baldwin, "Everybody's Protest Novel", in Richard Barksdale and Kenneth Kinnamon, eds., *Black Writers of America*, New York: The Macmillan Company, 1972, p. 726.

命运，使他成了另一个汤姆叔叔。"[1]在鲍德温看来，《土生子》只是对《汤姆叔叔的小屋》所塑造的人物形象的反拨，并没有任何超越。汤姆叔叔和别格都是刻板化的人物，所不同的只是别格的性格走向了另一个极端。不管是强奸杀人犯托马斯·别格，还是被阉割了的黑人圣人汤姆叔叔，他们最终都成了白色恐怖的化身。因此，鲍德温的结论是，斯托夫人塑造的汤姆叔叔忠心耿耿、逆来顺受，赖特笔下的别格充满复仇和扭曲的悲剧心理，这一正一反的两种性格类型形成强烈对比，这类刻板化黑人形象都不能准确地反映真正意义上的黑人人性和黑人形象。

1951年，鲍德温在《党派评论》上发表了一篇措辞更为激烈、更有争议的文章——《成千上万的人去了》。这篇文章的矛头直指以赖特为代表的自然主义抗议小说，主要针对《土生子》进行一轮新的攻击。鲍德温认为："体现在汤姆叔叔身上的黑人的善，和体现在别格身上的黑人的恶，都不能完整和准确地反映黑人的主体性和复杂性……《土生子》既没有挖掘出主人公的内心矛盾，也没有展示出黑人社会生活的变化节奏，而是一味地描写黑人在恶劣的社会经济条件下的生存状况……好像他们的生活里就没有传统、没有习俗、没有宗教仪式和人与人之间的交流。"[2]在鲍德温看来，抗议小说表达了对黑人的同情，其出发点是好的，但这类作品笔下的黑人只是社会的牺牲品，或是性欲很强的虚构人物。《土生子》刻意制造和夸大黑人的精神创伤，这样就将黑人不断往他们自己再熟悉不过的种族暴力上引。因为抗议

---

[1] James Baldwin, "Everybody's Protest Novel", in Richard Barksdale and Kenneth Kinnamon, eds., *Black Writers of America*, New York: The Macmillan Company, 1972, p. 727.

[2] James Baldwin, "Many Thousands Gone", in Gates, Henry Louis Jr, and Mckay, Nellie Y., eds., *The Norton Anthology of African American Literature*, p. 1662.

小说字里行间充满了愤恨，没法展示黑人的独特个性，没法将黑人看作美国社会的一分子，也没法使世人了解黑人也有其特有的民族传统和价值观，这样，抗议小说在文学艺术上也就很难有所超越。

对于鲍德温的一再攻击，赖特自然非常伤心、失望。他无法理解，更无法接受自己曾无私帮助、亲手栽培过的鲍德温的轮番出击，他甚至开始怀疑"鲍德温是不是美国政府派来从精神上折磨他的"[1]。他的愤怒与心酸可见一斑！虽然美国政府视他为眼中钉、肉中刺，随时想除掉他，但他早有足够的思想准备。1943年，他的论文《一千两百万黑人的声音》因被美国中央情报局指控有煽动性而遭起诉。他在申请护照时因曾经和美国共产党有过联系而遭刁难。他在法国的活动也受到了美国政府的监视。1953年，约瑟夫·麦卡锡（Joseph McCarthy）还专门派人对他进行调查，因此他也总在担心自己会遭暗杀。但他对于来自鲍德温的攻击却没有丝毫思想准备，他即使没有把鲍德温看作受自己保护的人，至少也认为鲍德温是自己的崇拜者。

鲍德温在中学时就读了赖特的《黑小子》，并把赖特看作自己的偶像和文学之父。赖特去世后，鲍德温坦白地说道，"他的作品对我来说具有巨大的解放和启迪意义。他成了我的支持者和见证人，唉，他就是我的父亲。"[2] 由此可见，赖特与鲍德温的关系，是文学发展进程中"前辈"与"新人"的关系。鲍德温既把赖特看作自己文学创作的引路人，又把赖特及其作品看成自己成为一个独立文学家的拦路虎。据说，他们曾在巴黎的一家咖啡馆门前争吵过，鲍德温曾冲着赖特大

---

[1] Geraldine Murphy,"Subversive anti-Stalinism: Race and Sexuality in the Early Essays of James Baldwin", *English Literary History*, 63 (1996), p. 1044.

[2] 同上书, p. 253。

声说:"儿子必须弑父。"[1]

与詹姆斯·鲍德温不同的是,拉尔夫·埃利森在赖特去世前并没有采取公开撰文的"弑父"方式,但他俩在文学创作艺术和思想上的分歧早已产生。1945 年,尽管埃利森为赖特的《黑小子》写了一篇评论——《理查德·赖特的布鲁斯》,对赖特的这部自传体小说赞美有加,但据劳伦斯·杰克逊记载:"埃利森私下甚至认为赖特故意使《黑小子》在艺术形式上衰退。"[2]而在《无形人》出版前,赖特曾理所当然地认为自己的艺术思想和艺术风格都在埃利森之上,他"以为埃利森也是这样想的,当时的名气毕竟比埃利森大多了[3]"。

1947 年赖特移居巴黎后,尽管两人的文学分歧进一步加深了,但埃利森内心一直保持着对赖特的敬意,他们之间还有书信来往。1956 年,埃利森在欧洲最后一次见到自己的文学引路人赖特,当时赖特有一种遭受背叛的感觉,埃利森则认为赖特已经陷入一种意识形态的旋涡而不能自拔,两人话不投机,最后不欢而散。1957 年,埃利森公开表明自己与赖特的疏离。不久,他完全改变了对赖特的创作和生平的评价。欧文·豪在一次交谈中暗示埃利森,说他的成就离不开赖特的帮助,埃利森愤然反驳。他一改自己在《理查德·赖特的布鲁斯》一文中对赖特的褒奖态度,批评赖特只意识到"黑人生活苍白的一面,而看不到黑人生活复杂的一面,不再认为赖特的《土生子》是从反面入手来探讨黑人的身份问题,为黑人作家和思想家提供了一个解决问题的切入口,

---

[1] 转引自 Jerry Gafio Watts, *Heroism and Black Intellectuals:Ralph Ellison, Politics, and African American Intellectual Life*, North Carolina: The University of North Carolina Press, 1994, p. 68。

[2] Lawrence P. Jackson, *Ralph Ellison: The Emergency of Genius,* New York: John Wiley and Sons, 2002, p. 352.

[3] Jerry Gafio Watts, *Heroism and Black Intellectuals:Ralph Ellison, Politics, and African American Intellectual Life*, p. 40.

而是说，赖特的文学创作视角实际上给自己套上了一个沉重的枷锁，只会毁灭黑人作家"。[1] 对此，就连埃利森传记的撰写人杰克逊·劳伦斯也颇有微词："正是埃利森的个人野心导致了他们友情的破裂。"[2]

1952年，鲍德温的第一部重要长篇小说《向苍天呼吁》(*Go Tell It on the Mountain*)和埃利森韬光养晦酝酿而成的《无形人》先后问世，并在美国风靡一时，成为美国"二战"以来最重要、最有影响力的小说。相比之下，赖特的作品在美国的销量锐减，版税收入也大大减少，他的早期作品《生活在地下室的人》仿佛成了他晚年生活的写照。1960年11月28日，一直在欧洲流亡的理查德·赖特在经济极为拮据的情况下孤独地死去。[3] 发生在20世纪50年代美国黑人文学界这三个巨头之间的这个"恼人的种族传奇故事"(vexed racial romance[4])也带着悲剧色彩落下了帷幕。其结果是，埃利森和鲍德温这两位"新人"在

---

[1] 转引自 Lawrence P. Jackson, "The Birth of the Critic: The Literary Friendship of Ralph Ellison and Richard Wright", *American Literature*, 72/2 (2000), p. 340。

[2] 同上书，p. 341。

[3] 赖特死得如此突然，以至人们对他的死因一度产生了种种猜测，有人甚至认为是谋杀，因为他生前并没有心脏病史记录。美国中央情报局和约翰·麦卡锡均曾有过对他不利的行为，赖特也总是担心自己会遭到暗杀。他发病后被送到医院不久心脏即停止了跳动，去世后也没有人通知他的家属。更有甚者，医院没有征得其亲属的同意就立即火化了赖特的尸体，连验尸都不可能了。

[4] Romance 在美国非裔文学中有与欧洲主流文学完全不同的解释，不能翻译为"罗曼史"。笔者认为可以翻译为"传奇故事"。杜波伊斯在《黑人艺术的标准》中指出："传奇故事产生于真实而令人激动的事件，人们由此迸发激情，并牢记这些素材是属于他们的，他们自身的活力在召唤他们前行。" W. E. B. Du Bois, "Criteria of Negro Art", in Winston Napier, ed. *African American Literary Theory: A Reader*, New York: New York University Press, 2000, p. 20. 托尼·莫里森的解读又有所不同，她认为 romance 是指"美国对欧洲文化阴影的一种探索和焦虑，美国因此会产生多种有时安全、有时危险的具体的在人性上可以理解的恐惧：被抛弃的恐惧、失败的恐惧、无能为力的恐惧、对失去国界线的恐惧、对大自然随时可能产生的肆虐力的恐惧、对所谓文学缺席的恐惧、对孤独和内外交加的侵略的恐惧"。Toni Morrison, *Playing in the Dark: Whiteness and the Literary Imagination*, Massachusetts: Harvard University Press, 1992, pp. 36-37。

与传统自然主义的经典作品的激烈搏斗中,通过"弑父"的方式脱颖而出,取代他们的文学前辈赖特成为美国黑人文学界新一代黑人文学领袖。

在进一步论述鲍德温和埃利森文学"弑父"行为的意义以前,笔者有必要先就他们的"弑父"行为作一番比较和评论。

同为文学"弑父",一是"弑父"行为的时间不同:鲍德温的"弑父"行为发生在赖特去世前,而埃利森到1957年才公开表明自己与赖特的疏离,他对赖特的公开批评则是在赖特去世十年后(详见埃利森的《回忆理查德·赖特》,1970)。二是"弑父"行为的方式和造成伤害的程度不同:鲍德温的内心深处有一种双重"弑父"情结,他的文学"弑父"与他的家庭"弑父"之间存在某种内在联系,因此,他采取的是带有某种道德缺失的公开撰文"弑父"方式。而从小丧父的埃利森一辈子都在寻求家庭的父爱[1]和文学的父爱,其作品的确体现出受多个文学之父的影响。对父爱的双重渴求使埃利森不会采取公开而过激的"弑父"行为,尽管私下早已有了"弑父"的冲动或言行,可是在公开场合他曾多次表示对赖特的感激之情,并最终用自己高度艺术化的《无形人》实现了自己的文学理想。三是动机不同:鲍德温和埃利森都意识到了赖特自然主义抗议小说的局限,鲍德温如果不采取非小说创作的文学"弑父"方式,就很难引起文学界对他的关注,更不可能在小说创作上对赖特有很大的超越,而埃利森早就预感到自己的文学思想将超越赖特。四是对美国黑人文学发展的意义不同:鲍德温的文学"弑父"对美国黑人文学的新转向起到重要的推动作用,而真正促成美国黑人文学新转向的是埃利森的《无形人》。

---

[1] 埃利森3岁时,深爱他的慈父遭遇事故不幸去世,埃利森一生都在幻想自己的亲生父亲能回到自己身边。

笔者接下来将具体探讨鲍德温的文学"弑父"对美国黑人文学转向的意义,并指出其文学创作中的自相矛盾与道德缺失,为深入探讨埃利森的文学"弑父"意义做必要的铺垫。

第三节　詹姆斯·鲍德温的文学"弑父"对美国黑人文学转向的意义

理查德·赖特的猝死让很多人难以接受,不少文学评论家为他的遭遇打抱不平,对鲍德温的攻击不以为然。1961年,左翼文学评论家欧文·豪公开发表悼文《别了,理查德·赖特》,他心情沉痛地写道:"理查德·赖特去世时年仅52岁。他和我们中许多人一样,在思想上也曾迷失方向,但始终在努力完善自己的文学创作,在理解一个陌生的国度,直到他生命的最后一刻。最起码,他履行了自己的职责,教给了他同时代人一个痛心的真理,他们却对他报以忘却。"[1] 1963年,欧文·豪又在《异见》(*Dissent*)[2] 秋季刊号上发表一篇题为《黑小子们和土生子们》的文章,攻击当时已经名重一时的鲍德温,连带攻击当时在美国声誉最高的黑人作家埃利森,为这两位作家的引路人赖特及其自然主义抗议小说辩护。欧文·豪开篇便讥讽道:"被誉为'天才小说家'的詹姆斯·鲍德温出道时,并不是以其小说创作,而是以其

---

[1] Irving Howe, "Richard Wright: A Word of Farewell", in Robert J. Butler, ed., *The Critical Response to Richard Wright*, Westport, CT: Greenwood Press, 1995, p. 137.

[2] 欧文·豪1954年创办的《异见》杂志主张,推进民主社会主义,抨击美国新左派的专制倾向、极权主义思想和资本主义的弊端,是一本很有影响力的左翼杂志。该刊物采取发表有创新精神文章的经营策略,意在唤醒和启发民众。20世纪五六十年代美国民权运动日益高涨、现代主义在美国日渐老朽时,美国各种刊物都刊登欧文·豪的文章,他的文章既有批评意识又有政治良知。

论文《人人的抗议小说》引起了美国文坛的注意。"[1]接着他大发感慨:"年轻作家对已经成名的年长作家的发难,这已经不是什么前所未有的事情了,文学史上不缺乏类似的痛苦决裂。鲍德温就是靠造年长尼格鲁作家的反,才开始了自己的事业,而这个年长的作家曾经是他的楷模。"[2]《赖特传记》撰写人米歇尔·法布里的态度更加激愤,他断言:"如果赖特是被杀的,那也是那些文学批评家间接杀害了他,被美国中央情报局杀害的可能性不大。"[3]美国非裔文学界乃至整个美国文学界都心知肚明,"那些文学批评家"就是指詹姆斯·鲍德温和拉尔夫·埃利森。

欧文·豪和米歇尔·法布里等人对赖特的同情和对鲍德温的讽刺,主要出于一种道德评判。不能否认这些话具有较强的感染力,但它们毕竟不足以揭示鲍德温攻击赖特的深层原因,因而也就不能对鲍德温"弑父"行为的真实意义给予合理的评价。

凡是见过鲍德温照片的人大概都会认同这样一种观点,那是一张极具悲剧色彩的脸。1924年8月2日,鲍德温在纽约哈莱姆医院出生,他根本不知道自己的生父是谁。鲍德温3岁时,他的母亲嫁给了一个名叫戴维·鲍德温的牧师,从此,鲍德温就随了继父的姓。鲍德温的母亲又与继父生了八个孩子,所以根本没时间和精力来照顾年幼的鲍德温。鲍德温自小身体瘦弱,可他天资超群、求知欲极强。他的母亲后来回忆说,小时候的鲍德温常常一边照顾年幼的弟妹,一边如饥似渴地读书。成名后的鲍德温回忆说,他当时最喜欢读的书是《汤

---

[1] Irving Howe, "Black Boys and Native Sons", *Dissent*, Autumn, 1963, p. 353.

[2] 同上书,p. 354。

[3] 转引自 Donald B. Gibson, "Richard Wright", in William L. Andrews, ed., *African American Literature*, Oxford University Press, 1997, p. 795。

姆叔叔的小屋》。然而继父似乎注定是他生命中的克星，他认为鲍德温"长相丑陋，有魔鬼般的特征，他拒绝承认鲍德温从小就表现出的聪慧好学，鲍德温的白人老师对鲍德温的褒奖，他也表现出不屑一顾的态度[1]"。鲍德温在外面常常因身体瘦小而遭到那些恃强凌弱的顽童欺负，在家里不但得不到父亲的关爱，还受到父亲的如此轻视，因此他后来在他的小说《向苍天呼吁》中发出了"与其等我父亲来杀死我，不如我先残忍地杀死他"[2]的痛苦呐喊。可见，鲍德温早年生活的这种经历在他的心灵上刻下了深深的烙印，由此形成了典型的"弑父"情结，产生了通过挑战和摧毁权威以获得独立自由、证明自己价值的强烈的心理倾向。他后来在文学上"弑父"，显然与这种心理机制有着内在联系。

鲍德温自我流放到法国前没有过出版一部小说，到法国后也备受冷落，几乎到了无法生存的地步。极度饥饿的人身上会表现出人类最原始的本能，小时候就曾经有过的"弑父"情结便如同一股不可遏制的烈火在鲍德温心中重新燃烧了起来。因此，欧文·豪措辞激烈地谴责鲍德温对赖特的忘恩负义："鲍德温如此残忍地对待一个十几年前还那么尊敬的人物，这是美国文化的可悲之处。"[3]

鲍德温并不否认自己攻击赖特，确实含有借此出名的动机。"弑父"后的鲍德温在美国的名声逐渐超过了赖特。在赖特去世后的三年里，詹姆斯·鲍德温在美国真可谓如日中天。他穿梭于欧美之间，成了美国黑人最具号召力的作家。1963年，《时代》杂志曾将他的照片放在

---

[1] William L. Andrews, ed., *African American Literature*, p. 367.

[2] 转引自 Irving Howe, "Black Boys and Native Sons", *Dissent*, Autumn, 1963, p. 358。

[3] Irving Howe, "Richard Wright: A Word of Farewell", in Robert J. Butler ed., *The Critical Response to Richard Wright*, Westport, CT: Greenwood Press, 1995, pp. 137-142.

封面上，以纪念《解放宣言》公布 100 周年。鲍德温本人后来也一直对此怀有愧疚之心，他曾痛苦地写道："一个尼格鲁人，如果想从默默无闻中脱颖而出，所要付出的代价是难以估量的。"[1] 尽管经历了文学"弑父"，詹姆斯的文学成就最终没能超过他的文学前辈理查德·赖特。

鲍德温之所以攻击赖特，更重要的原因还在于此时美国黑人文学正面临着一场深刻的革命，鲍德温对赖特的挑战实际上是吹响了革命的号角，这才是鲍德温"弑父"事件的主要意义所在。鲍德温在文学上"弑父"的潜在原因是他在个人生活中具有"弑父"情结，直接动机则是为了个人出人头地。这都具有一定偶然性，但这种个人行为的偶然性与美国黑人文学发展的历史必然性达到了重合。

斯托夫人的《汤姆叔叔的小屋》最早揭示了黑奴制度的黑暗与凶暴，令世界上无数读者悲叹黑奴的境况，在某种程度上引发了美国的内战即南北战争。南北战争以后，美国黑人在名义上算是获得了解放，但种族歧视的梦魇远未结束。一些优秀的黑人文学艺术家有很强的种族自尊心，他们创作了大量反映黑人生活的作品。特别是 20 世纪 30 年代，哈莱姆文艺复兴后期出现的以赖特创作为代表的抗议小说，要求否定文学创作中汤姆叔叔型的形象，树立新的黑人形象。赖特最优秀的作品《土生子》的主人公黑人青年托马斯·别格因担心遭到种族迫害而误杀了雇主的女儿，又杀害了有可能背叛自己的女友，最后一步步走向犯罪的深渊而不能自拔。别格在充满敌意的环境中长大，深深感到自己是受歧视的黑人，是"弃儿"和"局外人"，对社会、对周围的白人世界怀着又恨又怕的心理，因此采取一种好斗甚至暴戾的态度进行反抗，完全不同于俯首帖耳、逆来顺

---

[1] James Baldwin, *Early Novels and Stories*, New York: Literary Classics of the United States, Inc., 1961, 1998, pp. 248-249.

受的汤姆叔叔形象。

如果说《汤姆叔叔的小屋》是在用白人的眼光看黑人，表达部分有同情心的白人对黑人的怜悯，那么《土生子》则是黑人用自己的眼光看自己，它对种族歧视之下黑人内心世界的痛苦和愤怒的揭示令人震撼，因此，它标志着美国黑人文学发展进入了一个新阶段，对第二次世界大战后美国黑人文学发展起到了巨大的推动作用。西方评论家普遍认为，赖特的《土生子》出版后，美国非裔文学才受到文学评论界的重视。著名黑人学者勃赖顿·杰克逊（Blyden Jackson）在《美国黑人文学大纲》一书中甚至把1940—1957年这一时期称作"赖特时代"，说赖特"对美国黑人文学的影响是空前绝后的[1]"。

当时美国黑人文学界普遍认为，包括埃利森、鲍德温在内的一批年轻尼格鲁作家都应该像赖特那样从事抗议文学创作。埃利森、鲍德温等人也确实深受赖特的影响，但他们并没有把赖特奉为崇拜的唯一偶像，他们中的许多人已经在悄悄地阅读纪德、普鲁斯特和卡夫卡等欧洲前卫文学家的作品，广泛地汲取各种思想和艺术营养。同时他们也在认真思考，究竟哪一种小说更适合用来描述黑人在美国的痛苦经历。自然主义抗议小说已在美国风靡一时，自然主义作家们曾设想过用"事实"使黑人获得自由，但最终却没能使他们摆脱绝望。埃利森和鲍德温等年轻作家清楚地意识到自然主义抗议小说存在局限，美国黑人文学创作存在危机。于是，他们力图突破这种局限，超越赖特，开创美国黑人文学的新风格。

概括起来，鲍德温等新一代黑人作家与以赖特为代表的自然主义抗议小说作家的分歧，主要表现在以下四个方面：

---

[1] 转引自施咸荣：《美国黑人的三次文艺复兴》，《美国研究》1988年第4期，第78页。

第一是黑人人性。鲍德温认为，黑人也是正常的人，也有丰富复杂的思想和情感，也有内心世界的矛盾和痛苦。而《汤姆叔叔的小屋》和《土生子》都将黑人的人性简单化了，无论是体现在汤姆叔叔身上的"善"，还是体现在别格身上的"恶"，都不能完整而准确地反映黑人的主体性和复杂性。要反映真实的黑人的人性，既不能有先入为主、自以为是的偏见，也不能任凭感情冲动加以夸张走向极端，必须还原黑人生活和黑人人性本身，塑造出正常而又丰富复杂的黑人形象。毫无疑问，这表明黑人文学界对黑人人性的认识明显深入了一些，也对描写黑人人性提出了更高的要求。

第二是黑人文化。黑人有自己的价值观、思维方式和行为习惯，有自己的传统，它们通过黑人所独有的神话、传说、宗教、仪式、习俗、艺术等载体被传承下来，构成了特色鲜明的黑人文化，这是一座巨大的文化宝库。黑人的文化与黑人的人性密切相关。黑人的文化造就了黑人的人性，黑人的人性又通过黑人的文化体现出来。不了解黑人的文化，就不可能了解黑人的人性。《汤姆叔叔的小屋》和《土生子》都没有把黑人的人性当作正面描写的对象，因此也就没有注意观察造就这种黑人人性的特殊文化背景，没有注意挖掘这种文化本身的价值。鲍德温既强调要描写真实的黑人人性，也要求充分展示黑人的文化，把对黑人人性的描写与对黑人文化的展示水乳交融地结合起来，这表明在黑人人性进一步自觉的同时，黑人也开始形成对自身文化的尊重。

第三是黑人文学的发展方向。这个问题又与上述两个问题密切相关。鲍德温认为，《汤姆叔叔的小屋》充满悲天悯人的道德说教，《土生子》着眼于黑人的抗争，它们的宗教目的和政治目的都远远大于艺术目的，更像宗教和政治宣传品而不像艺术品。它们还给世人造成了这样一种印象，似乎黑人文学作品就只能是这个样子，而不可能成为高水平的艺术作品。鲍德温批评赖特过于重视意识形态问题和政治斗争的需要，而忽视了文学的艺术性。赖特曾对鲍德温说："所有的文学都是抗议，你无法列举一本不属于抗议的小说。"鲍德温则反驳道："也许所有的文学都是抗议，但并非所有的抗议都是文学。"[1] 他认为文学创作应该重视人物形象的刻画，应充分运用多种表达方式，包括借鉴当时欧美现代派文学的表达技巧。他希望文学首先是文学，黑人文学能深刻描绘黑人丰富复杂的人性，展现丰富多彩的黑人文化，形成自身的特色和艺术魅力。不仅要具有很强的战斗力，而且还要具有较高的艺术水平；不仅要作为黑人的文学而存在，而且还能与白人文学并驾齐驱。这表明当时美国黑人文学家有了更大的雄心和更高的艺术追求。

第四是黑人与白人的矛盾及黑人的出路问题。上述三个方面主要属于理论问题，而这个问题才是最根本的现实问题。在这一问题上，鲍德温也对斯托夫人和赖特等前辈作家的思路和态度表示不满。他认为：像《汤姆叔叔的小屋》所倡导的那样，靠白人的怜悯，不可能解决黑人受歧视的问题；而像《土生子》所倡导的那样，靠黑人非理性的暴力反抗，受害者变成了杀人犯，老实人变成了挑衅者，也不可能解决这个问题，反而有可能把问题越弄越糟。解决白人与黑人的矛盾及黑人的出路问题，必须开辟新的途径。1960年赖特去世后，鲍德温说："在我与赖特的交往中，常常为赖特对社会、政治和历史的怪异理解感到生气，我从不相信他对社会的构成有真实的认识……直到晚年他的思想才获得一种新的深度……"[2] 如果说赖特是站在黑人的营垒中，用仇恨的目光审视白人乃至整个美国社会，那么鲍德温等人则开始力求以客观的立场，抱着让黑人和白人融为一体的愿望来观察和思

---

[1] James Baldwin, "Alas, Poor Richard Wright", *James Baldwin: Collected Essays*, p. 257.
[2] 同上书，pp. 248-249。

考。这表明,当时黑人文学界对解决白人与黑人的矛盾及黑人的出路等问题的思考正走向深入。

第四节　詹姆斯·鲍德温文学创作中的自相矛盾与道德缺失

应该承认,鲍德温在《人人的抗议小说》和《成千上万的人去了》两篇文章中对赖特的攻击,虽含有感情冲动的成分,但也是经过深思熟虑的结果。上述四个方面的内容,他基本上都有所涉及,而且一些见解相当中肯。然而不可否认的是,作为较早思考这些问题的先驱,鲍德温对许多问题的探讨不可能非常深入,而且以其敏锐而冲动的个性,他也更适合扮演批评者的角色,而不适合做一个建设者。他批评斯托夫人和赖特对黑人人性的描写存在简单化、类型化的缺陷,呼吁塑造完整真实的黑人形象。与斯托夫人和赖特着眼于描写黑人对外部世界的反应相比,鲍德温开始注意刻画黑人的内心世界,将种族问题个人化,明显呈现出"向内转"的趋向。但所谓完整真实的黑人形象究竟应该是什么样子,他并没有给出比较明确的答案,其创作实践在这方面也鲜有实质性的建树。在倡导深入挖掘和正面展示黑人的文化,并对斯托夫人和赖特进行攻击两年后,鲍德温完成了自己的第一部重要长篇小说《向苍天呼吁》(1953)。这部小说以作者本人小时候在教堂的经历为素材创作而成,从中可以看出作者想通过这部小说展示黑人的宗教传统和习俗的努力。但总体说来,作品对黑人文化的展示还是流于局部和表面。

在提升黑人文学的艺术水平方面,鲍德温也存在颇多自相矛盾之处。他一方面呼唤文学艺术的完整和独立,力图摆脱意识形态对文学艺术的桎梏,认为抗议传统不利于赖特去观察、思考和传递黑人生活复杂的一面；另一方面他言辞激烈、态度坚决地投身黑人抗议运动，他的文学创作也不乏"抗议情结"。鲍德温的创作丰富多样，包括小说、散文、戏剧等。与小说创作相比，他在黑人民权运动时期发表的一系列具有战斗性的散文更有号召力。论文集《没有人知道我的名字》（1961）和《下一次将是烈火》（1963）收录了鲍德温投身于黑人民权运动时期发表的一系列具有战斗性的文章，在这些文章中，他用一种严肃的传播福音式的雄辩文风和铿锵有力的言辞，剖析黑人受苦和遭受凌辱的根源，那就是所有的实际权利都掌握在白人手里，黑人唯一的罪过就是他们的皮肤是黑的。可以说，他愤怒地喊出了积压在黑人心中长达300年之久的愤恨之声。在《下一次将是烈火》中鲍德温这样写道："这是我对我的国家和我的同胞所犯下的罪行的指控。我本人、时间和历史永远都不会宽恕他们，因为他们过去、现在仍然还在毁灭成千上万的生命，他们不知道，也不想知道这一切。"[1]他呼吁那些"具有良知的白人与黑人结束这场种族主义的噩梦，赢得我们的国家，并改变世界的历史。否则，下一次将是烈火"。[2]

鲍德温在其中后期作品《生命的较量》（*Going to Meet the Man*，1965）中，频频使用"烈火"一词，这是给白人敲响的警钟。"烈火"对白人和黑人都是一种沉重生活的象征。"烈火"使杰斯从小到大都生活在一种沉甸甸的包袱之中，因为他必须继承父亲向他灌输的白人至上观点，并尽力保持这种状况。而今非昔比，他再也不能随心所欲地"驱车去挑选一个黑人女子，或把她抓来，两者必有其一，但他现在不能这样做了，再也不能了……因为一切微妙而可怕地移位了，如

---

[1] James Baldwin, *The Fire Next Time*, New York: Dell, 1963, 1988, p. 5.
[2] 转引自李习俭《詹姆斯·鲍德温》，见吴富恒、王誉公主编《美国作家论》，山东教育出版社，1999年，第835页。

今俯首帖耳的黑人后代极具反抗精神和叛逆心理"。[1] 在鲍德温的笔下，"烈火"是非裔美国人在美国无法忘却的痛苦生存经历的隐喻，是一把愤怒之火、反抗之火和复仇之火。鲍德温的继父戴维·鲍德温就是因为对白人怀有深仇大恨，以至性格都被扭曲了。他从自身的成长经历领悟出一个道理：种族仇恨是可以毁灭一个人的。种族冲突是每个白人孩子在其成长过程中必须面对和解决的问题。黑人虽然暂时处于弱势，受尽凌辱，但他们身上蕴藏着无穷的生命力，终有一天会爆发出巨大的能量，形成鲍德温经常说的冲天"烈火"。

鲍德温的半自传体小说《告诉我火车开走多久了》(1968)塑造了一个献身黑人革命事业的普劳德汉姆的形象，通过这位革命者之口，鲍德温甚至喊出了那些主张用暴力来反抗种族歧视的黑人的呼声："枪，我们需要枪！"

从理论上来说，鲍德温的确为提升美国黑人文学艺术指出了一条正确的创作道路，可惜他并没有成功地将其体现在他的文学创作中。他的这种散文文风，以及他在《告诉我火车开走多久了》中对血淋淋的现实和人物描写，让人觉得他与赖特之间没有多少差别，很多左翼文学批评家因此质疑他"弑父"的动机。鲍德温之所以跳不出抗议小说的文风，原因之一是他始终无法摆脱自己的文学之父赖特的抗议小说的影响。但更重要的原因，还在于他作为一个黑人所受的屈辱、美国黑人遭受歧视的残酷现实，以及他身为黑人作家的强烈使命感，这些都使他的文学创作不可能不带有强烈的抗议色彩。欧文·豪一针见血地批评鲍德温对抗议文学的非议："鲍德温在他的《土生子札记》中也承认作家的创作来源只有一个，那就是他的经历。那么，一个黑皮

---

[1] James Baldwin, *Going to Meet the Man*, New York: Dell, c.1965, 1988, p. 200.

肤的人生经历是什么？在美国这样一个国家，这种经历能是什么？一个尼格鲁人该如何落笔进行创作？他的思维和呼吸里又怎能不带有抗议的冲动？不管方式如何，是粗暴的或是温和的，是政治的或是个人的，是发泄出来还是埋在心里。"[1]欧文·豪认为，黑人在美国的经历注定黑人作家只能"带着无法排遣的痛苦和凶猛"来从事创作，不同的美国人会产生不同形式的抗议冲动，但"抗议"是美国尼格鲁作家无法避免的。

一方面已意识到抗议小说之不足并力图超越它，一方面又不由自主地显示出抗议小说的风格，鲍德温就在这种自我矛盾中徘徊。1964年，他出版了《查理先生的布鲁斯》，这是根据一起真实的谋杀案写成的剧本，它揭示的主题和作者的另一部长篇小说《要是比尔街能说话》（1974）一样，都是批判美国法律道德的双重标准。人们从这些作品中都可以感受到他的双重意识："一个美国人，一个尼格鲁人，两颗敌对的心灵，两种对立思想，两种无法调和的争斗，一个黑色躯体中的两种冲突的理想，只有一种顽强的力量才可使这个躯体免于撕裂。"[2]

在探索白人与黑人种族冲突的根源及解决黑人问题的出路方面，鲍德温的见解尤其显得幼稚和肤浅。鲍德温相信，"性"既是白人和黑人的矛盾，以及其他很多社会矛盾的根源，也是解决这些矛盾的希望所在。他在前期散文中指出，美国种族主义的根源是因为白人掌握了所有的权力，而在他的小说《乔万尼的房间》（1956）和《另一个国家》（1962）中，他又认为白人对黑人的超常性能力的恐惧是种族冲突的根源，因此他试图超越种族和性别差异，深入人类的内心世界去寻找各

---

[1] Irving Howe, "Black Boys and Native Sons", *Dissent*, Autumn,1963, p. 354.

[2] 转引自 Carolyn Wedin Sylvander,*James Baldwin*, New York: Ungar Publishing Co., 1980, p. 122.

种问题的内在人性根源，还异想天开地把爱，特别是白人和黑人之间的性爱，乃至无性别差异的爱，作为解决种族矛盾乃至拯救整个人类的一种手段。不少人对他的这一观点不以为然。欧文·豪认为鲍德温完全忘记了一个尼格鲁作家的职责，他批评《乔万尼的房间》"只表达了鲍德温对种族主义的鄙弃，主要讴歌的是性爱，探讨的是同性恋和个人生活的苦恼……《另一个国家》则唠唠叨叨地描写了几对恋人之间错综复杂的感情纠葛，情节矫揉造作，追求一种近似宗教的狂热，这一切完全脱离了社会现实生活"。[1]白人对黑人的种族歧视有着社会政治、经济、文化等方面的复杂原因，自然不能简单地归于性能力的差别这一点。黑人要争取与白人平等的地位和权利，当然也不能只寄希望于白人与黑人之间的性爱。

鲍德温对赖特急风暴雨式的攻击确实为他自己赢得了文学声誉，加上他本人的创作所产生的影响，在20世纪60年代，鲍德温一度成为美国最有影响力的尼格鲁公众人物。法布里在《理查德·赖特未尽之探寻》一书中写道："60年代在美国大学里，有关赖特的研究几乎中断。'不出版即死亡'成了大家的口头禅，新人詹姆斯·鲍德温才是大学教授们及其学生们讨论的对象。"[2]

由于鲍德温对赖特的攻击明显含有借此扬名的个人动机，带有忘恩负义的色彩，加上他本人的思想观念和创作实践自相矛盾，他迅速招致了一系列严厉批评。鲍德温实际上并没有取代赖特的文学地位，其文学声誉也从来没有超过他的文学之父赖特。沃茨毫不客气地说："鲍德温在文学艺术上臭名昭著，因为他相信，一代尼格鲁人中只能

---

[1] Irving Howe, "Black Boys and Native Sons", *Dissent*, Autumn, 1963, pp. 353-368.
[2] Michel Fabre, *The Unfinished Quest of Richard Wright*(Translated from the French by Isabel Barzun), Urbana and Chicago: University of Illinois Press, 1973, c.1997, p. xxii.

出现一个成名作家。"[1]美国黑豹组织领导人埃尔德雷奇·克利弗甚至套用安东尼（Antony）讥讽布鲁图斯（Brutus）的话挪揄鲍德温："理查德·赖特已经离我们而去，而鲍德温还活在我们中间。鲍德温说理查德·赖特的观点完全出于异想，而鲍德温是一个受人尊敬的人。"[2]在克利弗看来，赖特的文学成就和贡献，如同恺撒的丰功伟绩不容否认，也是拉尔夫·埃利森和詹姆斯·鲍德温（安东尼）之辈无可企及的。因此，鲍德温的《唉，可怜的理查德·赖特》几乎不为后人编辑的文学读本收录。

在现实生活中，鲍德温是一个同性恋者，这一点也被当时许多人所不能接受。黑人民权运动领袖马丁·路德·金不重视他的贡献，还以此为由说他不配做黑人民权领袖，华盛顿大游行未把他列入演讲者之内，尽管他被新闻界视为尼格鲁人的发言人。关于他的小说《另一个国家》是否应被列入芝加哥赖特专科学校的必读书，曾经引起过激烈的争议。反对派认为，该小说对同性恋及白人与黑人之间的性生活描写会伤害孩子们的心灵。这些打击令鲍德温彷徨，无所适从。据鲍德温的传记撰写人大卫·利明记载："20世纪60年代中后期，鲍德温的内心十分消沉，他经常出没于各种酒宴，酗酒成性，纵欲过度，好几次他自杀未遂。"[3]"焦虑"（anxiety）本是存在主义哲学术语，德文augst有敬畏和恐惧之意。存在主义认为，人在自然放松的状态下没有焦虑，但同时也会失去了创造力。人的大脑只有在高度紧张和焦虑的状态下才能突破极限，迸发创造力，但过度焦虑会导致毁灭。1987年

---

[1] Jerry Gafio Watts, *Heroism and Black Intellectuals:Ralph Ellison, Politics, and African American Intellectual Life*, p. 68.

[2] Eldridger Cleaver, *Soul on Ice*, New York: Dell Publishing Co., Inc., 1968, p. 107.

[3] Carolyn Wedin Sylvander, *James Baldwin*, New York: Ungar Publishing. Co., 1980, p. 178.

11月30日，鲍德温在法国圣-保罗德旺斯死于肺癌，终年63岁。他的追悼会在纽约举行，主持人、黑人民族斗士伊玛穆·阿米里·巴拉卡（Imamu Amiri Baraka）称鲍德温发出的是"上帝的黑人革命的声音"。对靠与抗议小说分道扬镳而树立自己文学地位的鲍德温来说，这样的局面的确颇具讽刺意味。

20世纪80年代末，这位曾在美国文坛上发出强劲声音的著名作家慢慢被人遗忘了。现在我们重新梳理这桩文学"弑父"旧案，意在补上美国黑人文学发展过程中的重要一环，帮助我们对美国黑人文学的发展历程有更完整准确的认识，同时对鲍德温文学"弑父"的是非功过尽可能做出客观公允的评价。

结语

柯勒律治曾说："上天赐予下界光明和影响，下界反射出天佑的光辉，即使它并不能报答其光辉。因此，人可以回归上帝，但无法报答上帝。"[1]这段话或许能为赖特鸣一声不平。客观地评判，美国黑人文学思想传统中有一个比较遗憾的现象，那就是"长江后浪总是否定前浪"，甚至不惜"文学弑父"，比如，詹姆斯·鲍德温对理查德·赖特，托尼·莫里森对拉尔夫·埃利森。难能可贵的是，艾丽斯·沃克对她的前辈文学家赫斯顿一再肯定和赞美。

不薄前人也许很难，但作为一个黑人文学领袖，鲍德温应懂得生命的相依性，懂得人与人之间一种超越世俗名利的精神境界，那是对众生生灵的怜悯之心，是一种对个人和宇宙、生命和自然、自己和他

---

[1] 转引自 Harold Bloom, *The Anxiety of Influence*, p. 79。

人之间关系的一种大醒悟。平心而论，从个人友谊上讲，鲍德温对赖特的攻击有失厚道；从文学发展规律的角度来看，鲍德温的态度也失之偏颇。文学的发展规律也像其他事物的发展一样，是一个否定之否定的过程。后来者自然要否定和超越前辈，不然文学就不会发展，但后辈也应该肯定前辈的贡献和历史地位，而不能一笔抹杀。在某种程度上，没有赖特，就没有鲍德温和埃利森。欧文·豪的话不无道理："即使鲍德温和拉尔夫·埃利森这样的年轻作家想超越赖特式自然主义的强硬态度，改用一种温和的方式创作，那也是因为赖特已经身先士卒，用自己的勇气将他所有愤怒情绪发泄出来了。"[1]王尔德就曾这样描写柯勒律治对自己的影响："影响乃是不折不扣的个性转让，是抛弃自我最珍贵的一种形式。影响的作用会产生失落感，甚至导致事实上的失落。每一位门徒都会从大师身上取走一点东西。"[2]莎士比亚成功地将马洛等前辈的影响彻底化解，他却能以微妙的方式替马洛辩护，为马洛争取身后的哀荣："当一位已故诗人像马洛一样，其声誉受到玷污，作品被人误解，这种感受几乎就是又一次的死亡。"[3]王尔德和莎士比亚作为文学大师的超然境界让笔者联想到鲍德温的悲剧人生，他一辈子都在争取做一个好人，一个真实的人。对后者，他做到了，"弑父"之辈何其多，只有他敢公然称"儿子必须弑父"，他宁可做真小人，也不当伪君子；对前者，他在冥冥之中或许留有遗憾，否则他不会发出"一个尼格鲁人，如果想从默默无闻中脱颖而出，所要付出的代价是难以估量的"这般痛苦的叹息。

然而，尽管鲍德温的举动确有值得非议之处，尽管鲍德温本人的

---

[1] Irving Howe, "Black Boys and Native Sons", *Dissent*, Autumn, 1963, p. 362.

[2] 转引自 Harold Bloom, *The Anxiety of Influence*, p. 6。

[3] 同上书，p. 14。

思想观念和创作实践存在种种不足，我们不能以道德评判代替对文学发展史的理性分析，不能否定他的"弑父"行为的客观历史作用。虽然这座高峰的迅速出现，很容易将鲍德温的身影从人们的视线中遮蔽出去，但重新回顾20世纪中期美国黑人文学波澜起伏的发展历程，我们不能忽略曾经有鲍德温这样一个弄潮儿的存在。因为鲍德温的偏激，赖特曾蒙受委屈；后人不能因为过于沉溺于道德评判，而埋没鲍德温对美国黑人文学发展的贡献，让他再蒙受这样的委屈。他的文学"弑父"引发了不久之后欧文·豪与埃利森之间一场有名的文学之争，这场论战最后演绎为美国非裔文学意识形态与艺术美学之争，美国非裔文学理论批评从此诞生。他的创作实践也为新型黑人文学的创作指引了道路。鲍德温的第一部重要长篇小说《向苍天呼吁》出版那年，埃利森的《无形人》也问世了，而且一鸣惊人，这标志着新型黑人文学的正式确立，也标志着美国黑人文学发展史上的一个新转向。

第二章　拉尔夫·埃利森与欧文·豪的艺术美学与意识形态之争

引　言

　　1963 年，犹太籍美国左翼文学评论家欧文·豪（Irving Howe，1920—1993）在《异见》（*Dissent*）秋季刊上发表题为《黑小子们和土生子们》的文章，该文的主要抨击对象是当时美国非裔文学界炙手可热的作家詹姆斯·鲍德温，同时连带抨击了当时美国文学声誉最高的黑人作家拉尔夫·埃利森。欧文·豪的目的是要为这两位作家的引路人理查德·赖特和他的自然主义抗议小说《土生子》和《黑小子》辩护。该文的发表在美国非裔文坛上引起轩然大波，作为主要被抨击对象的詹姆斯·鲍德温和次要被抨击对象的拉尔夫·埃利森，二人对此的反应有很大不同。詹姆斯·鲍德温基本上保持沉默，拉尔夫·埃利森则用他洋洋洒洒的《这个世界和这个大罐》及其姊妹篇《隐含的姓名和复杂的命运》为自己的艺术美学思想辩护。多年来，这场文学思想论战成了研究美国非裔文学一个无法避开的话题，也是 20 世纪美国黑人文学发展史上一个标志性事件。争论焦点包括黑人文学作家之家谱、黑人作家的职责及黑人文学的发展方向、黑人文学创作思想与艺术表现形式等，实质上是一场关于黑人文学创作的艺术美学与意识形态孰轻孰重的争论。埃利森否认理查德·赖特是自己的"精神之父"，认为黑人作家应广泛汲取各种思想和艺术营养；黑人文学应突破仅仅表达黑人痛苦和抗议的状态，注重小说的艺术性，探索一种有别于自然主义抗议文学，以及现代主义的独特创作方法。他从解剖美国文化特别是黑人文化入手，力图以"低频率"的方式从人类的生活中过滤出一种更为复杂的真理，促进白人和黑人之间的内心对话。埃利森与欧文·豪的文学论战最后演绎为美国非裔文学艺术美学与意识形态之争，促使美国黑人文学逐步由自然主义和现实主义向现代主义和后现代主义转变，具有潜移暗转的特点，符合美国黑人文学发展的内在规律；更重要的是，它标志着其发展从此进入第五个阶段——融合与创新阶段，美国非裔文学批评也由此诞生，并逐步走向成熟。在当下文学批评理论日趋多元化、更具包容性的语境下，客观地评价这场争论，可凸显埃利森的文学"弑父"行为和美学思想对美国黑人文学转向所起的重要作用，可重新评估20世纪30年代前后美国左翼文学思想对黑人文学创作的作用，亦可对理查德·赖特的抗议文学做出更为全面客观的评价。当美国黑人文学在世界文坛由边缘走向中心时，重新梳理这场争论，我们会发现，意识形态与艺术美学都曾对美国黑人文学的发展与成熟起到重要的作用，相互之间不应该是非此即彼的关系。

第一节 关于拉尔夫·埃利森的文学祖先

欧文·豪在《黑小子们和土生子们》中批评埃利森的《无形人》对哈莱姆共产党人的描写不真实，丑化了美共领导人杰克，指责他和鲍德温一样，没有继承他们的"精神之父"赖特的自然主义抗议小说传统。但与对詹姆斯·鲍德温作品的讥讽嘲笑相比，欧文·豪对《无形人》

的抨击语气有所缓和，其中有三方面的原因。第一，鲍德温和埃利森都强调文学艺术的完整和独立，都希望摆脱意识形态对文学艺术的桎梏，《无形人》做到了用高度艺术形式和高度象征性语言来抗议种族歧视，鲍德温的文学创作则将性爱视为种族冲突的核心，甚至把爱特别是性爱作为解决种族矛盾的一种手段，而且他的观点常常自相矛盾，让包括欧文·豪在内的许多人不以为然。詹姆斯·鲍德温本人也不得不承认："埃利森先生是我所读过的第一位技艺比较高超的用语言描写黑人生活的多重性和讽刺性的黑人小说家。"[1] 第二，埃利森对赖特自然主义抗议小说的公开批评是在自己获得初步成名，也是赖特去世后，这样对赖特的批评就少了许多世俗的目的。[2] 第三，鲍德温是凭借他那两篇对赖特攻击性极强，却又有几分道理的文章成名的，这难免会引起人们道德上的义愤。从某种意义上来说，埃利森则是通过撰写《论最近的尼格鲁小说》和《理查德·赖特的布鲁斯》等赞扬赖特的文章而建立了其早期文学地位。早在1940年，埃利森就发表论文《论近期出版的尼格鲁小说》称赞赖特的《汤姆叔叔的孩子们》(*Uncle Tom's Children*)："塑造的人物真实，对人物的复杂情感和内心世界的成功分析是以前的尼格鲁作家没能做到的……《土生子》是美国尼格鲁人创作的第一部哲学小说，这部小说不论是其艺术魅力、思想渗透力，还是情感力量都称得上是一流的美国小说。"[3]《理查德·赖特的布鲁斯》更是为埃利森在美国黑人文学界赢得了早期声望，他在该文中对黑人

---

[1] Bernard W. Bell, *The Afro-American Novel and Its Tradition*, Amherst: The University of Massachusetts Press, 1987, p. 215.

[2] 埃利森对赖特的公开批评见 Ralph Ellison, "Remembering Richard Wright", 1971n, *The Collected Essays of Ralph Ellison*, pp. 659-675。

[3] Robert G. O' Meally, *The Craft of Ralph Ellison*, Massachusetts: Harvard University Press, 1980, pp. 44-45.

音乐和黑人文学表现出非常深刻、独到的见解，以至赖特建议他停止小说创作，转向非小说创作，成为一名文学批评家和散文家："这是迄今为止你的最佳创作。我不禁认为你的非小说创作比你的小说创作好。如果你的小说不能如期写出，赶快转向非小说创作。我从没有读到过任何黑人写的非小说比你那篇文章还更犀利。"[1]

对于赖特的建议，没有任何资料显示拉尔夫·埃利森当时的反应，我们只知道，埃利森从此再也没有为赖特的作品写过书评。在他1945年以后撰写的众多文学评论中，他多次讨论美国黑人文学和文化问题，但几乎不再提及赖特的小说，直到1964年为了应答欧文·豪的《黑小子们和土生子们》才有所改变。

面对欧文·豪的发难，鲍德温和埃利森的反应与他们所受到的批评的强度恰恰相反：主要受攻击的对象詹姆斯·鲍德温基本上保持沉默，他只在与罗伯特·佩恩·沃伦（Robert Penn Warren）的一次访谈录中不痛不痒地说："欧文·豪这样说是对他自我形象的背叛。"[2]埃利森对自己的小说有足够的信心，他在公开场合总是保持精英分子的姿态，不轻易应答来自文学批评界对《无形人》的种种批评。但面对欧文·豪的挑战，他迅速撰写了《这个世界和这个大罐》[3]，紧接着又写了姊妹篇《隐含的姓名和复杂的命运》。在这两篇文章中，他就黑人文学之家谱、黑人的人性、黑人的音乐和文化及黑人文学的发展走向等各种问题提出了令人信服的精辟观点。

---

[1] 转引自 Lawrence P. Jackson,"The Literary Friendship of Ralph Ellison and Richard Wright", *American Literature*72.2 (2000), pp. 321-355。

[2] Robert Penn Warren, *Who Speaks for the Negro?* New York: Random House, 1965, p. 289.

[3] Ralph Ellison," The World and the Jug", 1964, in *The Collected Essays of Ralph Ellison*, pp. 155-188."大罐"这个比喻出自黑人的讲道坛，黑人牧师经常说："上帝把世界放在一个大罐里，手中掌握着这个罐的塞子！"

首先，理查德·赖特是不是拉尔夫·埃利森的文学祖先，这实际上触及埃利森多年、乃至终身比较忌讳的一个问题，也是一个长期困扰他的话题。早在1944年，当威廉·阿塔韦[1]称埃利森是受赖特保护的人时，埃利森就表示不接受，近20年后，他当然更不会接受赖特是自己导师的说法。但对于埃利森的矢口否认，研究者一般都不予以认同，就连长期从事埃利森研究的学者罗伯特·奥米利都坚持将赖特描写为埃利森的"早期导师"（early mentor）。[2]通过对埃利森早期创作的小说集《飞行家和其他故事》[3]的翻译和研究，笔者认为，这种说法不无道理。埃利森早期的文学创作的确留有赖特的痕迹。比如，埃利森1939年发表的短篇小说《斯利克的教训》（Slick Gonna Learn）、1940年埃利在赖特主办的《新大众》上发表的短篇小说《胎记》（Birthmark）[4]，其人物对话所使用的方言和赖特的《大小子离家》中的对话方言比较相似。劳伦斯·杰克逊注意到，"埃利森早期给赖特的书信是用'全世界无产者联合起来'作为结束语"[5]，这也印证了30年代末埃利森对马克思主义思想的信仰。在拉尔夫·埃利森的遗作《飞行家和其他故事》中,《广场上的宴会》《火车上的男孩》《海米与警察》《我没有问他们的姓名》《黑人的球》和《步履艰难》这六个短篇故事，

---

[1] 威廉·阿塔韦（William Attaway，1912— ）是赖特抗议派的一员大将，他的代表作《热血铸就》（Blood on the Forge）描写了南方黑人到北方后的迷茫和悲惨的生活。埃利森曾撰文批评阿塔韦没能使其作品脱离一系列没有意义的灾难和绝望，认为他和切斯特·海姆斯（Chester Himes）都是多愁善感的以社会现实为主题的黑人作家，指责他们将自己的作品局限在描写黑人在争取自由的道路上的不可逾越的障碍，不但忽略了历史，也过于悲观。

[2] Robert G. O' Meally, *The Craft of Ralph Ellison*, p. 32.

[3] Ralph Ellison, *Flying Home and Other Stories*, edited and with an Introduction by John F. Callahan, New York: Random House, 1996.

[4]《胎记》没有被收入拉尔夫·埃利森的遗作《飞行家和其他故事》中。

[5] Lawrence Jackson, *Ralph Ellison: The Emergency of Genius*, New York: John Wiley and Sons, 2002, p. 36.

用埃利森的文学遗产执行人、该书编辑约翰·弗·卡拉汉先生的话来说，是作者生前"没有出版过，没人提到过，没人听说过的……在这些未出版的短篇故事中，作者对《黑色的球》的主人公内心创伤的描写最为细腻"。[1] 卡拉汉先生并没有解释作者生前为什么不让这六个短篇小说问世。笔者认为，它们都颇有赖特式的自然主义抗议色彩，这才是埃利森使之沉寂的原因。比如，我们可以从《广场上的宴会》中读到这样赤裸裸的暴力和血腥画面："推推攘攘之下，有一个人撞到了摇摆的电线上，随即我听到一种声音，仿佛是铁匠把烧红的马蹄铁扔进水桶，蒸汽冒上来时发出的声音。我闻到了人肉被烧焦的味道，这是我第一次闻到这种气味。我走近去看，发现是个女人，她肯定是当场毙命了。她躺在一汪水中，身体僵硬得像一块木板，四周全是飞机撞到电线杆上掉落下来的绝缘玻璃碎片。她的白色裙子被扯破了，我看到露出水面的她的一只乳房，还有她的一条大腿。有一个女人尖叫着昏倒了，差点又撞倒在电线杆上，幸亏一个男人抱住了她。治安官和他的几个手下挥舞着手中的枪，叫嚷着让大家向后退，一切都被电火星照蓝了，那女人被电击得几乎和那黑人一样黑。我想看看她是否也忧郁，或只是染上了电火星的蓝颜色[2]，但我被治安官赶开了。"

至于《无形人》与赖特《住在地下室的人》（The Man Who Lived Underground，1944）的异曲同工，则是无法回避的事实。犹太籍美国作家斯坦利·埃德加·海曼（Stanley Edgar Hyman）认为，赖特的《住

---

[1] John F. Callahan, "Introduction", in Ralph Ellison, *Flying Home and Other Stories*, p. xxi.

[2] 路易·阿姆斯特朗演奏的爵士乐歌词："我造了什么孽，让我如此黝黑如此忧郁？"（What did I do, so be so black and blue？）black and blue，在这里是个双关语，既可理解为"遍体鳞伤"，也可理解为"如此黝黑、如此忧郁"。歌词反映的是一种普遍的社会现象：黑人与忧郁（蓝颜色）联系在一起。因此，这个涉世不深的白人男孩有些好奇：既然黑色总与忧郁联系在一起，那么现在这个白人也被电击中，烧成了黑色，她是否也会有忧郁的表情？

在地下室的人》是描写尼格鲁人身份的最完美的隐喻，埃利森的《无形人》是受赖特该作品的启发创作而成的。直到2001年，美国女学者卡拉·卡佩蒂（Carla Cappetti）还在其《黑色的俄狄浦斯——论理查德·赖特的〈住在地下室的人〉》一文中称，"理查德·赖特1941年创作的这部中篇小说经拉尔夫·埃利森重写后变成了《无形人》[1]"。

不过埃利森本人在多个场合拒绝承认这一点："赖特不是我的精神之父，至少不是我所理解的精神之父——他也从不以此自居，因为他觉得我开始文学创作太晚了。他是鲍德温的精神之父，1944年，赖特帮助他获得了尤金·萨克斯顿基金。鲍德温认为赖特是他文学生涯中的拦路虎。我比他年长，对各路老虎都比较了解，因此，我选择了绕道而行。"[2]

埃利森如此为自己辩护也有其道理，因为他从决定成为一名作家的那天开始，就没有彻底贯彻赖特设计的那张"尼格鲁人的创作蓝图"，没有将自己的文学思想局限于某种文学流派，他始终在考虑用一种特殊的方式来超越社会现实主义对黑人民间文化的简单分析。从埃利森早期的文学创作中我们可以看出，他尽可能将强烈的思想倾向通过有节制的艺术形式表现出来。从他早期的文学评论中我们也不难看出，隐藏在作者政治性创作的表面下有一股反左翼的叛逆冲动和文化思想，如在《评米戴尔的〈美国困境〉》一文中，埃利森直言不讳地表达了他后来始终坚持的"美国黑人的白人性和美国白人的黑人性"[3]

---

[1] Carla Cappetti, "Black Orpheus: Richard Wright's *The Man Who Lived Underground*", *MELUS*, Winter, 2001, pp. 1-10.

[2] Ralph Ellison, "The World and the Jug", 1964, in *The Collected Essays of Ralph Ellison*, p. 164.

[3] Ralph Ellison, "An American Dilemma: A Review", 1944, in *The Collected Essays of Ralph Ellison*, pp. 304-305.

这一文化融合观,该观点遭到反对他的学者们的猛烈攻击。埃利森不愿意过多抨击白人生活的方方面面,还多次表明自己受许多白人作家的影响,并称他们为"文学祖先",由此招致狭隘黑人民族主义的仇恨。这篇文章当时没有发表,直到1953年埃利森第一本论文集出版时才被列入其中,并首次公之于众。

在《隐含的姓名和复杂的命运》一文中,埃利森委婉地表示自己与左翼黑人作家们始终保持距离:"我在中学的时候就对新尼格鲁运动有所耳闻,就听说过兰斯顿·休斯、康蒂·卡伦(Countee Cullen)、克劳斯·麦凯(Clause Mckay)、詹姆斯·韦尔顿·约翰逊(James Weldon Johnson)等作家的名字。这些名字让我产生一种民族自豪感,但我感到奇怪的是,这些人的名字并不能与自己的名字联想起来,也从没有想到要去模仿他们的创作。"[1]事实上,他当时就为黑人文学的思想主题与艺术技巧的分离感到惋惜。面对美国文学界对这个问题的穷追不舍,埃利森无可奈何地说:"我有一种感觉,那就是,假如有99个犹太籍和爱尔兰籍美国作家使用过'地下室'这个隐喻,而赖特和我又都读到了他们的作品,并都受到影响,你还是会将我作品的影响之源指向赖特。"[2]

笔者认为,"拉尔夫·埃利森的文学之父"这个看似简单的问题之所以会构成埃利森与欧文·豪争论的焦点之一,是因为这不是一个简单的文学家谱问题,而是牵涉到诸多与埃利森文学创作动机相关的问题。笔者欲从埃利森和赖特的不同年龄、性格及经历着手,再结合前

---

[1] Ralph Ellison, "Hidden Name and Complex Fate", 1964, in *The Collected Essays of Ralph Ellison*, pp. 189-209.

[2] Ralph Ellison, "American Culture Is of a Whole: From the Letters of Ralph Ellison", John F. Callahan ed., *New Republic* 220:9 (March 1,1999): p. 40.

人的成果来分析为什么埃利森始终否认赖特是自己的文学之父,力求对这个问题有一个全面的回答。

1936年,当埃利森辍学来到纽约,在梦想音乐、艺术雕塑与文学创作道路之间徘徊不定时,赖特在哈莱姆已是一颗冉冉升起的文学新星。从1936年埃利森初识赖特,到1956年两人的不欢而散,他们共有20年的交往,其中1937—1940年是他们交往比较密切的时段。赖特介绍埃利森读亨利·詹姆斯(Henry James)和约瑟夫·康拉德(Joseph Conrad)的作品,指点他作家是如何通过作品将自己的观点传递给读者的。埃利森无时无刻不表现出他的虚心好学和对赖特的尊敬。更重要的是,埃利森通过模仿赖特的作品开始了自己的文学创作生涯。

文学创作起步较晚的埃利森,1944年才获得罗森瓦尔德研究基金,准备创作他的第一部长篇小说《无形人》。在创作《无形人》的七年里,他耳闻目睹了赖特与美共左翼组织的合作与分歧,目睹了赖特大起大落的文学创作经历,还有赖特在欧洲坎坷不平的生活和创作道路,他不可能不从中吸取某些教训。

1936年,赖特因拒绝芝加哥共产党指派给他的一项任务而被取消"五一"游行资格。他感到自己受到了白人和黑人共产党的羞辱,内心十分痛苦。幸好这个组织某个高层领导人慧眼识英才,劝他去纽约发展。当时那些已经在《工人日报》哈莱姆分社工作的白人又将赖特视为不速之客,致使他在那里不但得不到信任,还很受排挤,甚至被看作哈莱姆黑人领导阶层中有可能出现的一匹"黑马"。相比之下,赖特对马克思主义的信仰非常坚定。1939年,他与美国共产党的白人舞蹈演员迪尔玛(Dhima Rose Madam)结婚。婚后赖特发现迪尔玛一点也不像无产阶级革命者,她在家里使用黑人保姆,过着懒散而享受的家庭生活,这让他感到"她只是一个同情共产党事业的人,而不是一个奉献于共产党的人。由于对她的资产阶级腐朽思想的厌恶,他甚至对她丰润的身体都感到恶心"[1],因此赖特决意要与她离婚。1940年赖特的《明亮的晨星》[2]出版时,正逢美国共产党领导人厄尔·白劳德[3]因滥用护照被捕入狱,赖特便将自己所有的版税都拿出来支付白劳德的诉讼费。

但后来赖特和当时一批黑人知识分子对苏联在美国创立的美国共产党组织既有依赖又不完全信任。后来许多黑人知识分子感到黑人民族在几个问题上遭到美国共产党的背叛,所以最后纷纷脱离美国共产党。具体有如下原因:第一,在美国共产党为黑人建立的广泛联合机构中,共产党干部不仅担任主要职务,在人数上也占多数。比如,1930年,在"尼格鲁权利斗争同盟会"的86个领导人席位中,美国共产党就占了62席。第二,在第二次世界大战中,美国是支持英法盟军的,也支持苏联共同对抗法西斯德国。当时美国共产党在对待黑人自由斗争的问题上有重大的改变,他们希望将工作重心转移到抵抗法西斯战斗中来,理由是黑人如果将过多的精力放在政治运动上,对美国的工业发展不利,这样会拖战争的后腿,也会使处于危难中的苏联更为艰难。厄尔·白劳德于1944年解散共产党,成立了"共产主义政治协会"(Communist Political Association)。该协会宣称,共产党人就是要为工人阶级的进步、为民族自由和尼格鲁人的平等而斗争,通过漫长的经济和政治发展,这些目标已经基本达到。这样的宣言对许

---

[1] Constance Webb, *Richard Wright: A Biography*, New York: G. P. Putnam's Son.,1968, p. 188.

[2] 《明亮的晨星》(Bright and Morning Star)1938年发表于《新大众》,1940年收入赖特再版的短篇小说集《汤姆叔叔的孩子们》(*Uncle Tom's Children*),该小说的主题是共产党如何组织被压迫的人为争取自己的权利而斗争。

[3] 厄尔·白劳德(Earl Browder, 1891—1973)曾经是美国共产党和国际共运的著名领导人,他担任美共主要领导职务达15年之久。

多始终坚定地站在左翼组织一边的黑人知识分子来说，的确很难接受，他们甚至认为自己上当受骗了。1940年8月，赖特也在《大西洋月刊》上发表了一篇题为《我曾经想成为一名共产党人》的文章，文章表明了他与美国共产党的最后决裂。

上述原因或许可以解释为什么埃利森始终与美国共产党保持若即若离的关系。很多年后，他褒贬参半地写道："美国共产党报纸的一般职员都看不上赖特的心智，讥笑赖特的作品，还把赖特对文化和文学的爱好看成一种装腔作势。他们总认为他太有野心，对他们报社职员构成了威胁。我当时对这些人的小肚鸡肠感到好笑，燕雀焉知鸿鹄之志？我当时完全为他的才能所折服，能读这样的天才写的作品，我感到非常开心。我还从来没有碰到过第二个能用其尚未发表、还未得到公认的作品打动我的人，当时我还没有对他的作品进行评论，但我已经明显感觉到，他不是一个普通的作家……赖特又缺少幽默感来应付眼前毫无掩饰的敌意，他们之间的关系自然日趋紧张。"[1]

事实上，埃利森对赖特小说的赞美一直留有余地。1940年，埃利森读到《土生子》时，他一方面被该作品的创作技巧所打动，另一方面也为别格性格中丝毫没有显示出赖特本人的智慧而感到遗憾。他在《论最近的尼格鲁小说》一文中"除了肯定《土生子》精湛的创作技巧，对小说的人物性格和主题都没有给予很多肯定，他表达得更多的是对赖特个人的推崇[2]"。可见，埃利森很早就意识到了自然主义抗议小说的局限所在，但直到1953年1月，在《无形人》获全国图书奖颁奖仪式上，埃利森在题为《激动人心时刻的几句大胆之言》的发言中，才终于将自己蕴藏已久的观点展示出来："自然主义曾设想

---

[1] Ralph Ellison, "Remembering Richard Wright", 1971, in *The Collected Essays of Ralph Ellison*, p. 663.

[2] Robert G. O'Meally, *The Craft of Ralph Ellison*, pp. 44-45.

过用'事实'使我们获得自由,最终却没能让我们摆脱绝望。现在,对于美国经历在哪些方面适合小说描述存在很大分歧,权威理论遭到了挑战。美国生活经历具有很大的流动性与开放性,这是亨利·詹姆斯的高雅小说创作所不能概括的,也是立场强硬的小说所无法穷尽的。20世纪美国小说的语言和对话融民间语言、圣经语言、科学语言和政治语言于一体,体现了三百多年的美国生活经历。它让人不得不承认,现实生活虽然有原始暴力和多变的因素,但它确比人们想象的要神秘、要不确定、要令人激动,也更有希望。要做到有意识地认识美国文化的多样性和近似神奇的流动性、自由性,我不得不构思一部跳出狭窄自然主义小说窠臼的作品,因为自然主义小说在获得诸多的成功后,最后陷入了一种无法摆脱的绝望之中,这典型地体现在我们当前的小说创作中……我梦想一种散文式的灵活创作体裁,它像美国一样,极富变化,不仅能直视美国社会的不公和残忍,还希望突出乐观的人物形象,人与人之间的友爱及个人价值的实现。"[1]

埃利森很早就厌倦自然主义老一套的文学情节了:小说中的人物往往是在恶劣的社会环境下生存,最后依靠客观力量战胜环境,得以生存。值得注意的是,他还从赖特的经历和创作中意识到,意识形态对美国黑人文学朝更高层次的艺术美学的发展产生了制约。赖特成名比埃利森早,他年轻气盛,志满意得,对白人毫不妥协,这样,他不但没能通过自己的努力靠近美国社会,反而还使自己距离白人社会越来越远。比如,赖特和他的白人妻子一直想在所谓"自由的""格林尼治村"买一套房子,却因为他是一个黑人而始终未能如愿。尽管赖

---

[1] Ralph Ellison, "Brave Words for a Startling Occasion", 1955, pp. 152-153.

特在美国非裔文学界获得了巨大成功,但他并没有得到白人主流文学界的认可,其小说又由于过于浓烈的火药味而受到白人的排斥。他带着苦涩脱离美国共产党后,一直希望保留一种独立的世界观,不时地流露出激进的黑人民族主义情绪,似乎再也找不到他当年的创作自信了。最后他不得不自我流放到欧洲,客死他乡。1951年,他说他待在法国是为了更好地认清自己的国家:"我是一个美国人,生为美国人,死亦美国人。"就在去世前不久,他还对莫里斯·纳杜(Maurice Nadeau)说:"我愿意为我的祖国献身,但我绝不会替它撒谎。"[1]

埃利森的文学创作起步虽然比赖特晚,但在看待白人和黑人的关系时显得更成熟,与赖特率真的性格相比,埃利森在人情世故方面也更圆融练达。因此,在进行文学创作时埃利森尽量避免与白人直接对抗,也懂得在语言技巧上与白人周旋,以此提升黑人的文学创作艺术技巧。他一再否认自己精心构思的中心隐喻"无形性"是完全受赖特的影响:"赖特在使用这个隐喻时有过于机械的一面,人物的思想性格有其局限。因此,我一直认为《无形人》不是受赖特的启发,而是受陀思妥耶夫斯基的《地下室的笔记》的影响。陀思妥耶夫斯基的主人公是一个思者,我小说的主人公也是一个思者,虽然他的思想并不十分清晰。但他是在思想中生存,他的思想达到了一种哲学高度,因此他是一个知识分子。"[2]

在1977年的一次采访中,学者们和记者们又一次触动埃利森心头的这一旧伤,他无奈却又富有说服力地回答:"赖特和我年龄不同,

---

[1] Robert J. Butler, "Conversations with Richard Wright", *African American Review*, Vol. 29, Issue 1 (Spring, 1995), pp. 131-134.

[2] 转引自 John F. Callahan, "American Culture Is of a Whole: From the Letters of Ralph Ellison", *New Republic*, 220:9 (March 1,1999), p. 40。

有不同的生活经历，来自不同的地域。我不想借用这一隐喻，因为这是给一种复杂的关系套上了一个不恰当的名字。如果非要把作家之间的关系比作儿子与父亲的关系的话，那么儿子可有多个父亲，至少儿子身上可体现了多个父亲的风格。除非作家只会模仿，否则他就必须另辟蹊径，在某些方面还得否定前人。"[1]在应答欧文·豪的《黑小子们和土生子们》时，拉尔夫·埃利森给自己的论文定了一个不同凡响的标题——《这个世界和这个大罐》，雄辩地论证自己的文学影响观。

"大罐"出自黑人的讲道坛。黑人牧师布道时经常说，上帝把世界放在一个大罐里，手中掌握着这个大罐的塞子。埃利森用这个比喻讽刺"欧文·豪似乎将种族隔离看作一个不透明的钢罐，黑人在其中等着黑人弥赛亚的到来，将这个罐子的塞子打破。赖特就是他心目中的英雄，因此他对赖特忠心耿耿。但是如果是在一个透明的而不是不透明的罐子里，我们不但可以看到外面的世界，还可以读懂外面发生的事情，并且通过对自己身份的考察来理解价值和人类平等的问题"[2]。通过"大罐"这个形象比喻，埃利森意在批评那些仅仅从社会学的角度看待黑人文学问题的批评家，指责他们研究复杂的文学问题不够全面，也过于肤浅，因为他们不了解黑人文化。

尼格鲁人的生活方式从表面上看与白人文化格格不入，但实际情况并非如此，因为这个"大罐"不是鲁迅笔下的"铁屋子"，它是透明的，而且是没塞子的，因此"大罐"里的人不但没有昏睡，而且在呼吸着罐外的空气，和罐外的人保持思想的交流。在美国这个流动

---

[1] Robert B. Stepto and Michael S. Harper, "Study and Experience: An Interview With Ralph Ellison", in Robert J. Butler, ed. ,*The Critical Response to Ralph Ellison*,Connecticut & London: Greenwood Press,2000, p. 3.

[2] Ralph Ellison, "The World and the Jug", 1964,in *The Collected Essays of Ralph Ellison*,pp. 155-188.

社会里，各种思潮和各种时尚呈分散式和传播的状态。埃利森甚至认为，应该把社会学研究留给科学家，小说家就应该用小说的形式来探索人类生存处境的真理，美国的真理就来自于它的多样性、开放性与速变性。

埃利森坚持自己生活在一个影响的领域，包括个人和环境的影响。这是一个复杂的领域，而不限于某个作家，不限于某个种族，这是一个显而易见的事实。"我不相信仅仅一个霍桑就可以造就一个梅尔维尔。作家之间无疑相互影响，但区别在于每个作家的才能、想象和直觉不一样，他接受的影响就不一样。"[1]埃利森大学二年级时就阅读了T. S. 艾略特的《荒原》，他说："我从任何黑人作家的作品中都找不到这样强烈的震撼力。"[2]在早期论文《20世纪小说与黑人人性的面具》中，埃利森详尽地回忆了马克·吐温、爱默生、梭罗、惠特曼、梅尔维尔等作家对自己文学思想、语言技巧的形成所产生的影响。

事实上，有的研究者称兰斯顿·休斯和艾伦·洛克（1886—1954）是拉尔夫·埃利森的导师，因为埃利森到纽约后首先遇到的两个英雄般的人物，一个是兰斯顿·休斯，另一个则是艾伦·洛克，而将埃利森引见给赖特的正是兰斯顿·休斯。还有人称肯尼斯·伯克（Kenneth Burke，1897—1993）是埃利森的导师，这话也不无道理，因为在埃利森高度象征性的文学修辞话语中，的确不乏肯尼斯·伯克的"反陈述"和转义特点，因此，美国斯坦福大学阿诺德·拉姆帕萨德（Arnold Rampersad）教授认为，没有肯尼斯·伯克就不可能产生《无

---

[1] Ralph Ellison, "American Culture Is of a Whole: From the Letters of Ralph Ellison", *New Republic* 220:9 (March 1,1999), p. 39.

[2] Ralph Ellison, "The Art of Fiction: an Interview", 1955,in *The Collected Essays of Ralph Ellison*,p. 210.

形人》。[1]对这些说法埃利森生前从不否定和辩解，因为他早就认为在一个作家身上可以体现多个文学之父的影响。与理查德·赖特和詹姆斯·鲍德温的文学创作相比，埃利森文学创作中的兼收并蓄的特点尤为明显。他的"民主思想"实际上就是他后来常挂在嘴边的文学创作的"融合思想"，美国黑人爵士乐语言在他的文学创作中就体现为一种高度修辞性隐性陈述。他的思想抱负和创作野心绝不局限在赖特的抗议小说的基础上，而是要有所超越，要经过一番深思熟虑后逐渐形成自己的文学标准和思想。因此，如果承认赖特是自己的"文学导师"，就等于否定了自己文学的独创性。

由此可见，赖特究竟是不是埃利森的"文学之父"或"精神之父"，之所以成为埃利森与欧文·豪争论的焦点，是因为它牵涉埃利森的创作是否应该继承赖特的抗议传统，黑人文学作家之家谱是否应该完全限定在其种族内部；牵涉埃利森的文学创作究竟是应该继承黑人文学前辈注重意识形态的抗议传统，还是应该朝多元而开放的注重艺术美学的文学方向发展；更重要的是，牵涉埃利森的文学思想和文化思想究竟有多少独创性，这一独创性是否促使美国黑人文学创作形成一个新的转向，并成为赖特之后又一个有超越性贡献的里程碑。正因为如此，埃利森在这一问题上三次予以回复，毫不马虎。

尽管如此，笔者的拙见是，即使埃利森承认赖特是自己的文学祖先之一，也应该不会妨碍他的文学成就被世人认可。但令人遗憾的是，"一个新起的流派总要排斥前面还在威胁着、阻碍着自己前进的前辈或同辈，而迂回曲折地去拥抱前辈的前辈，甚至几百年前的老祖宗"。袁可嘉先生将这一现象称为"文学系统内部的普遍规律"[2]，哈罗德·布

---

[1] Arnold Rampersad, *Ralph Ellison: A Biography*, p. 312.
[2] 袁可嘉：《欧美现代派文学概论》，广西师范大学出版社，2003年，第62页。

鲁姆则称之为"影响的焦虑"。

第二节　拉尔夫·埃利森的早期文学创作思想

埃利森早期文学创作曾受赖特和马克思主义思想的影响，他在20世纪30年代末40年代初也曾热衷左翼文学，这些都无可否认。但必须看到，从1937年到1944年，埃利森虽然为《黑人季刊》《新挑战》《新大众》等左翼杂志写了二十多篇书评，但这些文章的政治色彩都不浓。准确地说，从他为左翼杂志《新大众》写文学评论的那天开始，他就从来没有完全按照左翼思想的要求进行写作。他始终在考虑用一种特殊的方式来超越马克思社会现实主义对黑人民间文化的简单分析。因此，在其早期文学评论中，我们能够读出隐藏在埃利森政治创作表层下的一种反左翼情绪，具体体现在他对美国黑人文化和美国黑人生活方式的关注。

1938年，卡内基公司委任著名瑞士经济学家冈纳尔·米戴尔（Gunnar Myrdal）调查非裔美国人的生活状况。米戴尔组织了48个作家和研究员合作编写了《美国困境：尼格鲁问题和现代民主》(*An American Dilemma: The Negro Problem and Modern Democracy*，1944)，共分上下两册，发行量达100万册。当时美国社会流行的"美国黑人是没有历史的民族"的观念，在很大程度上源自米戴尔和著名美国黑人研究社会学家E. 富兰克林·弗雷泽的社会学理论。米戴尔的《美国困境》和弗雷泽的《美国的尼格鲁人》都得出这样的结论："非裔美国人是一个'言过其实的美国人'，他们的价值观是普通美国价值观的病态表现。尽管米戴尔号召美国黑人融入美国主流文化，但他把尼格鲁人的文化和性格看作社会病理学的产物。"[1]

《安提俄克评论》请拉尔夫·埃利森为这本杂志写书评。尽管埃利森在当时的美国黑人文学界还是初出茅庐的年轻作家,但他的评论锋芒毕露,旗帜鲜明地表露出对用社会科学的方法研究美国黑人问题的强烈不满:"美国社会科学的研究一开始就与美国尼格鲁人的命运有着密切的联系。在内战前,美国南部的统治阶级就一直在鼓励一种伪科学文学,其目的就是要证明尼格鲁人的非人性特征,以逃避人们从道义上反对奴隶制度。《解放奴隶宣言》的颁布,使奴隶获得了自己的地位,至少在白纸黑字的美国政府文件上,尼格鲁人获得了名义上的公民权,社会学才开始真正关注尼格鲁人。如果说奴隶制的结束对社会学研究有新的实用要求,即美国社会制度要有所调整,以接纳新公民,那么,对美国北方和美国南方统治阶级提出的道德问题则是双方的妥协,这也是米戴尔所谓的'美国的困境'。"[2]

米戴尔认为,北方的白人坚守了他们的道德意识:一是增加南方尼格鲁人的教育机会,二是建立了社会科学机构来监督执行他们的计划。而埃利森在《无形人》中似乎认为,北方白人把布克·托·华盛顿标榜为尼格鲁人的代言人,把塔斯克基学院视为首都华盛顿控制黑人的权力中心。但是,这一事实真相处于一种被蒙蔽状态,所以人们一提及尼格鲁人的生存状况,就说北方的白人好,南方的白人坏。这是对复杂事物过于简单的判断。因为内战一结束,北方就对尼格鲁人失去了兴趣。北方对尼格鲁人的教育只是出于同情心,他们并不了解

---

[1] 转引自伯纳德·W.贝尔:《非裔美国小说及其传统》,刘捷等译,四川人民出版社,2000年,第19页。

[2] Ralph Ellison, "An American Dilemma: A Review", 1944, in *The Collected Essays of Ralph Ellison*, pp. 304-305.

尼格鲁人真正需要的是什么。塔斯克基学院只是教育机器，只是为了让黑人不要从事政治抗议。正是芝加哥社会学院的罗伯特·帕克，这位与布克·托·华盛顿共同创建塔斯克基学院的慈善家所认为的："尼格鲁人只善说不善做，只对生活本身感兴趣，而对完善和修正自己不感兴趣。他们像犹太人一样，天生没有思想和理想；他们像东印度人一样不善于反省自己；也不像盎格鲁-撒克逊人那样富有开拓与创新精神。他们的主要特征体现在艺术上，只是为生活而生活。他们的职业就是表达，而不是行动，他们是不同人种中的女性。"[1]

埃利森一方面并不否认布克·托·华盛顿和罗伯特·帕克所做的这一切有积极意义，认为这使尼格鲁人受益匪浅，还培养了一批优秀的尼格鲁学者；另一方面他认为这也有消极影响，那就是资产阶级科学强压在尼格鲁人身上的限制使他们成了受害者。他认为，纯粹从社会学的角度去研究人种和种族问题，只会人为地造成黑人与白人社会之间毁灭性的紧张关系。

米戴尔把尼格鲁人的文化和性格看作社会病理学的产物，还号召美国黑人不管是个人还是团体，都应该争取融入美国文化。在他看来，美国主流文化从实用的角度上来说，才是一种最高雅的文化。对此，埃利森反驳道："米戴尔这样说，一是把尼格鲁人的文化排除出美国文化了，二是他所说的从实用的角度上来看美国主流文化，就是私刑、好莱坞、时尚和电视广告。如果我的文化是病态的，难道我非得用它去换取这种文化不可吗？……美国需要做的不是白人和黑人之间各自的病态比较，而是要改变社会理论。这一责任应该由尼格鲁人和白人共同承担。尼格鲁文化是整个美国价值观的一部分，尼格鲁人需

---

[1] 转引自 Ralph Ellison, "An American Dilemma: A Review", 1944, in *The Collected Essays of Ralph Ellison*, p. 307.

要做的是接纳这一价值观,并创造尚未创造的黑人民族意识。这还不够,还要为创造一个更为人性的美国作出自己的努力。"[1]

《评〈美国困境〉》一文直言不讳地表达了埃利森后来始终坚持的"美国黑人的白人性和美国白人的黑人性"的文化融合观点,这也是他以后逐渐成熟的美国非裔文学思想和文化研究思想的雏形,这一观点遭到反对派学者的猛烈攻击。还应该注意到,埃利森在这里不愿意过多抨击白人生活的方方面面,还多次表明自己曾受许多白人作家的影响,称他们为自己的"文学祖先",这也遭到狭隘黑人民族主义的仇恨。因此这篇文章当时并没有发表,直到1953年拉尔夫·埃利森的第一本论文集出版,才被列入其中并首次公之于众。

1943年,埃利森接替安杰卢·赫恩登[2]担任《黑人季刊》执行主编,他十分强调作家的独立思考意识,要求所有投稿都采用正确的书写形式和规范的文法进行创作,拒绝发表任何用方言写的论文,而当时流行的黑人文学往往特别注意将黑人方言和黑人文化习俗等引入作品,追求黑人文学独有的特色。《黑人季刊》发表的大部分论文都反映美国黑人生活的方方面面,而不仅仅是狭隘地讨论黑人的生活经历。埃利森认为强硬派作家只反映尼格鲁人的生存绝境,而忽略黑人生活的其他方面,这是一种执迷不悟的做法。他还坚持民主思想是文学批评新方向的理论基础,反对美国共产党对黑人争取权利运动的过多干涉。他最欣赏强调文学国际化的文章,比如,哈理·斯洛乔尔(Harry Slochower)的《在法西斯的冥河》,该文专门谈雷马克、茨威格、托勒尔等世界作家如何谴责法西斯主义。利用编辑《黑人季刊》的机会,

---

[1] Ralph Ellison, "An American Dilemma: A Review", 1944, in *The Collected Essays of Ralph Ellison*, p. 316.
[2] 前任主编赫恩登(Angelo Herndon)是一个激进的左翼分子,他当时因参加工会活动在南方被捕,埃利森上任后做的第一件事就是扭转其左翼思想导向。

埃利森结识了一批仰慕已久的聚集在纽约的犹太裔美国知识分子和作家，包括斯坦利·埃德加·海曼。他意识到，黑人作家应该与白人作家结为联盟，这也为后来实现自己的融合思想打下了基础。

与同时代的很多黑人作家不同，埃利森的母亲很早就带他住在白人中产阶级居住区，并积极参加社会政治活动。埃利森受过比较完整系统的正规教育，熟悉欧美历史文化传统。而且，他的思想宗旨不仅是要揭示种族歧视的事实，表达黑人的痛苦和愤怒，而且还要寻求黑人与白人的和睦相处之道，因此，他对白人的文化没有本能的抵制心理。他有意学习欧美历史文化经典，并将其中的精髓用于自己的文学创作，以创造性地表达自己的思想，使他的作品具有了深刻的寓意和文化内涵。因此，埃利森早年创作的那些带有强烈思想倾向的短篇小说，也流露出节制的艺术表现形式。

埃利森的文学创作开始于冷战前动荡不安的年代，尽管他对左翼政党始终保持模棱两可的态度，后来也否认与左翼有过交往，甚至指责自己的文学引路人赖特陷入意识形态的旋涡而不能自拔，但通观其早期作品不难看出一个事实，即埃利森在20世纪30年代和40年代显然也是一个意识形态倾向很强的自然主义作家。在《广场上的宴会》中，他对种族暴力的描写直面现实，不难看出是受赖特的影响。

私刑，在埃利森早年生活的俄克拉荷马州几乎未曾发生过，也没有资料显示他目睹过私刑的全过程，所以他对私刑的了解可能是间接的。但他凭借自己丰富的想象力，把一场私刑的场景和过程却描绘得十分逼真。

故事的场景，也就是施行私刑的地点，在"正对着法院的广场，钟塔古老的钟敲了12下。雨水不停地落下，看起来是那样地彻骨冰冷。每个人都很冷，那个黑人一直紧紧抱着自己的身子，想要止住哆嚓……那尊将军青铜像被照得栩栩如生。他那发霉的脸上的阴影使他看上去好像在低着头嘲笑那黑人"。[1]在美国南方,法院门前的广场上往往是老人们讲述历史,年轻一代借此了解历史的好地方。埃利森将故事的场景设在法院的广场,其用意是不言自明的:在美国这个自我标榜为最民主的国度里,法律只是保护白人的利益、迫害黑人的工具。明亮的火光,广场上的历史人物,都见证了白人如何践踏与背叛美国自由、民主与平等的思想。

私刑对黑人来说是一个可怕的噩梦,作者描写道:"这是一个噩梦般的夜晚……与往常的周六晚上不同的是,广场上除了这个黑人,就没有别的黑人了,而平时这里的白人和黑人几乎一样多。"[2]但对白人来说却"是一个平常的夜晚……在围观的大人等着点火烧烤黑人时,我便出于好奇,跑到人群后去数广场上有多少辆汽车,数到40辆时就数不清楚了"。作者一再描写"风助火威"和"肉体被烧烤的气味",用以衬托黑人遭受的非人折磨和他们所经受的人们无法想象的痛苦。这个黑人请求道:"有没有人愿意像基督徒那样割我的喉咙?"他从白人那里得到的答复是:"对不起,但是今晚这儿没有基督徒,也没有犹太小子。我们是百分之百的美国人。"[3]这个黑人没有怒吼,也没有呻吟,只是"痛苦地闭上眼睛"。

而对白人来说,私刑是人性失常的表现。作者将私刑的发生时间设定在大萧条时期,当时美国南部以收益分成的小佃农脸上都挂着饥饿的表情。"一个白人小佃农说,杀害黑人并无好处,因为事情不会有好转。他看上去饿得慌。这些白人也会饿成这样,真是令人吃惊。"

---

[1] Ralph Ellison, *Flying Home and Other Stories*, New York: Random House, 1996, p. 4.

[2] 同上书,p. 5。

[3] Ralph Ellison, *Flying Home and Other Stories*, p. 8.

可见当时白人的境况也好不到哪里去。但即使在这种情况下，白人也不愿意放弃种族迫害，足见私刑已经使白人丧失了人性与理智。

除了白人男性的残暴，作者还突出表现白人女性的疯狂。在东西方文化中，女人都是美丽善良的代名词，她们是生命的赋予者，天生具有母性本能，比男人更温柔，更宽宏大量。而在这场私刑中，"白人人群中至少有35个女人，她们的尖叫声混合在男人的声音中，听得很清楚"。[1]特别是站在"我"身后的白人女人，她大声吵闹，情绪激动，动作粗暴，把"我"的脸都抓破了。作者这一入木三分的描写，足以展示种族歧视观念对白人人性的扭曲何等严重。

种族歧视不仅给黑人带来了巨大痛苦，对白人也没有什么好处，只会给他们带来巨大灾难。小说花了相当长的篇幅描写了施行私刑时发生的一场航空事故。由于机场灯标熄灭，正要降落的飞机误以为私刑现场的灯火就是机场灯塔，便俯冲下来，撞倒了通向市区的电线杆，电线又电死了一个前来观看私刑的白人妇女："我闻到了人肉被烧焦的味道，这是我第一次闻到这种气味。我走近一看，发现是个女人，她肯定是当场毙命了。她躺在一汪水中，身体僵硬得像一块木板，四周全是飞机撞到电线杆上掉落下来的绝缘玻璃碎片。她的白色裙子被扯破了，我看到露出水面的她的一只乳房，还有她的一条大腿。"[2]作者对这一幕刻画得如此细致入微，显然是一个隐喻：白人是自作自受，白人的恶行将遭到报应。作者似乎觉得这还不够，于是描写私刑过后来了一场龙卷风，那是一种大自然失常的表现。"龙卷风吹散了火花，火花又将杰克逊大道上那幢白绿镶嵌、院子里有一只用混凝土做成的

---

[1] Ralph Ellison, *Flying Home and Other Stories*, p. 5.

[2] 同上书，p. 7。

狮子的房子烧成了平地。"[1]作者通过情感误置，把龙卷风视为来自上帝的愤怒与惩罚，作品的立意因此更多了几分阐释的空间，甚至是神秘的色彩。

从上述描写中我们不难看出，埃利森怀有强烈的思想倾向，对黑人的痛苦遭遇抱有深深的同情，对白人的残暴和疯狂无比憎恶。但他又与赖特等其他黑人作家有所不同，他很早就不满足于对白人与黑人对立状况的简单描绘，而是力图探索造成这种对立的根源是什么，解决这种矛盾的根本出路何在。与此相应，在艺术上，他也力图超越对种族歧视现象的情绪化渲染，以冷静理性的笔调叙述故事、刻画人物、追求作品的艺术性。在《广场上的宴会》这部作品中，他的这种追求已初见端倪。

威廉·福克纳曾说："如果种族问题让小孩子们来解决，它们早就解决了。是成年人，特别是女人，使偏见歧视继续存在。"[2]作品从一个尚无道德评判力的白人小男孩的独特视角，叙述广场上的这场既寻常又不寻常的"宴会"，这给读者以真实客观的感觉。作者无疑怀有强烈的义愤，但他力图保持克制，笔调力求冷静，采用了一种举重若轻的姿态来叙述整个故事，对有些情节的描写几乎是轻描淡写，如私刑过后，"我"虚弱得没法出门，我叔叔取笑我是"来自辛辛那提的超级胆小鬼"，还说"我"会慢慢适应的。思想的沉重与笔调的空灵之间形成一种巨大的张力，使读者几乎要屏住呼吸，注视那令人战栗的场景一幕一幕被切换下去，从而产生了一种特殊的艺术效果。

美国文学评论界对埃利森的短篇小说研究一直不够，这主要有两

---

[1] Ralph Ellison, *Flying Home and Other Stories*, p. 11.
[2] 转引自陶洁:《译本序》，载威廉·福克纳《坟墓的闯入者》，陶洁译，上海译文出版社，1997年，第9页。

个原因：第一，这些短篇小说是他的早期创作，最有名的《在异乡》《宾戈游戏之王》《飞行家和其他故事》等短篇小说发表于1944年，即埃利森着手创作《无形人》的前一年。而且，它们主要被发表在相对不那么有名或是后来停办的刊物上。第二，由于种种原因，这些故事一直未能整理成一本集子出版。1996年，美国兰登书屋出版了埃利森的短篇小说集《飞行家和其他故事》(*Flying Home and Other Stories*)，为喜爱埃利森作品的研究者进一步探讨他作为一个短篇小说家所取得的成就提供了很好的参考。

《飞行家和其他故事》包含了埃利森1937—1954年创作的13个短篇小说，其中发表时间最早的是《下午》(1940)、《图森先生》(1941)和《如果我有翅膀》(1943)。这三部短篇小说被收录在《两个行割礼的印第安人》(1956)中，小说里埃利森塑造了巴斯特和赖利两个黑人少年的形象，以及描写了他们在俄克拉荷马州的探险经历。这是作者根据美国西南部的黑人民间传说写成的。巴斯特和赖利渴望自由，敢于冒险，机智幽默，很容易使人联想到马克·吐温笔下的哈克贝利·费恩和汤姆·索耶。《在异乡》《飞行家和其他故事》《宾戈游戏之王》三部作品都发表于1944年，其中《宾戈游戏之王》和《飞行家和其他故事》被列入"二战"以来最佳短篇小说行列，并出现在几乎所有已出版的美国短篇小说选集中，同时也是《飞行家和其他故事》这本集子中的上乘之作。细读上述作品，我们可以将埃利森早期短篇小说艺术手法上的主要特点概括为：善于摄取希腊原型神话和历史传奇的主题，并加以创造性运用；受到弗洛伊德"精神分析学说"的影响，喜欢通过对"梦"的描绘来展示人物的精神世界；常常采用象征主义的艺术手法；等等。

关于希腊原型神话和历史传奇，埃利森在《飞行家和其他故事》

中通过对达德路斯神话故事独具匠心的运用,使作品的人物性格和主题思想得到尤为鲜明的表现。达德路斯(Daedalus)是古希腊神话中的一个人物,是一个出色的建筑家、雕塑家和发明家。他受命为克里特国王弥诺斯(Minos)修造迷宫,并将牛头人身怪物弥诺陶洛斯(Minotaurus)禁闭在其中。后来弥诺斯国王不喜欢达德路斯,将他囚禁在克里特岛。达德路斯悄悄为自己和儿子伊卡罗斯(Icarus)做了蜡翼,准备逃到西西里岛去。伊卡罗斯忘记了父亲的警告,由于飞得太高,蜡翼被太阳熔化,最后坠入爱琴海而死。这个神话故事最吸引人注意的,主要是关于伊卡罗斯希望高飞却坠海而死的情节,它传递了一种深刻的意蕴,即不论是整个人类还是每个个体,总是希望超越,希望追寻理想,但这种愿望往往会因为客观或主观原因而遭受失败。人类总是不懈地追求而又往往不免归于失败,这成了人类的宿命。不过,这种努力仍然不失其崇高,因为永不满足、自觉追求理想正是人类所特有的本质,正是以一次又一次的失败为代价,人类的知识和能力才得到一次又一次的扩充与提高。由于涉及人类生存状态中的一个重大命题,这个神话故事成为古今许多作家喜爱引用的典故。埃利森在塑造《飞行家和其他故事》主人公托德的形象时,显然借鉴了达德路斯神话的意象,但又作了一定的改造。古今作家在引用达德路斯神话时,对伊卡罗斯的"高飞"行为有褒有贬,但多偏重于褒;埃利森在描写主人公托德的形象时,对其"高飞"的愿望和行为主要持否定态度,因为埃利森认为托德的想法不可取,不是解决黑人社会地位问题的正确方法。

历史传奇故事也是埃利森获取灵感和素材的来源。如在《杜桑先生》中,埃利森引用了海地黑人革命领袖杜桑·路维杜尔(Toussaint L'ouverture,1743—1803)的传奇故事。黑人领袖杜桑·路维杜尔出生于奴隶家庭，曾率领海地黑奴与拿破仑的士兵做斗争，用游击战术击败了白人，宣布海地自治，并终身执政。后拿破仑派重兵镇压，杜桑战败后被法国殖民者诱捕，死在法国监狱。埃利森通过引用杜桑传奇故事和黑人圣歌，生动地表达了黑人少年对屈辱现实的不满及对胜利和自由生活的向往。《杜桑先生》故事一开始，白人罗根就在训斥巴斯特和赖利两个孩子，说他俩想摘他樱桃树上的果子吃，事实上这些果子是被树上的嘲鸫鸟吃掉的。孩子们敢怒不敢言，远处传来了赖利姨妈唱圣歌的声音，深沉而战栗，神秘而忧郁。感伤而缓慢的布鲁斯音乐和神圣超脱的圣歌，是他们在暗无天日的悲惨生活中倾吐内心积郁、表达切身感受的呼声，他们认为那是苍天对他们的承诺，他们在世时所受的痛苦可以用永恒的福佑得以补偿，因此歌声可以缓解他们内心的痛苦。歌声的翅膀和蝴蝶的飞过让两个孩子产生了想象——要是他们也有翅膀该多好，这样也能去北方，去纽约……随即两个孩子聊起了杜桑先生的故事。由于沉醉在这个悲壮而伤感的故事中，他们的语言也变成了黑人教堂应答唱和的模式，整篇小说也随着两个主人公对杜桑先生传奇故事的重温而进入高潮。

弗洛伊德的精神分析学说，是 19 世纪末以来对文学艺术领域影响最大的理论。近百年来很少有文学艺术家不受这一理论的启发，埃利森也不例外。1974 年，埃利森在与记者谈话中提到，自己 10 岁时就阅读了弗洛伊德的《梦的解析》。1936 年，埃利森前往纽约谋生时找的第一份工作就是给一个精神病医生当接待员，他接触了很多精神病患者，也看了不少患者的病历。从那时起，他就意识到梦对精神病患者的治疗和文学创作都具有十分重要的作用。他的短篇小说代表作《宾戈游戏之王》可明显看出受弗洛伊德"精神分析学说"的影响。它采用了所谓"梦的运作"——将某种思想感情通过近似梦的意识活

第二章　拉尔夫·埃利森与欧文·豪的艺术美学与意识形态之争　63

动转化为各种奇特的视觉意象的方法。

《宾戈游戏之王》的故事场景是一个充满了幻觉和错觉的幽暗的电影院。"大萧条"后的美国失业率十分严重,小说的主人公离开种族歧视十分严重的南部家乡,满怀对自由生活的向往来到东北部城市哈莱姆。初来乍到的他因为没有出生证,找工作屡屡受挫,妻子劳拉又重病在身。绝望之中,他购买了当地电影院可以参加宾戈游戏中奖的促销票,希望碰碰运气,中个大奖,将病危的妻子从死亡线上挽救回来。主人公一边心不在焉地看着电影,等着宾戈游戏开始,一边挂念着他病重的妻子。坐在他周围的白人吃着花生,喝着啤酒,更让他感到饥肠辘辘。作者这样描写主人公此时的内心世界:"这部电影他已经看过三遍了,不会有什么新的内容发生了,一切都是由他头顶白色的电影投影机光束来决定。它不偏不倚地射在银幕上,不会乱套,不会出错。"[1] 从这投影机射出的白色光束中,他仿佛感受到一股驾驭生活的力量——这可怕的白色。电影中火车的轰隆声使他在冥冥之中产生了回忆和幻想:"少年时期的他走在铁轨上,突然间火车来了,追赶着他,他拼命地跑,但火车出轨了,一直将他追到大街上,站在一旁的白人都在讥笑他……"在他的潜意识中,这不偏不倚的白光和火车的车轮一样,受着某种机械组织的控制,火车的车轮与宾戈游戏的转轮一样,完全操纵着他和妻子的生死。他获得了去前台转动宾戈游戏转轮的机会:"他的双手紧握宾戈游戏转轮,仿佛感到自己成为自己命运的主宰者,感到自己被赋予了神的力量,感到自己获得了新生,幻想自己成为宾戈游戏之王……"[2] 忘乎所以中,他完全失控了,忘记了宾戈游戏规则,忘记了台下急切盼望结果的观众,他一味地沉溺于

---

[1] Ralph Ellison, *Flying Home and Other Stories*, p. 124.

[2] Ralph Ellison, *Flying Home and Other Stories*, p. 138.

自我陶醉和自我发泄中，任宾戈游戏转轮没完没了地转动，最后他被警察拽下了前台，获奖资格也由此被取消。宾戈游戏转轮随着他的松手停了下来，极具讽刺意义的是，当天的中奖号码停留在两个零之间。作者通过这种极具象征意义的数字符号告诉读者：主人公对现实的追求以空幻和虚无告终，他的失败可归结于他的黑人身份，归结于他太需要拥有和白人一样的身份，太希望主宰自己的命运。但他的命运不过是系在一根又细又长的黑色电线上，一头连着电源（权力），一头系着宾戈游戏转轮（运气），他握着这根电线就仿佛获得了主宰自己命运的力量，获得了他作为一个人应有的身份。不管他是多么努力地想证明这一切，到头来还是以失败告终。白人对黑人的种族歧视、控制和迫害，命运的不自主等严肃深刻的主题，都通过主人公的"梦的运作"——近似于梦的幻觉，转化为白光、火车、车轮、游戏机转轮、电线、零号码等象征性的意象，从而得到生动形象的表现。整篇作品虚虚实实、迷离恍惚，如同一颗黑色宝石，在荒诞与真实、梦幻与现实、疯狂与理智之间跳跃变幻，闪烁着迷人的光彩，具有高度精练的暗示和隐喻性。作者没有局限于写实以追求细节的真实，却把主题表达得更深刻，更耐人寻味。

　　研读埃利森早期短篇小说可以知道，他后来的两部长篇小说《无形人》和《六月庆典》取得巨大成功绝非偶然。从思想内容方面看，关注黑人的生活处境、探索黑人的生活出路及黑人与白人之间的关系，一直是他孜孜不倦地思考和表达的主题。他前期的思考和摸索，为后来的突破做了必要的准备。随着思考的逐步深入，他前后期的思想观念和主张也发生了一些变化。埃利森早期的创作思想受到左翼思想的影响，尽管他从来没有加入过共产党。如在《海米与警察》和《我没有问他们的姓名》等小说中，埃利森对种族暴力的直观描写充满火药味，由此不难看出受赖特的影响。但他很快形成了自己独特的思想：不再局限于展现黑人与白人之间的冲突和黑人的屈辱生活，渲染黑人与白人之间的对立，而是开始探讨黑人与白人如何相互理解融为一体；不再仅仅控诉白人种族歧视的罪恶行径，而是进一步思考现代黑人要改变自己的处境本身，应该承担怎样的责任；不再仅仅关注黑人的身份和处境问题，而是由此推展开去思考整个人类在现代日益复杂的社会中的异化问题。他的《无形人》和《六月庆典》就达到了这样的高度。在他的晚期论文集《走向领地》中，我们看到的也是一个成熟的作家，一个文学界的政治家，一个联系黑人与白人关系的亲善大使的形象。埃利森的创作不仅在黑人文学史上是一个突破，能给现代黑人探索自身的道路带来启迪，而且也能引起泛非读者的共鸣。

下面看看埃利森创作的艺术手法。埃利森早期短篇小说创作已显示出他是一个有艺术追求和艺术个性的黑人作家。他广泛汲取艺术营养，借鉴各种艺术手法进行各种尝试，力图跳出自然主义黑人文学的窠臼，使自己的作品不仅以黑人文学的特色见长，而且能融入主流文学，与白人文学平分秋色，在整个文学殿堂上占有一席之地。他早期进行的种种尝试，为后来更纯熟地运用这些表现手法打下了基础。在《无形人》和《六月庆典》中得到充分运用的"引用原型神话主题""意识流""梦的运作""构造象征性意象"等手法，在他的前期短篇小说创作中都已初露端倪。《在异乡》和《宾戈游戏之王》大量运用意识流手法和象征手法，可视为《无形人》的序曲和前奏。《宾戈游戏之王》的主人公和《无形人》的主人公一样，也是一个无名无姓的美国黑人。他们或是男孩，或是年轻小伙，都从某种程度上远离了自我、自己的族人，以及白人主宰的社会。他们既不清楚自己的身份，也无法接受自己的身份。因此，他们始终在期待着与白人的调和,期待着自我认同。从《宾戈游戏之王》中我们可以感觉到《无形人》正呼之欲出。不同的是,《在异乡》的主人公帕克在几页纸的故事中就醒悟过来,《无形人》的主人公则经过几百页纸的叙说才达到领悟。《飞行家和其他故事》可视为《六月庆典》的雏形,《六月庆典》中桑瑞德的经历,几乎可以看作《飞行家和其他故事》中托德经历的慢镜头回放。他们最后都醒悟了,只是一个还来得及重新开始,一个追悔莫及。

第三节 拉尔夫·埃利森论"尼格鲁作家"的职责与"尼格鲁文学"的发展方向

文学与社会的关系是当代文学理论批评家们关注的重点。勒内·韦勒克、奥斯汀·沃伦就在作品中专辟章节探讨文学与社会的关系:"黑格尔派批评和泰纳派批评认为,作品中所表现的历史或社会的伟大性,简直就等于艺术的伟大性。"[1]美国许多著名现实主义和自然主义作家,如斯托夫人、豪威尔斯、法雷尔、刘易斯和斯坦贝克,都以写实的手法给世界文坛留下了不朽之作。

20世纪30年代,美国经济大萧条使欧文·豪也和其他美国人一样,对资本主义失去了信心。马克思主义思想和社会主义世界观最能代表普通黑人的心声,为许多黑人知识分子提供了生存和生长的土壤,为美国黑人文学发展提供了理论依据。受这些新思想运动的启发,赖特等黑人知识分子逐渐明白,种族歧视是资本主义、帝国主义的产物,要争取自己的权利,要改善自己的生存环境,就必须积极参与革命运

---

[1] 勒内·韦勒克、奥斯汀·沃伦:《文学理论》,刘象愚等译,江苏教育出版社,2005年,第102页。

动。欧文·豪是社会现实主义抗议小说和赖特的坚定不移的支持者，由此也构成了他与埃利森争论的另一个焦点，即作家的职责问题。特别是在人类争取民主、自由和平等的时期，作家的职责和文学作品的功能是什么？马克思主义认为，所有文学都是一种宣传，或者说，文学一进入社会领域，就成了一种宣传工具。既然是一种宣传工具，它必然直接或间接地反映作者的阶级态度。在欧文·豪看来："埃利森的《无形人》创作方式过于客观，对黑人的生活经历过于轻描淡写，意识不到困境和抗议是黑人在美国的生活经历中不可分割的内容，其目的是迎合'新批评'的口味，却放弃了自己作为一名黑人作家的义务和责任。"[1]欧文·豪坚持认为黑人作家的任务就是要通过武装的手段来获得自由，而赖特才是黑人作家中黑人自由运动最忠实的推进者。

和同时期几乎所有美国人一样，欧文·豪在对资本主义失去信心的同时萌发了社会主义思想。他早期的政治立场激进，对苏联革命领袖托洛茨基推崇有加。他在《自传》中这样写道："似乎只有激进主义才能做到言行一致，只有激进主义才能提供一种团结的世界观。"[2]欧文·豪的政治思想在对左翼思想命运的关注中形成和成熟，他的重要观点体现在其"自由社会主义"上，认为社会主义不能脱离民主思想，否则就是违背人人都有主宰自己命运的社会主义精神。他始终坚持自己的社会民主思想，始终在为美国社会那些被剥夺了权利的人和无助的人争取其应有的利益。欧文·豪坚信文学批评不能完全脱离政治，关注如何使政治在文学创作中得以表现。他的文学批评著作，如《舍伍德·安德森》（1951）、《威廉·福克纳：批判性研究》（1952）、《托

---

[1] Irving Howe, "Black Boys and Native Sons", *Dissent*, Autumn 1963, p. 364.

[2] Irving Howe, *A Margin of Hope: An Intellectual Autobiography*, Florida: Harcourt Brace Jovanovich, 1982, p. 10.

马斯·哈代：批评性研究》(1967)等始终强调社会公正和经济改革，他相信，文学批评家的兴趣如果限于文学本身则无法写出好的文学批评。

欧文·豪对埃利森最严厉的批评，莫过于他指责埃利森对哈莱姆共产党人的描写不真实，丑化了美国共产党领导人杰克，也丑化了黑人运动领袖拉斯。在欧文·豪看来："黑人作家就不应该将过多的兴趣放在文学艺术问题上，在创作艺术和意识形态的斗争之间，黑人作家就应该选择后者……埃利森的文学创作既无赖特的政治抗议色彩，也无鲍德温的先见之明。如果《土生子》受30年代意识形态的束缚，那《无形人》失败则受50年代文艺美学思潮的影响。"[1]

在《无形人》中，埃利森笔下的白人兄弟会是一个要求绝对服从的美国共产党组织。无形人的一言一行都必须按白人领导组织的规定去做，不能有任何自己的主见。《无形人》中对美国共产党的否定性描写始终为美国左翼思想界难以接受，欧文·豪反驳道："斯大林主义领导是绝不会对一个出众的黑人领袖说'雇你来不是让你思考的'这样的话的。即使他们是这样想的，也绝不可能这么说。这种歪曲带来的后果是，它会破坏斯大林主义者的善意，使他们成为小丑。"[2]当代著名左翼批评家芭芭拉·拉德（Barbara Ladd）也撰文批评埃利森对左翼组织的全盘否定："20世纪30年代左右，社会主义和共产党运动对黑人起到了保护和帮助作用，但埃利森在《无形人》中对兄弟会的毫不留情的描写，说明他已经由一个政治上入世不深的文学评论家变成了一个对左翼组织持坚决的否定态度的作家……冷战以来，美国文学

---

[1] Irving Howe, "Black Boys and Native Sons", *Dissent*, Autumn 1963, p. 364.

[2] Irving Howe, "A Negro in America", 1952, in Butler, Robert J. ed., *The Critical Response to Ralph Ellison*. Connecticut & London: Greenwood Press, 2000, p. 22.

研究界对 20 世纪初美国共产主义和无产阶级的文学作品一直采取压制的态度，有必要重新发现和评估它们当时的作用。"[1]就连埃利森艺术美学的支持者索·贝娄都认为：《无形人》的不足之处是将美国黑人与美国左翼组织的关系过于简单化了。"[2]

作为一个黑人作家，埃利森是否必须在创作艺术和意识形态这两者之间做出对立选择，如果是，他是不是必须像欧文·豪那样选择后者？埃利森认为自己首先是一个作家，其次才是一个争取自由和民主的人。他并不否认抗议是所有艺术的一种基本元素："我也和欧文·豪一样，赞同反抗是所有艺术的一个组成部分，尽管反抗的形式并非一定要政治或社会程序化。反抗精神可以以一种写作技巧的方式出现在小说中，以改变以前的文风，或是作为一种改变人类生存环境的方式。如果说《无形人》表面看来没有意识形态和美国黑人遭受的情感惩罚，那也是因为我尽了自己最大的努力将这些元素转换为艺术。"[3]被白人评论界捧上天的《无形人》绝非没有政治色彩，该书实际上是一部用高度象征的手法揭露和批判美国种族歧视的狂想之作，作者在描写白人和黑人的冲突时没有一点和解的口气，有的情节甚至比赖特的《土生子》更狂怒，如故事开篇梦境中的一段血腥冲突描写："一天晚上，我不小心撞到一个人，也许是天黑了，他看见了我，用侮辱的字眼骂我。我向他扑了过去，一把抓住了他的外套翻领，要他道歉。他是一个身材高大、皮肤白、头发黄的男人。当我的脸靠近他时，他那双蓝

---

[1] Barbara Foley, "Ralph Ellison as a Proletarian Journalist", *Science & Society*, Winter 1998-1999, pp. 537-556.

[2] Bellow, Saul, "Man Underground", 1952, in John Hersey, ed., *Ralph Ellison: A Collection of Critical Essays*, New Jersey: Pretice-Hall, Inc. Englewood Cliffs, 1974, p. 30.

[3] Ralph Ellison, "The World and the Jug", 1963, in *The Collected Essays of Ralph Ellison*, p. 183.

眼睛傲慢地盯着我，嘴里冒出的热气喷到我的脸上，不仅一边漫骂我，还一边使劲挣扎。我学着我见过的西印度群岛的人那样，用我的头顶使劲碰撞着他的下巴。我感到他已经皮开肉绽、血流如注了，我喊道：'道歉！道歉！'他还在辱骂、挣扎，于是我就使劲地磕碰他，最后他血流不止，瘫倒在地。尽管满口血泡，可他的嘴里还在吐出漫骂的语言。我简直发狂了。盛怒之下，我掏出刀子，准备在那条僻静的街道上，在这暗淡的灯光下割断他的喉咙。"

关于这段生死搏斗的描写，埃利森研究者杰西·伍尔夫评论道："黑格尔的抽象哲学在埃利森的小说细节中被演化为具体的美国现实。"[1] 笔者认为，埃利森这一段描写呈现黑格尔式的"内在化"审美特征。[2] 黑格尔说，死亡是一种扬弃，死亡是对意识的自然否定。"我"黑夜中撞上的这个白人活着的时候，脑子里存在着各种各样的种族偏见和种族歧视，那就是白人民族优越感和白人至上的观念，这些偏见和歧视横亘在他心中，使他丧失了正常的思维意识。所以，在他处于有生命的状态下，他的正常意识是处于一种死亡和非正常的状

---

[1] Jesse Wolfe, "Ambivalence Man: Ellison's Rejection of Communism", *African American Review*, Winter 2000 V.34 issue 4. p. 621. 拉尔夫·埃利森在他的非小说创作中从没有谈及他是否读过黑格尔的哲学著作，故杰西·伍尔夫在文中并没有提到黑格尔抽象哲学是否对埃利森产生过影响，也没有对这段内在化的血腥描写做过多的阐释。但从 2002 年出版的第一部拉尔夫·埃利森评传《拉尔夫·埃利森：天才的出现》中，作者劳伦斯·杰克逊在 229 页清楚地记载了一段埃利森为理查德·赖特《黑小子》的主人公别格辩护的情节，他说别格这个形象既有黑格尔式的精神和无意识概念，也带有马克思的辩证唯物主义思想。劳伦斯·杰克逊还特意提到，埃利森当时在问理查德·赖特是否有黑格尔的《精神现象学》。

[2] 黑格尔在《小逻辑》中提到"人的本性的演变进一步构成了审美心理的内在化……"，他的内在化审美特征理论对现代主义作家产生了很大影响。现代主义内在化特征的具体体现是，语言表达在抽象性与具体性之间、语言的隐喻意义和语言的表面意义之间形成了一种张力，这种张力使读者对文本的理解可以渗透到人物内心的无意识世界。

态。一旦这个白人的躯体死亡,他活着的时候的那些成见和偏见意识也随着其躯体的死亡而消失。只有在这种状态下,他的正常意识才能复活,才能恢复到一种正常的状态。因此,死亡是对他原有的非正常成见的扬弃,它使正常意识获得重生。这就是生与死、躯体成见与正常意识之间的辩证法。"无形人"撞着的人并没有把他看成一个有血有肉的人,而是一个幻影。因此,只有在天黑的时候,白人才能看到"我"这个"无形人"。"无形性"也体现了白人对黑人的人格、人性及身份的视而不见,对黑人民族性向白人民族性发起的质疑和呐喊充耳不闻,人们可以从不同的社会语境去领会"无形性"的隐喻意义。

对于如此高度艺术化的文学描写,就连欧文·豪也不得不承认:"埃利森有非同寻常的才华,这种才华非一般小说家的创作技巧和创作智慧所能及,这种才华体现在他极为丰富的创意上。他的小说场景富于变化,充满了紧张气氛;他的人物在流血,他的语言在唱歌。其他作家都没能捕捉到尼格鲁人生活中如此多的内心忧郁和表面快乐。"[1]

埃利森并不赞同文学艺术和政治抗议呈二元对立模式,在1953年给亨利·迪更森·特纳太太(Mrs. Henry Dickenson Turner)的信中,他这样写道:"这本书(指《无形人》)的创作首先是一种对社会负责的行为,也是一种艺术体现。"[2] 埃利森坚持小说是社会的产物,应该有其独立性,不赞同"以社会学为导向的批评家似乎总是将政治和意识形态凌驾于文学之上,对于一部用自己的语言来反映特定现实的小

---

[1] Irving Howe, "Black Boys and Native Sons", *Dissent*, Autumn 1963, p. 360.
[2] Ralph Ellison, "American Culture Is of a Whole: From the Letters of Ralph Ellison", *New Republic* 220:9(March 1,1999), p. 38.

说，他们宁可毁灭这部小说，也不愿意改变自己的看法"。[1]

埃利森坚持认为，黑人艺术不仅是地狱般生活的具体表现，自然主义和社会决定论不足以定义黑人经历和黑人人性："还有另一种美国传统，它教人们转变种族挑衅，学会控制或抑制痛苦。这种传统讨厌用自己的痛苦去换得好处和同情，认为这是一种伤风败俗的做法；这种传统产生的初衷并非希望否定生存的艰苦，而是像处在最佳生存状况的人们那样对待生活。一个人要有坚韧的性格，艺术家也不可缺少这种性格。也许，黑人如果想成为一个艺术家，他就更需要有这种素质，无一例外。社会生存给黑人作家的作品以怎样的压力，取决于这些作家在多大程度上将自己的生活经历转换成了艺术。"[2] 因此，他将血腥暴力描写情节设计在人物的无意识中，具体的美国现实在他的笔下被演化为一种梦境般的场景。因此，他笔下的无形人宁可选择无形，也不愿意公然对立："我并无公然的暴力行为（尽管我也不愿意装糊涂），否认我曾经有过的暴力。我不会忘记，我是一个无形人，我悄然行走，以免打扰熟睡的人们。"

事实上，埃利森认为社会现实主义也是一种很受人尊敬的文学理论，尽管对"无产阶级小说"的评价并不高，他却很欣赏安德烈·马尔罗的革命小说《人类的命运》。他认为马尔罗要比他同时代的马克思主义作家们更具人文主义精神："他是一个艺术革命家，而不是一个政治家，这本书之所以有永恒的价值，并非因为其政治立场，而是因为它从更广博的意义上去关注人类的悲剧斗争。那个年代的社会现实主义作家对非正义的关注多于人类悲剧的关注，我主要关注的也不是

---

[1] Ralph Ellison, "The World and the Jug", 1963, in *The Collected Essays of Ralph Ellison*, p. 163.
[2] 同上书，p. 159。

非正义，而是艺术。"[1]

　　包括欧文·豪在内的一些批评家认为，鲍德温和埃利森没有经历过赖特那样的苦难生活，所以才会对赖特横加指责。黑人文学批评家休斯顿·A. 贝克认为，出生于北方的鲍德温不了解南方，也就不可能理解出生于南方的赖特："鲍德温有一次跑到美国南部腹地，目睹了那里的黑人生活后，他的神经大受刺激，回到纽约后竟患了神经衰弱症，他自己承认，他的精神崩溃是南方的那些不堪回首的恐怖所致。"[2]埃利森虽然出生在南方，但并非种族歧视严重的南方腹地，而且，埃利森和赖特的家庭背景完全不同，所接受的家庭教育更有天壤之别。文学源于生活，不同的作家，由于其身处的政治环境、社会地位、所受的教育及个人经历的不同，其人生观、世界观及个性心理往往也不同，审美角度和审美情趣自然也不一样，因而他们所创作的文学作品的风格也就千差万别。但痛苦的经历是否就一定要转化为一种政治抗议呢？在《这个世界和这个大罐》的姊妹篇《隐含的姓名和复杂的命运》中，埃利森通过引用海明威的文学观作了如下论证："托尔斯泰和司汤达目睹了战争；福楼拜目睹了法国大革命和巴黎公社；陀思妥耶夫斯基被流放到西伯利亚，那段经历对他不朽之作的创作艺术的形成产生了重要的影响。归根结底是艺术性占主导地位。只有艺术才能让他了解的战争和革命、他遭受的个人与社会不公正得到我们的关注，因为只有艺术才能使它们获得永恒。这或许是极具讽刺意义的，文学创作中叙述的重大历史冲突和个人痛苦经历却是次之的，作家通过其创作技巧、个人才能、想象力和个人洞察力，将它们转化为艺术后赋予的

---

[1] Ralph Ellison, "The Art of Fiction: an Interview", 1955, in *The Collected Essays of Ralph Ellison*, p. 211.

[2] Houston A. Jr. Baker, "Failed Prophet and Falling Stock: Why Ralph Ellison Was Never Avant-Garde", *Stanford Humanities Review*, Volume 7.1. 1999, p. 9.

意义才是最重要的。"[1]埃利森认为自己首先要对美国文学和文化的健康负责。他写作的目的就是要从纷乱复杂的痛苦生活经历中获取意义。他甚至认为，如果一个黑人作家只关心种族问题，而对其他问题都没有任何兴趣，那是误入歧途。

20世纪上半叶，美国社会各种矛盾十分尖锐，种族冲突和种族流血事件时有发生。几乎所有美国人都认定，美国黑人和美国白人注定要在自相矛盾和相互冲突中生存。美国全国民事骚乱咨询委员会（National Advisory Commission on Civil Disorders）的一项调查显示："绝大多数美国人对于导致白人公民和尼格鲁公民隔离的种族分裂主义的根源几乎一无所知。"[2]埃利森作为一个肩负文学创作使命的黑人作家，对美国社会问题的深度思考让他清醒地意识到，美国黑人文学中的典型黑人形象——对白人忠心耿耿的汤姆叔叔和向白人奋起反抗的别格——除了赢得白人的同情和引起白人的恐惧外，并未真正使白人的内心受到震撼。他认为以赖特为代表的自然主义抗议文学的创作属于"雄辩型的话语模式"的产物，这类作品用直截了当的"外在化"形式宣泄自己的痛苦，甚至不容对方争辩。赖特们的矛头直指对方，他们的思维是单向的"高频率"。他们的创作总在为黑人民族的人性问题辩解，而这样做无异于和白人一样，在审视自己到底是不是真正有完整的人性。这便是种族危机的症结所在，发现和揭开这一症结，正是埃利森的惊人之处。他采用的是一种"辩证型的话语模式"，这种模式能够客观地看待自己和对方，使白人和黑人之间可以开始一种内心对话。埃利森的这种话语模式既是对赖特文学创作的超越，也

---

[1] Ralph Ellison, "Hidden Name and Complex Fate", 1963, in *The Collected Essays of Ralph Ellison*, p. 189.

[2] Robert L. Harris, "The Coming of Age: the Transformation of Afro-American Historiography", *The Journal of Negro History*, Vol. 67, No. 2 (Summer,1982), p. 107.

是他的艺术美学最终战胜意识形态的关键原因之一。

埃利森的早期论文对赖特的文学思想始终褒贬参半。在公开发表的文学评论中，他将赖特的文学创作上升到一种哲学的高度。在《理查德·赖特的布鲁斯》中，他提升了《黑小子》中的文化要素和艺术特点，这种吹捧是一种有意误读，从某种意义上来说，也是一种无意为之的"弑父"行为。赖特去世前，埃利森并没有采取像鲍德温那样公开撰文的"弑父"方式，这说明他并不想"弑父"。像俄狄浦斯那样，他一直在有意识地尽自己最大的努力躲避"弑父"，只在私下里对赖特的文学创作颇有微词。赖特去世后，面对来自美国左翼文学界和黑人激进分子的种种道义层面上的指责，埃利森为了维护自己文学思想的独创性，对赖特文学思想的评价由"私下的微词"转为"公开的批评"。由"误读"式的文学"弑父"，到公开的文学思想"背离"，由无意为之到有意为之，这一过程就像一生都在处处与那一"神谕"抗争的俄狄浦斯，为了逃避弑父娶母的命运，他始终在努力阻挠事情的发生，然而他所做的一切恰恰是越来越走进"命运"的中心圈，偶然本身被一种深藏不露的必然所完全控制，就像人类无法逃脱命运一样。面对世人长时间不依不饶的指责，拉尔夫·埃利森最后不得不发出长叹："我们对古希腊悲剧诗人索福克勒斯的伤痛知多少？"[1]读到他的这种感叹，我们更为清楚地意识到埃利森的文学"弑父"与鲍德温的文学"弑父"动机上的重大差异，也更为深刻地理解他们的"弑父"对黑人文学转向所起作用的重大不同。

还应该看到，作为一个具有开放思想和艺术美学追求的黑人作家，埃利森认为自己生活在一个宽泛意义上的文学内部相互影响的领

---

[1] Ralph Ellison, "The World and the Jug", 1963, in *The Collected Essays of Ralph Ellison*, pp. 155-188. p. 159.

域，坚持自己的以艺术美学和文化研究为导向的尼格鲁文学创作发展方向，这顺应了美国黑人文学发展的内在规律，促成了美国黑人文学发展史的一次新转向。

第四节　拉尔夫·埃利森对美国黑人文学思想的影响

对于谁是这场意识形态与艺术美学之争的最后赢家，欧文·豪自己在1998年的一次访谈录中说："人人都认为埃利森赢了，只有我自己认为我赢了。……从那以后，我几乎没有从事文学批评，文学批评只是小说和诗歌创作的附庸。"[1] 欧文·豪的《黑小子们和土生子们》发表前后，正值美国民权运动日益高涨、社会矛盾激烈之时。1964年《民权法》通过，白人与黑人之间的种族关系本应该出现好的转机，但美国的现实向全世界展现了另一幅画面，种族冲突日益严重，许多城市发生了种族暴乱，包括瓦兹暴乱、底特律暴乱、内瓦克暴乱等。此时，马尔科姆·X、勒罗伊·琼斯和詹姆斯·鲍德温发表的言论都带有种族煽动性，随着民权运动（1955—1968）的愈演愈烈，美国白人对他们表现出更为不满的情绪。但就是在这种社会背景下，欧文·豪还是输掉了这场论战。

首先，文学批评不能带有过于浓烈的政治立场，任何一种意识形态，不管是资产阶级的意识形态还是社会主义的意识形态，都不能走入极端。其次，欧文·豪对赖特的文学创作了解不够，为赖特的辩护不但缺乏说服力，还过于褒扬赖特作品中的抗议色彩："《土生子》开创了黑人文学的新文风，它向世人宣告：仇恨、恐惧和暴力已经损害

---

[1] William Cain and Irving Howe, "An Interview with Irving Howe", *American Literary History*, Autumn, 1989, p. 562.

了美国文化,甚至还会毁灭美国文化。小说对白人来说如当头一棒,使他不得不承认自己是压迫者。小说对黑人来说也是当头一棒,使他认识到服从的代价。"[1]欧文·豪更没有看到,赖特也很注意吸收其他流派之长。比如,赖特通过对别格多重性格悲剧的刻画与分析,使小说张力的辩证性超过了戏剧性,这也是《土生子》最成功之处。别格的悲剧命运能在当时的读者中引起强烈的悲剧共鸣,这足以说明赖特高超的、复杂多变的叙述技巧。多年后,欧文·豪承认:"我和赖特认识的时间并不长,在他最后几年里我们才成为朋友。"[2]

埃利森赢得了这场争论,主要原因是他的文学作品提升了黑人文学创作艺术,也为美国黑人文学进入美国主流文学开辟了一条先锋之路,实现了黑人文学由边缘走向中心和经典的神话。另外不可忽略的是,埃利森的胜利还与黑人文学发展的内在规律有关。

美国黑人文学的发展经历了内战前以菲利斯·威特利(Phillis Wheatley,1753—1784)为代表的"开拓"阶段(1760—1830),和以弗雷德里克·道格拉斯(Frederick Douglass,1817—1895)为代表的"争取自由"阶段(1830—1860)。这两个阶段的黑人文学多以一种忍无可忍情绪的直接宣泄方式,表达强烈的思想感情是作者的主要目的,因此不太注意文学艺术技巧方面的创新。自美国内战起又经历了以布克·托·华盛顿为代表的"妥协和抗议型"阶段(1865—1910)。这一阶段的黑人文学,包括斯托夫人的《汤姆叔叔的小屋》,除了带有一种道义上的规劝和说教性质,另外还有一种谴责和抗议色彩。

---

[1] Richard Wright, *Native Son*, With an introduction by the author (1940) and a new introduction by Caryl Phillips, Vintage,2000, p. 279.

[2] William Cain and Irving Howe, "An Interview with Irving Howe", *American Literary History*, Autum,1989,p. 563.

第四个阶段"新尼格鲁文艺复兴"（1910—1954）使美国黑人文学进入一种全新的发展时期。这一阶段的美国黑人文学讨论始终在意识形态与艺术美学孰重孰轻之间徘徊。美国黑人文学界出现了两个有代表性的学者。一个是以马克思主义为指导思想的杜波伊斯，他的著作带有浓厚的社会学倾向，所创办学术刊物《危机》的主要格调是，文学应该具有审美功能，同时应该有其实用价值，艺术应该是美学和政治的结合。尽管《危机》也强调艺术之美，但更注重将尼格鲁人的主要使命传递给美国和整个现代世界，就像杜波伊斯所说的："所有艺术都是宣传，尽管纯粹艺术论者会对此感到悲哀。我可以问心无愧地站在这里说，我创作的艺术始终是为了号召黑人大众去争取爱和享受的权利。"[1] 20世纪30年代左右，马克思主义为美国非裔文学发展提供了理论依据。当时的美国共产党贯彻共产国际七大的路线，提出了一些正确的思想和主张，提高了共产党在人民群众中的威信，共产党员人数逐年增长。1930年美国共产党共有7000人，1935年新发展1.92万人，1936年新发展2.5万人，1937年新发展3.36万人，到1939年党员人数猛增至10万，达到了历史的最高峰。美国共产党从而成为美国政治生活中一支有影响的力量。在黑人知识界，参加美国共产党最积极、无产阶级革命意识最强的作家是赖特和兰斯顿·休斯。休斯的诗歌最能反映惠特曼对他的影响，其主旨是今天的美国应该忠实于它最初的理想，忠实于祖先的理想。而被强行运到新大陆来的黑人，却从来没有分享过平等、自由理想给这片自由的土地所带来的繁荣和幸福，印第安人、黑人和新移民白人始终处于这个国家的边缘位置，在贫穷和不自由中挣扎、煎熬。从休斯《让美国重归美国》这首诗的

---

[1] W. E. B. Du Bois, "The Criteria of Negro Art", 1926, in *The Norton Anthology of African American Literature*, Gates Jr., Henry Louis, ed., New York and London: W.W. Norton & Company, 1997, p. 752.

最后吼声"要从吸血鬼那里收复我们失去的土地、矿井、工厂和河流……"中,不难看出一个黑人文学家的极端左翼思想。应该说,赖特的文学创作思想主要继承了杜波伊斯的艺术思想。杜波伊斯说所有艺术都是宣传,赖特说所有的文学都是抗议。赖特的《尼格鲁人的创作蓝图》似乎就是《尼格鲁艺术的标准》的翻版,杜波伊斯的艺术是"宣传",在赖特的笔下成了"抗议"。不过赖特及自然主义作家的目标限于表现黑人文学自身的艺术特色,而没有融入主流文学、与白人作家的作品在艺术上也平分秋色的打算,这与他们在思想倾向上强调黑人与白人的对立是相呼应的。

"新尼格鲁文艺复兴"阶段的另一个有代表性学者是具有现代意识的美国黑人知识分子艾伦·洛克。洛克是文化多元主义(cultural pluralism)的最早倡导者之一,他在《新尼格鲁人:一个阐释》(*The New Negro: An Interpretation*, 1925)中指出:"位于曼哈顿的哈莱姆的历史意义在于,它不仅仅是世界上最大的尼格鲁人社区,它不仅有非洲人、西印度人和尼格鲁美国人,还有北方的尼格鲁人和南方的尼格鲁人,有来自大城市、乡镇和农村的美国人,有农民、学生、商人,从事专门职业的人,有艺术家、音乐家、冒险家、工人、牧师和罪犯,还有剥削者和被社会抛弃的人。不同类型的人来到这里都有其动机和目的,但他们经历的最大收获是增加了相互间的了解。受禁止和受歧视的人将不同的观点融进了相同的接触和相互的影响中。种族同情和种族团结在这里进一步加强了情感和阅历的融合……哈莱姆的政治意义在于,哈莱姆于新尼格鲁,就如同都柏林于新爱尔兰,布拉格于新捷克斯洛伐克。"[1]艾伦·洛克还坚持黑人文学要提升艺术表现力,要

---

[1] Alain Lockee, "*The New Negro*", 1925, in Lane, Jack and O' Sullivan, Maurice, eds. ,*The Twenty-Century Reader, 1900-1945*, 1999. pp. 218-225.

使黑人文学思想打上现代主义文学的烙印，要"将不同种族的方言转化为现代主义的表现文风"。[1]

杜波伊斯和赖特信仰的马克思主义对文化的关注很少，艾伦·洛克在意识形态上也强调艺术和政治的关系，这一点与杜波伊斯相似。因此，我们可以得出这样的结论：在埃利森以前，宣传和抗议始终是黑人文学的主色调。这种宣传和抗议色彩到赖特的自然主义文学创作时期达到了一个文学创作的顶峰，无怪欧文·豪如此称道赖特《土生子》的问世："这一天的出现，美国文化从此被永远改变了。"[2]

埃利森则受艾伦·洛克的影响，他主张黑人有意识地参与美国文化："因为如果我们不明白黑人文化对美国文化的形成起到了怎样的作用，就会简单地强调黑人文化遗产的作用，就很容易下意识地成为种族主义分子，就会将黑人文化遗产的复杂性限定为一个遗传现实，而遗传现实只是对这个问题的片面分析。"[3]埃利森还有选择地秉承艾伦·洛克的文化思想和融合思想，在思想倾向上追求黑人与白人融为一体，在文学技巧方面也不满足于仅仅具有黑人文学的特色，而是希望在此基础上与当代世界文学发展的潮流同步，融入当代世界文学发展的主流，即在艺术上也要与白人文学一争高下。或者说他根本就不想强调黑人文学与白人文学的区别，而认为文学就是文学，只有艺术风格的差异，没有高低之分。他极力强调文学艺术美学的自主性，主张大量挖掘和利用黑人民间文化，也主张白人与黑人达到一种真正意义上的融合。

---

[1] 转引自 Sandra Adell, "The Big E(llison)'s Texts and Intertexts: Eliot, Burke, and the Underground Man", *CLA Journal*, Vol. XXXVII, No. 4, June, 1994, p. 379。

[2] Irving Howe, "Black Boys and Native Sons", *Dissent*, Autumn 1963, p. 354.

[3] Ralph Ellison, "Alain Lockee", 1973, in *The Collected Essays of Ralph Ellison*, p. 446.

埃利森强调文学艺术美学的作品还表现出一种后现代主义特征，对托尼·莫里森、伊斯米尔·里德和亨利·路易·盖茨等一大批当代著名黑人作家和批评家产生了深远影响。其中，盖茨是第一代黑人文学批评理论家，他承认"埃利森的融合批评话语及表意语言对我的文学批评思想形成起到了范例作用"。[1]

美国黑人文学发展到埃利森时期，已经出现了一种正、反、合的过程。《汤姆叔叔的小屋》试图唤起白人对黑人的同情和怜悯，《土生子》倡导黑人对白人的反抗报复，《无形人》和《六月庆典》则呼唤黑人与白人的相互理解融为一体。希克曼这个形象的某些特征似乎与汤姆叔叔有某种相通之处，但这不是简单的回归，而是在经历了一个类似正、反、合的发展过程后在更高程度上的回归。《无形人》和《六月庆典》在探讨黑人的社会地位及消除种族冲突的出路方面，达到了一个新的理性高度。正因为如此，这两部作品不仅受绝大多数美国黑人欢迎，也为许多美国白人所接受。

埃利森文学思想的重要历史意义，体现在他对人类历史、社会和文化发展等重大问题的深度思考。正是由于他对赖特自然主义的具有原创性的超越，对表现主义、现代主义、超现实主义的兼收并蓄，才有了今天为世界文学界认可的埃利森式风格(Ellisonian Style)，也促成了美国黑人文学发展史的又一次转向，这一转向标志着美国非裔文学发展进入了第五个阶段——"融合与创新"阶段。因此，美国某些新保守主义和文化保守主义者认为："诺贝尔奖应该颁发给拉尔夫·埃利

---

[1] Henry Louis Gates,Jr., *The Signifying Monkey: A Theory of Afro-American Literary Criticism*, New York and Oxford: Oxford University Press, 1988, p.i.

森,而不是托尼·莫里森。"[1]

结语

抗议文学不应成为黑人文学的主色调,艺术美学更应该是黑人文学创作的重要因素。当代文学批评理论研究表明,意识形态和艺术美学并非截然对立,特里·伊格尔顿就从文学等观念产生的社会历史背景出发,指出:"文学、文学批评和美学从来都具有强烈的意识形态性,其社会功能决定了它们的存在形态……意识形态理论的研究目的是要解释为什么男人和女人会得出某种观点,并由此思维与社会现实的关系。"[2]

伊格尔顿既反对意识形态中心论,也反对意识形态终结论,他的意识形态学说显示出一种中正平和的色彩,是西方马克思主义意识形态学说趋向成熟的一种表现。美国著名哲学家理查德·罗蒂认为:"描写一个民族经历过什么又试图成为什么,不应该只是准确地再现现实,而应该努力塑造一种道德认同。左派和右派之间不应该就我们国家历史中哪些片段值得骄傲,就这段历史的描写是否真实而进行争论,而是应该探讨哪些希望是我们可以追求的,哪些幻想是我们应该放弃的。"[3]真正的文学兴趣是对人性与社会的关注。文学应该具有审美功能,同时也应该有其实用价值。艺术应该是美学和政治的结合。在文

---

[1] Richard H. King, "The Uncreated Conscience of My Race / The Uncreated Features of His Face: The Strange Career of Ralph Ellison", *Journal of American Studies*, 34 (2000), pp. 303-310, Cambridge University Press, p. 305.

[2] Terry Eagleton, "Introduction", in *Ideology*, London and New York: Longman House, 1994, p. 22.

[3] 理查德·罗蒂:《筑就我们的国家:20世纪美国左派思想》,黄宗英译,生活·读书·新知三联书店,2006年,第10页。

学创作中，即使作者在创作小说时有意使作品高度艺术化，但小说一进入社会就面临不同读者的不同理解和阐释，既可以是极度政治化，也可以是高度哲学化。

在当下文学批评理论日趋多元性、包容性的语境下，客观地评价这场争论，可以凸现埃利森文学"弑父"行为对美国黑人文学新转向所起的重大作用，可以重估20世纪30年代左右美国左翼文学思想对黑人文学创作的作用，亦可对理查德·赖特的抗议文学做出更为全面客观的评价。当美国黑人文学在世界文坛由边缘走向中心时重新梳理这场争论，我们会发现，意识形态与艺术美学都曾对美国黑人文学的发展与成熟起到重要的作用，相互之间不应该是非此即彼的关系。

第三章　拉尔夫·埃利森对理查德·赖特文学思想的继承与超越

引言

　　理查德·赖特和拉尔夫·埃利森是美国 20 世纪上半叶哈莱姆文艺复兴后期的著名黑人作家，他们对美国黑人文学的发展做出了里程碑式贡献。文学界普遍认为，赖特的《土生子》和《黑小子》的出世标志着自然主义的胜利，埃利森的《无形人》则标志着美国黑人文学发展由自然主义向现代主义转变。本章首先比较赖特式的自然主义抗议小说与美国 19 世纪末 20 世纪初以西奥多·德莱塞为代表的美国白人主流文学中的自然主义文学创作之间的内在关联及差异，旨在揭示赖特的文学创作和文学思想中自然主义、现实主义和现代主义杂糅的特征，力求对其文学造诣和贡献做出客观公正的评价。进而探讨埃利森的文学创作、文学评论和文化评论中的现代主义、后现代主义倾向的渊源，以及他对赖特的超越，阐述埃利森文学创作之"绕道而行"，从而凸显埃利森文学创作、文学评论和文化评论的现代主义和后现代主义特征。

第三章 拉尔夫·埃利森对理查德·赖特文学思想的继承与超越

第一节 理查德·赖特的文学创作及其文学思想的杂糅特征

在探讨和揭示理查德·赖特的文学创作及其文学思想中的自然主义、现实主义和现代主义杂糅的特征前，有必要先简单梳理 20 世纪上半叶美国文学界出现的各种文学思潮。

20 世纪初，随着弗兰克·诺里斯（Frank Norris，1870—1902）和斯蒂芬·克莱恩（Stephen Crane，1871—1900）的英年早逝，美国自然主义思潮开始让位于各种现代主义思潮，如意象主义、表现主义、意识流、超现实主义等。不到 30 年，现代主义的各种流派在美国发展到鼎盛时期，世界出现了经济恐慌，国际反法西斯运动的开展，左翼文学开始出现，大批西方作家如法国的马尔罗、纪德和美国的海明威等纷纷向左转参加第三国际领导的反法西斯文化统一战线。美国在经历了大萧条后，严重的失业率导致各种社会矛盾恶化，此刻便出现了后期自然主义思潮，其代表人物是西奥多·德莱塞（Theodore Dreiser，1871—1945）和詹姆斯·T. 法雷尔（James T. Farrell，1904—1979）。他们采用的自然主义创作手法并没有与法国作家左拉和美国自然主义前辈诺里斯和克莱恩的思想彻底决裂，而是有所扬弃又有所继承和超越。自然主义在他们的笔下已经产生了变异，准确地说，是一种早期自然主义与现实主义的结合。德莱塞十几年的记者生涯更是对他的文学创作风格产生了很大影响，从《嘉莉妹妹》到《美国悲剧》，我们不难看出，德莱塞笔下的主人公完全受环境、遗传、生理，特别是社会压力的支配，人在本能欲望和残酷现实的逼迫下会身不由己地陷入罪恶深渊。美国后期自然主义创作既有真实客观性，也有现实性和悲剧性，从某种意义上重塑了现实主义，或者说是现实主义发展的一种较为极端的延续形式。

20世纪30年代左右,美国黑人文学创作深受左翼思想和普罗文学的影响,盛行现实主义和自然主义文学创作。但《无形人》的问世是否就标志着美国黑人文学向现代主义文学的转向？追踪20世纪初各种文艺思潮粉墨登场的美国黑人文学发展的全过程会发现,《无形人》出版时,现代主义文学在美国已不再是一种主流文学的创作风格。

赖特在美国的创作旺盛期集中在1935—1945年,这十年里,现代主义在美国也由鼎盛走向衰落。对大多数美国黑人作家来说,现代主义的局限性尤其突出。现代作家不像过去的作家那样强调合理的感受和专注直接、明朗的描写,而是侧重表达细腻而隐晦的感受,着重感官知觉因素、印象和顿悟。因此,现代派作家往往把社会问题抽象化,主要表现中小资产阶级艺术家和知识分子的心境,而未必能表达忙于生计的普通大众的思想。另外,现代主义文学属于少数人的文化。现代主义作家有强烈的精英意识,他们摆出一副独来独往的姿态,与通俗文化和普通读者格格不入,"这种敌对关系使现代派作家遁入自我的内心去探幽入微,忽略文学的社会使命,形成脱离群众、晦涩难懂的文风"。[1]

此时左翼文学进入美国,现实主义文学在马克·吐温和杰克·伦敦那里达到高峰后,自然主义又重新在美国焕发出新的活力。但在更多的情况下,当时注重描写社会现实的黑人作家倾向于将现实主义和自然主义两种方法有机地结合起来。"他们所关心的除种族问题外,更注意探索人类在当代社会,特别是当代美国社会中的生存与斗争问题。这种创作主题的双重性和强烈的社会意识是美国40年代黑人文学的一个显著特征,也是区别于早期自然主义创作及其相关的生

---

[1] 袁可嘉:《欧美现代派文学概论》,广西师范大学出版社,2003年,第35页。

物本能观和宿命主义哲学的一个明显标志。这个区别主要是指与法国作家爱弥尔·左拉的自然主义的区别,而非与美国作家西奥多·德莱塞的区别。"[1]

当各种文学流派在不断地撞击和影响作家创作思想的时候,身负文学创作社会使命的赖特放弃了现代主义,选择了现实主义和自然主义相结合的创作方法。赖特是在美国共产党的保护下、在美国经济大萧条爆发时获得了一种文学意义上的成熟,这一事实可以帮助我们理解他为什么选择自然主义而没有选择现代主义作为自己文学创作的理论哲学。赖特所继承的主要是德莱塞和法雷尔的批判传统,《土生子》实际上就是一部黑人文学中的《美国悲剧》。1960年,就在他去世前几个月,赖特还坦承自己曾受益于美国现实主义和自然主义大师:"我反复阅读的伟大作家有舍伍德·安德森、马克·吐温、詹姆斯·法雷尔、内尔森·阿尔格雷、普鲁斯特、陀思妥耶夫斯基。但我最欣赏的是德莱塞,他囊括了他们的所有思想。"[2]

尽管赖特没有从事新闻记者的经历,但他的率真性格、苦难经历,以及他对社会现实和文学创作动机的思考,都注定他不可能是一个将现实理想化的作家。就"自然主义"而言,赖特的创作不重视文采雕饰,不明言创作意图,而是实实在在地展示现实生活的原貌。作者搜集详尽的事例,忠实地记录被社会褫夺了权利的下层人的遗传和生存环境的资料;就"现实主义"而言,赖特的小说尽可能忠实地将典型环境中的典型事例告诉读者。或许,他认为在社会动荡的历史时期,文学作为反映社会现实的一面镜子,其认识价值比审美价值更应该受到黑人读者的重视,就像他在《美国饥饿》中所写的:"我的目的就是

---

[1] 乔国强:《美国四十年代的黑人文学》,《外国文学》1999年第3期,第63—69页。
[2] Michel Fabre, *The World of Richard Wright*, Mississippi: Press of University of Mississippi, 1985, p. 15.

获得一种自然状态,或是自然变化,这样就给读者一种强烈的主观印象……如果我能用文字紧紧抓住读者的心,并且能使读者忘记文字的存在,只意识到对作品的反应,那便证明我知道如何进行小说叙事了。"[1]但创作技巧对赖特来说不是最重要的,他完全把小说创作当成一种使命和享受,就像他在《黑小子》中所说:"我已经将自己的一切毫无保留地奉献给我的每一部小说,我从没有想到要去批评它们。能用另一种方式去看待和感受这个世界,我已经知足了。"[2]

多年来,美国文学批评界将赖特看作一个前期死心塌地坚守一种有局限的文学创作行为、后期丧失了思想天赋而导致艺术上不成功的作家。这种看法多少有点偏颇。细读赖特的几部代表作,包括他的早期短篇小说,我们可以得出这样的结论:赖特或许不完全属于现代主义流派,他的创作文风,特别是他早期和中期的创作主要也不是现代主义手法,但这并不意味着他只能被划分为自然主义作家,而不能定义为现代主义作家。

1927年赖特到芝加哥后,就对现代主义的前卫作品产生了浓厚兴趣,他经常和约翰·里德会所的同仁们一起探讨T. S. 艾略特、乔伊斯和斯坦恩的作品。1937年到纽约后,他又经常和埃利森讨论马尔罗、纪德和波德莱尔的作品。而且,赖特在创作《土生子》前就尝试过现代主义创作技巧,在1935年就完成了他的第一部长篇小说《污水坑》(*Cesspool*),但也许是赖特本人对这部作品中的现代主义表现手法不甚满意,直到1963年,他才让这部小说以《今日的上帝》(*Lawd Today*)

---

[1] 转引自 Kinnamon, Keneth, ed., *New Essays on Native Son*, New York: Cambridge University Press, 1990, p. 126。

[2] 转引自 Baker, Houston A. Jr. , *Blues, Iideology and Afro-American Literature — A Vernacular Theory*, Chicago: The University of Chicago Press, 1984, p. 143。

为名出版。该作品运用一种神秘的平行比较和多种创作风格,描述了一名芝加哥黑人邮递员一天的生活,明显有模仿《尤利西斯》的痕迹。在其专著《表意的猴子:美国非裔文学批评理论》中,美国哈佛大学的美国非裔文学理论家亨利·路易·盖茨从《今日的上帝》中引用了大量例句,以阐释赖特早期创作语言的戏仿、反讽、暗喻和意象等现代文学创作的表意特征。[1]在其早期短篇代表作《大小子离家》(1936)中,赖特也是通过意象表现形式来刻画主人公"大小子"内心的暴力倾向:"他又扯了片草叶嚼在嘴里。唉,爸爸让他带上那杆猎枪就好了!有了猎枪他就能挡住那一大群暴徒,然后瞄准一个正在逼近的白人。'砰……'那人蜷成了一团。又来了一个,他迅速地重新装弹,那人也挨了一枪蜷成一团。接着,所有暴徒蜂拥而上,他不停地射击,尽其所能地拼杀……报纸上会报道:狗急跳墙的黑鬼被处以私刑前枪杀了二十人……"[2]

更有批评家注意到,赖特1938年发表的另一早期作品《明亮的晨星》的叙述方法,与乔伊斯的《死者》有惊人的相似。

事实上,不管是欧文·豪的辩护,还是鲍德温和埃利森的抨击,他们对赖特的文学创作都有了解不够全面的地方。1963年,欧文·豪在《黑小子们和土生子们》中如此为理查德·赖特及其自然主义抗议小说辩护:"不管这部小说还有多少需要改进的地方,它使古老的谎言不再重复了。尽管小说有点粗糙、有情节剧和幽闭恐惧症幻觉,但《土生子》开创了黑人文学的新文风,它向世人宣告仇恨、恐惧和暴力已

---

[1] Gates, Henry Louis Jr., *The Signifying Monkey: A Theory of Afro-American Literary Criticism*, New York and Oxford: Oxford University Press, 1988, pp. 96-98.

[2] Richard Wright, "Big Boy Leaves Home", in *Black Writer of American: A Comprehensive Anthology*, Barksdale, Richard & Kinnamon, Kenneth, eds., New York: The Macmillan Company, 1972, p. 560.

经损害了美国文化，甚至还会毁灭美国文化。小说对白人来说如当头一棒，使他不得不承认自己是压迫者。小说对黑人来说也是当头一棒，使他认识到了服从的代价。"[1]欧文·豪在文中显然过于强调《土生子》的暴力描写对美国白人社会造成的恐惧和威慑，而没有从根本上分析主人公两次杀人行为都是在没有选择、被逼无奈的情况下不得已而为之；也没有将黑人出格的暴力行为，与白人对黑人残忍地行私刑，以及由此给黑人造成的对白色淫威的恐惧进行比较和区别。别格失手捂死玛丽，看似一个偶然行为，其实蕴含着黑人面临巨大恐惧时的本能反应。因为扶醉酒的白人女子玛丽上床躺卧，两人身体的密切接触唤起了别格朦胧的性意识。但此时道尔顿太太那飘然而至的白色人影，几乎吓得别格肝胆俱裂，道尔顿太太的到来在一定程度上象征着白人势力对黑人企图针对白种女人实施性犯罪的当头棒喝，因为黑白性媾是种族关系中不可逾越的伦理禁忌，这种观念已融入黑人的血液，别格正是在这种巨大的惊恐中做出了过激行为。

　　欧文·豪更没有看到赖特并不自我封闭，而是很注意吸收其他流派之长。为了达到社会抗议的效果，《土生子》对故事情节的描写，主要采用了自然主义的手法，对故事场景和人物内心的描述主要采用了现代主义的手法，如每次杀人前后，别格的思维总处在一种梦幻或半梦幻之中："他会觉得这个世界是一个奇异的迷宫，即使街道是直的，墙壁是方的……这个世界是一片混乱，让他觉得他可以理解它、分割它、聚焦它。"[2]T. S.艾略特笔下的《荒原》成了赖特的故事场景中的

---

[1] Irving Howe, "Black Boys and Native Sons", *Dissent*, Autumn, 1963, p. 356.

[2] Richard Wright, *Native Son*, Vintage, 2000, p. 279.

芝加哥。别格表现出的特征与托马斯·狄克逊[1]笔下的"坏黑鬼"没有区别，他们在本质上都是野蛮和有罪的。别格出于无奈将白人玛丽闷死后，又残忍地肢解了她的身体，并将其投进了燃烧的壁炉。"赖特赋予了白人神话中的新黑人力量，他还想将之提升到存在于一个非理性和剥削人的社会叛逆原型高度，因为这种神话默默地影响着白人的行为。"[2]

赖特的《土生子》有含蓄的描写，也有矛盾的心理刻画。别格每次杀人后都不无痛苦地说："我不会哭泣。他们不让我活，我就杀人。或许杀人不对，我想我也并不真想杀人。可我一想起为什么杀人，我就开始感觉到我所需要的东西……既然我杀了人，我绝不后悔！"[3]别格在监狱中反复思考，他意识到不管他采取哪一种生存方式，留给他的都是无法逃脱的厄运，他已经不畏惧死亡。通过别格的内心独白，以及与其律师长达17页的对话，作者让读者看到，"别格已完全把'坏黑鬼'的白人神话内在化了，他摒弃了增强美国黑人意志的民间文化，因此，他只能采取报复手段来消解自己内心的矛盾。小说结

---

[1] Thomas Jr. Dixon（1864—1946），内战结束前一年出生于北卡罗来纳州乡村，毕业于霍普金斯大学，当过律师、牧师、演员，但主要是一个小说家和戏剧家。他一共创作了22部小说，包括《重建三部曲：豹斑、族人和叛徒》等。狄克逊主张三种相互联系的信仰：必要的种族净化、保持以妻子和母亲为中心的传统的家庭圣洁和对社会邪恶警惕。他视种族冲突为一场伟大的战斗，认为文明的未来将受到威胁。重建结束后，尽管他谴责奴隶制和三K党的活动，但认为黑人不应该有政治上的平等，因为政治上的平等就意味着社会平等，就意味着白人可以与黑人通婚，这样，神圣的家庭和文明的社会都将遭到毁灭。狄克逊的最后一部小说《燃烧的剑》(*The Flaming Sword*, 1939) 完成于他脑溢血中风前，这部小说将社会主义的威权与种族平等结合起来，将美国黑人描写成受了共产党的愚弄和利用、想推翻美国政府的人。他的所有创作都贯穿了一种强烈维护保守的宗教思想的价值观。

[2] Bernard W. Bell, *The Afro-American Novel and Its Tradition*, Amherst: The University of Massachusetts Press, 1987, p. 159.

[3] Richard Wright, "How Bigger was Born", in *Native Son*, p. 258.

束时，别格将自己完全孤立起来，不再与其他人进行有意义的沟通，由此点明赖特要传递的信息，那就是这不仅是别格的悲剧，也是美国的悲剧"。[1] 赖特通过对别格多重性格悲剧的刻画与分析，使小说的张力超过了戏剧性，这也是《土生子》最成功的地方。

赖特 1945 年发表的《黑小子》是一部经典美国自传体小说，该小说细腻地刻画了一个黑人青年在美国痛苦而坎坷的成长经历。读到以下这段极具意象的描述，我们不仅会对赖特童年所遭受的贫穷产生无限同情，更会感受到作品充满想象和神话的力量："饥饿缓慢地向我袭来，以至于一开始我意识不到饥饿真正意味着什么。以前当我无忧无虑地玩耍时，饥饿实际上已存在于我的眼皮底下，可是现在，当我半夜惊醒时，发现饥饿竟沿床而立，憔悴地盯着我。我以前体验过的饥饿并非一个严厉和带有敌意的陌生人。它是一种常见的饥饿感，我只要不断要面包吃，哪怕是吃上一两片面包，就可得到满足。但眼下这种新的饥饿总是困扰我，使我生气，也让我害怕，是一种挥之不去的感觉。"[2]

《黑小子》中还有大量用象征主义手法描述人物内心世界的片段，使之不乏内在化的现代派痕迹。给笔者印象最深的，是赖特用他分析型想象力展现美国现实社会的一段内心独白：

> 每件事情都在用一种晦涩的语言诉说着，生活中的许多时刻在慢慢显露出其代码意义。当我第一次看到，一匹如山峰般高大的、有黑白斑纹的马，穿过飞扬的尘土，在由碎石铺砌而成的大

---

[1] Richard Wright, *Native Son*, pp. 3-5.

[2] Richard Wright, *Black Boy*, New York: Harper Collins, 1945, 1993, p. 14.

路上奔驰时,我感到一种奇迹。

阳光下看着一排排红红绿绿的蔬菜长势挺拔,一直延伸至明亮的地平线,我感到了一种愉悦。

清晨跑过湿润翠绿的花园小径时,我陶醉在清凉露水的轻吻之中。

站在青翠的纳齐兹悬崖边,看着混浊的、梦幻般的密西西比河水,我产生了一种朦胧的无限感。

看着一群群野鹅在阴冷的深秋展翅南飞,从它们的鸣叫声中,我感受到了阵阵乡愁。

闻到燃烧的山核桃木发出的令人刺痛的香气,我感到那样焦虑和忧郁。

看着那些小麻雀自我陶醉于红尘滚滚的乡村马路上,我有一种想模仿的欲望,这既可笑又不可能。

看到一只重负在身的蚂蚁,孤独而神秘地行走在大路上,我不由产生一种对身份认同的渴望。

当我折腾一只胆小怕事的、蜷缩于一个生锈锡罐内的紫红色小龙虾时,我对自己产生了鄙视。

看着一簇簇白云在无形的阳光照射下闪烁着金色和紫色的光芒时,我感到一种隐隐作痛的荣耀。

看到血红色的晚霞照射在雪白的石灰墙木屋的玻璃格子门窗上时,我始终有一种惊恐不安。

听到绿油油的树叶发出像雨水般的沙沙声时,我感到一种厌倦乏力。

看着一根腐烂原木的阴暗处躲藏着一颗颜色发白的牛肝菌,我感到它代表了某种隐含且不可告人的秘密。

> 看着一只鸡被父亲用手猛然扭断脖子后还在四处张望时,我经历了生者对死亡的体验。
> 看着猫和狗用它们的舌头舔食牛奶和水时,我感到这是上帝和它们开了一个莫大的玩笑。
> 布满苔藓的橡树沉默不语,却有一种王者风度,让我由衷喜爱。
> 看着在夏天烈日暴晒下,小木屋里的木头都弯曲变形了,我感受到这似乎暗示了某种宇宙的残忍。[1]

通过对各种自然现象的描写,赖特似乎在质问,本应和谐的人与自然关系为什么如此不和谐?通过对动物的描写,作者触景生情地流露出对弱者受强者欺压时的感受,以及对身份认同的渴望;通过对黑白两种颜色的对比描写,作者揭露了不可告人的白人民族性的内在含义,表达了对白人独享的美国公民尊严和荣誉的渴望,以及对白人和黑人融为一体的愿望;通过对生与死的描写,作者讥讽了西方神话中黑与白的二元对立。通过对橡树的描写,我们可以体会到赖特的个性和志向;通过对黑人居住的小木屋的描写,我们可以读出他对黑人在经济上被剥削的痛恨。这段描写的象征意义由表及里,由外向内,由浅入深,由可理解、可表达向难以理解和不可言传转变,使我们对赖特的创作风格有了一种新的认识。不可否认,赖特的《土生子》和《黑小子》等作品的叙述情节有较强的外在化倾向,但作者要表达的思想也常呈内在化形式。

自然主义小说容易将小说人物类型化,如果小说人物是黑人,就

---

[1] Richard Wright, *Black Boy*, pp. 6-7.

更容易重复美国传统文学中将黑人严重刻板化的现象。表面上，赖特《土生子》中的别格成为社会环境的牺牲品后惊恐地发现，只有通过杀人暴力，他才能获得某种自信和快感，才能释放自己心中的愤怒和恐惧。这样别格在读者心目中就被演变成了黑人杀人犯和强奸犯这两种最可怕的人物形象。而早在1940年《土生子》初版时，赖特就在前言《别格是怎样诞生的》一文中，一再提到这是一部文学"想象型作品"："托马斯·别格不一定都指黑人，他也可以是白人，事实上有成千上万的托马斯·别格，托马斯·别格无处不在……别格诞生于我对童年的回忆。别格1号是一个经常恐吓我的男孩。如果我只了解别格1号，我是写不出《土生子》的。别格2号大约17岁，他比别格1号结实。他的厉害不是针对我和其他尼格鲁人，而是针对南方白人。别格2号后来进了监狱……别格3号就是被白人称为的'坏黑人'。他过着一种随心所欲的生活。他看电影从来不买票，还要打人。后来，在美国禁酒的年代，他还去贩卖酒，结果被白人从后面开枪打死了……对别格4号来说，唯一的法律就是死亡。他的反抗精神使他向一切规章制度挑战，他的情绪总是在得意忘形与消极沮丧之间转换。我经常发现他在读书，而且，经常用一种愤世嫉俗的调侃口气说，白人就是要我们一事无成。别格4号后来进了精神病院……别格5号经常坐在有《吉姆·克劳法》规定的电车上，他不肯买票，不肯让座。当售票员让他待在他该待的地方时，他就拿出一把刀不动声色地说，你杀了我吧。我虽然不知道别格5号的结局，但我可以想象。那些掌握托马斯·别格们命运的白人，后来都让他们付出了可怕的代价。他们被枪杀、被处以绞刑或私刑，被打成残废或被追捕，总之不是夺去了他们的生命,就是泯灭了他们的精神。"[1]

赖特的这种基于现实的文学"想象",是一种人与人之间的交流媒介。他的初衷并非要向读者灌输一个固定的黑人"别格"性格模式,而是通过文学想象将他童年起就了解和熟悉的众多"坏小子"的性格浓缩于别格一身,力图将小说人物的犯罪性格泛指化或复杂化,给读者以多种美国种族现实的阐释空间。美国霍华德大学教授约翰·赖利大胆提出:"我们对《土生子》的阅读理解是基于我们的前期经历,迫使我们的思路朝预期的方向发展,以此来寻找和确认我们已经拥有的信息。对我们来说,该小说的人物与五十年前的读者理解早已大相径庭……"[2]

赖特对《土生子》主人公性格特征的描述与当时针对黑人进行的社会学调查最新结果和激进政治观点相似,但他在作品中反映了一种狭窄而冷酷的黑人生活,这种生活与现实可能存在一定的距离。值得注意的是,别格这个人物的悲剧命运能够在当时的读者中引起强烈的悲剧共鸣,这就从一个侧面说明了赖特高超的、复杂多变的叙述技巧。赖特绝不是一个只关注小说技巧的作家,他认为小说光有引人入胜的故事情节远远不够,更重要的是其思想内涵。他曾经指责佐拉·尼尔·赫斯顿(Zora Neale Hurston)的《他们眼望上苍》(*Their Eyes Were Watching God*, 1937):"没有主题,没有内涵,没有思想,不过是让白人觉得滑稽可笑的雕虫小技而已。"[3] 对赖特来说,做黑人是如此严肃而重大的一项事业,以致他无法认同赫斯顿笔下的黑人在承受生活之

---

[1] Wright, Richard, "How Bigger was Born", in *Native Son*, pp. 3-5.

[2] Reilly, John M., "Giving Bigger a Voice: the Politics of Narrative in *Native Son*", in *New Essays on Native Son*, edited by Kinnamon, Keneth, New York: Cambridge University Press, 1990, p. 35.

[3] 转引自 Fabre, Michel, *The World of Richard Wright*, p. 67。

痛时仍能保持乐观、宽容的情绪。

赖特早期的确对黑人民间文化不够重视，这可能基于以下两点原因：第一，他的个人经历使他形成了这样一种观点，即美国黑人饱受贫穷之苦，所以黑人文化没有多少价值；第二，作为一个早期深受马克思主义思想影响的作家，赖特不可能过于强调民间文化的力量和作用。但赖特并非不关注黑人文化，他从历史的角度分析了非裔美国文化被分裂的事实，也曾号召非裔美国人在美国这个陌生的异国环境中重新获得其文化的整体性。

成名后的埃利森为了摆脱受赖特影响的阴影，证明自己文学创作的独创性，他一味强调赖特自然主义文学创作的局限性，而不再提及赖特的里程碑式贡献，这在一定程度上将赖特的文学思想简单化了。

20世纪80年代后，世界文坛众多评论家开始为赖特鸣不平。波伏娃曾经这样说道："在赖特身上总能体现某种深刻的东西，也有某种简单的东西。"[1]因此，文学批评界没有必要在吹捧他的时候，一味挖掘他文学思想的复杂性，否定他的时候一味强调其简单性。美国宾夕法尼亚大学著名黑人学者休斯顿·A.贝克在1984年写的《布鲁斯、意识形态和非裔文学：一种本土理论》显然有为赖特平反和辩护的倾向。贝克认为应该重新评估赖特文学的思想价值："重新评估意味着价值决定因素的转变，这一转变促使人们重新考虑人们希望从熟悉的物体和事件中汲取和利用的素材。要重新评估理查德·赖特，就意味着要改变人们对《黑小子离家》和《生活在地下室的人》的普遍价值观。这是一种有益的认知转变，因为以前对赖特及其作品的评价是基于一种有限的阐释理论模式，这种在美国非裔文学历史上经过了多次重复的

---

[1] 转引自 Fabre, Michel, *The World of Richard Wright*, p. 255。

模式，是一种以'匮乏'为前提的话语，事实上是伴随着资本主义经济的'需求'和'匮乏'应运而生的……"[1] 新的社会需求和新的阐释理论，都为重新评估赖特的作品提供了新的视角和空间。赖特小说思想的深刻性、语言风格的丰富性、小说技巧的多样性，乃至赖特作为一名黑人领袖在美国这个种族歧视很强的国家里的悲剧命运，依然有待我们进一步挖掘和探讨。

重估和重释赖特的文学作品具有双重意义：其一，赖特的文学价值和贡献理应得到美国文学界的重新定位。美国主流学术界对自然主义抗议小说家赖特文学成就的认可度远不及注重艺术美学的拉尔夫·埃利森；美国黑人文学界也一直存在埃利森和赖特的文学贡献谁大谁小之争。事实上，我们很难在美国白人文学界认可的埃利森，以及白人批评界否定的赖特这两位各有千秋的著名黑人作家之间分出高低胜负。赖特的成功在于他带有现代主义特征的自然主义抗议小说，埃利森则主要凭借他的艺术美学创作策略，游刃有余地与美国种族歧视对抗。两人都承认生活是复杂的，赖特力图用简单的形式表现复杂的生活，埃利森则选择用复杂的形式来再现复杂的生活。埃利森首先是一个文学批评家和思想家，也是一个有意识的艺术美学作家；而赖特首先是一个有意识的自然主义作家，也是一个无意识的、极具叙述技巧的现代主义多产作家。赖特一共创作了 7 部长篇小说和两部中篇小说，他的文学作品多于他的黑人文学前辈杜波伊斯。其二，任何文学理论都产生于大的社会动荡和社会变革，都有其存在的特定理由。当代文学批评理论研究表明，意识形态和艺术美学并非截然对立，特里·伊格尔顿就从文学观念产生的社会历史背景出发指出："文学、文学批评

---

[1] Houston A. Baker, Jr., *Blues, ideology, and Afro-American Literature - A Vernacular Theory*, p. 140.

和美学从来都具有强烈的意识形态性，其社会功能决定了它们的存在形态……意识形态理论的研究目的是要解释为什么男人和女人会得出某种观点，并由此思维与社会现实的关系。"[1] 真正的文学应该具有审美功能，同时也应该有其实用价值，艺术应该是美学和政治的结合。赖特的抗议文学不一定非要成为黑人文学的主色调不可，埃利森注重的艺术美学也可以是 20 世纪上半叶美国黑人文学创作发展的新方向。文学批评不应该在作家们使用何种艺术手法这个问题上，采取非此即彼的过激观点。

第二节　拉尔夫·埃利森"现代主义内在性"文学创作的隐喻特点

事实上，我们可以得出这样的结论：赖特和埃利森都承认生活是复杂的，赖特力图用简单和相对外在化的语言形式来表现复杂的生活，因此赖特提出文学创作应遵循一种"复杂的简单性"（complex simplicity）（见第一章），我们可以称之为自然主义外在性（naturalist exteriority）；埃利森则选择了从解剖美国文化入手，用现代主义内在性（modernist interiority）[2] 来再现复杂的生活。下面以埃利森文学创作中的道德批评意识为例来透视其现代主义内在性风格。

埃利森十分赞赏的 19 世纪白人作家，如霍桑、梅尔维尔、詹姆斯、马克·吐温等，其创作风格大都带有内在化特征的自然主义和现

---

[1] Terry Eagleton, "Introduction", in *Ideology*, by Eagleton, Terry, London and New York: Longman House, 1994, p. 15.
[2] 托马斯·希尔·肖布（Thomas Hill Schaub）在《冷战时期的美国小说》（1991）一书中，用现代主义内在性来评价埃利森的小说创作特点。

实主义倾向,可见他要否定的不是自然主义和现实主义这两种文学思潮,也不是要刻意走现代主义的道路。事实上,他对 20 世纪的某些现代主义作家的文学创作过于脱离社会现实,反而持批评态度:"他们塑造的形象只反映内心情感的无奈和社会上盛行的不负责任的行为,注重在故事情节上打动读者。那些勇敢而孤独的人的内心世界被战争彻底摧垮了,被政治家出卖了。他们对任何事情都失去了信心,只对自己的生存过程和身体的力量感兴趣;他们不再信仰古老的美国信条,而是喜欢到庞普罗纳(Pamplona,西班牙城市)和巴黎去旅游,喜欢酗酒。他们强制自己做爱,却又在感情上极不幸福——这就是典型的美国人形象。"[1] 换言之,埃利森不赞同现代主义小说过于注重创作技巧而忽略社会道德,甚至批评海明威将自己的精力放在创作技巧的实验上:"我这样说并不是说像海明威这样的作家,没有深刻而严肃的道德感,也不是说他的小说技巧没有道德内涵,而是说他们自身的这种绝望情绪使美国人失去了面对现实的决心,对他们逃避现实的问题起到了推波助澜的作用。这种绝望的情绪在创作技巧上也有体现。这一悲剧隐含在海明威的创作技巧的道德观上,即试图将一种高度个人化的道德观变成一种有诱导性的艺术形式,其性质本身就已高度社会化了。"[2] 经历了两次世界大战的海明威在其作品中表现出他不信任所谓的道德观,也否认内战以来美国一直面临的民族道德观的有效性,而沉溺于西班牙的斗牛礼仪。在埃利森看来,这只是一种关于流血与牺牲的艺术形式,是一种被仪式化了的暴力(ritualized violence),是一种与道德无关的暴力行为。

---

[1] Ralph Ellison, "Society, Morality and the Novel", 1957, in *The Collected Essays of Ralph Ellison*, p. 708.

[2] Ralph Ellison, "Society, Morality and the Novel", 1957, in *The Collected Essays of Ralph Ellison*, p. 709.

在埃利森具有"现代主义内在性"的文学创作中,他的道德批评意识体现为多种关系的隐喻,比如,在《无形人》中,"无形性"的中心隐喻体现为黑人与白人之间的一种不正常关系,隐藏在这种关系后面的是作者对白人情感与良知等观念丧失的谴责。"无形性"也体现了白人对黑人的身份、人格、尊严的视而不见,对黑人民族性向白人民族性发起的质疑和呐喊充耳不闻。人们可以从不同的社会语境领会"无形性"的隐喻意义。

在《六月庆典》中,两个主人公希克曼和布里斯的关系也变成了一个隐喻,他们的生活经历都起着个人和民族的双重作用。布里斯在幼年及少年时期与希克曼在一起的生活,体现了白人和黑人之间的种族冲突在走向一种和谐的发展模式,就如同哈克和吉姆在木筏上,享受着一种伊甸园式的无忧无虑的生活。但布里斯为了弄清自己的真实身份,为了得到那笔想象中数目可观的遗产,他不顾一切地离开抚养他、培养他的黑人,踏上漫漫寻母之路。对布里斯来说,他的出走则是他悲剧命运的开始,因为他脱离了权利的真正来源,即脱离了他的社会根基,脱离了养育他的黑人们,这样,他把自己变成了一个政治恶魔。

在布里斯这个人物身上,我们可以看出"混充白人"在美国社会已成为一种畸形,随之引发的道德缺失应该引起世人的关注,这种道德缺失不仅体现为一种对种族的背叛,还体现为一种对爱情的背叛,而这种对爱情的背叛又与对种族的背叛密切相关。拉尔夫·埃利森将布里斯这个"混充白人"曾经有过的一段爱情描写得十分美好感人:"……我还能说出,我当时是怎样将她拥入我怀里,她的顺服不全是顺服,而是一种更意味深长的心灵满足,那颗跳动在梦幻之中的更深邃的心——或者说,曾经跳动在梦幻之中的心——飘荡在群山和树林，航行在阳光下的宁静大海，歌唱在星光灿烂的平静之夜……那颗狂热的心享受着一生的至爱——就像亚当的肋骨经过脱胎换骨后光荣地回到了他自己的身上。我还可以对你说，她那乌黑的头发上是怎样点缀着片片树叶，波涛般地泻落在草地上；她那柔软的手在抚摸着我的后脖子，也在抚慰着我的心，传递着爱的渴求；她那甜蜜的呼吸如烈火在我脸上燃烧。哪怕是许多年以后，我仍可以对你讲出，那火一般的爱情跳动着怎样的温柔，整个群山是怎样变得无声无息，炽热的白昼是怎样在我们的大腿间那有力狂喜的跳跃中逐渐消失；我可以告诉你，告诉你，我是怎样融进了她，她是怎样心甘情愿、毫无异议地融进了我。我们抓住了那一时刻，这已经，已经足够了。我可以告诉你，这一切就像是发生在一个小时以前，我感到她依然躺在我的怀里，一个温柔驯服的小妇人。她单纯幼稚，毫无戒心，但还是拥有基本常识。我当时是那样心安理得，整个身心都很平静，我不觉得自己为感情所累，因为我接受了一种只求一时幸福的观念。我是怎样亲吻着她的双眼，将她光滑的额头上的发缕弄上去，我的双手是怎样捧着她的脸，想努力从她的眼神中解读出神秘的自我。我在她的耳边说着只有当时的我能说的话——类似我这种人能说的话，我爱，我爱……爱过了就得继续上路。"（JT：93—94）

埃利森这段对性爱过于美好的描写，恰恰是为了渲染布里斯为了追求政治权利而放弃了自己的初恋，也丧失了道德良知。因此，他为布里斯的命运设计了一个极具讽刺意味的结局：在他的政治生涯达到顶峰时，他被刺杀了，而行刺者正是他亲生儿子塞弗雷，是他与一个黑白红混色姑娘之间那段短暂的、刻骨铭心的热恋的结果。身受重伤的他也意识到了，他的生活悲剧都因其出走开始，他的生命也因此结束。

《六月庆典》的中心隐喻是"整个美国民族的堕落"。布里斯对他的黑人教父也是他的养父希克曼的背叛是一种"堕落",这象征着对美国重建的背叛,也象征着整个美国民族的堕落。希克曼也将受伤后发出痛苦呻吟的布里斯看作现代美国的象征:"是他,就是一个躺着发出痛苦呻吟的民族。"(JT：316)由此,埃利森又将布里斯的曲折经历与悲剧结局上升为由种族歧视和冲突带来的民族灾难。

"六月庆典"(Juneteenth)这个词虽然至今未被收入任何词典,但它对美国黑人来说却有着不一般的含义。林肯总统于1862年9月颁布《解放宣言》,并规定该宣言于1863年1月1日生效。然而,联邦军没有足够的人力分布南方各地以强制实行这一命令。1865年6月19日南军统帅罗伯特·李投降后,戈登·格兰杰(Gordon Granger)少将带着一群联邦政府士兵抵达得克萨斯港城加尔维斯敦(Galveston),并向当地的黑人宣布,内战结束了,黑奴制被废除了。姗姗来迟的喜讯令当地的黑人们欣喜若狂,他们在这一天举行了具有深远历史意义的庆祝活动。时至今日,美国南部黑人仍在6月19日前后举行为期一周的庆祝活动。埃利森在《六月庆典》第七章中,以谈古论今的方式,将希克曼在布里斯帮助下主持的一次场面浩大的六月庆典做了丝丝入扣的描写,奴隶制背叛了美国的民主承诺,美国内战后承诺得到的自由、正义和平等都被剥夺,取而代之的是《吉姆·克劳法》规定的种种改头换面的奴隶制,而在"六月庆典"这一重要时刻这种承诺得到了暂时的恢复。因此,作者用"六月庆典"这个词来给作品命名,并将他对美国社会长期思考的结果象征性地体现在庆典活动中,这表明他创作这部小说的宗旨在于探索黑人的漫漫解放之路。

第三节　拉尔夫·埃利森文学创作的包容性

埃利森也和20世纪大多数重要美国作家一样，对文学批评家和文学流派的严格划分持怀疑态度，认为文学批评家总喜欢用公式化的语言来分析作品，并将之分类，以便将作家划入某种思想体系；在他看来，作家的职责就是要将现实生活中的"混乱之火"（fire of chaos）转化为文学想象的典范，使生活更有厚度，更具有丰富性和复杂性。当20世纪美国黑人文学普遍强调文学理论和文学流派，并用"高频率"（high frequency）的方法看待现实问题时，埃利森关注的则是生活的"低频率"（low frequency）。他认为这种"低频率"会从人类的生活经历中过滤出一种更为复杂的真理，而不是只看到生活的表层。

1938年，当埃利森初读《土生子》时，他一方面为该作品的力量和激情所打动，另一方面也为别格性格中丝毫没有显示出作者本人的风格而感到遗憾。埃利森私下里认为，"赖特故意使《黑小子》在艺术形式上衰退"，这表明他实际上已经默认了赖特的现代主义创作技巧的高超之处，他大概也意识到自己如果仅仅在叙述技巧和语言上下功夫，是很难对赖特有所超越的。因此，笔者认为拉尔夫·埃利森的创作目标既不是要超越自然主义和现实主义，也不是要促使黑人文学向现代主义文学转变。他选择了"绕道而行"，既要摆脱自然主义的抗议手法，又要对现代主义有所超越，同时还要在自己的小说中展示尼格鲁美国人的历史和文化，以弥补赖特小说中历史和文化的缺失、祖先的缺场等不足现象。

埃利森在《这个世界和这个大罐》中引用了赖特在《黑小子》中表达出来的对尼格鲁文化和尼格鲁人人性的悲观态度："当我走过童年

的恐惧后,我就养成了思考的习惯。我常常思考,为什么在尼格鲁人身上缺少真正的善良,为什么我们情感的温柔是那么不稳定,为什么我们身上缺少真正的激情,我们的希望是那么渺小,我们的快乐是那样少,我们的传统是那样贫乏,我们的记忆是那么空洞,我们多么缺少那连接人与人之间不可触摸的情感,连我们的绝望都显得那么肤浅。体验了其他生活方式后,我又常常思考一个具有讽刺意义的现象,即为什么他们会认为尼格鲁人的生活很有激情。我意识到,他们理所应当地将我们的情感力量看作我们生活压力中的消极混乱,是逃避、恐惧和狂热。每当我想到黑人在美国的荒凉生活,我就意识到尼格鲁人从来没有被允许去感受西方文明的丰富精神实质,他们莫名其妙地生活在其中,却没有融入进去。当我思考黑人生活的文化荒芜时,我甚至弄不清真切善意的柔情、友爱、荣誉、忠诚和记忆力是否是人类与生俱来的。我曾经问自己,这些人性特点难道不是一代一代通过仪式培养、赢得和争取而来的吗?"[1]他自然不会认同赖特对尼格鲁文化的这种错位认识,因为文化是人性的外衣,或者说是人性的表现形式之一。只有首先让白人理解黑人文化,才能使其理解黑人人性。换言之,否认黑人的文化价值,实际上是对黑人人性的一种否认。因此,埃利森认为,"《黑小子》是一本以意识形态为出发点的文学作品,也是赖特流放的开始,因为他的思想注定了他以后的生活方式与创作方式[2]"。

从赖特文学创作的成败得失,以及生活经历的大起大落中,拉尔夫·埃利森意识到,黑人文学要使美国白人重新认识黑人,认可黑人

---

[1] 转引自 Ralph Ellison, "The World and the Jug", 1964, in *The Collected Essays of Ralph Ellison*, p. 166。
[2] Ralph Ellison, "The World and the Jug", 1964, in *The Collected Essays of Ralph Ellison*, p. 167.

人性。更重要的是，通过重新审视美国文化，重新反思自我，埃利森对所谓美国身份有了新的概念和定义。这样，他自己的文学创作必须在文学艺术和文学思想上有所创新，才能获得白人主流文学界的认可。埃利森选择了从解剖美国文化入手："我在探索小说技巧的过程中意识到我与整个美国文化有一种关系，而我在研究马克思主义政治理论时，我从中获得的信息是，美国社会强压给我一种低人一等的关系，而我并不认为我低人一等，因此我很快抛弃了马克思主义。我还不清楚我与美国社会到底是一种什么关系，但我真切地知道，我是其中的一部分，也愿意成为其中的一部分。感谢文艺复兴时期的文人，他们让我懂得了什么是做人的准则和做人的创造性素养，我一直这样要求自己的，也不会接受别人强加在我身上的任何否定性定义，因为除了寻找这种基本关系之外，我别无选择。"[1]

1945年，埃利森为了表达对赖特的感激之情[2]，在《理查德·赖特的布鲁斯》中介入了黑人文化的代表元素——布鲁斯音乐。这种超越性的"误读"，多少有些将赖特的创作思想复杂化了。他在这篇文章中体现出的内在化文学思想和文化倾向，实际上是对文学创作的一种背离，也是其文学思想由自然主义创作风格向现代主义创作风格的转变，只是当时并没有引起美国黑人文学界的关注。

埃利森的文学创作受 T. S. 艾略特和乔伊斯等现代作家的影响，作品语言晦涩，用典繁复，具有很强的现代主义特征；但他与黑人布鲁斯民间听众与民间艺术家之间有一种天然的联系，同时又有意识和有计划地构造一种创造性的艺术。

---

[1] Ralph Ellison, *Shadow and Act*, New York: Vintage International, 1964, pp. xxi-xxii.

[2]《理查德·赖特的布鲁斯》发表后，埃利森再没有为赖特的作品写过书评，直到赖特去世后，才于1963年答应欧文·豪重新评估赖特的小说创作。

埃利森小说的实验性和独创性来源于美国黑人音乐和黑人方言。他对布鲁斯音乐和爵士乐有特别的感情，其文学创作的语言和音乐般的格调也与黑人音乐的蓝调曲风相吻合，并能在读者心中产生很强的音乐效果。

《无形人》是一个爵士乐文本。作者演奏的是一种处于孤立中的无形音乐，有心的读者能听到这种音乐，因为这种音乐有声无形，只有能够超越生活苦难的艺术家才能感受到它的存在，才能和埃利森一道将无形性归结为黑色与白色的强烈冲突，并将之转换为一股创作无形音乐的动力。

《六月庆典》没有连贯的故事情节，但每一篇章都像是一首首忧伤的布鲁斯音乐，或是反抗的爵士乐旋律，随着故事的推移反复演奏，不断加强，并在变化中升华。参议员和希克曼牧师、小布里斯和希克曼教父的一问一答，是以倒叙的方式在医院里缓缓展开的，其表现形式是布里斯的记忆描述与希克曼独特的叙述相对照。断片式的回流，衔接起逝去的一切。为了使人物的内心世界得到充分的披露，作者用大量的篇幅来描述两个主人公梦幻般的内心世界，用内心活动和心理感受来替代情节，可以说，内心世界成了故事情节的真正场景。虽然故事情节和细节的描写进展细腻而缓慢，但却伏有大气磅礴的布局；叙述精细而不系统，跳跃性、随意性极强，但整个故事又不是信笔所至，而是经过精心设计，被安排得错落有致。埃利森采用的颠三倒四的情节也符合布里斯的身份，他将布里斯奇特的成长经历和成功过程分散于每个梦境的"碎片"，并独立成篇，同时又融入整部作品，暗合了主人公布里斯一生破碎坎坷的经历。

结语

当现代主义在美国主流文学界逐渐衰退,向美国黑人文学界渗透时,赖特的《土生子》和《黑小子》表现出的是一种由自然主义、现实主义和现代主义杂糅在一起的创作文风,实现了美国黑人文学创作的一次重大创新。埃利森的《无形人》促成了美国黑人文学创作的一次新转向,但埃利森的创作野心决非要超越自然主义和现实主义,也并非要促使黑人文学向现代主义文学转向。不管是对人性问题的深度思考,还是对美国文化的大胆解构,埃利森的创作都呈现出一种新型的现代主义特征,准确地说,是一种以文化研究为导向的、具有辩证性和内在性的现代主义特征。他从解构神话传说和民间仪式着手,从重新阐释黑人音乐着手,力图给被白人主流文学界边缘化的黑人文学界带来一股新的活力。埃利森懂得如何用艺术化的手法来表达自己的抗议,也懂得通过语言巧妙地与白人社会周旋。《无形人》是世界上艺术性最强的伟大小说之一,也是最成功的"政治"小说之一。埃利森的"政治"[1]重仪式轻世俗,他假装不说真的想要说的东西,但文本中所采用的意象修辞足以把平庸的政治家赶下台。在埃利森的文学作品中,隐喻的意象与场景往往同时包含多层意义,想要准确定位时间和空间非常棘手。谜语和双关语比比皆是,视觉委婉表达游离于意识的边缘,使读者最终无法把握和领悟意义,这些特点使他的作品更表现出一种后现代主义特征。

---

[1] 在后现代修辞话语中,"政治"不仅仅指涉意识形态,也指一种带有意识形态特点的修辞策略。

第四章　斯芬克斯之谜——拉尔夫·埃利森对人性的剖析

引言

　　黑人是否也和白人一样具有正常人性，在美国，这场争论从18世纪美国奴隶制开始，一直延续至今。数百年来，美国黑人知识分子采用种种不同的方式为自己的人性辩护，白人对此"始终是抱着视而不见、充耳不闻的态度。时至今日，他们依然固守己见，只不过认为那些野蛮的黑人都死光了"。[1]美国发生的种种社会冲突和矛盾都多多少少与黑人被非人性化有关。在美国历史上，白人通过剥夺黑人人性以达到高人一等的目的，黑人知识分子则不遗余力地为黑人的人性辩护。与美国非裔文学史上传统的道义宣传文学和强硬抗议文学，以及过激行为相比，拉尔夫·埃利森在自己的小说创作中运用高度象征性和颠覆性的语言，展示了黑人的人性，也揭示了白人的非人性。埃利森赞赏了19世纪美国经典白人作家在肯定黑人人性时表现出的人道主义精神。在那个黑与白对立的20世纪40年代，埃利森的分析显得十分难能可贵。更重要的是，拉尔夫·埃利森在他的文本中通过"斯芬克斯之谜"，对宽泛意义上的人性作了探讨，体现了作者对普遍意

---

[1] Greg, Oswald, *Race and Ethic Relations in Today's America*, England: Ashgate Publishing Limited, 2001, p. 4.

义上的现代人生存困境的关注，表达了文学创作应该向19世纪人文主义回归的思想倾向。

第一节　美国黑人称谓的演变与黑人人性的剥夺

奴隶制把黑人看作没有人身自由和权利的私有财产，奴隶主就是奴隶生死大权的主宰者，他们可以不经过任何法律程序，对自己庄园的奴隶任意处置和惩罚，包括处以私刑和活活拆散黑人的家庭，这种行为后面隐含着白人根深蒂固的错误理念："黑人不具备和白人一样的人性。"[1]

西方传统观念普遍认为，具备读写能力是人性最基本的标志，也是区别人和动物的唯一标志，而黑人不具备良好的读写能力，也就和某种动物或某样东西没有什么区别，这是白人虐待黑人、剥夺黑人人性的堂而皇之的借口。这种观念来自以大卫·休谟和黑格尔为首的几位欧洲哲学大师。大卫·休谟曾这样写道："我有些怀疑，黑人是不是天生就低白人一等，从来没有一个文明民族有那样的皮肤，黑人在行为和思维上都没有过人的表现。他们未曾生产出有创意的产品，也没有艺术和科学。即使是最粗暴和野蛮的白人，如古代的德国人和现代的塔塔尔人，都有过人的表现，如他们的勇猛、他们的政体，或其他方面。如果不是因为大自然赋予了不同人种显著不同的特征，存在很多国家、民族之间的差异，就不会被持续这么久。黑奴遍布欧洲，可人们未曾发现他们有任何创造性的征兆，更别提在我们的殖民地了，尽管我们身边有些没有受过教育的下等人也会成为暴发户，也会在某

---

[1] 转引自 William L Andrews. ed. , *African American Literature*, New York: Oxford University Press, 1997, p. 405。

一行业中脱颖而出。在牙买加,人们的确也谈论起某个黑人有才华和学识,但多半是说这个黑人略有成就,像鹦鹉一般会说几句简单的话。"[1]黑格尔在《历史哲学》中完全忽略非洲文明、东方文明和美国的印第安文化,表现出绝对的欧洲中心主义。他无视欧洲人对美洲印第安人的驱赶和杀戮,认为"美洲土著人生长的地理环境,造就了他们的气质、秉性和体魄,同时也使他们缺乏发展文明的必要工具,因此,他们很容易就被征服和消灭了。于是,欧洲的过剩人口使美洲进入了文明时代"。[2]对待东方,黑格尔则认为:"东方社会还处在历史的儿童期……中国哲学处在哲学的初级阶段……孔子的哲学是常识性的道德……印度盛行想象,缺乏清晰概念……"[3]

在黑格尔和休谟等欧洲知识分子看来,非洲是没有理性智慧和现代文明的野蛮世界,他们对非洲和非洲黑人的描写,也成了新大陆白人剥夺黑人人性的理论依据。这些理论依据更是加速了18世纪美国的奴隶贸易,促进了美国新大陆经济的发展,由此也拉开了把黑人视为某种商品并剥夺其人性的序幕,白人与黑人之间的不平等社会地位和人性地位由此产生,并且延续了三百多年。足见西方对黑人的偏见,始于对非洲文明和非洲艺术的否定,根本上是为欧洲殖民者入侵非洲、掠夺非洲资源、开展黑奴贸易提供合法的理论依据。

美国进行奴隶买卖的原因有两个:一是由于奴隶主的死亡或破产,这时就得将自己的奴隶变卖出去;二是在奴隶主的无情榨取下,奴隶的死亡率越来越高,奴隶主不得不购进新的黑奴。为了遏止全球性的

---

[1] 转引自 Michael P. Spikes, *Understanding Contemporary Literature*, Carolina: University of South Carolina, 2003, p. 45。

[2] 黑格尔《历史哲学》,潘高峰译,九州出版社,2011年,第200页。

[3] 同上书,第216—255页。

奴隶贸易，国际奴隶贸易于1808年被取缔，但美国对这一国际禁令执行得非常不力。为了保持其经济发展势头，美国依然源源不断地将黑人从西非运到新大陆。初期的奴隶买卖都是零星的、小规模的，到了19世纪30年代，旧奴隶州（弗吉尼亚、马里兰等州）与新奴隶州（路易斯安那、得克萨斯、亚拉巴马等州）之间出现了有系统的、大规模的买卖。

在美国，黑人的称谓历经多次变化，从一个侧面反映出美国黑人被压迫、受歧视的悲惨命运。17世纪，第一批非洲黑人被当作奴隶运抵美洲大陆，他们自称African。这一称呼还可以从某些沿用至今的名称中找到，比如，First African Baptist Church（1775）和African Methodist Episcopal Church（1787）。随着非洲黑人与故乡文化渐渐疏远，加之当时奴隶制度的迫害，黑奴刚出生不久就被强行与他们的父母分开。在新大陆，非洲黑人常常处于妻离子散、骨肉分离的状态，这严重阻碍了他们对自身身份的认同和文化传统的继承。更为糟糕的是，一些白人种族主义者将African丑化为一群未开化的、像猿一样的、赤身裸体的、在丛林中奔跑的野人。African被演化成带有侮辱性的称谓，如今已被停止使用。

黑格尔认为非洲没有文明的观点，为美国白人在语言上剥夺非裔美国人的身份提供了合法依据。在奴隶交易市场，这些被贩卖到新大陆的黑人奴隶被他们的白人主子称为chattel（黑人或私人动产），"黑人是某种私人动产"这一概念由此开始存留在白人思维中。他们杀死一个奴隶，就和打杀一条狗一样随意。这种惨无人道的行为一直被延续到20世纪中叶。马克·吐温在他的《自传》（1965）中记载过这样一件事："我记得有一次，一个白人为了一件小事就杀死了一个黑人，但没人把这当回事，我是指那个被杀的奴隶，人们倒是对奴隶主不无同情，觉得他失去了一宗值钱的财产。"[1]在残酷的奴隶制下，非洲黑人的命运完全被掌握在奴隶主手中，他们渐渐丧失了身份，迷失了自我，成了什么也不是的人。

同一时期，美洲白人用"negro"称呼刚从非洲掠来的黑人。"negro"源于葡萄牙语和西班牙语，与葡萄牙和西班牙猖獗的奴隶贸易密切相关。1624年，弗吉尼亚当局编制的一份名单中，22名黑人均无姓氏，只是用一个黑人（A negar）或一个黑人妇女（A negarswoman）标记。直到17世纪下半叶，英国皇家非洲公司的冒险家常常称呼他们的货物为黑人（Negers、Negro Person）、黑奴（Negro-Servants）……

19世纪上半叶，美国西部的大开发又成为奴隶贸易现象有增无减的社会前提。英国和美国北方的棉纺织业发展刺激了棉价上涨，而棉价的上涨，又推动奴隶价格的提高。"据估计，每磅棉价增加一分钱，奴隶价格就得相应提高100美元。由于奴隶身价上涨，奴隶买卖就成了有利可图的交易，这也是促进美国新大陆奴隶买卖交易发达的重要原因。"[2]即使这样，依然存在奴隶供不应求的状况。白人奴隶主强迫黑人女孩年满13岁开始与黑人男子交配，一个黑人女子21岁就有可能已生育了四五个孩子，白人称那些会多生孩子的年轻黑人妇女为良种畜（good breeding stock）。为了鼓励她们生孩子，有些白人庄园主还规定，一个黑人女子如果生育了15个奴隶后代，便可获得自由。白人还专门杜撰了一个词，即Pickaninny（捡来的小动物），用来指涉那些父母都是纯种黑人的后代，在他们眼里，这些"小动物"和白人庄园里的猪狗牛羊没有差别，随时都可以被送到奴隶市场进行交易，

---

[1] Mark Twain, *The Autobiography of Mark Twain*, Arranged and edited by Charles Neider Harper & Brothers, Publishers, New York, 1959, p. 70.

[2] 刘祚昌：《美国内战史》，人民出版社，1978年，第22页。

奴隶主对奴隶的榨取可谓到了敲骨吸髓的地步。苦不堪言的生活，使许多黑奴面临被白人射死、被活活烧死、被投入大海或是被饿死、被窒息而死的种种生命危险。

与此同时，黑人妇女遭受白人强奸的事件时有发生，黑奴怀孕甚至被奴隶主视为财富增值的手段。美国社会混血儿日益增多，黑白混血儿成了一个非常普遍的现象。为了强化高加索白人至上（Caucasian supremacy）的观点，美国英语中出现了许多带有严重种族歧视，甚至让人匪夷所思的外来词和表达法来指涉这些混血儿。比如，Mulatto（穆拉托），源于西班牙语，原义为"猴群杂交的后代"，约在公元1600年被引入英语，最初指一般意义上的不同种族混血儿，如西班牙人和摩尔人、黑人和印第安人、法兰西人之间的种族混血后代都被称为Mulatto，后来该词才特指黑人和白人之间对半的混血人，即有二分之一白人血统的混血儿；Quadroon，源自拉丁语，原义为"四"，即有四分之一黑人血统的混血儿；Metis，源自法语，原义为"杂交的粮食或动物"，即有八分之一黑人血统的混血儿，与octoroon（八分之一）同义。

一方面美国白人蔑视黑人的无知，在私底下杜撰了许多名词来丑化那些不具备读书能力的黑人，如 Merry-andrew（快乐的安德鲁）、jackpudding（丑角）、buffoon（两边脸腮帮鼓出，说话像应声虫一样的小丑）、mumbo-jumbo（讲空话和大话的黑人）、Shines（发亮的黑鬼）等。白人将他们眼中愚昧无知又缺少人性的黑人称为 darky（黑鬼）或 Coon（浣熊），而且，白人总是按照古老歌曲中所唱的"所有浣熊对我来说没有差别"来看待黑人。另一方面，白人又对黑人怀有"戒心"，时刻担心黑人接受正规教育后会变得成熟有智慧，从而对白人至上的观念造成威胁。为了维持黑人的无知和文盲状况，白人从法律上剥夺了黑人受教育的机会。根据历史学家詹姆斯·沃尔文的调查，19 世纪初，美国南部各州没有招收黑人孩子的免费公立学校；1834 年，美国康涅狄格州公布的一项法律规定，为黑人提供免费教育为非法。教会女教师普鲁登斯·克兰多尔（Prudence Crandall，1803—1890）拒绝遵守该法律，结果她和她学生的生命都受到白人的威胁。在弗吉尼亚州，一个名叫玛格丽特·道格拉斯（Margaret Douglass）的女教师因教黑人孩子读书写字而被关进了监狱。

美国建国前后，白人一方面高举"人人生而平等"的大旗与欧洲殖民主子抗衡，希望获得主权的独立。另一方面，又不断制造白人高人一等、黑人低人一等的谎言，不断制订有种族歧视的法律条文。正如美国学者卢瑟·利德基所指出的："在美国文化当中最为持久的矛盾，也许就是个人自由、平等、机会和正义的官方信条，与事实上而非法律上对黑人的种族歧视同时并存。"[1]美国著名政治学者西摩·马丁·李普塞特也承认，奴隶制和种族主义是美利坚合众国历史上对美国信条的最大偏离。1852 年 7 月 5 日，美国第一代黑人领袖弗雷德里克·道格拉斯（Frederick Douglass，1817—1895）在罗切斯特市的一次反奴隶制大会上，发表了一篇题为《7 月 4 日对尼格鲁人的意义》的演讲，他在演讲中通过将英国的基督教与美国的"蓄奴者的基督教"对比，将建国伟人的崇高精神与奴隶制的邪恶本质对比，并将《圣经》中以色列人的苦难与奴隶的遭遇对比等，达到了既高度赞扬了建国伟人，又给奴隶制及那虚伪的庆典以严重一击的目的。对于建国者们，他在演说中给予了如此高的评价："他们支持和平，但他们宁愿革命，也不愿屈从束缚、苟且偷安；他们喜好安静，但他们决不从反压

---

[1] 转引自张聚国：《一部研究美国黑人政治思想历程的力作》，中国教育在线，2006 年 12 月 25 日。

迫的斗争中临阵脱逃。他们生性宽容，但他们明白宽容应有一定的限度；他们相信秩序，但不相信专制制度下的秩序。他们所在之处，一切谬误不能长存；他们所在之处，正义、自由和仁爱终将战胜奴役与压迫。"[1]对于罪恶的奴隶制和美国民主思想的双重标准，他疾言厉色地指责道："对黑人民族来说，7月4日的国庆是一个骗局；你们白人鼓吹的自由是一种不神圣的自由；你们白人的民族伟大是膨胀的虚荣；你们白人的欢庆之声空虚残忍；你们白人对暴君的谴责厚颜无耻；你们白人叫嚷的自由和平等是空洞的嘲弄；你们白人的祈祷、赞美诗、布道和感恩，还有气氛庄严的宗教游行，对黑人来说，只不过是夸大其词、欺诈蒙骗、不虔诚和虚伪，像一层微薄的面纱掩盖着种种罪行，使这个国家因这些野蛮行径而蒙受了耻辱。此时此刻，在这个地球上，没有一个国家像合众国的人民那样，犯下如此震惊而血腥的罪行。"[2]

美国与其他国家不一样的，还有美国没有法律或社会机制改变一个人的种族身份。而在墨西哥和智利，印第安人可以比较容易地变为混血儿（mestizo）。在美国，不管一个人创造了多少财富、取得了多大的成就，或是担任多大的官职，都不可能真正改变他的种族身份。那些看上去皮肤最浅、种族迹象最模糊的美国黑人，往往会不顾一切地冒充或是化装成白人，以获得某种大家都心知肚明的好处，埃利森《六月庆典》中的主人公布里斯就是一个典型例子。"20世纪上半叶，在黑人民族自豪感和以少数民族为导向的政策出现前，这种现象尤其

---

[1] Frederick Douglass, "What to the Slave Is the Fourth of July？" in Henry Louis Gates, Jr. and Nellie Y. Makay, eds., *The Norton Anthology of African American Literature*, New York：W.W. Norton & Company, 1997, p. 321.

[2] 同上书，p. 324。

严重。"[1]

第三代黑人领袖杜波伊斯的《黑人民歌之魂》(*The Souls of Black Folk*，1903）探讨了美国黑人如何获得真正的自由和解放的梦想。因此在美国南部遭到白人主流的严厉批评，种族主义分子认为这是一本很危险的书，不适合尼格鲁人阅读，因为它会挑动黑人的不满情绪，让黑人对那些不存在的事情产生联想，也会让黑人脑子里装一些不应该装的事情。在亚特兰大，这本书被列为禁书。

美国黑人是天生不具备读写能力，还是缺少和白人一样的受教育的机会？事实证明，黑人只要有机会受到教育，他们就会成为和白人一样有智慧的人。我们先来看政界，黑人领袖弗雷德里克·道格拉斯和布克·托·华盛顿都是因为幸运地遇到了好心的女主人，才能学会读书写字，才能得到一般黑人可望不可即的受教育机会，美国黑人历史上才有可能出现这两位杰出的政治领袖。在文学界，当时出现的最有名的黑人诗人也许是女诗人菲莉斯·惠特莉（Phillis Wheatley），惠特莉是第一位公开出版诗集的美国黑人诗人，也是第一位公开出版诗集的美国黑人女性，她被称为"北美黑人文学之母"。她平生唯一的诗集《各种题材的诗歌集，宗教与道德》(*Poems on Various Subjects, Religious and Moral*，1773）包括39首诗，由英国亨廷顿伯爵夫人塞琳娜·黑斯廷斯（Selina Hastings）资助出版。诗集的出版在当时的波士顿引起了一场轩然大波。由于白人不相信这部诗集出自黑人女奴之手，最后惠特莉不得不在法庭上为自己辩护。由18位波士顿名流组成的委员会聆听了她的答辩，并签署了一份她就是作者的证明。这是惠特莉生命中最富戏剧性的一个瞬间，也成为美国非裔文学史上最令人深

---

[1] Oswald, Greg, *Race and Ethic Relations in Today's America*, England: Ashgate Publishing Limited, 2001, p. 3.

思的一个时刻。小亨利·路易斯·盖茨曾以1772年18位波士顿名流对惠特莉的司法审判为切入点，在《对菲莉斯·惠特莉的审判》(*The Trials of Phillis Wheatley*)一书中指出："惠特莉不仅在审判中幸存下来，并且，正是由于社会各界的非难而使她意识到自己的独特之处，从而经得起更高层次上对文学独创性和创新性的考验。这种发自内心的、复杂多变的诗意表达必将焕发出源源不断的生命力。"[1]

在医学界，出现的第一位非裔美国杰出人物名叫詹姆斯·德勒姆，他精通法语、西班牙语和英语，完全靠自己的医术赎回了自由身份，并建立了自己的诊所。在商界，美国独立战争以后出现的第一位非裔美国商人是保罗·杰夫，他通过购买船只和捕鱼业获得了经济独立和种族尊严，他还试图投入资金将黑人运回非洲。在科学界，第一位黑人科学家是本杰明·班内克尔（Benjamin Banneker, 1731—1806），他有幸在一所教会学校接受了几年的教育，主要靠自己的勤奋学习和善于观察，成为美国黑人历史上第一位数学家、自然学家、天文学家、发明家、诗人和社会批评家。早在1789年，班内克尔就已精通天文学，他能相当准确地预测到日蚀。1791年，班内克尔开始发表他的年鉴，并将他的年鉴手稿邮寄给托马斯·杰斐逊，杰斐逊又将他推荐给了华盛顿总统。此后，班内克尔受华盛顿之命，协助法国土木工程师皮埃尔·夏尔·朗方（Pierre Charles L'Enfant, 1754—1852）规划设计了华盛顿城，为美国首都的城市规划建设做出了伟大的贡献。班内克尔还经常在他的年鉴中刊登那些为人类进步提出建设性意见的文章，他的一生都在关注如何超越种族界限或民族界限，并由此获得独立性。马里兰州著名白人詹姆斯·麦克

---

[1] Henry Louis Gates, Jr., *The Trials of Phillis Wheatley*, New York: Basic Civitas Books, 2003, p. 49.

亨理（James McHenry）说："本杰明·班内克尔的事迹又一次证明，智商与肤色没有关系。换句话说，本杰明·班内克尔是对休谟学说的有力反驳。"[1]值得注意的是，在当时的美国媒体中，班内克尔依然被描写为"一个埃塞俄比亚人"。[2]

上述杰出黑人在诸多方面的杰出成就，都是对黑人不具备读写能力的有力反驳。对于休谟所说的有关"黑人用妻儿换烈酒"之论调，英国历史学家詹姆斯·沃尔文也进行了反驳："有些可怜的黑人被白人的鞭子抽打得体无完肤，只好让他们的白人主子玩弄他们的妻子和女儿。难道就可以据此认定他们是低人一等的人吗？我承认他们是低人一等，但是谁把他们推向低人一等的处境呢？是白人强迫他们生活在无知中，是白人的鞭子抽干了他们的人性……"[3]

第二节　美国早期宣传文学和抗议文学对黑人人性的展示

因此，早期美国黑人文学最重要的主题就是要消除这种当时主宰白人思想的错误观念，要证明黑人是人，不是动物，他们也和白人一样，有充分的人性，也是有智慧、有思维、有情感的人。

斯托夫人的《汤姆叔叔的小屋》是早期废奴文学的代表作，斯托夫人本人也是第一个站出来为黑人人性辩护的白人女作家。《汤姆叔叔的小屋》自1865年出版以来，影响了一代又一代的黑人作家。苦难

---

[1] Richard Barksdale & Kenneth Kinnamon, eds., *Black Writer of American: A Comprehensive Anthology*, New York: The Macmillan Company, 1972, p. 49.

[2] 约翰·霍普·富兰克林:《美国黑人史》，张冰姿等译，商务印书馆，1988年，第133页。

[3] James Walvin, *Black Ivory: Slavery in the British Empire.*, United Kingdom: Blackwell Publishers; 2Rev. edition, 2001, p. 21.

深重的汤姆叔叔,天使般善良的伊娃,走投无路的伊丽莎,残暴的西蒙·利格瑞等都成为后来美国文学中家喻户晓的人物原型。她认为奴隶制使神圣的婚姻家庭关系变得毫无价值,因为所有奴隶都只不过是奴隶主的私有财产,黑人的家庭可以任意被拆散,黑人的骨肉可以随意被分离。妈妈从爸爸的身边被卖走,孩子从父母的身边被卖走,受尽了毒打和凌辱。

当时黑人知识分子并没有意识到,斯托夫人只是不遗余力地强调黑人的妻离子散和骨肉分离给黑人身心带来的巨大痛苦,并没有从根本上揭示奴隶制在美国存在的直接原因和后果,更没有强化黑人人性主题。她在作者序中写道:"黑人是一个来自异域的民族,他们的祖先出生在热带阳光下,带来并传给了他们子孙后代一种性格,他们与盎格鲁-撒克逊种族的粗犷和盛气凌人的性格截然不同,因此多年来他们从盎格鲁-撒克逊种族那里得到的只有误会和藐视。"[1]斯托夫人认为,文学、诗歌和艺术都要加入基督教"仁爱为怀"的主旋律,诗人、画家和艺术家都要伸出仁慈之手,谴责暴虐,伸张正义,抚慰悲苦,使被压迫者和被遗忘者的遭遇为世人所了解,并得到同情。因此,《汤姆叔叔的小屋》也许只能打动少数有良知的白人的心。

斯托夫人对黑人苦难的控诉和道格拉斯对奴隶制的无情指责,都没有触及黑人人性被剥夺的本质。20世纪初,美国大规模兴起的黑人民族主义运动是非裔美国社会中行为最激进、态度最尖锐的反抗运动,也是新尼格鲁精神的极端表现。黑人民族主义弘扬黑人性

---

[1] 斯托夫人:《汤姆叔叔的小屋》,林玉鹏译,译林出版社,2005年,第1页。

（blackness）[1]、黑人文化表现和黑人排他性。新一代黑人领袖马库斯·加维（Marcus Garvey, 1887—1940）于1916年创建了黑人生活改善联合会。第一次世界大战结束后，美国北方的白人与迁移到北方的黑人之间的关系日益紧张，这个联合会便迅速找到了发展的土壤。马库斯·加维认为："种族偏见在白人的心中已经根深蒂固了，没有必要再和白人讲正义之理了。"[2]加维甚至主张在全世界的范围建立一个黑人帮会，以促进这个民族的自豪感和友爱。刚开始追随他的黑人并不多，但第二次世界大战以后，有两万多黑人聚集在他周围，其中就包括后来被白人杀害的马尔科姆·X的父亲。

从加维到黑人文艺复兴时期的杜波伊斯，黑人民族性的意义还包括强调黑人具有和白人一样的性功能。当时的黑人诗人、歌唱家、作曲家、编辑和作家们顾不上羞耻，用一种很原始的方式向白人展示他们黑人的性。他们脱光衣服，用一种或是愤怒或是蔑视或是讥讽的姿态出现在白人面前说："看吧！我们这样做有利于你们更好地了解自己。"[3]

对于白人认为黑人不具备人性，理查德·赖特在《土生子》中通

---

[1] "Blackness"这个词越来越频繁地被用于种族矛盾与人种区分。美国哈莱姆文艺复兴时期，黑人知识分子喜欢用这个词来表达一种民族自豪感，以取代当时对黑人的常用称呼"尼格鲁人"（negro），由此获得一种自我认同和社会认同。在20世纪60年代的美国民权运动和以后的黑人权利运动中，黑人知识分子都选择用这个词。拉尔夫·埃利森的文本中极少用这个词，他始终称自己是一个"尼格鲁美国人"。我将这个词翻译为"黑人民族性"，因为我比较赞同塞内加尔黑人学者列奥波德·桑戈尔（Léopold Sédar Senghor, 1906—2001）的观点，他认为，blackness指"黑人文化全部价值观念的总和"（见刘鸿武：《"非洲个性"或"黑人性"——20世纪非洲复兴统一的神话与现实》，《思想战线》2002年第4期，第88—92页）。

[2] George Brown Tindall, *America: A Narrative History*, New York: W.W. Norton & Company, 1988, p. 1047.

[3] Arthur P. Davis & Saunders Redding, eds., *Negro American Writing from 1760 to the Present*, Boston: Houghton Mifflin Company, 1971. p. 223.

过别格之口给予了反击:"在别格看来,白人根本不是人,而是某种强大的自然力量,像笼罩在头顶的一片乌云。"[1]赖特认为,非裔美国人是美国的隐喻,他的使命就是要以自然主义的真实力量来征服白人世界的情感。他要传递的信息是只有通过暴力,黑人才能获得生活的意义,才能为自己创造一种新的生活。欧文·豪支持赖特的文学创作观点,也认为只有通过斗争,黑人以及所有受压迫的人类才能获得人性。但赖特小说中的主人公最终也没有获得他所希望的社会平等,就像赫尔曼·梅尔维尔的《贝尼托·塞莱诺》(*Benito Cereno*)中的主人公巴波一样,等待他们的都是死亡。可见,直到20世纪40年代前后,斯托夫人的道义文学宣传、众多黑人领袖和黑人知识分子的强硬态度和过激行为,并没有从根本上改变白人对黑人人性的误解和否认。

詹姆斯·鲍德温于1949年在《人人的抗议小说》一文中向斯托夫人的道义文学宣传和赖特的抗议小说发起了猛烈抨击,他认为汤姆叔叔身上的"善"和体现在别格身上的"恶",不仅不能完整而准确地反映黑人的主体性和复杂性,还会进一步使黑人的非人性或次人性形象刻板化。他这样呼吁道:"我们的人性是我们的包袱,也是我们的生命。我们不需要为之奋斗了,我们需要做的远远比这斗争要艰难——接受我们的人性。"[2]鲍德温认为,白人为了保持自己高人一等的地位,不但不能接受黑人的任何自然生理需要和心理情感,更不能容许他们碰白人一下,就像理查德·赖特在《土生子》中所描述的:"在迪克西线以南,我们要牢牢控制住尼格鲁人,我们要让他们明白,他们只要

---

[1] Richard Wright, *Native Son*, 1940. With an introduction by the author (1940) and a new introduction by Caryl Phillips, London: Vintage, 2000.

[2] James Baldwin, "Everybody's Protest Novel", 1949, in Barksdale, Richard and Kinnamon, Kenneth eds. ,*Black Writers of America*,p. 728.

碰一下白种女人，不管她是好是坏，他们都休想活命。"[1]因此，鲍德温认为，"烈火"是非裔美国人在美国无法忘却的痛苦生存经历的隐喻，是一把愤怒之火、反抗之火和复仇之火。鲍德温的激烈言辞显然具有抗议色彩。1960 年，鲍德温在英国剑桥联合会上做了题为《美国梦与美国黑人》的演讲，他为黑人人性的辩护依然显得有些微弱："有一件白人不明白的事情，但我明白，那就是，黑人和其他人没有什么两样。……我们也是人。"[2]

第三节　拉尔夫·埃利森文学创作对人性的独特解剖

20 世纪 60 年代，詹姆斯·鲍德温是美国最具号召力的黑人作家，他在英国著名学府的演讲依然无法忽略"黑人人性"问题，可见这个问题在美国远没有得到解决。拉尔夫·埃利森虽然对民权运动主要采取观望态度，但黑人人性问题始终是他关注的焦点之一。他通过自己的文学创作，采用颠覆性的故事情节和语言来揭示白人的非人性，从而巧妙地展现黑人人性；更重要的是，他通过"斯芬克斯之谜"的典故，探讨了普遍意义上的人性问题和人类生存困境问题。埃利森由此也将自己对人性问题的探讨上升到了哲学高度。

拉尔夫·埃利森从小就受到母亲的影响，并从母亲那里学会了一种观察事物和人性的态度："我从母亲那里学到了如何理解人。我当时脾气很急躁，也没有耐心，进入青春期后，她总是向我谈起人们做

---

[1] Richard Wright, *Native Son*, p. 311.
[2] James Baldwin, "The American Dream and the American Negro", in Jacobus, Lee A, ed., *A World of Ideas*, Boston: Bedford/ St. Martins, 2002, p. 629.

事的行为动机,事情发生的来由。"[1]对于黑人被剥夺了人性的根本原由,埃利森首先从白人强压在黑人身份上的语言表达着手,再剖析其行为动机,然后由黑白种族矛盾切入黑人和白人的人性展示,再上升至宽泛意义上的人性探源。

早在1943年,埃利森曾就黑人人性这个核心问题对肯尼斯·伯克说:"白种美国人通过对黑人的刻板化和漫画手法,将美国黑人人性一笔勾销了。因此,用艺术化的形式消除这种黑人非人性形象至关重要。"[2]埃利森凭着自己对人性的敏锐洞察,以及对语言的深刻领悟和把握,认为白人对黑人人性的剥夺始于语言:"因为措辞的本质就在其意义的摇摆不定,在小说创作中,有两种潜在的意义并存,并同时发挥作用时,当它反映的意义好坏并存并同时吹出了冷暖风时,它表现得最有力量,也最具启发性。而黑人的不幸在于,当读到这些现代美国小说的措辞时,他们发现其中最强硬的表达形式对他们极为不利,于是黑人给世人留下了一个没有人性的形象。"[3]白人剥夺黑人人性时,并非采用一种直接的方式,而是先从语言上将黑人刻板化。当黑人被称为 chattel 或 pickaninny 时,这些白纸黑字记载着他们从哪里来,正在遭遇什么,就是他们自身的隐喻。在事实到来之前,智者可以通过隐喻来预见事实,那就是,黑人作为人的身份和价值在白人眼里实际上已经不复存在了,就像隐喻哲学大师莱卡夫(George Lakoff)所说的:"刻板化的人物体现一种缺席的价值观。"[4]

---

[1] Ralph Ellison, "A Completion of Personality: A Talk with Ralph Ellison", 1974, in *The Collected Essays of Ralph Ellison*, p. 786.

[2] 转引自 Lawrence Jackson, *Ralph Ellison: The Emergency of Genius*, p. 326。

[3] Ralph Ellison, "Twentieth-Century Fiction and the Mask of Humanity", 1953,in *The Collected Essays of Ralph Ellison*, p. 97.

[4] George Lakoff, *Women, Fire, and Dangerous Things*, Chicago: The University of Chicago Press, 1987, p. 116.

黑人的指称代表了一种身份，而身份是个关键字眼。许多事件的起因都集中在这个字眼，凝聚在这个字眼，这些事件都与这个字眼互为因果。因此它们的隐喻意指往往带有某种歧视和贬低。许多激进的黑人民族主义分子意识到奴隶制在情感上给美国黑人带来的残缺不全，他们反对汤姆叔叔主义（Uncletomism），鄙视那些对白人一味妥协，甚至俯首帖耳和忠心耿耿的黑人。一些有智慧的黑人学者也借助隐喻，如法炮制地给白人取一些带有嘲讽意味的名字，如灰色人（the grey），暗示那些混充白人的混血儿；或是啄木鸟（pecker），特指来自美国南方的白皮肤男性穷人。他们也给自己取了一些富有智慧和内涵的名字，如拉比（Rabbi），在基督教中耶稣和施洗者约翰都被尊称为"拉比"。在黑人文学中，兔子（Bunny），常被赋予"灵活机智"的寓意，尤指那些善于用自己的聪明和智慧与白人进行斗争的人。这些恢复黑人人性的象征性表达在埃利森的文学创作中时常出现。

　　拉尔夫·埃利森笔下的黑人形象——无形人（Invisible Man），既是美国社会受歧视、被孤立的个人命运的真实写照，也是整个被白人非人性化的民族命运的隐喻。Invisible Man 不管是被翻译成"无形人"，还是"看不见的人"，都无法穷尽包含在其中的深刻内涵，只有阅读这部小说，并理解作者赋予书名的含义后，才明白为什么叫"无形人"。

　　英文单词"Novel"本义就是"创新"。埃利森的文学野心是要创造一种非暴力和非抗议文学风格，它既可赋予美国黑人文学力量、勇气、忍耐和希望，也能反映美国黑人经历的独特性和美国黑人的人性价值观："我的愿望并不是要写宣传小说。《无形人》的重要性体现在，它全面探索了美国尼格鲁人的人性，除种族隔离、经济和以前的黑奴问题外,还肯定了尼格鲁人的人性价值观。"[1]

白人认为,黑人缺少人性的另一个标志是他们只有简单的思维,没有艺术和抽象思维。埃利森则一再强调,要证明黑人不是完全受自然环境左右的人,也不是心甘情愿受白人主宰的人,要证明黑人完全和白人一样有人性,就要升华黑人的美国经历,将之高度艺术化,而不是用一种强硬的抗议小说形式,将黑人形象进一步刻板化:"如果《无形人》表面上给读者的印象是脱离了意识形态和情感上的复仇情绪,那也是因为我尽我所能将这些元素转化成了艺术。"[2]比如,同样是谴责美国私刑,鲍德温和埃利森采取的创作形式则完全不一样。

私刑是美国白人剥夺黑人人性,以维持自己高人一等地位的最主要和最残忍的手段。它在美国被延续了数百年,直到 1955 年 8 月,美国还发生了一起黑人被处私刑案。美国一位学者根据这一悲剧创作了一部纪事文学——《三角洲死亡悲剧》。[3]该书主人公是年仅 14 岁的芝加哥北方黑人男孩埃米特·蒂尔(Emmett Till),他去住在密西西比州德尔塔的舅舅家。当他拿出一张白人女孩照片,对当地的黑人男孩说那是他的女朋友时,另一黑人男孩将信将疑,还故意和他打赌,问他敢不敢走进当地一家杂货店和白人女店主说话。结果蒂尔去杂货店买了一点糖果,离开时说了声:"再见,宝贝。"(有的白人说,蒂尔离开时在女店主的屁股上拍了一下)随后,店主罗伊·布赖恩特带着他堂兄闯入蒂尔舅舅家,强行带走了蒂尔。两天后,蒂尔的尸体被人从附近的河里发现,他的头部中弹,一只眼睛被打了出来,整个尸体被

---

[1] Ralph Ellison, "The World and the Jug", 1964,in *The Collected Essays of Ralph Ellison*,p. 170.

[2] 同上书, p. 183。

[3] 详见 Stephen J. Whitfield, *A Death in the Delta*:*The Story of Emmett Till*. New York: Macmillan, Inc, 1988.

打得无法辨认了。蒂尔母亲要求将孩子的尸体运回芝加哥,并请求打开棺材开追悼会,她要让整个美国看到南部的种族歧视是多么残忍。埃米特·蒂尔的现实悲剧震惊了世界,也触发了詹姆斯·鲍德温的创作激情,他以此为蓝本创作了短篇小说《生命的较量》:"一个黑人不小心撞倒了一个名叫斯坦迪什[1]的白人妇女,在逃跑中被白人抓了回来,被锁在木架上用火烤,最后被割去生殖器……烈火已经将他的恐惧和疼痛烧尽了。持刀人手拿黑人的阴茎,像是在掂量它的重量,他还在笑着。黑人的阴茎在白人的手掌心,远远看上去就像一块放在秤上的肉;只是显得重多了,重得太多了。杰斯感到自己的阴囊在发紧;很大,很大,比他父亲的大多了,松垂的,光秃的,是他看到过的最大的阴茎,也是最黑的。白人的手在拉直它,在摇晃它,在抚摸它。那个垂死男人的眼睛直直地盯着杰斯的眼睛——虽然停留的时间还不到一秒钟,但感觉比一年的时间还要长。随着刀光一闪,一起一落,那可怕的东西被切了下来,血如水柱一般涌出,杰斯尖叫起来,大家都尖叫起来。接着人们向前拥去,用手、用刀、用岩石、用石块、用咆哮声和咒骂声撕扯着那男人的身体。"[2]

《生命的较量》浓缩了鲍德温"性爱、暴力和肤色不可改变的相互牵制"[3]的观点,作者试图表明私刑就是白人用来扼杀黑人男性的旺盛生命力,以获得一种心理平衡和胜利的最残酷的非人性手段。鲍德

---

[1] 斯坦迪什(Standish)是一个有历史感和讽刺意味的双关语。大写这个英文词的第一个字母是 Standish,这是一个历史人物 Standish(1584—1656),英国军人,1602 年和英国清教徒同乘"五月花"号到达北美。作为一个历史人物,斯坦迪什应该是人们躲避宗教迫害、追求自由的象征,那些追求自由的白人后代却剥夺了另一个民族的自由。小写这个英文词的第一个字母是 standish,它的意思则是墨水台,人们一不小心将它碰翻了,便会沾上一身又脏又臭的墨汁。

[2] James Baldwin, *Going to Meet the Man*, New York : Dell, 1988, pp. 199-218.

[3] 转引自 Carolyn Wedin Sylvander, *James Baldwin*, New York: Ungar Publishing. Co., 1980, p. 122.

温甚至鲜明地表达了这样一种观点：白人之所以迫害黑人，就是因为对黑人超强的性能力感到恐惧；白人只有通过对黑人的性幻想和性残害，才能唤起和恢复自身的性能力。这是白人扼杀自己生命力的讽刺性结局的佐证。

美国文学研究界几乎没有人注意到，此时埃利森创作了《无形人》出版后的第一篇短篇小说，也是他创作的最后一篇短篇小说《两个行阉割礼的印第安人》[1]。该小说于1956发表在《新世界创作》上，原文上面有一眉注，告知读者，这一短篇是他的"进展中的小说"，也就是《六月庆典》的一部分。但1999年出版的《六月庆典》并没有出现这一段故事。原因很简单，黑人是否有人性在美国的争议已基本结束，那些曾经认为黑人没有人性的美国白人认为，那些没有人性的黑人已经死光了。

《无形人》出版四年后，埃利森的创作思想和创作技巧已十分成熟，《两个行阉割礼的印第安人》的艺术手法和思想内涵是他的短篇小说的又一个顶峰，但美国文学评论界对它几乎没有任何反应。

初读《两个行阉割礼的印第安人》，笔者似乎明白，作者在用超现实主义手法，反映生活在俄克拉荷马州疆域的美国黑人少年和美国土著印第安人之间的某种关系。再读《两个行阉割礼的印第安人》，理解了作者以第一人称的手法，讲述了"我"（赖利）和巴斯特即将告别少年，走向成年的一段经历。再进一步细读，并将它放到"德尔塔死亡悲剧"和美国黑人美学运动、黑人艺术运动的大背景下进行考察，将它与20世纪60年代其他黑人作家创作的作品相比较，笔者似乎又产生了某些新的领悟：埃利森用高度艺术化的直白描述，展示了

---

[1] Ralph Ellison, *Flying Home and Other Stories*, New York: Random House,1996, pp. 63-81.

黑人少年的性成长过程。他要让白人知道，黑人少年的性成长过程与白人少年没有任何差别。埃利森在《两个行阉割礼的印第安人》中另辟蹊径，进一步表明了自己的文学思想与抗议小说和暴力行为的分庭抗礼。小说中对爵士乐的运用和对土著印第安人生活习俗的描写，也浓缩了作者对美国黑人文化和印第安人文化的展示。

　　埃利森一向坚持尼格鲁文学不仅要为黑人人性辩护，要接受黑人人性，还要考察并描述人性的形式和仪式，并从深层次上展示黑人人性、揭露白人人性，由此解构黑白二元对立的神话。他将观察和思考的触角，伸向社会表面平等现象下的深层次不平等，伸向整个社会意识的深处，力图从一个全新的视角去揭示那些看不见、摸不着、几乎无处不在、简直令人窒息的种族歧视。他希望揭示的"无形性"不仅仅指涉黑人的身份问题。从更广泛的意义上分析，作者还希望用这个独特的隐喻来告诉读者，美国黑人对他们所蒙受的不公正歧视绝不会麻木不仁，逆来顺受。换句话说，他们绝不是一个完全受白人世界的控制和决定的民族。这个民族过去曾经、现在依然经常被他们的代言人背叛，其中既有政治代言人，也有文学代言人。既有白人，也有黑人。但埃利森不厌其烦地在他的散文和访谈录中说，他写《无形人》的目的就是要说明，只有通过艺术才能从某种程度上证明尼格鲁人，无论是在奴隶制阶段，还是在任何受压迫的情形下，都完全具备和白人一样的人性。

　　埃利森的小说创作中有大量揭露白人人性形式、展示黑人人性形式的片段，如《无形人》中的混战和特鲁布拉德的布鲁斯片段。但作者采用的不是愤怒和直白的手法，而是用隐晦的手法、藏而不露近似荒诞的反讽形式、高度象征化的语言，以及对游戏般梦境世界的再现。作者传递给白人的信息是，毫无疑问，黑人是有人性的，白人为了维持白人至上的社会地位，人为地将他们非人性化了。《无形人》中的"我"在现代美国社会里希望获得自己的身份认同，但却遭遇了失败的痛苦经历，其本质原因可以从黑人在美国历史的源头找到答案。历史事实证明，美国黑人并非天生不如白人，而是缺少和白人一样受教育的机会。白人对黑人实质上采取一种"禁其心、禁其言、禁其事"的非人道和愚民的做法。因此，对一个现代美国黑人来说，他最恐惧的是掩盖于人类现代社会的所谓人性面具下的非人性，可见最缺乏人性的不是黑人，而是白人。埃利森的这种颠覆性批判话语是黑人文学中从来没有出现过的，这种具有颠覆传统意义的文学含义，也是《无形人》作为一部美国经典体现出来的具有实质意义的创造性表现。

展示黑人的人性和揭示白人的非人性，只是埃利森对人性问题探讨的第一步。埃利森思想的更深刻之处在于，他意识到白人强调黑人的皮肤、强压给黑人一些去人性化的语言，将黑人形象刻板化以达到高人一等的目的这类行为，都还只是白人剥夺黑人人性的表层原因。埃利森认为，更为根本的原因是："在非理性的思想领域，科学无法渗透，刻板化的黑人形象也由此产生。可见被刻板化的尼格鲁人形象是美国生活中种种没有组织、没有理性的力量带来的，白人通过这种力量来反映一个很容易被主宰的少数民族的形象。与其说将黑人刻板化是为了压服尼格鲁人，还不如说是为了安抚白人。"[1] "为了安抚白人"，可谓是一针见血地说到了白人的最痛处。埃利森意识到，一方面，美国白人面对当时欧洲无比的强大和发达感到自卑，也在拼命寻找自己的身份；另一方面，面对黑人无比旺盛的生命力，他们没有自信心，

---

[1] Ralph Ellison, "Twentieth-Century Fiction and the Mask of Humanity", 1953, in *The Collected Essays of Ralph Ellison*, p. 97.

需要"安抚"。

每个美国人都曾有过生存的窘境，美国白人通过独立战争获得自己的身份，但他们剥夺了黑人的身份，致使美国黑人始终在寻找自己的身份："尼格鲁美国人在拼命地寻找自己的身份，他们不愿意接受强压给他们的二等公民的身份，他们感到被孤立了，因此他们一生都在寻找这些问题的答案：我是谁？我是什么人？我为什么存在？"[1]

人是什么？人是谁？人性、人的本质等问题成为近现代哲学家们津津乐道的主题。亚里士多德从生物学的角度，把人看作自然界生物中的一员，所以他认为人是动物。柏拉图认为，人是英雄、半神和神的亲戚。笔者认同康德的说法，即"人是什么涉及人性是什么，人与神、人与自然、人与社会的关系"。[2]而且，笔者认为，探讨人性的第三个步骤应该是人与人之间的关系。19世纪，尼采的"上帝死了"和马克思的异化观点使人们对人性与神性，以及人与自然的关系有了比较清醒的认识。20世纪的两次世界大战使人类赖以生存的家园变成了T. S. 艾略特笔下的一片荒原，"人与人的关系"直逼普遍意义上的现代人的生存困境，探讨人性弱点和人的善恶，成为19世纪和20世纪许多具有社会道德良知作家的主题。

埃利森在一次访谈中说道："小说是我努力要回答这些问题的途径，比如，我是谁？我是来干什么的？我是怎么来的？我该怎样理解我周围的生活？"[3]他将他的笔触指向人性的真伪善恶和人类自私的劣根性。埃利森在其小说及非小说创作中多次提到俄狄浦斯的困惑、斯芬克斯之谜和人性的复杂性。斯芬克斯的谜语，就是要求人类解答

---

[1] Ralph Ellison, "Harlem Is Nowhere", 1948, *The Collected Essays of Ralph Ellison*, pp. 785-817, p. 786.
[2] 转引自杜丽燕：《人性的曙光：希腊人道主义探源》，华夏出版社，2005年，第331页。
[3] 转引自Saul Bellow, "Preface", in *The Collected Essays of Ralph Ellison*, pp. ix-xii.

一个重大命题——人自己究竟是谁？斯芬克斯之谜的真正难解之处就在于，人本身就是谜底，但人还远远没有真正了解自己。人类文明经过了几千年的奋斗，并没有完全脱离动物性，用《浮士德》中魔鬼的语言来说，甚至是"比畜生还畜生"。美国白人对黑人自由、身份与人性的剥夺，本质上就是一种非人性的野蛮行为。

埃利森的惊人之处，不仅体现在在《无形人》中用高度艺术化的语言和叙事揭示白人与黑人之间的实质关系，并将白人的非人性特征批驳得体无完肤，更体现在他的《六月庆典》同时批判了黑人与黑人之间存在的所谓"种族内部的仇恨"，这种仇恨主要产生于混血儿与黑人之间。笔者在阅读黑人文学作品的过程中，对美国混血儿做了一个总结，认为他（她）们的命运呈现出三种类型：

第一种类型是悲剧型。这种类型的混血儿命运丝毫不比纯血统黑人好，有时甚至更糟，其原因是混血儿比纯血统黑人更为其白人父亲所不容，因为这些混血儿的白人父亲总是提防的，也绝不允许被他们玩弄过的黑人妇女透露其姓名和身份，一旦事情败露，等着她们的便是立即被转卖、母子分离、夫妻分离的命运。比如，斯托夫人《汤姆叔叔的小屋》中的凯西有白皙的皮肤、美丽的外貌和高雅的举止，但就是因为她有少许黑人血统，结果也没有逃脱被多次转卖的命运，连她的子女也被一个个卖掉。最后，她成了白人主子的性奴隶，身心受到极大的摧残。这类混血儿更为其白人父亲的妻子所不容。摩西·罗普[1]的父亲是一个白人，母亲是一个有着白人、印第安人和黑人三种血统的奴隶。当罗普太太得知，摩西是她的丈夫和一个奴隶

---

[1] 摩西·罗普（Moses Roper, 1816—？）早期黑人作家，著有《摩西·罗普的冒险和逃跑故事》（*Adventures and Escape of Moses Roper*,1838）。

所生，她几次想杀害摩西，后来，摩西和他的母亲被几次转卖，最后母子分离。

第二种类型是反抗型。我们先来看看现实生活中的混血儿。美国黑人历史上的黑人领袖大多是反抗型混血儿，如布克·托·华盛顿和马库斯·加维（1887—1940），以及第一个向世界揭露美国私刑的美国记者艾达·B. 威尔斯（Ida B. Wells）。1895 年，她写了《一份红色的记录：美国私刑的统计数字表和所谓的理由，1892—1893—1894》，大胆披露了她的朋友史密斯被白人冤枉，并处以私刑的残酷过程，使世界的目光开始关注这一发生在所谓民主国家的暴行。著名黑人作家切斯特·海姆斯（Chester Himes，1989）的母亲就是一个浅皮肤黑人，她爱发牢骚，有些神经质，她从内心里轻视黑人，看不起自己的黑皮肤丈夫对白人表现出的逆来顺受。因此，海姆斯和他的弟弟是在父母的无休止吵闹中长大的。美国社会恶劣的大环境与缺少爱的家庭小环境使兄弟俩饱受痛苦，他们先后被迫辍学，曾经走上犯罪的道路。

作家笔下具有反抗精神的混血儿身上流淌着的白人血液，注定他（她）们不可能完全像纯种黑人那样被白人驯服。他（她）们既痛恨种族歧视，又蔑视黑人在白人面前的唯唯诺诺和胆小怕事，如福克纳笔下有反抗精神的黑人老农路喀斯·布香，就是奴隶主麦卡斯林和黑奴的后代。理查德·赖特在《土生子》中暗示主人公别格就是一个具有反抗精神的混血儿："我认为有必要告诉你们，这一带有不少人相信，尽管托马斯的皮肤漆黑，但在他的血管里可能流淌着少量白人的血，这种混合血统通常会有不易管教的犯罪性格。"[1]

第三种类型是冒充型或混充型。这种类型的混血儿之所以要混充

---

[1] Richard Wright, *Native Son*, p. 311.

为白人，有时是为了生计，比如，马尔科姆·X在他的《自传》中叙述了他父亲被白人杀害后，他的浅皮肤母亲为了养活四个孩子，只好混充白人到所谓纯种的白人家去干活的不幸经历："后来母亲开始工作。她来到兰辛，找各种各样的工作——为白人做家务和缝纫工作。他们一般不会意识到她是黑人，那里许多白人不喜欢黑人待在自己的家里。她一直干得不错，直到后来，人们不知怎么又逐渐知道了她的身份，知道她是谁的寡妇，她最后被赶出了门。我记得她过去经常因为丢了一份她非常需要的活而回到家里哭泣，但她尽量不让我们看到。有一次，当时我们兄弟中的一个，我记不清是谁了，不得不去她工作的地方取点东西，人们看到我们之后，意识到她实际上是个黑人，就立即解雇了她。"[1]

埃利森在《无形人》中也暗示，白人校董诺顿先生也不过是个"混充者"。大部分混血儿不惜一切地充当"混充者"，其目的是出人头地。他们不惜迎合白人所好，背叛、攻击甚至否定自己的民族，以此当作自己有所作为的跳板。埃利森第二部小说《六月庆典》[2]中的主人公布里斯就是一个典型例证。在《六月庆典》中，埃利森明示布里斯（参议员桑瑞德）的出身模糊。在黑人社区他是一个人人皆知的混血儿，但在白人上流社会，这是一个无人知晓的秘密。布里斯同样对自己与黑人女子生的孩子不负责任，他"爱过了就上路"，甚至为了自己的政治地位不惜出卖黑人，不惜利用白人

---

[1] 马尔科姆·X的遗作《马尔科姆·X自传》，是亚历克斯·黑利（Alex Haley）根据马尔科姆本人的生活记录整理而成的，出版于1965年，是美国20世纪70年代左右的最畅销书之一。这段叙述转引自 Richard Barksdale & Kenneth Kinnamon, eds., *Black Writer of American: A Comprehensive Anthology*, pp. 874-881。

[2] Ralph Ellison, *Juneteenth*, New York: Random House, 1999.

种族偏见的力量来惩罚黑人的软弱，以谋取自己的权力，最后当上了美国参议员。这时，埃利森又将斯芬克斯般的眼睛直射向他："因为这只鹰原本是双爪分别握着有寓意的武器——一束橄榄枝和一札利箭，露在外面的眼睛原本一直是朝右侧视，可现在它神秘兮兮地抖动着，不怀好意地将头往左边转，直到它几乎使人察觉不到地轻轻拍了拍它的羽毛，将两只斯芬克斯般的眼睛从正面盯着参议员。"（JT：11）

美国的国玺和国徽的图案均为美国国鸟白头鹰，美国国玺上的白头鹰双翼展开，右爪握着一束橄榄枝，左爪抓着13支利箭。橄榄枝和利箭象征决定和平与战争的权力。白头鹰的头转向橄榄枝，表示向往和平，也代表政府权力执行部门。美国国徽上的白头鹰的胸前是红白条纹的美国国旗，它嘴里衔着一条飘带，上面写着"合众为一"。从美国国玺和国徽上的图像意义，到《解放宣言》和"新政"的文字意义，我们不难看到，美国政府颁布的有关种族歧视的法律条文远远比美国白人在现实中对黑人采取的行为要公正。真正给美国的民主制度蒙上阴影和带来耻辱的，正是美国白人种族主义者的感情和良知，尤其是那些混充白人的感情和良知。埃利森实际上也在用自己那"斯芬克斯般的眼睛"直射这位背叛了抚养他的黑人社群、脱离自己社会根基的混充白人，他在嘲笑这位参议员对自己身份的背叛，在质问这位参议员是否明白自己到底是谁。布里斯带着深深的负罪感混入了白人社会，后成为一个完全丧失良知的参议员。尽管他并没有被他的黑人养父希克曼所抛弃，但也没能逃脱命运，最后丧生在自己亲生儿子——下一代混血儿的枪口下。

如果说，埃利森在《六月庆典》中通过参议员这个混血儿，深刻地揭示了白人种族主义思想对黑人价值观的异化和灵魂的毒害，那么，通过希克曼这个黑人牧师，作者则重新塑造了"无形人"的形象。"无形人"和埃利森的短篇小说中的人物均与美国社会格格不入，他们生活在地下室这类非公开的地方，饱受折磨和欺凌，并努力想得到社会和白人的接受和认可。而《六月庆典》中的希克曼作为一个父亲，一个牧师，一个美国公民，他不再生活在社会底层，而是一个有公职身份的人，不再受 20 世纪社会反常现象的困扰，哪怕是面对来自白人的非礼，希克曼表现出的也是一种既包容又俯视的英雄气概："这位老人诚然受到了极为粗暴的虐待，可他那高大魁梧的身躯，那节奏自然缓慢的动作却迅速点燃了保安心中的怒火，好像他在对付某种没有生命的物体时出乎意料地遭到了顽固抵抗——是一块和推土机抗衡的巨石，抑或地板上那拒绝稍作挪动的橱柜。老人所表现出的冷静反倒如火上浇油，他那被动的反抗也无法掩饰他对不熟悉的人的手碰到他身上所产生的厌恶。老希克曼一边任其摆布，一边带着某种宽容的目光看着保安，这种宽容将他种种的个人情绪带到了一个遥远而凉爽的地方，只是保安的力量永远鞭长莫及。他甚至还心平气和、不紧不慢地弯腰从人行道上捡起保安随即扔出来的帽子，然后直起身来，平静而威严地注视着保安。……老希克曼则慢慢走向——更准确地说，是不失风度地走向人行道，一转弯便不见了。"(JT：8—9)

希克曼（Hickman）一词的英文原义是"土气的人"，但他并不土气。他有坚定的信仰，有宽容的胸襟，与参议员的玩世不恭和背信弃义形成鲜明的对照。他不是一个单纯的正直诚实之人，而是忍辱负重、百折不挠的美国黑人积极精神的代表。从希克曼身上，我们看到了一个最富有人性的、真正有仁善之美的新型黑人形象。由对白人逆来顺受的刻板化黑人形象汤姆叔叔（Uncle Tom），到对白人施暴力的反抗型刻板化黑人形象托马斯·别格（Thomas Bigger），再到被白人剥夺了身份的黑人思者形象"无形人",最后到以保护者形象出现的被完全人性化和理想化的希克曼教父(Daddy Hickman),埃利森也由此完成了美国黑人文学创作中黑人人物形象刻画的一个大循环。

结语

黑人的人性问题在美国争论了近三百年,可以说伴随着整个美国历史的发展历程。黑人人性的被剥夺如同一道符咒,它束缚了黑人的所有自由,黑人数百年的反抗都未能摆脱这一符咒。拉尔夫·埃利森用其圆通的文学思想和曲笔的创作形式,多方面、多层次、多视角地对宽泛意义上的人性进行了深刻与富有创新意识的剖析,他的分析预示着这道符咒即将在这个历史上那么强调民主自由思想的国度上被彻底破解。以前很少有学者就埃利森对人性问题的解剖进行专题探讨,笔者认为,人性问题是一个根本的哲学命题,因为世界上人与人之间发生的种种冲突与矛盾,都与"人是什么"这个命题有关。其次,我们可以清楚地看到,与早期宣传文学和抗议文学对黑人人性的展示相比,埃利森探讨人性问题的视角尤为独特、深刻和令人信服。再次,上述文学作品向世人揭示,在今天以民主、自由、平等为旗号广泛干预世界事务的美国,那些怀有种族歧视的美国白人,曾经是怎样用双重人格标准、道德标准和社会标准来对待黑人民族的。种族歧视不局限于美国,其他多种族社会也存在,但美国是当今世界唯一有数百年种族歧视和种族压迫的发达国家。

中篇
美国文化研究视野下的拉尔夫·埃利森

拉尔夫·埃利森对美国经历的复杂性有着敏锐的洞察力,他是迄今为止美国最深刻的文化批评家。他对自由、可能性和博爱的理解展示了我们这个时代的智慧。

——斯坦利·埃德加·海曼(1919—1970)

第五章　拉尔夫·埃利森对西方神话仪式中黑白对立的解构

引言

　　文学界普遍认为,《无形人》的诞生标志着美国黑人文学脱离了风靡一时的自然主义抗议文风,迈入了现代主义文学的殿堂。拉尔夫·埃利森的文学创作是美国黑人文学发展史上的一次转向,但这转向的文学意义不仅仅体现在这部小说对自然主义的超越,更体现在它对美国文化的解构,其中包括美国文化中的神话和仪式、血缘和肤色、音乐和语言等。《无形人》以颠覆性语言和互文性为主要特征,他的第二部小说《六月庆典》的文本话语带有游戏性和多样性特点,读者可以从非确定性的表层下找到某种确定性,这些都是后现代文学创作的主要特点。应该说,就文学艺术成就来说,拉尔夫·埃利森对理查德·赖特自然主义抗议文学创作的最大超越不是他文学创作中的现代主义特征,而是他对尼格鲁人的文化现象的解构,这也是埃利森最终赢得白人主流文学界认可的关键所在。

第一节　拉尔夫·埃利森的"无形性"与自然主义的决裂

欧美文学史上以"Invisible Man"命名的小说有两部，一部是英国小说家赫伯特·乔治·威尔斯（Herbert George Wells，1866—1946）于1897年发表的科幻小说，其主人公是一个找到了使自己全身色素消失的化学药品的科学家，他常常服用这种药以隐去自己的外形，达到让人看不见的目的，从而制造出一系列神奇的故事。另一部即埃利森的小说。虽然至今没有发现埃利森借鉴威尔斯同名小说的直接证据——埃利森只在其论文集中提及过威尔斯一次，但以埃利森广泛阅读欧美传统文学名著的情况来推断，不能排除他受到这部小说启发的可能性。何况威尔斯也并非严格意义上的科幻小说家，他主要是一个十分强调小说社会功能和道德功能的现实主义作家，因此，小说创作是他探讨社会问题的主要手段。威尔斯对小说人物的刻画主要通过限知视角，同时也突出作品的虚构性。埃利森笔下的"Invisible Man"概念与威尔斯笔下的"Invisible Man"概念有质的不同。后者只有技术性意义，体现了一种具有想象力的游戏精神，前者则具有深刻的社会意义和哲理意味。

在构思《无形人》的过程中，埃利森做了大量的调查和笔记，许多珍贵的笔记在作者去世以后才被收入1995年出版的《拉尔夫·埃利森论文集》中，其中包括对小说的核心概念"无形性"产生的深度思考："无形性，如同书中的这个不为读者熟悉和理解的陌生人物，它的产生源自美国生活的两个基本事实：一是种族定论，即美国白人将不同于自己民族的黑人文化、生理和心理的差异视为种族低劣的标志；二是黑人庞大的生活无形性，即所有黑人价值处在不断变化之中，所有塑造美国白人个性的黑人机构和黑人生活方式都没有体现，或者是没有直接体现。除非从很高的层面看，黑人生活才呈现出是美国整体的一部分，但在心理上它仍然是一个被分割的世界。"[1]"无形人"这个意象，非常准确地描绘了20世纪中叶美国黑人在美国社会的处境和地位，黑人的身份、理想、追求甚至成功，在白人眼中都是不存在的，从此，"无形人"便成为美国黑人社会地位和处境的象征。

埃利森在《无形人》中用"无形性"这个隐喻来深入探索黑人异化的内心世界，同时揭示了一直深藏于白人内心世界的不可告人的秘密——否定黑人人性，实际上是为了永久性地获得白人种族的优越感。通过对美国历史的回顾，对美国语言的剖析，对大量美国经典作品的阐释，埃利森在他的小说和非小说中雄辩地证明：黑人具备人性，这就意味着他们始终保留某种内在或想象的自由，而这种自由只是因其个人的灵感、见识、精力或意志而受到局限。更重要的是，他还在《无形人》中揭示了"黑人庞大的生活无形性"，其原因是"所有塑造美国白人个性的黑人机构和黑人生活方式都没有体现，或者是没有直接体现"，这句话看似普通，却体现了拉尔夫·埃利森超前的融合意识。

合众为一（E Pluribus Unum）是美国家喻户晓的箴言，它表达了美国理想中的多元文化联成一个整体的愿望。数百年来，这一愿望对美国黑人来说始终是一个遥不可及的梦。20世纪中叶，种族问题引起的各种社会矛盾和冲突依然在困扰这个世界大国，黑色与白色之间水火不相容，私刑依然时有发生，黑人与白人之间内心的对立情绪依然很严重。为此，美国政府制定了一系列新的政策，但在白人文化和黑人文化长时间泾渭分明的美国社会，这些政策实施起来非常艰难。其重要原因是白人对黑人在文化价值观的偏见根深蒂固，不会因民权法

---

[1] Ralph Ellison, "Working Notes for Invisible Man", in *The Collected Essays of Ralph Ellison*, p. 343.

案的签署而消失。包括詹姆斯·鲍德温在内的当时许多黑人知识分子也在剖析黑人遭受痛苦和凌辱的根源，他们认为，种族歧视的根本原因是美国所有的实权都掌握在白人手里，而黑人唯一的缺憾就是他们的皮肤是黑的。理查德·赖特《土生子》的主人公别格就接受了白人对"坏黑鬼"的定义，他甚至认为"白人说黑皮肤是坏人，是像猿一样的动物时，也许他们是对的。也许，人生来就是黑皮肤命，定是他的不幸"。[1]因此，别格完全丧失了恐惧感和羞耻感，把谋杀行为变成了一种创造行为，还从向白人社会的所有规章制度的挑战中获得了某种自我成就和自我满足感。

为了深入挖掘黑人"无形性"无所不在的根源，埃利森从不过多强调黑人的皮肤，而总是强调黑人的文化。人是文化的创造者，因此"文化"就是"人化"，而黑人文化绝不仅仅局限于种族冲突和种族痛苦，黑人作家不应该那么迫切地想向世界发泄自己内心的痛苦和不幸，因为个人的痛苦、不幸只是"黑人种族的一棵树，而艺术是一片神奇的森林，这片森林不应该被某个人生活的痛苦、不幸所埋没"。[2]他认为尼格鲁文学不仅要为黑人人性辩护、接受黑人人性，还要考察并描述人性的形式和仪式，并从深层次展示黑人人性、揭露白人人性，由此解构黑白二元对立的神话，揭示黑白相容相济的事实。

美国黑人创造了一种浓厚而独特的文化，这种文化不同于西方文化的价值观念和精神思维特征，它构成了黑人存在于世界的独特方式，是黑人对世界、对自己与世界相互关系的独特把握方式。埃利森清醒地看到，尽管黑人文化没有得到白人的认同，但白人文化和黑人文化

---

[1] Richard Wright, *Native Son*, Vintage, 2000, p. 258.

[2] Ralph Ellison, "A Very Stern Discipline", 1965. in *The Collected Essays of Ralph Ellison*, pp. 726-754.

的相互影响已经渗透整个美国社会。黑人文化实际上代表了一种生活价值取向，而这种价值观还有待认可。早在1938年，初出茅庐的埃利森就注意到："美国黑人文化的表层下尚未阐明的本体价值，这些价值以一种特殊的方式，或是一种表现形式显示出来，佐特套服和林迪舞[1]在当时的语境下是社会的产物，它们在更深层意义上掩饰了一种社会象征力量。黑人生活依然笼罩在一层神秘面纱中，黑人领导应该认识到普通黑人大众的神话与象征意义，如果意识不到这一点，领导阶层都将面临失败，不管其领导纲领是如何正确。"黑人文化批评家拉里·尼尔（Larry Neal）认为，埃利森实际上在暗示这股文化力量"预示着黑人正呼唤一个新型领袖"[2]。可见埃利森始终在思考如何使黑人文化价值观从文化艺术中体现，他主张的非暴力风格小说不仅要体现对黑人人性的认同，还要揭示黑人的内心世界，唤起黑人自我意识的觉醒和对自身文化价值和文化权利的自尊与自信，呼唤白人对尼格鲁文化的认同，包括对黑人文化价值的认同，而不是同情和怜悯。

神话和民间文学是一个民族历史的重要组成部分。为了理解美国经历的复杂维度，埃利森一头扎进神话与民间文学世界，开始了对美国文化，包括黑人文化中二元对立现象的解构。美国非裔文学批评家伯纳德·W. 贝尔评论道："以埃利森和詹姆斯·鲍德温为代表的一批美国黑人小说家摒弃古希腊罗马神话和仪式稗史的普遍影响，取而代之的是一种植根于美国黑人生活经历的基督教与社会神话与仪式的综合

---

[1] 佐特套服（Zoot Suit）是流行于20世纪40年代的一种上衣肩宽而长、裤子高腰、裤口狭窄的男子服装，穿佐特套服的人的生活原则是要求形成自己独特的风格。林迪舞（Lindy Hop）又称摇摆舞或吉鲁巴，1920年产生于哈莱姆。这种融合了非洲和欧洲传统的爵士乐舞蹈在20世纪40年代时席卷全美。

[2] Larry Neal, Ellison's Zoot Suit. 1970. Hersey, John, ed., *Ralph Ellison: A Collection of Critical Essays*, New Jersey: Pretice-Hall, Inc. Englewood Cliffs, 1974, pp. 61-62.

体，他们对神话、传奇和仪式的重新发现是对自然主义的最富戏剧性的决裂。"[1]

第二节 拉尔夫·埃利森对西方神话中黑白对立的解构

1953年，埃利森在《20世纪小说与黑人人性的面具》一文中写道："那些具有象征意义的仪式已经反映了这些'事实'，而这些事实在社会神话中没有得到系统的梳理，因为社会神话体现的是科学调查，还包含某些神秘的成分，而这些神话是迷信仪式。个别迷信的人会相信某些偶发性事件，这样的事实似乎会因人们的盲目宿命思想而被无限放大。因为神话的创造性功能就是要个体免受非理性行为的伤害，因为非理性领域不受科学的影响，才会产生刻板化人物现象，我们知道，刻板化黑人确实是由美国现实生活中的一股无组织、非理性力量设定的形象，借助这股力量，一个容易被主宰的少数民族的刻板形象就更加凸现出来。在美国某些不为人知的浩大疆域，个别白人特别精通于此道。也许，将黑人刻板化与其说是要制服黑人，不如说是要安抚白人。"[2]

埃利森花了很长时间学习如何将古代神话和仪式运用于自己的创作中。1955年，他在《小说的艺术：一次访谈录》中说道："我知道，古代神话和仪式大量被运用于《荒原》和《尤利西斯》的创作中，也赋予了文学素材的形式和意义。但几年后我才意识到，黑人日常生活中的神话与仪式也可以起到同样的作用。我在创作第一部小说时就感

---

[1] Bernard W. Bell, *The Afro-American Novel and Its Tradition*, p. 192.

[2] Ralph Ellison, "Twentieth-Century Fiction and the Mask of Humanity," 1953 in *The Collected Essays of Ralph Ellison*, pp.96-97.

到难以使之完整。开始我是想为小说构造一个简单和谐的结构，有开头、中间和结尾，但当我学着按照心理层次，即从意象、象征和情感结构，去探讨我了解的美国黑人经历时，我发现和谐实际上只是一种理智的稳定性，在此基础上，作者可以给叙述线索营造悬念，但在人类表面的合理关系之下暗藏着一种骚动不安的情绪，对此，我感到无能为力。人们合理阐释他们回避或无能为力的事情，这些迷信和他们的合理阐释一旦支配行为便成了仪式。这些仪式又变成社会形式，艺术家的职责之一就是要认识它们，并将它们升华到艺术的高度。"[1]

埃利森对神话意义的理解，主要体现在他对西方神话中黑与白、恶与善的二元对立的解构，因为这些西方神话和仪式早已成为公众认可的态度、信仰和行为的文化代码，这种意识形态化了的代码如同一种无形的语言，对黑人的言行自由产生巨大约束力。在埃利森的文本中，笔者发现，他对美国文化的解剖，与德里达的解构主义思想有惊人的相似之处。

德里达在1971年发表的论文《白色的神话》将哲学揭示为白色的文学。"白色的神话"有两重含义："一方面指哲学对它构建其上的隐喻结构的压抑和掩饰，这些隐喻结构仿佛是用白色墨水写成的隐形文字，虽然目不可见，却是无所不在，构成了哲学话语中跃跃欲试的潜文本。另一方面，无疑也是更重要的，它体现了对欧洲中心主义文化的有力批判。当德里达让哲学放下其高不可及的学术地位，置之于一个与文学隐喻相等的地位时，他同时也对优越感极强的欧洲文化进行了批驳——西方文化是一种白色的神话，白种人把自己的神话、印欧语系的神话，他自己的逻各斯，也就是自己的方言神话，当作他必

---

[1] Ralph Ellison, "The Art of Fiction: an Interview", 1955, in *The Collected Essays of Ralph Ellison*, p. 216.

须且依然希望叫作'理性'的普遍形式。"[1]

欧洲哲学于欧洲文学,就如同美国主流白人文学于黑人文学。黑格尔在他的《历史哲学》中"将所有神话、民间故事、传统和诗歌排除了原本历史的范畴"[2],因此,在古希腊记忆女神摩涅莫绪涅神庙中,书写原本历史的历史学家们只从过去的材料中抽取他们所需要的内容。在托尼·莫里森看来,"美国文学显然从一开始就只保留了白人男性的观点、天赋和权利,而这些观点、天赋和权利与黑人在合众国的立场没有任何关系,即使有,也被一笔勾销了[3]"。从埃利森的《无形人》到莫里森的《宠儿》和《爵士乐》,黑人文学和黑人作家是美国文学的一个重要组成部分,对美国经典文学的形成起了关键作用。但美国大学开设的美国文学课中依然以白人作家的经典作品为主,因为这些经典白人作家代表"美国传统",他们的名字和作品在美国课堂上占据主要位置,教授美国文学的教师主要是白人;美国非裔文学占次要位置,教授黑人文学课程的教师也主要是有色人种。可见,黑人知识分子对白人民族性(whiteness)的质问开始于大学课堂的文学教学现象。

"白人民族性"是欧洲中心主义在美洲新大陆的一种体现,与所有有色人种呈二元对立现象,特别是黑人。从18世纪开始,美国"白人民族性"就是维持美国单一民族身份的关键,它提供了一种造就新的民族身份、减少潜在阶级竞争的社会秩序,但黑人被排除出了这一民族身份。"白色"在美国文学与文化中被赋予了独特的象征意义,

---

[1] 转引自陆扬:《德里达·解构之维》,华中师范大学出版社,1996年,第3页。
[2] 黑格尔著:《黑格尔历史哲学》,潘高峰译,九州出版社,2011年,第3页。
[3] Toni Morrison, *Playing in the Dark : Whiteness and the Literary Imagination*, Massachusetts: Harvard University Press, 1992, p. 5.

它不仅指一种生理面貌特征，而且代表一种无标记和无形的文化行为。在以盎格鲁-撒克逊种族和文化为主体的美国社会，"白色"成为增强美利坚民族认同感的基础，同时也成为特权和地位的象征。"白色"的象征性随着美国的发展而变化，但在美国文学与文化中，白色始终与盎格鲁-撒克逊和新教联系在一起，始终具有无可比拟的优越性和特权。对于"白色"的崇尚和对于"非白色"的排斥成为美国社会种族与文化冲突的根源。在兰斯顿·休斯的短篇小说《在路上》（On the Road）和理查德·赖特的《黑小子》中，白色是一种给黑人带来无尽苦难的无形阴霾。"白人民族性"是"在场"的转义（a trope of presence），指一个具有很高文明程度的民族。

在西方神话中，"黑色"是死亡与邪恶的象征，其寓意就是不幸。据说，福克纳在小说《八月之光》的创作初期，曾计划将小说命名为《黑房子》，既指乔安娜·伯顿的房子晦暗阴森，也暗指海托华注定被毁灭的命运，还影射美国南方灰暗的种族关系结构。黑人民族性（blackness）则是"缺场"的转义，指一个缺少文明人性基本素质的民族。白人一味强调白与黑的对立，并将之与善恶永远联系在一起，这实际上就是为了强调白人至高无上的观念，并使其永恒化。因此，揭示和重释这些代码意义，可以重构美国黑人生活中社会化的矛盾心理，以及由此带来的耻辱或骄傲。西方神话从黑暗到光明、从黑色到白色、从黑人民族性到白人民族性，实质上就是主与次、好与坏、生与死的二元对立关系。

在《无形人》"前言"的一段布道中，埃利森通过"我"在梦幻中回忆黑人祖先在教堂做"黑中之黑"（blackness of blackness）布道时，用应答唱和的模式，集中体现黑色与白色之间的那种既对立又矛盾的实质：

兄弟姐妹们，今天早晨我要布道的内容是"黑中之黑"。

人群中齐声应答道："黑人性黑透了，兄弟，黑透了。"

"太初……"

"起先……"他们大声应答。

"……是一片漆黑……"

"为漆黑祈祷……"

"……还有太阳……"

"上帝啊，太阳……"

"……血红的太阳……"

"红颜色……"

"现在是黑色……"牧师喊道。

"血染的……"

"我说黑色是血染的……"

"布道吧，兄弟……"

"可黑色不是……"

"是红色，上帝啊，是红色：上帝说是红色！"

"阿门，兄弟……"

"黑色会使你变红……"

"是的，会的……"

"可黑色不会……"

"不，不会的……"

"会的……"

"是会的，上帝……"

"但又不会。"

"哈利路亚……"

"……黑色会把你投进鲨鱼的肚子,荣耀归于上帝!"
"布道吧,亲爱的兄弟……"
"黑色会使你产生诱惑……"
"至善、全能的上帝!"
"黑色……"
"要不黑色会毁灭你……"
"难道这不是真理吗,上帝?"

神话批评之所以成为文化人类学视野的产物,是因为神话不仅仅指超自然的存在或传奇人物,神话还是一扇文化深层含义的窗户,它阐释各种文化的希望、恐惧和期待,阐释原本不可理解和不可表达的情感。从这段布道中我们可以得知,黑人教堂既是黑人与上帝交流的地方,也是黑人相互之间交流情感和娱乐的场所。他们在质疑黑白对立的"真理",在倾诉自己的不幸,也在吞噬、改变语言:太初有道吗?这个"道"难道就是真理吗?著名黑人文学批评家亨利·路易·盖茨[1]指出:"拉尔夫·埃利森显然戏仿和颠覆了象征与被象征的本质概念,也让我们意识到,从浩瀚和令人生畏的《圣经》文本到柏拉图,黑人民族性在西方话语中的隐喻就是缺场。"[2]

几乎在《无形人》出版同一年,罗兰·巴尔特(Roland Barthes,1915—1980)提出了"神话就是有待揭示的欺骗"的概念:"神话是一

---

[1] 亨利·路易·盖茨(Henry Louis Gates)是目前欧洲和美国学术界公认的文化研究权威者之一,他的名字总是和雷蒙特·威廉斯(Raymong Williams)和克利福德·格尔茨(Clifford Geertz)在一起出现。

[2] Henry Louis Jr. Gates, *The Signifying Monkey: A Theory of Afro-American Literary Criticism*, New York and Oxford: Oxford University Press, 1988, p. 236.

种语言,具有语言符号的能指和所指的关系,并把它看作符号不可分割和密切关联的两个方面,而符号实际上就是反映能指和所指之间的关系。巴尔特将这种关系看作语言学概念中产生的第三个术语。符号不是静止不变的,它会在'符号链上运动',并产生新的符号内涵和意义,这个新的符号就是'神话'。"[1]罗兰·巴尔特认为,"神话"是人类学意义上的古典和现代的一种叙事:"既然神话学研究的是表达类型,那么它应该是索绪尔的符号学庞大的符号研究的一部分。"[2]

罗兰·巴尔特对神话的理解和破解与索绪尔的符号学略有不同,索绪尔的符号学注重意义的滑动,是一种破解符号(decodage)的过程。罗兰·巴尔特之所以将神话的解读纳入索绪尔的符号学研究系统,首先就是证明神话的意义并非固定和单一的,也绝非神圣不可破译。但罗兰·巴尔特对神话的破解并不仅仅停留在语言层面,而是在此基础上将符号学理论意识形态化了。与索绪尔的符号学相比,罗兰·巴尔特的神话学更带有后现代叙事学和后现代修辞学的特征,这就使罗兰·巴尔特与拉尔夫·埃利森有了英雄所见略同之处。他们都认为神话不是一个物体、一个观念或一个简单的想法,他们将神话和仪式视为一种语言,透过这种语言,人们可以了解人类解释其生活象征意义的途径;他们都将神话和仪式视为一扇可以透视文化深层含义的窗户,一种可以加以重释的文化代码。埃利森和罗兰·巴尔特一个通过文学创作,一个通过文学批评,"将神话意识形态化,揭示出神话的政治

---

[1] 转引自项晓敏:《零度写作与人的自由——罗兰·巴尔特美学思想研究》,复旦大学出版社,2003年,第75页。

[2] Roland Barthes, "Myth Today", in Terry Eagleton, *Ideology*. London and New York: Longman Publishing, 1994, pp. 162-172.

性和意识形态特征"。[1]

第三节 拉尔夫·埃利森对美国南方"混战"仪式的解构

拉尔夫·埃利森在其文学话语中将神话和仪式视为一种具有表意作用的方式和一种特有的表达形式,他对美国南方许多神话和仪式等文化现象的解释,与罗兰·巴尔特解读和分析神话的符号功能和意旨内涵的"去神秘化"(demystification)过程有异曲同工之妙。

如果说埃利森将神话视为一种可以破译的语言,那么仪式在他看来就是一种可以破译的行为。在美国南部腹地有多种仪式,埃利森在《无形人》中描述的混战(Battle Royal)就是其中最常见的一种,其大意如下:"我"被白人和黑人公认为一所隔离中学的成绩最优秀的学生,因此被校方邀请参加白人举行的一个非正式社交聚会,并发表毕业告别演说。参加聚会的人都是本地有身份的白人,如银行家、律师、法官、医生、教师和商人等。"我"到会场后才知道,"我"和其他八个同学先是被安排观看一个裸体金发女郎表演肚皮舞,如此近距离地观看一个美丽绝伦的白人女子跳舞,使这几个黑人小伙子受到强烈的性刺激,他们有的昏倒,有的精神恍惚,有的发出痛苦的呻吟。而她则"冷漠地看着我们"。然后,"我"又被迫和另外一群眼睛被蒙住的黑人男孩一道参加一场为取悦白人的"混战"。这几个黑人男孩相互之间打得"鼻青脸肿,口吐鲜血"。"混战"结束后,白人给黑人的奖赏是让他们去拣扔在地毯上的钱币。结果发现地毯是带电的,这些黑人孩子被电击

---

[1] 转引自项晓敏:《零度写作与人的自由——罗兰·巴尔特美学思想研究》,复旦大学出版社,2003年,第91页。

得"头发像猪鬃一样竖在头上,肌肉不停地抖动"。最后,在发表毕业告别演说时,"我"将"社会责任"失口说成了"社会平等",误会消除后,"我"喜出望外地拿到了一笔去州立大学读书的奖学金。当天晚上,"我"又梦见祖父临终让我读一封信,信中说:"务必让这小黑鬼继续奔波。"这句话后来出现在布莱索博士为"我"写的工作推荐信上,"我"的祖父和布莱索博士也成为美国非裔文学中面具型非裔美国人的正反面代表人物。

《混战》早在1947年就发表在英国杂志《地平线》(*Horizon*)上,当时几乎没有引起文学界的关注。黑人知识分子对隐含在这种仪式的意图也很少加以质疑,也不去探究其中的种族歧视和种族迫害实质。1952年《无形人》初版时,犹太裔美国左翼文学评论家欧文·豪在他的《一个尼格鲁人在美国》一文中对"混战"一节有过如下解读:"故事的开始既是一场噩梦,又是一场闹剧。"[1]也许是欧文·豪的"误读",也许是因为欧文·豪太熟悉、太认可"赖特学派"外在化的创作形式,他对埃利森的这种内在化的抗议风格不甚理解。无怪埃利森指责"欧文·豪用一种权威的口吻对黑人民族矛盾问题横加干涉,对尼格鲁人的生活意义指手画脚,但对尼格鲁人的真正生活及其变化性并不了解[2]"。现代小说《无形人》给当时以自然主义抗议小说为主流的美国黑人文学创作带来了一股清新的空气,作者在创作中不但吸收了西方现代主义白人作家的很多创作特点,采用了噩梦般的超现实主义手法,既给人滑稽可笑的喜剧效果,又给人夸张得近似荒诞的艺术效果,还将许多美国黑人民间神话、民间传说和社会仪式运用到自己的创作

---

[1] Irving Howe, "A Negro in America", 1952., in Robert J. Butler, ed. ,*The Critical Response to Ralph Ellison*. Connecticut & London: Greenwood Press. 2000, p. 21.

[2] Ralph Ellison, "The World and the Jug", 1963, in *The Collected Essays of Ralph Ellison*,p. 156.

中，作品的许多深刻寓意并不为所有的黑人知识分子和读者所理解和接受。令人费解的是，10年以后，在《无形人》的思想内涵为世人反复挖掘和阐释后，积极主张种族抗议传统的欧文·豪依然没有读出拉尔夫·埃利森作品中艺术化的抗议元素，又在《黑小子们和土生子们》上做了一番一字不差的"闹剧"解读。[1]

索·贝娄（Saul Bellow）曾对"混战"做过这样的评论："'我'在告别演说时将'社会责任'失口说成'社会平等'，差点失去了上大学的机会……这个情节实际上是为了体现白人要充分获得一种'白人至上'的感觉。"[2]与欧文·豪的"闹剧"相比，贝娄理解埃利森的"混战"，表达了对黑人在白人面前低人一等的抗议。而贝尔的理解则更为深刻："美国白人对他们政治上压制黑人有负罪感，对他们想象中的黑人的性功能有焦虑感，因此他们要建立这类仪式，目的在于加强种族之间的性界限，使白人至上的神话永久化。"[3]贝尔显然更了解白人至上神话的由来，了解隐匿在这种仪式后面的不可告人的目的。

埃利森在其文论中这样解释过"混战"仪式："白人向黑人男孩支付一点微不足道的钱，把他们的眼睛蒙起来，然后让他们相互格斗表演。白人喜欢观看这些黑人孩子在混战中被打得东倒西歪、满身是血，他们获得了愉悦，感到了满足。从表面上看，这种仪式构成了美国南方的一种主要的行为方式，不管对白人还是对黑人，都是约定俗成的

---

[1] Irving Howe, "Black Boys and Native Sons", *Dissent*, Autumn 1963, pp. 353-368. 1952年，欧文·豪为《无形人》撰写评论《一个尼格鲁人在美国》（"A Negro in America"）。1961年，他为悼念理查德·赖特撰写了《别了，理查德·赖特》（"Farewell, Richard Wright"）。《黑小子们和土生子们》的一部分是在这两篇文章的基础上写成的，重点是增加了对詹姆斯·鲍德温的抨击。

[2] Saul Bellow, "Man Underground", 1952, in Hersey, John, ed., *Ralph Ellison: A Collection of Critical Essays*, p. 27.

[3] Bernard W. Bell, *The Afro-American Novel and Its Tradition*, p. 197.

事情。白人声称这种仪式是种姓制度的沿袭,恪守禁忌,以安抚诸神,免除灾祸。"[1]

埃利森在自己的文本中不注重语言要表达的事实,而是注重事实赋予的内在意义。通过无形人"我"表面上的百依百顺和内心的反抗叛逆,通过有形的图案和颜色、无形的语言和历史,对白人用白色遏止黑人的人性、行为乃至思想给予了高度象征性的揭示与批判。

天真的"我"把毕业典礼看作一件非常严肃认真的事情,因为与会者都是当地有身份的大人物。可"我"却被迫与其他八个男同学一起观看一个白人女子表演的裸体舞。可白人也许想不到,被他们标榜的"我"竟然也"想抚摸她柔软的大腿,爱抚她,同时又想毁灭她;想爱怜她的同时又想杀害她;想避开她的同时,又想抚摸她刺有美国国旗的小腹下面与大腿形成大写 V 字的部位"。

"刺有美国国旗的小腹"是埃利森具有象征意义的神来之笔。"国旗"和"国玺"在埃利森的作品中经常出现,它们象征美国这片自由的领土,象征美国"人人生而平等"的民主理想。然而,平等和自由只不过是挂在这些大人物嘴边的口号,对黑人来说,那只是可望而不可即的理想,就像在他们眼前裸露着身体晃来晃去的白人女人,她们裸露的白色身体是不可侵犯的权力象征,是白人高人一等的符号再现,给刚成人的黑人男性看,其目的就是要提醒他们:平等、自由、人性和白人女人都不属于你们,如果要违背和反抗,等待着你们的就是私刑。

受裸体女人的视觉刺激,黑人男孩都处在极度亢奋甚至性折磨的痛苦之中。为了利用他们此刻的不稳定情绪,白人接着用白色的布蒙

---

[1] Ralph Ellison, "The Art of Fiction: an Interview", 1955, in *The Collected Essays of Ralph Ellison*, p. 216.

住他们的眼睛，命令他们开始进行"混战"仪式。黑小子们开始了同胞之间的无情殴打，他们将内心的恐惧和愤恨都发泄在自己的同胞身上，个个被打得鼻青脸肿、东倒西歪。埃利森的视觉意象由"图案"的象征意义转向"颜色"的象征意义。

"白人女子"和"白色的布"之间有一种内在联系。如果说白人女子暗示白人至上的神话，那么"白色的布"就是白人强加给黑人的一种迫使他们变得麻痹和盲目的手段，其目的就是要加深和巩固种族内部之间的敌意和仇恨。"皮肤呈生姜色黑鬼"则暗示"我"是一个混血儿，"我"骨子里就有一种反抗精神，只是这种精神为白人所不知，也只有"我"这个皮肤呈生姜色的"黑鬼"当时意识到，白人这样做是为了加强黑人种族内部的相互怨恨，因此"我"开始给同族人一些暗示，以避免更多的流血。

埃利森的视角由有形的图案和颜色又转向无形的语言。埃利森对语言有一种发自内心的喜爱，这使他对自己的小说有很高的定位。他希望自己小说语言的象征性不局限于白色与黑色，"光电"在他的作品中总传递着不一般的寓意。"混战"结束后，我们这几个黑小子争先恐后地拣白人事先扔在地毯上的金币和纸币，发现地毯是带电的，结果他们被电击得"肌肉不停地跳动"。作者似乎要用"电"击醒这些黑人男孩：盲目地服从白人，任凭白人高人一等的欲望无限制地膨胀，最后必然要遭受惩罚。埃利森并没有到此为止，最后又加上了讽刺性的一笔："这些黑人男孩以蒙受遭电击的耻辱为代价，抢到手的金币竟然是假的。"

可以说，埃利森用高度象征化的语言层层揭开了"混战"仪式的神秘面纱，令读者意识到这种仪式根本不能"安抚诸神，免除灾祸"。它不但给这群刚成年的黑人男孩带来了身心上的折磨和侮辱，还进一步巩固了白人至上的观念。白人对他们一次又一次的侮辱，使他们感到自己卑贱的社会地位，同时也让白人高人一等的社会地位得到了加强和巩固。可见德里达的"白色的神话"，在罗兰·巴尔特和埃利森笔下变成了一种日常生活中看不见却可以感受到的神话，白人将这种神话上升为一种意识形态，再通过一种传统的仪式体现出来。

第四节　拉尔夫·埃利森文学话语中的祖先在场

"在非洲传统社会中，祖先被赋予神秘的力量，并在活人的世界中，特别是在其活着的后代中，保持着权能和地位。"[1]祖灵既能为后代带来恩泽和荫庇，同时也会给做错事情的后代带来灾祸和惩罚，因此祖灵常常需要祭祀和慰藉。美国非裔文学创作继承并超越了这一传统，祖先的"在场"与"缺席"不仅表现为一种传统思想的传承与断裂，也是一种再现与批评历史的方式。因此，在埃利森的笔下，祖先并不限于黑人民族，还包括白人祖先，以此强化作品的批判意识。

托尼·莫里森认为，祖先的功能不是要树立父母的形象，而是建构一种可以为非裔艺术提供某种连续性的"永恒"实体。她注意到："拉尔夫·埃利森和托尼·凯德·班巴拉（Toni Cade Bambara）的作品中常常出现祖先的情节，而理查德·赖特和詹姆斯·鲍德温作品中祖先的缺席则对作品有损害，甚至导致情节的脱节。"[2]埃利森作品中的祖先形象不是圣人一般的人，而是美国现实恶劣环境中被剥夺了法律权利

---

[1] 李保平：《传统与现代：非洲文化与政治变迁》，北京大学出版社，2011年，第51页。

[2] Toni Morrison, "Rootedness: The Ancestor as Foundation", in Mari Evans, ed., *Black Women Writer (1950-1980)*, Garden City: Anchor P,1984, p. 339.

的老者，如"混战"中的妥协型黑人领袖布克·托·华盛顿、智慧型的老一辈黑人"我"的祖父，以及《无形人》前言中的"黑中之黑"布道中的矛盾型人物——奈莉老大娘。这三个祖先的"在场"引出了一段段黑人历史，以及历史对现实的延续和影响，由此进一步挖掘出黑白二元对立的历史根源，以及二元并非对立的历史事实。

在美国历史上，1877年的"重建"以失败告终，联邦军队撤离后，白人种族主义者大肆反击，黑人民权状况再次被恶化，黑人的公民权再一次被完全剥夺，南部的白人又重新控制了州政府和地方政府。南方反动派制定的《黑人法典》几乎剥夺了黑人的一切自由和权利，黑人的遭遇甚至比过去奴隶制时期更坏。1895年，在美国第一位黑人领袖弗雷德里克·道格拉斯（Frederick Douglass, 1817—1895）去世后，布克·托·华盛顿一直是当之无愧的黑人领袖。他的自传《超越奴隶制》(*Up From Slavery*, 1901)不仅在黑人读者中广为传阅，还打动过无数白人的心，甚至完全可以与当时轰动一时的白人自传《本杰明·富兰克林传》相媲美。他教育美国黑人要养成勤劳、卫生与节俭的习惯，特别要有忍耐精神。华盛顿妥协主义政策的主要观点："黑人要追求进步就得先打下一定的经济基础。黑人同胞在对待所有纯社会问题时，我们要像五个手指一样分开，要求共同进步时要像一个拳头那样团结。"[1]这无异于放弃了黑人民权，接受了社会和政治上种族隔离制度。他的做法当时之所以受到许多黑人的普遍欢迎，是因为他可以为黑人找到解决一些实际生活问题的出路，如华盛顿在亚拉巴马州的塔斯克基建立了他的著名学院，这为后来许多黑人青年提供了接受高等

---

[1] 转引自 George Brown Tindall, *America: A Narrative History*, New York:W.W. Norton & Company 1988, p. 752。

教育的机会,埃利森和阿尔伯特·默里[1]等都曾就读于这所大学。但华盛顿的妥协政策最终没有达到改善黑人生活状况的目的,它的局限性就在于无法从根本上解决种族问题,黑人还得接受从过去延续到现在的压迫黑人的白人文化,或白人民族性,用杜波伊斯的话来说,这是一种"对白人至上的默认"[2]。《无形人》的主人公"我"就是在这样一所基本上采用"华盛顿式"教育的学校里完成了自己的中学学业。"我"接受了黑人应该多注重自己的"社会责任"而不应该去争取"社会平等"的华盛顿模式教育,并由此赢得了校方和白人的信任与认可。

"我"在成为"无形人"之前,一直把自己看作一名未来的布克·托·华盛顿,希望用自己的不懈努力和一技之长在一个由白人主宰的社会里出人头地。白人都说"我"是"格林伍德镇最机灵的小伙子,知道的大字眼比袖珍词典上收录的还要多"。"我"的演讲也无不显示自己受华盛顿思想的影响:"我们年轻一代崇拜那位伟大的引路

---

[1] 阿尔伯特·默里(1916—2013)出生于阿拉巴马州艾斯坎比亚县的诺克米斯镇。1939年,进入塔斯克基(Tuskegee)音乐学院,但中途辍学。1948年,获得纽约大学硕士学位。生前出版了十几部著作,包括《泛美国人》《小望远镜树》和自传体小说《火车汽笛吉他》;评论集《那达的布鲁斯恶魔们》;书信集《神交十二:拉尔夫·埃利森与埃尔伯特·默里书信选》,以及诗集《结合与重复:诗集》等。默里的文学创作对美国艺术与文化产生了深远影响。他与众多广为学界认可的同代艺术家携手,将颇显白人优越性的"伪民俗"转变为一种全新的民俗形式。这种崭新的民俗明确表明,布鲁斯式的习语表述不仅能够充分彰显美国南方和黑人土语策略的雅韵,还内含了该文化中所包含的美国性之内核。在其创作中,无论是象征着20世纪30年代美国南方与塔斯克基之精神的小说,还是反映其对20世纪独特审美视野的诗歌,默里一直竭力将其青年时代从南方所学到的重复乐段进行改善、发展并详细阐释,使之成为一种诗意的民族表达,正如盖茨所言:"对美国的几代人来说,'美国人'一词意味着就是'白人'。默里颠覆了这一文化假设与言语规约,在他的话语中,一般'美国人'或多或少意味着就是'黑人'。"

[2] 转引自 Richard Barksdale & Kenneth Kinnamon, ed. *Black Writer of American: A Comprehensive Anthology*, The Macmillan Company., 1972, p. 367。

人和教育家的智慧……但你们对于和你们相邻的南方白人的和睦相处的意义认识不足。让我们效法这位伟人,就地取水,拿出点大丈夫的气概和我们周围的各民族的人结为朋友……""我"的民族领袖认为,如果南方的黑人到外面去找水喝,也许就会渴死在外面。这样,黑人还不如尽量避免和南方的白人奴隶主发生冲突,努力做白人认可的良民,这就是华盛顿一再奉行的,也是"我"在演讲过程中一再有意识重复的"社会责任"。可讲着讲着,"我"突然在无意识中将"社会责任"说成了"社会平等",那群大人物马上"凶相毕露,言辞激烈"。我赶紧解释说那是"口误",这些有身份的白人便追问道:"你说什么'平等'真的是口误吗?""我"又赶紧找个借口说:"是的,是的,先生。我那会儿正往肚子里咽血。"然后,"我"得到的警告是"一刻也不要忘记自己的地位"。皮肤呈生姜色的"我"知道,只有在无意识或下意识中说出的话才是真话,可为了获得上大学的机会,不得不在表面上接受白人强加在黑人身上的教育理念,接受白人对他的民主思想的遏制。

理查德·赖特在他的《黑小子》中也设计了一个"混战"情节。他的批评话语仍然停留在"白人至上"的高度,既没有从深层次去解构这种在美国南方常见的仪式,也没有历史人物的出现。而埃利森在"混战"结束后特意设计"毕业演讲"这一情节,将批评的目光投向了布克·托·华盛顿这位向白人妥协的历史人物,由此更深入地挖掘了这种社会仪式产生和存在的历史渊源。

如果说在埃利森的笔下,布克·托·华盛顿被描写成一个以正面形象出现的反面人物,那么,"我"的祖父则被描写成一个以反面形象出现的正面人物。

"我"的祖父在"重建"时期缴枪后,就成了潜伏在敌国的密探。

他是一个沉默寡言的人，平时对白人唯命是从，因此他不但受到其他黑人的尊敬，也受到白人的赏识。可他临终前在儿子面前承认自己是一个"叛徒、密探"，他的最后遗言是要求他的后代："要在险境中周旋，要对他们唯唯诺诺，让他们忘乎所以；要对他们笑脸相迎，让他们丧失警惕；要对他们百依百顺，让他们彻底完蛋……"学校与家庭的教育使"我"成了一个至少从表面上看是循规蹈矩的好学生，并得到了一个参加白人举行的非正式社交聚会和发表中学毕业告别演说的机会。"我"牢记祖父的遗言，并不知不觉地按照他的最后吩咐行事。比如，当"我"发现了与电绝缘的秘诀并能够控制电流时，我觉得那是祖父的话在"我"身上生效了；"我"接受了南方的白人和北方的慈善机构的家长对黑人惯用的定义，又学会了完全按白人的思维逻辑来应对生活中的一切，还学会了时刻准备将自己内心的真实想法掩饰起来的本领，这些都使"城里那些皮肤白净的人反倒称道我"，我也因此如愿获得了一笔念大学的基金，从此拉开了"我"寻找身份的序幕。

"祖父"形象在《无形人》中反复出现，在"我"寻找身份的成长过程中，每当我痛苦、徘徊和疑惑时，"祖父的词语、短句就会闪过我的脑海，我又看到了蓝色的烟雾。当我说自己变得更有人性了，这是什么意思？这是我套用了前面那个发言人的一个短语，还是一时失语？那一刻我想起了我的祖父，又把他从我脑海中赶走了。一个老奴与人性有何相干？也许这是我念大学的时候伍德里奇在文学课上提到过的某个词吧。我看到他灵活地在讲台上走来走去，在黑板上写着乔伊斯、叶芝、肖恩·奥凯西的引语、目空一切、自以为是地陶醉于自己的辞令；他面容消瘦、衣着整齐、神情激动，他在讲台上的来回踱步仿佛让人感到他走在用词汇拧成的钢丝上，让我们望而却步"。

"我"成为"无形人"后终于意识到,祖父的遗言是竭力想破坏这种不平等的社会制度,向其后代传授另一种智慧,以求后代能获得成功。这种黑人形象第一次出现在尼格鲁文学创作中,不但给黑人耳目一新的感觉,更给白人当头一棒。与抗议小说中用血腥暴力奋起反抗的黑人形象相比,这种机智而有力的描写对白人内心产生的震撼力有过之而无不及。

与妥协型黑人领袖布克·托·华盛顿和智慧型的老一辈黑人"我"的祖父相比,虽然矛盾型的奈莉老大娘只在小说"我"梦境般的回忆中出场一次,其寓意却最为深刻。遗憾的是该人物的文学意义被国内外文学批评界所忽略。无形人"我"与奈莉老大娘的对话是紧接着"黑中之黑"的布道而展开的:

在布道过程中,我听到黑人奈莉老大娘在唱悲歌。我止住脚步,问她究竟出了什么事。她回答说:"我是那样爱着我的主人,孩子。"

"你该恨他。"我说。

"他给了我几个儿子,我爱这帮儿子,虽然我也恨他,但我总得学着爱孩子的爹啊。"

"对这种爱恨交织的矛盾心理我也深有体会,"我说,"所以我也到这来。"

"你说什么?"

"没说啥,那是个不说明问题的词,你为什么哭呢?"

"我这般哭泣是因为他死了。"

"那么请问,在楼上笑的是些什么人呢?"

"是我的几个儿子,他们可高兴啦。"

"这我能理解。"我说。

"我也跟着他们笑了,但同时也感到悲哀。他答应给我们自由的,但最终没有兑现他的承诺。可我还是爱着他……"

"你说你爱他,当真……?"

"哦,是的,不过我更爱什么别的东西。"

"更爱什么呢?"

"自由。"

"自由,"我重复道,"也许自由存在于仇恨之中。"

(《无形人》第 10—11 页)

  如果在"黑中之黑"布道中,作者对西方神话中黑白二元对立的表达还只是一种质疑或质问,因为西方神话中人种皮肤的黑白二元对立还属于表层可见的;那么作者紧接着设计的这段对话,则道出了美国社会一种深层而被隐藏的对黑白二元对立的否定,那就是白人与黑人之间血缘关系的混杂性。可见,埃利森通过布道与布道时唱的悲歌,除了将西方神话中黑白对立的根源,以及黑人女性与白人男性之间既对立又矛盾的心理刻画得真切自然,还有更深刻的含义有待读者去领悟和揭示。笔者认为,"奈莉老大娘"的原型就是美国《独立宣言》的主要起草人托马斯·杰斐逊(Thomas Jefferson,1743—1826)的黑奴情妇萨莉·赫明斯(Sally Hemings)。[1]

  美国第三任总统托马斯·杰斐逊有一个黑人情妇,他们生育了至

---

[1] 美国文学评论家伯纳德·W. 贝尔在他的《非裔美国小说及其传统》一书中也做过类似的推测,详见 Bernard W. Bell, *The Afro-American Novel and Its Tradition*, p. 207。但贝尔的推测比尤金·福斯特博士的 DNA 鉴定早 11 年。

少三个孩子,这在美国历史上一直是个悬而未决的传奇故事。直到1998年,英国《自然》科学杂志公开了尤金·福斯特博士[1]做的一个DNA鉴定结果,证明托马斯·杰斐逊就是萨莉·赫明斯所生的几个孩子的父亲。美国早期的废奴文学家威廉·韦尔斯·布朗(William Wells Brown,1814—1884)在其作品《克洛特尔》(*Clotel*,1853)中对这段传奇做过详尽的记载。

可以断定的是,托马斯·杰斐逊和萨莉·赫明斯的传说在埃利森的脑海中始终挥之不去,在他的长、短篇创作中,杰斐逊这个名字总是出现在他的人物中。[2]《无形人》文本中对托马斯·杰斐逊有两处指涉,一处为明指,另一处为暗指。明指被设计在"特鲁布拉德的布鲁斯片段"中,作者通过两个像鲁迅笔下阿Q那样神经质、"有毛病"的"二战"退伍老兵的对话,引出了这段历史:

> "先生们,这个人是我的祖父!"
> "可他是白人,他的名字叫诺顿。"
> "我当然认识我的祖父!他就是托马斯·杰斐逊,我就是他的孙子。"高个子说。
> "西尔维斯特,我相信你没有错,我完全相信你的话,"他一边说,眼睛一边盯着诺顿先生,"看看那五官,和你的一模一样——简直就是一个模子里出来的。尽管你的身体被衣服裹住了,但你敢说你不是被他养出来的吗?"(《无形人》第77—78页)

---

[1] 尤金·福斯特博士(Dr. Eugene Foster)曾任塔夫兹大学和弗吉尼亚大学病理学教授,现已退休。
[2] 埃利森的短篇小说见 Ralph Ralph, *Flying Home and Other Stories*, New York: Random House, 1996, pp. 147-173。

暗指则被安排在《无形人》第二十二章，白人兄弟会领袖杰克对主人公说："雇用你不是要你思考……是要你去讲演……兄弟会的任务不是去问普通群众他们是怎么想的，而是告诉他们应该怎么想。"此时的"我"便完全看清了杰克要无条件主宰黑人的嘴脸，"我"忍无可忍地问他："你是谁，是伟大的白人父亲？"

笔者认为，通过杰斐逊和赫明斯的历史传奇故事，埃利森在深度思考三个问题：

第一，美国白人与黑人的真实关系。众所周知，美国自独立以来，白人就一直在强暴黑人妇女，让她们独自抚育他们所生的后代。"那时的黑奴妇女被视为任由白人男性发泄性欲的工具，她们既无力反抗，也没有任何法律为她们提供任何保护。"[1] 因此，类似这样的主题在美国黑人文学中不新鲜。而埃利森在他的作品中要暗示的是，白人和黑人之间实际上存在一种爱恨交加的复杂感情，比如，"奈莉老大娘"对自己白人主子的矛盾心理。埃利森同时认为，这种矛盾心理不仅体现在黑人妇女身上，也体现在白人妇女身上。在《六月庆典》中，埃利森通过一个白人女子对自己黑人情人的保护，表达了这种矛盾心理。小说主人公布里斯的生母是一个白人，她爱着自己的情人，并与他生下了一个混血儿。为了使自己的情人免遭私刑，她诬陷黑人牧师希克曼的兄弟，致使他蒙冤被处以私刑后，又将自己孩子交给了希克曼，还为自己找了一个荒谬绝伦的理由："我来交还你的兄弟，你明白吗？是的，我从来不认识你的兄弟，我对他没任何恶意。只是，我就是这种人。我遇到了麻烦，绝望到极点，心都死了，你一定要理解，因为这是真的，是我们两人付出了这么多代价的真相……所以你现在必须

---

[1] 王恩铭：《美国黑人领袖及其政治思想研究》，上海外语教学出版社，2006年，第54页。

收下这个孩子。"（JT：308）与他早期的自然主义短篇小说《广场上的宴会》中白人女子对私刑的极端狂热相比，埃利森通过对这段历史传奇故事的借鉴，使美国黑人与白人之间情感上的实质关系有所提升和发展，而这样一个看待历史和看待白人与黑人之间关系的独特新视角，也是美国非裔文学作品中前所未有的。

第二，通过历史人物反思所谓的美国民主历史。《无形人》将美国共产党兄弟会领导人杰克比作"伟大的白人父亲"，暗示了托马斯·杰斐逊对黑人的欺骗，对黑人自由的剥夺。在1784年出版的《弗吉尼亚状况笔记》（*Notes on the State of Virginia*）中，杰斐逊不仅反驳了欧洲中心主义者认为美国人都是次等人的说法，还对将华盛顿、富兰克林等视作天才人物的说法予以驳斥。那时的杰斐逊不仅是为美国白人辩护，还为土著印第安人和美国黑人辩护。独立战争以后，他的态度明显改变了。拉尔夫·埃利森在《文学观》中言辞激烈地谴责道："托马斯·杰斐逊在起草《独立宣言》时，就已经改变了昔日充满激情的平等革命口号，包括自由和财产的平等，自由和追求幸福的平等。他还删除了永久脱离英国及其人民的这一要求。同样被遗弃的还有杰斐逊原来对奴隶制的指控，取而代之的是，他把美国奴隶制的所有罪过都推到英国国王乔治三世身上，显然还有一些美国人也采取同样恶毒的手段。这即使称不上是无耻的虚伪，至少令人费解……自杰斐逊把矛头指向英国国王后，他就再也不提及奴隶制是美国的耻辱，应该被彻底根除……杰斐逊就这样用他的超常口才，给了那些赞同奴隶制、可以继续他们的奴隶交易，以保持美国经济的发展势头的同事们一个很好的借口。或许杰斐逊还用他的超好口才给他的同事带来过精神上的羞愧，因为他们会羞于自己曾道貌岸然地吹嘘自由和平等的原则而赢得了完全的可信度，这种伊甸园式的政治舞台就这样带上了美中不足的烙印,如同独立钟[1]上出现的裂缝,它包含着如毒蛇一般恶毒,引诱美国政府和美国个人不断从纯洁的民主中走向堕落……美国缔造者们就是这样靠推卸责任犯下了白人高人一等的罪过。他们将人分为几类,他们为了自己的利益,不惜牺牲黑人,使黑人完全沦为他们生活的受害者。更可怕的是,他们认为黑人命中注定就是对白人富有牺牲精神的受害者,黑人没有任何获得民主救赎的可能,因为黑人自古以来就处于劣等地位。"[2]

第三,解构白人血统纯净性的神话,揭示美国公民身份的复杂性,讥笑白人对与黑人通婚的恐惧。我们首先来看埃利森在《无形人》中是如何通过校董诺顿先生的原型人物,也就是美国独立宣言的起草人托马斯·杰斐逊的间接之嘴,来渲染白人血统的纯净性(white ethnic purity)的:

> 看着他靠在前排座位上,说话时的情绪更为激动了,这让我的视线不由得从公路上转移到他身上。
> "还有一个原因,一个更为重要的、更具有感情色彩的原因,甚至可以说是一个更为神圣的原因,"他说着,眼睛似乎也不再看着我了,而是在自言自语,"是的,是更为神圣的原因。一个姑娘,是我的女儿。她比诗人狂想最美的美人还要罕见,还要俏

---

[1] 指美国费城独立厅的大钟,1776年7月4日鸣此钟宣布美国独立,1835年被损,出现了一道裂痕。

[2] Ralph Ellison, "Perspective of Literature", 1976, in *The Collected Essays of Ralph Ellison*, pp. 775-778. 又据史料记载,托马斯·杰斐逊在其《英属美洲权利综论》中这样写道:"废除奴隶制是殖民地人民渴望的伟大目标,但由于英国不断阻挠殖民地为终止奴隶贸易所做的一切努力,要实现这个目标越来越难了。"(见约翰·霍普·富兰克林著、张冰姿等译:《美国黑人史》,商务印书馆,1988年,第103页)在他起草的《独立宣言》中专门有一段话,谴责英王乔治三世允许在殖民地存在奴隶制和奴隶买卖,在佐治亚州和南卡罗来纳州代表的坚持下,这段话被删除。

丽、纯洁，还要完美、纤秀。我无法相信她是我的亲骨肉。她的美貌是最清澈的生命之水的源泉，你只要一看见，就会想去啜饮……而且饮个不停。她是上帝创作的完美尤物，是最纯洁无瑕的艺术品。犹如一朵绽开于水一般月光下的娇艳花朵。她超凡脱俗，举止优雅而高贵，犹如《圣经》的纯洁少女。我简直难以相信她是我的骨肉……"

突然，他伸手去掏他的内衣口袋，手从座位的靠背递过来某样东西，把我吓了一跳。

"你看，年轻人，你有如此运气，能上这所学校，也多亏有她啊！"

我仰视着这个雕花白色金框里的一幅着色小画像，画像差点从我手中跌落。一个眉目纤秀而飘逸的少女正看着我。她如此美丽，以至于我不知道究竟应该根据自己内心的真实感受加以赞美，还是应该出于礼貌稍加赞美……当时我感染上了他的激动心情。

"她太纯洁了，无法在这个世界上生存。"他伤心地说，"她太纯洁、太善良、太美丽了。我们，就我和她，乘船去周游世界，我们到达意大利时，她生病了，我当时没有太在意，翻过阿尔卑斯山脉，继续我们的旅行。到了慕尼黑，她显然消瘦了。在一次使馆举行的酒会上，她突然晕倒，世界上最好的医术也没有能够挽回她的生命。我结束了一次痛苦的旅行，最后只身回国。自那以后，我一蹶不振。我不能原谅自己。她死后，我做的一切都是为了怀念她，都是为了给她树立无形的纪念碑。"（《无形人》第43—44页）

埃利森通过这段话来对话历史和历史人物，对托马斯·杰斐逊这位美国《独立宣言》之父的个人经历予以影射性地讥讽。这段描述也入木三分地刻画了一个所谓纯白种女性形象：她高贵得让人肃然起敬，纯洁得让人无法相信，美丽得让人不知所措……然而，她的生命已经不存在了，因为她"太纯洁、太善良、太美丽"了。此处纯白色（高人一等的白人民族）有自相矛盾的两层理解：一是感知理解，太纯了，纯得没有生命力，难以存活于世。二是物理理解，白色包含了光谱中的所有色调，它本身就是一种矛盾体。在《无形人》第十章，埃利森通过对"自由牌"油漆制作过程的描写，用一个巨大的象征手法来诠释所谓"纯白色"的实质内容、它的功能作用，以及它的无处不在：

……他递给我一只白色搪瓷量杯，它看上去就像一个蓄电池液体比重计。

"方法就是把每只油漆桶打开，把这东西滴进10滴，"他说，"然后加以搅拌，直到它看不见了为止。调好以后，用这柄刷子在这些木板上涂出一个货样。"他从上衣口袋里取出许多小块的长方形木板和一把小刷子："你懂啦？"

"懂啦，先生。"但是我一看到白色量杯里面的东西，就不禁犹豫起来；杯里的液体是暗黑色的。难道他要捉弄我吗？

"有什么不对头吗？"

"我不知道，先生……我是说。唉，我不想刚干活就提许多愚蠢的问题，不过你知道量杯里边是什么东西吗？"

他的眼睛露出了凶光。"我太了解你们这些人了，"他说，"你只要照我说的话去做就是了！"

"我只不过想有把握一点，先生。"我说。

"看着，"他装出过分耐心的神情，吸了一口气说，"拿着这个滴管，把它盛满……来，干吧！"

我把滴管盛满了。

"现在量10滴放进油漆里去……好，就这样，别他妈太快。好了。你要量10滴，既不能多，也不能少。"

我慢慢地计量着闪闪发光的黑色的滴剂，它们先是停留在油漆的表面，颜色变得更黑了，然后突然向四周扩散开去。

…………

"让我们来看看！"他说着，挑出一个货样，用大拇指在木板上涂抹着。

"就这样，它就像乔治·华盛顿在礼拜日做礼拜时戴的假发一样白，像全能的美元一样可靠！那就是油漆！"他得意地说，"那就是可以遮盖一切的油漆！"

他的神色看上去好像觉得我有点不大相信似的，我急忙说："油漆确实白。"

"白！这是世界上能够找到的最纯净的白色了，没有人能够制造出比这更白的油漆来。这里的一批油漆是要被运去建造一座国家纪念碑的！"（《无形人》第199—202页）

了解和对照历史可以更客观地反观现实，从"一座无形纪念碑"到"一座国家纪念碑"，埃利森完成了从对美国历史含沙射影的讽刺，对美国现实的象征性批判；在叙述手法上，埃利森跨越了时间，也超越了时间。《无形人》创作于1945—1953年，这八年美国黑白对立依然十分严重，作者在其中描述的美国"自由牌"油漆的制作过程，揭示了一个美国正统历史要拼命掩盖，又无法遮人耳目的无所不在的惊人事实，即白人一贯标榜的纯白种人（blood purity）实际上早已失去了它的纯洁度。工厂的白色油漆并非由一种纯物质构成，但工厂却打着误导人的纯净标签，这种伪纯净的白色油漆遮盖或掩饰其中的黑色涂料，也使之无形化了。

在他的小说创作中，埃利森通过影射和象征手法，完全颠覆了美国社会对白人和白色的传统认识。在其非小说创作中，埃利森对白人性则给予直截了当的批评。他在接受詹姆斯·麦克帕森（James Mac Pherson）的一次采访时说："黑人民族并非孤立地发展，我们在白人的时代背景下成长。我们有自己独特的意识，因为我们的经历与白人的经历有些不同，但并非截然不同。我告诉白人孩子，他们不应该在白人世界或白人社会谈论黑人，他们应该自主，他们有多少黑人成分，因为黑人一直在对白人社会价值和白人社会艺术形式产生影响……"[1] 20 世纪五六十年代，当美国黑白种族冲突日益严重时，埃利森在《改变玩笑，放开枷锁》中更为明确地指出："白人朦朦胧胧地感觉到，他们对黑人形象的评价是错误的，这使他们怀疑尼格鲁人总在欺骗他们，并且认为尼格鲁人的动机是出于对他们的害怕和恐惧——大部分情况下也的确如此。尼格鲁人称白人为'灰色人'，表面上这是一句玩笑话，但实际上他们认为，在看待黑人民族和白人民族千丝万缕的关系时，白人的自我欺骗性表现得十分荒唐：一方面他们吹嘘自己纯洁身份时就像一个伪君子；另一方面，他们还得认同黑人向世人展示的人性。"[2]

确凿无疑的事实是，美国内战前，白人种植园主奸污黑人女奴隶，成为司空见惯的现象。因此，在奴隶制的南方，黑白混血儿极多。"据 1869 年的人口调查，美国 840 万黑人中，有 59 万黑白混血儿。这还

---

[1] 转引自 Saul Bellow, "Preface", in *The Collected Essays of Ralph Ellison*, p. xi.

[2] Ralph Ellison, "Change the Joke and Slip the Yoke", 1958, in *The Collected Essays of Ralph Ellison*, p. 109.

是低估了的数字，混血儿的实际人数比这个数目还要多。"[1]再来看看对白人的统计，1790年只有2%的白人带有某种程度的黑人血统，到1970年这一比例上升为23.9%，全美国的黑白混血儿估计达6400万人。还有研究数据显示，约72%的美国黑人具有某种程度的白人血统，美国人的皮肤越来越呈混杂色。2000年美国的一次人口普查显示，美国纯白种人的人口已不到总人口的一半。可以预见，所谓的纯白种人人口数量还会继续减少，甚至消失。

从美国第三任总统托马斯·杰斐逊与黑人情妇的传奇故事，到美国第四十四任总统奥巴马家族的传奇历史[2]，都验证了埃利森的文化观："美国文化体现出一种多元的混杂性，它由可辨认性向不可辨认性（unidentifiability）发展，由文化熔炉（melting pot）向种族混杂（ethnic mixture）转变。种族混杂就体现为不可辨认性，包括语言的混杂、文化的混杂和身份的混杂。"[3]

结语

综上所述，《无形人》的中心隐喻"无形性"是埃利森对美国黑人文化及其价值观长期思考的结果，这一隐喻标志着美国黑人文学创

---

[1] 刘祚昌：《美国内战史》，人民出版社，1978年，第18页。

[2] 中国人民网2008年12月8日发表了周光凡先生的一篇题为《奥巴马：从"街头混混"到第一位黑人总统》的文章，称奥巴马的血统和当今美国社会一样多元化。研究者发现，黑人总统奥巴马竟和三位美国总统有血缘关系：他的外祖父母的祖上来自英国、德国和爱尔兰，与前总统杜鲁门家族的祖先是亲戚；奥巴马家族和布什家族的亲缘关系可以追溯到17世纪。此外，他和副总统切尼是同一个祖先的第9代子孙。详见 http://www.aframerican.net/Article/200812/111.html。

[3] Ralph Ellison, "The Little Man at Chehaw Station: The American Artist and His Audience", 1977, in *The Collected Essays of Ralph Ellison*, p. 504.

作由注重意识形态的抗议小说，向注重艺术美学的现代小说转变。传统神话和仪式中强调黑白二元对立，实际上就暗示了一种恶与善、非人性与人性之间有着不可调和的永恒冲突。埃利森对西方神话和美国南方仪式中黑白二元对立的剖析和解构，源自作者对美国社会数百年的种族歧视和种族分离的深恶痛绝。如果说无形性是埃利森解剖和解构美国文化的一个切入点，那么二元性 duality 则是埃利森在分析自由和限制、黑色和白色、有形和无形、理想和现实、过去和现在等对立观念时采用的重要方法。埃利森还借用祖先在场的文学叙事手法，解剖了美国人身份的模糊性和美国文化的混杂性，并在他的小说和非小说创作中始终贯穿着一个观点：黑人文化是美国文化的一个分支，是一个不可分割的组成部分，它们之间相互影响，相互渗透。埃利森的创作促使白人开始用惊诧和恐慌的眼光，重新审视这个事实上已经不可阻挡地融入美国主流社会的黑人民族，并且终于意识到他们就是自己的一部分，由此也破解了"无形性"被曲解的含义和真正的内涵。埃利森对黑人祖先的心理描写、对美国文化以及"自由牌"油漆的描写入木三分，这是《无形人》的最大文学价值，也是美国非裔文学史的最大收获之一。

第六章　拉尔夫·埃利森文学创作中的布鲁斯音乐思想

引言

　　布鲁斯音乐是爵士乐的雏形，作为一种音乐形式，它在美国的起源与发展过程见证了黑人在美国坎坷不平的生活经历。经典的布鲁斯音乐和成功的布鲁斯歌手将这种艺术形式升华为一种在逆境中保持乐观精神的生存方式。拉尔夫·埃利森不仅从布鲁斯音乐旋律中看到了这种表现生存方式和展现生命哲学的途径，还从中意识到黑人音乐的文学潜能。他率先将这种文学潜能转化为一种文学行为，并将布鲁斯音乐运用于文学批评和小说创作中，在美国黑人文学史上获得了空前的成功，也为 20 世纪美国黑人文学走出自然主义抗议文学的窠臼，走向一种新型文学奠定了基础。美国黑人文学评论界对埃利森文学作品中的音乐思想有过一些研究，比如，著名黑人文学评论家休斯顿·A. 贝克撰写了《不动声色：拉尔夫·埃利森笔下特鲁布拉德片段的创造性和交易》(*To Move Without Moving: Creativity and Commerce in Ralph Ellison's Trueblood Episode*)，美国另一位著名黑人学者伯纳德·贝尔在其著作《非裔美国小说及其传统》一书中也集中探讨过同一主题。本书对他们的研究成果均有引用和借鉴，但与此同时，笔者也注意到这两位学者主要运用《无形人》文本本身，特别是针对"特鲁布拉德片段"来探讨埃利森文学作品中的音乐思想。为了拓宽主题视野，本章以黑人历史和黑人音乐为切入点,通过对埃利森一系列以音乐为主题的评论文进行分析,将他的音乐思想与其同时代音乐评价家进行横向比较,并关注他的早期短篇和长篇文学作品、他对理查德·赖特文学创作的超越,来探讨埃利森文学创作中的音乐思想,旨在论证埃利森是如何从布鲁斯音乐中获得一种哲学和表现手法上的灵感和启发,如何将其作品人物的个人不幸转化为布鲁斯的一种语言代码,进而揭示埃利森作品的多种思想内涵及其对美国种族问题的深度思考。

第一节 黑人的美国经历与布鲁斯音乐

黑人音乐主要经历了由黑人歌谣、黑人教堂赞美诗歌和圣歌、布鲁斯音乐到爵士乐的起源和发展过程,是美国黑人历史文化传统的重要组成部分,也是他们复杂生活经历的最全面的表现方式之一。正如孙秀蕙所说:"黑人歌谣是历史书写的形式,举凡生老病死,从各式仪式典礼,到小儿掉了一颗牙齿,都有相应的歌谣。"[1]可以说,音乐就是附在黑人身体骨架上的灵魂。

第一批从非洲运到美国的奴隶带来了明快节奏的非洲音乐,但奴隶主不乐意奴隶唱非洲宗教歌舞,而是鼓励他们唱基督教赞美诗(Christian hymn)。这些基督教赞美诗经过黑人奴隶的加工处理,其表现形式发生了变化,成为黑人福音圣歌(spirituals)。黑人圣歌是一种带有宗教性质的民间歌曲,在黑人中流传很广,因为黑人通过圣歌来倾吐内心、表达切身感受。在他们看来,圣歌里有着苍天对他们的承诺,能让他们相信在人世受的痛苦可以靠永恒的福佑得以补偿。在美国内

---

[1] 孙秀蕙:《爵士春秋:乐手略传与时代精神》,广西师范大学出版社,2004年,第76页。

战后的重建工作中，美国政府为黑人建立了好几所大学，以音乐学院为主，这就使许多黑人有机会得到正规的音乐训练，黑人音乐也得到了迅速的发展。"随着战后南部黑人涌向北方，许多人在北方城市的近郊扎根，社区性的主日崇拜成为黑人精神与生活交流的重心。教堂聚会依然保持旺盛的唱歌与祷告力量，节拍强烈的诗歌，配合感人的见证，从即兴创作的圣歌到预先演练的福音诗歌，正好反映了美国社会微妙的历史变迁。"[1]

除福音圣歌外，黑人中还出现了一些非宗教歌曲（secular songs），这些歌曲主要倾诉妻离子散的孤独、配偶不忠的痛苦、漂泊无根的压抑等情感，或是表达黑人妇女对其白人主子爱恨交加的复杂感情。创作和演唱这些歌曲的人并没有受过正规的音乐训练，这些歌曲只是通过口头承传，它们是布鲁斯音乐的雏形。

一般认为，布鲁斯的原义是"蓝色的"（blue），带有"忧郁"和"伤感"等感情色彩。事实上，1910年以前，布鲁斯（blues）与英文单词blue并没有直接联系。"布鲁斯"一词"很可能表示一种感情状态或是一种曲式。布鲁斯乐曲的节奏最慢，但它的独奏旋律线的变音转调较多，起音不一，声音变化也不少"。[2]

哈莱姆文艺复兴时期的代表人物阿兰·洛克在《黑人及其音乐》中这样写道："黑人福音诗歌是迄今为止黑人最富于创造力的产物，是真正的民间天赋，由于它们动人的质朴、独创的新颖，以及普遍的感染力而跻身于世界优秀民间表现手法之列。"[3]当代非裔美国音乐乃至美国音乐均受布鲁斯音乐的影响，例如，爵士乐的结构就和布鲁斯音

---

[1] 孙秀蕙：《爵士春秋：乐手略传与时代精神》，广西师范大学出版社，2004年，第78页。

[2] 弗兰克·蒂罗：《爵士音乐史》，麦玲译，人民音乐出版社，1995年，第23页。

[3] 转引自弗兰克·蒂罗：《爵士音乐史》，麦玲译，人民音乐出版社，1995年，第13页。

乐的结构很相似，两者都运用唱答模式，两种独奏乐器之间，或是独奏与合奏之间，有启应轮流的吟唱关系；传统的爵士乐旋律或和声主调是低音，或是以即兴奔泻为起点，独奏或合奏都一样，这些特点和布鲁斯音乐没有多大差别。故有人说布鲁斯音乐"对爵士乐的起源和发展起了最关键的作用，可以说，没有布鲁斯音乐就不可能有今天的爵士乐"[1]。今日美国的乡村音乐和西部音乐实质上还保留着布鲁斯音乐的形式。

布鲁斯音乐演绎的是美国黑人在美国的命运，那些创作和演奏布鲁斯音乐的黑人，要求他们的听众面对、承认并用智慧分析人性中根深蒂固的丑恶和卑劣。1939年，刘易斯·阿兰（Lewis Allen），一个政治观点激烈、强烈反对美国种族歧视的犹太裔白人作家兼作曲家，为当时极负盛名的黑人布鲁斯女歌手比莉·霍莉黛（Billie Holiday，1915—1959）创作了一首最凄凉的布鲁斯歌曲——《南方的树结着奇异的果实》，用音乐的形式控诉了美国历史上最耻辱的一页——白人对黑人动用私刑，对其进行鞭打、截肢，并将其吊在树上慢慢折磨至死：

> 南方的树结着奇异的果实，
> Southern trees bear strange fruit,
> 鲜血沾满枝叶，渗透树根。
> blood on the leaves and blood at the roots.
> 黑色的身躯在南风中摆荡，
> Black bodies swinging in the southern breeze,
> 白杨树上挂着奇异的果实。

---

[1] Donald D. Megill and Richard S. Demory, *Introduction to Jazz History*, New Jersy: Prentice-Hall, Inc.,1996, p. 4.

第六章 拉尔夫·埃利森文学创作中的布鲁斯音乐思想　179

　　　　　strange fruit hanging from the poplar trees.
壮阔的南方，醉人田园风光，
　　　　　Pastoral scene of the gallant south,
双眼睁凸，嘴唇扭曲。
　　　　　the bulging eyes and the twisted mouth.
木兰花香，甜美新鲜，
　　　　　Scent of magnolias, sweet and fresh.
突然传来阵阵尸肉焚烧的气味。
　　　　　Then the sudden smell of burning flesh.
这是乌鸦啄食的果实，
　　　　　Here is fruit for the crows to pluck,
雨水蓄积，风儿吮干，
　　　　　for the rain to gather, for the wind to suck,
太阳腐灼，树上跌落，
　　　　　for the sun to rot, for the trees to drop,
一次奇异而苦涩的收成。
　　　　　here is a strange and bitter crop.

　　比莉·霍莉黛的父亲和美国数千名黑人都是这种私刑的牺牲品，而霍莉黛本人在艺术上的执着追求已达到了自我毁灭的地步。英国著名文化历史学家艾瑞克·霍布斯鲍姆将她的生活悲剧比作"饱受痛苦折磨的《哈姆雷特》女主角奥菲莉亚"[1]。霍莉黛的歌声音质粗犷，一唱三叹，流露出让人不堪忍受的哀伤怨恨。据说她演唱这首歌时，现场"所

---

[1] 艾瑞克·霍布斯鲍姆：《非凡的小人物：反抗、造反及爵士乐》，王翔译，新华出版社，2001年，第438页。

有的灯光被全部熄灭，只留下一盏微弱的小灯照着霍莉黛的脸庞，服务员不得走动、递送饮料或接受点餐。歌曲结束时全场依然一片寂静，聆听《南方的树结着奇异的果实》唤醒了黑人最痛心的历史回忆"。[1]

怎样的音乐形式表达怎样的生存方式，这几乎是音乐的使命。布鲁斯不仅是一种音乐形式，更是黑人在复杂多变的环境下战胜自我、战胜恶劣环境的一种生存方式。20世纪40年代，美国极负盛名的布鲁斯歌手玛哈丽雅·杰克逊（Mahalia Jackson，1911—1972）的个人成功就是最好的佐证。玛哈丽雅出生于新奥尔良的一个贫民区，还在襁褓中时，她就表现出对音乐的敏感，她的身体常常随着节奏摇动。玛哈丽雅少年时加入莫里雅山浸信教会的少年唱诗班，但真正影响她日后演唱风格的却是圣教会（Sanctified Church）聚会歌唱。在圣教会唱歌不是用钢琴，而是用鼓、钹、铃鼓与三角铁伴奏圣歌。教徒们的歌声极富穿透力，他们舞动身体，拍手顿足。玛哈丽雅深受圣教会唱歌方式的影响，她的唱腔继承了19世纪20年代蓝调曲风的黑人音乐传统，音色深沉，旋律忧郁，荡气回肠，为黑人的灵魂找到了栖身之地。玛哈丽雅的歌声一直是黑人为自由与生存而奋斗的一座灯塔，1960年，玛哈丽雅·杰克逊受邀在肯尼迪总统的就职典礼上献唱。1963年，她在马丁·路德·金葬礼上演唱的《尊贵的上帝，握住我的手》（*Precious God, Take My Hand*），让在场的很多人落泪。玛哈丽雅通过布鲁斯音乐积极参与和支持民权运动，并成为当时美国最知名的公众人物之一。

第二节　布鲁斯音乐思想作为一种生存哲理

20世纪上半叶，包括阿兰·洛克在内的一些美国黑人思想家意识

---

[1] 孙秀蕙：《爵士春秋：乐手略传与时代精神》，广西师范大学出版社，2004年，第23页。

到"民间流传下来的这些音乐形式是社会现实的一种延伸,因此具有一种文学潜能"。[1]埃利森则是最早将这种文学潜能成功转化为一种文学行为的黑人作家。他的出生地俄克拉荷马州是人们公认的黑人音乐中心之一,这使他有很多机会接触和学习音乐。1933年,埃利森获得亚拉巴马州塔斯克基学院提供的奖学金,在当时著名的黑人指挥与作曲家威廉·L.道森(William L. Dawson)的指导下学习作曲。埃利森自幼将俄克拉荷马州视为美国民主的一个标杆,在他的身上有一种与生俱来的追求民主的自然动力,并通过文化的潜移默化来表达自由和实现自我的理想。因此,对埃利森来说,俄克拉荷马州的爵士音乐人是文艺复兴时期的理想完人。从他决定成为作家的那一刻起,他就决意要努力发现并表明这些观点,并将这些观点从他最为熟悉的生活中提炼出来,这一信念成为一股力量贯穿在他整个文学创作生涯中。

1937年埃利森初到纽约时,美国盛行马克思主义经济社会决定理论,黑人文学界的主流则是以理查德·赖特为代表的自然主义抗议小说。赖特和兰斯顿·休斯的文学思想曾对埃利森早期的文学创作产生了很大影响,因此,埃利森的前期作品展示出强烈的意识形态倾向。当时美国黑人文学界普遍认为,包括埃利森、詹姆斯·鲍德温在内的一批年轻尼格鲁作家都应该像赖特那样从事抗议文学创作。而事实上,这批后起之秀已经在悄悄地阅读纪德、普鲁斯特和卡夫卡等欧洲前卫文学家的作品,广泛地汲取各种思想和艺术营养。他们在认真思考,究竟哪一种小说更适合用来描述黑人在美国的痛苦经历,他们认为,自然主义抗议小说已在美国风靡一时,它曾设想过用"事实"使黑人获得自由,最终却没能让他们摆脱绝望,因此美国黑人文学创作存在

---

[1] Bernard W. Bell, *The Afro-American Novel and Its Tradition*, p. 27.

危机。埃利森的惊人之处在于,他看到了种族危机的症结所在,他一直在思考,作为一个黑人作家,应该如何去应对这些难解的问题,如何跳出自然主义的窠臼。

事实上,埃利森看待种族问题的视角,一开始就与休斯和赖特有很大不同。埃利森在研究安德烈·马尔罗的革命小说《人类的希望》时,更多关注的是小说主人公在任何情况下都具有自我升华的意识,他认为这几个人物的思想比现实中同类人的思想要深刻,因为他们思考的不只是马克思主义。他还在研究赖特推荐的西班牙存在主义哲学家乌纳穆诺的《人生悲剧感》时获得了一种礼与仁的领悟:"黑人的圣歌和布鲁斯音乐包含一种生存哲理。"[1]

音乐可以抚慰不快乐的心,也可以疗愈受伤的灵魂。对埃利森来说,深沉忧郁的布鲁斯音乐是一种演奏式的情感文字,也是美国黑人抗议种族歧视的手段,更是一种超越苦难的生存哲理。他文学创作的独创性之一,就体现在将布鲁斯音乐看作黑人生存方式的一种隐喻,并从中提炼出黑人特有的一种深层思维方式、表述方式和生存方式。

1983年,埃利森在接受BBC记者采访时说:"不管是白人艺术还是黑人艺术,它们都以含蓄的方式综合悲喜特点,这一点对我很重要。但仅此还不够,在小说创作中还应该有一种超越布鲁斯音乐的意识。"[2]因此,他在作品中几乎不提及自己遭受或目睹过的生活苦难:年仅3岁时的一天,父亲刘易斯·埃利森给白人运送冰块时滑倒并受伤,

---

[1] 转引自 Jerry Gafio Watts, *Heroism and Black Intellectuals:Ralph Ellison, Politics, and African American Intellectual Life*, North Carolina: The University of North Carolina Press,1994, p. 55。

[2] 转引自 Houston A. Jr. Baker, "To Move without Moving: An Analysis of Creativity and Commerce in Ralph Ellison's Trueblood Episode", in Robert J. Butler, ed., *The Critical Response to Ralph Ellison*, Connecticut & London: Greenwood Press,2000,p. 74。

后死于溃疡穿孔，这成为埃利森终身的痛。在他少年时代种族歧视、种族隔离随处可见。1919 年 9 月 30 日，一群白人暴徒在阿肯色州靠近密西西比州边界的一个叫依莱恩的小镇聚众闹事，野蛮地杀害了两百多名黑人。他的家乡俄克拉荷马州也发生了一系列严重的种族暴乱事件。1921 年 5 月 31 日发生的塔尔萨暴乱是美国历史上最严重的种族冲突。[1] 1933 年，他因为没有钱买火车票，偷乘货车前往亚拉巴马州念大学，导致头部被铁路侦探打伤，眼睛差点被打瞎。1937 年 2 月，埃利森的母亲因没钱看病，被一个黑人土医生误诊，在她自己和埃利森没有丝毫心理准备的情况下突然去世。埃利森和弟弟赫伯特在奔丧途中白天靠打鹌鹑填肚子，晚上只能在铁路空车厢里过夜。此时的埃利森用象征主义的手法创作了他的早期散文《二月》："二月是一条小溪，一群小鸟，一棵苹果树——是在乡下独处的一天。失业了，也不想读书了，丧母之痛令我的身心疲惫不堪，我独自走进树林想忘却这一切。现在所有的二月的确都携带着早晨寒冷的气氛，白雪覆盖的冰冻小溪上有鹌鹑出没的踪迹，我清除这些痕迹后开始破冰饮水；冰面上这些鹌鹑留下的踪迹细腻而清晰，无声无息地向小溪岸边漆黑的暗礁深处延伸。"[2] 二月的景致容易引发埃利森对生离死别的哲学思考。二月如同一间空房子，北面住着冬天，南面迎接春天。在经历了严冬和萧条后，万物萌发的种种生机象征着生命的顽强和坚韧，更昭示着逆境中的顽强与执着。在经历种种生活磨难的同时，埃利森意识到，"正

---

[1] 1921 年 5 月 31 日，19 岁黑人青年狄克·罗兰被诬陷试图强奸 1 名白人电梯操作女工遭逮捕，等待他的是残酷的绞刑。参加过第一次世界大战的那些退役黑人老兵挺身而出保护罗兰，由此产生了黑人和白人之间的武装冲突。几个白人伙同三 K 党人一道袭击了当地黑人居住区，杀害了 300 多名手无寸铁的黑人，包括儿童、老人和妇女，近 700 名黑人身受重伤。1000 多处黑人住宅被烧毁，导致当地一半左右的黑人无家可归。

[2] Ralph Ellison, "February", in *The Collected Essays of Ralph Ellison*, p. 3.

是二月小溪带来的沉思,正是二月的雪花带来的洗礼,使我最终变成了一个成熟的男子汉"。[1]他决心要像玛哈丽雅·杰克逊这样的布鲁斯歌手一样,将生活中的痛苦经历铸造为音乐艺术。

1940年,埃利森为理查德·赖特的自传体小说《黑小子》写了精彩的书评——《理查德·赖特的布鲁斯》。在该文中,他将布鲁斯音乐引入对赖特的生平及其文本《黑小子》的分析中,理论性地概括了布鲁斯表现手法与个人生活经历、文学创作之间的关系:"布鲁斯是一种动力,它驱使人们将黑人经历的痛苦的生活细节和非人道的生活插曲记载在痛苦的意识中,是对忧伤的布鲁斯的一种体验和超越,但不是从哲学中找到安抚,而是从中获取一种近似悲剧和近似喜剧的抒情方式。作为一种音乐形式,布鲁斯音乐是自传体编年史,是用音乐的抒情形式表达个人的不幸和灾难。"[2]

作为一种抒情式的表达方式,布鲁斯音乐展示给人们的却是生活中的悲惨事实,这与古代的悲剧叙事诗并无差异。真正的布鲁斯音乐就是以生命的苦难为发条,那种蓝调的感觉是一种悲凄、厌世的情绪,它似乎能把人的魂魄都唱出来。赖特的早年生活就充满了布鲁斯音乐般的不幸和灾难。他7岁时父亲就弃家出走,母亲长年生病卧床,这使赖特从小饱受肉体和精神上的痛苦:"我只要不断要面包吃,哪怕是吃上一两片面包,就可得到满足。"[3]赖特的《土生子》以"我"最后带着母亲和弟弟奔赴"自由平等"的美国北方为结尾,这就给了人们某种期望——也许,当人类在这片星光下经历了挣扎和不幸后,还有可能获得某种救赎。

---

[1] Ralph Ellison, "February", in *The Collected Essays of Ralph Ellison*, p. 4.

[2] Ralph Ellison, "Richard Wright's Blues", in *The Collected Essays of Ralph Ellison*, p. 129.

[3] Richard Wright, *Black Boy*, New York: Harper Collins, 1993, p. 14.

接受过正规音乐训练的埃利森从赖特在《黑小子》中表现出的悲伤情绪和期待性结尾，洞察了传统布鲁斯音乐的特征。布鲁斯音乐的魅力就在于它既表达了生活的痛苦，也表达了通过坚忍不拔的精神战胜这种痛苦的可能。因此，他认为布鲁斯音乐代表了一种生活哲学，是包括作家在内的艺术家们需要体验的三个步骤：探索坎坷不平的生活经历；找到一种近似悲剧和近似喜剧的声音来表达这种经历；重新体验人的生存。布鲁斯音乐也是包括作家在内的艺术家们需要体验的生命哲学，它可以指导人们用一种超然的生活姿态来重新体验人的生存。"尽管现实让我们意识到，我们的生活受到限制，但在尼格鲁人生活的社区依然有一种乐观情绪和一种可能的感觉，它们超越了现实强压给我们的限制……"[1]尼格鲁人始终在通过布鲁斯音乐向世界传递他们的心声，埃利森将赖特《黑小子》的叙述方式与布鲁斯音乐的表达内涵联系在了一起："我们在这里看到赖特的最重要的成就：他将美国尼格鲁人的自我毁灭和躲藏起来的冲动转化为一种勇于面对世界的意志，一种诚实地评价自己的经历的愿望，一种要用自己的感悟毫无顾忌地震撼那些有愧疚之心的美国白人的决心。"[2]

　　埃利森在《理查德·赖特的布鲁斯》一文中对黑人音乐和黑人文学表现出了深刻独到的见解，对后来的美国黑人文学作家和文学批评家们产生了很大的影响，也为埃利森在美国黑人文学界赢得了早期声望。据说，赖特在这篇文章发表后碰到了埃利森，他当时的面部表情仿佛让人觉得是《身体与心灵》的原作曲人遇见了演奏者柯曼·霍金

---

[1] Ralph Ellison, "Remembering Jimmy", in *The Collected Essays of Ralph Ellison*, p. 273.
[2] Ralph Ellison, "Richard Wright's Blues", in *The Collected Essays of Ralph Ellison*, p. 144.

斯[1]。他一边摇头，一边带着惊喜和疑惑的神情说："伙计，你写的书评超越了我的书，有很大的超越。"埃利森也摇着头，带着自信说："是你的创作让我把自己想说的话说出来了，我只是在你的作品上做了一点即兴发挥。这是你的作品，我希望我没有让你难堪。"[2]埃利森将黑人布鲁斯音乐引入对《黑小子》的评论，这本身就是一种创造性"误读"，这种"误读"符合哈罗德·布鲁姆在其《误读之图》中所阐述的修正理论："强者新人对强者前辈作品进行重新审视、重新评估或重新瞄准目标方向。重新审视是一种限制，重新评估是一种替代，重新瞄准目标方向是一种再现。"[3]这种"误读"预示着埃利森后期的短篇小说创作，以及《无形人》在创作艺术手法上将对自然主义抗议小说有重大超越。

第三节 拉尔夫·埃利森文学创作中的布鲁斯音乐思想

埃利森早在1941年发表的短篇小说《图森先生》中就引入了黑人音乐思想。故事中有这样一个情节：白人罗根训斥巴斯特和赖利，说他俩偷吃了樱桃树上的果子，而事实上果子是被树上的嘲鸫鸟吃掉的。因此，这两个黑人男孩感到非常委屈和气愤，当他们正要与罗根

---

[1] 《身体与灵魂》(Body and Soul)的作曲人是约尼·格林(Johnny Green)，在1939年的一次演出中，该曲子演奏者柯曼·霍金斯(Coleman Hawkins)在原作曲的基础上增加了许多个人发挥，并用次中低音的萨克斯二重奏的风格演奏该曲子。二重奏的特点是声音如明镜，既能看到自己，也能映衬他者。世人一般认为，正是演奏者柯曼·霍金斯使《身体与灵魂》成为最经典的传世名曲之一。

[2] 转引自 Kostellantz, Richard, *Politics in the African-American Novel: James Weldon Johnson, W. E. B. Du Bois, Richard Wright, and Ralph Ellison*, New York: Greenwood Press, 1991, pp. 107-108.

[3] Harold Bloom, *A Map of Misreading*, London: Oxford University Press, 1975, p. 4.

辩解时，远处传来了赖利姨妈感伤而缓慢的布鲁斯音乐声，音乐声深沉而令人战栗，神秘中带点忧郁。对老一辈黑人来说，布鲁斯音乐在他们生活中必不可少，因为音乐可以缓解和减轻他们内心的痛苦。然而，对巴斯特和赖利这两个黑人孩子来说，白人对他们的限制和黑人的无条件顺从，只会更滋长白人对黑人的鄙视。音乐中的翅膀、蝴蝶的飞过使两个孩子产生了想象——要是他们也有翅膀该多好，他们也能去北方，去纽约……随即两个孩子聊起了海地黑人革命领袖杜桑先生的故事。由于沉醉在这个悲壮而伤感的故事中，他们的语言交流也变成了黑人教堂应答唱和的模式，整篇小说的情调也随着两个主人公对杜桑先生传奇故事的重温而进入高潮。1944年埃利森发表的《在异乡》被视为《无形人》的序曲和前奏，通过主人公的歌声和音乐，作者表达了一种希望不同肤色的人达到一种相互理解的情感共鸣的愿望。[1]

《理查德·赖特的布鲁斯》一文发表七年后，《无形人》问世了。《无形人》也是一部带有自传体性质的成长小说，主人公"我"在寻找自己身份的过程中主要经历了三件事：参加混战仪式、被逐出大学伊甸园和遭遇纽约哈莱姆暴乱。这三件事都是因为自己的轻信而被白人欺骗，导致他一次比一次面临更为痛苦的处境，也使他对现实的沉思一次又一次加深。作者的叙述与其说是为了使"我"归隐地下室进行深度沉思，不如说是要引起白人世界的深度反思。"我"终于意识到自己在白人眼里的无形无体，意识到自己在白人的眼中活着和死了没有差别，于是躲进地下室开始回忆自己的人生经历。地下室的"我"已是一个思想成熟的黑人，他在对过去的历史有了足够认识、对眼前的

---

[1]《杜桑先生》和《在异乡》这两个短篇故事，见 Ralph Ellison, *Flying Home and Other Stories*, pp. 22-32, 137-146。

现实也有了充分的了解后,便躲入在世人看来比较阴暗但实际上是灯光明亮的地下室重温历史、感悟历史、书写历史。他眼前闪现出一个个鲜活的历史人物,他们一个个在叙述者"我"的提示下粉墨登场,用极为精练的象征性语言讲述着各自的故事。

将埃利森的《无形人》和赖特的《黑小子》做比较,我们不难发现,埃利森已成功将他为《黑小子》写的评论文中所表达的音乐思想和文学思想再现于自己的小说创作中。布鲁斯音乐思想在《无形人》中如同电影配乐一般穿插在"我"的回忆片段中:"我将红色的酒倒在那块白色的香草冰淇淋上,看着它晶莹透亮,一团团雾气徐徐上升,此时路易斯也用军乐器奏出了抒情曲。路易斯·阿姆斯特朗善于把无形无体的境界如诗一般地表现出来,这也许是我喜欢他的原因。我想他具有这样的表现力,一定是因为他还没有意识到自己也是一个无形人。我对无形人的充分了解有助于我理解他的音乐……我不仅进入了音乐,而且和但丁一样沉浸在音乐的深处。我听到老妇人在唱黑人圣歌。原来是她又爱又恨的白人主子死了,因此她又笑又哭……"[1]在《无形人》中,类似上述这种小说叙事的意义与布鲁斯音乐的含义重合的现象屡见不鲜,比较典型地体现在"特鲁布拉德的布鲁斯片段"中,这一片段描写"我"躲在地下室沉溺于回忆中的回忆,反复听着路易斯·阿姆斯特朗演奏的经典爵士乐——"我造了什么孽,让我如此黝黑,如此忧郁?"(What did I do, to be so black and blue?)忧郁的布鲁斯如同一道黑色闪电,击穿了"我"孤独的心;忧郁的布鲁斯也如同深邃的文字,书写了"我"的过去与现在。作者通过这段布鲁斯插曲,开始了对过去的一段段的忧郁回忆,也由此使布鲁斯的音乐思想得到

---

[1] Ralph Ellison, *Invisible Man*, New York: Vintage International, 1952, 1980, pp. 8-10.

了很好展现。

"我"在混战仪式中以布克·托·华盛顿为效仿的典范,至少从外表上来看,言谈举止也符合白人的行为道德准则,因此"我"如愿获得由白人资助的上大学的机会。在大学里,"我"又以遵守校规和待人谦恭而赢得了校长布莱索(Bledsoe)[1]博士的好感。一天,学校董事诺顿来校参观,布莱索校长让"我"为校董开车,车子经过黑人社区时,诺顿先生被一个奴隶制时期建的小木屋所吸引,他坚持要进去看看。小木屋的主人是黑人特鲁布拉德(Trueblood),他本是当地一个小有名气的布鲁斯歌手,因先后让自己的老婆和女儿怀孕而遭到白人的蔑视和黑人的排斥。视自己的女儿为圣洁之象征的诺顿先生不敢相信这是事实,他坚持让"我"带他去见特鲁布拉德。面对这个不同寻常的白人听众,特鲁布拉德清了清嗓子,开始了自己布鲁斯悲歌吟唱般的叙述回忆:"……天很冷,我们没有煤,我,老太婆和姑娘只好挤在一起睡觉。我睡一边,老太婆睡一边,姑娘睡在中间……我感到她翻了个身,一只胳膊搂住了我露在被子外的冷冰冰的脖子……我把她的胳膊推开,床太小,我觉得她的身子靠着我,往我身上贴过来。后来我就迷迷糊糊,兴许是做了一场梦。"(《无形人》第52—53页)

读这一段时,我们仿佛回到了人类初民社会。那时社会生产力水平低下,人类的生存环境极为恶劣,人类物质文明和精神文明都处于低级水平,且没有健全法律和社会制度来约束人类的不道德行为,这

---

[1] 在埃利森的笔下,布莱索校长是一个一心想进入白人社会的黑人,他将无形人"我"赶出大学伊甸园,最后还在"推荐找工作"这件事情上欺骗了"我"。

些因素都有可能导致近亲之间的乱伦。弗洛伊德在《图腾与禁忌》[1]中记载:"为了防止家庭近亲之间的乱伦,人们用'禁忌'来制约人类发展始端时体现出的某种动物性行为。"[2]从原始社会就开始禁忌的家庭乱伦,为什么在20世纪40年代的美国社会还会重演?

从最为表层的字面上分析,两代人睡在一起抵御冬天的寒冷,最终导致乱伦悲剧的发生。较为深层次的原因,正如美国著名非裔文学批评家休斯顿·A.贝克所认为的:"在他身上还残留着弗洛伊德在《图腾与禁忌》中描写的游牧部落男性要独享身边所有女人的特权意识。"[3]因为在乱伦事件发生前,我躺在床上,"脑子里想着那个围着我姑娘转的小伙子。我不喜欢这小子……她说了些我听不懂的话,像是一个女人在卖弄风骚,讨好男人……我知道她已经是个大人了,我真想知道这种事她已经干过多少次了,一定是那个畜生勾引了她……"(《无形人》第52—54页)显然,在潜意识中,特鲁布拉德对和女儿恋爱的那个小伙子产生了厌恶和排斥。众所周知,弗洛伊德认为,儿童在性心理发展的对象选择期,开始向外界寻求性对象。对于幼儿,这个对象首先是在异性的双亲中得到满足:男孩常常以母亲为选择对象,这便是恋母情结(Oedipus complex);而女孩则以父亲为选择对象,这便是恋父情结(Electra complex)。反过来,母亲对儿子,父亲对女儿,也会产生一种阶段性依恋和占有心理,这种心理并没有随着社会的进化而改变,因此属于正常现象。在人类文明高度发展的

---

[1] 我们从《无形人》第108页中的一句话:"当我走进小埃默森先生的办公室时,发现他正在读一本书,那本书的名字叫《图腾与禁忌》。"得知,拉尔夫·埃利森对弗洛伊德的《图腾与禁忌》显然是有所了解的。

[2] Freud, Sigmund, *The Origin of Religion: Totem and Taboo*, London: Penguin Books, 1985, p. 82.

[3] Baker, Houston A. Jr., "To Move without Moving: An Analysis of Creativity and Commerce in Ralph Ellison's Trueblood Episode", in *The critical Response to Ralph Ellison*, p. 78.

现代社会，人性意识已大有提升，禁止近亲乱伦的祖训——最原始的法律条文——已经完全得到世人的认可，这一现象几乎已销声匿迹。因此，将特鲁布拉德的这段心理活动理解为父亲对女儿的依恋和关怀，而非"游牧部落男性要独享身边所有女人的特权意识"，应更为准确。

卢梭在《社会契约论》中这样写道："在一个糟糕的社会体制，平等只是表面、虚幻的东西，只是为了让穷人永远赤贫，而富人攫取的成果则可保证富人的生活。"[1]在埃利森文学话语中，几乎每一个情节、每一段话都蕴含着深刻而复杂的批判话语。因此更为深层次的分析是，一个为美国的成长和发展做出了不少贡献的黑人民族，却在物质上被剥夺得一干二净，致使两代人在现代美国还栖身在一个奴隶制时期建造的小木屋里，究竟是黑人家庭乱伦，还是美国社会白人和黑人之间有着天然的贫富差距？对此，埃利森没有给出答案，而是通过一个极为平淡化的语言细节，揭示了在所谓"人人生而平等"的美国社会，白人与黑人之间的社会地位也是如此悬殊："最后我总算爬到了山顶，情急之中，我从前门进去了，尽管我知道这样做不对。"(《无形人》第53页）为了使读者继续在正常与不正常中做出选择，埃利森安排了这样一个情节描写："我进了一个女人的卧室，想跑出来，可找不到门……里面走出一个白血统贵夫人，她冲着我跑了过来，两只手紧紧搂住我的脖子不放……"(《无形人》第57页）显然，作者通过叙述特鲁布拉德的梦境乱伦情节，再现了现实生活中白人女性对黑人男性的阳物崇拜、黑人男性对白人女性的敬而远之——这种现实的产生源于美国白人沿袭了欧洲知识界对黑人人性的否定。

---

[1]　卢梭：《卢梭全集》（第四卷），李平沤译，商务印书馆，2013年，第40页。

哲学家大卫·休谟说："你只要给黑人烈酒，就可以从黑人那里得到任何东西；用一桶白兰地就可轻而易举地让黑人同意将他们的孩子，甚至是妻子和情妇卖给你。"[1]希腊罗马神话和仪式秘史中的黑白二元对立的普遍影响与休谟的这番话，是美国白人否定黑人人性的重要依据，也足以使非裔美国人的生活蒙上不幸。托马斯·杰斐逊在他1784年出版的《弗吉尼亚状况笔记》中这样记载："我可以将他们的记忆力、思辨力和想象力与白人的记忆力、思辨力和想象力做比较，他们的记忆力和白人的一样，但思辨力差多了，他们几乎不能真正理解欧几里得的研究。他们的想象力迟钝、贫乏、怪异。"[2]

在白人看来，黑人没有文化，自私懒惰，缺乏责任心，随心所欲，因此黑人只是"会说话的牲畜"。美国著名文学评论家罗伯特·佩恩·沃伦这样描写白人眼里的典型黑人形象"桑波"："桑波懒散、知恩、卑微，没有责任心，没有男子汉气，弹着班卓琴，具有奴性，咧着嘴傻笑，耷拉着下巴，性格温顺，有依赖心理，智商低下，幽默，孩子般可爱，孩子气十足，偷西瓜，唱圣歌，毫无廉耻地通奸，随遇而安，享乐主义者，忠实的黑仆。在美国南方白人的眼里，桑波是一个可以给他们带来安慰的刻板化的黑人，他们用不着担忧他会叛乱或逃跑。在美国北方白人的眼里，在黑人说唱表演中，桑波是豪华火车站的搬运工、擦鞋童、小佃农、理发师、电梯操作工、三个黑乌鸦、跑腿的。据说，桑波的一举一动都表明他就是个黑人，他的形象是永恒不变的。"[3]

---

[1] 转引自 Michael P. Spikes, *Understanding Contemporary Literature*, University of South Carolina, 2003, p. 41。

[2] 转引自 Richard Barksdale & Kenneth Kinnamon, eds., *Black writer of American: A Comprehensive Anthology*, New York: The Macmillan Company, 1972, p. 48。

[3] Robert Penn Warren, *Who Speaks for the Negro* ? New York: Random House, 1965, pp. 52-53.

白人还普遍认为，黑人有着比白人更为旺盛的生命力，在他们身上体现出一种超强性欲。白人男性会对黑人女性身上的这种超强性欲产生遐想，白人女性也会对黑人男性产生猎奇心理。各种资料显示，美国从奴隶制时期到20世纪60年代前后，黑人男性与白人女性之间的性接触都以白人女性为主动者，黑人男性往往趋于被动，因为在美国南部，几乎所有的黑人男性都明白一个道理：那就是，如果有一天某个白人女性看上某个黑人男性了，那便是此人厄运降临的前兆。因为他如果接受了她的爱，迟早有一天会东窗事发，等待他的就是私刑。如果他拒绝她，她便感到受了凌辱，就会用强奸罪来报复他，等待他的也是私刑。兰斯顿·休斯的诗歌《黑色轮廓》(*Silhouette*)揭示的就是这一主题。

　　而且，在某些特定情况下，某些不符合绝对道德标准的行为是否可视为相对的道德过失[1]，特别是这些过失的发生绝非出自过失者的主观愿望，而是因为类似种族歧视等客观因素所致，因而不要根据某个孤立的事件来评判一个人的道德行为。早在1897年，美国自然主义作家西奥多·德莱塞在其短篇小说《黑人杰夫》(*Nigger Jeff*)中就探讨过黑人的"客观过失和情形道德规范"这个主题：黑人杰夫·英戈尔喝醉酒后强奸了一个白人女子，他从酩酊大醉醒来后才知道自己犯下了死罪。为了躲避残酷的私刑，他决定逃走，临行前他偷偷溜回家，为的是和年迈的母亲做最后的道别，却被白人抓获了。他苦苦哀求白人放了他，说自己并不敢犯此大罪，的确是因为自己喝醉了，但丝毫无济于事。作者没有过多渲染私刑的过程，而是着力描写了受害者母亲悲痛欲绝的状态："他看到了一个阴

---

[1] 受爱因斯坦相对论的影响，萨特认为绝对的道德标准不存在，他提出了道德标准的相对性。

影，一个妇人的身影，她蜷缩着倚靠着墙，黑暗中她几乎让人无法辨认……他慢慢地向前走去，却又有一种赶快后退的冲动，因为他眼前的这个黑人妈妈哭得几乎成了一个弯曲形状……面对如此的悲恸，他的闯入似乎太不近人情，太没道理。无辜的母亲啊，无辜的母爱，使人无法在这两者之间获得平衡。泪水从他眼里一涌而出，他赶紧盖住尸体，退了出来……"[1]然而，德莱塞的这个故事一直没有引起美国文学界的足够重视，其原因就是该小说是以黑人为小说主人公，而且触及人的本性以及种族批判思想等当时社会比较敏感的话题。

直到20世纪五六十年代，美国黑人人性问题依然是美国黑人文学创作的焦点之一。埃利森没有在自己的小说创作中一味为黑人的人性辩护，而是从家庭乱伦视角来描述特鲁布拉德身上的"普遍人性"，就像他在写给默里的信中所说的："我相信，会有一批作家意识到，他们的任务不是为尼格鲁人的人性呼吁，而是要考察并描述人性的形式和仪式。"[2]埃利森对特鲁布拉德家庭乱伦悲剧的种种细节描写，极为巧妙地烘托了被否定的黑人人性，如他们的情感智慧、责任心和自控力，同时也批判了自我标榜的白人人性，如民主、平等、仁爱、自由等。

弗洛伊德在《图腾与禁忌》中说："最古老、最重要的禁忌体现了图腾崇拜的两个基本定律，即不得杀害图腾动物，不得与相同图腾氏

---

[1] 转引自 Sandra Gunning, *Race, Rape, and Lynching: the Record of American Literature*, New York: Oxford University Press, Inc., 1996, p. 27。

[2] Ralph Ellison & Albert Murry, *Trading Twelves: the Selected Letters of Ralph Ellison and Albert Murray*, New York: Random House, 2000, p. 8.

族部落的异性发生性关系。"[1]对于与相同图腾氏族部落的异性发生性关系,其惩罚是死刑,正是这样的惩处使埃利森联想到美国现代社会对白人与黑人之间通婚的禁忌,其惩罚是变本加厉的私刑。因此,即使在梦境中,特鲁布拉德也对这个跑过来搂着自己脖子的白人血统贵夫人"怕得要命,一下子把她掼到床上,好甩开她"。由此可见,特鲁布拉德是一个理性的男人。而且,他断定正是因为梦境中受到布罗德纳克斯太太的勾引才引起了他的性欲,又因为窘迫的生存条件,最后导致了近亲之间的乱伦。因此,乱伦事件发生后,当妻子要用双管猎枪杀了他时,特鲁布拉德一语双关地说:"不要啊,凯特,事情不是像表面上发生的这样。不要让梦境里的罪恶再演化为现实罪恶……"这段话体现了特鲁布拉德身上具有的最基本的人性,即分析问题症结的智慧和处理问题的能力。

特鲁布拉德是《无形人》中唯一的纯血统黑人[2],他睡觉前"脑子里还在想着明天弄点什么东西糊口"。乱伦事件发生后,特鲁布拉德宁可过着忍辱负重的生活,也不愿意离弃自己的妻子和女儿。对社会不公和人生之苦,特鲁布拉德没有怨恨和报复心理:"我只知道我最后唱起了伤感的民歌。那天夜里,我唱的是我从来没有唱过的民歌。我唱着这些忧伤的民歌时认定了一个事实:我不是别人,我就是我自己。我是男子汉,男子汉是不应该离开他的家的。"不管在怎样恶劣的环境下,特鲁布拉德要面对现实,勇敢地活下去,这体现了他坦然和超然的心境,更表现出他身上最重要的人性特征——责任心。

1957年,埃利森在《社会、道德与小说》中写道:"小说家的任务

---

[1] Sigmund Freud, *The Origin of Religion: Totem and Taboo*, p. 85.
[2] 特鲁布拉德的英文为"Trueblood",顾名思义为纯血统黑人,他也是作者在此部小说中设计的唯一有家室的人物。

就是要揭示我们尚不明白的东西,也就是我们所熟悉的东西里不熟悉的东西。"[1]对于乱伦事件发生后,特鲁布拉德内心所产生的不能自拔的痛苦和罪恶感,埃利森采用的是陌生化叙述手法:"哪知那床软绵绵的,那个女人陷进去就不见了,陷得好深,简直快把我们闷死了……我低头看地板,眼前一片模糊,红殷殷的,心里感到十分痛苦。"(《无形人》第 58 页)作者还用陌生化的情节描述来凸现叙述意义:"我挣脱了那个女人……想逃出去。一个特大的灯泡在我眼前爆炸了,把我上上下下都烫伤了,哪知道又不是烫伤。我好像掉进一个湖里,湖面的水滚烫,湖底却是一股股冻得使人发僵的冷流……我得把身子移开,否则老太婆会看到的,那可比造孽还糟糕。我在盘算着怎样才能既不造孽,又能从这种困境中摆脱出来。不过一个男人到了这种地步,就由不得他了。我拼死想把身子挪开,我得一动不动地挪开。我一直在想,想多了我就明白了:我的处境向来就是这样,我的生活差不多一直也是这样。"(《无形人》第 59—60 页)

在埃利森看来,现实生活中美国黑人男子与白人女子的关系根本不是白人想象的那么简单。在他的第二部小说《六月庆典》中,埃利森以独特的视角刻画了一个不肯出卖自己黑人情人的白人女子形象,因此他对这种关系的实质看法与弗洛伊德对"禁忌"的定义极为相似:"这个词和它所表现的内涵,似乎代表了一种超出我们想象范围的心理态度与思想,它首先是崇高的、神圣的,另外一方面,则是神秘的、危险的、禁忌的和肮脏的。"[2]在《无形人》中,埃利森让读者在一种全新的独特视角下全面感受生活的本原意义,提升生命体验的境界。他将美国白人社会强压给白人与黑人之间的性关系禁忌上升为一种社

---

[1] Ralph Ellison, "Society, Morality and the Novel", in *The Collected Essays of Ralph Ellison*, p. 697.

[2] Sigmund Freud, *The Origin of Religion: Totem and Taboo*, p. 71.

会阉割，它让读者看到这种禁忌如同一把无形而锋利的刀刃，给特鲁布拉德这个纯血统黑人男子的生理和心理带来巨大的痛苦。

佛教以为人生有八苦：生苦，老苦，病苦，死苦，爱别离苦，怨憎会苦，求不得苦，五蕴炽盛苦。不管是白人还是黑人，有谁能理解和谅解特鲁布拉德心中难言的第九苦——乱伦之苦？"这件事是我睡着的时候发生的……可是连牧师都不相信我，他说我是他见到过的最坏的人，叫我忏悔自己的罪。我想我怎么算有罪，怎么算没有罪。我不吃不喝，晚上睡不着，我开始唱起歌来。我不知道我唱的是什么歌，我想是教堂里的什么歌吧。我只知道我最后唱起了伤感的民歌。"(《无形人》第67页) 在家人、黑人和白人都不问事情发生的缘由，一味指责的极度孤立和痛苦的情况下，特鲁布拉德没有疯狂地发泄和一味地抱怨，而是选择了独自一人躲起来唱从来没有唱过的民歌，因为他相信不管社会条件和社会环境如何，个人都必须主宰自己的命运，必须对自己的生活做出选择。对特鲁布拉德来说，布鲁斯音乐成了在极端逆境中保持坚强乐观的一种生存方式，也成了将生活的苦难转化为磨砺心灵的契机，由此，作者从深层次全面展示了这个纯种黑人的人性。

弗洛伊德说："当禁忌被违反后，人们产生的罪恶感说明人类已经具备良好的素质，禁忌良知也是人类良知的最早现象与形式。"[1] 通过上述情节，埃利森揭示了特鲁布拉德身上体现出的人性和文明素质，与他对诺顿先生、慈善家布罗德纳克斯[2]，以及治安官巴勃先生的非人性和非文明素质的描写形成了鲜明对照。这三个白人喜欢在公开场

---

[1] Sigmund Freud, *The Origin of Religion: Totem and Taboo*, p. 72.

[2] 布罗德纳克斯，英文为 Broadnax (Broad-in-acts)，原为"行为夸张，喜欢做大动作造势而并不务实"之义，此处指"伪慈善家"。

合做秀，表面上表现出对黑人的同情和帮助，内心却认为黑人和乱伦的动物没有差别，这实际上是"给尼格鲁人套上一个面具，其动机与其说是出于害怕，不如说是想彻底摈弃他们的人性，褫夺他们的身份。在美国这片土地上到处是通过给尼格鲁人套面具而寻开心的人"。[1] 因此，为了掩饰自己内心的不安，白人在给黑人套面具的同时，也给自己戴上了一个校董、慈善家和治安官等表面上极有人性的面具，这副面具的背后却隐匿着鼓励黑人乱伦、剥夺黑人人性的非人性勾当。校董诺顿先生谈到自己死去的女儿时，内心充满了难言之隐，他不从本质上剖析乱伦悲剧产生的缘由，只一味表示不可理解，最后还支付了100美元的"听众费"；布罗德纳克斯的态度则是"他们是黑鬼，让他们乱伦吧"（《无形人》第58页）。巴勃先生"问我出了什么事，我告诉他了。他叫来另一些人，他们让我再说一遍。他们让我把我和我姑娘的事情说了一遍又一遍，然后给了我一些吃的、喝的，还有一些烟草。我很惊讶，因为我心里本来很害怕，没有想到他们会这样对待我。我想，这个县城没有哪个黑人从白人得到的东西有我得到的这么多……我现在有干不完的活儿，日子比原来好多了"（《无形人》第52—53页）。在这一段话中，埃利森不动声色地批判了布鲁斯歌手特鲁布拉德潜意识中残留的美国黑人游唱传统（minstrel tradition）[2]中靠

---

[1] Ralph Ellison, "Change the Joke and Slip the Yoke", in *The Collected Essays of Ralph Ellison*, p. 109.

[2] 黑人游唱传统是美国19世纪末黑人生活的一个重要体现，具体指由黑人组成的游唱团（minstrel troupe），穿着花里胡哨的衣服为观众（主要是白人）表演，被白人称为的黑人诗歌（darky rhymes）、浣熊歌曲（coon songs）和黑鬼方言（nigger dialect）。这些语言都可体现为白人对黑人的蔑视和黑人对白人至上的默认。只要黑人遵循这种传统，就肯定能得到白人的认可甚至是欢迎，因为这些演出表面上只是为了给观众（主要是白人）取乐和愉悦，实际上还体现黑人一种根深蒂固的自卑观念和承认白人高人一等的态度。当时甚至有不少白人也装扮成黑人，加入游唱团的表演。

取悦白人获得生存的思想，也不动声色地批判了白人对这种传统的肯定和鼓励。更重要的是，埃利森还不动声色地谴责了白人对黑人家庭发生乱伦事件所采取的听之任之，甚至幸灾乐祸、包庇纵容的态度。在对乱伦已有法律制度约束的现代美国文明社会，白人的这些言行都从根本上违背了人类伦理道德和法律。言行一致才是人类道德的底线，突破了这一底线，就拆除了道德藩篱。在笔者看来，违背伦理道德和社会法律才是真正缺乏人性的表现，正如贝克所指出的："特鲁布拉德的梦境和乱伦事情代表了一种历史倒退。"[1]

即便是在美国黑人文学思想界，也不是所有人都能真正读懂埃利森如何通过艺术审美来表现布鲁斯音乐思想和黑人美国经历的复杂性。在《无形人》出版后近十年里，美国黑人读者对它的评价贬多于褒。埃利森对小说艺术技巧的过于偏爱招来了黑人文学界，特别是黑人民族主义阵营的批评和攻击。事实上，从问世的那天起，《无形人》就受到来自以尼格鲁小说家约翰·O. 基伦斯[2]和欧文·豪为代表的左翼文学界人士的种种批评，其中最严厉的就是对"特鲁布拉德的布鲁斯片段"的批评："埃利森是如何展示尼格鲁人形象的？美国南部成千上万的被剥削的黑人农民的形象，就体现在一个同时让妻子和女儿怀孕的佃农身上。小说的主人公是一个年轻的汤姆叔叔，他想通过讨好有权有势的白人出人头地。那些在'二战'中与法西斯奋战的退伍军人从埃利森那里得到的回报是，被描写成黑人贫民居住区的一群放纵酒鬼。在埃利森的笔下，尼格鲁神职人员就是哈莱姆的牧师、拉皮条和

---

[1] Houston A Jr. Baker, "To Move without Moving: An Analysis of Creativity and Commerce in Ralph Ellison's Trueblood Episode", in *The Critical Response to Ralph Ellison*, p. 76.

[2] John O. Killens（1916—1987），基伦斯是20世纪50年代哈莱姆左翼运动的主要人物之一、哈莱姆作家协会的创始人。他的代表作是《随后我们听到了雷声》。

敲诈钱财的人。尼格鲁人民如果接受了埃利森，就好比是同意别人在我们的头上捅一个洞，背上插一把刀。《无形人》是对尼格鲁人民生活的恶毒歪曲。"[1] 巴尔的摩《非裔美国报》记者桑德斯·雷丁（Saunders Redding）讥讽道："这部小说错就错在一个如此有创造力的作家，将自己的创造力全部用来描写小虫一般人物的日常生活。"[2] 美国形形色色的黑人激进分子不是否认，就是攻击这部小说。在他们看来，埃利森的文学创作对白人的反抗思想不够激进，只强调黑人的民族性，因此，埃利森即使不是一个严格意义上的"汤姆叔叔"，也是黑人反抗白人社会的战斗中一个不可靠的同盟者。事实证明，对埃利森的批评大多数或是出于某种个人目的，或是将他的思想过于简单化了。

早在1945年，埃利森就在《理查德·赖特的布鲁斯》中陈述了自己始终坚持的文学艺术观："艺术的选择性功能和心理功能是要从艺术的形式中消除所有经历的成分，因为这些经历里不包含人们非接受不可的意义。生活如同大海，艺术是一艘航船，人们用它来征服生活中具有毁灭性的无形性，并使之变成刻画在航道图上的一条航道、一阵海浪或一阵狂风。"[3] 布鲁斯音乐对埃利森来说不仅是一种音乐形式，还是看待和处理生活经历的一种态度。这种对生活的态度是要冷静而现实地看待人类的窘境；面对限制，要保持个体的坚忍不拔；这种态度本身就是要战胜自我和环境……埃利森自认为他的"性情中有某种东西与这种疯狂而复杂的音乐表达形式相吻合"[4]，赖特则不具备这种性情，因此，他在给密友阿尔伯特·默里的信中这样写道："赖特恐怕

---

[1] 转引自 Larry Neal, "Ellison's Zoot Suit," in *Ralph Ellison A Collection of Critical Essays*, pp. 61-62。

[2] 转引自 Lawrence Jackson, *Ralph Ellison: The Emergency of Genius*, p. 437。

[3] Ralph Ellison, "Richard Wright's Blues", in *The Collected Essays of Ralph Ellison*, p. 133.

[4] Ralph Ellison, *Living With Music: Ralph Ellison's Jazz Writings*, p. xxv.

永远无法塑造一个和他自己的性格一样复杂的小说人物。我想，这是因为他对自己的生活，对自己过去的生活经历有一种刻骨铭心的不满，以至于无法与现实保持一定的距离……"[1] 埃利森是一个勇于创新的作家，他要摆脱当时黑人小说创作的抗议模式，要居高临下地审视眼前发生的种族冲突。与赖特的文学抗议思想不断向外展示和发泄的方式相比，埃利森在充分借鉴弗洛伊德和存在主义理论的同时，还不断从黑人民族音乐思想中获得创作灵感，他的文学创作始终在往人的内心深处探索和挖掘。

埃利森还从无形的心理学角度来展示美国文化的残暴，来描写有形的种族冲突。从文学的抗议功能角度看，《无形人》是对赖特文学思想的创造性弘扬；从文学的艺术功能来看，《无形人》是对《黑小子》和《土生子》的批评性反拨。抗议小说将黑人描写为社会的受害者，埃利森则要摒弃社会决定论理论，要渗透到自我意识的深层部分，要使自己的作品达到一个理智与疯狂、希望与记忆交织在一起的内心世界，由此不断催生噩梦和梦想。在梦境中，埃利森给其主人公留下了一片发泄内心世界的空间，意识产生的噩梦和幻觉状态就是作者探究人类深层人格和想象的空间。

埃利森笔下的黑人在歌唱布鲁斯音乐的同时，内心在自我对话、自我冲突，对作品人物自我内心世界矛盾和痛苦的揭示，不但进一步加强了小说的凝重感，还达到了让白人心灵得到震撼的目的，这本身就是现代人类生存思维的发展由外向内、由具体向抽象转变的过程，也是人类思想追求一种理想与现实、入世与出世的互动互补过程。作者将这种形骸入世而随俗、精神出世而逍遥的思想境界寄托在其作品

---

[1] Ralph Ellison & Albert Murry, *Trading Twelves: the Selected Letters of Ralph Ellison and Albert Murray*, p. 29.

人物身上，希望美国黑人在精神上遭受各种痛苦后，依然能够由积极入世转而在精神和行为上寻求避世避祸之道，以求得精神上的自由和解放。

结语

20世纪50年代初，拉尔夫·埃利森在给阿尔伯特·默里的信中提到，有出版社约他写一本关于黑人音乐的书，他回绝了："不管是为了爱好还是为了金钱，我都不会成为一个爵士乐批评家，但我发现许多埃利森读者都认为我一直是一个爵士乐批评家。"[1]事实上，从1955年到1964年，埃利森写了一系列以布鲁斯音乐和爵士乐为主题的论文，如《与音乐共生》（*Living with Music*，1955）、《精诚所至》（*As the Spirit Moves Mahalia*，1958）、《查理·克里斯蒂安的故事》（*The Charlie Christian Story*，1958）、《布鲁斯民族》（*Blues People*，1964）等。字里行间我们不难看出，埃利森始终在为自己的文学"弑父"行为、艺术美学思想和文化融合精神辩护，可见50年代初他之所以不愿意承认自己是一个黑人音乐评论家，这既是为了忘却他40年代与赖特之间的文学之争，也是为了表明自己的音乐思想与巴拉卡、默里等人的不同。但不管怎样，他的小说创作和非小说创作与美国黑人音乐有着千丝万缕的联系。《无形人》和《六月庆典》中音乐般的语言和音乐般的格调与黑人音乐的蓝调曲风相吻合，小说没有连贯的故事情节，但每一章都像是忧伤的爵士乐旋律，随着故事的推移反复演奏，不断加强，并在变化中升华。小说中的谐音，词尾重复、首词重复，和谐的

---

[1] Ralph Ellison & Albert Murry, *Trading Twelves: the Selected Letters of Ralph Ellison and Albert Murray*, p.193.

对比、对称，创造性意象的黑人语言、双关语等频频使用，使作品极富音乐感，也使文本意义的产生在更大程度上依赖读者的接受和建构。

　　布鲁斯对埃利森创作的影响显而易见，文学评论界也很自然地认为他与黑人布鲁斯民间艺术、民间艺术家有一种天然的联系，但埃利森并不认为自己是个民间艺术家。他认为民间艺术的产生是自发的，而有创造性的艺术则是一种有意识和有计划的实验活动。音乐最是移人情性。普通哲学呈现的是智慧玄想，而生命哲学呈现的是音乐旋律。埃利森将萨特的存在主义哲学视为其文学思想的理论依据，在他看来布鲁斯音乐就是一种无形有声的生命哲学，一种地道的美国本土存在主义形式。通过作品人物布鲁斯旋律般的吟唱，埃利森用一种极为巧妙和含蓄的艺术方式，将看似简单的家庭乱伦悲剧提升到社会高度，使深刻的个人和民族问题寓意宽泛化和复杂化了，由此在白人读者群中引起的不是内心的愤恨不平和恐惧，而是让人汗颜。由此，埃利森延伸和拓展了音乐与文学意义，他将布鲁斯音乐演绎成了一首交响乐，同时将他个人的生存哲理融进了这首交响乐中，并以高度象征化形式将之上升为一种政治和社会评判，这种形式赋予了语言以种族暴力所不能及的力量，也赋予了埃利森的文学想象以新的灵魂。

第七章　呼应与对话：拉尔夫·埃利森与米哈伊尔·巴赫金

引言

拉尔夫·埃利森和米哈伊尔·巴赫金（Mihail Balktin，1895—1975），一位是美国20世纪极具创新意识的文学家和文化批评家，一位是俄国20世纪最具独创精神的文学批评家和文化哲学家。[1]没有任何史料证明埃利森和巴赫金曾有过学术交往，因为巴赫金的著作于20世纪70年代才被译介到美国，此时埃利森的《无形人》和两部论文集已经出版。然而，埃利森和巴赫金之间在诸多方面有相似之处。首先，两人都是被边缘化的思想家，这种边缘身份成就了他们各自的文学批评思想。有着正规音乐教育背景的埃利森成功将美国黑人音乐中的呼应模式运用于文学创作，赋予黑人音乐更丰富的历史文化内涵；巴赫金则从陀思妥耶夫斯基的文学创作中看到了将音乐理论运用于文学创作的巨大潜能，并确定了一种风靡于整个人文科学领域的对话理论。其次，以美国非裔文化传统中的"呼应"模式与巴赫金的对话理论为切入点，来比较这两位思想家的共性与特性，可以帮助我们了解音乐

---

[1] 1961年，巴赫金曾对前去造访他的年轻学者说："你们要注意，我可不是文艺学家，我是哲学家。"（见《哲学美学》第5页）中国学者王宁教授将巴赫金的学术身份定义为"文化哲学家"（见王宁《文化研究语境中的巴赫金与理论的旅行》，《文化研究》2003年4月3日）。

如何催生了他们各自的思想理论，进而了解为什么边缘身份往往是理论的温床。埃利森文学叙事中的呼应模式与巴赫金文学批评中的对话理论或内在对话过程既有相通之处，也有相异的一面，它们是不同文化背景下产生的人类思想交流方式和生存模式，都具有重要的文学意义。对两者进行比较，可以深化埃利森的文学思想研究，凸显埃利森对美国文化实质研究的开拓性贡献。

第一节　边缘身份——呼应和对话的温床

深刻的思想理论往往来自边缘与中心的对话，如托尼·莫里森所说："告诉大家做女人意味着什么，这样我们才会知道做男人意味着什么。什么在边缘涌动？地处边缘无家可归的感觉是什么？背井离乡的滋味是什么？生活在闹市边缘，备受冷落的感觉是怎样的？"[1]边缘人往往是孤独者和寂寞者，如艾丽斯·沃克所言："边缘人会从一个被抛弃者的立场来真正观察人生，真正注意各种关系。"[2]对思想家拉尔夫·埃利森和理论家米哈伊尔·巴赫金来说，边缘人有时候是"幸运者"。

在人类文明历史上，没有一个民族像美国黑人民族那样被如此严重边缘化，他们甚至被剥夺了作为人的身份和权利。埃利森父母出生于美国种族迫害最严重的南方腹地（Deep South）田纳西州。为了逃离种族歧视，老埃利森夫妻从田纳西州迁移到俄克拉荷马州，因为美国黑奴很早就意识到，地域决定命运，个人命运的转变可以通过沿着

---

[1] Sture Allén, ed. *Nobel Lectures, Literature 1991-1995*, Singapore: World Scientific Publishing Co., 1997, p. 53.

[2] 见《艾丽斯·沃克谈美国文学》，黄源深译，《外国文学报道》1984年第3期，第13页。

疆界朝西迁移，在西部昔日的印第安人的领地（Indian Territory）得以实现。印第安纳州是 19 世纪初美国政府强迫印第安人居住的领地，就在今天的俄克拉荷马州。当时的俄克拉荷马州是南部逃跑黑奴的避难所，也吸引了很多获得了自由的黑人后代，他们将这片疆域视为实现梦想的希望之地，因为平等、包容、开拓是这里的精神内核。布鲁斯歌手贝茜·史密斯演唱的歌曲《走向部落，走向领地》就记载了这段历史。1986 年，埃利森以此歌名为自己的第二部论文集命名。

　　巴赫金的边缘身份也具有地域特点和个人身份双重特征。从地域上看，俄罗斯是一个很特别的民族，它横跨欧亚大陆的骑墙状态，带有边缘性的地域特征。它不会无所顾忌地倒向东方或西方，而是承受东西文化的双面夹击，呈多元杂语式的文化格局。从个人身份上看，出生于没落贵族家庭的巴赫金在大学毕业后，因健康原因未能进入彼得堡文化学术圈，而成为一个旁观者。1924 年，在列宁格勒，人为制造的科学院知识分子一案及一系列所谓反苏维埃阴谋案件，使贵族出身的巴赫金受株连而遭流放，迅速向边缘人的角色靠拢。1928 年，巴赫金因传播康德的哲学思想而被捕，同年被流放到西伯利亚，在地域和社会政治两方面都成了彻底的边缘人——直到 1969 年他才返回莫斯科。

　　身处边界的边缘人游离于主流之外，他们生存的文化氛围也往往处于变化中，边缘作家埃利森敏锐地看到了这种流动状态："在俄克拉荷马州广阔无垠的大草原另一端，人们可找到上等的法国葡萄酒和最新出版的法国小说。这些文化产品并不是变魔术变出来的，而是有文化品位的农舍主人运到这里来的，他们使法国文化与大草原文化形成交汇。虽然将这两种文化相提并论显得有些不协调，但确是美国社会疆域边界的一种生活状态。如今美国大多数地理上的疆域已经不复存在了，但各个州之间的社会等级分界线上的文化融合从没有中断过。"[1]埃利森从领地（边缘）来到纽约（中心）后，地域决定命运的思想使他意识到，美国疆域存在自由和融合的可能。于是，边缘地域俄克拉荷马州构成了埃利森小说创作的主要场景，《无形人》中边缘人在"金色酒店"的狂欢，巧妙地传递着边缘人对边缘性世界的内心感受；在《六月庆典》的大型庆典与狂欢中，边缘是上下交接之处和前后相继之所，充当着创生与更新的温床，无时无刻不在与中心进行对话。埃利森将他作为边缘人的独特文化和文学批评思想，融入他的两部评论文集——《影子与行动》(1964)、《走向领地》(1986)中，这两部集子也确立了他著名批评家的地位。美国首屈一指的黑人文学理论家小亨利·路易斯·盖茨在其代表作《表意的猴子：美国非裔文学批评理论》(1988)中这样写道："拉尔夫·埃利森的批评话语既受到黑人方言传统的影响，也受到西方批评传统的影响，达到了一种完全融合的境界，也为我这本专著提供了范式……我的批评理论中的阐发性观点受到了《影子与行动》和《芒博芒博》的启发。"[2]可以说，埃利森的文学话语承前启后，为20世纪美国非裔文学思想的确立奠定了基础。

身处边缘的巴赫金可以远距离反观俄罗斯生活的方方面面，与它进行长期而深刻的对话，这是那些追逐名利的俄罗斯人们心中所无法企及的。40多年的流放生涯和边缘身份成就了巴赫金的种种创新理论，即复调理论、对话理论、狂欢理论、杂语变异理论、躯体理论、话语理论等，巴赫金确立的对话主义更是风靡于人文科学领域，法国著名

---

[1] Ralph Ellison, "Going to the Territory", 1979.in *The Collected Essays of Ralph Ellison*, edited and with an Introduction by John F. Callahan, preface by Saul Bellow. New York: Random House, 1995. pp. 603-604.

[2] Gates, Henry Louis Jr., *The Signifying Monkey: A Theory of Afro-American Literary Criticism*, New York and Oxford: Oxford University Press, 1988, p. i.

文学评论家托多洛夫说："米哈伊尔·巴赫金无疑是 20 世纪人文科学领域里最重要的苏联思想家，文学界最伟大的理论家。"[1]

第二节 复调与呼应——理论的催生剂

虽然埃利森和巴赫金未曾有过学术上的相互影响，但他们的文学批评思想都受到陀思妥耶夫斯基的文学作品，特别是《地下室手记》的启发。陀思妥耶夫斯基、埃利森和巴赫金的共同特点是，他们都从音乐中获取灵感。陀思妥耶夫斯基在谈及《地下室手记》的创作时，就曾提及他对音乐中转调的借用，巴赫金曾独具慧眼地指出："陀思妥耶夫斯基的文学创作受到包括 M·N·格林卡在内的很多作曲家的影响。"[2] 巴赫金年轻时就与音乐有不解之缘，他的学术涵养和音乐素养不仅得到了文学界的承认，也得到了艺术界特别是音乐界的认可。拉尔夫·埃利森的出生地俄克拉荷马州是大家公认的美国西部爵士音乐的中心之一，也是美国乡村音乐和黑人音乐的圣地。据埃利森回忆，"当时热嘴佩奇（Hot Lips Paige）、吉米·拉辛和莱斯特·扬（Lester Young）等大爵士音乐家都生活在俄克拉荷马城，我母亲总是鼓励我参加公共舞会，并与他们保持联系[3]"。佩奇、拉辛和莱斯特·扬都是当时的爵士乐先锋，他们对爵士乐的全身心奉献，以及他们独特精湛的表演，赋予了爵士乐新的思想内涵。从某种程度上来说，他们引领

---

[1] Robert Con Davis & Ronald Schlerfer, eds., *Contemporary Literary Criticism: Literary and Cultural Studies*, New York: Addison Wesley Longman, Inc, 1998, p. 470.

[2] 巴赫金：《诗学与访谈》，白春仁等译，河北教育出版社，1998 年，第 58 页。

[3] Ralph Ellison, "A Completion of Personality: A Talk with Ralph Ellison", 1974. in *The Collected Essays of Ralph Ellison*, p. 797.

了美国音乐的潮流,也对拉尔夫·埃利森文学创作有终生影响和启发。

复调(polyphony)本是音乐术语,指欧洲18世纪(古典主义)以前广泛运用的一种音乐体裁。与和弦及十二音律音乐不同,它没有主旋律和伴声之分,各个声部之间没有主从关系,它们都有独立的权利,谁也不隶属于谁。各个声部相互独立,但同时围绕着同一个主题在演奏、咏唱。在一个完整的音乐结构中,几个声部又是互相关联的,形成一个整体。陀思妥耶夫斯基受此音乐结构的启发,创造了一种崭新的艺术形式,即复调小说。巴赫金敏锐地发现了陀思妥耶夫斯基小说中的这种复调模式,并在此基础上提出一种全新的文学批评方法,即复调理论。他用这个理论来概括陀思妥耶夫斯基文学创作的基本特征:"陀思妥耶夫斯基的复调有着众多各自独立而又不相融合的声音和意识,由具有充分价值的不同声音组成真正的复调——这确实是陀思妥耶夫斯基长篇小说的基本特点。在他的作品中,不是众多性格和命运构成一个统一的客观世界,在作者统一的意识支配下层层展开;在这里恰是众多地位平等的意识连同它们各自的世界,结合在某一个统一的事件中,而互相之间不发生融合。"[1]巴赫金借助音乐理论,从一种独特的视角剖析了陀思妥耶夫斯基小说艺术的根本特征,即小说主人公的话语具有特殊的独立性,主人公的话语与作者的话语处于完全平等的地位,这和以前的小说不一样。由此,巴赫金也指出了现代小说创作发展的方向。

美国非裔文学中的呼应(call-and-response)[2]和复调一样,也是一个音乐术语。独立战争以后的美国南方,在肥沃的、满是棉花的迪克

---

[1] 巴赫金:《诗学与访谈》,白春仁等译,河北教育出版社,1998年,第4—5页。
[2] 也有学者将 call-and-response 翻译为"唱和",这固然没错,在本书中笔者翻译为"呼应",是考虑到"唱和"局限于音乐本义,而本书涉及的主要问题远远超出了"唱和"之意。

西和亚拉巴马州土地上,到处都是从非洲贩卖过来的黑奴在劳作,这副黑白分明的景象正是当时美国政治和体制的一种奇特体现。黑人音乐起源于黑人奴隶在采摘棉花,或在密西西比河岸构筑防洪土堤时哼唱的乐曲。"黑奴的领唱歌手拖长声调即兴引吭高歌,众人会根据其演唱内容,有针对性地应和一句叠句,众人重复这句叠句后,黑奴的领唱歌手才会接着唱下一句歌词,故音乐研究者们称之为非洲对唱,或是重叠式呼应。"[1]可见美国黑人文学传统中的"呼应"并非一种严格意义上的理论,而是一种音乐模式。大部分黑人灵歌都采取这种方式演唱,这些灵歌是美国黑人爵士乐的雏形。这种用非洲音调唱出的具有强烈节奏感的音乐一经出现,就受到白人奴隶主的支持,他们认为这种乐曲可以激发黑人奴隶的劳动热情。"即兴表演"和"个人与集体的互动"是早期"呼应"传统的两大特点。

美国黑人理论家伯纳德·W. 贝尔在《非裔美国小说及其传统》中写道:"从结构和哲学上看,大多数当代非裔美国黑人音乐都受布鲁斯音乐的影响。如爵士乐也和布鲁斯音乐一样,运用唱答模式,两种独奏乐器之间,或是独奏与合奏之间,有启应轮流的吟唱关系;也与布鲁斯音乐一样,传统的爵士乐旋律或和声主调是低音,或是以即兴奔泻为起点,独奏或合奏都一样。一些黑人小说家认识到,这些遗留的口头民间形式的文学潜能是其社会现实的一种延伸,还有一些黑人小说家意识到它的潜能是文学发现。"[2]

---

[1] Patricia Liggins Hill, Bernard Bell, edited, *Call and Response: The Riverside Anthology of the African American Literary Tradition*, Boston: Houghton Mifflin Company, 1998, p. xxxiii.

[2] Bernard. W. Bell, *The Afro-American Novel and Its Tradition*. Amherst: The University of Massachusetts Press, 1987, p. 27.

最早意识到黑人音乐中的文学潜能的黑人作家就是拉尔夫·埃利森。埃利森受到陀思妥耶夫斯基文学创作的启发，但他同时从布鲁斯音乐思想中获得过灵感。他很早就意识到黑人音乐不仅是一种音乐表现手法，还有其独特的演奏技巧和传统，更重要的，它是黑人生存方式的一种隐喻，是黑人特有的一种深层次思维方式和生活哲理："布鲁斯音乐对我的文学创作非常重要，我把布鲁斯音乐视为最接近悲剧的美国艺术形式。我讨论的不是白人或黑人艺术，而是美国艺术。"[1] 埃利森并不认为自己是民间艺术家，他认为普通哲学呈现的是智慧玄想，而生命哲学呈现的是音乐旋律。埃利森将萨特的存在主义哲学视为其文学思想的理论依据，在他看来布鲁斯音乐就是一种无形有声的生命哲学，一种地道的美国本土存在主义形式。因此，除了文学创作，埃利森还撰写了一系列以布鲁斯音乐和爵士乐为主题的论文，如《与音乐共生》（1955）、《精诚所至》（1958）、《查理·克里斯蒂安的故事》（1958）、《布鲁斯民族》（1964）、《回忆吉米》（1964）、《接受俄克拉荷马州 WKY-TV 的记者采访录》、《我的力量来自路易斯·阿姆斯特朗——接受罗伯特·奥米利的采访录》（1976）、《向威廉·道森致礼》等，探讨了爵士乐的传统与发展、爵士乐代表人物的演奏风格和特点、作为个体的爵士乐手与团队的关系等问题，其观点既独特又有说服力，对消除世人关于爵士乐的误解、确定爵士乐的文化身份，特别是对美国黑人音乐研究的学术化起到了关键作用。埃利森在处理音乐和文学的互动时具备得天独厚的素养，因此，他被美国黑人文学批评界公认

---

[1] 转引自：Baker, Houston A. Jr. "To Move without Moving: An Analysis of Creativity and Commerce in Ralph Ellison's Trueblood Episode", in Butler, Robert J., ed. ,*The Critical Response to Ralph Ellison*. Connecticut & London: Greenwood Press. 2000,p. 74。

为"最有见解和影响力的研究黑人音乐和文学关系的理论家"。[1]

如果说,边缘身份是埃利森的呼应模式和巴赫金对话理论的温床,音乐性[2]则是其催生剂,分别催生了埃利森文学叙事中的呼应模式和巴赫金文学批评中的对话理论。

第三节 呼应与对话的文学意义

如果说欧洲音乐的"复调"是纯粹音乐性的,那么黑人音乐的"呼应"则从一开始就打上了历史、政治与思想等烙印,因为奴隶制在美国独立战争后的制宪会议上被保留下来,美国一度出现了极具讽刺意味的既保护自由也保护奴隶制的历史。从历时性考察,"呼应"之间的交流是多维度的,据记载,"呼"与"应"最早(17世纪)出现在美国黑人的口头文学与书面文学的对话中。黑人发出"呼"声的最初表现形式为劳工号子、灵歌和民间故事等,它们是黑人释放内心情感的方式。最先只有黑人民间诗人和黑人牧师同黑人发出的"呼"产生"应"的互动,比如,黑人诗人丘比特·汉蒙(Jupiter Hammon,1711—1806)和菲利普斯·威特利(Philips Wheatley,1753—1784)、黑人牧师押沙龙·琼斯(Absalom Jones,1746—1818)及本杰明·班内克尔(Benjamin Banneker,1731—1806),他们在这些作品中做出的"应答"是理解与支持的表现,也是美国黑人文学的最初形式之一。

美国独立战争后,美国黑人文学传统中的"呼应"模式体现在南北之间的互动上,具体表现在南方为"呼"的黑人音乐与北方为"应"

---

[1] Craig Hanser Wener, *From Afro-Modernism to the Jazz Impulse: Playing the Changes*. Urbana and Chicago: University of Illinois Press, 1994, p. xxi.

[2] 音乐只是多种人类情感的表达形式之一,而音乐性表现的则是人类的某种普遍思想。

的黑人文学之间。南方黑奴中出现了大量渴望得到自由解放的诗歌、灵歌、世俗性歌曲（或通俗歌曲，secular songs）和民间故事。来自北方的"应答"，有戴维·沃克（David Walker，1785—1830）和弗雷德里克·道格拉斯（Frederick Douglass，1817—1895）等废奴运动领袖兼作家。在早期众多的黑奴自传体叙事小说中，最有名的是道格拉斯的三本自传，它们记载了美国南北战争前后差不多一个世纪的时代风云变幻，不但在美国19世纪的废奴历史上，而且在美国文学史上也写下了灿烂的一章。道格拉斯在《弗雷德里克·道格拉斯的生平叙事》里开宗明义地指出："美国北方的某些人竟然将黑奴的歌曲理解为他们抒发内心满足和幸福的途径，这实在令人诧异。"[1]

美国黑人抗议文学形式也出现在这一阶段，其代表作有耐特·特纳（Nat Turner，1800—1831）的《耐特·特纳的忏悔叙事》、哈丽雅特·雅各布斯（Harriet A. Jacobs，1813—1897）的《一个奴隶女孩的生活遭遇》(Incidents in the Life of a Slave Girl, 1861)，通过黑奴女孩布伦特双重意识的形成和发展，抨击美国南方奴隶制对女奴的双重剥削，揭露了19世纪上半叶美国南方残暴的奴隶制和北方的非人性种族歧视。威廉·威尔斯·布朗（William Wells Brown，1815—1884）的《克洛泰尔》(Clotelle, 1853)更是大胆地将笔触直指美国第三任总统托马斯·杰斐逊的绯闻传奇：女奴克洛泰尔是总统与其黑人管家萨莉·赫明斯（Sally Hemings）生的女儿，被当作商品卖给了一个政客，还与政客生育了两个孩子。政客正式结婚后，他的新婚白人妻子自然容不下克洛泰尔和她的两个孩子，便把她卖到南方腹地。克洛泰尔设法逃出来，历尽千辛万

---

[1] Frederick Douglass, *Narrative of the Life of Frederick Douglass*,(1845), in *Classic American Autobiographies*,ed., and with an Introduction by William L. Andrews, New York: New American Library, 2003, p. 250.

苦,想回去把自己的两个孩子救出来,不幸被抓回去。她又一次越狱逃跑,再次遭到白人追捕,绝望之中她跳入白宫不远的波托马克河自尽。[1]

回应这些呼声的还有两位更重要的黑人领袖,一位是布克·托·华盛顿,另一位是杜波伊斯。布克·托·华盛顿所代表的是一种妥协主义思想,他提出以黑人自救为核心,以黑人暂时放弃追求政治权利为前提,以繁荣黑人经济为根本,以发展黑人工业教育为手段,以种族融合为目标的政治思想,要求黑人种族通过勤奋的劳动、勤俭节约的生活方式、踏实的工作态度和基督教人格的塑造来获得美国宪法赋予每个美国公民的各种权利,在其代表作《从奴隶制崛起》(*Up from Slavery*,1901)中,布克·托·华盛顿通过自己的妥协主义和渐进主义原则劝告黑人,不要进行任何政治斗争,只要学会怎样循序渐进地改善自己的生存条件就行,尤其是在职业技术培训、经济技能掌握、文化知识提高等方面。

杜波伊斯则认为,尽管投票权和平等公民权任重道远,黑人不能因此就放弃政治权利。他认为布克·托·华盛顿的妥协主义政策只会导致黑人更加远离美国主流社会,因为发展黑人经济只是黑人民族主义的一部分,更重要的是要提高黑人的文化地位和政治地位。杜波伊斯还具有强烈的民族主义思想,他说:"尽管人类在肤色、生理结构和外貌上有诸多区别,但更大的区别在于各自的民族精神和民族文化,而黑人爵士乐是唯一真正的美国音乐。"[2] 杜波伊斯在其《黑人民

---

[1] 这部小说最先以 Clotel(《克洛泰尔》)为书名,于 1853 年在英国出版。布朗后来重写了这部小说,并重新命名为《克洛泰尔:南方各州的故事》(*Clotelle: A Tale of the Southern States*),1964 年在美国重版。在这个版本中,布朗没有直接用托马斯·杰斐逊的名字。国内已出版的一些论文和专著中将后者的出版日期标为 1854 年可能有误。

[2] 王恩铭:《美国黑人领袖及其政治思想研究》,上海外语教育出版社,2006 年,第 123 页。

族之魂》每一章的首页都引用了一首配有五线谱的黑人悲歌（Sorrow Songs）："这些悲歌被贬低、被误会、被误读，但它们是这个民族独一无二的精神遗产，是尼格鲁民族最伟大的天赋。我明白，这些歌曲是黑人奴隶在向世界表达他们的心声。"[1]

首部以黑白混血儿悲剧为主题的叙事小说《克洛泰尔》问世后，美国黑人音乐家与白人音乐家之间有了互动。一些白人化装成黑人，操着浓厚的黑人方言登台表演，讲述黑奴生活中的趣事，这种形式在19世纪初和中叶极为流行。白人作曲家斯蒂芬·福斯特有意将美国黑人曲调与和声结合到自己的音乐中，他的杰作《坎普镇赛马》《老黑奴》和《故乡的亲人》就是黑人和白人传统的混合物。艾琳·瑟仁在《美国黑人音乐》一书中写道："这里有一种奇妙的相互作用。滑稽歌唱表演歌曲最初受到正宗的黑奴歌曲的启发，在19世纪由白人歌手根据白人的口味加以变更和改编，然后又被黑人收回做进一步改编，以适应黑人音乐口味。"[2]

美国南北战争后，19世纪末到20世纪初，美国黑人文学的"呼应"传统在主题和风格上又产生了一些变化，主要体现在世俗性歌曲逐渐被演化为布鲁斯音乐和雷格泰姆，白人所谓的黑人"犯人"和"坏人"也加入"呼吁"的行列，牧师的布道呼声不再是主流，取而代之的是承载了更多美国黑人历史的民间故事和传说，这些呼声向世界传递着他们希望得到真正意义上自由的愿望。

美国黑人音乐中的呼应传统对拉尔夫·埃利森创作的影响更是显而易见的。埃利森的三部作品都有浓厚的音乐元素：他早期的短篇小

---

[1] W. E. B. Du Bois, *The Souls of Black Folk,* New York: Bantam Books, 1890, 1989 c, p. 178.
[2] 弗兰克·蒂罗：《爵士音乐史》，麦玲译，人民音乐出版社，1995年，第8—9页。

说集《飞行家和其他故事》是以一首题为"飞行家"的爵士乐命名;[1]《无形人》被文学界称为"一个爵士乐文本";《六月庆典》更是充分汲取了深厚的美国黑人文化遗产,小说语言广泛运用了令人赞叹的原始方言,小说构筑方式与黑人教堂的呼应模式,以及爵士乐即兴连复段和低音贝斯乐句相呼应,整部作品呈现出宏大爵士乐的特征。由此,埃利森延伸和拓展了黑人音乐的文学意义,他将布鲁斯音乐演绎成了一首交响乐,将他个人的生存哲学融入这首交响乐,并以高度象征化的形式将之上升为一种政治和社会评判,这种形式赋予了语言的种族暴力所不能及的力量。

1982年,《无形人》在美国发行第13版,埃利森在该版《前言》中回忆了这部小说的创作过程:"我不想再创作种族抗议小说了,我希望我的作品主人公的性格铸就于美国的地下室经历,它的浮现与其说是以愤怒的形式,还不如说是以讥讽的形式……他是一个年轻人,没有权力,渴望得到领导者的地位,但他注定失败。我当时默默无闻,故抱着不成功则成仁的信念,决定将我的主人公与陀思妥耶夫斯基《地下室手记》中的叙述者联系在一起。"但埃利森从未像巴赫金那样阐述陀思妥耶夫斯基作品中的音乐布局。埃利森文学创作中的"呼应"模式,从结构上看,既不同于美国非裔传统中的"呼应"表现形式与思想,也有异于巴赫金的纯叙事结构上的独白、大型对话与微型对话。

---

[1]《飞行家》(*Flying Home*) 是一首 32 小节流行爵士乐。据说,著名爵士乐演奏家莱昂内尔·汉普敦(Lionel Leo Hampton, 1908—2002)平生第一次等候登机时煞是紧张,为了压惊,他哼出了这首曲子,后来由著名爵士乐手本尼·歌德曼改编为一首六重奏(Sextet),又由汉普敦和克里斯蒂安改编为吉他独奏曲。1941 年,天才吉他手查理·克里斯蒂安发行了他的独奏专辑《电子吉他天才》,其中的第一支曲名便是《飞行家》。1944 年,埃利森以这首歌曲为名发表了他早期创作的一个短篇小说。50 年后,埃利森的短篇小说集出版时,这个曲名依然被保留在《飞行家和其他故事》中。

独白和对话都是戏剧术语,一个演员站在舞台上,没有其他的人物,他一个人在那里说话,这就叫独白;出现了两个或两个以上的人物跟他进行交谈,就叫对话。巴赫金认为,陀思妥耶夫斯基以前的欧洲小说都是独白型小说,主要体现为弘扬主体性的浪漫主义文学和现实主义文学。"独白型"小说的一个突出特征,就是众多性格和命运构成一个统一的客观世界,在作者统一的意志支配下层层展开。作者的意识决定了、主宰了小说人物的思想和命运。不管作品中出现什么人物、对话和思想,其实都是作者一个人的思想观点,作者只是把他的观点通过他所创作的主人公表现出来,实际上是作者一个人在那里说话,因为全部事件都是作为客体对象加以表现的,主人公也都是客体性的人物形象,都是作者意识的客体。虽然这些主人公也在说话,也有自己的声音,但他们的声音都是经由作者意志"过滤"之后得以放送的,不能形成自己的独立"声部",听起来就像是一个声部的合唱。这样,主人公的意志实际上是统一于作者的意识,因而丧失了自己独立存在的可能性。沉默听者的存在是戏剧独白诗中最具特色的成分,我们可以想象有人在听,然而永远也不会有人作答。

巴赫金发现,在陀思妥耶夫斯基的小说中,小说的创作者并不支配自己小说主人公的思想和命运,《地下室手记》就是按照复调音乐中转调的规律来进行的:"陀思妥耶夫斯基本人就指出过那种音乐型布局方法,他还比较了自己小说体系同音乐中变调理论或对比理论的相似之处。他把音乐中从一个调转入另一个调的变调规律十分精辟地移用到文学布局上来,如第二章里堕落女郎内心的痛苦,是同第一章中折磨她的人所受的凌辱相呼应的;可同时由于女郎只会顺从,她心理上的痛苦,同她自尊心受到伤害而无比愤怒的感受,又是相互对立的。这就是一位对一位。这是不同声音用不同调子唱同一个主题。这也正是揭示生活的多样性和人类感情的多层次性的多声现象。生活中的一切都是对位的,也是相互矛盾的。"[1]

如果说陀思妥耶夫斯基文学创作的复调性与对话性,是他艺术地观察和理解人与世界的最大创新,那巴赫金的伟大贡献,则是对陀思妥耶夫斯基的复调性与对话性进行了理论性阐释:"作家主要通过三方面的对话关系来描写这种作为思想形象的主人公。一是主人公与作者的对话。作者不是从外部居高临下地对主人公加以指令规定,而是站在对话者的立场,与具有独立自我意识的主人公平等对话。这样,主人公就不再是独白小说中那样的作者言论的客体,而成为与作者的声音有同等价值的对话主体。作者的声音也不再是主宰作品的唯一基调。二是主人公与主人公的对话。由于每一个主人公都是一个有独立意识的思维主体,因而他也就必然成为其他主人公交流的对象。每一个主人公的意识都脱离不开与其他意识的对话、论战而单独存在,都各以对方为自身存在的条件。主人公之间的对话不是简单的一问一答,而主要是对立意识的矛盾冲突,不同的声音在对话中交织着,形成了人物关系结构上的对位。三是主人公与自我的对话。这是一种以自我或虚拟的他人为对象的自白或内心独白。"[2]

巴赫金对陀思妥耶夫斯基文学创作的音乐性分析,经历了由复调向对话这一由形式向内容的转变。巴赫金进一步阐述:"复调小说内在的精神特征就是它的对话性,这对话性主要表现在主人公与作者(作者与人物)的对话、主人公与主人公(人物与人物)、主人公与自我(人物与自我)三个层面,而这三个层面的对话特征又直接或间接地揭示

---

[1] 巴赫金:《诗学与访谈》,白春仁等译,河北教育出版社,1998年,第58页。
[2] 巴赫金:《文本·对话与人文》,白春仁等译,河北教育出版社,1998年,第347页。

了人类生活对话性存在的基本状态，可以说陀思妥耶夫斯基的复调小说彻头彻尾都是对话性的……"[1]陀思妥耶夫斯基的复调小说内部和外部的各部分之间的关系，对巴赫金来说都带有对话性质："陀思妥耶夫斯基把整个小说当成一个'大型对话'来建构，在这个'大型对话'中，听得到结构上反映出来的主人公对话，它们给'大型对话'增添了鲜明浓重的色彩。最后，对话还向内部深入，渗进小说中的每种语言中，并把它变成双声语，渗进人物的每一手势中，每一面部表情的变化中，使人物的言语变得激动，断断续续。这就是陀思妥耶夫斯基语言风格特色的'微型对话'了。"[2]

埃利森从陀思妥耶夫斯基的小说创作中看到的，主要是陀氏从心理学和哲学的角度去探讨人类困惑和生存状况。《地下室手记》的叙述技巧，包括人物刻画、人物与人物之间的内心对话，以及作者巧妙地隐匿于文本的语言后，将客观的判断空间留给读者的全新叙述方式，也一定影响过埃利森。有评论家批评巴赫金"对陀思妥耶夫斯基的复调理解得有些狭窄，因为他忽略了陀思妥耶夫斯基小说中的社会批判层面"。[3]巴赫金后来也承认他的评论多少带有独白性，而埃利森音乐思想中的社会批判话语构成了他与巴赫金对话理论的最大差异。

埃利森的"大型对话"体现为他与美国历史和历史人物的对话。索·贝娄曾谈到埃利森对历史的热爱："拉尔夫对历史的了解可比我强多了。但是，我慢慢发现，他显然不只是在谈历史，也在谈他的生活，在把自己的生活融入美国历史。"[4]历史永远无法穷尽生活的真实，因

---

[1] 巴赫金：《文本·对话与人文》，白春仁等译，河北教育出版社，1998年，第347页。
[2] 巴赫金：《诗学与访谈》，白春仁等译，河北教育出版社，1998年，第56页。
[3] Caryl Emerson, *The First Hundred Years of Mikhail Bakhtin*, MA: Princeton University Press, 2000, p. 79.
[4] 拉尔夫·埃利森：《六月庆典》，谭惠娟、余东译，译林出版社，2003年，第9页。

为历史如果只关注社会结构和意识形态,那必然导致人们对历史产生片面化或简单化理解,音乐是人类记录于音符中的生活感受。《无形人》以令人窒息的种族歧视为历史语境,埃利森用布道和吟唱布鲁斯悲歌的形式,将美国历史上黑人被白人主宰、任人宰割的片段再现于小说的第一章。在再现历史的同时,作者巧妙地将历史事实与历史传奇糅合在一起,从历史的源头来反照与历史一脉相承的社会现实——从美国建国的那一天开始,白人和黑人在血缘上就并非泾渭分明,有谁能说得清楚起草了《独立宣言》的美国总统托马斯·杰斐逊的黑人情人为他生的那几个孩子,又为他留下了多少孙子和重孙?《六月庆典》是最具有独立性和完整性的一部历史叙事,它宛如一条大河,也许是密西西比河,对埃利森来说,它是一条融合了各种价值观及风格的伟大航道。在这部作品中,两位主人公分别是来自新英格兰州的参议员、奄奄一息的亚当·桑瑞德与年长的黑人牧师、爵士乐手希克曼,他们之间的历史对话发生在医院的病床前。他们从林肯颁布的《解放宣言》开始,围绕着神秘的家族和种族关系,逐渐展开两人的关系。埃利森"要使华盛顿作为一个权力、神秘、挫伤和可能的场所在希克曼心里运作起来。它代表了历史、过去、奴隶制、解放,也是一种对重建的背叛的延续。他不得不去猜想,或是竭力去猜想布里斯对这个城市及其权力结构究竟有多少了解。他要弄清楚,布里斯是如何避免在获取、操纵权力的过程中被陷得太深,他的经历和与之俱来的智慧又如何使他飞黄腾达"。[1]和《无形人》一样,《六月庆典》由始至终都在验证埃利森的信念,即时间的负荷——它的赐福和诅咒——体现为过去的事件在现时仍保持鲜活,或者说过去事件的人物逐步明白了过去的事

---

[1] 拉尔夫·埃利森:《六月庆典》,谭惠娟、余东译,译林出版社,2003年,第336页。

件仍对他们现在的生活产生影响。《无形人》中的主人公"我",与《六月庆典》中的主人公希克曼,一个是隐遁于地下室的思者,另一个是以保护者形象出现的黑人牧师,二人之间有一种在时间上和思想上的延续对话,希克曼与布里斯的内心世界对过去历史的回忆,则构成了整部小说的呼应模式。

埃利森的"微型对话",则体现在他与美国黑人民间文艺(黑人音乐家)、黑人文学传统和主流文学传统之间的对话。《无形人》的人物赖因哈特(Rinehart,即煞星拉斯)就受到布鲁斯歌手吉米·拉辛演唱的一首曲子的影响。[1]埃利森与美国黑人文学传统的对话,包括埃利森与弗雷德里克·道格拉斯有关美国民主政治双重标准的对话、与布克·托·华盛顿有关妥协思想与教育理念的对话,以及与理查德·赖特有关抗议小说思想和美国左翼思想的对话等。他与陀思妥耶夫斯基的对话表现在音乐结构和思想上;与爱默生的对话体现在隐藏于姓名中的复杂的个人与民族的身份问题;与霍桑的对话表现在将小说融入历史,将历史注入小说的艺术;与惠特曼的对话体现于两位思想家客观公允的历史观;与梅尔维尔之间则既有人物对话,比如,《无形人》中的人物休伯卡戈(Supercargo)直

---

[1] 歌词如下:"赖因哈特(Rinehart),赖因哈特,灯塔山巅,如此孤寂。"据埃利森记载:"赖因哈特是一个伪装高手,在他身上有很多巧合。我的脑海中出现了这个有内在和外在的含义的人名。后来我听哈佛大学的学生说,这是一个准备暴乱的信号,是一个混乱的信号。赖因哈特在我的小说中出现后不久,就爆发了哈莱姆骚乱。因此,赖因哈特在我的小说中是混乱的拟人化表达。"他还表达"美国"和"变化"的含义。他经历了许多混乱,也知道如何操纵混乱。这也是埃利森对梅尔维尔的《骗子的化妆表演》(*The Confidence Man*)这一古老主题的重复。"赖因哈特生活在一个没有坚实的过去,也没有稳定的阶级界限的国家,因此他的行踪飘忽不定……"详见 Ralph Ellison, "The Art of Fiction: An Interview", 1955. in *The Collected Essays of Ralph Ellison*, p. 223。

接沿用梅尔维尔《白鲸》中的押货员（Supercargo）[1]，也有种族批判思想和文学创作策略的对话，如无形的面具表现了内在化的多元文化思想，主次的颠覆体现了内在化的种族批判策略，历史的阴影传递了内在化的种族批判思想；与马克·吐温的对话让我们看到两位经典作家在文学结构、文学思想和文学语言上的传承和发展；与T. S.艾略特的对话则让我们感悟到文学传统与个人才能之间的关系；与福克纳的对话跨越了事实与虚构、理想与现实之间的种族界限……

可以说，埃利森文学话语的字里行间都充满了对话：这种对话既与陀思妥耶夫斯基的文学对话模式相似也有区别，它跨越了时空；这种对话既保留了美国非裔文学传统中的"呼应"模式的特点，又有所超越。它突破了种族界限，重塑了历史。因此，美国著名黑人理论家休斯顿·A.贝克独具匠心地称埃利森的文学批评话语为"元表现性评论"。[2]

---

[1] 押货员(Supercargo)是《海洋法》中的一个关键工种，专门负责押送货物及买卖货物。梅尔维尔《白鲸》中的押送员是个维持船上"秩序"（order）的白人，梅尔维尔实际上赋予了这个人物某种象征意义，因为维持秩序就意味着"混乱"（disorder），而"混乱"一词往往用于形容黑人。埃利森又用它表达两层新的转义，一是由普通名词变成了专有名字，二是由白人身份变成了黑人身份，他体魄强健，专门负责管理那群在"二战"中经历了战争创伤的黑人退伍老兵——他们回国后饱受不公正对待，因此经常制造混乱。

[2] 转引自Dale E. Peterson, "Response and Call: The African American Dialogue with Bakhtin", *American Literature*, Vol. 65, No. 4.(Dec.,1993),p. 769。另：2000年，美国杜克大学出版社和英国爱丁堡大学出版社同时出版了一位名叫伊恩·卜夏南（Ian Buchanan）教授的专著《德勒兹主义：一种元评论》（*Deleuzism : a metacommentary*）。卜夏南教授在书中称要对德勒兹的"精神分裂"理论进行一番阐释性革命，即分析文本是如何发生作用的，而不是文本的意义是什么，他将自己对德勒兹的研究定义为一种"元评论"（a metacommentary）。

结语

陀思妥耶夫斯基文学创作对音乐的创造性运用，对巴赫金的文学批评和文学理论的形成产生了很大影响，但巴赫金并没有止于复调理论。他广博的文化学术视野使其研究不断纵深发展，从巴赫金的三篇经典评论文中，我们可以看出，语言是巴赫金探讨上述理论的切入点。1926 年，巴赫金发表了《生活的话语和艺术的话语》(Discourse in Life and Discourse in Art)，批评了当时盛行的社会诗学，主张文学创作的理论诗学；在此基础上，巴赫金创作了《陀思妥耶夫斯基的诗学问题》，深化了陀思妥耶夫斯基的文学思想，并提出了著名的对话理论；大约在 1934—1935 年，巴赫金将他对文学语言的长期思考，写入《诗歌的话语和小说的话语》(Discourse in poetry and discourse in novel)："长篇小说的发展，就在于对话性的深化，它的扩大和精细。未被纳入对话的中立因素、亡故因素（岩石般的真理），剩得越来越少。对话深入分子中去，最后深入原子中去。"[1]巴赫金广博的文化学术视野使其研究不断纵深发展，他著述中所特有的学术批评术语，诸如对话理论、时空体结构、话语理论、狂欢化、杂语共存、交往行为等，均频繁出现在后现代和后殖民理论家的著述中，也使他以"文化哲学家"的身份著称于世。

拉尔夫·埃利森成功地将黑人布鲁斯音乐思想贯穿于他的文学创作和文化思想，则主要是从现代爵士乐的结构上的包容性和思想的开放性中获得启发。他的文化观与巴赫金的文化观多有相似，在

---

[1] 巴赫金著、白春仁等译，《诗学与访谈》，河北教育出版社，1998 年，第 81 页。

他的文学文本中,也有大量狂欢色彩与对话意识。从其早期探讨黑人音乐的评论文《理查德·赖特的布鲁斯》,到中期的《布鲁斯民族》,再到晚期探讨美国文化的经典论文《切霍火车站的小人物》,埃利森的批判话语贯穿着一种美国黑人文学特有的历史、文学、音乐、语言的对话性和混杂性,还有一种自下而上的多元文化观:"文化多元主义就像是我们呼吸的空气,就是我们脚踩的大地,就是我们拼命挣扎着要发现的我们的身份。"[1]埃利森的美国文化观,是他对美国历史、过去和边缘文化长期思考的结果。美国芝加哥大学英语系教授肯内斯·沃伦将拉尔夫·埃利森视为当时美国社会的"文化权威"[2],只有他敢于用论文的形式与其文化批评前辈阿兰·洛克对话[3],与当时极具影响的文学批评家欧文·豪[4]、汉娜·阿伦特[5]、罗伯特·沃伦[6]对话。他通过阐述自己独特而犀利的文化思想,增强了美国黑人对爵士乐研究的历史感、思想性与学术性。

---

[1] Ralph Ellison, "Alain Lockee", 1973, in *The Collected Essays of Ralph Ellison*, p. 444.

[2] Warren, Kenneth W., "Ralph Ellison and the Problem of Cultural Authority", *Boundary 2* 30.2.2008,Duke University Press, pp. 157-174.

[3] 见 Ralph Ellison, "Alain Lockee", 1974. in *The Collected Essays of Ralph Ellison*,pp. 441-447。

[4] 见 Ralph Ellison, "The World and the Jug", 1934, in *The Collected Essays of Ralph Ellison*,pp. 155-188。

[5] 见 Ralph Ellison, "What These Children are like", 1963, in *The Collected Essays of Ralph Ellison*, pp. 542-562。

[6] 见 Robert Penn Warren, *Who Speaks for the Negro*? New York: Random House, 1965,p. 194。

第八章 "小人物"与拉尔夫·埃利森的文化思想

引言

拉尔夫·埃利森被公认为美国著名黑人作家和文学批评家,鲜为人知的是,他还是美国 20 世纪 60 年代最深刻的文化批评家。埃利森一生都在思考美国文化现象,并撰写了大量关于美国文化研究的评论文。他重新阐释了尼格鲁文化,特别是黑人音乐,分析了黑人音乐家精湛的演奏技巧,揭示了艺术审美性与文化融合之间的内在联系,解构美国社会的黑白对立,构建了自己的文化融合思想;他通过对"小人物"的阐释,提出了一种自下而上的文化观,雄辩地揭示了美国文化的实质。

第一节 埃利森的文化思想产生的社会背景

从 1930 年到 1950 年,美国学术界普遍从社会科学的角度来研究美国黑人问题,并把尼格鲁人的文化和性格看作社会病理学的产物,他们认为非裔美国人的言谈举止与主流白人文化格格不入,认为黑人不可能产生值得自己肯定的文化。美国黑人文化到底对美国主流文化有多大的影响和贡献,这成了哈莱姆文艺复兴时期许多黑人作家和知识分子常常思考的问题,其代表人物就是拉尔夫·埃利森。

拉尔夫·埃利森从分析黑人文化的瑰宝——黑人音乐入手，来探讨美国黑人文化的独特性和重要价值，并阐明自己的文化融合思想。他对美国黑人音乐和美国文化的思考始于20世纪30年代的一段对话，当时埃利森还是塔斯克基学院的一名大二学生。有一天埃利森带着极大的不满情绪，向他的音乐启蒙老师赫兹尔·哈里森（Hazel Harrison）小姐[1]抱怨塔斯克基学院的教师只会教学生机械地蠕动嘴唇和扳动手指（a certain skill of lips and fingers），而没有教他们用情感和智慧去演奏音乐。哈里森小姐给了年轻的埃利森一个谜语般的答复："在美国，你的表现必须时刻呈最佳状态……最好的外表，最得体的言行。但作为这个国家的一名音乐家，你除了会演奏古典音乐外，还有更多的含义。那就是，哪怕是在塔斯克切霍火车站的候车室里，总会隐藏着一个小人物……他懂音乐、懂传统、懂音乐的鉴赏标准……记住这个小人物，你便会成为一名真正的艺术家。"[2]

　　1937—1944年，埃利森在"联邦作家工程"工作，这使他有机会从事大量社会调查，采访各个阶层的黑人，也促使他对美国非裔文学、音乐和文化形成了自己的独特观点。也是在这段时期，他写了数篇书评，这些书评至今仍被誉为探讨黑人音乐的经典性评论文，如《理查德·赖特的布鲁斯》（*Richard Wright's Blues*，1945）、《布鲁斯民族》（*Blues People*，1954）、《与音乐共生》（*Living with Music*，1955）等。其中尤为重要的是《理查德·赖特的布鲁斯》一文，他几乎将自己那些

---

[1] 据埃利森在文中介绍，当时在塔斯克基学院担任音乐教师的赫兹尔·哈里森小姐是意大利著名作曲家费鲁乔·布索尼（Ferruccio Busoni，1866—1924）的得意门生，她因希特勒狂热的种族主义和排犹运动而逃到美国。

[2] Ralph Ellison, "The Little Man at Chehaw Station: The American Artist and His Audience", 1977. in *The Collected Essays of Ralph Ellison*, pp. 489-490.

年对文学、音乐、社会问题的思考都浓缩在这篇书评中。他对赖特在《黑小子》中使用"文化荒芜"的措辞表现出宽容与理解，并对此进行了一番创造性的正面阐释："某些批评家对这段话的解释是，赖特在暗示尼格鲁人没有能力拥有文化，恰恰相反，赖特对尼格鲁文化给予了充分的肯定，他的意思是，是社会和历史给了尼格鲁人这样的感受……"[1]在《布鲁斯民族》中，埃利森反对巴拉卡"将布鲁斯音乐看作一种政治行为，而不是一种艺术形式……黑人作家对布鲁斯这一神秘的音乐艺术应该有特殊的见解。判断智慧必须应对艰难任务，也只有判断智慧才能应对艰难任务"。[2] 在1955年发表的《与音乐共生》中，埃利森对美国黑人爵士音乐家们给予了高度的赞誉："我从小就认识的这批爵士乐手那么虔诚，他们为音乐而生、与音乐共生。他们没有争名夺利的动机，唯望通过自己娴熟地弹奏乐器（他们随身携带的乐器如同牧师胸前的十字架），用最富表现力的手法来表达自己的思想情感；他们通过释放与倾听，以产生微妙的节奏，并由此将乐队即兴演奏时所需要的音乐思想、调子，以及想象力融为一体。"[3]埃利森的文化批评思想在《小说于美国民主之作用》(The Novel as a Function of American Democracy, 1967)、《阿兰·洛克》(Alain Lockee, 1973)，尤其是在《切霍火车站的小人物：美国艺术家及其观众》(The Little Man at Chehaw Station: The American Artist and His Audience, 1977)等经典评论文中都有犀利的阐释。

在埃利森以前，杜波伊斯和美国多元文化倡导人艾伦·洛克也认识到非裔美国文化的广博与精湛，也探讨过黑人音乐的实质和内涵，

---

[1] Ralph Ellison, "Richard Wright's Blues", 1945, in *The Collected Essays of Ralph Ellison*, p. 143.

[2] Ralph Ellison, "Blues People", 1964, in *The Collected Essays of Ralph Ellison*, p. 287.

[3] Ralph Ellison, "Living With Music", 1955, in *The Collected Essays of Ralph Ellison*, p. 229.

但埃利森进一步探讨了美国黑人文化和美国黑人艺术家在塑造整个美国民族文化时所起的重要作用,而这些作用是很多白人作家没有尽到的职责:"很少人意识到,像埃林顿和阿姆斯特朗这样的艺术家是美国自吹的乐观主义的守护人,他们时刻防备着我们这个社会滋生的不合理现象,给听众带来极大的娱乐。与司各特·菲茨杰拉德联系在一起的所谓爵士乐时代的混乱与放纵困扰了这个国家,而埃林顿和阿姆斯特朗的爵士乐实际上摈弃了那种混乱与放纵,这对他们来说,也许具有讽刺意味,但对我们来说,则是一种无意识的察觉。我们可以把埃林顿和海明威相提并论,他们都是大于现实生活的人,都是人类追求永恒的佼佼者,他们向世人证明:人类有力量通过艺术风格来给自己下定义,来治愈时间给他们的创伤。"[1]

从爵士乐的视角分析,康士坦茨·罗克(Constance Rourke)认为:"任何一个民族的文化源头都始于社会的底层,并通过感性认识得以发展,其表现手法不但体现在诗歌,还体现于整个民族。"[2]欧洲白人视音乐为高雅文化的精粹,认为音乐是一种高贵的艺术形式。相比之下,非洲黑人的音乐更加生活化,记载的是平民精神上的悲苦欢乐及生活的琐碎。埃利森认为布鲁斯音乐和爵士乐就是黑人民族文化的源头。他没有像影响力和争议很大的杜波伊斯那样,用咄咄逼人的语言去揭示"白人的灵魂",而是用冷静的口吻,用无可争议的文化事实来说服白人:在美国历史上,黑人虽然一直处于社会次等地位,属于弱势群体,但却借用爵士乐的这种旺盛生命力和丰饶的音乐传统,影

---

[1] Ralph Ellison, "Homage to Duke Ellington on His Birthday", 1977, in *The collected Essays of Ralph Ellison*, p. 678.

[2] 转引自 Jerry Gafio Watts, *Heroism and Black Intellectuals: Ralph Ellison, Politics, and African American Intellectual Life*. North Carolina: The University of North Carolina Press, 1994, p. 100。

响并支配了美国流行音乐的走向。美国黑人有自己的文化,美国黑人音乐就是黑人文化的代表。美国黑人音乐深深融入了美国流行音乐甚至整个美国文化,它是观察美国黑人文化及整个美国文化的一个窗口,从中可以窥见美国黑人文化及整个美国文化的融合性特征。

埃利森认为,最初的融合是发生在黑奴及其主子之间:"那些跳舞的奴隶站在奴隶主庄园的院子里,透过玻璃窗朝里看,模仿屋内其白人主子庄重的步伐,同时加进了他们自己特有的风度和鉴赏,这样,一方面他(她)们戏仿了白人的步伐,另一方面在白人的步伐中融入他们自己独特的舞步。那些白人望着窗子外面发生的一切,一方面觉得自己的步伐被黑人模仿了,也颇感荣幸;另一方面,穿着破烂的黑人踏着宫廷步伐给人一种不协调的感觉,对此他们又觉得很好笑;同时他们完全忘记了一个事实,那就是,他们眼前的这一幕意味着一个一半来自非洲的民族用一种玩笑的形式,使一种欧洲文化形式产生变异后美国化了。因此,看着黑人带着讥笑跳着舞,白人全然不知地大笑着。"[1]

在美国历史上,两种民族文化的融合往往发生在美国的危难时期。20世纪初期,爵士乐以新奥尔良为中心,产生过一次音乐的融合,因为新奥尔良曾历经多个欧洲殖民国家的统治,不同的音乐文化在此时由各自独立转为共存共荣,黑人音乐在此刻扮演了重要角色。第一次世界大战后,随着传播媒体相继出现,爵士乐开始向社会各个阶层传播,促成了黑人与白人文化的再次融合,比如,"埃林顿和他神奇乐队演奏的爵士乐传递了一种神秘得令人无法解析的信息,那就是美国

---

[1] Ralph Ellison, "Homage to Duke Ellington on His Birthday", 1969, in *The collected Essays of Ralph Ellison*, p. 671.

黑人的黑中有白，美国白人无法避免的白中有黑"。[1]

黑人爵士音乐记载了美国的历史，它既借鉴了欧洲音乐的和声、节奏、旋律，同时又保留了自己的特点。可以说，美国爵士音乐一如这个国家的历史，经历了各族裔文化的融合与发展。埃利森揭示了这段经历，并托举起了这段历史。

与此同时，更多黑人知识分子意识到暴力反抗和激进思想解决不了种族冲突。拉尔夫·埃利森文学作品的艺术价值和文化思想逐渐被黑人知识分子所接受。他们终于意识到，"白色"作为一种意识形态，完全是一种社会创造物，是一种政治行为。拉尔夫·埃利森成功地将黑人音乐的表现手法运用于黑人民族文学创作中，他的文化思想是对20世纪上半叶盛行的从社会科学的角度研究黑人问题的反拨。

第二节 "小人物"的文化阐释及埃利森的多元文化观

拉尔夫·埃利森的文化融合思想与他的多元文化观密切相关。强调文化的多元并存，是倡导文化融合的前提；认为某种文化独尊，而其他文化不值一提，自然就不会倡导文化融合。反过来，正因为他具有文化融合思想，所以他才能用开放的心态看待多元文化，真正贯彻多元文化观。

作为一个黑人文学家和思想家，埃利森的多元文化观具有鲜明个性，这就是从下层、从小人物的角度来看待多元文化。换言之，他不是一般性地强调多种文化都同样具有价值，而是强调下层的、小人物的文化上等人的高雅文化同样具有价值。哈里森小姐当初提到的"小

---

[1] Ralph Ellison, "Homage to Duke Ellington on His Birthday", 1969, in *The collected Essays of Ralph Ellison*, p. 677.

人物"的形象给了他重要启发,但当时他对哈里森小姐的这个谜一般的隐语并没有完全领会,多年后,他才做出这样的理解与阐释:"哈里森小姐是用小火车中转站这样一个卑微的隐喻,来形容美国民主感觉的传播,因为切霍火车站对有着完全不同的生活品位和生活方式的人来说,都同样是起点站和终点站。慈善家、商人、佃农、学生、艺术家们都穿梭于车站门,但他们也都还穿梭于卡内基大厅(Carnegie Hall)和大都会博物馆(Metropolitan Museum),只不过是以一种更高雅的方式罢了。这三个建筑都是不同民族和不同肤色人种的聚集场所……它们都会不时提醒我们,在这个特殊的国家,哪怕最有同质性的聚集者,他们的身份也是混杂和多元的。"[1]

埃利森一直思考和强调的这个"小人物"概念的深刻内涵,并不容易被人们理解,他重点阐释这一概念的经典论文《切霍火车站的小人物:美国艺术家及其观众》在人们看来也显得艰涩难懂,就连美国左翼文学批评家霍腾丝·J.斯比勒斯在《切霍火车站的小人物:今天》一文的开篇也如是说:"可以不夸张地说,我这一辈子多少了解一点'切霍火车站的小人物'了……"[2]

不同批评家对"小人物"的解释也不尽相同。休斯顿·A.贝克是最先对"小人物"做出解释的学者:"在美国,非裔美国人处于方言梯的底层。他们对铁路火车发出的声音会产生一种回应,将之理解为有象征意义的语言,既表达经济进步,也传递了美学表现手法的可能。这种可能性来自火车头的那种推动力,还有火车头的那种没有约束的勇往直前和没有限制的自由。因此,埃利森选择了火车站这个美国传

---

[1] Ralph Ellison, "The Little Man at Chehaw Station: The American Artist and His Audience", 1977. in *The Collected Essays of Ralph Ellison*, pp. 493.

[2] Hortense. J. Spillers, "The Little Man at Chehaw Station: Today", *Boundary* 2, p. 5.

统主题，并将'小人物'定义为起警告作用的人物，他向艺术家发出了挑战，要求艺术家达到表达方式的新高度。[1]如果我们忽略他可能的存在，文明的民主思想，也就是爱默生和惠特曼等人追求的目标，便会遭到暴力的践踏。因此，切霍火车站的小人物正是民主思想的隐喻。如果尊重他的存在，即使最具先锋特点的艺术也可成为提升一般艺术品位的中介。艺术作品终究是一种信仰，一种相信我们有能力用象征手法进行交流的行为。"

哈佛大学教授盖茨受休斯顿·A.贝克的启发，进一步追溯了"小人物"在美国黑人文学传统中的定义："切霍火车站的小人物，是命运十字路口上意外遇到的恶作剧精灵人物。这个小人物使人想起埃苏，他也是个小人物，在人世间的住所也处于十字路口，如约鲁巴诗歌所示：

拉托帕，小人物埃苏	Latopa, Esu little man
拉托帕，小人物埃苏	Latopa, Esu little man
举止唐突、个子矮小	Shortly, diminutive man
小个子，小人物	Tiny, little man
他用双手擤鼻涕	He uses both hands to sniffle
我们称他为大师……	We call him master [2]

不管哈里森小姐的"懂音乐、懂传统、懂音乐的鉴赏标准"的小

---

[1] Houston A. Baker, Jr., *Blues, Ideology, and Afro-American Literature -- A Vernacular Theory*, Chicago: The University of Chicago Press, 1984, p. 11.

[2] Henry Louis Gates Jr., *The Signifying Monkey: A Theory of Afro-American Literary Criticism*. New York and Oxford: Oxford University Press, 1988, p. 65.

人物是否就是贝克的火车头或是非洲恶作剧精灵"大师埃苏",这三个形象的共性是显而易见的:他们都来自社会底层,懂艺术,给世人以警示。可见"小人物"已是当代美国非裔理论家将黑人方言的意指转换为文学批评理论话语的核心概念之一。

埃利森的这种多元文化观与艾伦·洛克的观点不尽相同。洛克的文化多元主义,用他自己的话来说,"是一种文化之间的对等交流"(intercultural reciprocity)[1]。洛克早年毕业于哈佛大学,导师是包括威廉·詹姆斯在内的一批白人精英,他认为普通黑人根本没有艺术创造力,黑人精英分子的职责就是提升黑人大众的品位……"[2]显然,洛克的文化多元主义包含了精英意识,是一种由上至下的观点。埃利森对此表示极大的不满:"这样做无异于承认自己是二等人类。艾伦·洛克在突出自己的多元文化理想的同时,又做了某些相反的事情,他向往的自由包含了某种复杂的不自由,而这种不自由就是我们黑人正在美国所遭遇的不幸。具体说来,没有一种美国本土方言或正规语言没有被我们触及和影响过,洛克察觉到了这一点。我们中的有些人一直在刻意思考作为一个美国人,或者说作为一个尼格鲁人意味着什么,他们不是洛克的信徒,我肯定也不是。"[3]

埃利森对多元文化的定义也表明了自己的文化立场与艾伦·洛克的不同:"文化多元主义就像是我们呼吸的空气,就是我们脚踩的大地,

---

[1] Leonard Harris and Charles Molesworth, eds., *Alain L. Lockee: Biography of a Philosopher*, Chicago and London: The University of Chicago Press, 2008.

[2] Washington, Johnny, *Alain Lockee and Philosophy: A Quest for Cultural Pluralism*, New York: Greenwood Press, 1986, p. 170.

[3] Ralph Ellison. "Alain Lockee", 1973, in *The Collected Essays of Ralph Ellison*, p. 445.

就是我们发现拼命挣扎着要发现的我们的身份。"[1]在埃利森看来，文化的界定就是身份的认定。也许，美国文化身份的神秘性，就存在于埃利森对"小人物"的阐释中，他这种自下而上的多元文化观也为贝克和盖茨对"小人物"的文化鉴定提供了理论依据。

斯比勒斯·霍腾丝还注意到，埃利森通篇论文都是用"美国"，而不是用"合众国"。埃利森就是要通过指称的使用，让人们意识到："美国人一方面诱使人们固执地倾向于减少文化的多样性，以获得一种显而易见的统一性。另一方面，美国人又总是强调其文化的不同组成部分（凭此他们较容易辨别身份），而不是其复杂和多元的整体性。他们认同部分，也许是因为整体——如果不是因为有什么不同特点的话——比部分大。这种不同特点，这种新的不确定的特性，我们称之为美国特性——也就是这种差别，因为不协调，所以给我们带来了一种不安，因为它时刻提醒我们，美国民主不仅仅是一种由个人组成的政治集体，从文化意义来说，还是由风格、品位和传统构成的集体。"[2]

第三节　埃利森多元文化思想的文学艺术

美国黑人文学批评家罗伯特·奥米利（Robert O' Meally）有一次问拉尔夫·埃利森："哈莱姆文艺复兴没能建立一种社会制度来保护我们的成果，难道你不认为有失败之处吗？"埃利森回答道："不，我们

---

[1] Ralph Ellison. "Alain Lockee", 1973, in *The Collected Essays of Ralph Ellison*, p. 444.

[2] Ralph Ellison. "The Little Man at Chehaw Station: The American Artist and His Audience", 1977, in *The Collected Essays of Ralph Ellison*, p. 496.

已经有法治，有民权，还有爵士乐。"[1]

埃利森的言下之意是，不管是哈莱姆文艺复兴运动，还是尼格鲁人的文学运动，如果要在美国高雅文学中留下烙印，并不需要其他手段了，因为美国有最古老、最明确的宪法——人人生而平等，有民权法，还有爵士乐这种独特的音乐形式。埃利森似乎在提醒黑人，在一个种族偏见十分严重的社会，如果没有宪法和民权作为政治上表达自由的试金石，尼格鲁人创造伟大艺术的空间将会十分狭小，因此不要忽略尼格鲁人已有的东西。他也似乎在提醒白人，美国宪法和民权法是美国赖以生存的支柱，它们不但属于白人，也属于黑人；不管是白人还是黑人，都应该享受"人人生而平等"的权利；不管是尼格鲁人还是白人，他们的美国公民权都应该得到保障；不管是白人还是黑人，要无视或否认美国宪法和民权法，那只会暴露其固执和无知。

埃利森强调美国宪法对保护黑人权利的重要性，同时认为倡导黑人的文化对促进文化融合和提高黑人的地位具有重要意义。因此他力图通过自己的文学创作促进文化的多元与融合，他的文化观与巴赫金的文化观多有相似之处。在他的文学文本中，也有大量狂欢色彩与对话意识，但就大众文化而言，他的文化观可能更接近英国文化批评家斯图亚特·霍尔。霍尔认为："我们无从寻觅其（大众文化）纯粹的原始状态，因为它一开始便与其他文化元素交汇、融合在一起，它始终并且已经混合化了——它没有迷失在遥远的中途，而是到处存在着：从我们音乐的和声，到非洲的泛音，它无时无刻不穿插和交汇于我们

---

[1] Ralph Ellison. *Living With Music: Ralph Ellison's Jazz Writings*. With an Introduction by O' Meally, Robert. New York: Random House, 2001., p. xi.

生活中的方方面面。"[1]埃利森作品中的人物，就具有这种复杂、神秘、迷幻的特征。埃利森的"小人物"是一个漂移性很强的符号，它没有定所，没有终结，它的在场充满了神秘色彩。"小人物"也类似德里达的"原始符号"，它摆脱了一切实用的交往语境，并独立于作为言语者和听者的主体。正如哈贝马斯所说："原始书写复活了作为永远延续的启示事件的神秘主义传统概念，正如宗教权威只有在遮蔽自己真正的面目，并激发解释者的破译时，才能保持住力量。"[2]

作家的使命就是要与读者交流，在某种程度上，作品人物的塑造取决于其交流的手段。以读者的视角，"小人物"来自边缘和底层，但它是一个民族文化身份的源头，美国文化中的"小人物"，就是T. S. 艾略特的"埃塞俄比亚"旋律，它在艺术家的笔下更是一种文化的审美表意。行文至此，我们要回到拉尔夫·埃利森的论文《切霍火车站的小人物：美国艺术家及其观众》，看看文学艺术家埃利森是如何通过探讨文化思想来为自己的审美艺术观辩护的："随着时间的推移，我逐渐意识到，小人物所象征的恰恰是美国民主思想中的那种不可思议的审美交流。我将其与美国普通听众的变形人物相比，说明其品位尚未被认可，也没有被同化。对我来说，他代表了那种不为人知的素质，他给予美国听众的，不仅仅是一种以纯粹而娴熟的修辞手法为主的接受手段，而是艺术家创作的突发灵感和金银丝般的完美艺术。一方面，艺术家急于要打动、震惊，甚至要震颤那种观众；另一方面，艺术家又要用一种既对立又合作的态度对待听众，使观众直面他对艺术形式的操纵。要让观众充当合作者和评判者的作用，不管其作用是

---

[1] 斯图亚特·霍尔：《文化身份与族裔散居》，收录于罗钢、刘象愚主编，《文化研究读本》，中国社会科学出版社，2000年，第220页。

[2] 尤尔根·哈贝马斯：《现代性的哲学话语》，曹卫东等译，译林出版社，2008年，第192页。

好是坏。就好比一支奇怪的管弦乐队,首席指挥要将自己对艺术的阐释强压给乐队,以获得听众的褒奖,他不得不规诫、劝说,甚至恳求。他不得不发出这样的呼吁,因为他知道,必须将假定的真理通过音乐召唤为一种新的艺术真理维度。观众对其个人经历和生活方式有自己的看法,艺术家要努力通过演奏,将其情感和认知转化为自己想象的艺术方式;与此同时,他还要在这场'两人对演的探戈舞'中,既有合作,又有抵御地进行对话交流。作为美国听众的代表,在这位小人物的个人经历中,无论是其生活还是艺术经历,都有某种尚未解码的美国性,使他从中获得了启发。当他与艺术家的艺术形式进行无声对话时,他会根据自己的感受来认定,该艺术作品是真实描写了美国经历还是歪曲了美国经历。"[1]"小人物"就是"无形人",通过一个变异过程,终于在埃利森的《无形人》中蜕变为一个思者和艺术家。

我们可以得出这样的结论:埃利森成功将黑人音乐的表现手法运用于黑人民族文学创作中,他的文学贡献体现在其特质,即从形式上继承美国黑人音乐的呼应传统,看到了对话的存在与实质,并将之运用到自己的文学创作形式中,从思想上超越了传统对话的形式和内涵,引发对话的是一种无形的文化渗透力,也就是他说的文化的必然性(cultural necessity)[2]。加拿大诺丁汉大学英语系教授理查德·金通过对埃利森的文学评论文的解读,认为"埃利森认为自己所有的文学创作都是对由民主可能和多元文化组成的美国文化的贡献……因此,美国某些文化保守主义者认为诺贝尔奖应该颁发给拉尔夫·埃利森,而

---

[1] Ralph Ellison, "The Little Man at Chehaw Station: The American Artist and His Audience", 1977, in *The Collected Essays of Ralph Ellison*, p. 492.

[2] 同上书, p. 493。

不是托尼·莫里森"。[1] 1964年，著名学者斯坦利·埃德加·海曼在《新领导人》发表评论说："拉尔夫·埃利森对美国经历的复杂性有着敏锐的洞察力，他是迄今为止美国最深刻的文化批评家，他对自由、可能性和博爱的理解展示了我们这个时代的智慧。"[2] 但埃利森关于黑人文化与美国文化的一系列思考，他的文化融合思想和多元文化思想，在相当长的时间里一直没有得到人们的充分理解和重视。1991年，美国斯坦福大学雪莱教授在采访埃利森时能感觉到，埃利森对自己的文化思想在美国主流文化研究界的影响力不够而感到很遗憾。[3]

拉尔夫·埃利森是美国非裔文学中融合精神的代表人物，他的文化研究道出了美国社会的一个惊人秘密：白色性只不过是一个白人种族主义者试图掩盖美国融合事实的假象。同时，有更多黑人知识分子意识到，暴力反抗和激进思想解决不了种族冲突。埃利森文学作品的艺术价值和文化思想逐渐为黑人知识分子所接受。他们终于意识到，"白色"作为一种意识形态，完全是一种社会创造物，是一种政治行为。

埃利森文学创作中的融合精神只是他践行其文化思想的一种行为。他在念大学时就开始深入思考美国文化问题，并从美国音乐、语言和血缘等方面着手，解构了西方传统中的黑白对立观点，也为其独特的文学批评思想和文化阐释增加了许多隐喻和新词。他一改大学老师机械地蠕动嘴唇和扳动手指的那种演奏和理解音乐的方式，用"抚

---

[1] Richard H. King, "The Uncreated Conscience of My Race / The Uncreated Features of His Face: The Strange Career of Ralph Ellison", *Journal of American Studies*, 34 (2000), Cambridge University Press, p. 305.

[2] 转引自 Robert G. O' Meally, *The Craft of Ralph Ellison*, Massachusetts: Harvard University Press, 1980, p. 132。

[3] Shelley Fisher Fishkin, "Interrogating Whiteness, Complicating Blackness: Remapping American Culture", *American Quarterly*, Vol. 47, No. 3(Sept., 1995), p. 428.

平创伤"（to finger the jagged grain）来提升黑人的音乐演奏；当美国主流社会普遍认为黑人音乐是一种娱乐形式或政治行为时，他将布鲁斯定位为一种动力（impulse），认为其魅力就在于它既表达了生活的痛苦，也表达了通过坚忍不拔的精神战胜这种痛苦的可能；当黑人民族被主流思想界认定为"懒惰和感情冲动的（lazy and emotional）劣等民族"时，他从那些闻名于世的爵士乐家的表演中看到的是他们"用最富表现力的手法来表达自己的思想情感"；当美国主流社会一再标榜白人高人一等时，他将美国文化描述为"呈爵士乐形式"。埃利森通过自己独特的美学思想，一方面唤醒美国民众对自己的民族身份保持清醒的认识，另一方面将非裔美国民族的命运与整个美国民族的命运紧密联系在一起，这是一个真正的艺术家才能达到的思想境界。他的文化批评思想值得国内外学界给予更多肯定和关注。

第九章　拉尔夫·埃利森第二部小说的难产及其原因

引言

1994年4月16日，拉尔夫·埃利森在哈莱姆里弗赛德路公寓去世，他在这里住了40年，那一年他80岁，依然是一个"只写过一部作品的小说家"。临终前，埃利森依然想着酝酿了40年之久的第二部小说《六月庆典》——这部小说"像天堂（也是地狱）之犬，年复一年地追逐着他，沿着他脑海中的迷宫之路追逐着他，直至1994年他生命的尽头"。[1] 对于埃利森的第二部小说为什么最终胎死腹中，美国学界对此众说纷纭，莫衷一是。笔者认为，是艺术美学观与社会现实的矛盾、相同宿命与共同困惑，以及文学理想的破灭等原因导致了埃利森第二部小说的难产。

第一节　难产之谜

埃利森生前只发表了《无形人》这一部长篇小说，它用高度艺术化的手法揭示了黑人在美国遭受的种族歧视。《无形人》也是一部探索人类生存处境的美国成长小说，主人公始终在过去与现在、个人的

---

[1] John F. Callahan, "Introduction", 1999, in Ralph Ellison, *Juneteenth*. New York: Random House, 1999, pp. i-ii.

无知与人性的过失、幻想与现实、秩序与混乱的冲突中莽撞地挣扎与碰撞，他用堂吉诃德式的姿态，充满希望地验证那已知的特定复杂性。单纯的主人公在寻找自我身份中所经历的种种遭遇，比较典型地反映了人类渴望摆脱社会刻板化的巨大影响。《无形人》中的"我"在获得自我意识前，不得不承受由这种刻板化带来的一次又一次被操纵、被欺骗、被出卖甚至被羞辱的痛苦经历，"我"在觉醒后没有采取暴力反抗和报复，而是躲进地下室开始回忆、反思和总结。由此，埃利森又一次向世人表达一种积极乐观的生活态度：人类可以战胜任何困境，从而达到一种精神上的独立与自由。这种乐观的生活态度也赋予了《无形人》一种永恒的艺术价值，因此，T. S. 艾略特将拉尔夫·埃利森的《无形人》与《奥德赛》《浮士德》《堂吉诃德》和《哈克贝利·费恩历险记》等一流文学经典相媲美，足见埃利森的文学思想艺术获得了美国非裔文学界最大的成功，世上"没有哪个作家凭一部小说而受到如此多的赞美、荣誉和奖励"[1]。

《无形人》的成功引起了美国黑人文学界、美国文学界，乃至世界文学界对埃利森小说创作的浓厚兴趣，读者们包括喜爱和痛恨《无形人》的读者，多年来一直在关注或等待他"创作中的长篇小说"（novel-in-progress）的问世。据大量资料记载，早在1952年，即在《无形人》出版前，埃利森就开始了他的第二部小说《六月庆典》的构思和创作。在《无形人》出版后的20多年里，这部小说手稿的许多章节先后被刊登在一些文学杂志上：1960年，《希克曼的到来》和《屋顶、尖塔及屋里的人》先后被发表在《崇高的野蛮》和《文学评论季刊》上。1969年，《夜谈》被发表在《文学评论季刊》。1973年，《闪光的卡迪拉克》

---

[1] Norman.Podhoretz, "What Happened to Ralph Ellison", *Commentary*. Vol. 108, 1999, p. 1.

被发表在《美国评论》。1977年,《向参议员发出的请求》被发表在《马萨诸塞州评论》。1967年,另一章节以《六月庆典》为名被发表在《文学评论季刊》。1980年,他向一个朋友透露,他已经对故事的大意进行了重新构思,并增加了故事的篇幅。那么拉尔夫·埃利森生前为什么不让自己的第二部小说付梓,而最终选择让自己的第二部小说与自己一道沉寂?那些攻击他的人在质问:为什么一个成功创作了第一部小说的伟大作家,却迟迟写不出第二部小说?他们把埃利森与美国另外两位英年早逝的作家托马斯·赫根和罗斯·洛克里奇相比。[1]埃利森给美国文学界,也给世界文坛留下了一个不小的疑团,这个疑团也成了埃利森研究中一个无法回避的问题。

劳伦斯·杰克逊认为:"正是拉尔夫·埃利森在文学创作上的'个人野心'导致了他对赖特的感情趋于冷淡,最后导致了他们之间友情的破裂,也导致他第二部小说的受挫。"[2]哈罗德·布鲁姆认为:"在拉尔夫·埃利森的最后十几年里,他一直被一层阴影笼罩,与其说是担心自己无法再创作出一部符合自己高标准艺术水准的小说,还不如说是因为一种社会压力,只有他放弃他的这种个人姿态,这种压力才会随之减轻。"[3]一向强调文学审美自主性的布鲁姆并没有详细阐述何种社会压力。拉尔夫·埃利森和他的同时代文学前辈斯坦利·埃德加·海曼去世数年后,索·贝娄则得出了一个更为夸张的结论:"正是斯坦

---

[1] 托马斯·赫根(Thomas Heggen,1918—1949)创作的剧本《罗伯兹先生》(*Mr. Roberts*, 1948)于1949年获托尼奖,奖项发布时赫根已经去世。罗斯·洛克里奇(Ross Lockeridge,1914—1948)创作了《雨树县》(*Raintree Country*),他也英年早逝。

[2] Lawrence P. Jackson, "The Birth of the Critic: The Literary Friendship of Ralph Ellison and Richard Wright", *American Literature*, Vol. 72/2 (2000), pp. 321-355.

[3] Harold Bloom, *Genius: A Mosaic of One Hundred Exemplary Critical Minds*. New York: Warner Books, 2002, p. 809.

利·埃德加·海曼毁掉了拉尔夫·埃利森,海曼培养了埃利森的深沉性格,并鼓励其成为某种文学立场的代言人和权威。这样,埃利森不得不在我和海曼之间做出选择。海曼是一个好犹太人,而我不是……海曼视自己为伟大思想家,让埃利森觉得自己方方面面都是权威,因此他没有能够自由地成长。"[1]

拉尔夫·埃利森之所以没有让《六月庆典》在他生前面世,一定有其复杂而难言的原因,或许只有他本人能说清楚。可以道明的一个意想不到的原因是,1967 年,在这部书即将完稿时,一场大火烧毁了他 368 页的修订手稿,这对一个作者来说,其损失和打击是致命的。笔者认为,除了上述文学批评家推测的种种原因外,可能还存在一些来自埃利森主观方面的复杂因素,这些因素最终导致《六月庆典》成为遗作。

第二节 艺术美学观与社会现实的矛盾

20 世纪 60 年代左右,美国现实世界的混乱以及政治暗杀事件的不断发生,让埃利森无法完全坚持自己追求的艺术观。1954 年,美国最高法院在布朗案中裁决公立学校的种族隔离制度违反美国宪法,但该法律规定在美国几乎难以实施。1957 年 9 月初,美国阿肯色州小石城地方法院根据 1954 年最高法院关于取消公立学校种族隔离的决定,宣布该市公立中心中学接纳 9 名黑人学生入学。白人种族主义分子激烈反对这一决定。9 月 2 日,该州州长福布斯以"防暴"为名派出国民警卫队去阻止黑人学生入学,但未成功。23 日,在州长的纵容

---

[1] Rampersad, Arnold, *Ralph Ellison: A Biography*., New York: Alfred A. Knopf, 2007, p. 311. 斯坦利·埃德加·海曼是著名犹太裔文学批评家。

下，上千名种族主义分子包围学校，殴打黑人记者，并把8名入学的黑人学生赶走。随后南方几个州也发生了袭击黑人的事件。小石城事件震动了全世界，艾森豪威尔政府被迫于24日派伞兵部队千余人赶赴小石城，"保护"黑人入学。在政府的干预下，地方当局于1959年才宣布取消公立学校的种族隔离制度。汉娜·阿伦特1959年在《异见》第6期发表《对小石城事件的思考》("Reflection on Little Rock")[1]，谴责黑人父母不顾这9个孩子的心理感受，认为这是一种非人道的行为。她的文章引起了很多美国黑人知识分子的强烈不满，他们站出来抨击阿伦特的观点，就连对民权运动采取观望态度的埃利森也公开表示支持孩子们的行为，他指出汉娜·阿伦特不了解那些黑人父母灌输的是一种牺牲精神，这是推动这个国家走向真正民主、平等所必要的。

令拉尔夫·埃利森始料不及的是，这种推动美国走向真正民主、平等的牺牲还远远不止这些。1964年，3名黑人民权主义者在密西西比州尚巴郡被以镇长为首的21人杀害；1965年，马尔科姆·X被刺杀；1966年，黑人大学生詹姆斯在徒步回家的路上被枪杀，他身中60发子弹；1968年，马丁·路德·金被暗杀，黑人民权运动从此陷入低谷。美国迟迟悬而未决的种族对抗似乎验证了理查德·赖特极为灰暗的观点，这些观点比埃利森的高雅艺术观和思想民主观更能打动年轻的黑人一代。因此，"在1965年对38位黑人作家的一次民意调查中，超过一半的人依然认为，赖特是有史以来最重要的美国黑人作家"。[2]

---

[1] 详情可参见 Kennth W. Warren, "Ralph Ellison and the Problem of Cultural Authority", *Boundary* 2.30:2, Summer, 2003, pp. 157-174。

[2] Bernard W. Bell, *The Afro-American Novel and Its Tradition*, Amherst: The University of Massachusetts Press,1987,p. 279.

此时，美国黑人文学"前辈"理查德·赖特已经去世，文学"新人"詹姆斯·鲍德温虽然离开了美国，但他声称随时听候美国民权运动的召唤。此时的拉尔夫·埃利森既是美国白人政界和白人主流文学界最为认可的黑人作家，也是黑人文学界的领袖人物。但埃利森依然认为，作家参与社会或政治运动，这在本质上就与作家的创作艺术思想格格不入，因此，他对民权运动采取不理不睬的态度，继续埋头写他的第二部小说。埃利森的右倾思想更体现在他竟然公开支持约翰逊总统攻打越南的政策。这场战争是美国历史上战争时间持续最长的，从 20 世纪 50 年代一直持续到 70 年代，最终以美国支持的南越失败、以苏联和其他共产党国家支持的越共获胜而结束。战争也导致五万多名美国士兵死于异国他乡，越南的伤亡更是惨重：南越战死五十多万士兵，越共战死九十多万士兵。对南越近五年的支持使美国陷入战争的深渊，再加上国内日益激烈的城市暴乱，使美国又一次面临分裂。内外受困的约翰逊总统不得不于 1968 年 3 月 31 日公开声明不再参加下一轮总统竞选。上述两件事情使埃利森在 20 世纪 60 年代不时遭到美国左翼文学界和美国黑人激进分子的攻击。

在这种国际冲突和国内矛盾日益尖锐的情况下，他的第二部小说创作的进展从主观上来说就不可能顺利。美国社会的悲剧性种族暴力和流血事件震惊了全世界。埃利森在主观上也不得不顺应风云的骤变，随时调整自己的舵向和创作思路：仅凭借希克曼那样无条件的宽容与博爱究竟能否感化白人世界？

作为当时最为白人主流文学界所接受的黑人文学界权威作家，埃利森既不能完全保持沉默，也不能随便公开自己的观点。1970 年，他高瞻远瞩，用清晰明了的语言写了著名的论文《没有黑人美国将会怎样》，该文通过剖析美国语言文化来剖析美国种族冲突的历史根源,由此进一步阐明了埃利森的美国文化和美国身份的融合观:"从这个国家产生的那天开始,美国白人的内心始终受一种对自己身份不确定的折磨。简而言之,他们采取的最简便的方法,就是在美国黑人身上做文章。他们使黑人变成了一种标志,一种局限的象征,一种'局外人'的隐喻。许多白人会十分留意黑人的社会地位,他们认为,肤色是决定某个人是或不是美国公民的一种简便和可靠的尺度。也许,这就是为什么许多欧洲移民首先学会的绰号之一就是'黑鬼',这让他们立刻感到他们是美国人。但这只是骗人的戏法,尽管白人属于不同的种族和社会地位,但尼格鲁人都具有美国人的特征,这一点不但引起了社会对白人的价值体系的疑惑,还引起了令人不安的质疑,那就是,不管如何定义真正的美国人身份,他多多少少都是黑人。不管是从物质上、心理上还是从文化上分析,尼格鲁人都是美国传统的一部分,他们的存在对这个国家的形成和发展都起了作用。"[1]

20世纪70年代,尽管美国黑人文学界已经开始重估并肯定埃利森的文学思想和文化思想,但埃利森本人意识到,自己在《无形人》中倡导的融合思想在美国的现实社会中依然是一种遥不可及的理想,不同思想远没有真正混合,白人依然在抵制这种似乎对他们的身份构成威胁的黑人同化力量。他必须使《六月庆典》的情节设计与政治谋杀有关。同时,他还要明示《六月庆典》主人公布里斯(参议员桑瑞德)的模糊身份。在黑人社区,人人都知道桑瑞德是一个白皮肤混血儿,但在白人上流社会,这是一个无人知晓的秘密。作为一名作家,埃利森所能做的,就是在非小说创作中阐明自己的文化观点,在自己的小

---

[1] Ralph Ellison, "What America would Be Like without Blacks", 1970. in *The Collected Essays of Ralph Ellison*, pp. 582-583.

说创作中不断调整小说情节和内容。此时埃利森最难做到的,就是既要固守自己的文学艺术美学观,又要面对残酷的美国社会现实。

第三节 相同宿命与共同困惑

文学创作是一个不断超越前辈的过程,对作家本人来说,还是一个需要不断突破自我的过程。理查德·赖特、詹姆斯·鲍德温和拉尔夫·埃利森这三位美国黑人文学领袖都曾创造过美国黑人文学史上的辉煌,他们在晚年都竭力完善自己的创作艺术,都渴望再次创造自己的文学辉煌。但种种复杂的社会原因和过高的读者期待,使他们感到心理压力过大而无所适从,这是他们的相同宿命。那些将美国种族问题纳入其文学创作的美国白人作家,也有可能面临同样的困惑。据说,马克·吐温晚年最想做的一件事,是编写一部美国私刑史,以表达他对美国种族歧视和种族迫害的抗议,但他的愿望也由于种种社会原因没能实现。[1]

对于拉尔夫·埃利森生前未让自己第二部小说面世,美国某些学者的批评显得有些言过其实。在 1996 年的美国文学年会上,美国西方学院埃里克·纽霍尔(Eric Newhall)宣读了一篇题为《思想模式和创造力》[2]的论文,纽霍尔开篇即引用拉尔夫·埃利森研究者、美国著名黑人文学批评家杰里·加菲欧·沃茨的话说:"埃利森后 40 年生涯表

---

[1] 特里·奥吉尔(L. Terry Oggel)编写的《高声疾呼种族问题》(*Speaking out about Race*, 2000)中提及马克·吐温曾有计划撰写美国私刑史(History of Lynching in America)或私刑的兴起和发展(Rise and Progress of Lynching),但未能如愿。

[2] 埃里克·纽霍尔:《思想模式和创造力——论拉尔夫·埃利森为何未完成他的第二部小说》,甘文平、孟庆凯译,《当代外国文学》1997 年第 3 期,第 153—161 页。

明了他的创造力的失败。"[1]在整篇文章中,作者始终在断章取义地认为,导致埃利森"失败"的原因是他的"个人英雄主义思想"。

"个人英雄主义"关注的并不是个体黑人的发展,而是黑人个人英雄的艺术成就,准确地说,"个人英雄主义"是一种为一般人所不能为的行为。在兰斯顿·休斯、理查德·赖特、拉尔夫·埃利森和詹姆斯·鲍德温的身上,也都体现了这种"个人英雄主义"行为特征。他们都是心志极高的黑人作家,他们都希望超越生活的苦难和社会的不公正,成为世界认可的作家。拉尔夫·埃利森意识到,理查德·赖特的文学天赋和文学抱负被一种强烈的抗议色彩所笼罩,这种抗议色彩给他的文学思想和文学创作带来了一定的束缚。埃利森希望自己能够居高临下地审视美国社会的种族冲突,也力图使自己文学创作超越另一些个人英雄主义艺术家,并力图使这种思想在《六月庆典》中得到进一步体现。他在生前多次指责赖特的后期创作要比他的前期创作逊色一些,一再强调自己文学创作的艺术标准。虽然不无道理,但这种指责给他本人后期的文学创作设定了一个标准,那就是他的第二部小说的艺术性和文学性能否超越《无形人》,美国文学界和美国读者自然对他的第二部长篇小说也抱有同样的期待。而当客观的社会现实与主观的艺术追求发生强烈冲突时,埃利森必然感到左右为难,这在某种程度上又扼杀了他的创作生命力。

理查德·赖特用他高超的自然主义创作文风,在美国黑人文学界

---

[1] 纽霍尔称这一观点引自 Jerry Gafio Watts, *Heroism and Black Intellectuals:Ralph Ellison, Politics, and African American Intellectual Life*. North Carolina: The University of North Carolina Press. 1994. p. 119。但笔者并没有从沃茨书中找到这样的武断结论。事实上,沃茨在该书"引言"坦承自己原本是赖特的支持者,在长期的研究探索中,他逐渐转向赞赏埃利森和默里,还在该书中多次流露出他对埃利森的崇敬。

雄霸一时，又因自我流放而脱离属于自己的文化之根，导致其文学创作力和想象力逐渐衰竭；詹姆斯·鲍德温在其非小说创作中以文学"弑父"的方式逐渐获得了自己的文学地位，但他的小说创作因沉溺于性神话描写，且不乏赤裸裸的抗议色彩，被世人指责为"自相矛盾"。对于拉尔夫·埃利森的终身遗憾，笔者赞同诺曼·波德霍雷茨的分析："埃利森希望写一部巨著，希望将他的第二部传奇故事写成威廉·福克纳的'约克纳帕塔法世界'，即描写邮票般大小故土的多卷本小说。福克纳完全占据了埃利森的创作思维，使他无法超越。他在《无形人》中找到了自己的声音，因此，他用这种声音战胜了赖特。但他在《六月庆典》中始终没有找到自己的声音，因此，他无法战胜福克纳。"[1]

除福克纳以外，亨利·詹姆斯也是埃利森乐于模仿的文学前辈。詹姆斯认为，小说应该是一个有机的艺术整体，其中每一部分必须为自身的最终效果服务。他还含蓄地提出作者与作品的关系问题，认为作者必须站在"局外"，不要进入"内部"做任何说明、辩解，或是进行道德说教。于是，他在自己的小说中使用了"知心朋友"这一写作技巧，使读者通过主人公与亲密朋友间的谈话认识其处境和内心活动。这一特点在埃利森的《六月庆典》中则体现为养父与教子之间整篇的内心交流与对话，可以说，整部小说的主题思想，基本上都是通过两人的对话得以揭示和体现的。埃利森也很欣赏詹姆斯对小说艺术的高度责任心，后者不仅妥善处理了个人经历与社会责任之间、社会责任与创作艺术之间的关系，还认为小说最基本的品质是其真和美，而作家的首要任务是使其作品尽可能做到尽善尽美。受詹姆斯小说艺术观的影响，尽善尽美也成为埃利森在小说创作中始终追求的目标，

---

[1] Norman Podhoretz, "What Happened to Ralph Ellison", *Commentary* V, 108, 1999, pp. 310-318.

这一目标加之作者内心的困惑与遗憾,也是导致《六月庆典》最终没能在作者生前出版的原因之一。

因此,笔者认为,这种无法战胜自我的结果,就如同发生在拉尔夫·埃利森、詹姆斯·鲍德温与理查德·赖特之间那场"恼人的种族传奇故事"一样,也是那个年代所有美国非裔作家的共同困惑。理查德·赖特、拉尔夫·埃利森和詹姆斯·鲍德温都曾经被深深地陷入这种困惑而不能自拔。因此,埃里克·纽霍尔用"个人英雄主义思想"来指责拉尔夫·埃利森的"失败"是不准确,也是不公正的。

与此同时,我们不能否认埃利森的文学思想里也有自相矛盾之处。20世纪60年代,他公开支持约翰逊总统攻打越南,这对他的形象是一个致命的打击,也与他所坚持的作家不应该参与政治的文学艺术观相矛盾,更与他提倡的多元文化思想格格不入。美国对越战争的失败证明,这是一个由多种社会制度、多种文化和多种宗教思想组成的世界,任何对人类文明造成极端化、单一化的霸权行为,都有可能遭受挫折和失败。

第四节　文学理想的破灭

文学家最大的成就感,除了读者对其文学思想的认可,更重要的是可以对社会的改良施加影响。索·贝娄曾经这样说:"有天赋的作者将创作当作一种职业。埃利森则不然,他将小说创作当成一种使命,他在《无形人》中验证了自己对艺术思想主题的发现,因此《无形人》出版50年后依然被认定为20世纪最佳小说之一。"[1]埃利森的"无形

---

[1] Saul Bellow, "Preface", in *The Collected Essays of Ralph Ellison*, p. ix.

人"经历了奥德赛般的漫长探索后,躲进地下室开始蛰伏,因为"蛰伏是为更为显形的活动做隐形准备"(《无形人》第12页)。而只有处于这种蛰伏的状态下,"我"才能更清醒、更深入地思考美国社会问题,才能等待机会重回地面。《六月庆典》的希克曼终于从《无形人》中的地下室重新回到了美国社会,由白人眼里的"无形人"变成了忍辱负重、极具人性的美国黑人代表人物,他既是白皮肤混血儿布里斯的保护神,也是对美国民主思想有坚定信仰的教父。

然而,在20世纪90年代,美国社会发生了几件与种族问题密切相关的大事,它们不可能不对埃利森《六月庆典》的创作导向产生影响:1989年2月,在路易斯安那州一场充满种族主义气氛的选举中,三K党大龙头戴维·杜克冲破里根、布什及其共和党全国委员会主席阿特沃德的阻挠,夺取了该州州议员的席位。[1] 1991年7月1日,美国总统布什提名黑人律师克拉伦斯·托马斯为美国联邦最高法院第106届法官候选人。消息传出,美国上下一片哗然。美国权力机构——总统、国会、联邦最高法院,从来都是白人的天下,有色人种很难入选。如今,黑人托马斯被推到如此显赫的地位,这在白人眼里是不能被容忍的事情。为了搞臭托马斯的名声,美国媒体利用一名叫阿妮塔·希尔的黑人妇女对托马斯进行性骚扰指控,逼迫托马斯退出提名。 1994年,美国出版了一本名为《正态曲线——美国生活中的智力和阶级结构》的畅销书,该书公然宣称种族之间存在着智商差异,美国黑人的平均智商比美国白人低15个百分点,这无异于在用另一种方式宣扬白人至上的观点。

进入21世纪后,美国种族歧视仍然十分严重,黑人和其他少数

---

[1] 当时杜克年仅37岁,是美国白人促进会的主席,这个协会办的报纸充满了很多反对黑人的言论。

族裔遭受不平等待遇和歧视的现象依然存在。2006年11月25日，黑人青年肖恩·贝尔在结婚当日被警察射击50次而死，但是三个警察却没有因此获刑。当日，数千名美国民众聚集在纽约第五大道举行示威活动，抗议白人警察滥施暴力，侵犯公民权利。[1]据美联社2009年2月13日的一份报道说，2009年1月1日凌晨，加利福尼亚州奥克兰市的一个白人警察把一个手无寸铁的22岁黑人男子奥斯卡·格兰特摁倒在地，并强迫该男子面冲下趴在地上，一个白人交通警察随后开枪打死了他。此事件引发民众抗议，数百人于7日在奥克兰市区举行示威活动。另据美国劳工部2008年第三季度统计，美国平均失业率为6%，其中白人失业率为5.3%，而黑人失业率为10.6%，是白人的两倍。[2]据美国联邦调查局于2008年10月27日公布的报告显示，2007年全美共发生仇恨犯罪7624起，其中50.8%是基于种族歧视的犯罪，62.9%的袭击者是白人。[3]

可以想象，如果埃利森依然活着，将小说创作视为一种社会使命的他此时会有一种怎样的心理：如果社会不尊重文学想象，不需要作家，那么作家写小说的意义何在？笔者认为，晚年的埃利森感受到了一种文学理想的破灭。当他的创作思想无法脱离政治事件而受到牵制时，他笔下所有的人物塑造就会显得苍白无力，他的文学创作或多或少就会向赖特"所有的小说都是抗议"的文学观回归。这无疑是埃利森最难接受又不得不面对的问题。《六月庆典》的主人公希克曼在经

---

[1] National Urban League urges U.S. Justice Department to prosecute acquitted officers in Sean Bell shooting case,in: http://www.nul.org.

[2] The Employment Situation: November 2008,issued by the U.S. Department of Labor, in: http://www.bls.gov.

[3] FBI releases 2007 hate crime statistics,in:http://www.fbi.gov.

历了背叛、暗杀和死亡后,他所有的理想似乎都破灭了;于是,埃利森在《六月庆典》的末尾处着力描写了一只鸽子,由此,作者将自己的理想转化在这只本该象征和平,却遭受凌辱的鸽子上。

鸽子不是猛禽,没有攻击别人的能力,鸽子温驯善良,象征和平与吉祥。然而,这只鸽子是供美国上流政界以开杀戒为乐事的靶鸽,它拒绝张开翅膀飞向蓝天,不肯迎合杀戮者的意愿、成为一个移动的靶子。靶鸽面对四周无情的子弹是一个弱者形象,弱者免不了被屠戮,但弱者并非没有尊严,并非就一定要俯首帖耳、引颈受戮。埃利森笔下的这只靶鸽虽然已经被子弹射中,尊严却在自身掌控之中,不可凌辱。它任凭轰赶,任凭辱骂,任凭四周遭枪击恐吓,任凭受伤流血,就是不低首就范,不合作高飞。它高视阔步,睥睨强横,最后傲然前行,一头栽落悬崖,悲壮玉碎。[1]

美国白人上流社会射杀靶鸽的故事情节出现在布里斯的梦幻回想中,而临终前的布里斯脑海里全是希克曼教父。由对靶鸽描写,笔者联想到了坚决不向暴力屈服的印度圣雄甘地、视死如归的马丁·路德·金、卓尔不群的希克曼牧师,也联想到具有个人英雄气概的埃利森,这些形象在笔者的思维中似乎已经被同质化了。在《六月庆典》中,从故事开始参议员身中五枪被打死,到故事结尾鸽子被子弹击中后自坠悬崖,笔者更看到了一个充满矛盾与痛苦的埃利森,他在固守自己的艺术美学理想的同时,在自己的文学理想破灭后,又将这种痛苦深藏于内心而选择了放弃。

---

[1] 这段描写见 Ralph Ellison, *Juneteenth*, New York: Random House,1999, pp. 332-338。

下篇　融合与批判：
拉尔夫·埃利森与美国主流文学传统

　　我生活在影响的领域中，这是一个复杂的领域，不限于一个作家，也不限于一个种族。

——拉尔夫·埃利森

第十章　隐藏的姓名和复杂的命运：拉尔夫·埃利森与拉尔夫·爱默生

引言

拉尔夫·沃尔多·埃利森（Ralph Waldo Ellison）与拉尔夫·沃尔多·爱默生（Ralph Waldo Emerson，1803—1882）之间的命名渊源和思想渊源，如谜一般地吸引着学术界。爱默生是19世纪美国文学思想史上"独一无二的最具影响力的人物"[1]，埃利森则是20世纪最具影响力的黑人作家，二人之间的命名及思想渊源可以从文化传统、文学内涵及文化身份等方面分析。拉尔夫·沃尔多·埃利森与拉尔夫·沃尔多·爱默生的首名与中间名完全相同，连姓名的尾音都一样。但他们生活在不同的时代，且属于不同的种族，并无亲缘关系。对美国作家来说，命名是一种文化现象，可以丰富小说中的人物思想。对美国黑人来说，命名更是一种身份追求与认同。下文以埃利森的命名为例，从不同黑人作家对命名的不同理解，来透视隐藏在命名现象背后的文学思想和文化身份。通过将爱默生的《论自立》与埃利森的多篇文学批评论文相比较，我们可以发现，埃利森对美国文化的命名行为有其批判性观点。他认为姓名不是特征，文字也不是行动。他对美国文化身份的剖析，

---

[1] *Dictionary of Literary Biography*, Volume 1: *The American Renaissance in New England*. A Bruccoli Clark Layman Book. Edited by Joel Myerson, University of South Carolina. Gale Research, 1978. p. 48.

他兼收并蓄的文学思想,都使他对美国文化传统中的命名与命运之间的关系有不同理解和阐释。

第一节　隐藏的姓名:命名作为一种美国文化传统

埃利森在《隐藏的姓名和复杂的命运》中这样转引亨利·詹姆斯的话:"做一个美国人是一项艰难的任务,在我看来,这一困难始于命名。"[1]詹姆斯的言下之意可理解为,美国人的身份与命名之间有某种艰难的关联,这种关联也许更为典型地体现于黑人民族。

在奴隶制时期,美国黑人不但没有属于自己的姓名,还被物化为chattel(戴铁链的东西)或pickaninny(捡来的东西)。还有些白人奴隶主给自己的奴隶取一些带有歧视性的姓名,比如,马尔科姆·X的父亲被白人奴隶主取名为"利特尔",英文little,意为"无足轻重的、微不足道的"。马尔科姆·X出生后,他的父亲让其随父姓,也叫"利特尔",后自己改名为马尔科姆·X。有些比较仁慈的白人奴隶主让自己的黑奴随自己姓,美国第一任总统乔治·华盛顿就是一个典型的例子。还有些获得了自由的黑奴就根据自己的喜好给自己取姓名,美国历史上那些帮助过黑人的伟人姓名往往是他们的首选。以2000年一次人口调查报告显示的结果为例,美国共有163036人以乔治·华盛顿命名,其中黑人占总数的90%,最著名的黑人当属第二位美国黑人思想领袖布克·托·华盛顿。

2011年2月21日,美联社记者杰西·华盛顿(Jessie Washington)根据这份报告撰写了一篇名为《华盛顿:美国最"黑"的名字》

---

[1] Ralph Ellison, "Hidden Name and Complex Fate", 1964, in *The Collected Essays of Ralph Ellison*. p. 209.

第十章　隐藏的姓名和复杂的命运：拉尔夫·埃利森与拉尔夫·爱默生　259

（*Washington: The 'Blackest Name' in America*）的文章，文中提到："在美国，无论你是白人还是黑人，凡是以华盛顿为名字的人，都会感到这个名字是一份特殊而复杂的礼物。"[1]说这个名字是"礼物"，其中的原因，除了华盛顿的建国功勋、顾全大局和急流勇退等作为被广为传颂，还有一个重要原因，华盛顿与美国黑人的命运。在美国历史上，一共有12位总统是奴隶主，其中8位总统在位期间拥有奴隶，只有华盛顿让其庄园所有奴隶获得了自由。但了解华盛顿发家史和兴国史的历史学家，都会认为这个名字特殊而复杂。

杰西·华盛顿在文中写道，历史上真实的华盛顿实际上过着一种精神分裂的生活。他家族的兴旺始于奴隶买卖，他生前对黑人的处境表示同情，并在私下和书信中反对奴隶制，但他并没有采取任何实际行动来改善黑人的生活，对自己家里逃跑的黑人也绝不心慈手软，会利用自己手中的权力将其捉回来。直到晚年他才意识到，只有根除奴隶制才能保证国家的统一，此外别无选择。从美国第一位总统对待民主、自由和平等的双重标准这一视角来看，我们可以用"征地、购奴、聚财、独立、反思"这几个词来总结华盛顿的一生。可见，将华盛顿描写为美国最"黑"的名字也有双重内涵。不管怎么样，从政治上说，华盛顿作为美国第一任总统，他也许没有料到自己起了一个白人至上之源的作用，同时，他也是白人父权思想和白人仁慈的最高体现。这对那些了解美国历史，又以"华盛顿"为姓名的黑人来说，内心始终会有一种比较矛盾的复杂心理。

对大多数美国黑人来说，命名不仅仅是一种文化习俗，更有非同寻常的身份认同意义。美国黑人前辈们在为其后代命名时，的确寄予

---

[1]　见 http://www.huffingtonpost.com/2011/02/21/washington-blackest-name-america_n_825884.html。

了他们的殷殷期待,并将他们的命运与姓名联系在一起。比如,著名黑人领袖马库斯·加维(Marcus Carvey,1887—1940)在其姓和名之间加上"摩西"(Mosiah)这个中间名,表示他"期待像摩西那样来领导牙买加黑人"。[1]在美国黑人文学史上,还有很多著名作家将他们的名字与他们的文学思想联系在一起,为此,他们甚至不惜修改父母为他们取的名字。比如,马尔科姆·X,他很小的时候,父亲就因为参加黑人运动被美国三K党残忍地杀害,据说被汽车反复碾压至死。他的一生就注定了磨砺和不幸。他在学校成绩优异,可最终沦落到在黑社会里当小混混,后来又因为盗窃被关进监狱。充满了反抗意识的他,因反抗白人的欺辱被关到了不见天日的黑牢。长大后他将自己的姓"利特尔"改为"X","一方面是为了从心理上摆脱被白人控制的阴影,另一方面是为了确定自己'未知人'的新身份"。马尔科姆皈依伊斯兰教后对自己的姓氏做了最终的解释:黑人原有的非洲姓氏已经被剥夺,美国黑人的姓氏其实是不清楚的,在摆脱白人强加的烙印化姓氏、重新找到自己的"灵魂的姓氏"之前,黑人的姓应该是"X"。[2]美国20世纪40年代以后出生的黑人作家马文·X(Marvin X)也效仿马尔科姆·X,他的曾用名是马文·杰克蒙(Marvin Jackmon)。1968年,黑人作家勒罗伊·琼斯(LeRoi Jones)将自己的名字改为"艾玛穆·阿米里·巴拉卡"(Imamu Amiri Baraka),他解释道,"艾玛穆"在斯瓦希里语中意为精神领袖,"阿米里"是非洲斗士或王子的传统名字,"巴拉卡"的意思是有福的人。1974年,巴拉卡逐渐放弃狭隘的民族主义思想,开始接受马克思主义和毛泽东思想。

---

[1] 王恩铭:《美国黑人领袖及其政治思想研究》,上海外语教育出版社,2006年,第156页。
[2] 同上书,第254页。

第二节　思想的寄托：命名作为一种文学内涵

美国文学创作中的人物命名与作者要表达的思想通常有某些内在联系。比如，马克·吐温为自己小说主人公命名为"哈克贝利"，从汉语翻译来看，没有什么含意，但英语 huckleberry 是一种野生的越橘类，马克·吐温借此赋予主人公粗犷色彩与平民色彩。但美国非裔作家们不满足于这种文字转喻，他们还从圣经文学和非洲文化中获取力量和养分。托尼·莫里森在一次访谈中坦言："《圣经》是我生活的一部分。"[1] 所以其小说人物的名字大多与《圣经》有关。《宠儿》中女主人公塞丝（Sethe）就借用了《圣经》中 Seth 的名字。[2] 莫里森把 Seth 名字中所蕴含的爱的主题发挥到了极致。Sethe 本身是爱的结晶，她母亲用一生中唯一搂抱过自己的男人的名字为她命名。Sethe 对于宠儿的爱之强烈，导致她不惜变成杀人犯，一生受尽良心的谴责。Sethe 挚爱的宠儿，其名字也取自《圣经》。[3] 在小说的扉页上，莫里森选择 Beloved 作为这一小说的名字，是对美国历史的重新审视，也是对现

---

[1] 查尔斯·鲁亚斯，《托尼·莫里森访谈录》，默斯译，北京：中国对外翻译出版公司，1994 年，第 211 页。

[2] 据《圣经》记载，Seth 是在该隐（Cain）残杀了弟弟亚伯后，上帝赐给亚当和夏娃的第三个孩子。Seth 的降临体现了上帝的宽容与爱，而人类是通过 Seth 而得以延续的。莫里森灵活地运用了《圣经》的叙事模式和含义，在这个名字后面加上了一个字母 e，使它阴性化，而同时 Sethe 性格也体现着男性的坚强和勇敢。

[3] 莫里森引用了《圣经》中《新约·罗马书》第九章第二十五节的一句话："那本来不是我子民的，我要称为我的子民；本来不是蒙爱的，我要称为蒙爱的。"（I will call them my people, which were not my people; and her beloved, which was not beloved.）这句话是耶稣基督的使徒保罗写给罗马人的信中的一句，申明了上帝的仁慈和宽容。事实上，这一引文隐藏着作者的质疑：上帝是否是公平的？黑人是否是上帝的子民？黑人是否是蒙爱的？

存种族歧视的反思和质疑。另外，小说中的宠儿死而复生，与《圣经》中耶稣死而复生的故事相似。耶稣为了救赎人类而死，宠儿则是因为人类的罪孽，死于罪恶的奴隶制，他们都是人类罪孽的替罪羊。莫里森在《所罗门之歌》中这样写道："一个人应有一个真正属于他的名字。这个名字会是在他诞生时以爱心和严肃的态度给他起的。这个名字不是个玩笑，也不是个假名，也不是给奴隶打上的烙印标记。"[1] 莫里森作品中的戴德（Dead），意为"死亡"，表现了他的文化孤儿身份，奶人（Milkman）则代表了非洲文化中的大地之母。

在埃利森作品中，人名的象征含义往往是文字游戏与思想内涵的结合。埃利森为其短篇小说《飞行家和其他故事》的主人公取名为托德（Todd），这是一个德语词，意为"死亡"。与《六月庆典》中的主人公布里斯（Bliss）相比较，一个是可能走向死亡的托德，另一个是正在走向死亡的布里斯。他们都想通过否认自己的黑人身份来达到出人头地的目的，结果都碰得头破血流，屡遭挫伤后才对自己的复杂身份有了新的认识，两个人物的命名贯穿着同样的思路。埃利森为《六月庆典》的一号主人公取名为希克曼（Hickman），意为"土气的人"，因为在布里斯和白人看来，希克曼是"Daddy Hic, hic"，hic 就是酒醉后的"打嗝"和"土气"的意思，但希克曼所代表的，既是在白人面前忍辱负重的黑人形象，也是具有牺牲精神的英雄形象。埃利森为《六月庆典》的另一个主人公设计了三个名字：一是布里斯，意为"极乐，至福"，指抚养过他的黑人们希望给他带来幸福和快乐；二是桑瑞德（Sunraider），意思是"冲向太阳的人"，暗示此时的布里斯希望脱离黑人世界，进入他心目中的权力世界——白人社会，最终成了一

---

[1] 托尼·莫里森：《所罗门之歌》，舒逊译，人民文学出版社，1996年，第20页。

名狂热煽动迫害黑人的政治恶魔；三是其生母给他取的名字——卡德沃思（Cudworth），意为"值得反刍"，暗示他的一生将像一只受伤的动物一样痛苦地反刍。《无形人》的主人公名字"无形人"，则构成了美国非裔文学传统中的一个核心隐喻"无形性"。透过这个名字，我们可以感受到，埃利森的"无形人"和卡夫卡的《变形人》一样，向世人提供了一个高度概括性的形象符号，人们可以感觉到它的存在，但未必能理解它的意义。在普通黑人甚至是大部分黑人知识分子要对现实生活中大量迷乱又无法解释清楚的现象，并进行深刻、理性的阐释的年代里，埃利森没有采取雄辩式的、以事实为依据的现实主义、自然主义创作手法，而是通过这一修辞隐喻谴责了白人对黑人的人性和身份视而不见的行为。我们现在依然可以从不同的社会语境去领会和阐释"无形人"的隐喻意义。可以说，埃利森通过一个文学人物命名使其内涵"无形性"成为一种普世概念。

对于埃利森的父亲刘易斯·埃利森为什么要以19世纪美国著名思想家爱默生的名字来为儿子取名，埃利森的两本传记提供的解释略有不同。据美国斯坦福大学著名学者阿诺德·拉姆帕萨德记载："埃利森出生时，正逢《吉姆·克劳法》（1876—1965）盛行，这项法律使美国黑人在1862年获得了名义上的解放自由后，再一次沦为这种新型奴隶制的受害者，爱默生的思想对包括埃利森在内的许多俄克拉荷马州人都具有非同寻常的意义。爱默生的精神和思想在黑人社会如雷贯耳，激励着黑人们到领地去寻找更大的自由……"[1] 据美国黑人学者杰克逊·劳伦斯记载："刘易斯·埃利森从小酷爱读书，爱默生是他最喜欢的作家。据说，他曾经读到爱默生写的怀念其亡儿的《挽歌》（*Threnody*,

---

[1] Arnold Rampersad, *Ralph Ellison: A Biography*. New York: Alfred A. Knopf, 2007, p. 11.

1842），而他与妻子艾达·米尔萨普所生的第一个儿子早年也不幸夭折，《挽歌》使他忧郁的心获得了某种慰藉。"[1]

两本传记为读者提供的一个共同的信息是，埃利森的父亲相信人的姓名与命运之间有某种必然联系。"刘易斯·埃利森"这个名字不时勾起他对南方腹地种族迫害的回忆，他希望在俄克拉荷马州出生的拉尔夫·埃利森的身份不完全受种族和肤色的限制，也希望这个名字可以对埃利森的人生道路起某种导向作用。

第三节　复杂的命运：命名作为一种文化身份

对于埃利森个人对自己被如此命名的反应，埃利森的两位传记作者都没有做深入而细致的探讨。我们可以结合近年来国外的一些研究成果，从《无形人》中特别是从埃利森1964年写的论文——《隐藏的姓名和复杂的命运》中，去获得某些信息。

埃利森的父亲能用一个白人思想家的名字为自己的儿子命名，说明他的思想很开放，这也使埃利森从小就感受到自己这个"一个小不点似的男孩背着一个沉重的绰号"。[2]"这对我们大多数黑人来说很不容易，因为我们得学会在嘈杂和混乱的环境中找到自我，这种环境也使我们的名字成为我们与周围世界联系的中心词。"[3]

可以肯定的是，埃利森认为，姓名及命名是美国黑人文化的一种特殊表现，这个名字与黑人的身份和命运密切相关。他在《隐藏的姓名和复杂的命运》一文中提到，在自己的家乡俄克拉荷马州，爱默生

---

[1] Lawrence Jackson, *Ralph Ellison: The Emergency of Genius*, New York: John Wiley and Sons, 2002, p. 36.
[2] Ralph Ellison, "Hidden Name and Complex Fate," 1964., in *The Collected Essays of Ralph Ellison*, p. 195.
[3] 同上书，p. 192。

是个耳熟能详的名字,他还在该文中反复提到爱默生及其《论自立》(*Self-Reliance*,1941)。美国普林斯顿大学美国非裔研究中心创始人瓦莱丽·史密斯教授这样写道:"《无形人》的主人公在寻找自我身份的成长过程中,遇到了三个重要人物,也经历了三件事。一是白人校董诺顿(Norton)博士,二是黑人学校校长布莱索(Bledsoe)博士,三是兄弟会青年组组长托德·克利夫顿(Tod Clifton)。这三个人都是有权有势的人,他们都根据自己的意愿,塞给了'我'一个不合我意的身份和名字。这三个人、三件事让他最后陷入深度沉思,命名这一行为本身就不可避免地与权力和控制联系在一起。"[1] 1988年艾伦·纳戴尔在《拉尔夫·埃利森与美国经典:无形人批评》一书中专辟一章,探讨了埃利森与爱默生之间的思想渊源。他发现,每次决定无形人命运的关键时刻,爱默生的名字总会出现,并扮演种种角色:在白人校董诺顿看来,他是改变黑人命运的救世主;在黑人学校校长布莱索看来,他是主宰黑人命运的英雄;在兄弟会看来,他是忠于白人、背叛黑人的代名词,是永无希望的希望。[2] 1996年,美国学者Kun Yong Lee撰文《埃利森对美国文学主题的种族变奏曲》[3],但对埃利森与爱默生之间的命名问题只是一笔带过。上述学者都没有进一步探讨埃利森由此引发的对美国文化身份的探讨。

《无形人》中出现了两个历史人物的后代:一个是托马斯·杰斐逊的后代,校董"诺顿先生",因为这是一个反面人物,埃利森没有像

---

[1] Valerie Smith, "The Meaning of Narration in *Invisible Man*", in *Ralph Ellison's Invisible Man: a Case Book*, edited by John.F. Callahan, Oxford and New York: Oxford University Press, 2004, p. 191.

[2] Alan Nadel, *Ralph Ellison and the American Canon: Invisible Criticism.* Iowa City: University of Iowa Press, 1988, pp. 112-121.

[3] Kun Yong Lee, "Ellison's Racial Variations on American Themes", Indiana: *African American Review*, Volume 30, Issue 3 (Autumn,1996), pp. 421-440.

威廉·威尔斯·布朗（William Wells Brown，1815—1884）的《克洛泰尔》（Clotelle，1853）那样，大胆将笔触指向美国第三任总统托马斯·杰斐逊的绯闻传奇，而是给他取名为"诺顿先生"。另一个则是爱默生先生，他是一个暗场人物，也是埃利森倾注了复杂和矛盾感情的人物，出现在小说中的只是爱默生先生的儿子小爱默生。

无形人"我"在读中学时不但成绩优秀，而且循规蹈矩，因此被推荐读大学。在懵懂无知的情况下，"我"开车带校董诺顿先生去黑人贫民窟，导致黑人父女之间乱伦的事情暴露，由此被大学校长布莱索先生开除。在埃利森的笔下，布莱索校长是一个一心想进入白人社会的黑人，他将"我"赶出大学伊甸园，最后还在"推荐找工作"这件事情上欺骗和陷害了"我"，导致"我"没有能得到爱默生先生的帮助。但小爱默生先生敢冒天下之大不韪，愿意做帮助"吉姆"的"哈克贝利·费恩"，他告诉"我"，布莱索校长不是正人君子，推荐信实际上是让"我"找不到工作的陷害信。可以说，在"我"的成长道路上，小爱默生先生是第一个使他明白真相的指路人。

《无形人》中还多次提到爱默生的《论自立》，这篇激励了一代又一代美国人的经典论文中的许多重要论述都可以从埃利森的小说和非小说中得到某些回应和验证。

当我们读到"前些日子我读了一位著名画家的诗作。这是些独特而且不落俗套的作品。不论其主题是什么，心灵总能听到某种告诫。诗句中所注入的感情比它们所包含的思想内容更有价值"[1]时，我们会联想起，埃利森那极富原创性的"无形人"形象，是如何突破当时美国黑人文学的传统、从美国主流文学和美国黑人音乐中摄取灵感。

---

[1] Ralph Waldo Emerson, *Selected Writings of Ralph Waldo Emerson*, edited and with a foreword by William H.Gilman, New York: Penguin Group, 1965, p. 257.

第十章　隐藏的姓名和复杂的命运：拉尔夫·埃利森与拉尔夫·爱默生　267

当我们读到"一张面孔、一种特性、一个事实会在我们心中留下印象，而其他的则不然，这并不是无缘无故的。存于记忆中的塑像绝非没有先验的和谐。我们的眼睛置于某束光线将射到的地方，这样它才可能感知到那束光线"[1]时，我们会想起埃利森是如何将美国音乐中的"呼应模式"运用于自己的小说结构和思想中。

当我们读到"每个人在受教育过程中，总有一天会认识到：妒忌是无知，模仿是自杀。不论好歹，每个人都必须接受属于他的那一份，广阔的世界里虽然充满了珍馐美味，但是只有从给予他去耕耘的那一片土地里，通过辛勤劳动收获的谷物才富有营养。存在于他体内的力量，实质上是新生的力量。只有他自己才知道他能干什么，而且他也只有在尝试之后才能知晓"[2]时，我们会想到在1953年《无形人》获全国图书奖的颁奖仪式上，埃利森曾大胆地说道："我梦想有一种散文式的灵活创作体裁，它能像美国一样，极富变化，不仅能直视美国社会的不公和残忍，还要突出希望形象、人与人之间的友爱和个人价值的实现。"[3]他在为自己背离理查德·赖特的抗议文风辩护，也在对爱默生的《论自立》给予一种回应。

当我们读到"相信你自己的思想，相信凡是对你心灵来说是真实的，对所有其他人也是真实的——这就是天才。披露蛰伏在你内心的信念，它便具有普遍的意义；因为最内在的终将成为最外在的。尽管心灵的声音对每一个人来说都是熟悉的，但是我们认为摩西、柏拉图和弥尔顿最了不起的功绩，是他们蔑视书本和传统，他们论及的不是

---

[1] Ralph Waldo Emerson, *Selected Writings of Ralph Waldo Emerson*, edited and with a foreword by William H.Gilman, New York: Penguin Group, 1965, p. 258.

[2] 同上书，p. 259。

[3] Ralph Ellison, "Brave Words for a Startling Occasion", 1953, in *The Collected Essays of Ralph Ellison*, p. 153.

人，而是他们自己的思想"[1]时，我们似乎听到埃利森公开宣称："我小说的主人公是在思想中生存，他的思想达到了一种哲学高度，因此他是一个知识分子。"[2]《无形人》始终被认为是一本探讨人类生存普遍现象的现代经典。

埃利森也一定知道，爱默生在《论自立》中还曾这样写道："如果一个承担着这项慷慨的废奴事业的固执己见者，气冲冲地跑来告诉我从巴巴多斯传来的关于废除奴隶制的最新消息，我为什么不可以对他说，去爱你的小宝宝吧，去爱你的伐木工吧，善良些、谦虚些，有风度点。你对千里之外的黑人怀有那难以置信的温柔，不过千万别用它来粉饰你那冷峻无情的雄心壮志。你人在家，爱却走远。如此回敬的语言虽然粗鲁且有失风度，但真实要比虚情假意更大气。"[3]爱默生早期思想中对于奴隶制有过模棱两可的态度，但从某种意义上来说，他就是美国文化的化身。在其文学思想中，他既有反传统的一面，也有对欧洲传统的继承；既有理性的一面，也有非理性的一面，有时会过分强调人的本性。因此，对所有的美国黑人来说，不管是随华盛顿的姓，还是随爱默生的姓，都会心存遗憾，因为华盛顿和爱默生都是白人精英，都有可能受时代和环境的约束，导致他们的思想有一定的局限性。但不能因此否定他们的伟大，因为"再好的船只，其航线也要经历数百次的逆流而上而曲折多变。但从一个足够遥远的距离观察，其航线总的来说呈直线形"。[4]对于1793年美国颁布的泯灭人性的《逃

---

[1] Ralph Waldo Emerson, *Selected Writings of Ralph Waldo Emerson*, p. 257.

[2] 转引自John F. Callahan, "American Culture Is of a Whole: From the Letters of Ralph Ellison", *New Republic*, 220:9 (March 1,1999), p. 40.

[3] Ralph Waldo Emerson, *Selected Writings of Ralph Waldo Emerson*, p. 260.

[4] Ralph Waldo Emerson, *Selected Writings of Ralph Waldo Emerson*, p. 264.

第十章　隐藏的姓名和复杂的命运：拉尔夫·埃利森与拉尔夫·爱默生　269

奴法案》，爱默生也曾对那些所谓有知识的人竟然会制订这样的规定表示谴责。埃利森也和爱默生一样，对人类的未来充满信心："我们的国家朝着民主理想挺进的航向，时而正确，时而偏离，当船载着我们越过种种障碍和漩涡时，我们不会沉没于水中。"[1]

笔者注意到，埃利森在《隐藏的姓名和复杂的命运》中只探讨美国黑人传统中的命名对被命名的黑人命运的影响，并没有详尽阐述爱默生对自己的影响，其中的原因有可能是多方面的。首先，爱默生是一个白人思想家，埃利森有所顾虑，这篇文章写于 1957 年，埃利森的《无形人》对理查德·赖特的抗议小说是一种决裂和背离，当时正遭到美国黑人激进思想界的指责和抨击。比如，以意识形态为主导的社会文学作家梅尔文·托尔森有一次对埃利森说，"我是一个社会主义作家"，埃利森则公开宣称，"我是爱默生的后代"。[2] 熟悉爱默生《论自立》的学者，都不会忘记这段富有激情的宣言："我行我素更为艰难，因为你会发现，总有一些人自以为比你本人更懂得你的责任。在这个世界上随大流苟活容易，故孤独时才能按照自己的意愿生活。但只有那些在芸芸众生中尽善尽美地保持孤独和自主的人，方可称得上是伟人。"[3]

其次，拉尔夫·埃利森既不将自己的文学思想局限于美国黑人传统，也没有将自己的命运盲目地寄托于"攀大姓"。他从语言的实质和文化的层面反驳了命名决定命运的想法，"姓名不是特性，文字也不是行动。要掌握语言技巧，在很大程度上取决于对特定语言环境的

---

[1] Ralph Ellison, "Introduction to Invisible Man", 1981, in *The Collected Essays of Ralph Ellison*, pp. 482-483.

[2] 转引自 Jerry Gafio Watts, *Heroism and Black Intellectuals:Ralph Ellison, Politics, and African American Intellectual Life*, North Carolina: The University of North Carolina Press, 1994, p. 3.

[3] Ralph Waldo Emerson, *Selected Writings of Ralph Waldo Emerson*, p. 259.

细节、表达方式、表达目的、社会习俗以及心理状态的了解。语言的幽默和智慧也取决于对上述内容的了解程度,姓名的内在力量亦如此。"[1]埃利森的父亲以爱默生的名字为儿子取名,这只是一种预设关系,埃利森给这个名字注入的感知(sentiments),比这个名字所包含的思想(thought)更有价值,因为由被动的、单向注入的思想,到经历了心心相通的理解、交流和对话过程后,再转化为另一种思想,会产生一种质的变化,思想上也只有找到了相通性,才会产生本质上的关联。

著名语言哲学家苏桑·朗格曾说:"姓名是语言的本质,因为姓名将概念抽象化了……因此包含在姓名中的是一种泛化的思想。"[2]对埃利森来说,出生时的取名固然有泛化意义,但后天的教育对他产生的影响更深远。埃利森在论文中多次提到,他的第一个音乐教师齐利亚·布鲁(Zelia Breaux)是英曼·佩奇博士[3]的女儿,也是美国黑人音乐教育运动的发起人。布鲁毕业于埃文斯顿西北大学,1920年以前,一直是俄克拉荷马州城有色人种公立中学的音乐督学人。尽管她并不开设音乐课,但她鼓励自己的学生了解和学习爵士乐,并在自己创建的剧院举办音乐演奏会。她将吉米·拉辛(Jimmy Rushing)和拉尔夫·埃利森等人引入了音乐艺术的殿堂。俄克拉荷马市的第一位法律教授J. R. 伦道夫培养了埃利森的法律意识。这些不会被美国白人主流提及

---

[1] Ralph Ellison. "Hidden Name and Complex Fate", 1964, in *The Collected Essays of Ralph Ellison*, p. 194.

[2] Susanne K. Langer, "Language and Thought", in *Language Awareness*, Paul Eschholz, ed., New York: Bedford/ St. Martins, 2000, p. 100.

[3] 英曼·佩奇(Inman Edward Page, 1853—1935)博士是第一个在布朗大学获得博士学位的黑人。他一生都在受种族歧视的机构工作,后来成为一位著名的教育家。1898 年,佩奇博士任兰斯顿大学校长。1923 年,年近七旬的佩奇博士在埃利森就读的道格拉斯中学就任校长。

第十章　隐藏的姓名和复杂的命运：拉尔夫·埃利森与拉尔夫·爱默生　271

的美国非裔文化倡导者，深深地影响了埃利森的文学思想，使他从小就意识到应该从伟人的思想中获得启发，但不盲目崇拜伟人。爱默生在《论自立》中也写道："有这样一则寓言广为人知，说的是一个酒鬼，烂醉如泥地躺在街上，被人抬进公爵府中，梳洗打扮后被安顿在公爵的床上。等他醒来以后，众人以公爵之礼相待，极尽奉承，并且郑重地告诉他，他一度神志不清。这则寓言之所以流传甚广，是因为它生动地体现了人的生存状态，即尘世中人们就像一个个醉鬼，不时会清醒过来恢复理智，发现自己原本是个真正的王子。我们读书成了乞讨和奉承。历史证明，我们的想象错误地捉弄了我们。与住小屋、干普通活的约翰和爱德华相比，王公与贵族、权利与财产只不过是华丽的辞藻；因为生活的细节对这两种人来说都一样，两者的总计也一样。"[1]我们从埃利森身上可以看到"一种超凡的气质，一种恰如其分的傲气。他与大部分同时代的黑人不一样，他关注的不仅仅是种族问题，他还是一个艺术家"。[2]

　　命名既是美国文化的一部分，也是美国人的一种创新之举："它始终是一种适应功能的问题，一种命名和指称的问题。由此，我们意识到，美国文化的美国性在多大程度上就是一个亚当式的文字游戏，即为了未来之梦，尽力将统一性强加于一种美国经历，这种经历变化太快，以至于没有精确的语言或政治表述。在此努力过程中，我们对于突出自己将会成为什么人的关注，往往多于我们对自己身份的关注。但我们在随心所欲地挪用文化时，我们的言谈举止会给人一种感觉，即我们是一个多种民族的民族，在经历了民主文化的融合过程后，我

---

[1] Ralph Waldo Emerson, *Selected Writings of Ralph Waldo Emerson*, p. 266.
[2] Saul Bellow, "Preface", in Ralph Ellison, *The Collected Essays of Ralph Ellison*, p. xi.

们应该将自己的身份定义为一个多种文化的继承者、创造者和创造物。"[1]

可见，埃利森虽认同命名影响命运的观点，但更认同自己的文化身份。因此，他在《隐藏的姓名和复杂的命运》一文中谈及爱默生时，总是笔锋一转，开始强调黑人音乐对他的启发作用，这无异于给读者一种暗示："爱默生"这个姓名对埃利森有终身的激励作用和影响，爱默生本人以及他在《论自立》中阐述的文学和文化观点，也都在《无形人》中留下了深深的烙印。但埃利森的融合文学思想不只限于爱默生，而是扎根于美国黑人传统，特别是黑人音乐传统。俄克拉荷马是一个梦幻世界，也是美国黑人爵士乐圣地，那里的黑人社区有一种音乐文化氛围，用埃利森的话来说是"黑人的思维总是指向音乐"。[2]

我们可以考察一下 1836 年爱默生创作《论自立》时所处的社会环境。当时美国在政治上已获得了 60 年的独立，亟待在思想文化领域获得世界的认同，爱默生就是在这样的时代背景下产生的思想精英。但到了 20 世纪 50 年代，又过去一百多年了，美国黑人的身份问题仍没有得到完全解决，更不用说黑人的思想独立了。美国非裔文学界经历了好几代黑人思想领袖，但始终得不到美国主流文学界的认可。拉尔夫·埃利森立足于黑人传统，同时又极富有融合精神；他不盲目崇拜经典，而是从美国白人作家的文学作品中寻找"隐含"的多元文化思想和种族批判思想。他经常提到赫尔曼·梅尔维尔、亨利·詹姆斯、马克·吐温和威廉·福克纳等作家，认为这些作家受到某些时代的约束和局限，对黑人人性的肯定、对美国社会种族歧视的批判，是用一

---

[1] Ralph Ellison, "The little Man at Chehaw Station", 1977, in *The Collected Essays of Ralph Ellison*, p. 511-512.

[2] Ralph Ellison, "Hidden Name and Complex Fate", 1964, in *The Collected Essays of Ralph Ellison*, p. 197.

种十分"隐含"的方式藏匿于文本，但体现于他们文学创作中的这一道德思想，是贯穿于他们作品中的"重大主题，而这些一直没有得到美国主流文学批评界应有的重视"。[1] 我们再考察一下美国文学史经典的产生，从赫尔曼·梅尔维尔生前的默默无闻到20世纪上半叶的研究热潮，从马克·吐温的《哈克贝利·费恩》被认为是不适合孩子阅读的叛逆儿童小说，到成为文学界探讨黑白种族关系的必读书，从威廉·福克纳的作品在美国多年所受到的冷落，到完全出于意料所获得的诺贝尔文学奖，以及美国白人主流文学界对这一消息的不屑一顾的态度，都无一例外地证明，正是对美国种族问题这一"重大主题"的关注，使这些作家作品成为美国经典。埃利森正是因为有兼收并蓄的开放意识和突破种族思想界限的融合精神，才创作了第一部美国主流文学界至今依然认可的美国非裔文学经典——《无形人》。

结语

在非洲原始文化中，名字被视为灵魂的表达方式，无论人或物，有了恰当的名字，才能获得真正意义上的存在。非裔美国女作家尼基·乔万尼（Nikki Giocanni, 1943— ）说："任何白人都不可以写我的故事，因为他们从不了解我……"[2] 尽管爱默生是美国白人主流文学批评界的一面思想旗帜，但他的思想不可能完全代表非裔美国人的思想，以他命名更不可能完全左右美国黑人的命运。命名作为一种美国文化现象，无论对埃利森产生了多大影响，埃利森的文学思想源泉不

---

[1] Ralph Ellison, "Hidden Name and Complex Fate", 1964, in *The Collected Essays of Ralph Ellison*, p. 207.
[2] 转引自秦建华：《二十世纪美国黑人作家》，《运城高专学报》1993年第3期，第57页。

可能全部来自爱默生。埃利森相信，地域决定命运，他兼收并蓄的文学思想，既立足于美国黑人文化传统，也融合了其他美国白人主流作家的文学思想。于是，埃利森作为一个被边缘化的黑人作家和文化批评家，他将自己对命名行为的不同理解，结合自己的复杂命运和多元思想，隐含于《隐藏的姓名和复杂的命运》一文中，以表达自己对这一文化现象的认同态度和不同理解。

第十一章　结构、思想和文学修辞：拉尔夫·埃利森与马克·吐温

拉尔夫·埃利森与马克·吐温（Mark Twain，1835—1910）之间的文学渊源可以从斯蒂芬·克莱恩（Stephen Crane，1871—1900）创作的美国内战逃逸主题为切入点，由此剖析这两位作家的创作结构、文学思想和文学修辞。美国南北战争促使美国政治、经济和社会转型，这种转型也必然挑战个人身份的根基，造成美国社会阶级差异和社会等级的流动性。正是这种流动性迫使作家们关注和重审内战后的个人身份和人性弱点。在一个自己身份问题尚未解决的国度，如何评价美国内战？如何定义黑人民族？如何反映内战前后黑人与白人的矛盾与冲突？如何表明自己的政治立场？这对19世纪后期及其后的作家们来说，一定是一种困惑。马克·吐温将小说创作视为一种有高度道德感的责任，他通过反传统的叙事结构、隐含的种族批判思想及巧妙的文学修辞，间接地记载了内战后密西西比河一带的美国人的生活。拉尔夫·埃利森用他的犀利目光，发现和继承了这种小说叙事和文学修辞，由此不仅丰富了自己的文学创作和思想内涵，也使修辞变成一种社会行为。马克·吐温和埃利森的文学语言不是靠高调的态度，而是借助文学修辞来书写历史和政治，以达到建构一种社会体系和社会秩序的批判目的。两位作家也借此丰富了美国和美国非裔文学的创作技巧，深化了其文学思想内涵。

第一节 "逃逸"的叙事结构：始于教育，终于醒悟

埃利森在多个场合都提到，爱默生、马克·吐温、T. S. 艾略特、福克纳、陀思妥耶夫斯基等作家是其文学前辈，他也专门撰文《斯蒂芬·克莱恩与美国主流小说》来挖掘斯蒂芬·克莱恩的战争主题创作奥秘："其作品奥秘不在于作者对战争中的死亡尸体和鲜血淋漓的枪伤、刀伤的描述，而是描写了一个刚刚成年的主人公直面这场战争的实质、直面真理的勇气，这种勇气是当时很多美国人不愿意正面接受的，他们固守着自己盲目的乐观，用一种疯狂的唯物论态度来否定这种勇气。战争、丛林和不友好的大自然，在克莱恩的笔下，都成了人类大舞台的种种潜在隐喻，也转化成了人在本能的情况下，一种道德层面的和行动方面的勇气得到了最意味深长的考验。"[1]

美国文学以美国内战为主题的作品不多。据统计，1861—1865 年，美国仅出版了两部作品；1865—1876 年，共出版 80 部；这些作品大多是以"天堂与来世"为主题，而不是描写战争本身。2010 年，我在美国哈佛大学做访问学者时，曾就此问题请教过英语系的教授们，得到的解释是，内战是美国人心中过于沉重的伤痛，作家们都不愿意涉及这个话题。2012 年以前，美国官方公布的战争殉难士兵人数是 62 万，这个数字超过了独立战争、1812 年战争、美墨战争、美西战争、第一次世界大战、第二次世界大战和朝鲜战争中美国殉难士兵人数的总和。2012 年，美国纽约州立宾汉姆大学人口历史学家 J. 大卫·海克（J. David Haeker）公布了美国内战死亡和伤亡人数的最新数据：死

---

[1] Ralph Ellison, "Stephan Crane and the Mainstream of American Fiction", 1946, in *The Collected Essays of Ralph Ellison*, p. 122.

亡人数 75 万，受伤人数 58 万，3.7 万妇女成为寡妇，9 万儿童成了孤儿。当年美国的总人口才 3140 万。在 1863—1864 年内战的血腥与硝烟中，美利坚合众国联合各教派美化死亡，当时盛行对死亡的新定义：死亡的丰收、死亡的艺术、至高无上的死亡、迎接善终等，以期缓解战争的肉体和精神创伤。[1] 从 1865 年到 1895 年，美国出版了大量关于死亡艺术的文本，其中包括杰里米·泰勒的死亡经典书《圣洁的死亡规则与实践》(*The Rule and Exercise of Holy Death*, 1865)，还有 1868 年美国畅销书《半开着的天堂之门：我们深爱着的人在天堂》(*The Gates Ajar: Our Beloved in Heaven*)——这是一本由伊丽莎白·菲利普斯（Elisabeth Phelps, 1844—1911）创作的描写天堂与死亡的宗教小说。斯蒂芬·克莱恩的《麦琪》(1893) 延续着天堂主题："在这个世界上，环境是一个巨大的有形物体，往往会不顾一切地对人类生活产生影响。要证明这一理论，就得让天堂之门为芸芸众生所开，尤其要为一个普通得不能再普通的街头女郎打开，因为许多杰出的人士都没有料到她的出现……"[2] 这部作品表达了一种在天堂人人平等的愿望。直到 1926 年，美国女作家玛格丽特·米切尔（1900—1949）开始创作她以美国内战为题材的小说《飘》，10 年后的 1936 年，小说终于出版。这部小说绝不仅仅是一部简单的通俗小说，其历史意义高于爱情意义，这才是它 1937 年获得普利策奖和美国出版商协会奖的理由所在，但这部小说并没有过多直接描写战争的血腥场面。

耗时四年的美国内战没有失败者和胜利者，是一场同胞之间的相

---

[1] 这些定义散见于德鲁·吉尔平·福斯特《受难的国度：死亡与美国内战》，孙宏哲、张聚国译，译林出版社，2014 年，第 1—28 页。

[2] 转引自 Ralph Ellison, "Stephan Crane and the Mainstream of American Fiction", 1946, in *The Collected Essays of Ralph Ellison*, p. 117。

互残杀。美国北方的资本主义经济与美国南方的蓄奴制之间有无法调和的矛盾，黑人问题一旦上升为严重的社会冲突，对白人作家来说，也将成为一个十分敏感又充满了矛盾的问题。亨利·詹姆斯通过《波士顿人》(1886) 间接告诫美国人，成千上万的美国人死于内战，持续困扰人类的邪恶又出现在这片土地上，这种邪恶就是根据肤色将人按等级划分。斯蒂芬·克莱恩的《红色勇气勋章》(*The Red Badge of Courage*, 1895)[1] 可以称得上是一部真正描写美国内战的文学作品，但作者也只是用自己超凡的创新意识和想象力，表达了对兄弟相残的否定态度，并由此产生了美国文学的战争逃逸主题。

《红色勇气勋章》的创作手法和情节很简单，因为害怕死亡，年轻的普通士兵亨利·弗莱明第一天就逃离战争是逃跑后经过羞愧与痛苦的思想斗争后，第二天他冲锋陷阵英勇杀敌，成了一名英雄。弗莱明两天间就扮演了胆小鬼和战争英雄两种性质迥然不同的角色，让读者意识到，真正的英雄总是在无意中误成英雄，他其实和所有人一样，首先他勇于做一个诚实的胆小鬼，两天后当他评估自己的懦夫和英雄行为时，他既不内疚也不骄傲，因为他勇于承认，战争并非光荣而富有意义的经历，而且没有人知道谁是这场兄弟间战争的胜利者。临战"逃跑"本是死罪，可斯蒂芬·克莱恩用其超凡的文学想象，通过一种独特的文学修辞，把"逃跑"转换为了一种勇气，这种勇气不仅是士兵的勇气，更是有良知作家的勇气。可见一旦触及种族问题，作者会赋予这种勇气更深层次的内涵：《红色勇气奖章》是一部个人寻找自我身份定义的小说，其体裁完全不同于传统的美国文学修辞手法，它

---

[1] 这部小说的英文名是 *The Red Badge of Courage*, Courage, 在汉语中被翻译为"英勇"，这便给人一种印象：亨利由于作战英勇而获得红色勋章。这样的阐释与拉尔夫·埃利森对这一文本的理解大不相同。因此本文中保留"勇气"这一关键性主题思想，并将该书名译为《红色勇气勋章》。

传递了一种深刻的怀疑思想,古老的美国民主理想还有可能实现吗?因为,弘扬这种理想的民族,为之付出了艰辛与生命,却又不能遵循这种理想。"[1]

同样的逃逸和勇气主题还以另一种方式呈现在马克·吐温的批判现实主义短篇小说《一场失败战役的个人秘史》(*A Private History of a Campaign that Failed*,1885)中。小说也是以美国内战为主题,但是以作者亲身经历为蓝本。1861年,马克·吐温加入南方邦联民团的骑兵队,两周后便当了逃兵。马克·吐温不仅目睹年轻的新兵如何纪律松散、充满对战争的恐惧,也目睹了一个民团队员如何枪杀了一名无辜同胞,因此他要永远逃离战争。马克·吐温在故事的结尾处这样写道:"一个有思想的人不会视我这篇关于战争的文章为一派胡言而弃之一边……这段记载如果没有被历史记载,那么这种历史是不完整的。有更多的历史材料散落于早期军营,它们可以帮助我们了解现在和过去,有助于我们对以后战争的思考。我从中获得的感想是,我比发表'撤退'的人更懂得'撤退'(逃逸)的内涵。"[2]在这个情节简单、语言幽默的故事中,马克·吐温传递了这样的主题思想:战争牺牲了太多无辜者的生命,也给被迫参战的年轻士兵带来了深重的心灵创伤。那些逃离战场的人固然不能被称为英勇战士,但他们正义的理由和存在的价值应该被历史记住,他们的撤离也是一种勇气的表现。他们的逃逸也预示了这场战争的最后结局——美国南方邦联的失败,奴隶制的土崩瓦解。

---

[1] Ralph Ellison, "Stephan Crane and the Mainstream of American Fiction", 1946, in *The Collected Essays of Ralph Ellison*, p. 120.

[2]《一场失败战役的个人秘史》甚至未被收入1957年美国出版的《马克·吐温短篇小说全集》(*The Complete Short Stories of Mark Twain*, ed.,by Charles Neider)。

《红色勇气勋章》和《一场失败战役的个人秘史》尽管主题相似，但探索了不同的人性和不同的英雄。《红色勇气勋章》的主人公亨利·弗莱明先是毫无理由地自我抛弃，然后又朝着男子英雄气概和道德胜利的方向前进，这是一个美国作家对荷马史诗英雄主义的重新阐释；而《一场失败战役的个人秘史》中的"我"，即作者本人，宁可做一个"道德失败"的逃兵，也不愿意参加同胞间的互相残杀，表达的是作者与主流传统价值观中的英雄主义抗衡的思想。值得注意的是，面对战争和种族歧视，弗莱明和马克·吐温在剥开自己的灵魂，检验自己的道德底线。他们对自己的言行存在某种似是而非，甚至是完全相悖的理解，这便是克莱恩和马克·吐温的文学修辞技巧。

   马克·吐温在《一场失败战役的个人秘史》中通过对美国内战的荒唐经历、对射杀马术师同胞的无奈而痛苦的细节描述，表达了反战和反主流倾向，这种思想在马克·吐温的代表作《哈克贝利·费恩》（1885）中有进一步的发挥。

   《哈克贝利·费恩》用巧妙的手法，通过孩子的视角，反映了内战后黑人与白人之间依然存在的难以调和的矛盾与冲突，试图勾勒出一种没有种族偏见的、理想的黑白生活。白人孩子哈克贝利为了逃离白人华珍小姐的"文明"教育和白人父亲的野蛮殴打教育，成年黑人吉姆为了逃离被转卖到下游蓄奴州奥尔良的厄运，于同一天夜晚以不同的方式逃跑，哈克贝利制造了被杀害的现场，吉姆是悄然而逃，两人的同时消失导致镇上的白人认定吉姆杀了哈克贝利，其理由仅仅是吉姆是个黑人。[1]哈克贝利与吉姆结伴而行，企图从密西西比河逃往北方的自由州。河流意象记录下了这一白一黑、一大一小在密西西比

---

[1] 白人社会这种捕风捉影地诬陷黑人的故事情节并不少见，比如，黑白混血儿作家彻斯纳特（Chestnut）的《检察官的孩子们》（1889）、福克纳的《熊》（1942）等。

河上日日夜夜的漂流生活，也记载了哈克贝利对种族歧视的心理转变：他起先受白人传统的教育影响，觉得黑奴逃跑是犯罪，听吉姆说他要去自由州，还要把老婆孩子赎回来，他的心立马凉了半截："他的打算太不要脸，我的良心觉得不对劲。"[1]而吉姆则处处照顾哈克贝利，尽可能不让这个孩子受惊受苦。看到哈克贝利父亲死后的可怕样子，吉姆故意骗他不要看尸体的脸，只为了不叫他伤心；轮流守夜时，他总是不愿意叫醒已熟睡的哈克贝利；当哈克贝利的朋友汤姆中弹受伤时，吉姆在关键时刻甚至放弃自己获得自由的机会，而选择不顾自己的安危留在危险区协助医生救护汤姆；当他们遇上了自称为"国王"和"公爵"的两个大骗子——"国王"为了一点酒钱，把吉姆卖了。吉姆一系列的高尚、热诚行为让哈克贝利觉得要不顾一切地救吉姆："下地狱就下地狱吧……虽说起这种念头是糟糕的事，可我不打算改邪归正了。"[2]1793年美国国会颁布的《逃奴法案》规定，任何帮助奴隶逃跑的人都要受到法律的制裁。白人孩子哈克贝利在种族歧视环境下成长，但他始终以自己内心真实的感受来看待黑人吉姆，在经历了三次逃跑和三次思想斗争后，最后他宁可"违法"，也要帮助吉姆得到自由的这种勇气最难能可贵。通过主人公的"逃逸"行为，马克·吐温传递了他对美国社会黑白对立根源的深度思考：刀光剑影的战争虽然结束了，但健全的心灵（对民主思想的追求）与畸形的意识（根深蒂固的种族偏见）之间的冲突、情与法的冲突，孰轻孰重、孰胜孰输，在白人孩子哈克贝利与成年黑人吉姆的逃逸过程中被逐渐凸显，最后构成了一幅白人与黑人相互理解和相互营救的人性画面。

在《无形人》中，"逃逸"的主题内涵得到了进一步的彰显。首先，

---

[1] 马克·吐温：《哈克贝利·费恩历险记》，张万里译，上海译文出版社，第102页。
[2] 摘自马克·吐温：《哈克贝利·费恩历险记》第三十一章，上海译文出版社，第272页。

"逃逸"的外延意义得到了拓展，是一种获取知识和经历的隐喻。主人公"我"在校董是白人的黑人学校接受教育，成了一个在表面上循规蹈矩、内心却追求社会平等的"好学生"，并得到了一个参加白人举行的非正式社交聚会和发表中学毕业告别演说的机会后，又因其出色的口才和表现被白人推荐到塔斯克基大学，由此开始他寻找自己身份和获取生存智慧的成长过程。其次，"逃逸"是一种由南至北的迁移（migration）。无形人经历了为校董开车犯错被开除、带着布莱索博士的推荐信离开南方去北方找工作，经历了被蒙骗、洗脑和利用这三件事后，最后遁入地下室陷入深度沉思。再次，"逃逸"是一种升华的表征语言。为了改变自己的逃离行程方向，无形人不得不去油漆厂干活，为的是挣到足够的钱，返回母校杀死坑害他的黑人校长布莱索；工厂的白色油漆并非由一种纯物质构成，但工厂却打着误导人的纯净标签，这种伪纯净的白色油漆遮盖或掩饰其中的黑色涂料，也使之无形化了；在白人主宰的社会里，无论"我"如何循规蹈矩、唯命是从，都是"无形人"。

在上述三部作品中，"逃逸"主题向"教育"主题的拓展，都以社会和家庭对作品主人公施加的"正面"教育，以及主人公的"反面"醒悟，构成了作品的成长思想主题。斯蒂芬·克莱恩是美国自然主义小说的先驱，他一改古希腊罗马英雄史诗中为荣誉而战的传统，把亨利·弗莱明描述为既是逃兵又是英雄，在反复思考自己的个人行为与动机中获得了成熟。《哈克贝利·费恩》中的汤姆所接受的学校教育和家庭教育都比哈克贝利正规，正如书中提到的，像汤姆这样身份地位的孩子，绝不会去救一个黑奴，这是极其贬低自己身份的大逆不道之事。哈克贝利不是一个在正常家庭中长大的孩子，并没有接受过多少正规教育，但他对自己多次准备救吉姆感到的是"惭愧和不安"。可以说，他最后决定营救吉姆，不是一次简单的正义行动，而是自我醒悟。《无形人》中的"我"发现，即使自己完全按照白人社会的标准行事，还是无法获得生存空间，依然不得不在数次的逃逸后遁入地下室蛰伏。他想起祖父在临终前对他的"反面教育"："对他们唯唯诺诺，叫他们忘乎所以；要对白人笑脸相迎，叫他们丧失警惕；要对他们百依百顺，叫他们彻底完蛋……"（《无形人》第 17 页）黑人祖先的智慧往往对其后代的生活有决定性影响，祖父教他学会在险境中与白人迂回周旋，恶作剧般移入白人的生活空间，以引起白人世界的反思。

"逃逸"作为一种文化修辞现象与美国历史如影随形，美国文学中的隐逸主题或隐于自然，或隐于幻象，或隐于死亡，无论何种逃逸，都表现出超乎寻常的勇气。与生前默默无闻的梅尔维尔相比，斯蒂芬·克莱恩在世时，其文学作品就很畅销，《红色勇气勋章》尤其如此。除其艺术手法外，小说主人公通过"逃逸"转而直面战争的实质，直面真理的勇气尤为可贵。通过对哈克贝利几次"逃跑"过程中的心理发展轨迹的描写，马克·吐温表现了哈克贝利希望冲出所谓"文明"社会观念约束的勇气。埃利森则赋予了无形人的"隐遁"一种智者和思者的姿态，使主人公完成了对自我身份的构建；他的勇气具有一种存在美学意义，强调了黑人个体对社会的影响，关注美国个体如何承担起失落的普遍人性。

第二节　法律与良知：埃利森论马克·吐温隐含的种族批判思想

美国评论界对《哈克贝利·费恩》的解读和评价经历了一个曲折变化的过程。早期的评论界将《哈克贝利·费恩》视为《汤姆·索耶历险记》的续集，故顺理成章地将之解读为一部抗议世俗文明的少年小说（juvenile fiction），它传递的信息仅限于一个白人孩子想逃避父亲的毒打和学校的刻板生活而离家，主人公费恩则是一个希望摆脱种种约束、敢于追求个人自由的少年形象。美国许多白人父母不赞同他们的孩子读这本书，将它视为垃圾，怕自己的孩子跟着学坏。1950 年，《哈克贝利·费恩》在伦敦再版时，T. S. 艾略特在再版《导言》中谈及自己对这部小说最初印象："我的父母认为这本小说不适合男孩子读，当时给我留下的印象是，这就是一本少年读本。"T. S. 艾略特接下来从小说角色对小说思想的作用，认为汤姆长大后迟早会成为美国社会中一个受尊敬的、循规蹈矩的成员（conventional member），他的分析意味深长："汤姆是个孤儿，但他有个姨妈，是一个社会存在（social being），汤姆与整个美国社会有一种神秘的关联。但哈克贝利完全是孤独的，虽然他有一个亲生父亲，但他对父亲避之唯恐不及……"[1] 细细分析 T. S. 艾略特的话，我们似乎能够察觉到 T. S. 艾略特的未尽之言：汤姆代表了有根深蒂固种族思想的白人主流社会，哈克贝利代表了反主流的种族批判思想。T. S. 艾略特 1950 年写的这个"导言"实际上为后人重新阐释《哈克贝利·费恩》埋下了伏笔。

20 世纪 50 年代以后，美国文学批评界对这部作品有了新的解读，认为小说触及了美国种族问题，这种观点似乎只是将哈克贝利看作一个追求自由个性的美国男孩，将吉姆看作一个心地善良、对白人孩子忠心耿耿的成年黑人男性，如此看来，他俩的关系便成了白人男孩与成年黑人和谐共处的典范。笔者认为，这种阐释实际上是将黑人形象刻板化了。从另一个视角重读《哈克贝利·费恩》可以发现，吉姆性格中除"忠心耿耿"以外，还有典型的多重美国人性格。首先来看看

---

[1] T. S. Eliot. "An Introduction to *Huckleberry Finn*", in Samuel Langhorne Clemens, *Adventures of Huckleberry Finn*. USA: W.W. Norton & Company, Inc., 1885, 1977c, p. 328.

吉姆的轻松幽默。有一次，汤姆趁吉姆睡觉时，把吉姆的帽子摘下来挂在了他头顶上的一根枝丫上，马克·吐温这样写道："吉姆身子动了一下，不过没有醒。这件事过后，吉姆对人说，妖巫对他施了魔法，搞得他神志昏迷，然后骑着他飞往本州各地，然后把他降落到原来那棵树下，并且把他的帽子挂在枝丫上，好让他知道这究竟是谁干的。到下一回，吉姆对人说，妖巫把他一直骑到了新奥尔良。再后来，每次他对人家吹起来，地界被越吹越宽。最后，他对人说，妖巫骑在他身上飞遍了全世界，搞得他累得要死，他背上全是被马鞍子磨破了的泡泡。吉姆对这一次的经过得意得忘乎所以，甚至不把别的黑奴放在眼里。各地的黑奴从老远的地方来听吉姆讲这种种经过，他成了这一方黑奴中间最受抬举的人……"[1] 谁知道吉姆究竟是真睡着了，或确实没被弄醒，但我们有充分的理由做这样的理解：吉姆借着这事儿表达了自己渴望自由生活的愿望；从各地黑人都被他的叙述所吸引的情形来看，这是黑人们共同的心愿；吉姆后来三次逃跑也验证了笔者的阐释。

《哈克贝利·费恩》不仅是儿童读物，也是一本供读者茶余饭后取乐的读物，书中表现出了对种族歧视不动声色、藏而不露的批评，由此带来的社会批评效果，与自然主义小说的社会批判效果相比有过之而无不及。比如，读者从哈克贝利与农场女主人费尔普斯太太的对话中，可以窥视黑人在南方的生活处境是何等艰难：

"……我们船上一只汽缸盖炸了。"

"天啊，伤了什么人吗？"

---

[1] Samuel Langhorne Clemens, *Adventures of Huckleberry Finn*, p. 32.

"没有,死了一个黑奴。"

"啊,这真是好运气。有的时候会伤人的。两年前,圣诞节,你姨父西拉斯搭乘'拉里·罗克号'轮船从新奥尔良上来,一只汽缸盖爆炸,炸伤了一个男子。我看啊,他后来就死了。他是个浸礼会教徒……"[1]

这段对话真切表明,在白人眼里,黑人是某种没有生命的东西。轮船出事只炸死一个黑奴,依然可以说成"没有伤人",哪怕是基督徒也持同样的观点。

20世纪末,美国大学教室的一些黑人学生对这部作品有另一种片面的解读,他们认为吉姆是一个受害者,因为吉姆希望获得人生自由,但哈克贝利却把他带往南方的腹地,引向了种族迫害更为严重的地方。马克·吐温所设计的情节是,当木筏经过俄亥俄河口时正逢夜间,沿河而上不行,如果上岸,逃奴立刻会被抓住。于是,他俩不得不朝更严酷的南方蓄奴地区驶去。[2]笔者认为,这种阐释可能存在偏差,哈克贝利和吉姆都希望到自由州俄亥俄州去,他们都要穿过"浓厚的白色大雾"[3],此处"浓厚的白色大雾"暗含了哈克贝利和吉姆在逃离奴隶制和野蛮的"文明"时,不得不面临的种种困境。哈克贝利的自由是永远待在那里过自由自在、无拘无束的生活,吉姆则希望乘木筏漂流到一个有人生自由的地方,他并不想一直在木筏上待着。在T. S. 艾略特看来:"马克·吐温笔下的密西西比河不仅仅是人们航行和傍依居

---

[1] Samuel Langhorne Clemens, *Adventures of Huckleberry Finn*, p. 175.

[2] Elaine, and Harry Mensh, *Black, White, and "Huckleberry Finn": Re-imagining the American Dream*, Tuscaloosa: University of Alabama Press, 2000, pp. 14-15.

[3] Samuel Langhorne Clemens, *Adventures of Huckleberry Finn*, p. 68.

住的地方,更是具有人类普适性意义的大河,它比康拉德笔下的刚果河更具普遍性。这条河流在马克·吐温的作品中具有一种无意识的伟大深刻性,正是这种深刻性赋予了《哈克贝利·费恩》象征价值:这种象征意义因其毫无矫饰、浑然天成而更显其力量。"[1] 可见马克·吐温的河流意象还承载了凝重的历史感,俄亥俄州清澈透明的河水象征着一种纯净的自由,密西西比河混浊的河水象征肮脏的奴隶制,这种象征性叙事手法意在表明彻底废除蓄奴制的必要性和迫切性。埃利森的解读则更为深刻全面:"获得真正政治平等的理想在现实中与我们擦肩而过,并无好转的迹象,但在小说里我们可以营造一幅民主理想的画面,在这幅画面中,现实与理想得以结合;在这幅画面中,高贵与低贱、黑人与白人、北方人和南方人、土生土长的人和移民团结在一起的情景可以得到再现,这种情景教给我们超然的真理和无限的可能,马克·吐温将哈克贝利和吉姆送到漂流的木筏上时,就已经将这幅画面展示出来了。"[2]

埃利森不但从文本结构摄取灵感、从文本语言获得启发,还从美国法律史的角度来探讨这部作品的社会批判性,他在《社会、道德和小说》一文中这样写道:"美国生活中的道德准则隐含在《独立宣言》、宪法和《权利与自由法案》中,是个人意识和那些创造了经典作品作家的良知的一部分,霍桑、梅尔维尔、詹姆斯、马克·吐温的小说情节都有20年代引人入胜的特点,也有30年代的政治反抗情绪,但他们也和大多数当代作家一样,不愿意直言不讳地谈论政治。这些资料是我们的社会价值赖以形成的基本设想,它们赋予我们的言谈举止公

---

[1] T. S. Eliot, "American Literature and the American Language", The Johns Hopkins University Press: *The Sewanee Review*, Vol. 74, No. 1 (Winter, 1966), p. 13.

[2] Ralph Ellison, "Introduction to *Invisible Man*", 1981, in *The Collected Essays of Ralph Ellison*, pp. 471-485.

共含义,为我们最私有的戏剧性事件提供最广泛的参照物。"[1]

　　从 1619 年第一批黑人被贩卖到弗吉尼亚州开始,约 125 万黑人从非洲被贩卖到美国。美国奴隶制把黑人看作没有人身自由和权利的私有财产,奴隶主就是奴隶生死大权的主宰者。1776 年,美国打着"人人生而平等"的口号获得了独立战争的胜利,但并没有就此结束奴隶制和奴隶买卖,1793 年美国国会颁布的《逃奴法案》规定:一、合同到期后,自由州的雇主有权揭发和证明逃奴的身份,并将其逮捕。而该州的法官有责任将逃奴遣送回去。二、任何帮助奴隶逃跑的人都要受到法律的制裁。三、任何故意妨碍追缉逃奴的人都要被罚款 500 美元。[2] 1850 年,美国国会再次颁布的《逃奴法案》是联邦政府为了平衡各种矛盾而对南方畜奴州做出的妥协。该法案要求自由州的政府官员帮助奴隶主追回奴隶。追缉逃奴毫无疑问是有违道德的,然而这却与宪法并行不悖,因为宪法中存在着一个妥协性的《逃奴条款》,即任何一个州都不得解除其他州逃来的合法服役者的劳役,并且要应当事人要求,将人交出。[3] 也就是说,若蓄奴州的奴隶主要求自由州将逃奴交还,自由州没有理由拒绝,因而这样的场面在当时的美国时常出现:一个人贩子带着警方开具的押送证明将逃奴像牲畜一样赶回蓄奴州,以此来谋取钱财。逃奴一旦被抓回,轻者被暴打一顿,重者割耳断腿,甚至处死。南方的奴隶制度与北方的资本主义制度之间的矛盾日益加深,最后导致 1861 年的内战。1863 年,林肯颁布的《解放黑奴宣言》并没有使南方的黑人获得真正的解放。两百多年来,黑奴是私人财产的观念在美国南部白人心中根深蒂固,1883 年前后,在马

---

[1] Ralph Ellison, "Society, Morality and the Novel", 1957, in *The Collected Essays of Ralph Ellison*, p. 702.
[2] http://www.ushistory.org/presidentshouse/history/slaveact1793.htm(accessed Sep 26, 2012).
[3] 林达:《我也有一个梦想》,生活·读书·新知三联书店,2006 年,第 180—181 页。

克·吐温塑造哈克贝利·费恩这个形象时,这种观念依然盛行。

　　根据《马克·吐温回忆录》记载,吉姆的原型是他幼年时叔叔家田庄上的一个名叫丹尼尔的黑奴。马克·吐温对黑人特别是对吉姆的品性赞美有加,"所有的黑人都是我们的朋友,和那些与我们年龄相仿的,我们实际上就是同伴……我们有一个忠实、慈爱的好朋友——'丹尼尔大叔',同时他还是个好盟友、好顾问。他是个中年奴隶,在黑人中是最有头脑的一个。他极富同情心,为人诚实,心地单纯,从不使诈,这么多年来他一直把我服侍得很好,我都有半个多世纪没见他了,可在精神上,我一直把他令人愉快的陪伴作为那段日子的一部分,把他放入我的书里,用他自己的真名或叫'吉姆',让他四处周游——让他乘木筏沿密西西比河顺流而下去汉尼拔,甚至让他坐着热气球穿过撒哈拉大沙漠——他靠着耐心、友好、忠诚这些与生俱来的品质,闯了过来。正是在农场里,我对他们这个种族产生了强烈的好感,开始欣赏这个种族的某些优秀品质。这种感情,这种评价经受住了六十多年的考验而丝毫无损。对我而言,如今这些黑色的脸庞还和过去一样受人欢迎"。[1]吉姆是一个没有获得自由的黑奴,是白人华珍小姐的私有财产。传统观念认为黑人只是某种可以转卖的私有财产。因此,哈克贝利最大的困惑是,究竟怎样做是对的,他必须在白人财产所有权和黑人人权和人性之间做出选择。马克·吐温和哈克贝利都知道,吉姆不仅是一个黑奴,他更是一个有血有肉的人,他的基本人性表现在他对自由的热爱,表现在他希望获得自己的劳动所得,也表现在他对友谊的忠诚和对朋友的包容,更表现在他对妻子和孩子的爱。因此,他们都认为吉姆应该享有和白人一样的人权。

---

[1] 马克·吐温:《马克·吐温回忆录》,谭惠娟等译,团结出版社,2006年,第8—9页。

埃利森认为马克·吐温是真正同情美国黑人的遭遇、了解美国黑人内心世界的白人作家。在《20世纪小说与黑人人性的面具》一文中，埃利森着重分析了《哈克贝利·费恩》中白人男孩哈克贝利和黑人吉姆的人性。当吉姆得知女主人要把他卖到南方腹地时，便和先后从父亲、华珍小姐和寡妇道格拉斯太太那里逃离出来的哈克贝利一道，弄了一个木筏，漂流到了密西西比河与通向各"自由"州的俄亥俄支流的汇流点。此时的哈克贝利有两种选择：一是用自己的聪明才智把吉姆偷出去，让他获得自由；二是将吉姆送还给华珍小姐，还可以得到一笔赏钱。哈克贝利选择了前者，他对汤姆说："我可知道你要说些什么。你会说这是一桩肮脏下流的勾当，不过那又怎么样呢？——我是下流的，我准备把他偷出来，我要你守口如瓶，别泄漏出去。行吗？"[1]马克·吐温以一个没有种族意识的白人男孩为叙述视角，借他的口道出了很多美国社会中难以言说的真相。马克·吐温没法让他作品中的主人公由少年走向成年，因为他认为从成年人嘴里吐出的，大多是掩盖真理的谎言。如果说马克·吐温在《汤姆·索耶》中要传递的是一种为人处世要诚实的理念，那么在《哈克贝利·费恩》中，作者强调的是人类要追求道德情感上的内心真实。埃利森提醒读者注意："当哈克贝利做出要帮助吉姆逃跑的决定时，他实际上是接受了超我的判断——这意味着他的行为有罪。就像普罗米修斯为人类偷火一样，他接受自己有罪的行为，为的是证明自己对黑人人性的肯定。反过来说，吉姆就是人性的象征，哈克贝利则在使吉姆获得自由的努力中，也摆脱了那个小镇象征文明的世俗罪恶。"[2]

---

[1] Samuel Langhorne Clemens, *Adventures of Huckleberry Finn*, p. 178.

[2] Ralph Ellison, "Twentieth-Century Fiction and the Mask of Humanity", 1953, in *The Collected Essays of Ralph Ellison*, p. 88.

第十一章　结构、思想和文学修辞：拉尔夫·埃利森与马克·吐温

马克·吐温在《哈克贝利·费恩》中表现出的人道主义精神比他已发表的任何一部作品都强烈、鲜明，这种精神在哈克贝利的身上得到了集中体现。比如，他在小说中并没有用很多的笔墨去描写黑奴遭受的残酷折磨，只是借哈克贝利之嘴，重点讲述了黑奴买卖交易给他们造成的极大痛苦："有几个黑奴贩子前来，国王以合理的价格把黑奴卖给了他们，用他们的话说，是收下了三天到期付现的期票把黑奴卖了。两个女孩子被卖到了上游的孟菲斯，她们的母亲被卖到了下游的奥尔良。我想啊，这些可怜的姑娘啊，这些黑奴啊，会多么悲伤，连心都要破碎啊。她们一路上哭哭啼啼，景象如此凄惨，我实在不忍看下去。那些姑娘说，她们连做梦也没有想到，她们全家会被拆散，从这个镇上给贩卖到别处去啊。这些可怜的姑娘和黑奴，彼此抱着哭哭啼啼的情景，我将永世难忘。要不是我心里明白，这笔买卖最终不会成交，因而黑奴们一两个星期内就会返回，要不是这样的话，我早就会忍不下去，将会跳出来，告发这帮骗子。"[1]

对于种族问题这个十分敏感的话题，马克·吐温和福克纳都采取通过小孩之口的方式来加以评论。哈克贝利从小爱打抱不平的心理，特别是对待黑人吉姆的态度，给了读者无限的想象空间，也明显暗含了马克·吐温对待种族问题的政治倾向，因此 T. S. 艾略特说："哈克是一个没有先入为主观念的观察者。"[2] 在埃利森看来，"哈克贝利承认他对吉姆的'解放'中暗含了罪过，他的这一看法表明，马克·吐温也承认他自己对社会所处的状态负有他个人的责任。这就是喜剧面具

---

[1] Samuel Langhorne Clemens, *Adventures of Huckleberry Finn*, p. 146.

[2] T. S. Eliot, "An Introduction to *Huckleberry Finn*", in Samuel Langhorne Clemens, *Adventures of Huckleberry Finn*, p. 330.

背后的悲剧面孔[1]"。埃利森的这一阐释犀利到位，批评家伯纳德·贝尔认为，"在最后几章中，马克·吐温将吉姆的复杂人性降至游唱面具传统，对我和许多读者来说，这是作者的悲剧面孔所在，说明他在道德勇气上失败了。吉姆在追求自由、热爱家庭的问题上不够坚定，还接受了汤姆给他的40美元，以配合他滑稽的逃跑计划。这有伤他的自尊，这些都是游唱面具后面的悲剧面孔。对许多黑人读者而言，一个可悲的事实是，在19世纪的美国白人小说中，呈现得最好的美国黑奴人性就体现在马克·吐温笔下的'黑鬼'吉姆身上。这的确具有反讽意味，正如埃利森25年前所言，在美国这个黢黑幽深的熔炉底部，公与私之间不分彼此，黑与白之间相互转化，非道德转化成了道德，而道德又指代让人感觉良好的任何东西（或指维持道德的某种权利），在此情形下，白人的佳肴就往往是黑人的毒药[2]"。

《哈克贝利·费恩》中的吉姆形象，是马克·吐温对黑人完美精神和人性的刻画，更是对传统的被白人刻板化黑人形象的反拨。与此同时，埃利森认为，马克·吐温并没有将这个黑奴理想化，他笔下的吉姆除了表现出无知和迷信，也有优点和缺点。但埃利森并不认为这是马克·吐温"对黑人的嘲讽、贬低和丑化"。[3] 在埃利森看来，吉姆和所有人一样，也有犹豫不决的时候，也受环境的限制，但他始终相信："马克·吐温创作吉姆这个形象时，正逢美国社会黑人游唱传统盛行，他还是将吉姆这个形象纳入当时白人接受的游唱传统，但作者撩开了

---

[1] Ralph Ellison, "Twentieth-Century Fiction and the Mask of Humanity", 1953, in *The Collected Essays of Ralph Ellison*, p. 89.

[2] Bernard W. Bell, *Bearing Witness to African American Literature*, Detroit:Wayne State University Press, 2012, pp. 274-275.

[3] 转引自张立新：《文化的扭曲：美国文学与文化中的黑人形象研究》，中国社会科学出版社，2007年，第42页。

这个被刻板化人物的面纱,向读者展示的是吉姆的自尊和仁爱,这就是马克·吐温反种族主义思想的复杂性所在。"[1]

第三节 马克·吐温和埃利森的文学修辞

当美国社会的道德准则和道德符号与美国的民主法制发生冲突时,埃利森通过希克曼与布里斯的关系,改写了吉姆与哈克贝利·费恩的关系。年长的黑人希克曼不是死心塌地忠于年幼的"白人"布里斯,而是布里斯的人生导师和道德楷模;当"不愿意直言不讳地谈论政治"又不得不谈政治时,"文学修辞"就显得比"引人入胜的情节"更为重要。

美国自独立以来,就在人权问题上实行双重标准,在语言问题上也如出一辙。美国一方面想摆脱英国英语,另一方面,18、19世纪美国的政界和主流白人文学界坚持不在白人的文学创作中掺杂黑人方言,直到马克·吐温的出现才有所改变。托马斯·库勒(Thomas Cooley)说:"马克·吐温对于美国文学中的这种现象十分反感。他认为华盛顿·欧文、爱默生、梭罗、霍桑,甚至梅尔维尔的语言是书本谈话中最炫耀的一种……因此,马克·吐温的最大贡献,是让非正式的生活口语,起到了一种仅正式的文学语言无法起到的作用,这确实是马克·吐温以前的任何美国作家都没能做到的。"[2]

首先,书名《哈克贝利·费恩》(*Huckleberry Finn*)就传递了作者的多种思想。有人认为马克·吐温为本书主人公取名"哈克

---

[1] Ralph Ellison, "Change the Joke and Slip the Yoke", 1958, in *The Collected Essays of Ralph Ellison*, p. 104.

[2] Thomas Cooley, "Preface to the Second Edition", in Samuel Langhorne Clemens, *Adventures of Huckleberry Finn*, p. x.

贝利·费恩"是因为这个名字发音与他自己的姓名发音接近。"哈克"的发音与"马克"接近，"费恩"的发音与"吐温"接近。马克·吐温自称"费恩"源自他幼年时的老家密苏里州汉尼拔小镇上的一个流浪汉醉鬼Jimmy Finn。但性格上的原型是另一个叫Tom Blankenship的流浪汉，马克·吐温称赞他是新区内"唯一真正特立独行的人物"。从语义上看，"哈克贝利"，如果将第一个英文字母变成小写huckleberry，即一种野生的浆果，可做啤酒。马克·吐温为主人公取这个名字，可见他想赋予主人公粗犷与平民的色彩。哈克贝利·费恩与马克·吐温当然不能等同，但又血肉相连，在某种程度上心灵相通。不少资料表明，乡下孩子出身、自学成才的马克·吐温对本书主人公心灵的塑造倾注了心血，其取名是经过深思熟虑、含意深长的。马克·吐温在《哈克贝利·费恩》中使用的是朴实、明快的民间语言，他善于沙里淘金，发现自己所需要的语言，并精于运用这些语言。和惠特曼一样，马克·吐温也善于将普通人的语言对话运用于文学创作中，读者从这些对话中就可判断说话者是什么地方的人。这些活泼、恰当的民间语言丰富了美国文学作品，也为美国语言注入了新鲜血液。

值得关注的还有马克·吐温文学语言中对所谓"文明"的批判。比如，当马克·吐温写道："道格拉斯太太教我学文明规矩"，他故意使用密苏里土话的发音"sivilizeme"。在第六章的结尾处，马克·吐温提到哈克贝利差点被他的白人酒鬼父亲打死，因此，他要逃离白人世界的野蛮。可以说，哈克贝利的三次逃离，都与逃离"文明"的白人世界有关。这些情节都折射出作者反对当时以"文明规矩"为主旨的思想，二者贯穿整部小说。在埃利森看来，美国文明是欧洲文明的延续，非裔美国文明是美国文明的延续，梅尔维尔的作品要摒弃的是欧洲的腐败和盲目的文明，马克·吐温要扬弃的是美国的单调和野蛮文明。

　　道格拉斯太太与哈克的父亲，貌似一正一反，实际上代表的是单调和野蛮文明的两类人物形象。作者表面上要让读者觉得，通过道格拉斯太太之口说出来的话，代表的是文明与先进。而哈克贝利的父亲是对儿子都不负责任的白人酒鬼，他说出来的批驳美国政府的话无疑是信口雌黄。但如果是反话正听，却很让人真假难分、正误难辨："还把它叫作政府哩！嘿，你看吧，你看它究竟是个什么样的东西。还有这样的法律哩，硬要把人家的儿子给抢走——可那是人家的亲生儿子啊，他花了多少心血，曾经多么担惊受怕，又花了多少钱啊！正是这样一个人，终于把儿子抚养成人，正准备开始干活挣钱了，能给他出点儿力，好叫他喘一口气了，可恰恰在这个时刻，法律出场了，朝他猛冲过来。可人家还把它叫作政府哩！还不光是这样，法律还给撒切尔法官撑腰，帮着他夺去我的财产。法律干的就是这么一档子事。法律硬是夺去了一个人的 6000 多块大洋，让他挤在这么一间破旧的木屋里，叫他披上一件不如猪狗的衣服，到处转悠。他们还把这个叫作政府哩！在这样的政府下面，一个人连权利都得不到保障，我有时候真有个狠心想法，打算一跺脚，从此永远离开这个国家，永不回头……"

　　哦，这可是个了不起的政府啊，可真了不起。好，请看吧。有一个自由的黑人，是从俄亥俄过来的。是个黑白混血儿，皮肤跟一般白种人一样白。身上穿的是挺白的衬衫，白得让你从没有见识过。头戴一顶帽子，亮得耀眼。身上这套衣服，镇上没有人比得上这么漂亮。还有一只金表，有金链条。还有头上镀了银的手杖——是本州最可尊敬的满头霜染的年老的大富翁。你猜怎么着？人家说，他是大学里的一位教授，能讲很多国家的语言，无所不知，最糟糕的还不止这些，人家说，他在家乡的时候，还可以投票选举。这可把我弄糊涂了，这个国家会变成什么样的国家啊。到了选举的日子，要是我那天没有喝醉能走得到的话，我会出去，会亲自去投票。可是啊，如果人家告诉我说，在这个国家里，有这样一个州，人家准许黑奴投票选举，那我就不去了。我说，我从此再也不会去投什么票了。这就是我亲口说过的话，大家都听到我这么说的。哪怕国家烂透了——只要我还活着，我就不会去投什么票，你再看看那个黑奴那副冷冰冰的神气，——嘿，要是在大马路上，如果不是被我一肩膀把他推到一边去，他才不会让我走过去呢！我对人家说，凭什么不把这个黑奴拿出去公开拍卖，给卖掉？——这就是我要问清楚的。你知道，人家是怎么说的？嗯，人家说，在他待在本州满六个月以前，你就不能把他卖掉。啊哈——这是何等的怪事一桩，一个自由黑人在州里待了还不满六个月便不准拍卖，这样的政府还管它叫政府。当今的政府就是这样自称为政府，装出了一副政府的派头，还自认为这就是一个政府了，可就是非得苦苦等满六个月，才能把一个游闲浪荡、鬼鬼祟祟、罪恶滔天、身穿白衬衫的自由黑人给逮起来……[1]

一般读者会将醉鬼的话理解为胡言乱语，但优秀读者会透过语言去领会其酒后真言的深层修辞含义：《哈克贝利·费恩历险记》在1885年问世时，奴隶制已经被废除20年了，黑人在南方依旧处于仰人鼻息和受人剥削的"半奴"地位。

《汤姆叔叔的小屋》的作者斯托夫人用写实的文学手法反对奴隶

---

[1] Samuel Langhorne Clemens, *Adventures of Huckleberry Finn*, p. 125.

制，曾多次受到白人的恐吓。与另一位用文学创作反对奴隶制的白人作家梅尔维尔一样，斯托夫人去世前也穷困潦倒。从某种意义上来说，美国总统林肯甚至为了解放黑奴付出了自己的生命。豪威尔斯尊称马克·吐温为"文学界的林肯"，但这位19世纪美国文学界最伟大的作家不仅生前享誉盛名，而且还过着相对优渥的生活。马克·吐温的文学语言特点是，用含混的语言和迂回的手法来批判美国社会盛行的种族歧视，这位白人作家甚至将黑人语言直接用于文学创作，这在美国文学史上独树一帜。

埃利森凭着自己对人性的敏锐洞察，以及对语言的深刻领悟，认为白人对黑人人性的剥夺，始于对语言的定义。在盎格鲁-撒克逊文化中，"白色"一词被赋予了丰富的象征意义。在很早以前，盎格鲁-撒克逊人就把"白色"和与"白色"非常接近的"金色"视为太阳的颜色。"白色"象征着伟大，而蓝色，他们眼睛的颜色，则象征着天空的广袤。当时人们对于色彩，特别是肤色的重视，从一个侧面反映了他们的种族意识程度。"白色"在文学与文化中逐渐成为种族优越性的象征，有的学者把"白色"包含在"白人意识"里。在早期，"白人意识"只是一种白人自我认同的心理，但在后期它逐渐成为白人种族主义的基石。

马克·吐温在回忆录中这样写道："肤色、社会地位在我们之间划出了一条微妙的、双方都能意识到的线，而这细线使我们之间不可能有完全的融合。"[1]但在《哈克贝利·费恩》中，作者将"丹尼尔大叔"的黑人方言、桑迪如泣如诉的黑人歌曲，都通过小说创作融入美国文学语言中，完全打破了传统美国文学创作中的"纯正英语"的优越感。

---

[1] 马克·吐温：《马克·吐温回忆录》，谭惠娟等译，团结出版社，2006年，第8页。

T. S. 艾略特认为："马克·吐温的影响力早已被证明是相当深远的。至少，他在《哈克贝利·费恩》中所展示的无不表明，他是文学界不多见的伟大作家之一，这些作家们发现一种新的写作方式，而这种方式不仅仅对其自身，也对其他人同样适用。在这一点上，我应当把他同德莱顿和斯威夫特相提并论，他们都是为数不多的更新了自身语言，也'净化了自己民族的语言'的作家。"[1]

在一定意义上，美国是一个建立在《圣经》上的国家，《圣经》在美国文化中的特殊地位强化了美国白人把自己看作"上帝的选民"，而把黑人看作魔鬼后代的思想。"上帝的选民"的说法最早来自《圣经》的记载。根据《旧约·创世记》第 22 章第 18 节的记载，上帝对亚伯拉罕（Abraham）说："并且地上万国都必因你的后裔得福，因为你听从了我的话。"[2]因此亚伯拉罕被看作上帝最早的选民。亚伯拉罕的儿子名叫艾萨克（Isaac），他的孙子叫雅各布（Jacob）。后来上帝把雅各布的名字改为以色列（Israel），以色列的 12 个儿子各自形成了以色列 12 个部落的领袖。《圣经》里多次提到以色列人是上帝的选民，例如，在《旧约·创世记》第 12 章第 2 节中上帝对以色列人说："我必叫你成为大国。我必赐福给你，使你们的名字家喻户晓，你们会得到祝福。"

早在古希腊罗马时代，西方文学作品中就已出现黑人的形象，他们通常被称为埃塞俄比亚人（Aethiopians）。此后，随着基督教的兴起，"上帝的选民"有了新的内涵。它不仅包含了亚伯拉罕的子孙后代，

---

[1] T. S. Eliot, "American Literature and the American Language", *The Sewanee Review*, Vol. 74, No. 1 (Winter, 1966), p. 13.

[2] Genesis 22 : 18 (King James Version).

而且也包含整个基督教徒群体，特别是新教徒。他们常以以色列的后代自居，把自己看作"上帝的选民"。一些学者把新教中这种把自己看作以色列上帝"选民"后裔的思维，称为"盎格鲁-以色列主义"（Anglo-Israelism）。"盎格鲁-以色列主义"在美国文化中有着悠久的历史，早在殖民地时期，美国的清教徒们就尝试在《圣经》中找到自己是以色列后裔的证据。一些清教徒发现，古代以色列的 12 个部落被分成了南北两个王国：南部犹太王国由两个叫本杰明和利瓦伊的部落组成；北部以色列王国由别的 10 个部落组成。在大约公元前 712 年，北部的以色列王国被亚述人占领。根据历史学家和考古学家的考证，以色列王国的居民被征服，后来这些入侵者被同化并在该地区定居下来，北部的 10 个部落逐渐衰落，后来被分散在欧洲各地。一些人相信，为大卫王加冕用的石头后来被运到了大不列颠，从此，英国各位国王和王后在加冕中一直使用这块石头。由此，上帝赋予以色列这一上帝的选民的神圣职责也随着这块石头被转赋给盎格鲁-撒克逊种族。另外一部分人认为，盎格鲁-撒克逊种族是雅各布的两个儿子伊弗列姆和梅纳西的后裔。据考证，"British"一词源自希伯来语的"beriyth"，意思是誓约（covenant）。撒克逊（Saxon）一词来源于艾萨克的儿子（Issac's Sons）的拟音。从以色列走失的一个叫 Dan 的部落据说曾在欧洲大陆生活过，并留下了许多以他们部落名字命名的地名。例如，多瑙河（Danube River）、丹麦（Denmark）和东尼戈尔（Donegal）。并由此推测，盎格鲁-撒克逊人就是以色列人的后裔。1848 年英国学者约翰·威尔逊（John Wilson）发表了一篇题为《有关以色列-不列颠种族起源的说明》的文章，再次声称英国人是上帝选民的真正后裔。

另一方面，近代种族主义者根据《旧约全书·创世记》中"含"

（Ham）的故事[1]大做文章，认为这是黑人天生就应该做奴隶的有力证据。几百年前，正是一位叫普里斯特（Priest）的人从《圣经》中为黑人的兽性找到根据，为白人的罪行找到神学上的合理性。

　　随着奴隶制在美国南部的合法化，"白色"更具有了大家公认的象征性，并涵盖了人类的所有优秀品质，即高贵、纯洁、优美、勤劳、虔诚、文明和美貌。随着时间的推移，"白色优越性"超越时间和地理界限，在报纸、小说、戏剧、诗歌、歌曲和美术馆中被广泛赞颂，最后变成一种大家默认的、永恒的标准。社会学家皮格·麦克特史认为，"白色"所象征的社会权利和神秘性已渗透美国社会的各个方面。"白色"是进入美国主流社会的万能钥匙，而"白色"的特权就像是一个无形的、没有重量的并装有特殊供应品的帆布包，内有保证金、工具、地图、导游图、密码簿、护照、签证、衣服、罗盘、急救器械和空白支票。[2]另一位社会学家鲁思·弗兰肯伯格也认为，"白色"在美国文学与文化中有着一种特别的含义，它不仅指一种生理面貌特征，而且在美国的发展过程中被赋予一种独特的象征性。"白色"象征一种社会结构性上的优势和一种种族的优越性，代表一种视角。白人通过这一视角来审视白人自身，审视他人和社会——"白色"指一整套没有标记和无形的文化行为。[3]西奥多·阿兰在他的《发明白

---

[1] 据《旧约全书·创世记》记载，含是诺亚的儿子，相传为非洲人与亚述人的祖先，兄为闪（Shem）、弟为雅弗（Japheth）。有一天，诺亚在葡萄园中喝醉了酒，赤身裸体地躺在地上。含看到之后告诉了两位兄弟。闪和雅弗不敢看父亲的裸体，倒退着为父亲盖上了衣服。诺亚醒来后，发现了含的所作所为，大为生气，因此诅咒含的儿子迦南（Canaan），要作"兄弟奴隶的奴隶"。犹太人认为世界由亚、非、欧三大洲组成，诺亚三名儿子即为白、黄、黑三色人种祖先。

[2] 参见 Valerie Babb, *Whiteness Visible: The Meaning of Whiteness in American Literature and Culture*, New York:New York University Press, 1998,p. 73.

[3] 参见 Ruth Frankenberg, *White Women, Race Matters: The Social Construction of Whiteness*, Minneapolis: The University of Minnesota Press,1999,p. 1.

人种族》一书中也指出，白色在美国象征一种完整的、独特的社会文化现象。在美国社会，不仅在政治上，而且在经济和社会各方面，白色都被赋予了许多无形的特权。一些学者认为，白色象征一种反映社会权利的难以捉摸的相互关系，它是"白人种族主义"的重要表现。大卫·罗德杰认为，在美国社会中，"白色所带来的快感对白人劳动者起到了与'工资'一样的效果。也就是说，不管是在南方还是北方，种族所赋予的地位和特权成为对异化和剥削的阶级关系的一种补偿"。[1]当白人工人认识到自己既非"奴隶"，也非"黑鬼"时，他们欣然接受既定的社会结构和自身的社会地位。如杜波伊斯所说，白人工人不仅"可以与旧的特权阶层一起从前面的入口进入火车站，与他们一起进入最好的剧院和电影院，而且可以在一切场合都坐在显要的位置，与'黑鬼'区别开来……他有权被称为'MISTER'……他有权进入禁止黑人出入的'公共'图书馆和公园，他不用担心在公共汽车上与售票员发生争吵，也不用担心在法院会把官司输给黑人……他逐渐爱上这些证明白人优越性的东西"。[2]而"一个人，不论他的肤色有多白，即便他的血管里仅有一滴非洲人的血，也会被看作一个'黑鬼'。他就必须要么畏缩在剧院的顶楼里，要么待在家里"。[3]可见对"白色"特权的维持已成为美国社会对普通白人在政治和经济上的一种心理与精神补偿，也是维系美国白人团结的重要纽带。

---

[1] David Roediger, *Wages of Whiteness: Race and the Making of the American Working Class*, New York: Verso, 1999, p. 13.

[2] Du Bois, "Georgia, Invisible Empire State", in *These United States*, Volume 2, edited by Ernest Gruening, New York: Boni and Liveright, 1924, p. 331.

[3] Dale A. Somers, "Black and White in New Orleans: A Study in Urban Race Relations, 1865-1900", *The Journal of Southern History*, Vol. 40, No.1 (Feb. 1974), p. 29.

埃利森在《20世纪的小说和人性的面具》中这样写道："也许，最为阴险和最不为世人了解的种族隔离形式是措辞的表达形式。我是指措辞上复杂而明确的表达方式，从谚语到小说和舞台戏剧，那些措辞以其微妙的力量，暗示和预示公开的行动，同时又巧妙地掩盖了这种行为在道德层面上的后果，并且在象征意义上和心理上提供了正当理由。因为，假如这个措辞有力量让我们复活，让我们自由，那它同时也具有隐蔽、误解和毁灭的力量。"[1] 人与人之间的沟通合作始于语言，白人首先通过语言腐败，通过在词汇上偷换概念，使白色和白人性变成一种意识形态，蒙哄住、笼罩住黑人，以此为其不正当的行为提供正当理由；再通过剥夺黑人接受教育的机会，使黑人永远处于一种懵懂无知的状态，由此达到先将黑人非人性化，再充分压迫和剥削黑人，使自己永远处于高人一等的目的。这便是语言腐败带来的道德堕落。

我们再来考察一下美国英语的实质。在某种意义上，美国民族是美国语言的产物。美国文明开始的主要体现之一，是美国英语与印第安语和英国英语的抗衡。"美国人为了还其本色，不得不对英国英语进行翻新（revamp）。在很多情况下，他们必须理解和重新阐释一种语言的言外之意和弦外之音（overtones and undertones），而这种语言铸就于一个他们陌生的世界，头上有英国国王，心头有上帝，这种语言诞生了伟大的诗歌、戏剧和哲学著作。就是在这片新的土地上，这些操英语的移民为了争夺土地，开始对本土印第安人进行血腥屠杀。这些殖民者后来开始进口我们黑人祖先，从此，美国英语中多

---

[1] Ralph Ellison, "Twentieth-Century Fiction and the Mask of Humanity", 1953, in *The Collected Essays of Ralph Ellison*, p. 97.

了许多令人迷惑不解的语言术语。"[1]1607年，在英国殖民者踏上北美大陆，建立起一块永久的殖民地詹姆斯敦后不久，就开始对美洲新大陆的土地、印第安人语言的掠夺。他们侵占印第安人的土地，砍伐那里的原始森林建房子，并虐待和屠杀他们。与此同时，他们的英语也吸收了不少印第安语，以及与印第安人有关的词汇，如raccoon（浣熊）、persimmon（美洲柿）、woodchuck（鹿皮鞋）、logrolling（捧场，拉帮结派）、talk turkey（谈火鸡，开诚布公地谈话）等。可以说，这是美国英语成长的开始，也是它成长的历史背景——一种远离文明世界的开拓者的生活。荒野赐予开拓者的语言是一种散发着诸如仙人掌一类沙漠植物一般的粗犷气息，也可以说是一种颇有野生水果的味道。19世纪初美国在向西开拓疆域的过程中，与法国、德国、荷兰、西班牙等国的移民发生了接触，又吸收了不少法语，如voyageur（船夫）、portage（搬运）、pumpkin（南瓜）、chowder（杂烩）等；还有德语hamburger（汉堡牛排）、noodle（面条）、hoodlum（强盗）、spiel（高谈阔论）等等；荷兰语waffle（华夫饼干）、boss（老板）等；西班牙语alfalfa（苜蓿）、mustang（野马）等；俄语vodka（伏特加酒）、borscht（罗宋汤）等。美国独立战争的胜利标志着殖民地时代的结束，随着政治上的独立，人们提出在语言方面也应有相应的独立性。1806年，诺亚·韦伯斯特（Noah Webster）首创American English，这个词语正式指称美国英语。

埃利森意识到："（美国英语）口头式表达早在英国殖民者和非洲人变成美国人以前，就已经出现了。这种语言是由英国的纯正英语发展源头，同时以美国大陆和殖民地制度的现实为基础——或者说还谈

---

[1] Ralph Ellison, "What America Would Be Like without Blacks", 1970, in *The Collected Essays of Ralph Ellison*, p. 582.

不上什么制度——它最初的产生就是以一种方言的形式来反抗宗主国的符号、象征、行为和权威。这种语言一开始就融合了许多其他语言的发音，又在争夺不同的地区时汇集于一体。"[1]美国的社会生活经历具有很大的流动性与开放性，这是亨利·詹姆斯的高雅小说创作所不能概括的，也是黑人作家的强硬小说所无法穷尽的。埃利森写道："20世纪的美国小说语言和对话，融民间语言、圣经语言、科学语言和政治语言于一体，体现了三百多年的美国生活经历。它让人不得不承认，现实生活虽然有原始暴力和多变的因素，但它的确要比人们想象的要神秘、要不确定、要令人激动，也更有希望。"[2]

海明威曾这样高度赞扬马克·吐温的《哈克贝利·费恩》："整个现代美国文学的源泉来自马克·吐温写的一本名为《哈克贝利·费恩》的书……这是我们最优秀的一本书……所有的美国文学都由此得到启发。"[3]海明威的评价更多肯定了《哈克贝利·费恩》的文学性，而不是语言特征。美国学者斯图尔特·罗特农则从语言的角度总结道："埃利森最欣赏马克·吐温将美国边疆民间故事和黑人方言引入他的创作中，在他看来，马克·吐温是第一个将美国英语美国化的美国作家，在此之前的美国英语都不是完整的美国英语。"[4]埃利森本人则这样写道："马克·吐温通过《哈克贝利·费恩》的抒情语言，称赞尼格鲁美

---

[1] Ralph Ellison, "What America Would Be Like without Blacks", 1970, in *The Collected Essays of Ralph Ellison*, p. 581.

[2] Ralph Ellison, "Brave Words for a Startling Occasion", 1970, in *The collected Essays of Ralph Ellison*, pp. 152-153.

[3] 转引自 Thomas Cooley, "Preface to the Second Edition", in Samuel Langhorne Clemens, *Adventures of Huckleberry Finn*, p. ix.

[4] Stewart Rodnon, "The Adventures of Huckleberry Finn and Invisible Man: the Thematic and Structural Comparisons", *American Literature Forum*, Vol. 4. No. 2.(Jul.1972).p. 49.

国人的方言。没有哈克贝利和吉姆,就没有为我们所了解的美国小说,因为黑人是共同创作美国英语的人,马克·吐温又将美国英语提升到了文学修辞的高度。"[1]

结语

无论白人文学批评家还是黑人文学批评家,他们几乎都不愿意去触及隐含在19世纪美国主流经典作品中的种族批判思想,因为这样做两头不讨好。马克·吐温的文学修辞巧妙地触及敏感话题,而这些话题,用莫里森的话来说,是"无法言语的"社会问题。民主理想是埃利森的文学理想,他在这一领域做出了开拓性的尝试:"如果人文主义是一个人对于其所接受的社会秩序采取的基本态度,个人主义是对于其所拒绝接受的社会秩序采取的基本态度,那么我们可以说,马克·吐温在其艺术作品中允许两种态度辩证存在,这说明他是一个道德情操崇高的艺术家,正如他是一个民主信仰者一样。"[2]

斯蒂芬·克莱恩的艺术语言和马克·吐温的文学修辞并非体现在比喻、拟人、对偶、夸张等读者习以为常的手法上,而是通过设问潜在的隐含意义,通过反话正说的方式表达出来。当美国社会的道德准则、道德符号与美国的民主法制发生冲突时,埃利森通过希克曼与布里斯之间的血缘关系,改写了吉姆与哈克贝利之间的主仆关系。年长的黑人希克曼不是死心塌地地忠于比其年小的布里斯,而是充当了布

---

[1] Ralph Ellison, "What America Would Be Like without Blacks", 1970, in *The Collected Essays of Ralph Ellison*, p. 581.

[2] Ralph Ellison, "Twentieth-Century Fiction and the Mask of Humanity", 1953, in *The Collected Essays of Ralph Ellison*, pp. 89-90.

里斯的人生导师和道德楷模；当作家们不愿意直言不讳地谈论政治又不得不谈政治时，文学修辞就显得比引人入胜的情节更为重要。斯蒂芬·克莱恩的艺术语言和马克·吐温的"文学修辞"在拉尔夫·埃利森的文学创作中有明显的模仿和超越的痕迹。埃利森的文本修辞建构（rhetoric archtectonic），还体现在"序言"与"尾声"的呼应及自我意识的觉醒，体现在主人公在成长过程中为不同社会势力所利用；以及对不同社会权势的了解与认识，还体现在作者在文本中大量采用的南方语言、画面感语言及音乐语言，这与主流文化形成了鲜明对比。

从《红色勇气勋章》《哈克贝利·费恩》到《无形人》《六月庆典》，我们会发现，这些经典之作在文学结构、主题思想或语言技巧等方面都有某种一脉相承的特性，这些作家都在用有高度的文学创作艺术来探讨解决种族问题的途径，这种途径也构成了美国小说修辞的重要特点之一。

第十二章　内在化的种族批评思想：拉尔夫·埃利森与赫尔曼·梅尔维尔

引言

拉尔夫·埃利森在他的文论中多次肯定和赞扬赫尔曼·梅尔维尔（Herman Melville，1819—1891），但从没有明确而具体地阐述过梅尔维尔对自己的影响。学界一般将梅尔维尔简单界定为美国浪漫主义时期的自然主义作家，但作为一个白人作家，他内在化的文学创作形式表现出对种族问题的前瞻性批判思想，使他同时也享誉"前现代主义"（Pro-modernist）作家的美称。在《白鲸》（1851）和《贝尼托·塞莱诺》（1856）中，梅尔维尔通过内在化的悖论手法，巧妙地颠覆了有形与无形、善与恶、秩序与无序、文明与野蛮等二元对立观念。他的后期作品《贝尼托·塞莱诺》以虚构小说的形式，再现了美国贩奴历史上的一次暴乱，并通过凸显黑人白人之间的相似性，颠覆了两者之间的表象关系。梅尔维尔对难以言说的美国政治持有内在化的批判立场，他也由此被称为"前解构主义"作家。埃利森是公认的现代主义和后现代主义作家，他在其文论中破译了梅尔维尔文本中的种族批判主题，也使无形性成为非裔美国人寻找自我身份的巨大隐喻；通过分析这两位作家的文本和文论，对照其文学动机和创作策略，我们可以看出，埃利森的"内在化现代主义"文风，可从梅尔维尔的作品中找到源头痕迹。一旦种族问题成为他们关注的焦点，他们具有前瞻性的创作技巧和内在化种族批判思想呈一脉相承的特点。

第一节　无形的面具：内在化的多元文化思想

20世纪20年代前，美国文学批评界对赫尔曼·梅尔维尔的研究普遍集中在他的"善与恶"主题，认为"梅尔维尔认定一个事实，即这世界上存在着善与恶两种对抗势力。在事实面前人们所能做到的就是要诚实，要与邪恶做斗争。这就是梅尔维尔在他的大多数小说里探讨的中心问题"。[1]因此，美国文学批评界对梅尔维尔的《白鲸》，重点是阐释作品中宇宙万物具有双重意义的思想，并明确指出了人们在认识上的片面性——希望一种事物只有一种意义，因此人本质上是"一元论"动物。比如，阿哈船长的偏执狂，具体说明人是一元论动物这一中心思想。他刚强、固执、任性。被白鲸咬掉一条腿后，他便认定这条白鲸是世界上一切罪恶的象征。他的复仇愿望被无限膨胀，使他丧失了爱心，最终导致他自身的灭亡。梅尔维尔十分重视对"罪恶"的研究，并特别关注罪恶所以能够存在的理由，热衷于揭露善与恶的矛盾。他在《水手比利·巴德》中清楚地暗示读者，在这个充满怨恨的世界，我们应该敢于冲破陈规陋习，不要像威尔船长那样循规蹈矩，让比利·巴德含冤而死。梅尔维尔在《水手比利·巴德》中对善与恶这个问题做了最后一次解释：世界上普遍存在着"恶"，但它不是最后的胜利者；唯有"善"可以在人们心中享有崇高的地位。随着时间的推移，梅尔维尔的研究者们发现，他在讲故事的同时转述某

---

[1] 吴富恒、王誉公：《美国作家论》，山东教育出版社，1999年，第176页。

种深刻的思想,这种思想不只是揭示人性的善与恶,还有与美国种族问题密切相关的多元文化思想。

美国在历史上本是一个有民主理想的国家,但奴隶制残余思想不可避免地给种族关系的戏剧化增添了政治的维度。埃利森认为:"美国白人在思想上追求民主,行为上对抗民主;思想上接受人人平等的神圣民主信仰,行为上把穷人不当人看待。这种表里不一让他们十分尴尬,于是,将尼格鲁人的形象刻板化就成了一种社会手段。刻板化的黑人也是如魔术般仪式中的主要形象,白人企图以此来消除这种尴尬。"[1]为了改变黑人被刻板化的现象,打破西方思想中由来已久的黑白二元对立现象,埃利森考察了梅尔维尔对美国实现真正民主过程的关注,特别考察了梅尔维尔对尼格鲁人在这一过程中的内在意义的透彻描写,认为"这是暗含于赫尔曼·梅尔维尔文学创作中的重要主题思想"。[2]通过对梅尔维尔的早期作品《玛迪》(*Mardi*,1849)、成熟期作品《白鲸》(*Moby-Dick*,1851)和《贝尼托·塞莱诺》(*Benito Cereno*,1856)等文本情节的透视,我们会对梅尔维尔文学创作中的这一主题思想有所了解。

梅尔维尔早期作品《玛迪》的主人公塔吉是"阿克特隆号"上一名普通的白人水手,由于厌倦了枯燥的航海生活,便与同伴逃离船只,开始夺权之旅。诚然,塔吉对人性具有独到的见解,对此还作过精彩的评述:"……哪一位王室的侍从敢说自己不是阿尔弗雷德的子孙?哪一个愚笨的人敢承认自己不是荷马的后代?诺亚王,愿上帝保佑他,因为他是我们共同的祖先。昂起头来吧,奴隶们!你们的血管里也静

---

[1] Ralph Ellison, "Twentieth-Century Fiction and the mask of Humanity", 1953, in *The Collected Essays of Ralph Ellison*, p. 85.

[2] Ralph Ellison, "Hidden Name and Complex Fate", 1964, in *The Collected Essays of Ralph Ellison*, p. 207.

静地流淌着高贵者的血液。我们每个人其实不仅可以与帝王圣贤为亲,还可以与众神和天使为戚。在《圣经》中所记载的大洪水之前,上帝的儿子们一定娶了夏娃美丽的众闺女——我们诸位的母亲。于是,四海之内的芸芸众生皆有亲缘:来自天国的僧侣,来自帝国的王侯,在外空游荡的幽灵,聚居尘世的凡夫俗子——所有人都是同根的兄弟。噢,大家确实都是兄弟!"[1]

不可否认,塔吉在此肯定了众人不分宗教、种族、文化及国籍生而平等,亲如兄弟,但是他真的相信各种族之间的兄弟情谊吗?他真的追求人人自由、平等、博爱的理想吗?答案似乎是否定的,在他冠冕堂皇的言辞背后隐藏着强烈的种族优越感。《玛迪》显示了梅尔维尔的智慧潜能,被认为是作者写作生涯的一个重要转折点。这部小说不仅从正面讽刺了白人的种族优越论,而且初次认真考虑了美国黑人的困境。[2]但总的来说,《玛迪》是对"白人优越论"的不成熟讽刺,因此,拉尔夫·埃利森未曾专门提及这部作品。

在《白鲸》中,梅尔维尔内在化的多元文化与种族批判思想则体现为一种对各种族平等、博爱友好的呼唤。他创建了一个等级分明的世界:阿哈船长至上、三位副手居中、其余船员置底,白人总体上高于有色人种。然而,这并不意味着梅尔维尔主张种族有优劣之分,恰恰相反,他始终是平等友好的种族思想的忠实倡导者。这主要体现在叙述者以什梅尔(Ishmael)身上。梅尔维尔在此不仅借以什梅尔之口直接表露心声,更是通过重塑黑人形象从侧面表明心迹。与《玛迪》所述一样,他认为黑人具备和白人一样的正常人性,本质上甚至比白

---

[1] 赫尔曼·梅尔维尔:《玛迪》,于建华等译,文化艺术出版社,2006年,第10页。

[2] Sidney Kaplan, "Herman Melville and the American National Sin: The Meaning of Benito Cereno", *The Journal of Negro History*, Vol. 41, No. 4, 1956, p. 316.

人更正直高贵。在《白鲸》中，他成功塑造了众多令人难忘的黑人形象。在这些人物中，最让人刻骨铭心的当属奎奎格。奎奎格是罗科伏柯岛国王的儿子，他从小胸怀大志，渴望见识高超的捕鲸者，向往文明人的国度。为了实现梦想，他独自驾船远走他乡，凭借"不顾一切的骁勇和向往文明国度的热望"征服了船长，最终成为一名捕鲸者。尽管遭到不公正待遇，但他从不抱怨："像彼得沙皇心甘情愿到外国城市的船坞去干苦役一样，奎奎格毫不在乎这种看上去有失身份的事情，只要这样做可以使他获得一种力量去启发他那些未受过教育的同胞就行。"[1]可见，奎奎格是一个有着崇高思想境界的人，他所做的一切都是为了其族人。出于对进步和文明的渴望，他试图"在文明人中间学习技艺，学习那种能使他的同胞过得更愉快的方法，更重要的是，要让他们比现在生活得更美好。但是……这些捕鲸者的所作所为使他觉得文明人也是既可怜又卑鄙，而且程度还远远胜过他父亲手下的野蛮人"。

当奎奎格提出先穿好衣服然后将房间留给他时，以什梅尔对这一"极文明的表示"甚为惊叹："这种野人给人一种生来就善解人意的感觉，从本质上讲他们竟如此彬彬有礼，我对奎奎格肃然起敬起来，因为他对我如此文明和体贴，而我却为自己的极端粗鲁感到内疚。"[2]在强大好奇心的驱使下，他目不转睛地望着这位异教徒，从穿衣洗漱方式断定对方"既不是毛虫，也不是蝴蝶"，而是文明路上"尚未毕业的学生"。虽为野人且脸上满是可怕的疤痕，但在他看来，奎奎格的面相并不惹人生厌，因为透过布满刺青的皮肤他看到了"一个淳朴、诚实的灵魂"及某种无法掩饰的崇高品格。以什梅尔对此由衷敬佩，

---

[1] 赫尔曼·梅尔维尔：《白鲸》，刘宇红等译，燕山出版社，2002年，第41页。
[2] 同上书，第19页。

从颅相学上看奎奎格就是"野化为食人生番了的乔治·华盛顿",且"淳朴、冷静而又泰然自若,似乎具有苏格拉底的智慧"。[1]梅尔维尔在此着重强调了人类不分背景、阶级、文化、国籍以及种族,具有基本的人格尊严和平等性,将食人生番比作美国的开国元勋,这也许会震惊部分读者,但它凸显了两者所共有的基本人性。[2]此外,以什梅尔似乎可以感受到奎奎格的强大力量,甚至认为这个野人救赎了整个虎狼世界。本性纯真的奎奎格没有文明人的虚伪和狡诈,正是他使水手重拾了对人性本善的信任。偏见彻底消除了,以什梅尔决心要结识这位异教徒,因为"文明人的仁爱只不过是空洞的礼仪"。自此之后,俩人很快成为知心朋友,一起分享烟草食物、夜里谈心、走街串巷。肤色和文化背景的差异并未妨碍他们情同手足的关系,以什梅尔对异教的宽容足以展现他的平等意识。

但,不管黑人奎奎格多么正直、善良,充满人性,但他依然是一个不同于真正意义上的人。在白人眼里,他依然是一个野人。在《白鲸》中,作者通过"皮普"和"奎奎格"等小人物的高尚行为向读者揭示了"黑人"和"野人"的善良心灵。奎奎格对白人的搭救似乎向大众宣布了一个真理:"这是一个在诸多方面需要联合与互助的世界,我们野人必须帮助他们基督教徒(文明人)。"[3]

梅尔维尔的文化思想还可以从他对非洲文化习俗、语言神话和民间传统的浓厚兴趣中,从《贝尼托·塞莱诺》和《白鲸》中的非洲文化痕迹中得到体现。他描述对奴隶主亚历山德罗·阿兰达(Alexandro

---

[1] 赫尔曼·梅尔维尔:《白鲸》,刘宇红等译,燕山出版社,2002年,第36页。

[2] Kevin J. Hayes, *The Cambridge Introduction to Herman Melville*, Shanghai: Shanghai Foreign Language Education Press, 2008, p. 51.

[3] 吴富恒、王誉公:《美国作家论》,山东教育出版社,1999年,第174页。

Aranda)的尸体处理,似乎并非为了强调非洲传统习俗的野蛮,而是表现在非洲西部阿善堤地区居民的生活习俗;他大胆地塑造白鲸形象,煞费苦心地设计棺材情节,以及最后船毁人亡,只留下以什梅尔这个貌似白人的人物来讲述整个悲剧事件,都旨在表达一种理想的民主思想,即不管是在自然面前,还是在有色人种面前,白人都不能过于自负,都应该放弃自己盲目的特权意识。作者甚至通过以什梅尔这个人物,表明他对人类和世界有着比阿哈船长更明确、更深刻的理解和认识。在由不同肤色的民族组成的美国,其民主平等的理想不应该只限于不同白人民族之间,更不应该以剥夺有色人种的自由和民主权利为代价,而应该体现于不同肤色的各种族之间。

理想与现实的鸿沟,使黑人身份的"无形性"成为梅尔维尔作品中一个经常出现的现象。梅尔维尔通过阿哈船长之嘴揭示了这种鸿沟——看得见的东西,如人,只不过是一种纸糊的面具。埃利森既受梅尔维尔作品中"无形性"的影响,同时又有很大的超越。他作品人物的人性不体现在人的面具上,也不体现在表面的语言,而是体现在小说人物的内心世界和深层次的小说语言上。比如,当《无形人》中的"我"受兄弟会组织的委派,第一次公开发表演说并获得成功时,他"突然感到自己更有人性了,感到自己获得了新生,感到自己成为人群中的一员"。[1]通过无形人,埃利森传递给黑人这样的信息:黑人的人性不是通过斗争获得的,而是要在追求自由和争取获得人性认可的过程中,保持一种冷静态度和对自由理想顽强追求的精神。由此,我们也可以窥视出梅尔维尔内在化的叙事策略和批判思想给埃利森带来的影响:艺术家要深入作品人物自我意识的深层部分,使理智与疯

---

[1] Ralph Ellison, *Invisible Man*, p. 346.

狂、希望和记忆交织在一起的内心世界，不断产生噩梦和梦想。这块内心深处梦幻般的领域对作家来说，就像心理医生的研究范围。在《无形人》的梦境中，意识产生的噩梦和幻觉状态就是埃利森探究人类深层人格和想象的范围。他就是通过梦幻般的情节和幻觉意象来获取对人类意识的更为全面了解。

梅尔维尔将他内在化的多元文化思想浓缩在一艘船上，一百多年后，埃利森将他对美国文化的思考浓缩在一个火车站："我们需要有梅尔维尔那样的文学想象力，将美国社会的方方面面浓缩于某个音乐大厅，或某个火车站，它们的共同特点是都属于聚集场所，也是可以随意交流情感的交汇处；它们都会不时提醒我们，在这个特殊的国家，哪怕最有同质性的聚集者，他们的身份也是混杂和多元的。"[1]

第二节　主次与胜负的颠覆：内在化的种族批判策略

从表面上看，善与恶的主题贯穿了梅尔维尔的大多数作品，他不惜笔墨，用大量篇幅将世上形形色色的"恶"展现得淋漓尽致，而早期的评论家们也被此所蒙蔽，认同了梅尔维尔的这一主题叙事。但随着梅尔维尔研究的复兴，研究者们揭开了含混叙事背后的深层意图，从而把作品的种族思想展示出来。梅尔维尔内在化文学语言的含混效果，则昭示了作者的矛盾心态。

梅尔维尔的后期作品《贝尼托·塞莱诺》抨击了殖民意识形态，是作者反对奴隶买卖的真实写照。埃利森曾这样写道："赫尔曼·梅尔维尔的《贝尼托·塞莱诺》是以一段真实事件为题材。1839 年，53

---

[1] Ralph Ellison, "The Little Man at Chehaw Station: The American Artist and His Audience", 1977, in *The Collected Essays of Ralph Ellison*, p. 500.

第十二章　内在化的种族批评思想：拉尔夫·埃利森与赫尔曼·梅尔维尔　315

个非洲人被一伙西班牙人从古巴强行买去当奴隶，当运载他们的 La Amistad 号船只行驶至长岛时，这艘船被美国海军的船只截获。美国海军发现，这艘船上已经发生过黑人暴乱，他们打死了好几个押送他们的西班牙人后，想把船开回古巴，但却来到了新英格兰。西班牙政府坚持要美国政府将这批黑人归还给他们，并要审判这批黑人。当时已经卸任的美国总统约翰·昆西·亚当斯（John Quincy Adams，1767—1848）却下令将这批黑人释放，并让他们如愿返回了非洲。"[1]

梅尔维尔的小说虽然是以一艘西班牙贩奴船上黑奴起义的真实事件为原型，但他在很大程度上重新塑造，甚至颠覆了美国白人船长德拉诺、西班牙船长塞莱诺，以及以奴隶起义领导者巴波为代表的黑人形象：谁在真正主宰这艘船？谁智慧过人、谁盲目愚钝？谁是最后的赢家？可以说，此番修改是作品的精髓所在，从本质上改变了整个故事的叙述基调，而作者坚持只展示、不表达观点，只启发、不说教的原则，正是借助这样的叙述方式给读者留下了想象与阐释的空间：作者实际上巧妙地讽刺了所谓"白人优越感"和"美国文化优越论"，表达了对黑人的无限同情。

《贝尼托·塞莱诺》由两大部分组成，第一部分占整个故事的近五分之四篇幅，通过德拉诺船长这个有限的第三人称视角，主要围绕德拉诺登船后的经历和心理活动展开；第二部分是利马法庭审判时以第一人称记录的塞莱诺的证词。然而，通过透视小说文本，我们会发现小说第一部分的字里行间还隐藏着俯视的全知视角。德拉诺初见起义船时，船的"四周弥漫着少许雾霭，仿佛披着一件破烂的毛皮外套；此刻的它看上去像是一座经历了雷雨冲洗过后浑身煞白的修道院，耸

---

[1] Ralph Ellison, "Perspective of Literature", 1967, in *The Collected Essays of Ralph Ellison*, pp. 770-771.

立在比利牛斯山脉中某处暗褐色的悬崖上","一群群戴着黑色头巾的人影在舷壁上向外窥视","朦胧之中还可见其他黑色身影在蠕动,如同修道院里缓慢行走的黑修士"。从表面看,这一幕幕景象是通过德拉诺的双眼看到的,但上文一句"德拉诺继续饶有兴致地观望"似乎又使读者隐约感到有第三只眼睛看到了这些场景,是隐含的"他"而非德拉诺在叙述故事,只是两者的视角十分紧密,难以区分。再如小说中的剃须一幕,黑奴巴波将"寒光闪烁的钢刀"架在塞莱诺的脖子上,在洁白泡沫的映衬下,奴仆黝黑的身体和主人惨白的脸色形成鲜明对比,这一怪异现象让德拉诺一时突发奇想:"他看出黑人是个刽子手,而白人则是断头台上的刀下囚。"此处为德拉诺的心理活动,但一个"他"字显然又让读者感知到了全知视角的存在。小说结尾处,对塞莱诺和巴波命运的交代,似乎也完全脱离了德拉诺的视角。诸如此类的例子还有很多,梅尔维尔在叙述过程中时而转换视角,时而合二为一,创造了一个又一个迷宫,"迷惑读者也引导读者进入表象之下的另一个文本层次,另一个世界"。[1]

梅尔维尔还在语言上下足了功夫,进一步强化了小说的含混效果。小说开头关于圣玛丽亚港口景致的描写:阴沉的天空,灰色的雾气,灰色的飞鸟,"这种迹象预示着更加浓重的黑暗即将来临"。此处的"黑暗"至少有两种解释:第一是指自然现象,即暴风雨来临之前的景象;第二是象征意义,预示着灾难甚至死亡即将到来,这也是梅尔维尔通过隐含的全知视角对读者的暗示。另一个典型的例子则是写在"圣多米尼克号"船首上的警句"跟着你的首领走",这句话在故事中出现过多次,"首领"一词在不同的语境下有着不同的内涵。当

---

[1] 韩敏中:《黑奴暴动和"黑修士"——在后殖民语境中读梅尔维尔的〈贝尼托·塞莱诺〉》,《外国文学评论》2005年第4期,第85页。

与隐藏在帆布底下的骷髅联系在一起时，首领暗指奴隶主阿兰达，意在恐吓白人水手，如果他们反抗黑人，那么就会步奴隶主阿兰达的后尘，走向灭亡。换个角度来看，首领也可以指西班牙船长塞莱诺，阿兰达去世后，塞莱诺无疑成了白人的首领，受制于人的他对黑奴巴波言听计从，这在一定程度上为幸存的西班牙水手树立了榜样，巴波凭借这个警句告诫他们，如果想活命，就得和他们的首领塞莱诺一样唯命是从。首领还可以指黑奴巴波，起义成功后，黑奴掌控了"圣多米尼克"号，作为起义领导人，巴波自然成为整艘船的首领，"跟着你的首领走"是对船上所有人员的警告。当第三次出现的时候，首领则是指德拉诺船长的大副，当时黑奴起义消息败露，德拉诺命众人全力追击起义船只，并任命大副为追击队的队长，"跟着你的首领走"出自大副之口，是他的战斗口号，旨在号召众人一举拿下起义船。最后，这句话还出现在小说的末尾："塞莱诺真的跟着他的首领走了。"此处的首领既可以指阿兰达，也可以指黑人巴波，因为二人曾经都是塞莱诺的首领，意指塞莱诺步了他们的后尘，最后郁郁而终。可见，"跟着你的首领走"这一警句在多个语境下产生了不同的作用，这就是燕卜荪（William Empson）笔下的第一类含混，即参照系的含混。梅尔维尔借用这一手法成就了作品的含混之美，增添了故事的神秘性，从而引发研究者们的反复品评，这也是梅尔维尔研究热经久不息的主要原因之一。

此外，梅尔维尔通过含混的语言，在很大程度上重新塑造了德拉诺、塞莱诺及以巴波为代表的黑人形象，从本质上改变了故事的主题思想。故事中的德拉诺骨子里透着种族主义思想，但在小说近五分之四的篇幅里，自认为聪明的他却始终被蒙在鼓里，深陷黑奴巴波一手布置的迷局。换言之，德拉诺在第一部分叙述的所见所闻全是假象，至此白人天生就是一个精明种族的说法不攻自破。而梅尔维尔也不惜笔墨，强烈讽刺了所谓的"白人优越感"和"美国文化优越论",表现出对黑人的同情和认可,同时也颠覆了传统意义上的黑白二元对立关系。

象征着新兴美利坚合众国的德拉诺在整个事件中都表现得过于自信,这充分体现了这个民族在对待种族问题上的盲目和无知。代表着走向衰落的西班牙人塞莱诺已经意识到,奴隶制买卖几乎给自己带来了灭顶之灾,且将噩梦缠身,让他终生不得安宁。如果说,"白人优越感"是导致德拉诺船长变得愚钝无知的主谋,那么"美国文化优越论"就是帮凶。杨金才在分析梅尔维尔叙事小说时指出,梅尔维尔的叙述者几乎都是欧洲人或美国人,他们的探险往往体现出意识形态的烙印,这其中包括"只有美国才是历史上最优秀的国度,千年至福王国的典范"。[1] 较欧洲而言,美国是新世界,美国人因美洲大陆的优越条件而妄自尊大,认为"欧洲人已经不再具有智慧和创造力,那些智慧和创造力已经跨越了大西洋,使得美国人个个都有天赋和才能"。[2] 故事中的德拉诺来自马萨诸塞州的达克斯伯里小镇,在塞莱诺面前,他也表现出了明显的文化优越感,这也是他无法解开"戈尔迪之结"的重要原因。在他看来,"圣多米尼克"号是一艘"奇怪的船","船上全是奇怪的人","情绪乖戾"的塞莱诺更是"神经兮兮","半疯半傻",有着"病态敏感心理"。不仅如此,他还"妄自尊大","粗鲁无礼","毫无教养",是一个"虚伪""邪恶""冷酷无情""徒有虚名"的指挥者。为此,德拉诺大发感慨:"我们生来多么不同!"应该说,德拉诺自一开始就对塞莱诺持有偏见,因而时不时拿"圣多米尼克"号和"单身汉的快乐"号作比较,表现出一副自信得意的样子。在他眼中,

---

[1] 杨金才:《文类、意识形态与梅尔维尔的叙事小说》,《外国文学评论》2000年第1期,第107页。
[2] 施袁喜:《美国文化简史——19至20世纪美国转折时期的巨变》,中央编译出版社,2006年,第10页。

猎豹船是一个"温馨的家庭",船上的成员亲如兄弟,他对"这个家庭的宁静祥和、有条不紊感到习以为常",于是当看到贩奴船上的喧嚣凌乱时,美国人感到非常诧异,并将之归咎于塞莱诺的软弱无能。后来,有个白人小伙子被黑人用刀刺破了头部,他对此十分惊讶,当塞莱诺答复说"这只是小伙子的打闹罢了",他脱口而出,"要是这种事发生在'单身汉的快乐'号上,一定会立刻受到严惩",继而又开始教导西班牙人如何管理船上的人员。当谈及已故的奴隶主亚历山德罗·阿兰达时,塞莱诺瑟瑟发抖,自鸣得意的德拉诺又拿自己的经历作比较,自认为猜到了个中缘由。从船只到个人经历的比较,德拉诺一方面表现出极大的自信和优越感,另一方面也流露出对陌生世界的逃离。毋庸置疑,"圣多米尼克"号上的一切对他来说是陌生且不确定的,为了消除疑虑和恐惧,他不停地让周围的事物变得熟悉。就实质而言,疑虑消除的过程其实就是熟悉化的过程,也就是逃离陌生世界的过程。此外,"圣多米尼克"号与"单身汉的快乐"号的比较无疑是西班牙与美国比较的缩影。在德拉诺眼中,没落的西班牙王国犹如眼前的"圣多米尼克"号,凌乱破旧,摇摇欲坠,弥漫着死亡的气息,而美国则好比"单身汉的快乐"号,秩序井然,欣欣向荣,充满了生命的活力。于是当疑虑消除、一切回归熟悉后,他"开始嘲笑自己先前的不祥预感,嘲笑这艘陌生船只……嘲笑相貌古怪的黑人……嘲笑肤色黝黑的西班牙人"[1],他甚至对整个西班牙民族做出如下评论:"作为一个民族,这些西班牙人全是一帮奇怪的家伙;而'西班牙'一词,也含有古怪的阴谋家盖伊·福克斯之意。"[2]不可否认,德拉诺

---

[1] Herman Melville, *Billy Budd and Other Tales*, New York: The New American Library of World Literature, 1961, p. 168.

[2] 同上书, p. 179。

的美国文化优越论使他成功地逃离了陌生世界，但同时使自己陷入了一个个迷宫。

西班牙船长塞莱诺具有双重身份，对德拉诺而言，塞莱诺是他者，但对以巴波为代表的黑奴而言，他又是主体。此次黑奴起义在他心里留下了一道永远也抹不去的阴影，虽谈不上脱胎换骨，但也经历了由不知到知的过程。和美国船长一样，塞莱诺也有着根深蒂固的种族主义思想，他视黑奴为私有物品，认为他们卑微温顺、愚蠢笨拙，这也是本次航海中为何所有奴隶都睡在甲板上且没有一个戴着脚镣的原因所在。塞莱诺的"白人优越感"使自己在航海中丧失了自由和权力，甚至最后赔上了性命。起义发生后，黑人占领了整艘船，颠覆了传统意义上的黑白关系，西班牙船长俨然成了巴波的奴隶，这一身份转化让他饱尝痛苦和绝望，并切身体会到昔日黑人的非人处境，从而对黑人和奴隶制度有了较为成熟的认识。

对于这一思想转变，有的学者提出质疑：如果塞莱诺真正意识到奴隶制度的罪恶，那么他为何要出庭指证黑人？要回答这一问题，首先必须指出的是，在经历本次变故后，塞莱诺无论在身体还是心灵上确实发生了重大变化，只是这种变化不够全面、不够彻底。在恐惧绝望的同时，他陷入了矛盾的泥潭，两种截然不同的思想不断左右他的意识。一方面他极力说服自己忘记眼前发生的一切，重新回到以前那个熟悉的环境——在这个世界里，白人天生高人一等，黑人与动物相提并论，奴隶制度合情合理。塞莱诺的跳船、对德拉诺的夸赞，以及对黑人的指证足以说明这点：在美国船长离开之际，他纵身跳入小艇，这一举动揭开了贩奴船上的真相，颠覆了黑人努力构建的新关系，扼杀了他们追求平等自由的梦想；在陈述证词时，他不时称赞德拉诺，夸其"慷慨大方""高贵""虔诚"，这无疑表明他对德拉诺及其所代表的文化的认可和赞同;在法庭上,他陈述了黑奴起义的始末,指证黑人特别是巴波的所作所为,此举突显了黑人的残忍和邪恶,淡化了奴隶制度的罪恶。另一方面,他再三恳求德拉诺放弃追捕"圣多米尼克"号,并对过去几个月发生的一切无法忘怀:

"唐·贝尼托,你太笼统了,且十分悲观。过去的就过去了,为什么要从道德上进行解释呢?忘了它吧!瞧,那边灿烂的阳光已忘记了一切,还有蔚蓝的大海、湛蓝的天空;这些都已掀开了新的一页。"

"因为它们没有记忆,"他心灰意冷地回答道,"因为它们不是人类。"

"可是,这些温暖宜人的信风此刻轻抚你的脸庞,对你而言,难道它们就没有人类般的治疗作用吗?信风是热心的朋友,坚贞不渝的朋友。"

"它们坚贞不渝地把我吹到了墓穴,先生。"[1]一个不祥的回答。这表明奴隶制度问题一直困扰着塞莱诺,在其内心深处,他甚至意识到黑人具有人性,而不是物品。正因为如此,他在法庭上拒绝面对巴波:"当受到法官逼迫时,他晕了过去。"不幸的是,塞莱诺始终无法摆脱任何一种思维的纠缠。他既不能认同黑人低人一等,是没有人性的物种,也不能彻底抛开世俗观念,开始新的生活。于是,三个月后,他只好在修道院里郁郁而终,以死来寻求解脱。这里,梅尔维尔对塞莱诺似乎也抱有复杂的感情:他同情西班牙船长的遭遇,更赞同他的思想转变,但对于其半路屈服妥协,不得不开口嘲讽。在塞莱诺陈述黑人恶行的同时,也披露了白人的残忍和野蛮:水手们杀害了数个被捕的黑人,有的拿剃刀刺向黑人的喉咙,有的只因自己被黑人推倒在地就想拿匕首报复。可见,西班牙船长对黑人的指证只不过是以五十步

---

[1] Herman Melville, *Billy Budd and Other Tales*, p. 222.

笑百步。

　　梅尔维尔构建的图像是，一个美国白人冒着巨大的风险在野蛮人中间活动，另一个西班牙白人则成为这些野蛮人的囚徒，而一个表面上的仆人才是真正的狱卒。如果说梅尔维尔对德拉诺和塞莱诺这两个白人都寄予了复杂的感情，那么他对真正被边缘化了的黑人的态度无疑是透明、肯定的。以起义领导人巴波为代表的黑人是故事里最具争议的人物，小说中有关他们的正面描述并不多，或许在德拉诺看来，这些他者根本就不值一提。然而，当拨开云雾后，读者会猛然发现这些黑人才是隐形的主角，才是真正的主人公。塞莱诺的死在某种意义上揭示了作者隐含的观点，即虽然起义失败了，但巴波仍是最后的赢家，因为他给赛莱诺留下的心理阴影导致这位白人船长的精神和身体都先后走向死亡。因此，埃利森认为："在梅尔维尔的笔下，小说除了取悦读者的力量外，更是一种内在化的文学形式，它极具严肃性，能够从心理学和哲学的角度去探讨人类困惑。"[1]

第三节　历史的阴影：内在化的种族批判思想

　　梅尔维尔对拉尔夫·埃利森的文学创作影响究竟有多大，文学研究界对此关注不够。其中的一个重要原因可能是学界总将梅尔维尔定位为自然主义作家，认为《白鲸》就是一本自然主义小说，它以历史事件为依据，真实再现了如何搜寻、发现、捕杀这条鲸鱼，再把鲸鱼拖回岸边，给鲸鱼开肠破肚，将鲸鱼油一桶一桶装起来，这所有的细节都是以细如毛发的方式加以描写的，作者仿佛让读者也经历了一次

---

[1] Ralph Ellison, "Perspective of Literature", 1967, in *The Collected Essays of Ralph Ellison*, p. 779.

捕鲸历险。但这部小说在许多方面又超越了象征主义文学创作的那种不动感情的风格,在作者不动声色的描述中,我们可以读出种种隐藏在文字中的思想含义,因此,也有不少评论家认为,"《白鲸》是一部隐含意义深远的象征主义小说[1]"。梅尔维尔的中后期作品《贝尼托·塞莱诺》抨击了殖民意识形态,是作者反对奴隶买卖的真实写照。

梅尔维尔借用了这个美国历史真实事件,包括人名、地名、叙述视角和结构,塞莱诺的法庭证词及若干重要细节等。哈罗德·H.斯卡德(Harold H. Scudder)称梅尔维尔只是在改写过程中作了一些隐瞒和细小添加:"德拉诺船长在章节里记录了事实的真相……梅尔维尔将之改编成了一部哥特式杰作。乍一看,梅尔维尔的故事和德拉诺船长的故事似乎只在细枝末节上存有差异,但仔细观察后,这些看似微不足道的差异从本质上改变了叙述基调。"[2]

从表面上看,善与恶主题贯穿了梅尔维尔的大多数作品,他不惜笔墨,用大量篇幅将世上形形色色的"恶"展现得淋漓尽致,而早期的评论家们也被此所蒙蔽,认同了梅尔维尔的这一主题叙事。但随着对梅尔维尔文学思想研究的复兴,研究者们揭开了含混叙事背后的深层意图,从而把作品的种族思想展示出来。梅尔维尔内在化文学语言的含混效果,也昭示了作者的矛盾心态,更彰显出梅尔维尔的前现代主义作家的文风。

《无形人》的首页题词之一,就取自美国白人船长德拉诺和西班牙船长塞莱诺的那段意味深长的对话:

---

[1] Denham Sutcliff, "Afterword", in Herman Melville, *Moby-Dick*. New York: New American Library. 1961, p. 537.

[2] Harold Scudder, "Melville's Benito Cereno and Captain Delano's Voyages", *PMLA*, Vol. 43, No. 2, 1928, p. 502, 529.

"你获救了，"德拉诺船长大声说，他感到越来越震惊，越来越痛苦，"你获救了，到底是什么在你心里蒙上了这样一层阴影？"

"那个黑人。"[1]

无疑，这个黑人的智慧和沉默给白色世界留下了一层深远的阴影，也由此深化了这部"凝聚了作者熊熊燃烧的天赋"[2]的作品的种族批判主题。爱德华·J. 奥布赖恩（Edward J. O'Brien）更是将《贝尼托·塞莱诺》列为"美国最佳短篇小说之首"。[3]

梅尔维尔对美国短篇小说的开拓性贡献体现在他将欧洲文明古国贩卖黑奴的野蛮历史融入美国文学主题，化写实为写意，凸显出美国的民主阴影。《贝尼托·塞莱诺》给原本朴实的航海日志营造了一种阴森恐怖、神秘阴郁的气氛，使整个故事迷雾缭绕，疑窦丛生。行为古怪的麻絮挑拣工和斧子磨光工，身披锁链的黑奴，葬礼进行曲式的小曲，野蛮粗俗的嘈杂声，寒光闪烁的剃刀，沉闷的钟声，阴霾的天气，这一切都预示着黑暗的来临，且极具画面感，令读者不寒而栗。事实与虚构两种信息相互交织，虚实交错，使读者分辨不清，陷入一种迷糊状态，从而达到历史维度上的含混效果。这种效果典型地体现于对美国历史上白人的善与黑人的恶的定义与批判。

美国船长德拉诺"本性特别敦厚，不是一个生性多疑的人，除非屡次受到异常刺激，否则不会沉溺于个人的忧虑和恐慌之中"；[4]他富有同情心，慷慨大方，不但向遇难船运送食物和水以解燃眉之急，而

---

[1] Herman Melville, *Billy Budd and Other Tales*, p. 222.

[2] John Freeman, *Herman Melville*, New York: The Macmillan Company, 1926, p. 61.

[3] Herman Melville, *Shorter Novels of Herman Melville/with an Introduction by Raymond Weaver*, New York: Horace Liveright, Inc., 1928, p. xxxviii.

[4] Herman Melville, *Billy Budd and Other Tales*, p. 142.

且准备让三名得力助手充当临时驾驶员,以便遇难船能够继续上路。因此,读者在情感上容易倾向于德拉诺,认为他是善的化身:由于他的天真和善良,他才会对贩奴船上发生的一切毫无察觉。然而,这样的观点经不起推敲和考验,德拉诺的愚钝无知不能被简单归结为他的善良,所谓"善"的背后隐藏着复杂的文化内涵。他骨子里透着种族主义意识和美国文化优越思想,始终将自己置于绝对主体地位,对以塞莱诺和巴波为代表的他者评头论足。崇尚共和主义的他一方面追求自由平等,另一方面却视黑人为劣等;在德拉诺看来,"黑人才智有限,胸无大志,容易心满意足,因而总是非常温顺","他们不容置疑地低人一等","天生就是奴仆和理发师",与此相反,"白人天生就是一个更为精明的种族"。于是,当怀疑塞莱诺勾结黑人时,他自己马上予以驳回:"可是,黑人也太愚蠢了。再者,谁曾听说过这样的事情,一个白人背信弃义到这般地步,竟然勾结黑人来反对自己的同类?"[1]可见,德拉诺是个名副其实的种族主义者,理所当然地将黑人置于他者或从属地位,认为他们是野蛮落后的象征,而白人是文明进步的代表,拥有掌控甚至奴役他人的权力。小说中,这种"白人优越感"主要体现在两个方面:首先,德拉诺不是废奴主义者,在一定程度上甚至可以说是奴隶制度的拥护者。他虽然感慨"奴隶制度滋生了人类的卑劣情感",骨子里却视黑人为活的私有物品,可以任意买卖。当看到恭敬温顺的巴波忠心耿耿地服侍主人时,他夸赞其为"世上最合人意的贴身男仆",是"忠实的伙伴",口口声声说"唐·贝尼托,我十分羡慕你有这么一个朋友;我不能称之为奴隶",然而,正是他向塞莱诺提议以价值 50 达布隆的物品作为交换,试图买下巴波。再者,当起

---

[1] Herman Melville, *Billy Budd and Other Tales*, p. 175.

义失败时，他不顾塞莱诺的再三恳求，命令随从全力追击"圣多米尼克"号："为了更好地鼓励水手，美国人告诉他们，西班牙船长认为自己的船实际上已丧失了享有权；船及船上的货物，包括一些金银，价值10万达布隆以上。只要夺下船，他们就可以得到很大一部分财物。"[1] 此处，德拉诺俨然是海盗船船长，他和曾为私掠船水手的大副如出一辙，只不过披着一件"善良文明"的华丽外衣。他的冒险举动只会"招致白人的集体大屠杀"，但他全然不顾，因为在他看来，西班牙水手的生命犹如草芥，相比之下，黑人暗含的物质价值更具诱惑力，于是"杀死或重伤黑人并非他们的目标。他们旨在抓捕黑人，夺取船只"。另一方面，通过镇压黑奴起义，德拉诺无疑使原本已获得自由的黑人又被烙上了奴隶的印痕，不经意间还原了"白人和黑人之间的'固有'关系"，[2] 重新建立了主体与他者的二元对立结构。换言之，德拉诺在一定程度上是奴隶制度的帮凶。其次，德拉诺否定了黑人的人性，将他们与动物归为一类。在他眼中，黑人好比一群温顺的"黑绵羊""呱呱乱叫的乌鸦"，甚至是凶恶的"狼"群；躺在弦墙庇荫处的女黑人犹如"躺在林区岩石阴凉处小憩的雌鹿"，"如母豹般质朴天真，如鸽子般爱意绵绵"；赤身裸体的黑人小孩"仿佛一群隐蔽在某个和睦友好的山洞里的群居蝙蝠"；而身材矮小、相貌粗野的巴波则活像一只"牧羊犬"，有着"兽性般的笑容"。这一系列将黑人动物化的比喻共同说明了一个问题：在美国人的内心深处，黑人野蛮粗俗，智力低下，只能算是一个物种，不具备和白人一样的正常人性。诚然，"和大部分心情愉快的好心人一样，德拉诺船长喜欢黑人"，"在家里，他经常

---

[1] Herman Melville, *Billy Budd and Other Tales*, p. 204.
[2] David Andrews, "'Benito Cereno': No Charity On Earth, Not Even At Sea", *Leviathan*, Vol. 2, Issue 1, 2000, p. 98.

坐在门口,看着有色人在一旁自由工作或玩耍,感到十分满足","在航海途中,假如碰巧有个黑人水手,他总是会和对方半说笑地亲切交谈"。[1]这并非虚情假意,而是源于内心,发自肺腑,然而,这种所谓的喜欢真的是人与人之间的兄弟之爱、朋友之谊或主仆之情吗?答案无疑是否定的。德拉诺喜欢黑人好比"别人喜欢纽芬兰犬",言外之意,黑人只不过是惹人喜爱的宠物,他们既是白人手中用来劳作的工具,更是用来享乐的玩物。

作为新世界的代表,他以有色眼光审视没落的西班牙王国。可出乎他意料的是,正是自己眼中相貌平平、智力低下的黑人巴波一手策划了起义,并亲自率众人上演了一出好戏——若不是塞莱诺在危急时刻跳入小艇,他很可能会步西班牙船长的后尘,沦为巴波的囚徒,这不能不说是莫大的讽刺。更可悲的是,德拉诺并没有从中吸取教训,正如杨金才所言,梅尔维尔作品中的探索"不是以主人公对世界有更成熟的认识作为结局……他笔下的叙述者没有明显的'发展',他们在性格上区别不大"。[2]起义失败后,他不但下令追捕黑人,而且还安慰塞莱诺说:"过去的就过去了……忘了它吧!瞧,那边灿烂的阳光已忘记一切,还有蔚蓝的大海、湛蓝的天空;这些都已掀开了新的一页。"[3]对于这个美国船长,梅尔维尔似乎倾注了复杂的情感,一方面他不停地捉弄德拉诺,在嘲笑中颠覆了他的绝对主体地位,另一方面又流露出对美国未来的担忧。随着故事情节的展开,细心的读者不难发现,德拉诺的"慷慨善良"只不过是一件华丽的外衣,撩开衣角,尽现眼底的是典型的殖民意识,正是这种根深蒂固的意识形态蒙蔽了

---

[1] Herman Melville, *Billy Budd and Other Tales*, p. 185.
[2] 杨金才:《文类、意识形态与梅尔维尔的叙事小说》,《外国文学评论》2000年第1期,第109页。
[3] Herman Melville, *Billy Budd and Other Tales*, p. 222.

他的双眼,导致了他的愚昧无知。德拉诺代表了美国民众,他拒绝面对过去发生的一切,意味着美国人的历史观念淡薄,甚至毫无历史意识,这种盲目的乐观似乎预示着历史即将重演,美国将重蹈西班牙王国的覆辙。可见,德拉诺并没有因此而大彻大悟,他始终是一个扁平人物,换言之,"白人优越感"和"美国文化优越论"将永远伴随着他。

巴波是个名副其实的圆形人物,恭顺卑微的外表下藏着一颗邪恶而冷酷的心:一方面,他满怀热情地履行仆人职责,对塞莱诺忠心耿耿、百依百顺,虽然这只是在演戏,但在一定程度上也是他起义前的行为写照;另一方面,他下令将大部分西班牙水手扔入大海,命人杀害奴隶主阿兰达,并将其骷髅安置在船头。这两种截然相反的行为,反衬出巴波复杂多变的性格特征,产生一种巨大的张力,使整个人物顿时变得丰满。不可否认,较他的温顺谦卑而言,巴波的野蛮残忍在小说中更为引人注目,但这并不代表他就是邪恶的化身。恰恰相反,正因为他的野蛮残忍,他才得以晋升为一个真正的人,具备和白人一样的正常人性,这与作者的宗教信仰有莫大关系。梅尔维尔出生在加尔文教家庭,从小深受加尔文教教义的熏陶。加尔文教认为:"原罪是祖传下来的我们本性的堕落与邪恶,它渗透人灵魂的一切部分,它使我们正遭受神的谴责,并且在我们身上不断产生那些圣经上叫作'情欲的事'……我们的本性不仅没有任何的善,而且还有着一切的恶,这使它不能不做坏事……自从亚当离开了正义的泉源,邪恶就占有了灵魂的全部的权利。"[1]换言之,加尔文教信奉性恶论,恶是人性的根本。作为虔诚的教徒,梅尔维尔也是人性恶论的追随者,在描述德拉诺的性格时,他这样写道:"德拉诺船长的惊讶也许早就被深化为焦虑

---

[1] 周辅成:《西方伦理学名著选辑》(上卷),商务印书馆,1964年,第487—489页。

和不安了，无奈他本性特别敦厚，不是一个生性多疑的人，除非屡次受到异常刺激——那时几乎没有这种情况——否则，他不会沉溺于个人的恐慌和忧虑之中，而这种恐慌和忧虑无论如何都归咎于人类自身的邪恶和堕落。"[1]于是，梅尔维尔毫不避讳地将巴波的恶展现得淋漓尽致，因为在他看来，黑人具有人性，与白人没有本质区别。

此外，巴波的野蛮、残忍也间接映照了白人的邪恶本性，后者在一定程度上甚至有过之而无不及。如前文所言，出于物质利益考虑，德拉诺不顾贩奴船上白人的安危，下令随从追捕黑人，致使两名水手和若干名黑人丧生；在黑人被捕后，水手残忍地杀害了数个毫无抵抗能力的俘虏；法庭受审后，巴波被处以绞刑，尸体被烧成灰烬，头颅被钉在广场的柱子上挂了好多天。不仅如此，在现实生活中，白人的凶残甚至到了令人发指的地步。据历史记载，19世纪中上期，美国南方便存在惨无人道的私刑[2]，它以"其与宗教裁判时代相似的极端残酷和狂热而出名……任何一种原因都可以作为处私刑的理由。黑人只要走进白人用的餐馆，靠近白种妇女，遇见白人时脱帽不够迅速，回答白人时不够恭敬——有时就足以遭受'林奇裁判'[3]了"。私刑的受害者大多为黑人，行刑者将他们绑在树上或烧死，或肢解，或阉割。可笑的是，广大居民将之视为节日庆典，从四面八方赶来围观。以上的种种罪行揭开了白人文明的虚伪面具，暴露了他们的血腥和残酷，相比之下，巴波的行为简直是小巫见大巫。再者，黑人长期以来一直遭受白人的压迫和虐待，他们的残忍行径只不过是最原始的"以眼还眼、以牙还牙"的复仇之举，在其受的非人待遇面前显得合情合理，并非

---

[1] Herman Melville, *Billy Budd and Other Tales*, p. 142.

[2] 私刑的英语为 lynch，大写首写字母人，即 Lynch，音译为"林奇"。

[3] 林奇裁判，见舒尔《美国的私刑》，邵津译，时代出版社，1951年，第5页。

不可理解。况且，巴波命人杀害西班牙人是有原因的："他决定杀了主人唐·亚历山德罗·阿兰达，否则他和同伴们无法确保自己的自由，再者，为了使水手处于屈从地位，他想杀鸡儆猴……杀了唐·亚历山德罗是给予警告的最佳手段。"[1] 换言之，黑人是为自由而战，为实现目标，不得不铲除眼前的绊脚石，但对无关痛痒的人，他们并没有赶尽杀绝：他们曾把厨子捆绑起来，试图抛入大海，但在西班牙船长的恳求下，最终饶了他一命。巴波和塞莱诺签署了一份协议，协议中写明塞莱诺"帮助将他们送至塞内加尔，他们不再大开杀戒"，虽然在此之后若干名西班牙人还是惨遭不幸，但也是事出有因，因为他们屡次试图传递暗号。

如果说巴波的恶受人瞩目，那么他的机智勇敢也不容忽视。在故事中，梅尔维尔不但赋予他人性，更赋予他智慧，整部小说实质上是黑人与白人的较量：白人被"零星地分散在黑人之间，犹如棋盘上冒险走失了的白色小卒，被包围在众多的黑色棋子中"，[2] 或者更确切地说，是巴波和德拉诺的较量，而塞莱诺是这场较量中的活道具。巴波身材矮小，相貌粗野，却有着惊人的智慧和能力。他不但会说一口流利的西班牙语，而且能执笔书写，"是他的大脑，而非身体，密谋策划并领导了这场起义"。[3] 他才智过人，思维敏捷，在德拉诺登船之前，便想出很多集骗术和防御于一体的权宜之计。他具有非凡的洞察力，对白人世界了如指掌，正因为洞悉德拉诺的"白人优越感"，他才信心十足地在美国人面前上演了这场好戏。虽然有关巴波的正面描写并不多，但不可否认的是，塞莱诺的一言一行在某种意义上映射了

---

[1] Herman Melville, *Billy Budd and Other Tales*, pp. 210-211.

[2] 同上书，p. 170。

[3] 同上书，p. 222。

巴波的影子，因为是巴波"告知宣誓作证者在每个策略中扮演什么样的角色，在每个场合讲述什么样的故事"。巴波无疑是这场戏的导演、编剧和演员，塞莱诺只不过是他手中的棋子和传话筒。经过精心的策划和上演，他差点成功地骗过了德拉诺，赢得这场较量，但不幸的是，塞莱诺的最后一跳暴露了事情的真相。起义被镇压了，巴波在法庭上"一声不响，任别人怎么逼迫也不吭声。他的表情似乎在说，既然我不能采取行动，那么我也就不再开口"。[1] 巴波意味深长的沉默有着双重含义：一方面，他重新回到了残酷的现实世界，意识到在白人世界里黑人没有话语权，为自己辩护只是徒劳之举，对此他感到无奈与无助；另一方面，他的沉默是对法庭和社会的无声抗议，暗含了不满与憎恨。小说结尾，巴波用沉默迎接死神的来临："他的头颅被固定在广场的柱子上挂了好多天，泰然自若地凝视白人的目光。"[2] 巴波并没有屈服，相反，他正视白人、直面"殖民者的良知和心灵"。[3] 梅尔维尔塑造的沉默的巴波，又在众多黑人作家笔下获得了重塑与新生：从理查德·赖特《土生子》中别格的沉默，到埃利森的无形人最后遁入地下室的沉默，再到托尼·莫里森的《宠儿》中祖母最后的沉默，沉默传递了历史上美国黑人民族太多的梦想、失望与希望，如约翰·埃德加·海曼所说："对一个承受了太久、太久的历史等待的民族来说，他们等在约旦河，他们套上镣铐等在非洲西海岸的石垒，他们等着奴隶制和种族偏见的结束，他们等着一等公民的正义与尊重，他们等着监狱的门被打开，他们等着在急诊病房获得来世……沉默是他

---

[1] Herman Melville, *Billy Budd and Other Tales*, p. 222.
[2] Herman Melville, *Billy Budd and Other Tales*, p. 223.
[3] 林元富:《德拉诺船长和"他者"：评梅尔维尔的中篇小说〈贝尼托·切雷诺〉》,《外国文学》2004年第2期，第84页。

们熟悉的老朋友。时间与沉默,沉默与时间。沉默伴随着等待,等待穿越了强化的沉默。希望铭刻于沉默的大地,伴随着无休无止的等待。在沉默的梦想空间交织着等待与想象,当一切化为乌有,梦想的空间便被打碎,最后消逝在沉默中。梦想与在沉默的孕育中不断地产生、消亡,消亡、产生,尽管沉默要不断蒙受失望与等待,但毕竟储存着希望。"[1]

结语

我们可以得出这样的结论,内在化的文学叙述技巧和内在化的种族批判思想,既是梅尔维尔文学创作的主要特点所在,也是梅尔维尔的文学作品的经典性所在,更是梅尔维尔为众多黑人作家所喜爱和效仿的原因所在。比如,埃利森的"内在化现代主义"文风,托尼·莫里森"只启发,不说教"的书写原则,都可从梅尔维尔的作品中找到痕迹。作为富有想象力的作家,梅尔维尔和埃利森从新的视角,用想象型的语言挑战传统观念,审视和澄清世俗观念,对美国社会的政治哲学和人类生活提出了预见性的观点,并赋予未来新的意义和价值。作为有先见之明的作家,梅尔维尔和埃利森都认识到了美国种族冲突的根源及其自相矛盾的真相,因此,他们都虚构历史和历史人物以预知未来。作为现代主义艺术的先锋作家,他们深受陀思妥耶夫斯基新型文学体裁的影响,其作品体现出的对人的潜意识的心理挖掘,以及对文学艺术潜能的坚信不疑,标志着他们分别由浪漫主义、自然主义和现实主义,转向现代主义和后现代主义。梅尔维尔用现代创新作为

---

[1] John Edgar Wideman, "In Praise of Silence", Callaloo The Johns Hopkins University Press, 1999,Summer, The European Response: A Special Issue, pp. 47-48.

他的政治修辞，其白人身份使其手法呈欧洲中心视角，而埃利森更着迷于语言创新，特别是在构建白人民族性的修辞发明中所起的作用，因此，埃利森的现代主义风格是一种民族现代主义和文化现代主义的结合体。梅尔维尔和埃利森笔下的不同现代主义折射出在看待奴隶制和黑白关系时的不同立场与不同态度，埃利森这样评价梅尔维尔："梅尔维尔的伟大之处，是他在奴隶制刚刚在美国还处于初级阶段时，就在《白鲸》和《贝尼托·塞莱诺》中预见到奴隶制买卖即将引发的社会矛盾、冲突和暴力，又能将自然主义手法和象征主义手法巧妙地结合起来，深藏不露地表达了自己对奴隶制和奴隶买卖交易的反对态度。"[1]特别是在《贝尼托·塞莱诺》中，黑人奴隶与船长之间的这种关系象征着黑人与白人之间力量的对比，这种支配模式存在的合法性，恰恰反映了奴隶制度的不合理和被颠覆的可能性。梅尔维尔无异于向世界宣布，惨无人道的奴隶制度并没有使黑人失去自己的本性，他们永远具有争取自由和解放的强烈愿望及战胜一切邪恶的决心。正因为如此，埃利森认为赫尔曼·梅尔维尔是美国最伟大的作家之一，梅尔维尔的作品是19世纪美国文学发展的里程碑。

---

[1] Ralph Ellison, "Perspective of Literature", 1967, in *The Collected Essays of Ralph Ellison*, p. 775.

第十三章　现代主义视野下的拉尔夫·埃利森与T．S.艾略特

引言

　　T. S. 艾略特（1888—1965）是英国现代主义文学运动的一员骁将，其创作主要表现 19 世纪末到 20 世纪欧洲的战争危机和现代人的道德瓦解。拉尔夫·埃利森是非裔美国现代主义文学的先锋，其创作旨在争取黑人的身份地位和种族平等，使黑人文学融入白人主流文学。同为现代主义作家，白人作家 T. S. 艾略特是黑人作家拉尔夫·埃利森的文学前辈，他们之间既有共性，也有差异。他们都耳濡目染了不同的文学传统，但他们都关注"他者"，"埃塞俄比亚之风"就是触发其现代主义文学创作的艺术灵感之一。他们的文学创作高度艺术化，并与历史现实保持一种若即若离的关系，体现出某种超越主流现代主义的独特文风。T. S. 艾略特和埃利森都是有使命感的现代作家，都关注和思考人类命运和世界秩序，他们的现代主义创作动机就是要通过艺术打破既有的人类秩序，用音乐语言软化这个充满暴力的混乱世界。本章从"埃塞俄比亚之风"、文学艺术、文学传统历史等方面探讨 T. S. 艾略特和埃利森的现代主义文学观。

第一节 "埃塞俄比亚之风"——另一种现代主义旋律

杜波伊斯的历史剧《埃塞俄比亚之星》(*The Star of Ethiopia*) 1913 年在纽约上演，以纪念《解放奴隶宣言》(*The Emancipation Proclamation*)。该剧是一部泛非民族主义历史，讲述了从史前黑人到铁器文明，从埃及和非洲诸国的兴衰到沦落为黑奴的屈辱史，旨在倡导世界范围的非裔人民团结起来，以推动非裔民族的政治、经济和社会的发展进步。该剧大大提升了非裔美国人的民族自豪感，唤起了黑人的民族记忆。

14 世纪的地理大发现揭开了欧洲各国开拓殖民地的序幕，15 世纪葡萄牙、西班牙开始殖民非洲，16 世纪英国走向殖民非洲之路，18 世纪法国在非洲的殖民地有 26 个，19 世纪德国开始加入争夺非洲殖民地的行列，并不惜与英国、法国交恶。具有讽刺意味的是，欧洲打着基督教文明的旗号，对非洲和北美印第安人进行长达数百年的殖民掠夺。那些非洲征服者和欧洲黑奴贩卖者声称，"奴役一个堕落的民族，没有什么不正当，奴隶制是拯救非洲的一种方式，因为它给非洲人带来了基督教文明"。[1] 不可否认，基督教曾塑造了整个西方文明，它尊重生命、保护弱小、弘扬艺术，推动了西方的政治民主和法律进程，其正面启迪曾照亮过的世界。但基督教在欧洲大陆掠夺和殖民北美、非洲的过程中起了一定的负面作用，甚至从某种程度上摧毁了整个西方文明的神圣殿堂。对此，詹姆斯·鲍德温一针见血地指出，"那些脸上涂着雪花膏的传教士去非洲，就是为了叫那些裸体土著人穿上

---

[1] 钦努阿·阿契贝:《非洲的污点》，张春美译，海南出版社，2014 年，第 89 页。

衣服，让他们马上投入耶稣那苍白的怀抱，并很快沦为奴隶"。[1] 欧洲的一些思想家在打着宗教文明的口号殖民非洲的过程中，也起了推波助澜的作用。黑格尔在《历史哲学》中完全忽略非洲文明，表现出绝对的欧洲中心主义。他如此写道："自从有历史以来，非洲始终处于封闭状态，与世界没有任何联系；黑人一直被约束在人类历史幼年时代的地方……"[2] 随着殖民地的扩展，基督教教义和白色皮肤成为白人殖民者使自身区别于异教徒和其他种族的重要标志，也使基督教徒与异教徒、文明人与野蛮人、白人与非白人的优劣划分日益凸显。19世纪后半叶，英、德、法及比利时等欧洲各国对非洲的洗劫，引发了欧洲大陆一系列战争；欧洲白人打着征服异教徒、开化野蛮人、传播基督教文明以及盎格鲁-撒克逊文化的旗号，夺取了非洲和北美印第安人的土地，也由此将整个黑人种族变成欧洲白人奴役的对象，美国则为了其经济利益，开始大规模参与西班牙、英国、法国的非洲黑奴贩卖，强化了杜波伊斯所说的"新民主专制"，最终在此基础上建立一个完全由白人统治和管理的世界新秩序。

19世纪末的现代主义，从某种程度上就是19世纪八九十年代"掠夺非洲"时欧洲文学与非洲文学相遇的文化发现所产生的结果，它颠覆了盛行的欧洲假设，使欧洲人不得不承认，他们的文化只是在艺术实践和社会实践中表现现实的方式之一，"当欧洲支配性文化对西非和东非的'野蛮'文化进行强制性压迫时，一种另类世界观以非洲面

---

[1] James Baldwin, "Everybody's Protest Novel", in Richard Barksdale and Kenneth Kinnamon, eds. *Black Writers of America*, p. 726.

[2] 黑格尔：《历史哲学》，王造时译，生活·读书·新知三联书店，1956年，第8页。九州出版社于2011年出版的黑格尔《历史哲学》中，这段译文稍有改变（第211页）："非洲的主体部分，自从有历史记录以来，始终没有和外界有什么联系，处于封闭状态中。它还没有被历史的光芒照耀到。"

具、雕刻和珠宝等形式呈现出来……唤醒了现代主义者的灵感,激发他们尝试一种极端的非现实主义创作"。[1]

持不同立场的学者对现代主义有不同的定义,激进马克思主义批评家认为:"现代主义是资产阶级解体、堕落与颓废的表现。对温和的马克思主义批评家来说,现代主义是一种落入现实主义以外的文学现象,其基本特征是,总想在孤僻的艺术家那里寻求庇护,后来演变成一种无目标的无政府状态。"[2]这种观点认为,现代作家过于强调精英意识而忽略文学的社会使命,故有其片面性。当一般学者笼统地将现代主义视为"人文主义和启蒙运动的产物"时,[3]弗吉尼亚·伍尔夫明察秋毫地指出,"现代主义应该从1910年开始,因为这一年人性发生了根本变化"。[4] 20世纪的两次世界大战使地球变成了T. S.艾略特笔下的一片荒园,"人与人的关系"成为现代人最大的生存困境,探讨人是什么、人是谁、人性善恶,成为具有社会道德良知的现代作家们的主题。斯芬克斯之谜的真正难解之处就在于,人本身就是谜底,但人还远远没有真正了解自己。人类文明经过几千年的奋斗,并没有完全使自己从动物中升华出来,两次世界大战就是最没有人性的野蛮行为,但战争的硝烟并非从非洲和亚洲燃起。

随着对现代主义文学研究视角的转变,学界对现代主义产生的时

---

[1] 比尔·阿希克洛夫、格瑞斯·格里菲斯:《逆写帝国:后殖民文学的理论与实践》,任一鸣译,北京大学出版社,2014年,第148页。

[2] Miklos Szanolcsi, "Avant-Garde, Neo-Avant, Modernism: Questions and Suggestions", The John Hopkins University: *New Literary History*, Vol. 3, No. 1, Modernism and Postmodernism: Inquiries, Reflections and Speculations (Autumn,1971),p. 50.

[3] Ihab Hassan, "POST modernism," The John Hopkins University: *New Literary History*, Vol. 3, No. 1, Modernism and Postmodernism: Inquiries, Reflections and Speculations (Autumn,1971),p. 18.

[4] Robert Martin Adams, "What Was Modernism?" *The Hudson Review*,Vol. 31,No. 1, 30th Anniversary Issue (Spring,1978),p. 19.

间的看法也在发生变化。美国艺术与科学院院士、美国宾夕法尼亚大学教授让-米歇尔·拉巴泰将1913年视为现代主义的标签,因为这一年是让欧美厄运缠身的年份,他这样写道:"犀利的高级知识分子都能感觉到这一点,即日耳曼帝国将于1913年灭亡。"[1]第二年,第一次世界大战的烽火燃遍了全球,法国人的"美好时代"和美国人的"镀金时代"一去不复返了。欧洲现代主义的一个特征是它认可被殖民者或化外他者,对其进行人类学方面的研究,将其艺术财富据为己有,并从中获得灵感。欧美现代主义思想家,包括作曲家、雕塑家、画家,能敏锐地看到他们生存氛围的变化。尽管欧洲中心主义隐形化了作为"他者"的非洲艺术,但这种表征意义是这些敏锐现代作家们的艺术源泉,因为他们能敏锐地看到他们生存氛围的变化。这种文化意义上的美学实践,颠覆了许多欧洲假想。贝宁远征所得的非洲艺术品,被分类存放在大英博物馆,直接促成了D. H. 劳伦斯的小说《虹》(*Rainbow*,1916)中的非洲艺术形象;巴黎人类博物馆的非洲藏品是毕加索《亚威农的少女》(*Les Demoiselles D'Avignon*)中非洲元素的灵感来源。毕加索以巴塞罗那亚威农大街的妓女形象为原型,借鉴和吸收了非洲神秘主义的艺术元素,尽量淡化作品中"劝人为善"的创作动机。米歇尔·拉巴泰总结道:"欧美现代主义者并不仅仅关心东方。1913年的一个关键词是埃塞俄比亚,它代表了崭新的非洲乌托邦的诞生。"[2]《埃塞俄比亚之星》具有标志性意义,它促使全球刮起一股"埃塞俄比亚之

---

[1] 让-米歇尔·拉巴泰:《1913:现代主义的摇篮》,聂珍钊主编、杨成虎等译,上海外语教育出版社,2013年,第1页。

[2] 同上书,第104页。

风"（Ethiopian airs）[1]，并融进了宽泛意义上的现代主义旋律。

第二节　T. S. 艾略特与埃利森的现代主义艺术观

在所有能表达人类语言的形式中，最为殊胜的是音乐。它是感情和思想的雏形，如梦幻般存在，如水月般清澈；它超越了盲目的神学和个人化的神，催化诗人的灵感，它使人类变得温良。我们的言行会受到禁忌，我们的思维会受到压抑，但这些被禁忌和压抑的会以神经性和精神性的征兆出现，再以诗歌、音乐、文学等艺术形式出现。欧美现代主义运动以前，文学是音乐的先锋。从 T. S. 艾略特开始，音乐成了文学的先锋，成了启迪文学的重要源泉。音乐最终成为现代主义的先锋，是因为音乐对当下意识形态特征最为敏感。美国哈佛大学教授丹尼尔·奥尔布赖特认为，"艾略特的《空心人》就或多或少受伊戈尔·费奥多罗维奇·斯特拉文斯基（Igor Fyodorovich Stravinsky, 1882—1971）的芭蕾舞乐曲《彼得鲁什卡》中的牵线木偶（Marionette）

---

[1] "埃塞俄比亚之风"（Ethiopian airs）是典型的拉尔夫·埃利森措辞，他巧妙地将地名与风的复数搭配，表现了他的非洲情结和艺术追求。西方古典文献中的"埃塞俄比亚"，并不是指现代世界版图中的非洲国家埃塞俄比亚（Ethiopia），通常指的是尼罗河流域上游和撒哈拉沙漠以南地区，有时候也被用于指称亚洲的某些地区。埃塞俄比亚的旧称是阿比西尼亚。1896 年，阿比西尼亚是非洲仅存的两个独立国家之一（另一个是利比亚）。1931 年，就在新一轮殖民主义和帝国主义入侵之前，阿比西尼亚骄傲地改回以前的名字——埃塞俄比亚，古希腊语意指"被太阳晒黑的国度"。最初希腊人遇见黑肤色的非洲与黄肤色的亚洲的人时候，把他们称为"灼伤的脸"（Burnt Faces），希腊语的"烧"是 Ethios，"脸"是 Ops，Ethiopian 就是"灼伤脸的人"，即"埃塞俄比亚人"。又见 William D. Wright, *Black History and Black Identity: A Call For a New Historiography*, Westport, Connecticut, London: Praeger, 2002, p. 94。

的影响"。[1]拉尔夫·埃利森多次提及 T. S. 艾略特对其文学创作的影响,在 1955 年的一次答记者问时,埃利森这样说道:"我大学二年级时就阅读了 T. S. 艾略特的《荒原》,我从任何黑人作家的作品中都找不到这样强烈的震撼力。"[2] 1954 年《无形人》出版时,拉尔夫·埃利森采用了 T. S. 艾略特《家庭聚会》(1939)中的一段话作为其首页题词:

> 我告诉你,你不是在看着我。
> 你不是在朝我做鬼脸,
> 你那自信的目光不会给我负罪感,
> 而是其他人,如果你的目光是指向某人。
> 如果你认为我就是那个人:那就让你的恋尸癖依附于尸体吧。

1964 年,埃利森为自己的第一本论文集取名《阴影与行动》(*Shadow and Act*)[3],这本集子的书名出自 T. S. 艾略特的诗歌《空心人》(*The Hollow Men*, 1925):

> 在理念与真实之间

---

[1] Daniel Albright, *Modernism and Music: An Anthology of Sources*, Chicago: Chicago University Press, 2004, p. 3.

[2] Ralph Ellison, "The Art of Fiction: an Interview", 1955, in *The Collected Essays of Ralph Ellison*, p. 210.

[3] 埃利森的 *Shadow and Act*,一般译为《影子与行动》,但笔者认为应该译为《阴影与行动》,因为"影子"缺少"阴影"带给读者的那种压抑感和恐惧感,而"阴影"可以表现出阴影笼罩中的空心人的麻木、空虚和无力。文中也多处提到了"死亡",因此有学者指出此处的"shadow"应该是荒原中生命逐渐消亡的阴影,与"死亡的阴影"搭配也更为妥当。此注释参照了陶丹玉的《绝望在光与影之间——〈空心人〉的意象与结构解读》,《外国文学研究》2009 年第 3 期,第 102—108 页。

在动机与行动之间
总留下阴影。

在埃利森第二部小说《六月庆典》的首页，埃利森仍然选择了T. S.艾略特《四个四重奏》（又称《小吉丁》，*Little Gidding*）[1]的一段话：

这正是记忆的用处：
为了解脱——不是因为爱得不够
而是爱超乎欲望之外的扩展，于是不仅从过去
也从未来得到解脱。这样，对一个地方的爱恋
始于我们对自己的活动场所的依附
终于发现这种活动没多大意义
虽然绝不是冷漠。历史也许是奴役，
历史也许是自由。瞧，那一张张脸一处处地方
随着那尽其所能爱过它们的自我
一起，现在它们都消失了，
而在另一种模式下更新，变化。

在《六月庆典》的结尾处，埃利森将与《四个四重奏》相似的空幻感和幻灭感转化在一只本该象征和平，却遭受凌辱的鸽子上。鸽子不是猛禽，没有攻击别人的能力，鸽子温驯善良，它象征和平与吉祥。然而，这只鸽子是供美国上流社会以开杀戒为乐事的靶鸽，它拒绝张开翅膀飞向蓝天，不肯迎合杀戮者的意愿成为一个移动的靶子。

---

[1]《四个四重奏》，1942年出版时书名为《小吉丁》，1943年再版时作者改书名为《四个四重奏》。

靶鸽面对四周无情的子弹是一个弱者形象。弱者免不了被屠戮,但弱者并非没有尊严,并非就一定要俯首帖耳,引颈受戮。它任凭四周遭枪击恐吓,任凭受伤流血,拒绝高飞;它傲然前行,栽落悬崖,悲壮玉碎。[1] T. S. 艾略特和拉尔夫·埃利森都敏锐地意识到,音乐艺术是有可能让这个充满欲望、冲突和暴力的世界变得和平而又柔软的元素。代表非洲音乐元素的"埃塞俄比亚之风"是 T. S. 艾略特和拉尔夫·埃利森共同关注的"他者",阿兰·洛克认为,"这种全新的纯艺术对许多现代大师都产生了具有启示意义的影响"。[2]

尽管 T. S. 艾略特加入了英国国籍,但他坚持认为自己的诗歌与美国同时代的杰出诗人作品有共性。T. S. 艾略特对美国诗歌的认同,会使他的诗歌具有开放性和融合性,包括对非洲和非裔美国音乐的认同感。敏锐的批评家认为,"T. S. 艾略特的《J. 阿尔弗瑞德·普鲁弗洛克的情歌》(*Love Song of J. Alfred Prufrock*, 1906)是一首大城市的布鲁斯音乐。爵士乐那独有的特点源自美国南部,也许是因为工业化的都市生活与农耕生活相互影响的结果,住在边疆的人们处在都市与农耕文化之间,在这些地方,城市的声音会通过口头语进入农村生活"。[3] 非洲奴隶最初的思乡之情,最终会蜕变成一首首黑人民歌,传递着都市黑人渴望能在美国田园和庄园扎根的愿望。音乐的审美和批判内涵使其成为欧美现代主义文学思想的先锋和催化剂,这种现象在非洲则是一种沿袭已久的文化传统。在非洲原始文化中,自然界的一切都被

---

[1] 这段描写见 Ralph Ellison, *Juneteenth*, pp. 336-338。

[2] Alain Lockee, *The Works of Alain Lockee*, edited with an Introduction by Charles Molesworth, foreword by Henry Louis Gates Jr., New York: Oxford University Press, Inc., 2012, p. 98.

[3] J. G. Keogh, "Mr. Prufrock's Big City Blues", *Antigonish Review*, Nos. 66-67, Summer-Autumn, 1986, pp. 75-79.

拟人化和灵魂化。非洲民间流传下来的种种艺术形式是社会现实的延伸部分，因此具有文学潜能，例如，非洲音乐与非洲文学始终相辅相成，这一传统为美国非裔文学所继承。熟谙美国黑人音乐的埃利森很早就从 T. S. 艾略特的诗歌中读出了埃塞俄比亚旋律："《荒原》摄住了我的心。诗歌在推动我的理解的同时，又在逃避我的理解，我简直被迷住了。它的节奏比任何尼格鲁诗人的诗更接近爵士乐，那被广泛运用于诗中的典故，与路易斯·阿姆斯特朗的爵士乐一样，内容复杂，形式多样……T. S. 艾略特使埃塞俄比亚旋律在诗歌中得到了永生。"[1]

美国黑人理论家伯纳德·W. 贝尔在《非裔美国小说及其传统》（1987）一书中这样写道："从结构和哲学上看，大多数当代非裔美国黑人音乐都受布鲁斯音乐的影响……一些黑人小说家认识到，这些遗留的口头民间形式的文学潜能是其社会现实的一种延伸，还有一些黑人小说家意识到，其潜能是文学发现的行为结果。"[2] 拉尔夫·埃利森则是最早将这种文学潜能成功转化为一种文学行为的黑人作家，他从非洲民间音乐和神话仪式等黑人文化元素中充分获取灵感和养分，并运用于对美国文化的独特而精辟的阐述："在塔斯克切霍火车站的候车室里，总会隐藏着一个小人物……他懂音乐、懂传统、懂音乐的鉴赏标准……"[3] 盖茨认为，这个"小人物"就是非洲恶作剧精灵"大师埃苏"，是一个非洲文化身份的源头之一，从审美的角度来看，类

---

[1] Ralph Ellison, "Hidden Name and Complex Fate", 1964, in *The Collected Essays of Ralph Ellison*, p. 209.

[2] Bernard W. Bell, *The Afro-American Novel and Its Tradition*. Amherst: The University of Massachusetts Press, 1987, p. 27.

[3] Ralph Ellison, "The Little Man at Chehaw Station: The American Artist and His Audience", 1977, in *The collected Essays of Ralph Ellison*, p. 489.

似 T. S. 艾略特笔下的"埃塞俄比亚之风",在埃利森的笔下,"小人物"被转换为一种文化的审美表征。用盖茨的话来说:"当文学批评家要将黑人方言环境中的意指概念转换为批评理论话语时,这个小人物定会浮出水面。"[1]

埃利森的批评话语不仅充分肯定了以这种非洲音乐文化为源头的审美表征,还颠覆了传统意义上的文学与音乐的关系:"经典布鲁斯既是一种娱乐形式,也是一种民间文学。当它们作为一种职业演唱出现在剧院时,这是一种娱乐形式;当它们被批量录制,或作为一种传统诗歌和智慧被传播时,这是一种民间文学。"[2]埃利森甚至将布鲁斯音乐视为一种无形有声的生命哲学,一种地道的美国本土存在主义形式,并以此延伸和拓展了音乐的文学意义。埃利森以著名布鲁斯歌手吉米·拉辛为例,"吉米·拉辛不仅仅是一个专业演员,他的音乐表现了一种价值观,一种对世界的态度……听着吉米·拉辛的演唱,我们会感受到布鲁斯音乐的神秘性。歌声要传递的内涵远远超出了歌词本身的意义,它可以使性描写传递一种形而上之道,因为,吉米·拉辛总能从尼格鲁人的有限词汇中找到诗歌的意境"。[3]

现代音乐的参政意识也从某种程度上强化了现代主义文学的意识形态特征。加拿大艾伯特大学英语系莎玛尔·贝奇教授认为:"T. S. 艾略特的《普鲁弗洛克的情歌》比较典型地描写了一个有思想的、敏感而世俗的个体,绝望而无目标地面对社会现实。"[4]埃利森笔下的"无

---

[1] Henry Louis Gates Jr., *The Signifying Monkey: A Theory of Afro-American Literary Criticism*. New York and Oxford: Oxford University Press, 1988, p. 65.

[2] Ralph Ellison, "Blues People", 1964, in *The Collected Essays of Ralph Ellison*, p. 256.

[3] Ralph Ellison, "Jimmy Rushing", 1964, in *The Collected Essays of Ralph Ellison*, pp. 273-276.

[4] Shyamal Bagchee, "'Prufrock': An Absurdist View of the Poem", *English Studies in Canada*, Vol. VI, No. 4, winter, 1980, pp. 430-443.

形人",也是一个在种族歧视严重的美国社会屡遭失败的绝望个体。玛丽·沃尔什在《〈无形人〉:拉尔夫·埃利森的〈荒原〉》一文中认为,《无形人》的创作思想与T.S.艾略特的《荒原》有一脉相承之处:"《无形人》的主人公重新演绎了《荒原》主人公的探索之路,他对身边种种真相的探索,使他获得了精神上的新生,最后,他意识到了自己的无形性,并且接受了美国民主的理想规则。"[1]T.S.艾略特的《空心人》集中表现了西方人面对现代文明濒临崩溃、希望颇为渺茫的困境,以及精神极为空虚的生存状态。T.S.艾略特在诗的开篇就一针见血地警告世界,现代人都是"空心人",头脑里塞满的是稻草,人的声音没有意义,像风吹在干草上。T.S.艾略特将"空心人"精神上空洞无物的虚无状态,形容为有形式没有内容,有色调没有色彩,体现了"空心人"的可悲,进而描述了"空心人"的绝望和期望得到拯救的生存状态。作者认为,在物质世界与精神世界之间,空心人被"阴影"笼罩着,无法摆脱,不可逃避。T.S.艾略特笔下的空心稻草人,暗指空虚的、缺乏精神追求的现代人,《空心人》中的"阴影"作为一种修辞策略,在探讨美国种族问题的文学作品中由来已久。"阴影"意象最先出现在赫尔曼·梅尔维尔的中篇小说《贝尼托·塞莱诺》中,美国商人船长德拉诺问西班牙贩奴船长贝尼托·塞莱诺:"你获救了,到底是什么在你心里蒙上了这样一层阴影?"塞莱诺船长回答:"那个黑人。"由此,"阴影"意象在埃利森,以及许多有良知的美国作家的心中挥之不去,笼罩于这位西班牙船长身上的"黑人阴影",最终构成了美国黑白对立中最持久的核心隐喻。正是受《空心人》关键词"行动"与"阴影"某种寓

---

[1] Mary Ellen Williams Walsh, "Invisible Man: Ralph Ellison's Wasteland", *CLA Journal*, Vol. XXVIII, No. 2, December, 1984, pp. 150-158.

意的启发，埃利森将自己的第一本论文集命名为《阴影与行动》，并将这个隐喻放在《无形人》首页题词中，既表明了自己的文学创作立场，更旨在谴责美国白人社会无视他者的存在，揭示美国在人权问题上由来已久的双重标准，如何造成了人性和人类生存的变态；埃利森将自己对美国社会和美国文学的深度思考，清晰明了地写进了这本非小说作品，而在他的小说创作中，这些观点用含糊和模糊的艺术手法被巧妙地遮蔽起来了，埃利森也由此被批评家们尊称为"遮蔽的埃利森"（Shadowing Ellison）。他游刃有余地、自下而上地提升音乐艺术，又予以音乐由上至下的社会批判意识，与欧美现代音乐的参政意识异曲同工。

可见埃利森和T. S. 艾略特的文学批评不仅仅是一种历史批评原理，更是一种美学批评原理。艺术与现实的距离越近，艺术审美特征就越低；艺术与现实的距离越远，艺术审美特征就越高。因此，T. S. 艾略特认为"诗人的思想就是一条白金丝，它可以部分或全部地作用于诗人的个人经历，但艺术家的艺术愈完美，其个人遭遇与其创作思想之间的分离就愈彻底，其思想就愈能完美地将个人经历消化和转化为激情"。[1]在将个人经历转化为思想艺术的过程中，T. S. 艾略特认为，"诗人不是某种个性，仅仅是一种媒介，便使种种印象和经历以某些奇特和料想不到的方式组合在一起[2]"。

埃利森的艺术转化观与T. S. 艾略特也是惊人地相似："小说作为虚构艺术的一种，它的交流媒介包括描写某一个特定社会中的某一特定民族的某种常见经历（小说注定与民族成长密切相连），这样才能

---

[1] T. S. Eliot, *Selected Essay by T. S. Eliot*, p. 18.

[2] T. S. Eliot, *Selected Essay by T. S. Eliot*, p. 26.

通过搜集现实人物形象，并将之设计为具有普遍意义的人物模式，才能获得一种普遍性。"[1]"小人物"就是埃利森笔下的一个最具有普遍性意义的隐喻模式：切霍火车站是来往旅客的起点站和终点站，各种风俗民情和生活方式由此输入也由此输出，这个隐喻是历史变迁和文化交融的最好见证人，这个见证人是隐形的，他无处不在，但他绝不代表权威，"小人物代表的是艺术家的创作突发灵感和金银丝般的完美艺术"。[2]

"白金丝般的艺术"与"金银丝般的完美艺术"，分别成就了T.S.艾略特和拉尔夫·埃利森这两位现代主义作家、思想家既相同又存异的现代传统观和艺术观。这是一种对欧洲浪漫主义和美国现实主义的文学超越，也是T.S.艾略特和拉尔夫·埃利森在用文学艺术思想来阐述自己的世界观。

第三节　现代主义文学传统历史中的T.S.艾略特与埃利森

T.S.艾略特和拉尔夫·埃利森虽有相同的艺术观，但他们耳濡目染的是完全不同的文学传统。欧洲文学传统带有地域特点，其文类、风格、流派等方面都有内在关联性，从古希腊和罗马史诗到英国中世纪的悲喜剧和长篇叙述，宗教、宗室、贵族和英雄构成了欧洲文学的精英思想和主流意识。在博物馆内，艺术为艺术家、艺术评论家和鉴赏家展示；在公共场所，无论走进哪栋大楼，艺术挂在墙上，里里外外，

---

[1] Ralph Ellison. "Society, Morality and the Novel", 1957, in *The collected Essays of Ralph Ellison*, p. 697.

[2] Ralph Ellison, "The Little Man at Chehaw Station: The American Artist and His Audience", 1977, in *The collected Essays of Ralph Ellison*, p. 492.

随处可见，无时无刻不给人一种自上而下、高不可攀的感觉。[1]欧洲艺术的存在目的，既是为了权威和宗教需要，也是为了艺术鉴赏的目的。由宗教、文学和艺术汇集而成的"伟大的代码"和"伟大的传统"使欧洲文学自成一体，一直是流传百世的文学主流经典，不乏追随者。

非洲文学始于口头文学，多为神话、传说、圣歌和模仿剧，数千年不衰，形成了全世界最丰富、最生动、最形象、最富于节奏和韵律的口头文学；非洲书面文学到19世纪后期殖民征服后才出现，南非人擅长讲故事，总喜欢把生活中发生的大事以叙述诗的形式记录下来，代代传诵，所以非洲小说创作中不乏富有节奏感和诗歌般韵律的语句，其内容多为国家叙事，并反映出一定的意识形态。非洲艺术不是阳春白雪，它主要记录了一个个非洲生命从呱呱坠地，到独立成人，再到风烛残年和黄土掩面的一生，也记录了部落的、传统的和非工业的非洲自然风光和社会生活，是20世纪初最具有影响力的异国风情艺术。

T. S. 艾略特的文学创作受"埃塞俄比亚之风"的感染，透露出他试图调整这种文学秩序的愿望，但其白人主流身份又使其批评思想中流露出对这种秩序的维护。

T. S. 艾略特之前的浪漫主义文学，与随后出现的现实主义，在欧洲19世纪传统文学史上是两股强大的、处于中心地位的文学现象，前者推崇主观情感，后者注重客观现实。T. S. 艾略特对英国浪漫主义的否定态度显而易见："我们不得不认为，'感情来自宁静中的回忆'是一个不准确的公式。因为诗歌既不是感情，也不是回忆，假如我们

---

[1] Dennis Duerdenm, *The Invisible Presence: African Art and Literature,* New York: Harper and Row Publishers, Inc., 1975, p. 2.

不曲解'平静'的含义，诗歌更不是平静。"[1]如何摆脱浪漫主义诗歌重抒发个人情感和主观意愿，重自我中心的创作文风，T. S.艾略特首先强调传统中的"历史意识"："艺术的感情是非个人的，诗人只有生活在历史或传统中，他才有使命感和责任心……诗人要把自己完全奉献给他要创作的诗歌，才能达到这种非个人化的境界。诗人不仅仅生活在当下，还生活在过去对当下的延续中；诗人意识到的不是死亡的东西，而是有生命的东西，这样他便知道自己该做什么。"[2]

T. S.艾略特的反传统并非破坏和重建传统，而是对传统的发现与创新："如果传统或传承的唯一形式只是追随前一代，或仅限于盲目或胆怯地墨守其成功诀窍，那种传统肯定不足称道。我们多次观察到涓涓细流消失在沙砾之中，而新颖总是胜过老调重弹……有创新意识的现代作家既不能一股脑地接受过去，也不能把过去当作像一粒不加选择的大药丸吞下去，又不能完全依赖他私下里崇拜的那一两个作家，完全依赖自己喜欢的某一文学发展时期来塑造自己。"[3]

T. S.艾略特将整个英国和欧洲文学视为一个有序的整体，任何新作品的产生，都不会使这个整体发生大的改变，而只会产生小的调整："在新作品到来以前，现有的这个秩序是完整的，新鲜事物不约而至后，为了使该秩序保持其完整，整个现有秩序就必须有所改变，哪怕这一改变如此微小。因此，每件艺术品与整体秩序之间的关系、比例

---

[1]"感情来自宁静中的回忆"，来自华兹华斯对诗歌下的著名定义："诗歌是强烈感情的自然的洋溢；它的来源是在平静中回忆起来的感情（Poetry is the spontaneous overflow of powerful feelings: it takes its origin from emotion recollected in tranquility）。"《抒情歌谣集》，第2版序言，1802年。

[2] 见 T. S. Eliot, *Selected Essay by T. S. Eliot*, p. 18。《传统与个人才能》有多种译本，本文中采用的译文均为笔者的重译。

[3] T. S. Eliot, *Selected Essay by T. S. Eliot*, p. 11.

及各自的价值也重新调整,这就是新与旧的整合。现在应该改变过去,亦如过去引领了现在,赞同欧洲和英国文学的秩序与形式者,都不会认为这种观点是荒谬的。诗人若意识到了这一事实,便会感到任重道远。"[1]

在欧美思想界,自古就不乏反传统者,爱默生之所以能成为美国思想发展史上的中心人物,就是因为他的超验主义思想带有强烈的反欧洲宗教文化传统观。白人作家T. S. 艾略特的反传统思想没有爱默生那样激进,他既想恪守欧洲传统,又追求一种反传统观的创新艺术。T. S. 艾略特的传统是一个具有某种更广泛意义的整体,他认为个体作家的存在不能完全脱离传统,否则便会无根无本。T. S. 艾略特的复杂身份使他和亨廷顿一样,心是属于自由主义,头脑依然是保守主义;T. S. 艾略特的矛盾心理既使其文学传统观既吸引学界,又让史学界感到失望。唐纳德·戴维甚至认为,"美国在政治和其他方面摆脱了殖民地束缚以后的很长时间里,在文化方面依然是英国的殖民地,这种殖民地的期限又被T. S. 艾略特等人人为地延长了"。[2]

与T. S. 艾略特相比,埃利森所处的时代不同,对非裔美国传统的反拨也不一样。埃利森的文学创作主要处在美国现代主义和现实主义的此起彼伏时期,美国文坛在经历了20世纪初的现代主义尝试后,又有回归现实主义创作的现象,在非裔美国文坛尤其如此。埃利森之前的赖特派自然主义抗议文学振聋发聩,尽管埃利森意识到了自然主义抗议小说的局限和美国黑人文学的危机,但他并非要完全否定这一文学思潮,他甚至对20世纪的某些现代主义作家的文学创作过于脱

---

[1] T. S. Eliot, *Selected Essay by T. S. Eliot*, p. 13.

[2] 唐纳德·戴维:《托马斯·哈代与英国诗》,劳特利奇与保罗出版公司,1973年,第185页。

离社会现实持批评态度:"他们只注重在故事情节上打动读者……只对自己的生存过程和身体的力量感兴趣……"[1]埃利森的现代创新意识体现在他对语言意义的包容和开放意识。一方面,埃利森受阿兰·洛克的文学思想影响,他坚持黑人的文学语言要提升艺术表现力,要使黑人文学思想打上现代主义文学的烙印,要"将不同种族的方言转化为现代主义的表现文风"。[2]另一方面,埃利森认为言语一开始就不仅仅是言语,还是语言的矛盾体,因此有必要从悲剧的角度出发来探讨生活,有时还要否定生活,这样,小说就有很大的可塑性,有无限变化的可能性,也能超越阶级和民族。埃利森所欣赏的黑人音乐家吉米·拉辛出生在尼格鲁中产阶级家庭,但他很注重语言的正确使用,"在传统的黑人语言发音和他在学校接受的正规教育之间的激烈冲突中,他设计了一种灵活的语言发音和一种灵活的语言节奏形式,让听众时刻感受到一种超越抒情诗意义的微妙含义"。[3]

每个民族都有其自身特色和文学原型,其文学传统也自成一体。一个民族的文学传统是其作家的身份归属,散居于世界各地的非洲英语作家们同样也视非洲为他们生命和文化的源头,正如伯纳德·W.贝尔所言:"我们血缘谱系上的非洲祖先经验告诉我们,个体之我源自整体之我们,也正因为有了整体之我们,才有了个体之我。"[4]埃利森一方面认同非裔美国人的非洲文化源头,另一方面他认为自己的身份首先是一个美国作家,其次才是一个黑人作家。埃利森在《社会、道

---

[1] Ralph Ellison, "Society, Morality and the Novel", 1957, in *The Collected Essays of Ralph Ellison*, p. 708.

[2] 转引自 Sandra Adell, "The Big E(llison)'s Texts and Intertexts: Eliot, Burke, and the Underground Man", *CLA Journal*, Vol. XXXVII, No. 4, June, 1994, p. 379。

[3] Ralph Ellison, "Jimmy Rushing", 1964, in *The Collected Essays of Ralph Ellison*, p. 276.

[4] Bernard W. Bell, *Bearing Witness to African American Literature*, Detroit: Wayne State University Press, 2012, vii.

德和小说》(1957)一文中,从不同视角谈美国与欧洲的关系,"做一个美国人,其复杂性与其说是表现在防止对欧洲的过高评价和过于迷信,更棘手的不如说是对待无处不在的美国理想问题。人们如此热衷对美国经历下定义,是因为他们有意识地在这个国家进行实验性革命,其目的是要使自己有别于欧洲,要确定自己作为一个文明国家的独特性和历史作用,其动力来自两个方面:要获得一种民族自我意识,从一开始,这就是一种要摈弃欧洲社会结构的政治目标,随之产生的是文化多样性的压力,这就注定了这个社会呈开放特点。随着城市化和工业化的进程,一批又一批移民的涌入带来的疆域从横向和纵向两个维度迅速扩展,首先面临的是要解决美国人的身份问题"。[1]

埃利森强调语言的复杂性,洞悉西方人性的复杂性,也熟悉尼格鲁人的人性缺陷,他由此进一步探讨美国白人与美国黑人的关系,并在1948年写的《哈莱姆不复存在》中提到:"尼格鲁人的社区往往被挤到城市的最边缘,一般由一个教堂、一所种族隔离中学、几间破屋和几个兄弟机构组成,而他们的四周是庞大的白人世界。但他们依然有一种乐观向上的精神……他们拼命地寻找自己的身份。他们不愿意接受强压给他们的二等公民的地位,他们感到被孤立了,因此他们一生都在寻找这些问题的答案:我是谁?我是什么人?我为什么存在?"[2]

拉尔夫·埃利森将自己的文化身份和文学传统定位于黑人传统,但他并没有将自己的文学思想局限于美国黑人传统,埃利森公然称自己是爱默生的后代,以表明自己的公民身份,但他的黑人身份使"他

---

[1] Ralph Ellison, "Society, Morality and the Novel", 1957, in *The Collected Essays of Ralph Ellison*, p. 702.

[2] Ralph Ellison, "Harlem Is Nowhere", 1948, in *The Collected Essays of Ralph Ellison*, p. 323.

思维总是指向音乐"。[1]特别是强调个体身份、个人能力与美国主流文化的关系时，这既是受爱默生的影响，也是受爵士乐的启发："爵士乐是个人的发展与集体的创作，民族的个性与整个美国的民主运作之间的关系。爵士乐的艺术形式本身存在近似残酷的相互矛盾，因为它既是一种对个人风格的维护，也是对集体的挑战。"[2]个人于传统，既是一种尊重，也是一种责任，其中包括对自己归属的整体和对他者所属的整体的尊重。埃利森一方面和爱默生一样，对现代社会的罪恶深恶痛绝，也深信改造必须从个人着手，并强调个人的作用；另一方面他坚守黑人民间音乐和神话仪式，并从黑人文化元素中获取灵感和养分，并创造性地将之转换为一种文化的审美表征后，其小说人物会在这种审美表征的变异过程中蜕变为思者和艺术家。

现代主义文学涉及创作技巧方面的革新、创作模式的变更，乃至整个文学秩序的重建，因此它比以前任何时期的文学更依赖于历史。

主流作家 T. S. 艾略特的历史意识主要体现在他对个人与文学传统关系的思考，艾略特的"历史意识"是所谓的"文学传统"中的一个不断变化的、具有整体性意义的历史过程："这种历史意识包括一种感觉，即不仅感觉到过去的过去性，而且也感觉到它的现在性。这种历史意识迫使一个人写作时不仅对他自己一代了如指掌，而且感觉到从荷马开始的全部欧洲文学，以及在这个大范围中他自己国家的全部文学，构成一个同时存在的整体，组成一个同时存在的体系。这种历史意识既意识到什么是超时间的，也意识到什么是有时间性的，而且还意识到超时间的和有时间性的东西是结合在一起的。有了这种历史意

---

[1] Ralph Ellison, "Hidden Name and Complex Fate", 1964, in *The Collected Essays of Ralph Ellison*, p. 197.

[2] Ralph Ellison, "The Charlie Christian Story", 1958, in *The collected Essays of Ralph Ellison*, p. 267.

识，一个作家便成为传统。"[1]

边缘作家埃利森的作品都是以美国种族问题为主题，以美国历史为基础。埃利森的文学批评话语中经常出现的问题是，"小说与国家的命运如何休戚相关？我们是干什么的？我们是谁？民族的发展经历是什么？为什么会形成这样的经历？是什么妨碍了我们理想的实现？小说作为一种艺术形式不应该只是对现实的刻板反映，因为小说总是沉溺于探讨幻想与现实之间的关系"。[2]

埃利森的历史意识还包含一种客观公允的历史人物观，对作品中的人物刻画，无论是白人还是黑人，埃利森始终将人物放在一个客观历史的背景下进行观照："哈克处在少年时期，从历史和艺术角度来分析都是合理的，因为吐温所描述的历史是美国人生中的一个过渡性阶段：从艺术角度来看，其合理性表现在，人生的少年时期是一个历史的'大混乱'时期，此时，个体和国家一方面都得接受成人的义务，但同时又排斥这种义务，从而显得笨拙不堪，犯下了严重错误。"[3] 埃利森对小说人物的客观态度和对历史的包容体现在他对林肯的历史评价。

林肯是在一个复杂的美国社会背景下产生的历史人物，许多黑人学者对美国现有的大量史料进行了研究，他们发现林肯并非"伟大的黑奴解放者，而是一个典型的白人至上主义者，组成一个统一的联邦政府才是他唯一的目的，为此，他在内战结束后竟然说，只要能统一

---

[1] T. S. Eliot, *Selected Essay by T. S. Eliot*, p. 15.

[2] Ralph Ellison, "The Novel as a Function of American Democracy", 1967, in *The Collected Essays of Ralph Ellison*, p. 756.

[3] Ralph Ellison, "Twentieth Century Fiction and the Black Mask of Humanity", in *The Collected Essays of Ralph Ellison*. pp. 81-99.

美国，即使南部保留奴隶制也可以"。[1]黑人民权运动领袖亚当·克莱顿·鲍威尔（Adam Clayton Powell, Jr., 1908—1972）认为："世人对林肯的评价高得严重过头，他所做的一切，就是为了打赢这场战争而已。"[2]民权运动领袖马尔科姆·X甚至认为："林肯大概是美国历史上欺骗黑人最厉害的人。"[3]在他们看来，林肯是美国人树立的一个象征性的解放黑奴的形象，林肯的言行与之大相径庭。他们对林肯的否定显然意味着将人性和历史简单化。对与黑人命运休戚相关的历史人物林肯，埃利森和惠特曼一样，始终怀有一种崇敬之情，因为他透过林肯这一民族偶像，看到了一个不仅为铸造民族联盟，也为他个人道德联盟而努力的人和总统。埃利森认为他们对林肯的否定显然意味着将人性和历史简单化，林肯的人性既体现在他的美德中，也体现在他的缺点中。埃利森借《六月庆典》的主人公希克曼对林肯的追忆，构成了他本人与林肯的历史对话，以此提醒读者，作家只有生活在一种更广泛意义下的历史传统中，才会更具备作家的良知和创造力。

创造力不是单一体，而是复杂体，有创造力的人才能把各种可能性集于一身，艺术家必须用智慧将他的矛盾性自如地转换成一种艺术创造力。埃利森在一次访谈中如是说："我该如何用我自己对过去历史的了解、用我自己对现在历史的复杂性去看待我眼里的美国社会？……许多有潜力的美国黑人的小说正是在这一点上失败了，作家们拒绝去获取一种生活境界，一种等同于他们的生活困境的智谋。"[4]

---

[1] Robert Penn Warren, *Who Speaks for the Negro*, p. 202.

[2] Robert Penn Warren, *Who Speaks for the Negro*, p. 143.

[3] Robert Penn Warren, *Who Speaks for the Negro*, p. 262.

[4] 转引自 Saul Bellow, "Preface", in *The Collected Essays of Ralph Ellison*, pp. ix-xii。

埃利森用他的智谋去关注音乐的过去与现在，并以此解构美国的文化身份；用他的智谋去关注历史和历史人物的复杂性。他们共同的希望是打破和重构文学传统和世界秩序，使文学创作进入一种更有开放性和包容性的生态状态，既不要将他人的主体性建立在欧洲中心主义的标准之上，也不要建立在族裔中心主义的标准之上。

结语

欧洲思想界对非洲的负面影响一直延续到20世纪末，塞缪尔·亨廷顿在其《文明的冲突》中列出的世界七大文明，就仅包括西方文明、儒家文明、日本文明、伊斯兰文明、印度文明、斯拉夫-东正教文明、拉美文明，而非洲只有"某种文明程度"。在塞缪尔·亨廷顿所标榜的这七大世界文明中，欧美贵族精英在第一大文明"西方文明"的基础上建构了一种"世界秩序"，以"盎格鲁-撒克逊语言"和"白人至上"观念为第一层次。语言作为一种表达思想的媒介，被宗教和权贵所利用，其目的是控制世界、维持原有的第一世界秩序。语言的一元性、霸权性、诡辩性和不可靠性加深了杜波伊斯的种族分界线和亨廷顿的文明分界线，语言作为用来维护个人和民族身份的最有说服力的媒介手段遭到了质疑。假如主流现代主义只代表维护大行其道的"世界秩序"和"人类秩序"，那么这足以解释为什么福克纳和埃利森这样具有现代主义文风典型的作家，却要否定自己的现代主义作家身份，说自己不属于任何流派，只属于人道主义者。边缘理论的声音来自非主流和人道主义者，其存在始终富有对话活力，其雏形不仅早出现于非洲等流散文学艺术界，还有叶芝和T. S. 艾略特这样的主流现代主义诗人，以及萨特和加缪等存在主义学者，他们顶着历史的潮流，做醒世作家，他们用自己的方式诠释着人类历史，用自己的良知逆写着人类秩序，用自己的智慧重审和重置了现代主义文学，逆写了帝国文学，解构了圣经代码和白色神话，也为我们从另一个视角理解一种别样的现代主义提供了重要参考。

第十四章　文学艺术与社会现实：埃利森与威廉·福克纳

引言

埃利森是美国首屈一指的黑人作家，威廉·福克纳（William Faulkner，1897—1962）是美国最著名的南方作家，这两位伟大作家是同时代人，但埃利森却谦虚地称福克纳为文学前辈。福克纳多姿多彩的文学手法、多条线索并进的叙事结构，以及他的"南方情结"，对埃利森产生了不可忽略的影响；他作品中对黑人完整形象的刻画，更赢得了埃利森的尊敬。然而，美国非裔文学批评界似乎对此有抵触心理，其原因是福克纳在小说创作中表现出的对黑人生活的同情，让许多白人将其定义为"反种族主义者"；福克纳在演讲和书信中表现出的抵制种族融合的政治观，又让众多黑人为其打上了"种族主义者"的标签。笔者认为，埃利森与福克纳的种族身份决定了他们不同的文学创作动机和思想。埃利森视文学创作为力图消除美国种族不平等的艺术使命，福克纳则希望通过文学创作真实全面地展示美国南方黑人和白人的生活，并试图追溯南方社会历史悲剧的过程与根源。但这两位杰出作家共同坚持的文学信仰和作家天职构成了他们之间的文学对话，也凸显了拉尔夫·埃利森一贯坚持的文学立场和客观公允的文学态度。

第一节　埃利森与福克纳的文学对话

埃利森与福克纳基本上属于同时代的作家，1949年，福克纳获诺贝尔文学奖时，距离埃利森的《无形人》获美国图书奖（1953）仅相隔四年。然而，埃利森在1954年公开地说："陀思妥耶夫斯基、马尔罗、福克纳和T. S. 艾略特是我的文学祖先。"[1]笔者发现，在1988年问世的《无形人批评：拉尔夫·埃利森与美国经典》（*Invisible Criticism: Ralph Ellison and the American Canon*）一书中，作者艾伦·纳戴尔（Alan Nadel）讨论了埃利森与爱默生、梅尔维尔和马克·吐温等经典作家之间的思想互动，唯独没有提及威廉·福克纳对埃利森的影响。综合分析其中的原因，除了分析福克纳的小说创作外，还要观照体现于福克纳演讲中的政治思想，以及他与同时代的其他黑人文学批评家之间的书信交流及评论文创作。细细探究其中原因，不难看出，埃利森与福克纳之间存在一种难能可贵的跨种族文学对话。

其一，艾伦·纳戴尔没有提及福克纳对埃利森的影响，可能与《六月庆典》的出版时间晚有关，福克纳对埃利森的影响，主要体现在南方情结与叙事结构。埃利森的南方情结体现在他的所有文学创作中，叙事结构则主要体现于《六月庆典》。埃利森和福克纳一样，在反复重复着一个故事，那就是作者本人和这个世界，这个世界就是"南方情结"。多数学者认为约克纳帕塔法（Yoknapatawpha）就是福克纳生于斯长于斯的故乡，但其故乡实为密西西比州拉法耶特县奥克斯福镇。从1929年《沙多里斯》（*Sartoris*）到1948年的《坟墓的闯入者》

---

[1] Ralph Ellison, "The World and the Jug", 1954, in *The Collected Essays of Ralph Ellison*, p. 160.

（*Intruder in the Dust*），拉法耶特就是福克纳一切的想象空间地域。俄克拉荷马州是埃利森的故乡，也是他小说创作的主要场景。这是一个梦幻的世界，因为这片领地是美国黑人爵士乐圣地，特别是重建遭背叛后，人们来到了这块领地，有黑人也有白人。在这块领地上，诞生了俄克拉荷马州，它在埃利森的心中是美国黑人的文化身份起源、自由身份的可能，以及美国民主的象征。福克纳的"南方情结"是奥克斯福镇，可以说这是一个分崩离析、乱糟糟的大千世界。种族问题，用福克纳的话来说，是南方社会和南方人民良心上的"诅咒"："黑种人受到的诅咒是上帝的诅咒，而白种人受到的诅咒是黑人的诅咒。"[1]在这个世界里，福克纳对南方白人内心世界的真实刻画，对风雨飘摇的南方旧传统的恪守，与他文学作品中的重大主题——种族批判之间产生了巨大冲突。

埃利森与福克纳的小说，都受詹姆斯·乔伊斯和T. S. 艾略特等现代派作家的影响，喜欢用意识流、多角度叙事等创作手法。约翰·弗·卡拉汉在《六月庆典》的"后语：致学者的话"中这样写道："埃利森希望写一部巨著，他的这部传奇故事就像威廉·福克纳的长篇小说那样，这里是指威廉·福克纳描写他那邮票般大小的故土的多卷本小说，即他的'约克纳帕塔法'。"[2]在叙事结构上，埃利森的《六月庆典》和福克纳的《八月之光》（*Light in August*, 1932）一样，采取的是多条线索并进，即音乐中"对位"式的叙述手段。因此，他的文学遗产执行人约翰·弗·卡拉汉在《六月庆典》的"前言"中这样写道：《六月庆典》是最具有独立性和完整性的一部叙事作品。它宛

---

[1] 福克纳：《八月之光》，蓝仁哲译，上海译文出版社，2008年，第228页。
[2] 拉尔夫·埃利森：《六月庆典》，谭惠娟、余东译，译林出版社，2003年，第351页。

如一条大河,也许是密西西比河,对埃利森来说,它是一条融合了各种价值观及风格的伟大航道,《六月庆典》从众多独特的非裔美国人(还有美国人)的文化支流中汲取养分:布道、民间传说、布鲁斯音乐、对骂游戏、爵士乐的旋律和速度。它借鉴了黑人教堂中的应答唱和、爵士乐即兴连复段和低音贝斯乐句的形式。全书通篇可见文学先辈和前人的文风,例如,马克·吐温、福克纳,他们和埃利森一样,也来自这片领地。也许,在这部小说中,埃利森主要是与福克纳交流。"[1]

其二,福克纳笔下的黑人既有正面的黑人人物形象,如《坟墓的闯入者》中的卢卡斯·布尚(Lucas Beauchamp);也有反面的黑人角色塑造,如《烧牲口棚》(Barn Burning)中的阿伯纳(Abner)。因此,福克纳有时被批评界认为是"种族主义分子",有时又被定义为"反种族主义者",这就为福克纳对埃利森的影响研究留下了难点。

在1953年的美国图书奖颁奖大会上,埃利森这样说道:"为了创作一部更有深度和广度的作品,我开始研究19世纪美国小说家,我发现马克·吐温以后,美国的小说创作缺少某些非常重要的东西,那就是未能将黑人描写成有复杂人性的人,直到福克纳的出现,这种情况才有改观。"[2]无可置疑的是,福克纳的作品,如《喧哗与骚动》(*The Sound and the Fury*,1929)、《八月之光》、《押沙龙,押沙龙!》(*Absalom, Absalom!*,1936)、《去吧,摩西》(*Go Down Moses*,1942)和《坟墓的闯入者》都触及美国南方的种族问题,芭芭拉·拉德甚至认为:"在威

---

[1] 拉尔夫·埃利森:《六月庆典》,谭惠娟、余东译,译林出版社,2003年,第4—5页。
[2] Ralph Ellison, "Brave Words for a Startling Occasion", 1953, in *The Collected Essays of Ralph Ellison*, p. 152.

廉·福克纳的作品中没有任何问题比种族更为普遍、更为引人注目。"[1]那么，福克纳作为一个白人作家，他对种族问题的探讨，在哪些方面不同于以前的白人作家，"反种族主义者"和"种族主义分子"之间的争议焦点究竟在哪里？在1986年度的"福克纳与约克纳帕塔法"年会上，学者们对此前的有关福克纳笔下的种族问题研究进行了归纳总结。埃里克·J. 桑德奎斯特（Eric J. Sundquist）认为："福克纳无疑是曾在种族问题上发声的最重要的美国作家，但作家视野有其局限性，所以研究者须在其他白人和黑人作家作品的大背景下，对福克纳笔下的黑人生活和美国种族问题的文化传统作进一步解读。"[2]

第二节　文学中的福克纳：反种族主义者

第一次世界大战以前，在政治公文和文学作品中，旧南方被描写成"令人销魂的乐土，奴隶制是上帝的恩赐"。[3]种族问题触及美国南方社会的方方面面，长期以来是美国最敏感的，也是无法回避的问题。福克纳是南方作家的代表人物，他在文学作品中反映出的反种族主义倾向可分为三个阶段，具体体现为对三种黑人形象的塑造，即种族身份模糊的人、有人性的黑人和有人格的黑人。

在美国南方，"身份模糊的人"一般会被视为"黑人"，这种形象在福克纳的早期作品《蚊群》（*Mosquitoes*，1927）中就出现了。小说

---

[1] Barbara Ladd, "Race as Fact and Fiction in William Faulkner", In Richard C. Moreland, ed., *A Companion to William Faulkner*, Oxford: Blackwell Publishing, 2007, p. 134.

[2] Doreen Fowler and Ann J. Abadie, ed., *Faulkner and Race: Faulkner and Yoknapatawpha, 1986*, Jackson and London: University Press of Mississippi, 1986, p. viii.

[3] 转引自肖明翰：《威廉·福克纳研究》，外语教学与研究出版社，1997年，第216页。

主人公珍妮·斯坦鲍尔（Jenny Steinbauer）是一位渴望感官享受的女子，她有一天对同住一个船舱的伙伴讲述自己在曼德维尔跟一个男子的偶遇："我正在等他们，只好先跟一个有趣的男人聊天。这人有点像黑人……"[1]同伴忙问这个男人是否是个"黑鬼"，她又立即否认道："不，是个白人，但是浑身被晒得黝黑，有点不修边幅——既没领带也没帽子。我觉得他是个疯子，并不危险，仅仅是个疯子。"[2]值得注意的是，这种"种族身份模糊的人"在福克纳的其他作品中也时有出现，如《圣殿》（Sanctuary，1931）中的金鱼眼（Popeye），小说主人公谭波尔（Temple）就觉得此人是个黑人；《喧哗与骚动》中的昆丁·康普生（Quentin Compson），桥边垂钓的孩子们觉得他说起话来像个黑人；《去吧，摩西》中的艾克·麦卡斯林（Isaac McCaslin），他在放弃自己的财产之后不再宣称自己是个白人。福克纳似乎要通过这些白面孔掩盖下的"身份模糊形象"，凸显美国南方男性气质中固有的黑人特质，同时也意味着在福克纳小说创作生涯的早期，黑人角色的性隐喻功能的雏形就已出现。根据福克纳研究学者阿卜杜尔-拉曼的分析，"随着内战结束后黑人社会地位的提高，黑人种族自身经历了一场文化杂交，即其中注入了某些白人男性气质的权利与属性"。[3]因此，福克纳作品中那些"身份模糊的人"同时具有白人与黑人的特质就不难理解了。

在《八月之光》中，福克纳将作品人物身份模糊的刻画推向了一

---

[1] William Faulkner, *Mosquitoes*, New York: Liveright, 1955, p. 144.
[2] 同上。
[3] Aliyyah I. Abdur-Rahman, "White Disavowal, Black Enfranchisement, and the Homoerotic in William Faulkner's *Light in August*", in Jay Watson, ed., *Faulkner and Whiteness*, Jackson: University Press of Mississippi, 2001, p. 174.

种极致。小说主人公乔·克里斯默斯（Joe Christmas）的种族身份从他出生直到被杀都是一个谜，英文"Christmas"记录了他在圣诞之夜被抛弃在孤儿院门外的遭遇，也正是这种身份的不确定性，使得乔的悲剧超越了种族的局限而具有了映射全人类的普遍意义。他和各种各样的人一道生活，总是试图证明自己究竟是黑人还是白人。他的外表完全像白人，但他与白人生活在一起的时候，心里又老是得不到安宁，总觉得自己是一个黑人。于是他又躲开白人，与黑人同吃同住。虽然他有意识地将自己想象成一个黑人，从而解决"我是谁"这个无时无刻不在折磨他的问题，但他在灵魂深处又不愿意把自己当作一个黑人，甚至害怕自己是一个黑人。

小说中的白人律师加文·史蒂文斯（Gavin Stevens）声称乔的血管里流的是"不安分"的血：他的白人血统逼他选择一个方向，而其黑人血统则逼他选择另一个方向，正是黑人的血统使他走向末路，"这不是人力所能挽救的"。[1] 从白人加文·史蒂文斯的角度讲，原本只能从生物学角度区分人类族群的黑白血统（而现代科学已经证明，即使从纯生物学的角度讲，黑白两族群对人类的区分也无实际意义）已经具有了先天决定人善恶本性的功能：黑人血统即意味着邪恶、死亡及基督教的原罪。[2] 在此意义上由肤色决定的种族也不仅仅与社会道德有关，更在语言和意识层面上建构了一个"黑即恶、白即善"的象征体系，使所有社会成员成为"语言的奴隶"[3]。《八月之光》中参与追

---

[1] William Faulkner, *Light in August: the Corrected Text, 1932*, New York: Vintage International, 1990, p. 449.

[2] Judith Bryant Wittenburg, "Race in *Light in August*: Word Symbols and Obverse Reflection", in Philip M. Weinstein (ed.), *The Cambridge Companion to William Faulkner*, p. 150.

[3] Jacques Lacan, *Ecrits: A Selection*, translated by Alan Sheridan, New York: Norton, 1977, p. 103.

杀克里斯默斯的白人群氓，正是拉康笔下的这种"语言的奴隶"：他们并不在乎克里斯默斯是否真的犯了罪，只要他有黑人的嫌疑就是可杀的。

福克纳在《八月之光》中对主人公克里斯默斯种族身份模糊性的刻画，以及他对种族主题的发掘之深，是其同时代作家不能相比的，也是福克纳其他作品不能相比的。作家希望唤醒民众对南方种族主义进行反思所做的努力，也是他开始重新思考、定位南方白人存在的一个标志。福克纳研究专家T. M. 戴维斯（Thadious M. Davis）承认："种族建构是福克纳作品的中心问题，他最令人印象深刻的成就，不在于他创造了众多黑人角色并将之放进约克纳帕塔法的虚构世界，而在于他将梅尔维尔笔下的'白中之白'生动展现。"[1]

在福克纳看来，黑与白的二元对立已经失去了原本的合理性，南方的白人特权阶层也需要对自己的历史和现实进行反思，并重新定位自己与黑人民众的关系。

近年来美国出版的好几本著作，如特雷萨·M. 汤纳（Theresa M. Towner）的《有色阵线上的福克纳：后期小说》（*Faulkner on the Color Line: The Later Novels*, 2000），还有朱迪思·L. 森思芭（Judith L. Sensibar）的专著《福克纳与爱：塑造其艺术的女性，一部传记》（*Faulkner and Love: The Women Who Shaped His Art, A Biography*, 2009），可以帮助我们更完整地把握福克纳对黑人形象的刻画。

《福克纳与爱：塑造其艺术的女性》讲述了三位对福克纳产生了

---

[1] Jay Watson, "Situating Whiteness in Faulkner Studies, Situating Faulkner in Whiteness Studies", in Jay Watson ed., *Faulkner and Whiteness*, p. ix.

深远影响的女性：妻子埃斯特尔（Estelle）、母亲莫德（Maud）[1]，最重要的人物是福克纳家族的黑人保姆卡洛琳·巴尔（Caroline Barr），她是福克纳笔下"具有人性的黑人"典范。卡洛琳·巴尔对福克纳家孩子们的无私奉献使她在福克纳兄弟们中享有很高威望，并给福克纳的种族立场和文学创作思想带来了深远影响。《喧哗与骚动》中迪尔西（Dilsey）的原型就是卡洛琳·巴尔，福克纳说过："迪尔西是我最喜欢的人物之一，因为她勇敢、大胆、豪爽、温柔、诚实。她比我自己勇敢得多，也豪爽得多。"[2]而从《福克纳与爱：塑造其艺术的女性》这本书所穿插的卡洛琳·巴尔的照片中，我们会惊讶地发现，卡洛琳·巴尔是一个个子非常矮小的黑人女性。《去吧，摩西》中《火与壁炉》（The Fire and the Hearth）的女主人公莫莉（Molly）的原型也是卡洛琳·巴尔，这个人物吃苦耐劳、正直善良，是人类女性美好品质的化身。当白人扎克（Zack）的妻子死于难产后，她把刚出生的白种男孩罗斯（Roth）和自己的亲生儿子一道抚养，一样对待，她也因此成了罗斯"记忆中唯一的母亲"。1940年卡洛琳·巴尔去世后，福克纳在葬礼上动情地

---

[1] 埃斯特尔在嫁给福克纳之前就热衷于文学创作，在艺术和音乐方面都有很高素养。据福克纳的后人记载，有她做忠实听众，福克纳才有浓厚的讲故事的兴趣，见 Judith L. Sensibar, *Faulkner and Love: The Woman Who Shaped His Art*, MA: Yale University Press,2009, p. 405. 国内福克纳研究界一般对埃斯特尔的描述贬多于褒，恐怕有失偏颇。福克纳的母亲莫德只有1.5米高，但她是一个很有主见和个性的人。一经决定的事情，她一定会不顾一切去做，在任何逆境中都不愿屈服。她的生活信条是："不抱怨，不解释。"她一辈子热爱读书和绘画，很重视对孩子们的道德和文化教育，因此她是福克纳家庭的中心。1902年，莫德做了一个决定，这对美国文学史或许都是一件大事。她举家搬到了拉法耶特县的奥克斯福镇，福克纳十几部长篇小说和几十部短篇小说中虚构的故事场景约克纳帕塔法县，就是以奥克斯福镇为原型。莫德活到89岁，她对他的文学创作也很有影响：福克纳小说中的所有白人老妇人形象都个子矮小，都有令人敬佩的坚强意志，而且都十分长寿。

[2] 转引自李文俊：《福克纳评传》，浙江文艺出版社，1999年，第113页。

发表悼词:"她不仅作为一个人,而且作为我的行为准则的权威……热烈而忠诚的感情和爱的源泉仍然存在于我最早的记忆之中。从她那里我学到了说真话……照顾弱者、尊敬老人……"[1] 1942年,《去吧,摩西》出版时,福克纳将它献给了卡洛琳·巴尔。无可置疑,卡洛琳·巴尔是福克纳心中最完美的人性化身。

特雷萨·汤纳的《有色阵线上的福克纳:后期小说》则从种族身份、黑人语言、有色阵线、种族意识形态和种族问题与诺贝尔奖获得者等五个方面探讨身为白人作家的福克纳,如何顶住来自各方的压力和阻碍,用巧妙的语言、高超的叙事技巧和人道主义的良知,与美国社会的种族歧视抗衡。毫无疑问,福克纳对美国南方的奴隶制历史及南方的种族歧视持坚定不移的批判态度,特别是对黑人人性与人格持完全的认同态度,但福克纳的文学创作对黑人形象的塑造显然经历了一个转变过程。

1942年以前,福克纳笔下的黑人大多或是温顺自卑,或是滑稽愚钝,或是悲观绝望,因此他被形容为"种族主义者"。也许福克纳后来终于意识到,反对种族歧视的他实际上也深受黑人长期被刻板化的影响,他的《去吧,摩西》一改早期对黑人形象的描写方式,将《火与壁炉》中的卢卡斯(Lucas)刻画为一个有血有肉、具有丰满而复杂人性的黑人。卢卡斯爱他的妻子和孩子胜过爱自己的生命,他不惜冒着有可能被白人处以私刑的危险,带着枪去白人扎克家要回自己的妻子,让她哺育自己的孩子,而不是白人的孩子。他爱荣誉和尊严胜过爱自己的生命。他衣着整齐,走路昂首挺胸,在白人面前总是保持一种不卑不亢的态度,对其主人和其他白人他都拒绝称他们"老爷"。

---

[1] 转引自肖明翰:《威廉·福克纳研究》,外语教学与研究出版社,1997年,第73页。

卢卡斯的表现和性格特征都与被白人刻板化的"黑人用妻儿换烈酒"的形象大相径庭。英国历史学家詹姆斯·沃尔文(James Walvin)认为,"是白人强迫他们生活在无知中,是白人的鞭子抽干了他们的人性……"[1]作为一个白人作家,福克纳不但肯定黑人的人性,也敢冒天下之大不韪,巧妙地挖掘和展示黑人人性。

尽管《去吧,摩西》出版后反响平平,也让福克纳沉寂了六年,但他不改自己对种族问题的立场,用这六年的时间写出了销路最好的中篇小说《坟墓的闯入者》。《坟墓的闯入者》不再用暗示或隐喻的方式来谈论社会问题,而是很明确、很直接地揭露和批评当时美国社会的一个重大问题——白人与黑人之间的种族冲突。福克纳一改以往隐晦曲折的文体,不再采用多层次、多视角的叙述方式,时间顺序也不再混乱得让读者摸不着头脑。尽管依然保留其复杂的长句,但故事头绪清楚,观点明确,比较明白易懂。恰恰是这样一种创作方式为沉寂多年的福克纳带来了好运。《坟墓的闯入者》的销路比他的其他任何一部小说都好。读者和评论界又开始对他产生兴趣。"同年,福克纳当选为美国国家文学艺术研究院的研究员,第二年他获得诺贝尔文学奖,从此时来运转。可以说,《坟墓的闯入者》是他事业生涯的关键时刻,让他交好运的一部作品。"[2] 小说描写了这样一个故事:镇上一个大户人家的儿子被杀,黑人老农卢卡斯·布尚受到怀疑,被抓入狱,等待他的是严酷的私刑。曾得到卢卡斯帮助的白人孩子契克(Chick)不相信他是凶手。一个偶然的机会,他和一个黑人小伙伴及一位白人老太太被卷入案子中。他们从死者的坟墓里发现了另外一具尸体,这

---

[1] James Walvin, *Black Ivory: Slavery in the British Empire*, United Kingdom: Blackwell Publishers, 2Rev Ed edition, 2001, p. 21.

[2] 陶洁:《译本序》,载福克纳《坟墓的闯入者》,陶洁译,上海译文出版社,2004年,第2页。

才为排除卢卡斯的嫌疑提供了证据。作为一个有良知的人道主义作家，福克纳通过契克的舅舅加文·史蒂文斯律师这个白人人物，表达自己对美国的种族歧视，特别是对私刑的强烈谴责。福克纳笔下的黑人往往必须在社会道义、家庭观念、血缘观念等南方传统的处世规则中做出与内心冲突的艰难选择。黑人人性可以在人物的最后选择中得到充分而令人信服的展示。尽管白人男孩契克和黑人老农卢卡斯之间存在着一条不可逾越的社会种族地位鸿沟，但卢卡斯拒绝接受任何强压在他身上的双重社会地位。面对一个比自己年轻许多的白人男孩，他不断坚持自己作为一个成熟男人的气概，维护自己的男子汉尊严，福克纳甚至使这个人物"从现实生活中被刻板化的黑人形象变成了一个正面的黑人原型形象"。[1]黑人女作家玛格丽特·沃克一直对福克纳笔下的黑人形象描写颇有微词，但她承认："卢卡斯在福克纳的黑人人物中是唯一的接近或相当于一个男子汉的人物。"[2]

然而，仔细观察福克纳对白人形象的刻画，便可窥视出他对南方种族制度所持的模棱两可的态度。综观福克纳的文学创作，就会发现，他作品的那些同情黑人的白人大致分为激进派和温和派。激进派给读者的感觉是，多少有些不正常，而且结局也不好。我们以《八月之光》中的乔安娜·伯顿（Joanna Burden）为典型。乔安娜·伯顿的祖父加尔文·伯顿（Calvin Burden）是个牧师，曾与别人争论有关蓄奴问题时，因一言不合把对方杀了。他教导孩子要学会憎恨的两件事就是地狱和奴隶主。祖父和父亲去了一趟华盛顿，接受了政府委派的任务，到杰弗逊镇帮助解放黑奴。乔安娜·伯顿继承了父辈们的政治立场观点，

---

[1] 转引自陶洁：《译者序》，载福克纳《坟墓的闯入者》，陶洁译，上海译文出版社，2004年，第8页。
[2] Margaret Walker Alexander, "Faulkner and Race", in Evans and Harrington and Ann J. Abadie,ed., *The Maker and the Myth*, Jackson: University Press of Mississippi, 1978,p. 113.

用自己的钱资助黑人办学,并定期去巡访,探望黑人家庭,但她的态度仍然是居高临下,带有恩赐性质。

温和派的代表人物是杰弗逊城的地区检察官加文·史蒂文斯,是几部约克纳帕塔法世系小说——《八月之光》《坟墓的闯入者》《去吧,摩西》《修女安魂曲》(Requiem for a Nun,1951)等作品中的重要人物,很多读者与评论家认为他就是福克纳在小说中借以表明自己态度的代言人,小说中史蒂文斯的很多说辞与作家在现实世界里的表态不谋而合,比如,史蒂文斯不希望北方人到南方来解放黑人,更不希望北方插手南方的事情。在《坟墓的闯入者》中,史蒂文斯一开始便像其他的种族主义者一样,理所当然地认为黑人卢卡斯罪有应得,直到看到自己的侄子为卢卡斯洗脱了罪名,才着手拯救这位面临私刑的老黑人。福克纳小说中总是充满了自相矛盾的说辞和暧昧模糊的表态,如大卫·敏特(David Minter)所说:"福克纳的想象世界在某个方面是'保守的',但在另一个方面又是'激进的'。"[1]

埃利森认为福克纳"比任何艺术家都愿意先描写被刻板化的黑人形象,只有当这种形象真实可信时,再剖析隐藏在被刻板化背后的黑人内心世界的真相。而这正是我们这些作家应该效仿的,因为他总是将文学创作技巧用于创造文学价值"。[2]福克纳在对黑人和白人的摹写过程中发现,自己想构建一个关于人与人之间隔阂、对立关系的寓言,这种隔阂与对立不仅发生在白人与黑人之间,也发生在白人、黑人、印第安人三者之间,对其中某一方的误解,并不能阻止福克纳以同等

---

[1] John Dennis Anderson, *Student Companion to William Faulkner*, Westport, Connecticut · London: Greenwood Press, 2007, p. 9.

[2] Ralph Ellison, "Twentieth-Century Fiction and the Mask of Humanity", 1953, in *The Collected Essays of Ralph Ellison*, p. 98.

的同情与怜悯描写他们生活中的悲剧和喜剧。

第三节 现实中的福克纳：种族主义分子？

埃利森和福克纳都拒绝将自己的创作思想归属某一流派。1955年福克纳访问日本时，一位记者坚持要他讲明自己归属什么流派，他如此回答："我唯一属于的、我愿意归属的流派是人道主义流派。"[1]福克纳和埃利森都有描写人的非凡能力，他们洞察人性，都关注人与自我的冲突、人与他者的冲突、人与时空的冲突、人与环境的冲突，他们在创作时也都深入地刻画人物形象。

但在对待黑人民族和种族矛盾的问题上，埃利森与福克纳又存在很大区别，其中最大区别也许是他们的文学创作动机不同。埃利森将文学创作视为解决美国种族问题的重要途径之一，不管是他的小说还是非小说创作，无论是从语言、音乐，还是从文化的视角，他关注的都是种族问题，原因很简单，他是一个深受种族歧视的黑人作家，他将文学创作视为一种历史使命。

从福克纳的书信及文集中所流露出的对待种族问题的态度，我们发现，尽管福克纳对历尽艰辛的黑人民众充满了同情与怜悯，但种族问题从来不是福克纳小说创作的首要关注内容。他在文学创作中不时触及种族问题，主要是考虑到文学创作本身的需要，因为他的文学创作不能没有美国南方白人与黑人的生活，也不能没有南方贫穷白人的生活，这才是真正的美国南方社会。因此，福克纳在塑造黑人人物形象时，根本就没有多考虑自己会被世人骂为一个种族主义分子，或是

---

[1] 转引自肖明翰：《威廉·福克纳研究》，外语教学与研究出版社，1997年，第71页。

会被世人誉为一个反种族主义者。作为一个政治上的保守主义者和渐进主义者，福克纳排斥即时的种族融合，也抵制彻底的种族隔离。

20世纪50年代正是美国民权运动兴起的年代，福克纳生活的南方腹地密西西比州正是黑人民权斗争最激烈的地区之一。包括福克纳在内的许多美国南方人，还没有足够的心理准备来应对这场暴风骤雨般的反种族隔离运动。他在1955年南方历史协会年会上发表演讲时说："我们现在所讲的已不合时宜。当我们南方人民奋起抵制社会关系中最近发生的变化时，当他们被迫接受那些有朝一日可以带着尊严与善意接受的东西时，我们会问：'为什么没有人把这些早点告诉我们？把这些及时告诉我们？'"[1]福克纳还提到民权运动迈向平等的步伐走得过快，他建议民权运动领袖们放慢脚步，给南方白人时间来思考这个问题。[2]

福克纳和众多南方白人温和派所持的意见是一致的，即试图令时间停止在20世纪三四十年代——这是福克纳的代表作所描述的那个年代，那时既少有人鼓吹彻底的种族隔离，也少有人推动激烈的民权运动。白人温和派，如加文·史蒂文斯，可以自由地行走在种族隔离和黑人民权运动的中间地带。此时的福克纳也许认为，奴隶制结束了，黑人人性肯定了，公民权身份获得了，何必非要种族融合？1956年，福克纳在《生活》杂志上发表了一篇文章，认为南方的奴隶制是错的，但并不赞同种族融合，认为这样会"让一个感情冲动的民族失

---

[1] William Faulkner, *Essays, Speeches, and Public Letters*, edited by J. B. Meriwether, New York: Random House, 2004, p. 151.

[2] 见 Ralph Ellison & Albert Murry, *Trading Twelves: the Selected Letters of Ralph Ellison and Albert Murray*, New York: Random House, 2000, p. 117.

去平衡"。[1]他还私下里常常辩称,他与南方其他的白人或者黑人一样,并不希望种族融合,他们需要的仅仅是对公正和免于暴力的一种保证。

1956 年,福克纳在"给北方的一封信"中劝说黑人民众进行渐进式种族融合:"因此我要对全国有色人种协进会(NAACP)及其他推动即刻无条件种族融合的所有团体说,慢点来吧。稍等一会儿,就一会儿。现在你有了权力,只须稍等一会儿,你就可以将之转化为一种力量。你干得不错,你已经将对手打得毫无还手之力,现在他是屈服的一方了。"[2]从这段话中,我们不仅可以看出福克纳对美国南方白人种族主义思想的同情,而且还表现得相当主观和固执,以致杜波伊斯邀请福克纳进行一场关于种族融合的公开辩论,福克纳给杜波伊斯的回电与他平时的谦和态度大相径庭:"我认为我们之间没有可辩论的观点。你所持的立场在道德、法律和伦理上都是正当的,在此我们双方已达成共识。若你不认同我要求给南方一点节制和耐心的立场同样正当,那么我们的辩论只会浪费时间。"[3]

埃利森在同年 3 月给阿尔伯特·默里(Albert Murry)的一封信中写道:"比尔·福克纳可以向北方写 100 万封信,就像是他最近发表在《生活》杂志上的那封一样,但是他忘了一件事,即他谈话的对象是黑人,他们在合众国无处不在,在种族融合的问题上他们不需要向任何地区宣誓效忠。"[4]

在民权运动中发出强劲声音的詹姆斯·鲍德温进一步指出:"南

---

[1] 转引自 James Baldwin, "Faulkner and Desegregation", in *James Baldwin Collected Essays*, edited by Toni Morrison, New York: The Library of America, 1998, p. 210.
[2] William Faulkner, *Selected Letters of William Faulkner*, edited by J. Blotner, New York: Vintage, 1978, p. 89.
[3] 同上书, p. 398.
[4] Ralph Ellison & Albert Murry, *Trading Twelves: the Selected Letters of Ralph Ellison and Albert Murray*, New York: Random House, 2000, p. 117.

方有着两百多年的奴隶制与九十多年的伪自由历史,福克纳一直生活在美国南方腹地,因此很难从正面去理解他说的'等等看',如果从反面去理解这句话,便是'不要有举动'。因此,福克纳说的'中间路线'(middle of the road)实际上是一种不现实的希望,而且现在已经完全破灭,如果没有来自其他民族的高压政治,南方的白人会不顾其祖先给黑人造成的巨大痛苦,会拒绝正视血统负罪感带来的心理包袱。"[1]

而且,美国的社会现实与福克纳说的"无还手之力"恰恰相反。1931年3月25日,12名非裔美国男孩在一辆开往孟菲斯的货运火车上与一群白人青年发生斗殴,当火车开到亚拉巴马州的 Paint Rock 时,9名年龄在13—21岁的黑人男孩被当地警察逮捕,其罪名是涉嫌轮奸了火车上两个白人妇女。这两个白人妇女,一个叫维多利亚·普赖斯(Victoria Price),另一个叫鲁比·贝茨(Ruby Bates)。维多利亚·普赖斯声称,6个黑人强奸了她,另外6个黑人强奸了鲁比·贝茨,其中的3个黑人中途跑了。一个全部由白人组成的审判团仅用了3天时间,就判8个男孩死罪(其中有2个男孩年仅14岁),另一个13岁的男孩被判终身监禁。这就是著名的"斯科茨伯勒案件"(Scottsboro Case)。

全国有色人种协进会、美国共产党等左翼组织和宗教团体开始了一场漫长而艰难的大营救。包括德莱塞在内的很多美国著名作家,纷纷撰文为这几个孩子辩护,且有医生证明,维多利亚·普赖斯和鲁比·贝茨的体内并无撕裂伤或被动过粗的痕迹。1932年11月,美国最高法院下令对这起案子进行重审。法庭无视鲁比·贝茨在第二次开庭审理时承认强奸罪是维多利亚·普赖斯伪造的这一新情况,再次判这9个

---

[1] James Baldwin, "Faulkner and Desegregation", in *James Baldwin Collected Essays*, p. 214.

孩子有罪，第三次开庭结果依然没改变。1936年第四次开庭，4个孩子被无罪释放。1940年，又有4个孩子被释放。最后一名关押的孩子安迪·赖特（Andy Wright），他直到1950年才获得自由，被关押了19年零2个月。1976年，这9个孩子全部被赦免，但9个孩子中只有1个叫克拉伦斯·诺里斯（Clarence Norris）的孩子还活着，其余8个都已死去。诺里斯在接受采访时说："我希望另外8个人还活着，可他们的生活也和我的一样，被彻底毁灭了。"[1] 1977年，诺里斯获得了仅1万美元的赔偿金，以补偿他在监狱里所损耗掉的近20年青春。2000年，"斯科茨伯勒案件"被拍成电影《斯科茨伯勒：美国悲剧》（Scottsboro: An American Tragedy）。

1955年，在安迪·赖特被释放5年后，密西西比州的德尔塔又发生了一起同样惨烈的悲剧。年仅14岁的芝加哥北方黑人男孩埃米特·蒂尔（Emmett Till）拜访他住在密西西比州德尔塔的舅舅。因为对美国南方的种族歧视缺少足够的认识，蒂尔犯下了致命的错误：他走进当地一家白人开的杂货店买糖果，离开时他说了声"再见，宝贝"，也有的白人说，他在女店主的屁股上拍了一下。随后，蒂尔被店主罗伊·布赖恩特（Roy Bryant）强行带走，两天后，他被打得无法辨认的尸体被人在附近的河里发现，他的头部中弹，一只眼睛被打了出来。[2]

"斯科茨伯勒案件"和"德尔塔悲剧"无疑证明，只要种族隔离和种族歧视仍然存在，种族迫害就不会结束。但福克纳心目中理想的南方，仍旧是白人自由主义者占统治地位的南方，1956年，感到自己梦想已无从实现的福克纳在一次采访中竟然说："只要有一条

---

[1] 见 http://www.spartacus.schoolnet.co.uk/USAscotsboro.htm。
[2] 详见 Stephen J. Whitfield, *A Death in the Delta : The Story of Emmett Till*, New York: Macmillan, Inc., 1988.

中间道路，未尝不可。我要走这条路。但若是到了战争的地步，我会为了密西西比州去跟美利坚合众国作战，即使那意味着走上街头去射杀黑人……我还要说，南方人错了，他们守不住自己的战线，但如果不得不像罗伯特·E.李那样做出选择的话，我要做出同样的选择。"[1]

对此，鲍德温在《党派评论》上言辞激烈地写道："他们从来没有认真承认过这种社会结构（南方的种族隔离）的疯狂。相反，他们坚持认为，批评这种社会结构的人疯了。"[2] 1956年，阿尔伯特·默里在给埃利森的信中甚至对福克纳动了粗话："一个狗娘养的怎能又当婊子又立牌坊？"[3]

非常明显，20世纪50年代的非裔美国人绝不像福克纳等白人自由派断言的那样，还会等待一条渐进的，仍旧由南方白人主导的中间道路。他们需要的是法律这种"实实在在可以立足的东西"，是完整的美国公民权。埃利森一针见血地指出："他们在等待的是一部法律，伙计，一件实实在在可以立足的东西，这已经有实现的可能。实际上，它已经把最高法院变成了自由的论坛，最高法院早该如此；把美利坚合众国的宪法变成了聪敏、坚定的人们有机会胜出的荆棘丛。宪法早该如此。福克纳对他的宏大思想产生了错觉，因为他真的相信自己在小说中给黑人定义的那些特征。现在他觉得该结束这场伟大的历史行动，正如他在小说中这样结束一个戏剧性的场面：死去的乔·克里斯默斯被一个完全没有他高贵的人割去了睾丸，海托华在沉思，黑人们被吓得六神无主，除了那种遮遮掩掩、略显浮夸的福克纳式的反讽修

---

[1] J. Blotner, *Faulkner: A Biography*, Vol. 2. New York: Random House, 1974, p. 618.

[2] James Baldwin, "Faulkner and Desegregation", 1956, in *James Baldwin Collected Essays*, p. 209.

[3] Ralph Ellison & Albert Murry, *Trading Twelves: the Selected Letters of Ralph Ellison and Albert Murray*, p. 125.

辞，其他一切照旧。胡扯！他觉得黑人存在的意义，不过是为白人的罪孽增加一点反讽的含义，但他应该明确地知道，我们一直在不顾一切地争取自由……"[1] 由此，埃利森既从社会制度的角度，也从文本批判的视角，明确地指出了白人作家福克纳在表现黑人真实生活状态和看待种族问题时的局限性。

1962 年 7 月，福克纳在民权运动的喧嚣中去世，他生前对美国南方，以及白人与黑人关系的判断或有失误，但这从根本上源于其一直生活在传统封闭的南方白人社会而对黑人民众缺乏切身的了解。福克纳作为南方人经历了风雨飘摇的"三角洲之秋"，他未能预见到在民权运动之后南方种族融合的春天已经悄然临近。试图走中间道路的温和派威廉·福克纳必然在现实中四处碰壁，他在种族问题上表现出的模糊态度只能给他带来尴尬与敌视。1946 年，福克纳给他的代理人哈罗德·奥伯（Harold Ober）写信说："在法国，我是一个文学之父。在欧洲，我被认为是最优秀的美国作家，也是所有作家中最出色的一个。在美国，我靠在一次侦探小说比赛中获得了一个二等奖，才勉强得到一个蹩脚文学电影脚本的工资。"[2] 1949 年，当福克纳获诺贝尔文学奖的消息传到美国后，美国文学界并没有心理准备，美国新闻界也"表现得极端冷淡，甚至表达了怀疑和不满"。[3]

2007 年，美国学者格雷斯和罗伯特撰写文章，以埃利森的《我们一直在不顾一切地争取自由》（"We're Trying Hard as Hell to Free Ourselves"）为标题，回顾了民权运动时期的福克纳与黑人作家们之间的这场种族问题争议。这两位学者这样写道："福克纳的'慢下脚步'

---

[1] Ralph Ellison & Albert Murry, *Trading Twelves: the Selected Letters of Ralph Ellison and Albert Murray*, p. 117.
[2] 转引自陶洁：《译本序》，载福克纳《坟墓的闯入者》，陶洁译，上海译文出版社，2004 年，第 1 页。
[3] 李文俊：《福克纳评传》，浙江文艺出版社，1999 年，第 58 页。

的努力根本无力回天，让时间停止在过去、将来都无可能。非裔美国民众基于历史的时间要求对过去进行清算、对未来进行规划，他们完全拒绝福克纳那种不可能用时钟或者法庭的判决议程表来计算的、无始无终的神话时间。"[1]

第四节　共同的文学信仰和作家天职

笔者认为，将福克纳定义为"反种族主义者"或"种族主义分子"都是对这一问题的简单化处理。福克纳研究专家诺伊尔·波尔克（Noel Polk）在分析"福克纳是不是一个种族主义者"的问题时这样写道："如果'种族主义'意味着对黑人的仇恨与恐惧，答案或许是否定的。但是如果'种族主义'意味着认定黑人是一种低劣种族，那么答案或许是肯定的，而且这种认定只有在考虑到历史环境而非生物学或遗传学层面的影响导致黑人社会、经济和文化条件的低劣时才适用……退一步说，假设可以证明，福克纳在他的内心深处实际上是一个狂暴的种族主义者，他也与他生活在南方的，以及密西西比的典型白人兄弟姐妹一样，从其母亲的乳汁那里就汲取了一种对所有黑色皮肤人种的极端仇恨。即便如此，难道我们不应该对他在小说中对自己的黑人和白人角色充满爱、怜悯与理解的描绘而赞美有加吗？难道我们不应该为他敢于公开表明要改变当前局面的勇气而叫好吗？"[2]由此可见，对

---

[1] Grace Elizabeth Hale and Robert Jackson, "'We're Trying Hard as Hell to Free Ourselves': Southern History and Race in the Making of William Faulkner's Literary Terrain", in Richard C. Moreland, ed., *A Companion to William Faulkner* (pp. 27-45), Oxford: Blackwell Publishing, 2007, p. 43.

[2] Noel Polk, "Man in the Middle: Faulkner and the Southern White Moderate", in Doreen Fowler and Ann J. Abadie (ed.), *Faulkner and race: Faulkner and Yoknapatawpha, 1986* (pp. 131-150), Jackson and London: University Press of Mississippi, 1986, p. 148.

于"福克纳是否是种族主义者"问题的讨论既不可能得到准确的答案，也没有继续纠缠的必要。在私下场合及公众场合，福克纳对种族问题所做的表态往往是不得已而为之的权宜之计，只有结合他表态时所处的背景才有可能理解他真正的观点。福克纳文学上的模糊不清为他的作品增添了一种神奇的魅力，他自相矛盾的表态也与其不同于常人的创作态度与创作风格息息相关。

福克纳对未来总持悲观的态度，他作品中的人物总是对未来感到迷茫，甚至绝望，就像他本人一样。终其一生，福克纳都保有一颗"充满了矛盾冲突的人类心灵"。他的祖父在南北战争中担任过南方军队的高级军官，南方人好战喜功，而且不承认自己的失败，由此带来的生活贫困和精神颓废给整个南方造成了一种令人窒息的阴悒气氛，福克纳就是在这样的社会环境里长大的。对于战争的必要性和严酷性，以及战争给美国南方带来的社会变化、经济变化，特别是南方白人和黑人的心理变化，这些问题对福克纳来说显然是难以解释清楚的困惑，但他的作品正是对这些问题思考的结果，正是这些思考使福克纳的作品具有非同一般的伟大性和深刻性，这也是他在诺贝尔获奖致辞中呼吁年轻一代作家需要把握的主题；而对于这颗"充满了矛盾冲突的人类心灵"的刻画也正是福克纳文学作品的魅力所在。看似分明的黑白对立在乔·克里斯默斯与查尔斯·邦（Charles Bon）这两个人物身上变得混同无二，看似立场坚定的加文·史蒂文斯在真相面前变得手足无措，看似稳固繁荣的南方，如萨德本的百里地在黑人的怒火中变为灰白的土地。这种态度上的暧昧是在掩饰某个不可言说的真相吗？

福克纳的每一部小说都描绘了不同种族人们在这个世界上所经历的欲望、回忆、成功和失败，没有哪一部小说可以包含福克纳创作态度和创作意旨的所有真相。福克纳曾经写道："随口应付的说辞自然容易，比如，要是我是黑人的话，我会怎么做之类。但一个白人只能在短时间内把自己想象为黑人，他不能成为另一个种族里受另一种悲痛或问题困扰的人。因此有些问题他可以自问，但不能够回答。"[1]

作为作家，福克纳从来没有在其作品中以不可置疑的权威姿态，为某一民族的过往与宿命下过断语，他按自己观察的角度描写黑人和白人的生活，并试图追溯南方社会历史悲剧的过程与根源。他也不满足于以一个观察者和亲历者的身份来描述过去和正在发生的历史巨变，而是满怀壮志"要从人类的精神原材料中创造一些前所未有的东西"，不可否认，他从客观上已经做到了这一点。

结语

作为作家，福克纳也许认识到了自己的局限性，因此他并不试图代表另外的种族发声，而是力图在自己可信、可控的文学领域发掘、揭示一些更为令人困扰的种族问题。在这个层面上福克纳的成就卓越，因为他确实在"短时间内"创造了一批在那片古老土地上受苦受难而又不屈不挠地进行生存抗争的人物形象。埃利森对福克纳的肯定和否定态度，也许可以为本章作一个公正的总结："福克纳是美国南方最伟大的作家……将黑人刻板化是美国南方种族歧视最为传统的体现，福

---

[1] William Faulkner, *Essays, Speeches, and Public Letters*, ed. J. B. Meriwether, New York: Random House, 2004, p. 110.

克纳也没能完全摆脱这一影响。"[1]尽管南方最伟大的作家福克纳用他出众的艺术手段描写了一个垂死的世界,但他罕见的艺术功力也从侧面证明了他文学信仰的正当性,即描写过去的那些正直诚实的普遍品质,包括爱、荣誉、怜悯、尊严、同情和牺牲,因此,福克纳作为作家的天职永远不会改变亦如拉尔夫·埃利森。

---

[1] Ralph Ellison, "Twentieth-Century Fiction and the Mask of Humanity", 1953, in *The Collected Essays of Ralph Ellison*, p. 98.

后　记

《拉尔夫·埃利森文学研究》并非厚重之作，完成它的时间却不算短。1999年，我着手翻译美国非裔作家拉尔夫·埃利森的第二部小说《六月庆典》，随后展开了对包括埃利森在内的一系列美国重要非裔文学家和批评家的翻译和研究，比如，理查德·赖特、詹姆斯·鲍德温、托尼·莫里森、艾丽斯·沃克、弗雷德里克·道格拉斯、杜波伊斯等。由对一个作家的翻译和研究，逐渐延伸至对整个美国非裔文学和美国非裔文学理论批评史的翻译与研究，我一直乐此不疲地在这个领域里耕耘，至今有18载之多。这18年对我来说，既是学术的，更是一个心灵和思想成长的过程，这个过程也与生命历程相关。它记载了我对语言、文学和翻译的理解和感悟，折射出我对人和人性、对自然界的存在、对社会和历史的认识和判断。

与拉尔夫·埃利森的深深结缘，说来真是一种巧合。与很多外国文学爱好者的取径相同，我的文学研究也是始于翻译。我读大学时就偏好英汉比较与文学翻译。1999年底，南京译林出版社总编辑章祖德先生将美国兰登书屋刚刚出版的《六月庆典》转交到我手中时，我十分珍惜这个被许多高校老师并不十分在意的机会（因为译作没有"工分"，也不能报奖）。章先生撰写过有关《无形人》的论文，对这个作家颇为欣赏，也深知翻译这个作家作品的难度。从接手这本书的翻译，到2003年译作终于出版，我与章先生断断续续有四年的电话交往，却未曾谋过面。由于该书翻译难度大，交稿时间一拖再拖，章先生反倒安慰我说，别急，质量第一。章先生这种注重翻译质量的认真严谨的态度令我肃然起敬。在以后的几年里，我只要发表了有关该作家的论文、翻译了该作家的作品，我一定先邮寄给章先生看，章先生又以其他方式给了我多方关照与提携，而我第一次见到章先生已是2006年了。但我相信，这就是缘分。

有缘翻译和研究一个经典作家，基本是一个了解其语言风格和文学思想的过程，是对其作品价值进行一番"文学侦查"（纳博科夫语）。拉尔夫·埃利森被公认为20世纪50年代以来最重要的美国非裔作家，他的代表作是美国非裔文学经典《无形人》，其主人公构成了美国非裔文学传统中的一个核心隐喻"无形性"。《六月庆典》是埃利森前后倾注了40年心血的第二部小说，被美国文学批评界誉为"美国的《尤利西斯》"。这两部小说的故事情节远谈不上引人入胜，但埃利森作品中的每一个场景，都浓缩了作者对美国社会的批评思想，包括对白人至上的教育理念的批评，对面具型美国非裔人的否定，对美国文化本质的揭示，对美国非裔知识分子与兄弟会关系的排斥，对黑人激进分子的讽刺和对美国种族问题的理性思考，等等。当然，他对艺术美学和音乐的思考也隐含在其中。此外，埃利森的非小说写作，即发表了大量文学评论，亦完全可以与他的小说创作相媲美，因此他也被誉为卓有建树的美国非裔文学评论家、20世纪美国文化研究的重要开拓者。美国某些新保守主义和文化保守主义者甚至认为，"诺贝尔奖应该颁发给拉尔夫·埃利森，而不是托尼·莫里森"。

拉尔夫·埃利森最吸引我的，还是他"语不惊人死不休"的文学语言。埃利森散文式的语言风格措辞典雅，寓意深长，且乐感很强。我能感受到作者在力图通过语言触摸音乐、触摸历史，要刻意在语言上推陈出新。与此同时，埃利森不仅在使用语言，也在利用语言去审视和解构语言。他善于从文化现象中去探讨语言意义和种族现象的源头，以形成自己独特的文学语言和批评思想。他将暴力梦境化，将观点含混化，将语言意义和批评结论留给译者（读者），这就迫使译者和研究者不得不沿着作者的思路，不断追根溯源挖掘作者的意图。可见文学大师的语言往往不是"一目"就可以"了然"的，需要读者去慢慢领会和感悟，才能披沙拣金、阐幽烛隐地窥视出作家的批评思想和创作动机。当研究者的感悟与作者的思想逐渐达到一种认同和相互吸引的状态时，便会发现这种文学翻译和文学研究的过程，也是对西方语言学的某些基本概念进行一番追根溯源的了解和学习的过程。

瑞士现代语言学之父索绪尔以树（arbor/tree）为例，探讨声音、言语和语言，能指和所指的区分意义，也由此引发了一场语言的主体性革命。索绪尔认为，能指与所指之间是任意关系，也就是说，我们中国人将"树"（arbor）与汉语读音"shu"联系起来，只是因为约定俗成的社会契约，如果不遵守这种规则，你就无法进行语言交流，但这种意义链接并没有必然性，只有社会性和群体性，所以在哲学家约翰·洛克看来，人只是一种社会动物。但语言既是约定俗成的，带有客观性，同时也是主观选择的结果，具有个性化。任何一个民族（种族）的语言，都有其特点。任何一个人的语言，也有其特点。这些特点是社会环境和主观心灵共同作用的结果。解码不同民族（种族）、不同人的语言，可以窥见其内在心灵和社会环境的诸多秘密。受索绪尔的启发，罗兰·巴尔特进一步阐释道，语言是一串串的意义链，语言的意义不是固定的，而是滑动的。巴尔特对索绪尔的超越之处在于，他突出了人在语言使用中的主观能动性，认为能指和所指之间的意义链都是人创造的。语言是思想的载体，而思想是人区别于其他动物的本质特征，因此语言是人的根本属性。没有语言就没有人,有了语言人就成为了人。解构主义鼻祖德里达则冲破语言的牢笼,明确地指出,所指是能指的主体,所指便由语言意义的被动接受者变成了语言思想意义的主动阐释和创造者。就翻译来说,语言意义的主体性就是译者的主体性,这种新的存在形式可以在海德格尔的《存在与时间》中找到理论依据。海德格尔很善于挖掘词源意义,他首次向我们揭示,希腊语的动词形式"hermeneuein"可以追溯到希腊神话中传递神谕的一位信使——赫尔墨斯(Hermes)。他认为,传达口信常常牵涉听的行为,同时也是阐释者(interpreter)和被阐释者(interpretant)之间的主体对话,由此产生"存在"(Being)。解构主义翻译理论鼻祖本雅明在其《译者的任务》中进一步提升和确定了译作的主体性地位:"诗歌不针对读者,美景不针对观者,交响乐不针对听者……文学作品艺术中的新生与来生的概念,应该被看作完全非比喻意义上的客观存在。"本雅明的翻译思想,对 20 世纪末和 21 世纪初的中西翻译学的兴起与发展,起了重要的推动作用。

以索绪尔为首的现代西方语言学研究者以"树"的核心比喻,展开了对西方传统语言学的批评。无独有偶,在东方的印度和中国佛教中,树的寓意则被引申为很多生活哲理,比如,慈悲、包容和积极向上等;树还被赋予很多象征意义,比如,正面的积极思想,是一棵健康之树,它能带给人们正面的情绪和新鲜空气,代表消极思想的则是一棵"啃心"树。菩提树在佛教中更是真理、感悟和智慧的象征。树具备的追根溯源和饱经风霜的意象,在作家们的笔下既产生理性思维,也有感性联想。在美国非裔文学中,树是岁月刻画苦难的年轮,是历史的创伤,如托尼·莫里森的《宠儿》。树也代表了黑人饱受磨难而坚定不屈的男性气概,如欧内斯特·盖恩斯的《就像一棵树》。洪堡说,一个民族的语言就是其精神，一个民族的精神就是其语言。美国非裔作家的文学创作史，就是一部通过寻找自己的文化身份和语言来获得自己公民身份的历史。在美国这个白人至上的国度，可以说，只有美国黑人基本上做到了与美国主流社会享受同等社会地位的权利，奥巴马当选美国总统就是最有说服力的佐证。

"树"特有的树大根深和枝繁叶茂，与人类文明进化和人类语言演变这一漫长的知识结构颇为类似，以色列新锐历史学家尤瓦尔·赫拉利深受这一意象的启发，他在其《人类简史：从动物到上帝》（2011）中指出，人类数万年的大脑遗传突变，与人类在语言交流中不断使用新型语言演变过程相关，并将这场语言认知革命定义为"知识之树的突变"。在这场语言的认知革命中，人类逐渐从一般动物中脱离开。语言的主体性缺失，实际上也是人的存在的缺失。西方语言哲学通过对人的意识、人的身体、人的精神和人的物化的揭示，通过对逻各斯中心主义和他者的解构，终于意识到人是语言的主体，因此，人不应该只是思想的接受者和承受者。语言的主体性就是人的主体性，其标志便是人类已由语言的使用者和意义的被动接受者成为主宰语言的人，成为自己的上帝。

可见，严格意义上的西方语言、翻译和文学研究有许多理论共性，人与神、人与自然、人和语言的关系都是研究者研究的主要内容。通过文学翻译展开对上述一系列问题的了解和探讨，这是一种非常令人鼓舞的难忘经历，也解开了我心中的很多谜团：人是一种社会动物，能使用语言这一社会交流的重要工具。可以说，人文社科的诸多研究领域，主要也是围绕上述关系而展开的，细细追究，这些研究过程和流变也都可视为人的延伸。

浩渺星空不仅有宇宙的有形存在和人们赋予它的含义，更有精神与灵魂的无形存在，以及被世人所阐释并引申为智慧。无论是有形的存在，还是无形的存在，它们的存在都有一个维度，我们应该理性地审视这个维度，并用智慧的思考和语言来证明，自己是一个具备人性的存在。拉尔夫·埃利森的美学语言和文学思想较好地把握住了这个维度，在那些黑白冲突到了非此即彼、你死我活的年代里，埃利森强调的是合众为一、和而不同。任何思想的传递都必须通过语言行为得以完成，好的信念一定能产生正面的效果，尊重他人的感受便可获得他人的尊重。埃利森之所以能成为美国非裔文学史上第一个为美国主流文学界认可的黑人作家，与他对美国种族问题的理性思考有关，更与他善于从语言的源头来解构白人至上的思想有关。

20余年对翻译、文学、语言与人性等问题的苦苦思索，使我的人生观、世界观逐渐成熟，语言思维多了几分学院气，少了一些浪漫气。作为一个文学研究者，能与这样的作家结缘是我学术生涯之幸事。我能从文学研究，特别是从美国黑人文学的研究中，领悟到一种生命的相依性，体会到人与人之间的一种超越世俗名利的精神境界，那是对众生生灵的怜悯之心，是一种对个人和宇宙、生命和自然、自己和他人之间关系的一种大醒悟。普罗泰戈拉说，人是万物的尺度。人生活在三重世界里，即心灵世界、环境世界和语言世界。心灵世界深不可测，环境世界永无止境，语言世界妙不可言。人们对心灵世界的感悟，对环境世界的认知，都通过语言世界展示出来，因此，语言就是世界观。当知识不成体系时，当文字没有转化为思想时，它们是破碎的、无用的。知识可以使人反思我们的生活、反思人生本身，反思我们的生活环境、人类生存环境的客观世界与人类的相互关系，是人类生活中的一个基本问题。比知识更有用的，是人的良知。一个人无知是可以得到宽容的，而一个人没有良知是不能得到宽恕的。如果知识是力量，那么良知便是方向。人的尊严在于其思想，语言是思想的载体，因此，抓住了语言就抓住了思想（江怡语）。没有语言，思想将无法形成和存在，而思想是人区别于动物的本质特征，因此语言是人的根本属性。没有语言，就没有人，有了语言，人就成为人。因此，钱冠连先生说，人活在语言中，也不得不活在语言中，活在程式性的语言行为中。而人只有具备了思想，其人生步履才迈出了动物界。我坚信，做人不能一味追求幸福和快乐，因为幸福和快乐并不能将人从动物兽性中解脱出来。

《拉尔夫·埃利森文学研究》终于告一段落，我有一种如释重负的感觉。这 20 年来，我翻译了近数百万字的美国非裔文学和非洲文学作品，撰写了 30 余篇学术论文，其主题都围绕拉尔夫·埃利森，以及与其密切相关的作家，比如，詹姆斯·鲍德温、理查德·赖特、托尼·莫里森，并且围绕美国非裔文学批评思想和文学理论，以埃利森的文学思想研究为切入点，我开始了解整个美国非裔文学史、美国非裔文学批评思想和文学理论。

对拉尔夫·埃利森的文学思想研究虽然告一段落，但这个作家并不会离我远去，因为在整个美国非裔文学创作及文学理论批评的发展演变过程中，埃利森起到的是一种承前启后的重要作用，对这个作家长时间的翻译和研究在一定程度上给了我学术的积淀和视野的延伸。我愿意继续沉潜于此，更深入地展开对他文学思想的专题研究，并将研究成果融入我所承担的国家哲学社会科学基金重点和重大课题——"美国非裔文学理论批评史"和"美国非裔文学史：翻译与研究"。

借此机会，谨向 18 年来曾经和一直关心帮助我的前辈、老师和亲友们致以谢忱：

首先要感谢我的博士导师宁一中教授，感谢他圆了我重归校园的求学梦，更感谢他在我博士论文选题和撰写过程中不存任何门户私见，给了我最大的选择自由。读博期间，宁老师为我们开设的叙事学研究课程对我从不同视角去探讨拉尔夫·埃利森的文学创作大有裨益。深深的谢意要送给申丹教授、聂珍钊教授、王宁教授、陈众议教授、陆建德教授、吴笛教授、高旭东教授、李庆本教授和段江丽教授，感谢他们在我求学道路上始终给予的提携、鼓励和厚爱。也感谢北京《中华读书报》庄建主编，《外国文学》原主编、已故的李德恩先生，浙江大学朱炯强教授、郭建中教授和俞忠鑫教授，他们曾经给了我可贵的信任和支持。

在我从事文学翻译的起步阶段，徐朔方先生对我的启发与帮助最大。学贯中西的徐先生是国内鼎鼎有名的古典文学研究专家，他对英汉翻译情有独钟。我一直很注重英汉翻译中的文体修辞对等，这主要是受老先生的影响。为了鼓励我从事文学翻译，徐先生将自己两册大型《英汉辞海》赠送于我，至今每每在研究生课堂上讲到《英汉辞海》具有电子词典无法替代的作用时，我都要感怀徐先生。

特别感谢钱冠连先生抱病赐序。钱先生是全国中西语言哲学研究会创始人，也颇有文学素养。与钱老师亦师亦友的多年交往使我不仅一直保留着对语言的兴趣，他的散文集《摘取我够得着的葡萄》更让我体会到一种与世无争和乐观向上的生活哲理。

我的研究生张其亮和金兰芬分别参与了第十二章和第十四章的撰写，在此一并致谢。多谢我的亲人对我疏于生活的理解与工作上的帮助。由于种种原因，延至现在方始交稿，感谢生活·读书·新知三联书店常绍民总编、朱利国先生的多方理解与支持！

谭惠娟
2016 年 8 月 3 日

附录1　拉尔夫·埃利森生平大事年表

1914	拉尔夫·埃利森3月1日出生于俄克拉荷马州俄克拉荷马城。父亲刘易斯·埃利森以19世纪美国著名哲学家和诗人拉尔夫·沃尔多·爱默生（Ralph Waldo Emerson）的名字为他取名"拉尔夫·沃尔多·埃利森"（Ralph Waldo Ellison），既体现他难能可贵的开放心理，也体现了他对儿子寄予的厚望。刘易斯·埃利森以经营冰和煤为生，娶妻艾达·米尔萨普·埃利森。
1916	7月19日，年仅39岁的刘易斯·埃利森在运送冰块时滑倒受伤，不久死于溃疡穿孔。一个月后，埃利森的弟弟赫伯特出生，艾达开始独立承担抚养两个孩子的责任。她给别人当过保姆，在饭店当过清洁工。她还积极参加非洲卫理公会派教堂活动。
1919	全家搬进非洲卫理公会派教会牧师住宅，艾达负责教堂内的一般事务。教堂图书馆成了拉尔夫最喜欢去的地方。他开始在弗雷德里克·道格拉斯小学上一年级，这是俄克拉荷马城的一所种族隔离小学。
1920—1924	搬离教会牧师住宅，先后在多处租房子住，艾达拼命挣钱养家糊口。1924年，她嫁给詹姆斯·安蒙斯，一个有文化的普通工人。一年后安蒙斯去世。
1927—1930	埃利森成为道格拉斯小学乐团成员，埃利森在爵士乐时代处于顶峰时希望成为一个小号手；俄克拉荷马城是布鲁斯音乐、爵士乐和摇滚乐的摇篮，"热嘴"佩奇领导的蓝色魔鬼的故乡。沐浴在音乐阳光的同时，埃利森也追求自己对文学和创作的爱好。艾达·埃利森嫁给约翰·贝尔。
1932	从道格拉斯中学毕业时埃利森已是学校乐队的首席小号手。
1933	获得了塔斯克基黑人学院提供的奖学金，在当时著名的指挥与作曲家威廉·道森的指导下学习作曲。因为没有钱买从俄克拉荷马州到位于亚拉巴马州的塔斯克基黑人学院上大学的火车票，他只好偷乘货车前往亚拉巴马州，头部被铁路侦探打伤，眼睛差点被打瞎。
1935	从音乐系转到英语系。阿尔伯特·默里开始就读于塔斯克基黑人学院，默里后来成了拉尔夫·埃利森的终生好友，他一直对埃利森推崇有加。这时埃利森开始读T. S.艾略特的《荒原》，研究现代经典作品。

附录1　拉尔夫·埃利森生平大事年表　391

1936	夏天辍学离开塔斯克基学院，前往纽约，想挣钱帮助自己完成在塔斯克基学院的大学学业。7月4日到达哈莱姆，在这里结识了自己的文学引路人理查德·赖特以及文化研究启蒙人艾伦·洛克。开始向里奇蒙·巴特学习雕塑，并给精神病医生哈利·斯塔克·莎利文的诊所当接待员和档案管理者。认识兰斯顿·休斯，休斯将他介绍给了左翼政党和左翼文学圈。埃利森放弃了返回塔斯克基学院继续学习的计划，留在了纽约。
1937	2月，母亲突然去世，这对深受母亲影响，又深爱母亲的埃利森来说是一个沉重打击，因为他认为母亲"死于一个无知又不负责的黑人外科医生的手中"。他用象征主义的手法写下散文《二月》(February)。从此决定改弦易辙，尝试文学领域。赖特让埃利森为沃特斯·爱德华·特平（Waters Edward Turpin）的《低地》写一个书评，书评发表在1937年秋季版的《新挑战》(New Challenge)上，这是埃利森平生发表的第一个作品，也标志着他由音乐家向作家的转向。赖特又鼓励他为《新挑战》写短篇小说。埃利森根据1933年搭货车去塔斯克基黑人学院学音乐的经历，创作了他的处女作《海米与警察》。但由于《新挑战》不久倒闭，排校中的《海米与警察》没能发表，直到1996年才被收入拉尔夫·埃利森的短篇小说集《飞行家和其他故事》中。理查德·赖特的《尼格鲁人的创作蓝图》(Blueprint for Negro Writing) 发表于《新挑战》，后多次重版。
1938	在理查德·赖特的引见下，加入"纽约城联邦作家工程"（Federal Writer Project），开始了对黑人历史和文化的研究，负责编辑黑人在纽约的历史资料，同时开始尝试小说创作，直到1942年。与舞蹈演员罗丝·波因德克斯特结婚。开始为美共的主要刊物《新大众》撰写文学评论。拒绝加入共产党，只当政治上的同路人。赖特的《汤姆叔叔的孩子们》出版。
1939	短篇小说《斯利克的教训》(Slick Gonna Learn) 发表于《方向》，这是拉尔夫·埃利森发表的第一个短篇小说。8月赖特结婚，他请埃利森当他的男傧相。
1940	短篇小说《下午》(Afternoon) 发表在《美国创作》，《胎记》发表在《新大众》。参加第三届全国尼格鲁人大会，他称这次无产阶级运动"首次为革命可能性提供了最真实的基础"，他对会议的热情报道成为《新大众》的头版报道。赖特的《土生子》(Native Son) 出版，3周内卖了20000册，迅速成为畅销书。发表论文《论最近的尼格鲁小说》：称赞赖特的《汤姆叔叔的孩子们》"塑造的人物真实，对人物的复杂情感和内心世界的成功分析是以前的尼格鲁作家没能做到的"；称赞赖特的《土生子》是"美国尼格鲁人创作的首部哲学小说"。
1941	《图森先生》(Mister Toussan) 发表在《新大众》杂志上。
1942	脱离"联邦作家工程"，和安杰卢·赫恩登（Angelo Herndon）共同主编《尼格鲁人季刊》(The Negro Quarterly)，这是一本不受任何党派控制的左翼自由批评思想刊物。刊物共出版了四期，后因与《新批评》及其斯大林阵营的摩擦加深而停刊。

1943	逃避在遵循《吉姆·克劳法》的部队服役，报名参加了兼招白人和黑人的商务水兵，当了两年海军厨师。继续发表短篇小说《如果我有翅膀》。结识肯尼斯·伯克（Kenneth Burke）。为《纽约邮报》详细报道了"哈莱姆骚乱"过程。
1944	《在异乡》（"In a Strange Country"）、《飞行家和其他故事》（"Flying Home"）和《宾戈游戏之王》（"King of the Bingo Game"）三个短篇发表，表明埃利森的短篇小说创作已达到成熟阶段，其中《宾戈游戏之王》和《飞行家和其他故事》被列入"二战"以来最佳短篇小说行列，并出现在几乎所有已出版的美国短篇小说选集中，它们自然也是《飞行家和其他故事》这本集子中的上乘之作。获得"罗森瓦尔德研究基金"，这使他有条件专心创作他的第一部长篇小说《无形人》。认识了范妮·麦康奈尔。赖特的论文《我想成为一名共产党人》（I Tried to be a Communist）发表在《大西洋月刊》（The Atlantic Monthly），从此脱离美共组织。赖特的短篇小说《住在地下室的人》（The Man Who Lived Underground）发表。
1945	从欧洲战场回国。赖特的新书，也是他的自传体小说《黑小子》（Black Boy）出版。为该书写的书评《理查德·赖特的布鲁斯》发表在《安提俄克评论》（Antioch Review）上。这也是迄今为止他发表的最精彩的论文，赖特看后大加赞赏，甚至劝说他放弃小说创作专门从事文学评论。与罗丝·波因德克斯特离婚。
1946	与范妮·麦康奈尔结婚，在以后的几年里，范妮一直支持丈夫的创作。埃利森从业余摄影中获得一点额外的收入。1946年赖特离开美国定居法国，1947年入法国籍。1948年，詹姆斯·鲍德温也追随理查德·赖特去了巴黎。
1947	《无形人》的重要章节《混战》（"Battle Royal"）发表在英国杂志《地平线》（Horizon）上，当时并没有引起文学界的关注。
1949	詹姆斯·鲍德温的《人人皆知的抗议小说》（Everybody's Protest Novel）发表。
1951	詹姆斯·鲍德温发表论文《成千上万的人去了》（Many Thousands Gone）。
1952	《无形人》（Invisible Man）出版，一跃成为在《纽约时报》排名第8位的畅销书。这一年埃利森39岁。
1953	《无形人》获美国国家图书奖。埃利森是第一位获此殊荣的尼格鲁作家。返回离别近20年的俄克拉荷马，受到英雄般的欢迎。赖特的存在主义小说《局外人》（The Outsider）出版。詹姆斯·鲍德温的第一部重要长篇小说《向苍天呼吁》（Go Tell It on the Mountain）也出版。
1954	在德国做巡回演讲，同年秋天在奥地利讲学。
1956	在意大利做巡回演讲。《两个行阉割礼的印第安人》（A Coupla Scalped Indians）发表在《新世界创作》上。获得一项研究基金，作为美国科学院的研究员在罗马当了两年的客座研究员。在这段时间与阿尔伯特·默里的通信十分频繁。最后一次见到理查德·赖特，两人不欢而散。

1958—1961	在巴德大学教授美国和俄罗斯文学。在芝加哥大学任客座教授。《六月庆典》的章节《希克曼的到来》(Hickman Arrives)和《屋顶尖塔及屋里的人》先后发表在《崇高的野蛮》和《文学季刊评论》上。该遗作的其他章节在此后17年里陆续发表。赖特的《长梦》(The Long Dream, 1958)出版，反响平平。1960年11月28日，理查德·赖特在巴黎猝死。
1962	在拉斯格斯大学任客座教授，专门教授写作。同时在美国加州大学洛杉矶分校发表演讲。詹姆斯·鲍德温的《另一个国家》(Another Country)出版。
1963	母校塔斯克基大学授予他名誉博士学位。
1964	《这个世界和这个大罐》(The World and the Jug)发表于左翼刊物(The New Leader)，以应答欧文·豪的《黑小子们和土生子们》(Black Boys and Native Sons)。第一本论文集《阴影与行动》(Shadow and Act)出版。这一年埃利森和詹姆斯·鲍德温、汉娜·阿伦特、杜鲁门·卡波特、利昂·埃德尔等人同时被选为美国文学艺术学会会员。
1965—1966	在全美很多大学讲授"创作性写作"，包括哥伦比亚大学和普林斯顿大学。第二部小说的章节以《六月庆典》为篇名发表在《美国文学评论季刊》(Quarterly Review of American Literature)上。1966年在耶鲁大学做访问学者，专门从事美国研究。
1967	一场大火烧毁了长达368页的《六月庆典》手稿。
1969	《夜谈》发表于《文学评论季刊》。约翰逊总统授予他美国自由勋章。
1970	《无辜者之歌》(A Song of Innocence)发表于《爱荷华州评论》(Iowa Review)。埃利森获终身思想英雄家奖。法国文化部长安德烈·马尔罗授予埃利森文学艺术骑士勋章。
1970—1979	在纽约大学人文学院任艾伯特·施魏策尔(Albert Schweitzer)教授，1979—1994享受该校终身教授待遇。
1973	短篇《闪光的卡迪拉克》(Cadillac Flambe)发表在《美国评论》上。
1975	被接纳为美国文学艺术研究院院士。
1977	《向参议员发出的请求》发表在《马萨诸塞州评论》上。
1978	《无形人》第13版问世，埃利森亲自撰写引言，对这部小说的创作构思作了一个总结。《威尔逊季刊》(Wilson Quarterly)的美国文学教授通过民意测验称《无形人》是美国自第二次世界大战以来最重要、最有影响力的小说。
1979	鲍德温出版最后一部小说《就在我的头上方》(Just Above My Head)，在文学界反应很一般，这位曾在美国文坛上发出强劲声音的作家此后慢慢被人遗忘了。
1984	获纽约城市大学授予兰斯顿·休斯大奖章。

1985	获美国国家艺术奖。
1986	第二本非小说创作《走向领地》(Going to the Territory) 出版，收录了埃利森 1963—1986 年间创作的论文。首篇《切霍火车站的小人物：美国艺术家及其观众》是埃利森非小说创作的佳作之一。同年，法国总统为詹姆斯·鲍德温颁发法国荣誉勋章。苏联领导人戈尔巴乔夫邀请他参加"世界之未来"研讨会。
1987	11 月 1 日，詹姆斯·鲍德温去世。
1994	4 月 16 日，在哈莱姆的里弗赛德路公寓去世，他在这里住了 40 年。
1995	《拉尔夫·埃利森论文集》(The Collected Essays of Ralph Ellison) 出版。
1996	遗著《飞行家和其他故事》(Flying Home and Other Storie) 出版。
1999	埃利森的文学遗产执行人约翰·弗·卡拉汉编辑出版了遗著《六月庆典》(Juneteenth) 和《美国文化的整体性：摘自拉尔夫·埃利森的书信》(American Culture Is of a Whole: From the Letters of Ralph Ellison)
2000	遗著《神交十二：拉尔夫·埃利森与阿尔伯特·默里书札选》(Trading Twelves: the Selected Letters of Ralph Ellison and Albert Murray) 出版。
2001	遗著《与音乐共生：拉尔夫·埃利森论爵士乐的写作》(Living With Music: Ralph Ellison's Jazz Writings) 出版。
2002	美国黑人学者杰克逊·劳伦斯出版了第一部拉尔夫·埃利森传记《拉尔夫·埃利森：天才的出现》(Ralph Ellison: The Emergency of Genius)，主要介绍埃利森的生平及早期和中期作品，对他的后期和非小说创作介绍不够。
2007	美国斯坦福大学著名学者阿诺德·拉姆帕萨德出版了第二部《拉尔夫·埃利森传记》(Ralph Ellison: A Biography)，比较全面地介绍和分析了埃利森不同时期的文学创作，它荣获 2007 年美国全国图书奖非小说作品奖。
2010	约翰·弗·卡拉汉的学生 Adam Bradley 编辑出版了 Ralph Ellison in Progress: From "Invisible Man" to "Three Days Before the Shooting"。埃利森用七年时间完成了《无形人》，耗费了四十余年来创作《六月庆典》，但最终未能在他生前出版，这几乎成了美国文学批评界的一个不小之谜。Adam Bradley 在该书中试图为我们解开其中的某些谜底。

说明：本年表参照了罗伯特·J. 巴特勒 2000 年编辑出版的《拉尔夫·埃利森评论》(Critical Response to Ralph Ellison)、罗斯·波斯诺克 2005 年编辑出版的《剑桥丛书》之《拉尔夫·埃利森》(Posnock, Ross. Ed., The Cambridge to Ralph Ellison. UK: Cambridge University Press, 2005) 这两本书中的英文年表。另劳伦斯·杰克逊 2002 年出版的博士论文，也是第一本拉尔夫·埃利森评传——《拉尔夫·埃利森：

天才的出现》对完善该年表也起了很重要的作用，作者在此谨表示感谢。此外，脱离理查德·赖特和詹姆斯·鲍德温来单独研究埃利森是不完整、不现实，也是不公平的，特别是对理查德·赖特，因此，笔者在"拉尔夫·埃利森年表"中还包括理查德·赖特和詹姆斯·鲍德温重要作品的发表日期，这样既可以为研究埃利森的作品及其思想轨迹的形成提供必要的参照，也可以更真实、客观、全面地反映该作家在美国文学界的地位。每种作品及刊物都提供了相应的英文，希望能为以后的研究者提供一点便利。

附录2　参考书目

一、英文论著

[1] Anderson, John Dennis, *Student Companion to William Faulkner*, Westport, Connecticut & London: Greenwood Press, 2007.

[2] Andrews, William L., ed., *African American Literature*, New York: Oxford University Press, 1997.

[3] Baker, Houston A. Jr., *Blues, Ideology, and Afro-American Literature – A Vernacular Theory*, Chicago: The University of Chicago Press, 1984.

[4] Baldwin, James, *James Baldwin: Early Novels and Stories*, New York: The Library of America, 1998.

[5] Baldwin, James, *James Baldwin: Collected Essays*, New York: The Library of America, 1998.

[6] Baldwin, James, *The Fire Next Time*, New York: Dell, 1963, 1988.

[7] Barksdale, Richard & Kinnamon, Kenneth. eds., *Black Writer of American: A Comprehensive Anthology*. New York: The Macmillan Company, 1972.

[8] Bell, Bernard W., *The Afro-American Novel and Its Tradition*, Amherst: The University of Massachusetts Press, 1987.

[9] Bloom, Harold, *The Anxiety of Influence*, London: Oxford University Press, 1973.

[10] Bloom, Harold, *A Map of Misreading*, London: Oxford University Press, 1975.

[11] Bloom, Harold. ed., *Bigger Thomas*, New York: Chelsea House Publishers, 1990.

[12] Bloom, Harold, *Genius: A Mosaic of One Hundred Exemplary Creative Minds*, New York: Warner Books, 2002.

[13] Blotner, J., *Faulkner: A Biography*, Vol. 2, New York: Random House, 1974.

[14] Bradley, Adam, *Ralph Ellison in Progress: From "Invisible Man" to "Three Days Before the Shooting"*, Michigan: Maple-Vail, 2010.

[15] Busby, Mark, *Ralph Ellison*, Boston: Twayne Publishers, 1991.

[16] Butler, Robert J. ed.,*The Critical Response to Ralph Ellison*. Connecticut & London: Greenwood Press. 2000.

[17] Callahan, John F. ed.,*Ralph Ellison's Invisible Man: a Casebook*, New York: Oxford University Press.2004.

[18] Chase, Richard, *The American Novel and its Tradition*,Baltimore and London: The Johns Hopkins University Press, 1955.

[19] Cleaver, Eldridger,*Soul on Ice*, New York: Dell Publishing Co., Inc. 1968.

[20] Cowley, Malcolm. ed., *The Faulkner-Cowley File: Letters and Memories, 1944-1962*, New York: Viking, 1966.

[21] Cunliffe, Marcus,*The Literature of the United States*, London: Penguin Books,1954.

[22] Davis, Arthur P. & Redding, Saunders. eds., *Negro American Writing from 1760 to the Present*, Boston: Houghton Mifflin Company, 1971.

[23] Eagleton, Terry, *Ideology*, London and New York: Longman House, 1994.

[24] Ellison, Ralph, *Invisible Man*, New York: Vintage International, 1952,1980.c.

[25] Ellison, Ralph, *Shadow and Act*, New York: Vintage International, 1964.

[26] Ellison, Ralph, *Going to the Territory*, New York: Vintage International, 1986.

[27] Ellison, Ralph. *The Collected Essays of Ralph Ellison*, edited and with an Introduction by John F. Callahan, prefaced by Saul Bellow, New York: Modern Library, 1995.

[28] Ellison, Ralph, *Flying Home and Other Stories*, New York: Random House,1996.

[29] Ellison, Ralph, *Juneteenth*, New York: Random House, 1999.

[30] Ellison, Ralph & Murry, Albert, *Trading Twelves: the Selected Letters of Ralph Ellison and Albert Murray*, New York: Random House, 2000.

[31] Ellison, Ralph, *Living With Music: Ralph Ellison's Jazz Writings*,with an Introduction by Robert O'Meally, New York: Random House, 2001.

[32] Emerson, Ralph Waldo, *Selected Writings of Ralph Waldo Emerson*, edited and with a foreword by William H. Gilman. New York: Penguin Group, 1965.

[33] Fabre, Michel. *The World of Richard Wright*, Mississippi: University of Press of Mississippi, 1985.

[34] Fabre, Michel, *The Unfinished Quest of Richard Wright*, translated from the French by Isabel Barzun, Urbana and Chicago: University of Illinois Press, 1973 c. 1997.

[35] Faulkner, William, *Mosquitoes*, New York: Liveright, 1955.

[36] Faulkner, William, *Intruder in the Dust*, New York: Random House, 1948.

[37] Faulkner, William, *Absalom, Absalom!*, New York: Random House, 1964.

[38] Faulkner, William, *Essays, Speeches, and Public Letters*, ed. J. B. Meriwether, New York: Modern Library, 2004.

[39] Faulkner, William, *Light in August: the Corrected Text, 1932*, New York: Vintage International, 1990.

[40] Faulkner, William, *Requiem for a Nun*, New York: Vintage, 1996.

[41] Faulkner, William, *Selected Letters of William Faulkner*, ed. J. Blotner, New York: Vintage, 1978.

[42] Fowler, Doreen and Ann J. Abadie, *Faulkner and Race: Faulkner and Yoknapatawpha*, Jackson and London: University Press of Mississippi, 1986.

[43] Gates, Henry Louis Jr., *The Signifying Monkey: A Theory of Afro-American Literary Criticism*, New York and Oxford: Oxford University Press, 1988.

[44] Gates, Henry Louis Jr. and McKay, Nellie Y. eds. *The Norton Anthology of African American*

[45] *Literature*, New York: W.W. Norton Company,1997.

[46] Gilyard, Keith, *John Oliver Killens: A Life of Black Literary Activism*, Athens: University of Georgia Press, 2010.

[47] Gunning, Sandra,*Race, Rape, and Lynching: the Record of American Literature*, New York: Oxford University Press, Inc., 1996.

[48] Hersey, John ed., *Ralph Ellison: A Collection of Critical Essays*, New Jersey: Prentice-Hall, Inc. Englewood Cliffs, 1974.

[49] Jackson, Blyden, *The History of Afro-American Literature*,Baton Rouge: Louisiana State University Press, 1989.

[50] Jackson, Lawrence,*Ralph Ellison: The Emergency of Genius*, New York: John Wiley and Sons, 2002.

[51] Lakoff, George. *Metaphors We live By*, Chicago: The University of Chicago Press, 1980.

[52] Lakoff, George. *Women, Fire, and Dangerous Things*, Chicago: The University of Chicago Press, 1987.

[53] Leeming, David Adams. *James Baldwin: a biography*, New York: Knopf, 1994.

[54] Lockee, Alain. *The Negro and His Music*, New York: Arno Press, 1969.

[55] Lockee, Alain. *The New Negro*, Lane, Jack and O'Sullivan, Maurice, eds. *The Twenty-Century Reader*, 1900-1945, 1999.

[56] Mcsweeney, Kerry. *Invisible Man: Race and Identity*, Boston: Twayne Publishers,1988.

[57] Megill, Donald D. & Demory, Richard S. *Introduction to Jazz History*, New Jersey: Prentice-Hall,Inc., 1996.

[58] Melville, Herman. *Moby-Dick*, New York: New American Library, 1961.c.

[59] Melville, Herman.*Billy Budd and Other Tales*, New York: The New American Library of World Literature, 1961.

[60] Morrison, Toni. *Playing in the Dark: Whiteness and theLiterary*

Imagination, Massachusetts: Harvard University Press, 1992.

［61］Morrison, Toni. ed. *Race-ing Justice, En-Gendering Power*, New York:Pantheon Books, 1992.

［62］Murry, Albert. *The Omni-Americans: New Perspectives on Black Experience and American Culture*, New York: Outerbridge & Disenstfrey,1970.

［63］Nadel, Alan. *Ralph Ellison and the American Canon: Invisible Criticism*, Iowa City: University of Iowa Press, 1988.

［64］Napier,Winston. ed. *African American Literary Theory: a reader*,New York and London: New York University Press, 2000.

［65］O' Meally, Robert G. *The Craft of Ralph Ellison*, Massachusetts: Harvard University Press, 1980.

［66］Oswald, Greg. *Race and Ethic Relations in Today's America*, England: Ashgate Publishing Limited, 2001.

［67］Parr, Susan Resneck and Savory, Pancho.eds. *Approaches to Teaching Ellison's Invisible Man*, New York: The Modern Language Association of America, 1989.

［68］Porter, Horace A. *Jazz country: Ralph Ellison in America*, Iowa: University of Iowa Press, 2001.

［69］Posnock, Ross. ed. *Cambridge Companion to Ralph Ellison*, London: Cambridge University Press, 2005.

［70］Rampersad, Arnold. *Ralph Ellison: A Biography*, New York: Alfred A. Knopf, 2007.

［71］Rankine, Patrice D. *Ulysses in Black:Ralph Ellison, Classicism, and African American Literature*, Wisconsin: The University of Wisconsin Press, 2006.

［72］Rice, H. William. *Ralph Ellison and the Politics of the Novel*, UK: Lexington Books, 2003.

［73］Spikes, Michael P. *Understanding Contemporary Literature*, Carolina: University of SouthCarolina, 2003.

［74］Stephen, J. Whitefield. *A Death in the Delta: The Story of Emmett Till*, New York: Macmillan, Inc., 1988.

［75］Stephens, Gregory. *On Racial Frontiers: The New Culture of Frederick Douglass, Ralph Ellison, and Bob Marley*, New York and London: Cambridge University Press, 1999.

［76］Stowe, Harriet Beecher. *Uncle Tom's Cabin*, with an introduction by Alfred Kazin, New York: Bantam Books, 1981.

［77］Sylvander, Carolyn Wedin. *James Baldwin*, New York: Ungar Publishing. Co., 1980.

［78］Tindall, George Brown. *America: A Narrative History*, New York: W.W. Norton & Company, 1988.

［79］Twain, Mark. *Adventures of Huckleberry Finn*（1885）, New York and London: W.W. Norton & Company, 1977.

［80］Warren, Robert Penn. *Who Speaks for the Negro?*, New York: Random House, 1965.

［81］Watts, Jerry Gafio. *Heroism and Black Intellectuals: Ralph Ellison, Politics, and African American Intellectual Life*, North Carolina: The University of North Carolina Press, 1994.

［82］Webb, Constance. *Richard Wright: A Biography*, New York: G. P. Putnam's Son., 1968.

［83］Wener, Craig Hanser. *From Afro-Modernism to the Jazz Impulse:*

Playing the Changes, Urbana and Chicago: University of Illinois Press, 1994.

［84］Wright, Richard. *Black Boy*, New York: Harper Collins, 1945,1993.

［85］Wright, Richard.*Native Son,*（1940）,with an introduction by the author and a new introduction by Caryl Phillips, London: Vintage, 2000.

［86］Abdur-Rahman,Aliyyah I. *White Disavowal, Black Enfranchisement, and the Homoerotic in William Faulkner's Light in Augus,*. In Jay Watson.ed.. *Faulkner and Whiteness*. Jackson: University Press of Mississippi, 2001. p. 174.

［87］Alberti, John. "The Nigger Huck: Race, Identity, and the Teaching of Huckleberry Finn", *College English*, Vol.57, No.8（Dec,1995）, pp.919-937.

［88］Baldwin, James. "Alas, Poor Richard", in *Nobody Knows My Name*, New York: Dell, 1961.

［89］Baldwin, James. "Faulkner and Desegregation", in *James Baldwin Collected Essays*, edited by Toni Morrison, New York: The Library of America, 1998.

［90］Bellow, Saul. "Man Underground", c.1952, Hersey, John. ed.*Ralph Ellison: A Collection Critical Essays*, New Jersey: Pretice-Hall, Inc. Englewood Cliffs, 1974.

［91］Butler,Robert J. "Flying Home and Other Stories", *African American Review*, Indiana: Indiana State University, Issue 1, 1998.

［92］Butler, Robert J. "Conversations with Richard Wright", *African American Review*, Vol. 29, Issue 1（Spring, 1995）.

［93］Cain, William. and Irving, Howe. "An Interview with Irving Howe", *American Literary History*, Autumn, 1998.

［94］De Santis, Christopher C. "James Baldwin", Andrews, William L. ed. *African American Literature*, New York: Oxford University Press 1997.

[95] Duvall, John N. "'Why Are You So Black?': Faulkner's Whiteface Minstrels, Primitivism, and Perversion", in Richard C. Morelanded. *A Companion to William Faulkner* (pp. 148-164), Oxford: Blackwell Publishing, 2007.

[96] Eby, Clare. "Clouching toward Beastliness: Richard Wright's Anatomy of Thomas Dixon", *African American Review*, vol. 35, (Fall,2001) .

[97] Ellison, Ralph. "American Culture Is of a Whole: From the Letters of Ralph Ellison", Callahan, John F. ed. *New Republic* 220:9 (March.1,1999) : pp.34-49.

[98] Fishkin, Shelley Fisher. "Interrogating Whiteness, Complicating Blackness: Remapping American Culture", *American Quarterly*, Vol. 47, No. 3, (Sept., 1995) .pp. 428-466.

[99] Gayle, Pemberton. "A Sentimental Journey: James Baldwin and The Thomas-Hill Hearings", Morrison, Toni. ed. *Race-ing Justice, Engendering Power*, New York:Patheon Books, 1992.

[100] Hale, Grace Elizabeth. and Jackson,Robert. "'We're Trying Hard as Hell to Free Ourselves': Southern History and Race in the Making of William Faulkner's Literary Terrain", in Richard C. Moreland. (ed.) . *A Companion to William Faulkner* (pp. 27-45) , Oxford: Blackwell Publishing, 2007.

[101] Howe, Irving. "Black Boys and Native Sons", *Dissent*, Autumn 1963, pp. 353-368.

[102] Howe, Irving. "Richard Wright: A Word of Farewell", 1961, Butler, Robert J. ed.*The Critical Response to Richard Wright*,Westport, CT: Greenwood Press, 1995.

[103] Howe, Irving. "A Negro in America", 1952, Butler, Robert J. ed. *The Critical Response to Ralph Ellison*, Connecticut & London: Greenwood Press, 2000.

[104] Jackson, Lawrence P. "The Birth of the Critic: The Literary Friendship of Ralph Ellison and Richard Wright", *American Literature*, 72/2 (2000) .pp. 321-355.

[105] Kazin, Alfred. "Introduction," Stowe, Harriet Beecher. *Uncle Tom's Cabin*, New York: Bantam Books, 1981.

[106] King, Richard H. "The Uncreated Conscience of My Race / The Uncreated Features of His Face: The Strange Career of Ralph Ellison", *Journal of American Studies*,34 (2000) ,Cambridge University Press, pp. 303-310.

[107] Lacan, Jacques. *Ecrits: A Selection*, translated by Alan Sheridan, New York: Norton, 1977.

[108] Ladd, Barbara. "Race as Fact and Fiction in William Faulkner", in Richard C. Moreland. (ed.) , *A Companion to William Faulkner*(pp. 133-147) , Oxford: Blackwell Publishing, 2007.

[109] Langer, Susanne K. "Language and Thought", in Paul Eschholz, ed. *Language Awareness*, Boston & New York: Bedford/ St. Martins, 2000.

[110] Lee, Kun Jong. "Ellison's *Invisible Man*: Emersonianism Revised," *PMLS*, Vol. 107, No. 2 (Mar., 1992) , pp. 331-344.

[111] Lee, Kun Jong. "Ellison's Racial Variation on American Theme", *African American Review*, Vol. 30, No. 3, 1996.

[112] Lightfoot,Judy. "Ellison's Second Act, Visible at Last", *Seattle Weekly*, 2000-5-28.

［113］Lockee, Alain. "The New Negro", Lane, Jack and O'Sullivan, Maurice. eds. *The Twenty-Century American Reader1900-1945*, 1999.

［114］Kaplan, Sidney. "Herman Melville and the American National Sin: The Meaning of *Benito Cereno*", *The Journal of Negro History*, Vol. 41, No. 4, 1956.

［115］Morrison, Toni. "Rootedness: The Ancestor as Foundation", Evans, Mari. ed. *Black Women Writer*（*1950-1980*）, Garden City: Anchor P,1984.

［116］Podhoretz,Norman. "What Happened to Ralph Ellison", *Commentary*, v108, 1999.

［117］Polk, Noel. "Man in the Middle: Faulkner and the Southern White Moderate", in Doreen Fowler and Ann J. Abadie (ed.), *Faulkner and race: Faulkner and Yoknapatawpha, 1986* (pp. 131-150), Jackson and London: University Press of Mississippi, 1986.

［118］Samway, Patrick. "New Material for Faulkner's Intruder in the Dust", in James B. Meriwether. (ed.),*A Faulkner Miscellany*, Jackson: University Press of Mississippi, 1974.

［119］Spillers, Hortense J. "The Little Man at Chehaw Station' Today", *Boundary 2*,2003, Duke University Press.

［120］Twain, Mark. "On the Damned human race", MacQuade, Donald. and Atwan, Robert. eds. *The Writer's Presence*, Boston: Bedford Books, 1997.

［121］White, Walter. "I Investigate Lynching", Barksdale, Richard & Kinnamon, Kenneth. eds. *Black Writer of American: A Comprehensive Anthology*, New York: The Macmillan Company, 1972, pp.583-589.

[122] Wittenburg, Judith Bryant. "Race in Light in August: Wordsymbols and Obverse Reflection", in Weinstein, Philip M, ed. *The Cambridge Companion to William Faulkner*, Cambridge: Cambridge University Press, 1995.

[123] Wolfe, Jesse. "Ambivalence Man: Ellison's Rejection of Communism", *African American Review*, Winter, 2000, v34 i4.

[124] Wright, Richard. "Blueprint for Negro Writing", Gates, Henry Louis, Jr. and Nellie Y. McKay, eds. *The Norton Anthology of African American Literature*, New York: W.W. Norton, 1997, pp. 1380-1388.

[125] Wright, Richard. "How Bigger Was Born," 1940, *Native Son*, with an introduction by the author (1940) and a new introduction by Caryl Phillips, Vintage, 2000, pp.1-31.

[126] Wright, Richard. "The Man Who Lived Underground", Seaver, Edwin. ed. *Cross-Section: A Collection of New American Writing*, New York: L.B. Fisher, 1994, pp. 58-102.

[127] Wright, Richard. "I tried to be a Communist", *The Atlantic Monthly*, Vol. 174, No. 2, August 1944.

二、中文译著 / 专著

[1] 安德鲁·戴尔班科,《撒旦之死：美国人如何丧失了罪恶感》,陈红等译,上海外语教育出版社,2013年。

[2] 阿契贝·钦努阿,《非洲的污点》,张春美译,海口：海南出版社,2014年。

[3] 伯纳德·W.贝尔,《非裔美国小说及其传统》,刘捷等译,成

都：四川人民出版社，2000年。

［4］陈铭道，《黑皮肤的感觉：美国黑人音乐文化》，北京：世界知识出版社，1999年。

［5］程锡麟，《当代美国小说理论》，北京：外语教育与研究出版社，2001年。

［6］程锡麟，《赫斯顿研究》，上海外语教学出版社，2006年。

［7］杜丽燕，《人性的曙光：希腊人道主义探源》，北京：华夏出版社，2005年。

［8］德鲁·吉尔平·福斯特，《创新之母》，荣丽亚译，北京：人民文学出版社，2015年。

［9］德鲁·吉尔平·福斯特，《这受难的国度：死亡与美国内战》，孙宏哲、张聚国译，南京：译林出版社，2016年。

［10］弗兰克·蒂罗，《爵士音乐史》，麦玲译，北京：人民音乐出版社，1995年。

［11］哈罗德·布鲁姆，《西方正典：伟大作家和不朽作品》，江宁康译，南京：译林出版社，2005年。

［12］哈罗德·布鲁姆，《影响的焦虑》，徐文博译，南京：江苏教育出版社，2006年。

［13］哈贝马斯·尤尔根，《现代性的哲学话语》，曹卫东等译，南京：译林出版社，2008年。

［14］赫尔曼·梅尔维尔，《白鲸》，刘宇红等译，北京：燕山出版社，2002年。

［15］霍布斯鲍姆·艾瑞克，《非凡的小人物：反抗、造反及爵士乐》，王翔译，北京：新华出版社，2001年。

［16］霍布斯鲍姆·艾瑞克，《极端的年代》，马凡译，南京：江

苏人民出版社，2010 年。

[17] 怀特·海登，《后现代历史叙事学》，陈永国、张万娟译，北京：中国社会科学出版社，2003 年。

[18] 江宁康，《美国当代文学与美利坚民族认同》，南京大学出版社，2008 年。

[19] 克劳德·罗森，《上帝、格列佛与种族灭绝》，王送林等译，上海外语教学出版社，2013 年。

[20] 克里普克·索尔，《命名与必然性》，梅文译，上海译文出版社，2005 年。

[21] 李文俊，《福克纳评传》，杭州：浙江文艺出版社，1999 年。

[22] 刘鸿武、李舒弟主编《非洲艺术研究》，昆明：云南大学出版社，2010 年。

[23] 陆杨，《德里达·解构之维》，武汉：华中师范大学出版社，1996 年。

[24] 罗蒂·理查德，《筑就我们的国家：20 世纪美国左派思想》，黄宗英译，北京：生活·读书·新知三联书店，2006 年。

[25] 迈克尔·卡门，《自相矛盾的民族：美国文化的起源》，王晶译，南京：江苏人民出版社，2006 年。

[26] 门德松·莫里斯·奥西波维奇，《马克·吐温评传》，冀刚译，杭州：浙江文艺出版社，1986 年。

[27] 内尔森·R. J.，《命名和指称：词语与对象的关联》，殷杰尤等译，上海科技教育出版社，2007 年。

[28] 让-米歇尔·拉巴泰，《1913：现代主义的摇篮》，杨成虎等译，上海外语教育出版社，2003 年。

[29] 桑德奎斯特·埃里克，《福克纳：破裂之屋》，隋刚等译，

上海外语教育出版社，2003年。

［30］舒尔，《美国的私刑》，邵津译，上海：时代出版社，1951年。

［31］斯托夫人，《汤姆叔叔的小屋》，林玉鹏译，南京：译林出版社，2005年。

［32］孙秀蕙，《爵士春秋：乐手略传与时代精神》，桂林：广西师范大学出版社，2004年。

［33］王恩铭，《美国黑人领袖及其政治思想研究》，上海外语教学出版社，2006年。

［34］王家湘，《二十世纪美国黑人小说史》，南京：译林出版社，2006年。

［35］王宁，《文学与精神分析学》，北京：人民文学出版社，2001年。

［36］王宁，《全球化文学研究与文化研究》，桂林：广西师范大学出版社，2003年。

［37］威廉·福克纳，《喧哗与骚动》，李文俊译，上海译文出版社，1984年。

［38］W. E. B. 杜波伊斯，《黑人的灵魂》，维群译，北京：人民文学出版社，1959年。

［39］吴富恒、王誉公主编，《美国作家论》，济南：山东教育出版社，1999年。

［40］吴新云，《身份的疆界：美国黑人女权主义思想透视》，北京：中国社会科学出版社，2007年。

［41］约翰·霍普·富兰克林，《美国黑人史》，张冰姿等译，北京：商务印书馆，1988年。

［42］习传进，《走向人类学诗学》，北京：中国社会科学出版社，2007年。

[43] 项晓敏,《零度写作与人的自由——罗兰·巴尔特美学思想研究》,上海:复旦大学出版社,2003年。

[44] 肖明翰,《威廉·福克纳研究》,北京:外语教学与研究出版社,1997年。

[45] 袁可嘉,《欧美现代派文学概论》,桂林:广西师范大学出版社,2003年。

[46] 张立新,《文化的扭曲:美国文学与文化中的黑人形象研究》,北京:中国社会科学出版社,2007年。

[47] 詹姆斯·鲍德温,《另一个国家》,张和龙译,南京:译林出版社,2002年。

[48] 郑建青、罗良功,《美国非裔文学国际研讨会论文集》,武汉:华中师范大学出版社,2011年。

[49] 朱刚,《二十世纪西方文论》,北京大学出版社,2006年。

三、中文论文

[1] 纽霍尔·埃里克,《思想模式和创造力:论拉尔夫·埃利森为何未完成他的第二部小说》,甘文平、孟庆凯译,《当代外国文学》1997年第3期。

[2] 丁金光,《重评白劳德》,《江西社会科学》2004年第2期。

[3] 乔国强,《美国40年代的黑人文学》,《国外文学》1999年第3期。

[4] 李习俭,《詹姆斯·鲍德温》,载吴富恒、王誉公主编《美国作家论》,济南:山东教育出版社,1999年。

[5] 林元富,《德拉诺船长和"他者":评梅尔维尔的中篇小说〈贝尼托·切雷诺〉》,《外国文学》2004年第2期。

［6］麦凯·尼利,《托尼·莫里森采访录》,余正译,《外国文学报道》1984年第3期。

［7］施咸荣,《美国黑人的三次文艺复兴》,《美国研究》1988年第4期。

［8］施袁喜,《美国文化简史——19至20世纪美国转折时期的巨变》,北京:中央编译出版社,2006年。

［9］斯图亚特·霍尔,《文化身份与族裔散居》,载罗钢、刘象愚主编《文化研究读本》,北京:中国社会科学出版社,2000年。

［10］威廉·福克纳,《坟墓的闯入者》,陶洁译《译本序》,上海译文出版社,1997年。

［11］王宁,《文化研究语境中的巴赫金与理论的旅行》,《文化研究》2003年第3、4期。

［12］杨金才,《文类、意识形态与梅尔维尔的叙事小说》,《外国文学评论》2000年第1期。

［13］杨金才,《异域想象与帝国主义——论赫尔曼·梅尔维尔的"波里尼西亚三部曲"》,《国外文学》2000年第3期。

［14］王家湘,《论〈无形人〉》(《无形人》"前言"),南京:译林出版社,1998年。